Eriksson

Das brennende Meer

Erik Eriksson

Das brennende Meer

Liebe und Krieg
Band 1

(1799-1819)

Übersetzt aus dem Schwedischen
von Else Ebel

Oktober Verlag
Münster in Westfalen

Der Oktober Verlag ist eine Unternehmung des
Verlagshauses Monsenstein und Vannerdat OHG, Münster
www.oktoberverlag.de

Originaltitel: Det brinnande havet
Satz: Britta Gerloff
Umschlag: Thorsten Hartmann
unter Verwendung eines Fotos von www.istockphoto.com/LouisHiemstra
Herstellung: Monsenstein und Vannerdat
gedruckt in der EU

ISBN: 978-3-941895-15-7

I. EINE NEUE ZEIT

Der Sturm

Sie hatten mit einer steifen Brise aus Norden oder Nordosten gerechnet, aber das war an und für sich nichts Besonderes. Der Wind wehte häufig aus dieser Richtung, und sie segelten dann die ganze Strecke schräg gegen die unruhige See bis hin nach Signilskär. Sie wurden nass und sie mussten Wasser schöpfen, aber das hatten sie schon oft erlebt. Die Post musste ja ihren Bestimmungsort erreichen, raues Wetter durfte dabei kein Hindernis sein. Sturm war ein Grund für eine Verspätung, gewöhnliches Herbstwetter jedoch nicht.

Also machten sie sich auf den Weg, die vier Männer, die die Auslieferung der Post auf die Inseln besorgten; sie kamen aus Byholma am Åländischen Meer, ihr kleines Postboot, die Märla, war sechs Meter lang, hatte Sprietsegel und Fock, es war ein offenes Boot mit breiten Borden aus Kiefernholz, ohne schützendes Deck. Am 14. November 1799 ruderten sie bei Tagesanbruch aus dem Posthafen von Grisslehamn, ganz in der Nähe ihres Heimatdorfs. Am Himmel fanden sich keinerlei beunruhigende Zeichen, es klärte sich auf. Als sie Loskär außerhalb des Hafenbereichs erreicht hatten, hissten sie die Segel.

Sie kamen nur langsam voran, mussten etwas abfallen, der Nordwind hatte auf Nordost gedreht und drehte weiter. Nils Nygren, der Schiffsführer auf dem Boot, sagte zu seinen Kameraden, dass sie, so wie er die Sache einschätze, zwischen zwei Fahrtrouten wählen könnten. Entweder könnten sie gegen den Wind in Richtung Åland segeln und dann kreuzen oder im Windschutz auf der Landseite bis zur Poststation auf Eckerö rudern. Oder sie konnten einige lange Schwenker hinaus aufs Meer machen, zuerst nach Südosten und dann nach Nordwesten, um dann vom offenen Meer her nach Signilskär und Eckerö zu gelangen.

»Wir gewinnen Zeit, wenn wir aufs Meer hinaussegeln«, sagte einer der Männer im Boot. »Und wir haben das ja schon häufig gemacht«, bestätigte das älteste Besatzungsmitglied.

»Ich glaube, der Wind hat sich gelegt, und die Wolken sehen harmlos aus«, fügte der vierte Mann der Besatzung hinzu.

»Verstehe ich das richtig, wenn ich annehme, dass ihr alle aufs Meer hinauswollt?«, fragte Nils Nygren.

Die Männer nickten; Nils, der am Steuer saß, sagte nichts mehr, weil es nicht nötig war. Er blickte nach hinten, um festzustellen, wo seine Landmarken lagen: der Telegrafenmast auf dem Aussichtsberg oberhalb von Grisslehamn, die Kiefern auf Skatudden, die helle Landzunge von Loskär.

Dann wanderte sein Blick wieder auf das Meer hinaus. Dort gab es nichts, wonach man sich richten konnte, auf lange Sicht hin nicht. Aber er wusste, wo bald Land in Sicht kommen würde, flache graue Inseln, Felsenklippen, die kaum vom Wasser zu unterscheiden waren, dunkle Wolken für jemanden, der sich nicht auskannte, aber sichere Anhaltspunkte für diejenigen, die hier von Kindheit an gesegelt waren.

Nils Nygren war am Meer geboren. Er war Bauer und Fischer, vertraut mit Booten, und er war zuverlässig, war von seinen Nachbarn zum Schiffsführer auf dem Postboot gewählt worden.

Er war sich der Verantwortung bewusst, blieb an den Tagen vor den Seereisen nüchtern, sehr zum Erstaunen vieler Leute. Er beratschlagte gerne mit der Besatzung, fasste jedoch – wenn erforderlich – seine Beschlüsse allein. Auf See konnte immer etwas Unerwartetes eintreffen, und dann galten die Befehle des Schiffsführers.

Am Abend vor jeder Seereise ging Nils zum Strand hinunter und sah sich um, er blieb eine Weile dort stehen und beobachtete die Wolken. Gelegentlich überfiel ihn dabei ein gewisses Unbehagen, auch wenn der Wind beständig war und der Himmel Gutes versprach. Dieses unerklärliche Gefühl hielt dann meistens den ganzen Weg durch den Wald nach Hause an.

An solchen Abenden saß Nils eine Weile mit seinen Kindern Johanna und Lars zusammen, ehe sie zu Bett gingen. Seine Ehefrau Maria war mit anderen Dingen beschäftigt, er wollte mit seinem Sohn und mit seiner Tochter allein sein, ehe sie einschliefen.

Jetzt war wieder einer dieser Abende gewesen, an denen er zusammen mit seinen Kindern auf den Einbruch der Dunkelheit gewartet hatte. Sie hatten über die Dinge gesprochen, die sich im Laufe des Tages ereignet hatten, und sie hatten zusammen in der Bibel das Kapitel über die Arbeiter im Weinberg gelesen.

Dann brach der Morgen an und es wurde Abschied genommen. Als das Postboot draußen auf See war, dachte Nils an die Kinder, er sah sie vor sich und empfand Freude darüber, ehe er dieses Bild wieder aus seinem Kopf gleiten ließ.

Der Wind kam jetzt von Backbord. Wenn alles wie geplant lief, würden sie gegen den Wind segeln und gegen zehn Uhr vormittags drehen können. Nils besaß keine Uhr, aber er kannte die Tageszeiten und das Licht, er rechnete im Kopf, schätzte die Fahrtgeschwindigkeit, nahm an, dass sie gegen zwei oder spätestens drei Uhr in Signilskär sein müssten. Die Fahrt ging nun gut vonstatten, sie bekamen nur wenig

Wasser ins Boot. Die Männer schöpften hin und wieder, die Fahrt war jedoch voll unter Kontrolle, die Seile, die den Mast abstützten, waren hart gespannt, die Wassertropfen spritzten von dem aufgeblähten Segel ab, aber das Tuch konnte viel aushalten, das wusste Nils.

Um halb zehn veränderte der Himmel seine Farbe, und das ging schnell. Die blauen Flecken zwischen den Wolken schienen nun pechschwarz, der Horizont wurde durch niedrige Regenwolken verwischt, der Wind nahm an Stärke zu, die Wellenkronen zischten weiß auf und ergossen sich in das Boot.

Als das Unwetter hereinbrach, hatte die Märla die Stelle erreicht, an der Nils Nygren in Richtung der kleinen åländischen Inseln bei Signilskär hatte abdrehen wollen. Er hatte begriffen, dass die Lage jetzt ernst geworden war, aber er war immer noch davon überzeugt, dass alles gut gehen würde; wenn nur der Wind seine Richtung beibehielt, dann konnte er sicher unter dem Wind segeln und hinter den Inseln Schutz finden, vielleicht sogar den Hafen von Signilskär erreichen.

Der Wind blies weiterhin aus nordöstlicher Richtung, es schien fast so, als ob er sich gegen Ost drehte, was den letzten Teil der Fahrt erschweren würde. Außerdem war der Wind böig und nahm ständig an Stärke zu, jetzt wurde es für die Männer schwierig, das Wasser, das über die lange Bootsreling hereinschwappte, hinauszubefördern. Sie schöpften, aber es nützte nichts. Sie waren völlig durchnässt, mühten sich mit den Schöpfkellen ab, schlugen sich die Knöchel blutig, aber nichts half gegen die schweren Brecher, die sich über das Boot ergossen.

Nils Nygren saß achtern auf der Ruderbank und hielt mit beiden Händen die Ruderpinne umfasst. Die kleine versiegelte Tasche mit der Post hatte er zwischen die Beine gestellt.

Sie war mit einer Leine gesichert, damit die Brecher und die schlingernden Bewegungen sie nicht über Bord spülen konnten, trotzdem hatte Nils sie fest zwischen beide Knie geklemmt. Als der vordere Teil des Bootes unter eine mächtige Woge tauchte, presste Nils seinen ganzen Körper gegen die Posttasche. Und auch als das Boot gegen die donnernden Wassermassen nicht mehr ankam, behielt er die Tasche fest im Griff.

Es war fast ein Uhr. Der Sturm hielt den ganzen Tag und den Abend über an. Nach Mitternacht flaute er ab, und bei Tagesanbruch hatte sich das Meer wieder beruhigt.

Die Frauenklippe

Johanna wurde davon wach, dass jemand sie anstieß, wahrscheinlich der ältere Bruder ihrer Mutter, der aufgestanden war, um auf dem Hof seine Notdurft zu verrichten. Es war dunkel, aber sie erkannte die Hausbewohner, auch ohne hinzusehen, denn die Geräusche blieben sich gleich. Onkel Filip ging unsicher, er stolperte und brummelte vor sich hin, nachdem er sich mühsam von der Küchenbank hochgezogen hatte. Dann konnte sie das Plätschern hören, denn er hatte die Tür offen gelassen und stand direkt draußen davor. Es klang, als ob das Pferd in den Schnee platschte, dasselbe hohle Geräusch und derselbe scharfe Geruch.

Als Filip zurück in die Küche kam, brachte er den Geruch mit herein. Er legte sich wieder hin, und Johanna rückte näher zur Wand hin, denn sie wollte sich möglichst weit von ihm entfernen. Aber die schmale Wandbank, auf der sie schlief, stand direkt neben seiner Schlafbank. Wenn er den Arm ausstreckte, konnte er sie erreichen, und manchmal tat er das mitten in der Nacht.

Johannas Eltern schliefen zusammen mit dem kleinen Bruder in der Kammer neben der Küche. Die anderen schliefen in der Küche, die beiden Brüder ihrer Mutter, die alte Mutter ihres Vaters und Johanna selbst. Es kam manchmal vor, dass irgendein Tagelöhner über Nacht blieb, oder jemand, der mit dem Postboot mitfahren wollte, und auch diese Besucher schliefen dann in der Küche, denn dort gab der Herd Wärme.

Jetzt war es spät im Herbst, und der Morgen war lang und dunkel. Johanna war während der Nacht aufgewacht und hatte auf den Sturm gehorcht, doch der hatte jetzt nachgelassen, und Johanna war erleichtert, da ihr Vater ja mit dem Postboot unterwegs war. Er wurde am Vormittag zurückerwartet, dann würde es wieder einen Monat dauern, bis er das nächste Mal hinaus musste.

Manchmal herrschte eine unruhige Stimmung, wenn er aufbrechen musste. Vater selbst zeigte sich nie beunruhigt. Johanna war sicher, dass er sich nie vor irgendetwas fürchtete. Nein, diejenige, die ängstlich war, war Johannas Mutter Maria. Sie sagte zwar nichts, aber Johanna spürte die gedrückte Stimmung. Ein einziges Mal hatten sie darüber gesprochen, und da hatte Maria zu ihrer Tochter gesagt, dass diese Unruhe die ewige Bürde der Frauen sei.

»Wir sind es, die warten und wachen müssen«, hatte Maria gesagt. »Wir Frauen haben das im Blut, wir, die wir zuhause bleiben, während die Männer ausfahren.«

Johanna hatte ihre Mutter nicht gefragt, was sie eigentlich damit meinte. Sie konnte nicht mit Worten ausdrücken, was sie dachte, aber sie fühlte, dass ihr Vertrauen entgegengebracht worden war, ihre Mutter hatte mit ihr gesprochen wie mit einer erwachsenen Frau, obwohl sie nur ein kleines Mädchen war. Damals war es zeitig im Frühjahr gewesen, das Eis auf dem Meer war noch nicht richtig aufgebrochen, und das Postboot hatte sich um mehrere Tage verspätet. Jetzt war wieder so eine unruhige Zeit.

Das erste graue Tageslicht drang durch das Fenster neben Johannas Schlafbank. Als sie die Schritte ihrer Mutter in der Küche hörte, drehte sie sich um, setzte sich auf und rieb sich den Schlaf aus den Augen.

Onkel Filip schnarchte laut nebenan auf seiner Küchenbank.

Johanna stand auf, zog sich die Strümpfe, die Strickjacke und den Rock an. Ihre Mutter hatte inzwischen Feuer im Herd entfacht, die kleinen Stücke Birkenrinde, die Maria in die Glut gesteckt hatte, die vom Abend vorher noch da war, hatten schon Feuer gefangen.

»Der Wind hat sich gelegt«, murmelte sie, als sich Johanna neben sie hockte.

»Vater kommt wohl bald?«, fragte Johanna.

»Bestimmt kommt er bald«, antwortete Maria. »Würdest du bitte Wasser holen.«

Es war ein freundlicher Befehl, keine Frage. Johanna erhob sich sofort und ging hinaus. Sie blieb einen Augenblick stehen, atmete tief ein, betrachtete das graue Tageslicht, das durch die Espen, die ihr Laub verloren hatten, auf den Hofplatz fiel. Man konnte die Wellen vom Strand her hören, aber das war immer so gewesen, das Meer lag direkt hinter dem Gehölz, das Sausen der Kiefernwipfel und das Brausen der Wellen gegen die Felsen und Kiesstrände waren der ewige Gesang der Küste. Johanna achtete nicht auf diese ständige Musik. Wenn sie plötzlich verstummt wäre, vielleicht wäre ihr die Stille dann aufgefallen.

Nachdem sie zu Mittag gegessen hatten, kam die Sonne heraus. Johannas Großmutter Magdalena hatte ein Tischgebet gesprochen, das niemand von ihnen kannte, vielleicht hatte sie es selbst gemacht. Sie murmelte, als sie es sprach, aber Johanna verstand Wörter wie Trost, Gnade und Boot. Vielleicht handelte das Gebet von Seeleuten, Johanna meinte es zu verstehen.

Nachdem sie abgeräumt und die Teller abgewaschen hatten, wusste Johanna, dass die Mutter jetzt sagen würde, dass sie nun dem Vater entgegen gehen sollten, zu sehen, ob er gekommen sei, irgend so etwas. Sie fühlte, es war unvermeidlich.

»Willst du mitkommen?«, fragte Maria, als sie begann, sich ihren Schal um den Kopf zu binden. Johanna hatte sich schon angezogen. Sie lächelte ihrer Mutter zu, sagte jedoch nichts.

Sie gingen auf einem alten ausgetretenen Pfad durch den Wald nach Skatudden. Sie hielten sich im Schutz des niedrigen Strandwaldes, der Pfad schlängelte sich zwischen verkrüppelten Kiefern und Wacholderbüschen hindurch. Sie gaben einen guten Schutz ab gegen den starken Wind und das Schneetreiben während des Winters, wenn jemand die Anhöhe bei Skatudden aufsuchen und aufs Meer hinausschauen wollte. Die Postboote fuhren ja auch dann, wenn das Eis dünn war, wenn es lag, aber noch nicht trug. Trug es, wurden die Posttouren mit dem Schlitten gemacht, die Post musste immer ausgeliefert werden, es gab immer jemanden, der wartete, sich Sorgen machte, Ausschau hielt und nach Osten blickte. Skatudden war die Klippe der besorgten Frauen am Åländischen Meer.

Nach dem stürmischen Tag war der Himmel im Osten jetzt hell, die Sicht war gut, die Wellen hatten runde Kämme, der Wind hatte sich gelegt.

Maria und Johanna standen eine ganze Weile schweigend nebeneinander oben auf Skatudden. Sie konnten das Land auf der anderen Seite erahnen, einen dünnen abgebrochenen Landstreifen am Horizont, einzelne Inseln, ein großes Segelschiff weit im Südosten.

Sie hielten jedoch Ausschau nach einem kleinen Boot, einem unauffälligen Segel, einem Punkt auf der unendlichen Meeresfläche. Langsam ließ Johanna ihre Blicke am Horizont entlanggleiten, sie ließ sich Zeit, sie glich ihrer Mutter, ließ ihre Augen jeden Meeresmeter absuchen, jede noch so entfernte Welle, sie näherte ihren Blick dem Land, teilte das Meer in kleine Stücke, suchte, ohne zu finden.

Sie begann noch einmal von vorn. Aber sie fand kein kleines Boot. Trotzdem wollte sie nicht aufgeben.

»Wir sollten uns vielleicht im Posthaus in Grisslehamn erkundigen«, sagte Maria.

Johanna war noch nie im Posthaus gewesen. Es war ein großes und schönes Gebäude, hatte zwei Stockwerke, ein Mansardendach, eine hohe Steintreppe vor der Haustür, viele Räume. Es war wie ein Schloss. In den Märchen gab es Schlösser, das wusste Johanna, dieses Haus hier glich einem Schloss, so wie sie es sich vorstellte.

Sie gingen durch die Gartentür und bogen dann zum linken Flügel hin ab, der Waschhaus genannt wurde. Dort drinnen schien irgendeine Arbeit ausgeführt zu werden, man hörte scharrende Geräusche, so als ob etwas über den Boden rutschte.

Maria klopfte, aber niemand antwortete. Sie klopfte noch einmal, und als auch diesmal keine Antwort erfolgte, schob sie die Tür auf und schaute hinein. Ein Mann in einer dunkelblauen Uniformjacke und eine Frau in einem gestreiften Rock schoben einen großen Waschbottich über den Boden, sie wurden von dieser Tätigkeit voll in Anspruch genommen.

»Guten Tag, Entschuldigung«, rief Maria.

Der Mann blickte auf, nickte und setzte seine Arbeit fort. Maria wartete, Johanna war draußen vor der Tür stehen geblieben. Endlich schien der Bottich an seinem Platz zu sein, denn sowohl der Mann als auch die Frau blickten Maria an.

»Ich bin Maria vom Hof Nygården«, sagte sie, »mein Mann ist Nils Nygren, der erste Mann auf dem Postboot.«

»Ah ja, dann weiß ich«, sagte der Mann.

»Wir kennen uns ja«, sagte die Frau in dem gestreiften Rock.

»Ja, natürlich, du bist doch Birgitta Olsdotter aus Tomta?«

»Das ist richtig, ich arbeite jetzt hier, meistens in der Küche, aber ich verrichte auch einen Teil anderer Arbeiten wie die Wäsche hier. Wir haben gerade einen neuen Waschbottich aufgestellt, das war ziemlich schwer, aber Sigurd ist stark.«

Sie lächelte dem Mann in der blauen Jacke zu, und er lächelte zurück, es war ein kurzes, schiefes Lächeln. Johanna fand, dass er etwas verlegen aussah, so wie der jüngere der beiden Brüder ihrer Mutter aussehen konnte, wenn er gelobt wurde.

»Wir kommen, um nachzufragen, ob man etwas von dem Postboot gehört hat«, sagte Maria.

»Am besten sprichst du mit dem Postmeister«, antwortete Birgitta. »Geht in den Flur und klopft dort an die rechte Tür«.

»Kann ich das denn einfach tun, störe ich nicht?«, fragte Maria.

»Nein, das ist ja dienstlich, dein Mann ist ja Postmann, frag nur.«

Maria tat, was ihr gesagt worden war, doch sie klopfte sehr zögernd an die Tür.

Sie kamen in ein großes helles Zimmer mit hoher Decke. Johanna bemerkte einen grünen Kachelofen, ein mit Büchern gefülltes Regal, Stühle mit geschwungenen Beinen, Kerzenleuchter. Sie hätte sich alle diese seltsamen Dinge gerne länger angeschaut, aber dazu war keine Zeit, denn der grauhaarige Mann, der Postmeister genannt wurde, erhob sich von seinem Stuhl hinter dem Schreibtisch. Er ging auf Maria zu, gab ihr die Hand und machte eine ganz leichte Verbeugung, gab dann auch Johanna die Hand. Maria machte einen Knicks, Johanna tat es ihr nach.

»Ich verstehe euer Anliegen«, sagte er und sah jetzt sehr ernst aus.

»Weiß man etwas über das Boot?«, wollte Maria wissen.

»Wir haben heute Vormittag eine Nachricht über die Telegrafenstation erhalten«, antwortete der Postmeister. »Eine Nachricht ... ja, heute Vormittag ist das gewesen.«

Der grauhaarige alte Mann nickte, runzelte die Stirn, offenbar versuchte er zu verbergen, dass er gerade im Begriff war, etwas zu sagen, sich jedoch mitten im Satz eines anderen besonnen hatte.

»Wir warten noch auf weitere Information«, sagte er.

»Ja, dann danken wir.«

Der Postmeister reichte Maria wieder die Hand und betrachtete dann Johanna mit einem traurigen Lächeln.

»Mein kleines Mädchen«, murmelte er.

Er begleitete seine beiden Gäste in den Flur hinaus, öffnete die Haustür, stand einen Augenblick da, ehe er sie wieder zumachte.

Als Maria und Johanna über den Hofplatz gingen, wurden sie von Birgitta Olsdotter eingeholt.

»Habt ihr etwas erfahren?«, wollte sie wissen.

»Nein, wir kommen heute Abend oder morgen Vormittag wieder«, antwortete Maria.

»Wenn du willst, kann das Mädchen hierbleiben und warten«, schlug Birgitta vor. »Ich kümmere mich unterdessen um sie.«

Gottvertrauen

Johanna saß auf der Holzbank drinnen im Waschhaus. Unter dem Waschkessel brannte das Feuer, ein kleiner, rußiger Wasserkessel mit Deckel und Pfeife stand auf einem Dreifuß und wurde von der Glut der kleinen Feuerstelle in der Kaminwand erwärmt. Birgitta stand hinter dem Waschtrog, der Dampf wärmte, kräuselte aber zugleich auch ihre Haare, auf ihrer Stirn hatten sich Schweißtropfen gebildet.

»Wir machen uns jetzt eine Tasse Kaffee, das haben wir verdient, nicht wahr«, flüsterte sie.

Johanna lächelte, doch sie wusste nicht, was sie antworten sollte. Sie hatte noch nie Kaffee getrunken und konnte sich nicht richtig entscheiden, ob sie dieses seltsame Getränk, von dem sie schon gehört hatte, mögen würde.

»Du trinkst doch Kaffee!?«, flüsterte Birgitta.

»Ja, danke«, antwortete Johanna.

»Mit Zucker«, sagte Birgitta.

Sie öffnete einen Wandschrank hinter der Waschbütte, nahm zwei etwas angeschlagene Tassen heraus, ein kleines Papierpäckchen und einen Löffel. Sie legte das Päckchen neben Johanna auf die Bank und wickelte es aus. Es enthielt eine flache Dose und ein Stück Zucker. Birgitta öffnete die Dose und hielt sie Johanna hin.

»Riech mal«, flüsterte sie.

Johanna schaute in die Dose und sah dort etwas, das sie an zusammengeklebte kleine schwarze Graupen erinnerte. Sie sog vorsichtig die Luft ein. Der Duft war stark, er stach ihr in die Nase, und sie zog den Kopf wieder ein wenig zurück.

»Siehst du«, sagte Birgitta, »das ist wie ein kleines Abenteuer, gefährlich und herrlich zugleich.«

Johanna nickte, sie wusste nicht, was sie darauf antworten sollte.

»Das hier bleibt unter uns beiden«, murmelte Birgitta.

Johanna nickte wieder. Birgitta begann, den Kaffee zu kochen. Vorsichtig schüttete sie einen Teil der schwarzen Körner in den Kessel, schob die Glut mit dem Feuerhaken etwas zusammen und setzte den Kessel auf den Dreifuß über dem kleinen Gluthaufen.

»Es gab eine Zeit, als uns die Herren in Stockholm verboten hatten, Kaffee zu trinken«, flüsterte Birgitta. »Reuterholms Spione konnten kommen und den, der Kaffee kochte, gefangen nehmen.«

»Verboten, warum denn?«, wollte Johanna wissen, und jetzt flüsterte sie ebenfalls.

»Keine Ahnung«, sagte Birgitta. »Die denken sich alles Mögliche aus, aber man muss gehorchen, auch heutzutage gibt es Polizisten und Spione. Dieser Reuterholm soll verschwunden sein, aber der neue König ist auch nicht so leicht zu verstehen. Man spricht auch von einem neuen Kaffeeverbot, aber darum kümmern wir uns nicht. Die Hausfrau hier trinkt auch Kaffee, wenn es keiner sieht.«

Das Wasser kochte. Birgitta nahm den Kessel herunter, gab ein paar Tropfen kaltes Wasser hinzu, ehe sie eingoss. Dann nahm sie das kleine Zuckerstück, wickelte es in ein Stück Stoff und zerstieß es mit dem Stiel eines hölzernen Löffels, wickelte das Tuch wieder aus und sammelte den zerstoßenen Zucker in ihrer hohlen Hand.

»Hier, nimm das, er wird dann nicht zu bitter«, sagte sie und schüttete die Hälfte des Zuckers in Johannas Tasse. »Und trink vorsichtig, verbrenn dich nicht, puste.«

Johanna wartete, bis Birgitta getrunken hatte, dann machte sie es genauso, schlürfte und schluckte. Der Kaffee war stark und bitter und kratzte im Hals.

»Riech, mach die Augen zu und trink langsam«, sagte Birgitta. Sie hatte aufgehört zu flüstern. Vielleicht hatte der Kaffee ihre Vorsicht verjagt.

»Merkwürdig«, murmelte Johanna.

»Was ist merkwürdig?«

»Es zieht in den Kopf, mir wird irgendwie schwindelig.«

»Genau, es wird einem ein bisschen leicht zumute von dem Duft. Wir Frauen können das Vergnügen genießen, die Männer verstehen nichts vom Kaffee, sie saufen stattdessen ihren elenden Branntwein.«

Johanna hatte nur an dem Kaffee genippt. Die Tasse war nicht groß, trotzdem hatte sie die Hälfte noch übrig. Sie nahm noch einen kleinen Schluck. Sie hatte gesehen, dass Birgitta hin und wieder mit dem Löffel in ihrer Tasse rührte. Jetzt tat sie das ebenfalls. Sie erwischte ein Stückchen Zucker am Boden der Tasse, das sich nicht aufgelöst hatte. Nachdem sie es verrührt hatte, schmeckte der Kaffee weniger bitter.

Wir Frauen, hatte Birgitta gesagt.

»Hast du noch irgendetwas von dem Boot gehört?«, fragte Johanna.

»Ja, vielleicht.«

»Und was hast du gehört, Birgitta?«

»Dass die Leute ein gekentertes Boot gesehen haben.«

»Wo denn?«

»Vor Signilskär, sie haben es von der Telegrafenstation aus gesehen, da haben sie ja Feldstecher. Sie haben gesehen, dass das Boot voll Wasser im Meer herumtrieb, aber Menschen haben sie nicht gesehen.«

»War es das Postboot, das sie gesehen haben, waren sie sich dessen sicher?«

»Ja, sie haben gesagt, dass sie sicher seien.«

»Aber keine Menschen?«

»Nein, das Boot war voll Wasser und ohne Besatzung.«

»Sie sind bestimmt irgendwo bei einer Insel an Land geschwommen, sie sind sicher davongekommen, Vater ist ein guter Schwimmer, das habe ich selbst gesehen.«

Birgitta schlug die Augen nieder und saß eine Weile schweigend da.

»Ja, so ist es wohl gewesen«, sagte sie. »Sie sind irgendwo an Land geschwommen und kommen bald zurück.«

Als Johanna über den Hofplatz vor dem Posthaus ging, war sie davon überzeugt, dass ihr Vater es geschafft hatte. Und als sie an der kleinen Holzbrücke an dem Graben, der zur Sköthusbucht führte, angelangt war, blieb sie einen Augenblick stehen, lehnte sich an das Brückengeländer und blickte hinunter auf die schwarze Wasserfläche und hin zu den alten Schuppen, in denen einige der Bauern aus dem südlichen Teil von Grisslehamn ihre Boote liegen hatten. Es sah friedlich aus, alles wirkte geordnet und unbeschwert.

Sie hatte den halben Weg nach Byholma zurückgelegt, als sie bemerkte, dass ihr jemand über den Acker rechts von Västergården entgegenkam. Es war dunkel, aber sie glaubte, denjenigen, der da herankam, an seinem Gang erkennen zu können. Sie verlangsamte ihre Schritte und ließ den vorläufig noch Unbekannten näher kommen. Als er noch ungefähr zehn Meter von ihr entfernt war, sah sie, dass es Ruben war, der jüngere der beiden Brüder ihrer Mutter.

»Hast du etwas erfahren?«, fragte er.

»Man hat das Boot gesehen«, antwortete Johanna. »Die Männer sind noch nicht da, wahrscheinlich sind sie zu einer der Inseln in der Nähe von Signilskär geschwommen.«

»Lass uns hoffen und glauben«, sagte Ruben.

Mehr wurde zunächst nicht gesagt. Ruben ging langsamer, sie gingen nebeneinander auf dem dunklen Weg.

»Wie am See Genezareth«, sagte er mit gedämpfter Stimme. »Als Jesus den Sturm sich legen hieß und über das Wasser ging. Alles ist für uns möglich, wenn wir nur glauben.«

»Und als er tausenden von Menschen Speise gab, das war auch am See von Genezareth«, sagte Johanna.

»Gottvertrauen«, sagte Ruben, »handelt von Überzeugung und von der Hoffnung, die nicht stirbt. Auch die Jünger waren ja Fischer.«

»Ich weiß, dass er lebt«, sagte Johanna.

»Wir können heute Abend ein wenig lesen, wenn du willst.«

»Ja, das können wir.«

Ruben hatte Johanna das Lesen gelehrt. Die Bibel war ihr erstes Lesebuch gewesen. Sie hatten jedoch nur im Neuen Testament gelesen und meist über das, was sich am See Genezareth zugetragen hatte. Sie erkannten sich selbst wieder in den Geschichten über Boote und Fischerei, die einfachen Menschen, die täglichen Einschränkungen, das war ihr eigenes Leben.

Als Johanna und Ruben nach Hause kamen, hatten die Hofleute schon zu Abend gegessen. Maria stellte Brot und Milch für die Tochter heraus, setzte sich mit ihr vor den Herd, wo das Feuer glühte und wo ein geteerter Span brannte und etwas Licht in der Küche verbreitete.

Johanna wiederholte, was sie schon mehrfach erzählt hatte. Ihr Vater war an Land geschwommen, hatte sich auf eine der Inseln gerettet, es war nur eine Frage der Zeit, bis man im Posthaus benachrichtigt wurde. Sie war sich ihrer Sache ganz sicher, sie berichtete mit Überzeugung, und ihre Mutter glaubte, dass die Rettung sogar auf irgendeine Weise bezeugt worden war, dass Johanna etwas erfahren hatte, was Anlass zu Hoffnung gab. Das mit Wasser vollgelaufene Postboot geriet in den Hintergrund, das, was eigentlich eine Bestätigung für das Unglück war, wurde jetzt eher zu einem Beweis dafür, dass es den Männern wirklich gelungen war, sich zu retten. Das Boot war ja leer, also musste sich die Besatzung irgendwo anders befinden.

Am Abend lasen Ruben und Johanna aus dem Matthäusevangelium vor, über die Wunder am See von Galiläa. Sie wechselten sich im Vorlesen ab, die Übrigen in der Küche hörten zu.

Es war dunkel im Haus, aber Maria hatte Holz in das Feuer im Herd gelegt, und die Flamme erhellte den Raum. Johanna saß mit der Bibel direkt neben dem Herd, sie ließ die zuckenden Flammen auf die geöffneten Buchseiten fallen. Sie las langsam, betonte Silbe für Silbe.

»Als Jesus am Ufer des Sees von Ga-li-lä-a entlangging, sah er zwei Brüder, Simon, der Petrus genannt wird, und Andreas, seinen Bruder, wie sie das Netz in den See warfen; sie waren nämlich Fischer.«

Als Johanna fertig war, saß sie eine Weile schweigend da. Der ältere der beiden Brüder ihrer Mutter, Filip, war eingeschlafen; er schnarchte leise vor sich hin, er hatte Branntwein getrunken. Das tat er jeden Tag. Auch Ruben trank, aber er wurde dann lustig und sang Lieder. Wenn Filip trank, wurde er böse und müde. Johanna ging ihm lieber aus dem Weg, wenn der Vater nicht zuhause war. Es war natürlich der Vater, der auf dem Hof Nygården das Sagen hatte, die unverheirateten Brüder der Mutter waren als Tagelöhner gekommen, wurden jedoch Familienmitglieder, als ihre Schwester in den Hof einheiratete.

Jetzt schnarchte Filip auf seiner Schlafbank, er lag mit offenem Mund auf dem Rücken. Er seufzte ein paar Mal tief auf, wischte sich mit der Hand über den Mund, ohne aufzuwachen, drehte sich auf die Seite und wurde ein wenig leiser.

»Wie groß ist der See Genezareth?«, fragte Johanna. »Ist er so wie das Åländische Meer?«

»Ich weiß es nicht genau«, antwortete Ruben, vielleicht ist er kleiner, denn es ist ja ein See.

»Aber Jesus ist jedenfalls quer darübergegangen«, sagte die Großmutter.

»Vielleicht nicht ganz drüber«, sagte Ruben.

»Er machte, was er wollte, der See war für ihn kein Hindernis. Aber auch die Russen haben sich von dem Meer nicht abhalten lassen, als sie herübergekommen sind«, meinte die Großmutter.

»Das war wohl etwas anderes«, sagte Maria.

»Warum hat Gott die Russen nicht daran gehindert«, sagte die Großmutter. »Für Gott ist doch alles möglich, und trotzdem konnten die Russen herkommen und hier alles verwüsten, ganz Singö haben sie brachgelegt, diese Gottlosen. Ich weiß es, denn meine eigene Mutter war dabei, als sie ein kleines Mädchen war.«

»Was haben die Russen denn mit ihr gemacht?«, wollte Johanna wissen.

»Sie musste zusehen, wie sie die Höfe niedergebrannt und alle Tiere geschlachtet haben, auf Singö stand kein einziges Haus mehr. Sie haben den Leuten die Kleider vom

Leib gerissen, so dass sie mitten im Winter völlig nackt im Wald leben mussten. Das ist passiert, nachdem König Karl gestorben war, und es kann wieder passieren. Kürzlich erst standen wir mit den Russen im Krieg, und sie werden sich sicher dafür rächen wollen, dass König Gustav ihre Kriegsschiffe zerschossen hat.«

In der Küche war es wieder still. Sie hatten Großmutter Magdalena schon oft über die Verwüstungen, die die Russen angerichtet hatten, erzählen hören, aber sie wurden jedes Mal wieder unangenehm berührt, denn alle wussten, dass die Russen nicht weit weg waren. Und jetzt herrschte in Europa ja wieder Unfriede. Die großen Länder befanden sich miteinander im Krieg. Konnte Schweden sich dieses Mal heraushalten?

Es war warm in der Küche, doch Maria legte trotzdem zwei trockene Scheite Birkenholz auf das verglimmende Feuer, um die Wärme über Nacht zu halten und um Glut für das Feuer am nächsten Morgen zu haben. Die Großmutter hatte sich schon in ihr Bett ganz hinten in der Küche neben der Kammer gelegt, der kleine Bruder Lars war aufgeblieben und hatte zugehört, aber er war dann, den Kopf an die Knie seiner Mutter gelehnt, eingeschlafen. Jetzt weckte sie ihn, er war zu schwer, um in die Kammer getragen zu werden, wo er neben den Eltern schlief.

Lars war sechs und ziemlich klein für sein Alter. Johanna hatte versucht, ihm die Buchstaben beizubringen. Er machte Fortschritte, zeichnete mit Holzkohle und schrieb kurze Wörter auf flache Steine, die er am Strand gesammelt hatte. Einige dieser Steine hatte er auf dem Hof in einer Reihe ausgelegt. Wenn es regnete, wurden die Steine abgewaschen, aber bald hatte Lars neue Wörter darauf geschrieben, die allerdings oft nicht leicht zu deuten waren.

Johanna war diejenige, die am besten verstand, was Lars sagen wollte.

Jetzt war Lars aufgestanden, er rieb sich die Augen und stolperte nach draußen, um Wasser zu lassen, ehe er sich hinlegte. Johanna folgte dem Bruder, er stand an der Hauswand, und sie machte einen Bogen um ihn herum, ging weiter in die Büsche, wo sie sich hinhockte.

Lars stand immer noch da, als sie zurückkam. Er ergriff ihre Hand, und sie merkte, dass er hier draußen noch etwas sagen wollte, ehe sie wieder hineingingen.

»Ist es sicher?«, fragte er.

»Ja, es ist ganz sicher«, antwortete Johanna.

»Woher weißt du das?«

»Ich fühle es, und ich vertraue auf Vater, er verlässt uns nicht.«

Lars drückte Johannas Hand. Er glaubte seiner Schwester, sie hatte für gewöhnlich recht, wenn sie sagte, dass sie das richtige Gefühl habe.

Sie würde nie die Unwahrheit sagen.

Wörter über das Meer

Der Morgen war kalt. Johanna erwachte, ehe es richtig hell geworden war, sie stand auf und fachte das Herdfeuer an, begann die Dinge hervorzuholen, die zum Frühstück gehörten, die Schalen für die Milchsuppe, Brot und Salz.

Als sie nach Grisslehamn zum Posthaus aufbrach, wurde es endlich hell. Sie hatte ihre Mutter gefragt, und sie waren sich einig: Es war am besten, wenn Johanna allein ging, sie hatte Birgitta kennengelernt und war gut behandelt worden. Jetzt galt es, mehr in Erfahrung zu bringen.

Im Waschhaus war niemand zu sehen. Johanna klopfte; als sie keine Antwort erhielt, öffnete sie die Tür, aber es war niemand dort.

Dann ging sie zu dem großen Haus hinüber; vielleicht gab es dort einen kleinen Seiteneingang. Sie suchte, fand jedoch keine Tür. Sie kehrte um, zögerte, sollte sie es wagen, am Haupteingang zu klopfen?

Es dauerte nur ein paar Sekunden, bis geöffnet wurde. Birgitta stand da, lächelte und bedeutete Johanna hereinzukommen.

»Komm nur, hab keine Angst«, rief sie, »hier den Weg in die Küche, du bist eingeladen, komm nur.«

Johanna trat ein, Birgitta gab ihr einen leichten Klaps auf die Wange, das war ungewohnt für Johanna, denn zuhause berührte man einander nicht auf diese Art.

Sie gingen durch eine weitere Tür nach links und gelangten in die Küche. Doch dies war eine andere Art von Küche als die, die Johanna von den alten Höfen in Byholma her kannte. Dort aß man in der Küche, kam zusammen, arbeitete und schlief, weil es dort warm war. Diese Küche jedoch diente nur der Zubereitung von Speisen. Das Posthaus verfügte über ein besonderes Speisezimmer, oft übernachteten auch Reisende im Haus. Viele Leute wurden hier verköstigt; dafür sorgten die beiden Hausmägde. Johanna hatte Birgitta ja schon kennen gelernt, jetzt traf sie auch Laura Persdotter, die ältere der beiden Mägde.

»Ich habe schon von dir gehört«, sagte Laura, während sie Johanna die Hand hinstreckte.

Johanna knickste und wusste nicht, was sie sagen sollte. Laura war im selben Alter wie Johannas Mutter, sie trug eine hellblaue Bluse und eine dunkelblaue Schürze über dem langen grauen Rock. Sie lächelte nicht, als sie Johanna begrüßte, sah ihr jedoch in die Augen, hielt ihre Hand einen Augenblick fest.

»Herzlich willkommen«, sagte sie und klang jetzt etwas freundlicher.

»Danke«, war alles, was Johanna herausbrachte.

»Wie alt bist du?«, fragte Laura.

»Nach Neujahr werde ich vierzehn«, antwortete Johanna.

»Für dein Alter bist du recht groß.«

Johanna lächelte, knickste etwas, sie wusste nicht, was sie darauf antworten sollte.

»Du kannst mit mir hinauf zur Telegrafenstation gehen«, sagte Birgitta, »ich muss nachher mit dem Essen für die beiden Telegrafisten dorthin, dann kannst du fragen, ob weitere Nachrichten über das Postboot, die Männer und deinen Vater eingetroffen sind.«

»Irgendetwas haben sie bestimmt erfahren«, sagte Laura.

»Es ist ein klarer Morgen, die Sicht scheint gut zu sein«, sagte Birgitta.

»Schaut nach den Kachelöfen, ehe ihr geht«, sagte Laura.

Johanna begleitete Birgitta hinaus zum Holzschuppen, der unterhalb des Waschhauses lag. Das zersägte Birkenholz war schon gespalten und geschichtet, sie nahmen jeder eine Last Holz und gingen in das große Haus zurück. Sie begannen im Kontorraum. Der Postmeister saß hinter seinem Schreibtisch, ein anderer Mann saß ihm gegenüber auf einem herangezogenen Stuhl, sie unterhielten sich über irgendetwas und beachteten die Holz bringenden Dienerinnen nicht; später erfuhr Johanna, dass der Besucher der Postschaffner Anders Nyström war.

Johanna stand ganz still da. Sie betrachtete den Kachelofen, die merkwürdigen grün schimmernden Fliesen, die in allen Farben schillernde Spiegelfläche, die ihr eigenes Gesicht verzerrt wiedergab, die Möbel im Raum, das Fenster. Sie berührte die glatte Fläche mit den Fingerspitzen, es fühlte sich an wie Eis oder Glas, jedoch glatter und gleichzeitig etwas unwirklich.

Der Postmeister hob den Blick und bemerkte die Frauen. Er lächelte Johanna zu, nickte, ohne etwas zu sagen, und setzte seine Unterhaltung mit dem Mann am Schreibtisch fort.

Sie holten noch mehr Holz, trugen es hinein zu den übrigen Kachelöfen im Haus, in den Schlafzimmern, im Esszimmer, im Raum, in dem die drei Kinder des Hauses mit ihrer Lehrerin saßen. Die Kinder betrachteten Johanna neugierig, die sowohl vor der Lehrerin als auch vor den Kindern einen Knicks gemacht hatte. Es waren zwei Mädchen von vielleicht neun oder zehn Jahren und ein Junge von etwa sieben. Er lachte auf, als Johanna knickste, und sie merkte, dass sie etwas falsch gemacht hatte.

»Kinder, wir machen jetzt weiter«, sagte die Lehrerin.

Ihre Schüler gehorchten sofort; sie widmeten sich wieder ihren Aufgaben. Johanna konnte weißes Papier und Tintenfässer erkennen, sie hörte das kratzende Geräusch, als drei Gänsefedern langsam schwere Buchstaben formten, Schnörkel und Grundstriche. Sie meinte, den Geruch von Tinte, Kenntnissen und Einsichten spüren zu können, es war eine andere Welt als ihre eigene.

Hinter der Gartentür bogen sie nach links ab, folgten dem Pfad zwischen den Ahornbäumen nach oben in den Wald, erhaschten einen Blick auf das Meer, gingen den kurzen Sandstrand entlang, ehe die Steigung zum Aussichtsberg begann.

Das letzte Stück war richtig steil. Und dort oben auf einem kleinen Felsen lag die Telegrafenstation. Johanna erblickte ein seltsames Gebäude. Eine kleine Hütte mit vier groben Masten, die aus dem Dach ragten; sie waren hoch, mit Seilen nach allen Richtungen hin befestigt. Oben zwischen den Masten befanden sich Reihen aus großen viereckigen Platten, und von diesen Platten aus verliefen dünne Drähte durch Löcher im Dach der Hütte nach unten.

Drinnen gab es ein sehr kleines Fenster, der Raum war nur notdürftig erhellt. Johanna sah, dass dort ein Mann auf einem Stuhl saß. Er hatte sein Gesicht gegen etwas gepresst, das aus der Wand ragte, gegen ein blankes Rohr, und er hielt ein Auge gegen einen Ring gedrückt, der sich am Ende des Rohrs befand.

»Willkommen«, murmelte der Mann, ohne seine Tätigkeit zu unterbrechen.

»Ich habe Johanna Nygren mitgebracht«, sagte Birgitta. »Sie ist bei uns zu Besuch.«

»Willkommen, Johanna«, sagte der Mann.

»Danke.«

»Ich heiße Sven Niklasson.«

»Kannst du etwas erkennen?«, fragte Birgitta.

»Die Sicht ist ausgezeichnet«, antwortete Sven. »Ich habe heute schon einige Mitteilungen empfangen, und es kommen sicher noch mehr.«

»Johannas Vater war mit auf dem Postboot, das in den Sturm geraten ist«, sagte Birgitta.

»Hmm«, murmelte Sven.

Birgitta begann, die mitgebrachten Speisen aus dem Korb zu nehmen. Sie stellte sie auf einen kleinen Wandtisch im Raum.

»Möchtest du einmal gucken?«, fragte Sven.

Johanna antwortete nicht, da sie glaubte, Sven spreche mit Birgitta. Als Birgitta nicht reagierte, war sie zunächst erstaunt und dann etwas unschlüssig.

»Komm«, sagte Sven und winkte mit der Hand in Johannas Richtung. Sie ging zu Sven. Er fasste sie an der Schulter, rutschte etwas von dem Rohr weg, das aus der Wand ragte, schob sie näher heran und zeigte darauf.

»Schau in das Fernrohr«, sagte er.

Johanna setzte sich auf den Stuhl, streckte sich etwas, um auf gleicher Höhe mit dem Fernrohr zu sein, drückte ihr Auge vorsichtig gegen den Ring, sah etwas Verschwommenes, Flimmerndes, Unverständliches.

»Was siehst du?«, fragte Sven.

»Ich weiß nicht.«

»Warte einen Augenblick, es wird langsam deutlicher, es dauert immer eine Weile, wenn man nicht daran gewöhnt ist.«

Johanna wartete, sah das, was undeutlich gewesen war, jetzt etwas weniger verschwommen. Die Konturen wurden deutlicher, ein Bild trat hervor, kleine Vierecke in Reihen übereinander, verschwommen, um sie herum zitterte es, aber sie sah auf jeden Fall etwas.

»Wie viele Vierecke kannst du erkennen?«, fragte Sven.

Johanna zählte langsam, zählte noch einmal.

»Fünf Stück«, sagte sie.

»Und wie sind sie zueinander angeordnet?«

»Rechts stehen zwei übereinander, unten in der Mitte ist eines, und zwei mit einem kleinen Loch in der Mitte befinden sich auf der linken Seite.«

»Ausgezeichnet«, sagte Sven. »Du hast deine erste Beobachtung gemacht, mein Mädchen, du kannst dich jetzt Signalistin nennen, wenn du willst.«

Er schob Johanna beiseite, nahm ihren Platz ein und saß eine Weile schweigend da.

»Ja, es stimmt, was du gesagt hast«, sagte er dann, »jetzt werde ich denen auf Signilskär mitteilen, dass wir ihre Nachricht erhalten haben.«

Sven verließ seinen Platz am Fernrohr, ging quer durch den Raum zu einer Stelle, an der ein ganzes Bündel Drähte aus den kleinen Löchern im Dach kam. Die Drähte waren an Tasten befestigt, Holzklappen und Rahmen, ganz hinten befand sich ein großer eiserner Griff.

Sven drückte langsam einige der Tasten nach unten, dann noch ein paar. Als er die Einstellungen beendet hatte, drückte er den Griff mit dem Fuß hinunter. Die Tasten wurden alle gleichzeitig gestreckt, von oben kamen Geräusche, die sich anhörten, als ob ein Bündel Holzstücke gegeneinander geschlagen wurde, schnell, dann war es wieder still.

»Jetzt wissen sie, dass wir ihre Nachricht erhalten haben«, sagte Sven, »ich habe dieselbe Botschaft zurückgesendet, das macht man so. Jetzt werden wir sehen, ob noch mehr kommt.«

Er ging wieder zurück zu seinem Fernrohr, drückte das Auge gegen den Ring, atmete durch die Nase. Johanna konnte seine langsamen, zischenden Atemzüge hören.

»Das kann dauern,« murmelte Sven. »Die Signalarbeit besteht hauptsächlich aus Warten, Stunde um Stunde.«

»Wie lange kannst du denn hier sitzen, ohne dass dir die Augen weh tun?«, wollte Johanna wissen.

»Wir sind hier zwei Leute, die einander abwechseln. Harald kommt jeden Augenblick zurück, er ist nur für einen Moment nach draußen gegangen.«

»Weißt du etwas über das Postboot?«, fragte Johanna.

»Sie haben es geborgen, aber Menschen waren nicht an Bord, das ist alles, was ich weiß. Die Tasche war noch da, die Post war feucht, aber unbeschädigt.«

»Vater hat sich in Sicherheit gebracht«, sagte Johanna voller Überzeugung.

»Lass es uns hoffen.«

Sven sah müde aus oder eher betrübt.

Als sie zurückgingen, war es windig, die niedrigen Wipfel der Kiefern schwankten hin und her.

Johanna wandte sich um und betrachtete das Telegrafenhäuschen. Jetzt sah sie auch das Fernrohr, das herausragte und in eine Holzverkleidung eingebaut war. Es war erstaunlich, wie weit man mit dem Fernrohr sehen konnte. Die Telegrafenstation auf Signilskär war von hier aus mit dem bloßen Auge nicht zu erkennen, aber mit Hilfe des Fernrohrs konnte man die Zeichen auf der Signaltafel dort deuten.

Sie gingen schweigend nebeneinander her. Johanna hatte noch die kleinen, zitternden Vierecke vor Augen, die sie durch das Fernrohr gesehen hatte.

Es waren Zeichen, und sie erzählten etwas, was nur der Eingeweihte verstehen konnte; es erinnerte an Wörter in einem Brief, allerdings auf eine andere Weise, diese Wörter flogen über das Meer wie nichts, so als ob es keine Entfernung gäbe. Es war schwindelerregend, es war kaum zu verstehen, obwohl sie es mit eigenen Augen gesehen hatte.

Als sie ins Posthaus zurückgekommen waren, setzten sie sich wieder in die Küche.

»Du hast gesagt, dass du bald vierzehn wirst«, sagte Laura.

»Ja, zwei Wochen nach Neujahr«, antwortete Johanna.

»Wir brauchen im Posthaus eine Kleinmagd, wäre das etwas für dich?«

Johanna wusste nicht, was sie antworten sollte, Arbeit, richtige Arbeit, vielleicht bezahlte, eigenes Geld. Es kam viel auf einmal auf sie eingestürmt.

Sie sind wie wir

Als Johanna das Posthaus verließ, hatte es sich eingetrübt, und der Wind wehte vom Meer her. Sie steckte die Hände in die Ärmel ihrer Jacke, ballte die Fäuste zusammen, ging mit gesenktem Kopf und hatte das Umschlagtuch bis unter das Kinn gezogen. Sie ging zum Hafen hinunter.

Ein Stück vom Strand entfernt standen drei Männer um ein umgedrehtes Boot herum. Sie bearbeiteten den Kiel, hämmerten und schlugen. Johanna blieb in einiger Entfernung stehen und sah zu. Einer der Männer nickte, sie kannte ihn, es war Magnus Eriksson vom Hof Södergården in Byholma. Die anderen waren ihr unbekannt, sie nahm an, dass es die Postzusteller aus Tomta, dem nächsten Dorf südlich von Grisslehamn, waren.

Der Bootskiel bestand aus einer langen, breiten Planke, die mit einer Eisenschiene beschlagen war. Johanna hatte solche Boote schon gesehen, sie wusste, dass es ein Eisboot war. Sie brachten es wohl für den Winter in Ordnung.

»Habt ihr etwas gehört?«, fragte Johanna.

»Nein, nichts Neues«, antwortete Magnus vom Hof Södergården.

»Ja, das war ja dein Vater«, murmelte einer der Männer aus Tomta.

»Er war ein tüchtiger Mann«, sagte der andere.

Sie drehten das Boot um. Es hatte niedrige Freiborde, der Steven war mit Blech verstärkt.

Er *war* ein tüchtiger Mann, hatte der eine gesagt, aber Johanna machte sich nicht die Mühe, ihm zu widersprechen.

Die Schweine befanden sich noch draußen in einem Pferch, die alte Sau und drei Ferkel. Es war Johannas Aufgabe, sie bis zur Schlachtung zu versorgen, zuzusehen, dass sie zu fressen hatten; das bedeutete, Wasser in den Trog zu schütten, wenn es nicht regnete, und Futter im Spätherbst, wenn sie sich nicht mehr selbst von dem ernähren konnten, was sie aus der Erde wühlten.

Jetzt harkte sie unter den Eichen unten an der Heuwiese. Sie sammelte Eicheln und Eichenblätter in Haufen zusammen, füllte sie in einen Spankorb und wenn der Korb halbvoll war, trug sie ihn nach Hause. Der Boden war lehmig, ihre Schuhe wurden nass, die langen braunen Strickstrümpfe wärmten kaum, wenn sie feucht waren.

Sie leerte den Korb in der Scheune aus; dort gab es eine Bütte mit einem Holzdeckel für das Schweinefutter: Laub, Kartoffelschalen, Erbsenschoten, Dinge, die übrig blieben und die trotzdem verwendet werden mussten.

Als der letzte Korb ausgeleert war, legte sie den Deckel auf und blieb einen Augenblick stehen, um sich auszuruhen. Da hörte sie, wie sich jemand hinter ihr in der Dunkelheit bewegte. Sie wandte sich um, erkannte den Geruch und wusste, dass es Filip war. Sie trat einen Schritt zurück, er kam auf sie zu und packte sie am Handgelenk, war ganz nahe, er roch ungewaschen, und der Branntweingestank schlug ihr entgegen.

Sie zog und zerrte, und es gelang ihr, sich loszureißen. Sie machte schnell ein paar Schritte rückwärts zur Tür hin, drehte sich um, lief über den Hofplatz und machte nicht eher Halt, als bis sie die Haustür erreicht hatte.

Den Rest des Tages versuchte sie, ihm auszuweichen.

Abends gab es gebratenen Salzhering und Roggenbrot, Johanna und ihr Bruder tranken Milch, die Älteren tranken

Wasser, die Brüder ihrer Mutter einige Schnäpse, und sogar die Großmutter nippte etwas am Branntwein. Johanna spürte wieder den ekelhaften Geruch, den Filip, der ihr gegenübersaß, verbreitete. Der Tisch war schmal und lang, und sie waren nur einen guten Meter voneinander getrennt. Er sah sie an, glotzte, und obwohl sie den Blick auf den Tisch geheftet hatte, wusste sie, wie seine dunkelbraunen, schadhaften Zähne aussahen, wenn er damit die Essensreste einsaugte, diesem Geräusch konnte sie nicht entgehen, auch wenn sie nicht hinsah.

Ruben saß auf derselben Seite des Tisches wie Johanna. Der Platz rechts am Kopfende war leer, das war Vaters Platz. Johanna blickte mehrere Male zum Platz des Vaters hin, und Filip beobachtete sie dabei.

»Er kommt nicht mehr«, sagte er.

»Das weißt du doch nicht.«

Johannas Antwort kam schnell, sie sprach mit lauter, scharfer Stimme, betonte jedes Wort.

»Einbildung«, murmelte Filip.

Mehr wurde diesmal nicht gesagt. Johanna fühlte einen Hass in sich aufsteigen, wie sie es noch nie zuvor erlebt hatte. Sie blickte hinunter auf ihren Teller und wusste, dass Filip grinste. Alle saßen stumm da. Nach einer Weile brach Ruben das Schweigen.

»Wir werden eines der Ferkel schon jetzt schlachten«, sagte er.

Johanna warf einen verstohlenen Blick auf Lars. Sie wusste, dass ihr kleiner Bruder das Schlachten nicht mochte. Im letzten Jahr hatte er sich gedrückt, aber das hatte nur Johanna bemerkt, er war noch so klein gewesen, dass niemand seine Hilfe verlangt hatte. Jetzt sah Johanna, dass Lars dem Gespräch am Tisch nicht weiter zuhören wollte, er sank ein wenig in sich zusammen, wand sich so, als ob er aufstehen und gehen wollte, aber das hätte sich nicht geschickt.

Vielleicht hatten die Onkel auch Lars' abweisenden Ausdruck bemerkt. Das war provozierend, der Junge sollte natürlich wie alle anderen bei der Arbeit helfen. Er war noch ein Kind, aber etwas konnte er doch schon tun, und er durfte am Tisch keine Grimassen ziehen, wenn die Erwachsenen über die notwendigen Verrichtungen auf dem Hof sprachen, die Alltagsarbeiten, die Essen auf den Tisch brachten.

»Es wird Zeit, dass Lars mithilft«, sagte Filip. »Er kann sich um das Blut kümmern. Dafür braucht man nur eine sichere Hand, das ist nicht schwer.«

»Ja, gut«, sagte Ruben. »Morgen Vormittag geht es los, nicht wahr, Lars?«

Er blickte Lars an, der nicht antwortete, sondern niedergeschlagen und etwas verwirrt aussah.

»Antworte deinem Onkel«, sagte Maria.

»Morgen Vormittag«, wiederholte Ruben.

Der Morgen war grau und diesig, aber es war windstill, so wie es oft im November ist, wenn der Nebel vom Meer kam.

Johanna war diesmal nicht als Erste aufgestanden. Als sie hinausging, sah sie, dass Lars schon draußen auf dem Hofplatz war. Er kniete dort und war mit irgendetwas beschäftigt; als Johanna kam, hörte er auf, erhob sich und verschwand im Haus.

Sie warteten, bis es hell wurde, gaben dem Pferd Heu, reparierten Geräte, Johanna melkte die beiden Kühe, sie frühstückten. Dann gingen die beiden Brüder ihrer Mutter zusammen mit Lars hinunter zum Schweinepferch. Der Junge bat, eine andere Arbeit verrichten zu dürfen, aber niemand hörte auf ihn, warum sollte er nicht die Arbeit ausführen, die ihm zugeteilt worden war?

Sie wählten das größte Ferkel aus, jagten es in eine Ecke des Pferches, was eine ganze Weile dauerte, Filip fiel hin, schlug sich den Ellbogen auf, wurde wütend, schrie Lars an zuzupacken. Als sie das Ferkel gefangen hatten, schleiften sie es nach vorne, hielten es am Schwanz und an den Ohren fest.

Die Schlachtbank war im Pferch aufgestellt. Ruben drückte den Kopf des Ferkels hinunter, Filip reichte Lars den Eimer, hob die Axt und schlug sie dem Ferkel hart auf den Kopf. Das Tier zuckte, zitterte, blieb still liegen. Filip schnitt ihm die Kehle durch, befahl Lars, die Schüssel darunter zu halten.

Lars stand wie versteinert da, das Blut floss auf die Erde. Filip schrie Lars an, er fluchte und brüllte. Lars weinte, aber er rührte sich nicht. Da schlug Filip ihm mit der Hand ins Gesicht. Der Junge fiel um, Filip nahm die Holzschale, drückte sie unter den Kopf des Ferkels und ließ das Blut, das noch übrig war, hineinfließen, rührte gleichzeitig mit einem Holzstück darin herum. Der Boden war klebrig und dunkelrot, es war viel verloren gegangen.

Lars lag noch auf dem Boden und schluchzte, die Onkel kümmerten sich nicht um ihn. Als das Blut versiegt war, standen sie noch da, Filip rührte die ganze Zeit über, ließ die letzten Tropfen in die Schale tropfen.

Dann hoben sie das Ferkel auf einen Karren und zogen ihn in die Scheune, wo das erhitzte Wasser wartete. Jetzt sollte das Ferkel abgebrüht werden. Das Zerlegen konnte dann bis zum nächsten Tag warten.

Sie arbeiteten schweigend und schnell mit dem kochend heißen Wasser, gossen es über das behaarte Ferkel, schabten es mit scharfen Holzstücken ab, entfernten die Haare und die äußere Haut, legten die glatte Schwarte frei. Es kümmerte sie nicht, dass Lars verschwunden war.

Nach einer guten Stunde spülten sich die beiden Männer in der Wassertonne an der Hausecke ab. Dann gönnten sie sich einen Schluck, den zweiten an diesem Tag. Sie unterhielten sich über das Ferkel, darüber, was man davon behalten wollte und was sofort frisch an das Posthaus verkauft werden sollte.

Johanna war bereit, ihrer Mutter zu helfen. Sie hatte schon öfters Tiere ausgeweidet, im letzten Jahr hatte sie sich dabei in den Finger geschnitten, die Wunde war nur langsam verheilt. Sie hatte noch eine Narbe am Zeigefinger der linken Hand.

Als sie um die Mittagszeit auf den Hofplatz hinausging, blieb sie bei den Büschen stehen, wo Lars runde Steine vom Strand nebeneinander gelegt hatte. Johanna sah, dass er etwas geschrieben hatte. Sie beugte sich nieder, las Buchstaben und Wörter: »SIE SIND WIE WIR«, stand dort.

Vier kurze Wörter, mit Kohle auf die abgeschliffenen Steinflächen geschrieben, eine unregelmäßige Reihe, eine Botschaft.

Johanna überlegte, wo Lars sein könnte, sie wollte ihn fragen, was er mit diesen Wörtern meinte. Sie suchte ihn drinnen im Haus, fragte Maria, aber auch sie wusste nicht, wo der Junge war.

Spät am Abend, als es dunkel war, kam Lars nach Hause. Sie hatten ihn im Wald und am Strand gesucht. Sie hatten sogar in der Nachbarschaft gefragt.

Als er kam, sagte er nichts. Johanna fragte, aber er wollte nicht antworten. Unter Schweigen aßen sie eine verspätete Abendmahlzeit. Ehe sie schlafen gingen, trat Johanna wie immer noch einmal auf den Hof hinaus; sie wartete dort auf Lars, und als er kam, fragte sie ihn, was die Wörter bedeuteten.

»Sie sind doch genau wie wir«, flüsterte er.

Jetzt verstand Johanna, was er meinte. Die Art, wie er flüsternd die Wörter betonte, führte dazu, dass sie verstand.

Mägde und Herrinnen

Seit dem Sturm waren nun fünf Tage vergangen. Johanna zählte genau mit, aber sie war nicht beunruhigt, sie hatte von Männern erzählen hören, die wochenlang verschollen gewesen waren, Gegenwind, Eis und Sturm ausgesetzt. Aber sie waren zurückgekommen, einige zu Fuß aus abgelegenen Orten, an denen das Boot gestrandet war.

Natürlich würden sie wiederkommen, es war erst fünf Tage her, lange Tage sicherlich und lange Nächte mit bösen Träumen und Zweifeln, trotz alledem aber erst fünf Tage und nicht einmal eine Woche, nichts im Vergleich zu einem ganzen Jahr.

Johanna versuchte auf verschiedene Art und Weise, die Zeit, die vergangen war, zusammenzuziehen. Mehrere Male hatte sie sich auf den Weg nach Skatudden gemacht, sich jedoch dann anders entschlossen. Es kam ihr wie eine Niederlage vor, dorthin zu gehen, es würde bedeuten, Unruhe zu zeigen, den Befürchtungen nachzugeben.

Am Nachmittag des fünften Tages war sie draußen bei den Kühen gewesen, hatte sie zum zweiten Mal an diesem Tag gemolken, es waren fünf Liter geworden, nicht mehr. Ein Teil davon wurde getrunken und für die Milchsuppe benötigt, der Rest war für das Butterfass bestimmt.

Als Johanna gerade wieder ins Haus gehen wollte, sah sie ihre Mutter aus dem Wald kommen. Johanna blieb stehen und wartete auf sie, sie sah, dass sie ein wenig zögerte, so als ob sie niemanden treffen wollte. Da ging Johanna ihr entgegen.

»Warst du im Wald, Mutter?«, fragte sie.

Maria blickte weg, nickte und ging weiter. Johanna gesellte sich zu ihr, aber sie merkte, dass ihre Mutter etwas zu verbergen suchte.

»Oder warst du draußen auf Skatudden?«, fragte Johanna weiter

Maria seufzte und gab keine Antwort, und Johanna verstand.

»Hast du etwas gesehen, Mutter?«, fragte sie.

»Nein, nichts.«

»Es sind jetzt fünf Tage vergangen.«

»Vielleicht sind sie tot, ich fühle, dass mich alle Hoffnung verlässt.«

»Ich glaube bestimmt, dass sie zurückkommen.«

»Ja, mein Mädchen, du hast ein starkes Gottvertrauen, aber ich kann die Hoffnung nicht länger aufrechterhalten.«

Sie waren fast zuhause, sie sprachen nicht mehr, sie gingen langsam. Maria ergriff die Hand ihrer Tochter. Johanna sah, dass ihre Mutter die andere Hand vor das Gesicht hielt und sich mit einem Zipfel ihres Blusenärmels die Augen trocknete. Sie merkte, dass ihre Mutter weinte. Aber sie gingen schweigend über den Hofplatz bis an die Haustür.

Jetzt war es zwischen Johanna und ihrer Mutter besprochen: Johanna sollte die Schweine füttern, einmal am Tag die Kühe melken und soviel es ging, im Haushalt mithelfen, wenn sie von ihrer Arbeit im Posthaus zurückkam.

»Wir wollen sehen, wie es läuft«, sagte Maria. »Du weißt, dass ich dich jetzt, wo Vater nicht mehr da ist, brauche.«

Sie hörte, wie schlimm das klang und milderte es sofort ab, hustete etwas, als ob sie etwas in die falsche Kehle bekommen hätte.

»Ja, jetzt, wo Vater weg ist«, versuchte sie.

»Ich verspreche, dass ich tun werde, was ich kann«, sagte Johanna.

Sie hatte eine frisch gebügelte Schürze und ihren besten Rock an, als sie ging, und trug die blaue Bluse unter der Jacke. Die Schuhe waren geschwärzt. Das helle Haar hatte sie zu einem Knoten im Nacken zusammengebunden. Maria hatte ihr ein blaugestreiftes Kopftuch aus grobem Leinen geliehen.

Als Johanna die Küche des Posthauses betrat, war Laura dort zusammen mit einer älteren Frau, die Johanna bis jetzt noch nicht gesehen hatte. Sie war elegant gekleidet, trug eine Spitzenbluse und einen weiten dunklen Rock, die Haare waren mitten auf dem Kopf in einer Doppelrolle aufgesteckt. Man sah, dass sie nicht zur Dienerschaft gehörte.

»Das hier ist unsere neue Kleinmagd Johanna«, sagte Laura zu der Unbekannten.

»Das ist nett, mein Mädchen«, sagte die elegante Frau und streckte die Hand aus.

Johanna ergriff sie und knickste. Die unbekannte Frau lächelte sie an, sah freundlich aus, vielleicht ein wenig müde. Johanna merkte, dass sie nach irgendetwas Fremdem roch, nach Blumen, vielleicht nach Rosen, sie wusste es nicht.

»Ich habe der gnädigen Frau von dir erzählt«, sagte Laura.

»Ja«, sagte Johanna.

»Laura wird dir sagen, was deine Aufgabe sein wird und wie viel Lohn du zu erwarten hast«, sagte die Frau, die mit ›Gnädige Frau‹ angeredet wurde, weiter. Dann lächelte sie wieder müde und verließ die Küche. Johanna hatte immer noch diesen Blumenduft in der Nase.

»Jetzt hast du die Herrin kennen gelernt«, sagte Laura nach einer Weile. »Sie sollte eigentlich mit Frau Postmeister angeredet werden, aber wir sagen immer ›Gnädige Frau‹, wenn wir mit ihr sprechen.«

Johanna nickte, ohne etwas zu sagen.

»Und mich kannst du Laura nennen.«

Johanna errötete und machte einen kleinen Knicks. Sie hatte sich nicht erinnert, ob sie Laura mit du angeredet hatte, jetzt wusste sie es jedoch besser.

»Ja, Laura«, murmelte sie.

»Und jetzt trinken wir Kaffee, ehe du anfängst zu arbeiten.«

Johanna nickte wieder und begriff, dass sie gehorchen musste. Die Frau Postmeisterin bestimmte vielleicht im Haus, aber hier in der Küche hatte Laura das Sagen.

Birgitta hatte die ganze Zeit über geschwiegen. Jetzt schenkte sie den Kaffee ein, der schon fertig gewesen war, als Johanna die Küche betreten hatte.

»Leg ab«, sagte sie. Johanna nahm das Kopftuch ab und zog die Strickjacke aus. Sie setzten sich an den Tisch am Fenster und tranken schweigend ihren Kaffee, teilten sich ein kleines Stück süßes weißes Brot.

»Du bekommst hier Essen und jetzt zu Beginn zehn Schilling die Woche«, sagte Laura. »Wir werden sehen, wie du dich machst, und möglicherweise bekommst du dann mehr.«

»Danke«, antwortete Johanna; sie hatte verstanden, dass es hier nichts mehr zu diskutieren gab, da die Hausfrau und Laura es schon festgelegt hatten.

»Und wenn wir ausgetrunken haben, wird Birgitta dir das Haus zeigen, sodass du die Räume siehst und einiges lernst, was du wissen musst.«

Johanna murmelte noch einmal ein Dankeschön.

Das Haus war wirklich groß; außer der Küche gab es noch elf Räume und den langen Flur, der quer durch das Haus verlief und es in zwei Hälften teilte. Im oberen Stockwerk befanden sich vier Gästezimmer und ein riesengroßer Raum mit einem Steinfußboden, in dem niemand wohnte. Es gab überall Kachelöfen und große Fenster, die Möbel glänzten, die Betten waren breit und mit schönen Decken und weichen Kissen versehen.

Die Gnädige Frau saß mit einer Zeitung vor dem wärmenden Feuer im linken Eckzimmer, das zur Seeseite hin lag, als Birgitta und Johanna leise vorbeigingen. Der Postmeister befand sich in seinem Kontor, die Kinder hatten Schulstunde im rechten Eckzimmer, das offenbar als Klassenzimmer benutzt wurde und in dem die Gouvernante ihr Bett stehen hatte. Die vier Gästezimmer im oberen Stockwerk standen derzeit leer, aber es wurden demnächst Gäste erwartet, Reisende auf dem Weg nach Åland.

Dann setzte Birgitta ihre Führung fort. Sie gingen auf den Hofplatz hinaus, sahen in die Remise, in den Stall, in den Milchschuppen und das Waschhaus, das Johanna ja schon kannte.

Als sie in das große Haus zurückkehrten, hatten die Kinder gerade Pause. Birgitta stellte Johanna der Gouvernante vor, einer großen, mageren, dunkelhaarigen Frau von ungefähr dreißig, die ein freundliches Lächeln zeigte.

»Ich heiße Margareta«, sagte sie. »Wir haben uns ja schon gesehen, als du neulich Holz gebracht hast, nicht wahr?«

»Ja«, antwortete Johanna.

»Wir haben geschrieben, glaube ich, die Kinder und ich.«

»Das habe ich gehört.«

»Gehört, wie meinst du das?«

»Ich habe gehört, wie es gekratzt hat, als die Kinder geschrieben haben, und ich habe das weiße Papier gesehen.«

»Aha, das ist interessant. Kannst du denn schreiben?«

»Etwas kann ich schon.«

»Und dann kannst du sicher auch lesen?«

»Ja, aber meistens die Bibel.«

»Möchtest du gerne irgendetwas anderes lesen?«

»Ja, ich glaube schon, wenn ich etwas hätte.«

»Ich kann dir etwas zeigen. Wir können uns weiter darüber unterhalten, wenn der Unterricht zu Ende ist, falls du dann noch da bist.«

»Ich bleibe jetzt hier, ich arbeite hier.«

»Dann komm später, wenn du mit der Arbeit fertig bist.«

In den nächsten Stunden nahm Johanna Heringe aus; das hatte sie schon oft zuhause getan. Sie saß auf einem Hocker vor dem Milchschuppen. Birgitta half in der ersten Stunde mit, sie unterhielten sich die ganze Zeit über, das war ungewohnt für Johanna. Zuhause auf dem Hof war Arbeit mit Schweigen verbunden.

Sie aßen in der Küche zu Mittag, die drei Mägde und der Knecht Sigurd, der vom Hafen, wo er an der Überprüfung der Boote teilgenommen hatte, heraufgekommen war. Es gab Erbsensuppe, gebratenen Hering und Roggenbrot. Sigurd bekam einen Schluck Branntwein zum Essen, die Frauen tranken Wasser.

Nach dem Essen scheuerte Johanna die Diele und den Speisesaal. Sie tat ein wenig Seife ins Wasser, das gab einen guten Geruch; zuhause wurde zweimal im Jahr mit Wasser und Sand gescheuert.

Nach dem Kaffee gegen vier sagte Laura, dass Johanna früher Schluss machen könne, da es ihr erster Tag war.

Im Übrigen war nicht vorgesehen, dass sie genauso lange arbeiten sollte wie die anderen, denn sie hatte ja auch zuhause noch etwas zu tun.

Ehe sie das Posthaus verließ, suchte Johanna Margareta auf. Sie befand sich auf ihrem Zimmer und war mit Papieren und Büchern in der Ecke des Raums, die als Klassenzimmer diente, beschäftigt.

»Setz dich«, sagte Margareta und wies auf einen der Stühle an dem kleinen Tisch, an dem ihre Schüler zu sitzen pflegten.

Sie setzte sich Johanna gegenüber, lächelte und betrachtete ihren Gast, ohne etwas zu sagen. Johanna lächelte zurück, konnte ihren Blick aber nur einen Augenblick auf Margareta gerichtet halten, dann senkte sie verlegen die Augen und fühlte sich unsicher.

»Du hast gesagt, dass du lesen kannst«, sagte Margareta. »Hier hast du eine Seite aus einer Zeitung. Kannst du mir daraus etwas vorlesen?«

Sie schob Johanna einen großen Bogen Papier hin und drehte ihn um. Es wimmelte nur so von Buchstaben und Wörtern auf dem Papier, von Zeilen und Spalten, großen und kleinen. Johanna betrachtete sie, es war so viel, sie wusste nicht, worauf sie ihren Blick richten sollte.

»Hier kannst du beginnen«, sagte Margareta und zeigte auf eine Zeile.

Johanna sah den Text an, begann die Überschrift zu lesen.

»An Stock…holms Mägde.«

Sie sah zu Margareta auf, die wieder lächelte. Johanna las weiter.

»Ihr seid Menschen genauso wie die Gnädige Frau. Ihr seid aus demselben Stoff ge…macht, es ist eine weitaus größere Kunst, eine or...dent...liche Magd zu sein als eine or...dent...liche Herrin.«

Hier machte Johanna eine Pause. Sie hatte den Anfang des Textes geschafft; es stand noch viel mehr da, sie hatte mit den Buchstaben gekämpft und nicht darüber nachgedacht, was sie gelesen hatte.

»Das hat ja gut geklappt«, sagte Margareta. »Lies es noch einmal.«

Johanna begann wieder von vorn, und jetzt ging es glatter. Sie blieb nicht stecken, und sie konnte auf den Inhalt achten.

»Es handelt von dir«, sagte Margareta. »Aber lies weiter.«

Johanna las den ganzen Artikel durch: Es war schwerer, eine Magd zu sein als eine vornehme Dame. Dass so etwas in der Zeitung stehen konnte! Aber es war schon amüsant, doch wahrscheinlich ziemlich unverschämt.

Die Zeiten ändern sich

Johanna hatte schon in aller Frühe, ehe sie ins Posthaus gegangen war, die Kühe gemolken. Sie kam gerade rechtzeitig zum Morgenkaffee. Sie tranken jeder eine Tasse Kaffee, nahmen jedoch kein Brot dazu. Laura hatte gesagt, sie müssten sparsam damit umgehen; sie hatten zwar ausreichend Mehl, aber verschwenden dürften sie es nicht.

»In Stockholm sollen die armen Leute schon hungern«, sagte sie. »Ich habe von jemandem, der mit einem der Reisenden gesprochen hat, gehört, dass die Leute ein Lagerhaus draußen vor der Stadt aufgebrochen haben, und dass Soldaten dorthin kommandiert worden sind.«

»Auf Nygården haben wir nur halb so viele Säcke mit Mehl, wie wir sonst hatten«, sagte Johanna.

»Wenigstens haben wir Kaffee«, sagte Birgitta.

»Solange der Vorrat reicht«, murmelte Laura. »Sie führen ja auch auf dem Meer Krieg, und dann schießen sie auf die Schiffe, die den Kaffee bringen.«

»Wer führt denn alles Krieg miteinander?«, fragte Johanna.

»England und Russland und Frankreich, nehme ich an«, sagte Laura.

»Ist Schweden auch dabei?«

»Nein, zumindest im Augenblick nicht, und wir können nur hoffen, dass der Frieden bestehen bleibt, denn Krieg bringt nur Unglück.«

»Meine Großmutter hat von den Russen erzählt.«

»Ja, die wollen wir nicht noch einmal hier haben.«

»Meine Großmutter sagt, dass sie den Leuten von Singö alles abgenommen und jedes Haus niedergebrannt haben.«

»Sie haben auch in Byholma Höfe niedergebrannt«, sagte Birgitta. »Mein Großvater hat erzählt, dass die Kosaken am schlimmsten gewesen sind, und sie hatten Pferde dabei. Sie haben einen Mann mit einem Strick festgebunden und ließen ihn hinter dem Pferd herlaufen. Als er ihnen den Weg nicht zeigen wollte, haben sie ihn blutig geschlagen.«

»Gott bewahre uns vor den Kosaken«, sagte Laura.

»Kosaken?«, sagte Johanna, »was sind das eigentlich für welche?«

»Sie sind eine Art Reitervolk«, antwortete Laura. »Sie tragen Pelze, die voller Läuse sind. Sie haben einem Mann auf Singö die Kleider abgenommen und ihm dafür einen Kosakenkittel gegeben, und dann musste er ihn wohl oder übel anziehen, denn er war ja völlig nackt, der Arme. Aber dieser Kittel bestand mehr aus Läusen als aus Stoff, und er wurde von diesen Kosakenläusen fast aufgefressen.«

Johanna hatte Wasser geholt. Als sie gerade mit dem Eimer auf dem Weg zurück ins Haus war, erblickte sie ein paar Männer, die auf dem Weg vor dem Hoftor entlanggingen. Durch das Küchenfenster konnte sie dann erkennen, dass es drei gut gekleidete Herren waren, ein älterer und zwei junge, und außerdem Sigurd, der ihnen offenbar den Weg zeigte. Er ging mit kleinen schnellen Schritten voran, und zog die Mütze ab, ehe er die Türe öffnete. Der Postmeister kam ihnen auf dem Flur entgegen. Johanna konnte die Stimmen durch die Küchentür vernehmen, dann verschwanden die Geräusche; Johanna vermutete, dass sie in das Kontor gegangen waren.

Ein paar Minuten später kam Laura in die Küche. Sie erzählte, dass sie unerwartet Besuch von ein paar Herren erhalten hätten, die sich auf dem Weg nach Stockholm befänden; sie wären gerade mit dem Schiff aus Åland angekommen; sie wären hohe Beamte, ihr Wagen hätte sich verspätet, vielleicht würden sie übernachten.

Laura bat Johanna, in drei Gästezimmern die Kachelöfen anzuheizen. Holz lag dort schon, es war trocken und fein gespalten, außerdem Birkenrinde. Johanna nahm ein brennendes Talglicht in einem Kerzenhalter mit, fachte damit das Feuer an, und bald knisterten die Flammen in allen drei Kachelöfen.

Der Wagen kam nicht, die Gäste blieben. Es wurde spät, der ältere Gast hatte sich schon gegen neun Uhr hingelegt, aber die beiden jüngeren saßen zusammen mit Margareta in dem kleinen Salon neben dem Speisezimmer. Der Postmeister entschuldigte sich bald, die Frau des Hauses hatte sich ebenfalls schon zurückgezogen. Die drei jungen Leute blieben auf, sie hatten sich viel zu erzählen.

Johanna servierte Wein und süßes Kleingebäck, außerdem dünne Scheiben Roggenbrot mit Käse. Die Herren wählten das Gebäck, Margareta zog den Käse vor.

Sie redeten über die große Welt, über den Krieg und über Bonaparte. Johanna hatte den Namen schon gehört und wusste, dass er Frankreichs Herrscher war, nicht König, denn in Frankreich hatten sie keinen, sie hatten den König erschlagen, das hatte ihr Vater gesagt. Mehr wusste sie nicht.

Sie ging zwischen Küche und Salon hin und her. Gelegentlich blieb sie stehen und beschäftigte sich mit Tassen und Gläsern, machte sich an den Holzspänen zu schaffen, sah nach dem Feuer, ging mit Gläsern und Flaschen zum Tisch zurück. Sie wollte gerne zuhören, deshalb fand sie Vorwände, um bleiben zu können. Man kümmerte sich nicht um sie. Offenbar war es üblich, die Dienerschaft im Zimmer zu haben, eine kleine stille Magd war wie ein Stuhl oder ein Schreibtisch, sie war da, aber sie störte niemanden.

»Petersburg ist eine phantastische Stadt«, sagte der kleinere der beiden Männer. »Die Paläste sind großartig, eine solche Pracht sieht man nirgendwo sonst, ja, es sei denn in Paris.«

»Sind Sie in Paris gewesen, mein Herr?«, fragte Margareta.

»Es war mir vergönnt, die französische Hauptstadt zu besuchen«, antwortete der Mann.

»Jetzt werden wir jedoch auch unsere russischen Freunde besser kennen lernen«, sagte der größere Mann.

»Sind das denn unsere Freunde?«, wollte Margareta wissen.

»Tempora mutantur«, antwortete der Mann. »Die Zeiten ändern sich, das müssen wir begreifen, jetzt geht es um die Sicherheit des Reiches.«

»Und wir wissen ja nicht, ob wir uns auf England verlassen können«, sagte der andere Mann.

»Alles ändert sich«, sagte Margareta. »Der Meinung bin ich auch, wir stehen am Anfang einer neuen Zeit. Ich glaube, dass Bonaparte uns den Weg zeigen wird. Die Zeit der Unterdrückung ist in Europa vorüber, jetzt kommt eine neue Freiheit für alle, die nicht im Reichtum geboren sind.«

»Na ja«, murmelte der kleine Mann. »Die französischen Ideen sind schnell verflogen, sie sind wie trockenes Laub im Wind. Unser König schätzt Bonaparte nicht, und ich denke wie er.«

»Aber man muss doch zugeben, dass diese Gedanken trotzdem sehr zählebig sind«, antwortete Margareta. »Die Idee von Freiheit und Gleichheit scheint fortzuleben.«

»Das ist jetzt vorbei«, sagte der Mann, der in Paris gewesen war.

In dieser Nacht blieb Johanna in der Mägdekammer neben der Küche. In ihrem Abendgebet bat sie Gott, dass er sie ihren Vater bald wiedersehen lassen möge. Darum betete sie jeden Abend, und sie war immer noch davon überzeugt, dass der Vater lebte.

Am nächsten Morgen kam der Wagen und holte die drei Besucher ab. Johanna machte die Gästezimmer sauber, nahm neue Bettlaken heraus, machte die Betten, holte Holz. Nach der Mittagspause fegte sie den Boden des Speisezimmers. Margareta schaute herein, sie suchte ein Buch im Regal des Salons und hatte Johanna gehört, jetzt wollte sie nur guten Tag sagen.

»Du hast gestern Abend alles sehr gut gemacht«, sagte sie. »Es ist spät für dich geworden, die Herren hatten so viel zu erzählen. Sie sind draußen in der großen Welt gewesen und wollten, dass wir das auch ja begreifen.«

»Sind die Russen jetzt unsere Freunde?«, fragte Johanna.

»Im Augenblick scheint das so zu sein, aber das kann sich schnell ändern. Nichts ist wie früher, alles in Europa ist umgestürzt worden.«

»Gibt es hier in Schweden Krieg?«

»Man kann nichts voraussagen. Das Einzige, was ich weiß, ist, dass wir einer ganz neuen Zeit entgegengehen.«

Der Signalist

In der ersten Dezemberwoche kam die Kälte. Früh morgens lag der Frost weiß und streng um den Hof Nygården herum, der Herbst war vorbei, das verschrumpelte Birkenlaub lag wie Fischschuppen zwischen den harten Erdklumpen und den mit Eis überzogenen, gefrorenen Steinen.

Auf einigen der Steine konnte man unter dem dünnen Film schwarze Striche, verwischte Buchstaben, einzelne Wörter erkennen. Es waren Lars' Schreibübungen, seine kleinen Botschaften, die er jeden Tag aufs Neue verfasste. Er schrieb sie, wenn niemand zusah, und nur Johanna las sie und versuchte, sie zu verstehen. Sie fragte Lars jedoch fast nie, was er damit meinte, sie deutete alles selbst, erkannte neue Steine und neue Wörter, die Lars mit Kohle dort aufgeschrieben hatte, vergaß das, was er wieder weggewischt hatte.

Als die Kälte und das Eis kamen, nahm Johanna zunächst an, dass er fürs Erste mit dem Schreiben aufhören würde. Aber sie irrte sich. Lars brachte kleinere Steine vom Strand mit, schrieb drinnen in der warmen Stube, legte die Steine draußen hin und ließ sie über Nacht dort liegen, sodass sie mit einer Eis- oder Frostschicht überzogen wurden.

Eines Morgens wachte Johanna wie schon so oft früh davon auf, dass Filip ächzend und schniefend aus dem Bett kroch. Als sie selbst kurze Zeit später nach draußen ging, sah sie, dass die Stelle, auf die Lars seine Steine gelegt hatte, gewissermaßen sauber gespült war, ein Stück Boden war frei vom Frost. Sie trat näher und sah, dass die Steine bepinkelt waren; da begriff sie, dass es Filip war, der das, was Lars geschrieben hatte, ausradiert hatte.

Das ging so weiter, solange sich in der feuchten Nachtluft Eiskristalle bildeten und solange noch kein Schnee lag. Lars schrieb, und sein des Lesens unkundiger Onkel pinkelte es weg. Jetzt begann Johanna, Lars zu ermuntern. Sie selbst las es, wie sonst auch, aber sie erzählte ihrem Bruder jetzt, dass sie es gesehen hatte, und sie fragte und wollte es genau wissen, sagte, wie sie es verstanden hatte, hatte oft recht, manchmal jedoch irrte sie sich auch.

Eines Tages schrieb sie selbst einige Wörter: DU WIRST GROSS.

Sie suchte drei trockene Steine aus, ordnete sie in einer Reihe an, wartete bis zum nächsten Tag, ob Lars antworten würde. Gerade an diesem Morgen war die Eisschicht etwas dicker. Filip hatte nicht alles löschen können. Sie erkannte die Linien, sie waren undeutlich, aber sie konnte die Antwort lesen, drei Wörter auf drei Steinen: NICHT WIE SIE.

Sie suchte zwei saubere Steine, nahm sie mit hinein, ließ sie trocknen und schrieb: ICH WEISS.

Mit dieser Nachricht an Lars endete der Austausch von Wörtern, Johanna wusste nicht, ob Lars ihre Antwort hatte lesen können. Filip war zuerst da gewesen, vielleicht war die Eisschicht dünner, oder er zielte besser, er hatte die Wörter verwischt, sie waren unleserlich geworden. Die Buchstaben flossen auseinander, hinterließen graue ausgefranste Schatten und gelbliche Ränder, Reste des verstummten Steingesprächs.

Filip schien gewonnen zu haben, Lars hatte aufgehört zu schreiben, Johanna hatte aufgegeben. Dann kam der Schnee und deckte eine dünne Schicht über die Steine, es wurde wärmer und dann wieder kälter, der Schnee verharschte.

Die Schlachtung des zweiten Ferkels wurde vorbereitet. Jetzt sollte Lars keine Gelegenheit mehr haben, dem zu entgehen.

Filip nahm den Jungen mit zum Schweinepferch, wo sich die Sau mit ihren beiden noch lebenden Ferkeln aufhielt. Wenn der Frost den Boden richtig hart gemacht hatte, sollten alle Schweine in den Stall kommen, vorher nicht. Eine Zeitlang konnten sie jetzt noch die dünne Schneeschicht aufwühlen.

Das ausgewählte Ferkel lief schnell. Sie verloren es mehrere Male aus dem Griff, Filip schrie Lars an, er solle sich beeilen, nicht herumstehen wie eine alte Frau, er fluchte und krakeelte, schlug Lars mit der flachen Hand in den Nacken und stieß ihn um.

Filip musste das meiste selbst verrichten. Lars wollte das Ferkel nicht bei den Ohren packen, das Tier schrie vor Schmerz oder aus Wut. Plötzlich ließ Lars das Ferkel los, erhob sich und rannte schräg über die Weide in den gegenüberliegenden Wald. Filip blieb stehen.

»Verdammtes altes Weib«, schrie er Lars hinterher. »Aus dir wird nie ein Mann werden.«

Nach einer Weile kam Ruben, und sie schleppten das Ferkel auf die Schlachtbank. Sie schlugen es und ließen das Blut ab wie immer, das war nichts Besonderes. Filip verstand nicht, was mit dem Jungen los war.

Johanna war zuhause, um ihrer Mutter zu helfen. Die Mutter hatte Laura Bescheid gesagt, sie waren übereingekommen, dass Johanna an diesem Tag im Posthaus frei bekommen sollte. Johanna stand mit einem Tranchiermesser in der Hand da, als die Brüder ihrer Mutter in die Küche kamen, um etwas zu essen. Sie begannen mit einem Schnaps, warteten auf etwas Warmes, ein gebratenes Stück Fisch mit Brot vielleicht.

»Der Junge ist in den Wald gelaufen«, sagte Filip.

Maria sagte nichts.

»Aus dem wird niemals ein Mann«, sagte Filip. »Aber ich werde es ihm schon beibringen.«

»Vater hat über Lars zu bestimmen, nicht du«, sagte Johanna.

»Dein Vater ist tot«, antwortete Filip.

»Er kommt wieder.«

»Nein, er kommt nicht mehr, begreifst du das nicht? Er ist ertrunken und kommt nicht wieder, und ich bin jetzt der Älteste auf dem Hof und ich habe hier zu bestimmen. Ist das so schwer zu verstehen?«

»Ich weiß, dass Vater lebt«, schrie Johanna.

»Verdammtes Gör, du begreifst nichts. Nils kommt nicht wieder. Er ist tot, man muss es eben einsehen.«

Johanna warf das Messer weg, rannte zur Tür und war im nächsten Augenblick draußen. Sie lief über den Hofplatz, an der Scheune vorbei und auf den Pfad hinaus. Sie lief immer weiter, wurde erst langsamer, als sie am Nachbarhof vorbeigekommen war. Sie keuchte, hörte auf zu laufen, ging aber immer noch schnell und war bald unten in Grisslehamn angelangt.

Ehe sie zum Posthaus ging, versuchte sie sich zu beruhigen. Sie war immer noch außer Atem, und der Zorn hatte sich noch nicht richtig gelegt.

Laura war in der Küche. Es war Johanna anzusehen, dass etwas geschehen war, und Laura wurde etwas unruhig, trotzdem bot sie Johanna erst einmal eine Tasse Kaffee an, bevor sie fragte.

»Mein Onkel benimmt sich meinem kleinen Bruder gegenüber so bösartig«, erklärte Johanna.

»Ja, einige Männer sind so, und einige sind schlimmer als andere.«

»Lars ist weggelaufen, und ich glaube, dass er diesmal ziemlich lange wegbleiben wird.«

»Und du, willst du hierbleiben oder nach Hause zurückkehren?«

»Ich würde am liebsten hierbleiben.«

Und so geschah es denn auch. Johanna blieb im Posthaus und arbeitete wie immer den ganzen Tag über. Als es dunkel wurde, sprach sie wieder mit Laura, sagte, dass sie vielleicht doch nach Hause gehen sollte, um nachzusehen, wie es Lars ergangen war.

»Du hattest ja kaum etwas an«, sagte Laura. »Leih dir hier etwas Warmes aus, ich gehe mit dir ins Waschhaus, dort hängen einige Sachen.«

Im Waschhaus gab es einen Abstellraum, den Johanna noch nicht gesehen hatte; eine schmale Tür führte von der Haustür in einen Verschlag hinter der Kammer der Knechte. Dort hingen einige Mäntel, und an der Wand standen mehrere Paare Lederstiefel.

»Nimm diesen Umhang da«, sagte Laura. »Und einige der Stiefel müssten eigentlich passen, obwohl sie groß sind, es gibt genug Fußlappen, nimm mehrere, damit kannst du die Stiefel ausfüllen.«

Der Umhang war ein dunkelgrauer Soldatenmantel aus gröbstem Stoff, mit einer Kapuze. Die Stiefel waren schwer und hart. Als Johanna jedoch die Fußlappen um ihre Füße gewickelt hatte, konnte sie damit laufen, ohne dass sie allzu sehr scheuerten.

Als Johanna in Richtung Byholma aufbrach, war es draußen sternenklar. Sie hatte vor, nicht ganz bis zum Hof Nygården zu gehen, sondern den Pfad hinauf in den Wald zu nehmen bis hin zu den Wirtschaftsgebäuden, um dort nach Lars zu rufen, er kannte ja ihre Stimme. Als sie an der ersten Weide vorbeigekommen war, hörte sie ein Heulen, und sie wusste, dass es ein

Wolf war. Sie ging schneller, die Laute waren furchteinflößend. Im Herbst waren auf Singö mehrere Wölfe erlegt worden, und jetzt, wo das Eis trug, konnten die Wölfe über weite Strecken laufen.

Jetzt hörte sie das Heulen wieder, es kam näher und klang, als ob sich der Wolf oben im Wald in der Nähe der Höfe befand. Sie blieb stehen und lauschte. Dann kehrte sie um, ging zurück nach Grisslehamn, beeilte sich. Das letzte Stück des Weges lief sie. Die Stiefel schlappten, aber sie hatte schon herausbekommen, dass die Füße nicht rutschten, wenn sie die Zehen spreizte.

Als sie ins Posthaus zurückgekommen war, saß sie eine ganze Weile allein in der Küche. Sie fand, dass sie ihren Bruder im Stich gelassen hatte, sie wollte ihm so gerne helfen, aber sie konnte es nicht.

Am nächsten Tag war der Hafen zugefroren, das Eis war dünn und spiegelblank. Johanna wurde gebeten, zum Posthafen zu gehen und Sigurd, der oben im Posthaus gebraucht wurde, zu holen. Sie nahm wieder den Umhang, zog für das kurze Stück jedoch diesmal ihre eigenen Schuhe an.

Einige Männer ließen gerade das Eisboot zu Wasser. Die dünne Eisschicht brach unter der Last des Bootes, aber das Eis behinderte doch die Bewegungen des Bootsrumpfes, das Boot war von zerborstenem Eis umgeben. Die Männer schafften Spankörbe, Segel und Ruder an Bord. Sie wollten offensichtlich auf der gegenüberliegenden Seite Post abliefern. Johanna blieb stehen und sah zu, als das Boot ablegte. Ein Mann saß am Bug und zerschlug das Eis, die anderen schoben mit den Rudern nach, ruderten ein Stück, drückten das Eis auseinander, ruderten wieder. Sie kamen nur langsam voran.

Nach dem Mittagessen ging Johanna mit einem Essenskorb hinauf zur Telegrafenstation. Ihr war vom Postmeister ein verschlossenes Kuvert mitgegeben worden. Sie nahm an, dass es irgendeine Nachricht war, die hinüber nach Signilskär geschickt werden sollte.

Harald und Sven waren da, außerdem ein dritter Mann, den sie zuvor noch nicht gesehen hatte.

Er stellte sich als Albert Rask vor, er stammte aus Norrtälje, er hatte eine Verlobte in der Nähe von Grisslehamn, und er sollte seinen Dienst als dritter Mann auf der Station antreten.

Albert hatte einen Feldstecher mitgebracht, ein langes Messingrohr, das nach Bedarf ausgezogen und eingestellt werden konnte. Das feste Teleskop an der Wand war ja so eingestellt, dass man nur die Signaltafel auf Signilskär und nichts anderes sehen konnte. Mit dem Feldstecher konnte man Schiffe und andere Dinge auf dem Meer und entlang der Küste beobachten.

»Die Militärverwaltung in Stockholm will, dass wir ein Auge auf fremde Schiffe haben«, erklärte Albert.

Als Johanna das Telegrafenhäuschen verließ, ging er mit ihr hinaus. Er behauptete, dass man draußen besser beobachten könne, denn das Fensterglas war trübe und beeinträchtigte die Sicht. Er zog das Rohr heraus, hielt es an sein rechtes Auge und ließ es am Horizont entlang gleiten. Johanna wartete, ohne etwas zu sagen. Nach einer Weile senkte er das Fernglas und fragte, ob Johanna auch einmal durchschauen wolle.

Johanna zögerte etwas mit der Antwort, sie wusste nicht genau, wie sie den Neuankömmling anreden sollte. Die anderen Jungen waren Bauernsöhne aus der Gegend, zu ihnen konnte man du sagen. Aber dieser etwas ältere fremde Mann kam aus der Stadt.

»Ja, danke«, antwortete sie und umging so vorläufig das Problem.

Sie nahm den Feldstecher, richtete ihn gegen den Horizont, erkannte die Inseln um Signilskär herum, vergrößert, aber in dem grauen Licht ein wenig verschwommen. Dann senkte sie den Feldstecher auf die Meeresoberfläche, blickte in Richtung Singö und auf die Inseln da draußen, Mässten und Halsaren, senkte den Feldstecher und erblickte das Eisboot. Es war noch nicht weit gekommen, einer der Männer saß immer noch vorne und schlug das Eis auseinander, die anderen ruderten.

»Ich habe von deinem Vater gehört«, sagte Albert.

Johanna blickte immer noch durch den Feldstecher, sie sagte nichts, nickte nur als Antwort.

In diesem Moment begannen die Klappen auf dem Telegrafenhäuschen zu rattern, eine nach der anderen, in schneller Abfolge nahmen sie neue Stellungen ein, das ging mehrere Sekunden lang so. Einer der Signalisten dort drinnen hatte offenbar eine Nachricht erhalten und sie bestätigt, oder vielleicht war auch eine neue Mitteilung von hier abgegangen, möglicherweise etwas, was auf dem Papier gestanden hatte, das Johanna vom Posthaus mitgebracht hatte.

Albert sah hinauf zu den Signalklappen, murmelte etwas vor sich hin, nickte und sah ernst aus.

»Können Sie die verschiedenen Zeichen deuten, Albert?«, wollte Johanna wissen.

»Nicht alle, aber recht viele. Wir haben ja die Tabelle, die wir zu Rate ziehen können, wenn wir etwas nicht wissen.«

Johanna wusste, in welchem Fach neben dem Teleskop sich die Signaltabelle befand. Sollte sie es wagen, Albert zu fragen, ob sie sie einmal ansehen dürfte?

Sie unterließ es, aber bald würde sich sicher eine neue Gelegenheit bieten.

Der Besuch des Kanzleirates

Zu Neujahr kamen Gäste: Alle Betten im Posthaus waren belegt, die Gäste aßen und tranken, wurden bedient, brauchten saubere Bettwäsche, und es musste Holz auf die Zimmer gebracht werden. Für die Mägde des Posthauses bedeutete das kurze Nächte, frühes Aufstehen am Morgen. Als die Gäste wieder abgereist waren, ließen sie einige Zeitungen zurück. Johanna nahm sie an sich, las über Stockholm und über den Krieg draußen in der Welt.

Die Kälte hielt den ganzen Januar über an, die Bucht war völlig vereist, doch der Wind brach Eisrinnen in das Åländische Meer. Eisschollen türmten sich auf und erschwerten die Überfahrt mit dem Schlitten. Reisende kamen erschöpft und müde ins Posthaus, um dort zu übernachten.

Johanna ging oft mit dem Essen hinauf zur Telegrafenstation. Sie sah den Signalisten bei der Arbeit zu, fragte, lernte das eine oder andere. Eines Abends hörte sie vom Postmeister, dass am folgenden Tag ein paar Herren aus Stockholm kommen würden, um die Telegrafenstation zu inspizieren. Johanna dachte nicht weiter darüber nach, es kamen ja hin und wieder Leute aus der Hauptstadt.

Die Herren trafen vormittags mit dem Wagen ein, sie waren zu dritt, einer von ihnen hieß Edelcrantz. Johanna erfuhr, dass er der Konstrukteur der Telegrafenstation war.

Ein wenig später bediente Johanna die Besucher im Salon. Die Herren waren in eine Diskussion vertieft, sie beachteten Johanna nicht. Sie brachte Kaffee und Gebäck, stellte sich an die Wand, um auf weitere Anweisungen zu warten, gleichzeitig hörte sie dem Gespräch zu, das sich um die Telegrafenstation drehte und um die Schwierigkeiten, die Tabellen deuten zu lernen.

»Mir macht Ihre Tabelle etwas Sorgen, Herr Kanzleirat«, sagte einer der Männer, die sich in der Gesellschaft von Edelcrantz befanden. »Einige der Signalisten brauchen sehr lange, um die Kombinationen zu finden, aber so ist das wohl mit der neumodischen Technik, dass Schwierigkeiten nicht zu vermeiden sind.«

»Ich bin absolut nicht deiner Meinung, lieber Maurius«, antwortete Edelcrantz. »Ich behaupte, dass sogar ein Kind mein System leicht lernen kann.«

»Ja, Sie haben das in Ihrer Abhandlung geschrieben, Herr Kanzleirat«, sagte der dritte Mann in der Gesellschaft.

»Genau«, sagte Edelcrantz. »Ich habe das geschrieben, weil ich weiß, dass es so ist.«

»Einige Gegner haben sich erlaubt, Zweifel daran zu äußern«, sagte der Mann, der mit Maurius angeredet worden war.

Jetzt wandte sich Edelcrantz Johanna zu, lächelte sie an, bedeutete ihr mit der Hand, sie möge näher treten.

»Wie alt bist, mein Mädchen?«, fragte er.

»Ich bin Anfang dieses Jahres vierzehn geworden, mein Herr«, antwortete Johanna.

»Und wie heißt du?«

Johanna nannte ihren Namen, Edelcrantz nickte und lächelte sie wieder an.

»Kannst du lesen?«

»Ja, mein Herr, das kann ich.«

Edelcrantz wandte sich den beiden anderen Herren zu, zeigte auf Johanna und sagte mit etwas lauterer Stimme: »Ich wage zu behaupten, dass unsere hübsche Johanna mein Signalsystem an einem einzigen Nachmittag lernen kann.«

»Ich erlaube mir, das in Zweifel zu ziehen«, antwortete Maurius.

»Es ist dein gutes Recht, daran zu zweifeln, lieber Maurius«, sagte Edelcrantz. »Aber ich möchte, dass ihr alle mit hinauf zur Telegrafenstation kommt.«

Sie brachen gegen zwei Uhr auf. Der Postmeister zeigte den Weg, Johanna ging als Letzte hinterher. Der Wind wehte kalt vom Meer herüber. Edelcrantz redete die ganze Zeit über die Natur, die Beschaffenheit der Luft und deren Auswirkung auf die Sicht. Er meinte, dass es angebracht sei, optische Signalstationen in der Nähe des Meeres anzulegen.

Die Männer in der Station waren überrascht und auch ein wenig beunruhigt über den Besuch. Inspektion konnte Klagen und Bestrafungen bedeuten, das wussten sie. Irgendetwas konnten sie wohl immer einmal versäumt haben.

Edelcrantz jedoch war gut aufgelegt, er begrüßte die Männer freundlich. Dann begann er, das Signalsystem mit Johanna durchzugehen. Er zeigte auf jedes kleine Detail auf der Tastatur, nannte alles beim Namen, erläuterte, wie die einzelnen Teile zusammenhingen, wie man die Signale anordnete, wie man die Nachricht fertig machte. Dann bat er Johanna, alles zu wiederholen. Jeden Handgriff musste sie selbst ausführen. Als alles durchgegangen war, begann er wieder von vorne.

Dann zeigte er ihr, wie das Teleskop gehandhabt wurde, wie man die Schärfe einstellte, wie sie die Signaltafel auf der anderen Seite des Meeres ablesen musste.

»Und jetzt zur Tabelle«, sagte er.

Er zeigte ihr, wie die Tabelle angelegt war, wie Sätze und Wörter auf der Signaltafel in Zeichen umgesetzt werden konnten, die drei Holzklappen auf dem großen Gerüst über der Signalhütte konnte man auf mehr als tausend Arten kombinieren.

»Du brauchst nicht alle Kombinationen auswendig zu lernen«, sagte Edelcrantz. »Es ist von Nutzen, wenn man einige häufiger vorkommende Wörter und Ausdrücke auswendig kann, den Rest kann man in der Tabelle nachschlagen.«

Johanna durfte die Tasten, die die Klappen dort oben regulierten, selbst bedienen, jedoch ohne den Griff herunter zu drücken, der die ganze Nachricht am Ende zusammenstellte.

»Jetzt ist es an der Zeit, etwas auf die andere Seite zu senden«, sagte Edelcrantz. »Ich möchte, dass du folgende Mitteilung sendest: Was habt ihr dort für Wetter?«

Johanna suchte in der Tabelle, fand nach einer Weile den Satz, den Edelcrantz ihr zu senden aufgetragen hatte. Sie sah die Kombination, gab sie auf der Tastatur ein und drückte den Griff herunter. Das Rattern oben bestätigte, dass das Signal eingestellt wurde.

»Jetzt gehen wir hinaus und sehen nach, was wir erreicht haben«, sagte Edelcrantz.

Sie gingen zusammen auf den Hügel, sahen, wie die Klappen eingestellt waren, gingen in die Hütte zurück.

»Jetzt geh ans Teleskop und sieh nach, was die da drüben sagen«, sagte Edelcrantz.

Johanna schaute in das Teleskop. Nach einer halben Minute wurde das Signal jenseits des Meeres geändert. Sie sah, dass dort dieselbe Kombination eingestellt worden war wie die, die sie eben gesendet hatte.

»Sie sagen dasselbe, was ich ihnen gerade gesagt habe«, sagte sie. »Sie bestätigen also, dass sie es empfangen haben.«

»Ja, und jetzt wartest du am Teleskop auf ihre Antwort auf deine Frage.«

Johanna wartete. Nach kurzer Zeit erschien auf der Tafel drüben eine neue Kombination, die verstand sie jedoch nicht.

»Geh jetzt zu der Tabelle«, sagte Edelcrantz. »Übertrage die Lage der Klappen auf die Zahlen und such mit Hilfe der Zahlen die Bedeutung.«

Johanna hatte schon die Lage der Klappen auf die drei Reihen der Signaltafel übertragen und die Zahlen 030 erhalten, außerdem war die darüberliegende Klappe in der mittleren Reihe heruntergeklappt, was den Buchstaben A anzeigte. Die Kombination war also A030, was nach der Tabelle bedeutete: *Nachlassende und veränderliche Winde auf See.*

Sie sagte es Edelcrantz.

»Ich glaube, du kommst hiermit schon allein zurecht«, sagte er.

Die anderen Männer hatten schweigend daneben gestanden. Nun wandte sich Edelcrantz zu ihnen um, ohne etwas zu sagen. Er wartete.

»Das Mädchen ist offenbar ungewöhnlich begabt«, sagte Maurius.

»Oder die Tabelle ist nicht besonders schwer zu verstehen«, sagte Edelcrantz.

»Vielleicht trifft beides zu«, sagte der dritte Besucher, der sich bis jetzt nicht geäußert hatte.

»Danke, Johanna«, sagte Edelcrantz.

Der Versuch war abgeschlossen, es musste nichts mehr bewiesen werden. Die Herren überließen die Station wieder

der Besatzung, die während des Besuchs in den Hintergrund getreten war.

An diesem Abend bedienten Birgitta und Johanna die Gäste im Speisezimmer. Edelcrantz redete Johanna ein paar Mal freundlich an, lächelte, lachte, er war offensichtlich äußerst guter Laune. Beim Nachtisch winkte er Johanna herbei und ließ auf ihren Einsatz während des Tages anstoßen.

»Du hast uns geholfen, den Beweis zu erbringen, dass unser Telegraf so funktioniert, wie wir es uns gedacht haben«, sagte er. »Jetzt werden wir an der weiteren Entwicklung arbeiten. Ich möchte entlang unserer Küste ein zusammenhängendes System erstellen, und das werde ich seiner Königlichen Majestät vorschlagen. Die Übung heute hat mich von der Vorzüglichkeit des Systems überzeugt. Du, Johanna, bist uns eine große Hilfe gewesen.«

Er hob sein Glas, hielt jedoch in der Bewegung inne. »Ein Glas für Johanna«, sagte er.

Birgitta kam ihm zu Hilfe. Sie reichte Johanna ein Glas, goss ein wenig Wein ein, zog sich zurück.

»Ein Hoch also auf unser System, das den Menschen die Möglichkeit geben soll, einander näher zu kommen«, sagte er.

Er wandte sich Johanna zu, die an ihrem Glas nippte, sie war Wein nicht gewohnt, er war stark.

»Hier ist eine kleine Anerkennung für dich, Johanna«, sagte Edelcrantz.

Er streckte die Hand aus, gab Johanna eine große Silbermünze, sie nahm sie entgegen, knickste und merkte, wie sie etwas errötete.

Dann wandte sich Edelcrantz seinem Tischnachbarn zu. Johanna zog sich zurück, steckte die Münze in ihre

Schürzentasche und widmete sich wieder ihrer Arbeit. Sie half Birgitta, Teller und Gläser hinauszutragen. In der Küche holte sie die Silbermünze hervor und sah zu ihrem Erstaunen, dass es ein ganzer Reichstaler war. Soviel Geld hatte sie noch nie besessen.

Das Schweigen

Eines Tages kam Johannas Mutter ins Posthaus. Sie hatte etwas Wichtiges zu berichten. Von der Kirche war eine Nachricht gekommen, der Pastor wollte etwas über die vier Männer sagen, die seit dem vergangenen Herbst vermisst wurden.

»Am kommenden Sonntag sollen wir zusammen in die Kirche fahren«, sagte Maria. »Ich möchte, dass du rechtzeitig nach Hause kommst.«

Maria kehrte zurück nach Byholma, Johanna ging wieder an ihre Arbeit. Sie fürchtete sich vor dem, was der Pastor zu sagen hatte.

Sie fuhren gegen acht Uhr morgens los, es war der erste Sonntag im Mai. Ruben hatte das Pferd vor den Wagen gespannt, er saß zusammen mit Filip auf dem Kutschbock. Johanna saß mit ihrer Mutter und ihrem kleinen Bruder hinten, wo etwas Heu ausgelegt worden war. Sie hatte ihren Arm um Lars gelegt, den sie lange nicht gesehen hatte, und versuchte, möglichst weit entfernt von Filip zu sitzen.

Sie fuhren ein Stück, stiegen bei der Steigung, die zu dem Meilenstein hinaufführte und auf dem stand, dass es noch elf Meilen bis Stockholm waren, wieder ab. Dann kamen sie nach Tomta und erblickten die eisfreie Bucht und die Höfe auf der anderen Seite, kamen an der Fähre bei Norrfjäll vorbei, passierten Byle und Edeby. Lars war im Heu eingeschlafen, Johanna beobachtete die Wagen der anderen Kirchgänger, die in dieselbe Richtung unterwegs waren.

Sie ließen Pferd und Wagen bei den anderen Wagen neben dem Glockenturm stehen. Das Pferd erhielt ein wenig Heu in einem Futtersack. Es war halb elf.

Als sie die alte Steinkirche betraten, war diese schon zur Hälfte mit Gemeindemitgliedern gefüllt. Sie fanden auf der schmalen Empore auf der rechten Seite Platz, die gegenüberliegende Empore war schon voll. Das kleine Gebäude fasste vielleicht fünfzig Personen, jetzt füllten sich die Bänke, bevor der Pastor auf die Kanzel stieg.

Nach Psalmen, Bibelsprüchen und Betrachtungen kam der Pastor auf das zu sprechen, worauf die Familie Nygren und drei andere Familien aus Byholma gewartet und wovor sie sich gefürchtet hatten. Nur Johanna dachte, dass der Pastor eigentlich nichts wirklich wusste, er sagte nur das, was er glaubte.

»Vier unserer Gemeindemitglieder haben uns verlassen«, begann der Pastor. »Alle sind achtbare Männer aus Byholma. Sie sind während eines Sturmes auf dem Meer verschwunden, und sie sind zweifellos im Meer versunken und dort umgekommen. Nur der Allmächtige weiß, wo sie jetzt ruhen. Die Verunglückten waren, wie ihr wisst, folgende Nachbarn, Väter und Ehemänner.« Der Pastor zählte die vier Namen auf, Johanna kannte sie gut, es waren ihre Nachbarn in Byholma. Auch der Name ihres Vaters wurde genannt. Aber Johanna wusste, dass sich der Pastor irrte. Ihr Vater würde zurückkehren, er war vielleicht von einem fremden Schiff gerettet worden und wartete nun in einem anderen Land.

Als sie die Kirche verließen, gaben mehrere Leute Johannas Mutter die Hand und murmelten etwas, und sie murmelte ebenfalls etwas. Auch Johanna wurden einige Hände entgegengestreckt, einer der mitfühlenden Kirchgänger war Karl David Larsson vom Hofe Norrgården aus ihrem eigenen Dorf. Er war noch nicht ganz zwanzig Jahre alt, sie kannte ihn als hilfsbereiten jungen Mann, jetzt lächelte er sie freundlich an und drückte ihr lange die Hand.

Johanna teilte die Trauer nicht, sie war sich sicher, aber sie erzählte niemandem, was sie wusste und fühlte. Auf dem Rückweg nach Byholma weinte ihre Mutter leise vor sich hin. Auch sie behielt das, was sie dachte, für sich.

Johanna blieb nach dem Kirchgang noch eine Weile zuhause in Nygården. Ihre Mutter freute sich darüber, sie saßen zusammen und unterhielten sich, meist über die täglichen Arbeiten. Sie sprachen auch über Lars, und Johanna gab zu, dass sie sich Sorgen machte.

Nach der letzten Schweineschlachtung war Lars zwei Tage lang verschwunden gewesen, vor kurzem war er wieder weggelaufen. Er weigerte sich zu sagen, wo er sich aufgehalten hatte. Maria hatte den Jungen gezüchtigt, um ihn zu zwingen, die Wahrheit zu sagen, aber er hatte geschwiegen.

Später am Tag war Johanna eine Weile mit Lars allein. Sie fragte, ob er erzählen wolle, wo er gewesen sei. Sie flüsterte ihre Frage, damit kein anderer sie hören konnte.

»Schreib es auf«, flüsterte sie.

Sie gingen zusammen hinaus, gaben vor, etwas draußen bei den Weiden zu tun zu haben, blieben an einem Holzstapel stehen, der an einem Abhang stand, wo das Schmelzwasser Grus und Sand geglättet hatte; Johanna suchte einen spitzen Zweig, brach ein kurzes Stück ab, schrieb einige Wörter in den Sand: BEI WEM?

Dann gab sie Lars den Zweig, trat beiseite, um ihn ungestört schreiben zu lassen. Er schrieb, ging weg, Johanna kam näher und las: BEIM SCHREI.

Sie tauschten wieder die Plätze, Johanna schrieb: WESSEN SCHREI?

Lars schrieb: LEBEN SCHREI.

Mehr schrieb er nicht, sie gingen schweigend zurück. Johanna glaubte, dass sie verstanden hatte, aber sie war sich nicht sicher. Ehe sie ins Haus gingen, nahm sie die Hand ihres Bruders.

»Komm zu mir, wenn du Hilfe brauchst«, sagte sie. »Du kannst bei mir bleiben, wir müssen zusammenhalten.«

Lars antwortete nicht, aber Johanna wusste, dass er verstanden hatte. Sie gingen ins Haus hinein. Lars setzte sich neben den Kamin, Maria stellte ihm warmen Saft hin.

Das Schweigen hielt weiter an. Lars antwortete nicht mehr, wenn er angesprochen wurde. Man merkte, dass er alles verstand, was gesagt wurde, aber er weigerte sich zu reden, und Johanna nahm an, dass das seine Art war, sich zurückzuziehen, sich unerreichbar zu machen für all das Böse, das ihm widerfahren war.

Im Laufe des Frühjahrs ging Johanna mehrere Male mit Lars in den Wald. Sie schrieben Wörter in den Sand, immer einfache Wörter, schwer zu deuten. Ehe sie zurückgingen, wischten sie die Spuren ihres stummen Zwiegesprächs aus.

Zwischen Maria und Johanna bestand noch immer etwas von der alten Vertrautheit, obwohl Marias Trauer über den verschwundenen Nils Johanna bedrückte. Deshalb sprachen sie lieber über andere Dinge. Bei mehreren Gelegenheiten hatte Maria den Nachbarssohn Karl David erwähnt.

»Jedes Mal, wenn ich ihn sehe, lässt er dich grüßen«, sagte sie. »Ich glaube, er mag dich.«

Johanna antwortete nicht, und das hatte Maria auch nicht erwartet.

Ende Mai trafen die Schwalben ein. Sie bauten ihre Nester unter den ausladenden Dächern des Posthaus-Stalles, der Sommer näherte sich.

Schiffe legten im Hafen an. Ein Mann aus Signilskär erzählte von dem Unglück mit dem Postboot im vergangenen Herbst, als die vier Männer umgekommen waren. Einige Fischer hatten gesehen, wie die Toten an einer Landzunge vorbeigeschwemmt worden waren, aber die Wellen waren hoch gewesen, und die Dunkelheit war hereingebrochen, sodass niemand die Leichen hatte bergen können. Am nächsten Tag waren sie verschwunden, waren vom Wind hinaus aufs Meer getrieben worden.

Alle in Grisslehamn, die diesen Bericht hörten, hatten es wohl schon gewusst, jetzt aber war es ganz sicher. Alle wussten auch, dass diejenige, die die Hoffnung aufrecht erhalten hatte, das Recht hatte, sie zu behalten, und deshalb drang diese Bestätigung nicht bis zu Johanna durch.

In den folgenden Jahren arbeitete Johanna weiter im Posthaus. Gelegentlich hielt sie sich wie früher ein paar Tage auf dem Hof auf. Die Brüder ihrer Mutter arbeiteten, wenn sie Lust hatten, die Ernte fiel unterschiedlich aus, aber Schnaps gab es immer. Großmutter Magdalena war 1804 gestorben, das Schweigen um Lars hatte sich verdichtet.

Johanna kannte sich immer besser mit dem Telegrafen aus, es kam sogar vor, dass sie sich gegen alle Vorschriften hin und wieder für Albert um die Station kümmerte, wenn die anderen Burschen frei hatten.

Draußen in Europa wütete der Krieg. Wenige Länder nur hielten sich heraus, junge Männer starben zu Tausenden auf den Schlachtfeldern, Städte wurden zerstört, Menschen in die Flucht getrieben. Napoleons Armeen waren zu Land siegreich, England aber beherrschte die Meere. Die Misshelligkeiten zwischen Schweden und England hörten auf und wurden durch Zusammenarbeit ersetzt. Die Abneigung Gustav IV. Adolfs gegenüber Napoleon wurde immer größer, aber es gab viele Schweden, die den französischen Herrscher als den Friedensfürsten einer neuen Zeit der Freiheit betrachteten.

Die Könige und Fürsten Europas ergriffen für und gegen Napoleon Partei. Die Russen wechselten die Seiten und bedrohten Schweden. Das wunderte die Leute an der Küste Roslagens nicht, sie wussten seit Alters her, wo ihr Feind saß.

Eines Tages wurde dann auch Grisslehamn vom großen europäischen Krieg getroffen.

II. DIE ZEICHENDEUTER

Das Schiff und der Künstler

Im Sommer 1807 kam die Wärme im Mai und hielt sich – abgesehen von einigen kühleren Tagen mit leichtem Nieselregen in der Woche nach Mittsommer – bis Ende August. Während der heißesten Zeit war der Himmel Tag für Tag wolkenlos. Es vergingen Wochen, ohne dass es regnete, das Meer lag spiegelglatt da, Trockenheit und Windstille folgten. Es kam oft vor, dass die Mannschaft des Postbootes den ganzen Weg von Grisslehamn nach Ekerö rudern musste, nicht die leiseste Brise kam ihr zu Hilfe. Es kamen da viele schweißtreibende Stunden mit schlappem Segel auf dem Meer zusammen.

Große Schiffe trieben bisweilen tagelang ohne Wind auf dem Åländischen Meer. Wenn sie in die Nähe von Grisslehamn kamen, konnte es vorkommen, dass ein kleines Boot zu Wasser gelassen wurde, Seeleute an Land ruderten und darum baten, Briefe abgeben zu dürfen; sie wussten offenbar, dass der Ort Postverbindungen zu Städten nah und fern hatte.

Draußen vor dem Hafen lag ein großes englisches Kriegsschiff still auf dem Wasser. Auf einer Klippe auf der Nordseite der Bucht saß ein Mann mit Papier und Stiften. Er zeichnete das Schiff in allen Einzelheiten ab.

Johanna hatte das englische Schiff gesehen, alle in Grisslehamn hatten es gesehen, man hatte ja Zeit genug, um zu schauen und sich zu wundern. Als das Schiff direkt vor der Hafenbucht lag, war Johanna gerade in der Küche des Posthauses; sie stieg in das obere Stockwerk und blickte durch das Fenster an der nördlichen Giebelseite.

Birgitta war nicht mehr im Posthaus. Sie hatte im Sommer 1804 Niklas Persson aus Tomta geheiratet und ihr erstes Kind geboren, einen wohlgestalteten Jungen. Jetzt war sie Hausfrau und erwartete ihr zweites Kind. Johanna hatte Birgittas Platz als zweite Hausmagd im Posthaus eingenommen.

Gegen fünf Uhr nachmittags hatte das englische Schiff Grisslehamn verlassen. Johanna hatte unten im Posthafen etwas zu erledigen, auf dem Rückweg stieg sie auf den kleinen Felsen vor dem Posthaus. Dort begegnete sie einem Mann, den sie noch nie zuvor gesehen hatte. Er war um die vierzig, groß, dunkelhaarig und hielt sich sehr gerade. In der einen Hand trug er eine kleine Kiste und in der anderen hielt er einen Stoß Papier.

Johanna hatte den Mann schon von weitem erblickt, aber trotz des Abstandes meinte sie, etwas Bekanntes an seiner Art, sich zu bewegen, erkennen zu können; und als sie diese Beobachtung gemacht hatte, folgte ein Durcheinander von aufblitzenden Erinnerungsbildern und gemischten Gefühlen: Wiedererkennen, Unruhe, Sehnsucht, Zweifel, das ist er, ja, nein, das kann er nicht sein.

Sie verlangsamte ihre Schritte, sah den Mann näher kommen, und immer noch ähnelte er dem verschwundenen Vater, oder dem ein wenig älteren Vater, so wie er jetzt aussehen müsste.

Nach der ersten überrumpelnden Gefühlswelle folgten unsortierte und verwirrende Gedanken. Johanna wollte umkehren und weglaufen oder auch dem Mann entgegenstürzen oder auch so tun, als ob sie jemand anders war, all das während weniger Sekunden.

Sie ging weiter auf den Mann zu; natürlich war er ein Fremder. Dann fiel ihr ein, dass ihr das schon vorher einige

Male passiert war. Sie hatte den verschwundenen Vater kommen sehen: überwältigendes Glück, Zweifel, Enttäuschung, Einsamkeit.

Sie hätte lernen müssen, dagegen anzugehen, um nicht verletzt und noch einmal verlassen zu werden. Das hatte sie sich selbst gesagt, aber jetzt passierte es schon wieder, einige quälende Sekunden lang.

Als der Mann noch etwa dreißig Meter von ihr entfernt war, begann er zu lächeln; er lächelte die ganze Zeit über, auch als er stehen blieb und sich vorstellte.

»Guten Tag, mein Fräulein«, sagte er. »Ich bin ein Künstler aus Stockholm, der hier zu Besuch ist, mein Name ist Per Johan Malmgren, ich bin gerade angekommen und habe mich ein wenig umgesehen. Wir haben ein wunderbares Wetter, nicht wahr?«

Er hatte die kleine Kiste abgestellt, jetzt reichte er ihr die Hand. Johanna ergriff sie, es war eine warme, weiche Hand. Er lächelte die ganze Zeit über.

Auch Johanna nannte ihren Namen und erzählte, dass sie im Posthaus arbeite. Sie war allerdings nicht der Meinung, dass das Wetter schön sei, denn sie wusste, dass der Boden Regen brauchte und dass der Seefahrt der Wind fehlte; das jedoch sagte sie dem fremden Mann, der sich Malmgren nannte, nicht. Er lächelte immer noch, und Johanna überlegte, ob sein Gesicht immer den gleichen, freundlichen Ausdruck zeigte. Jetzt glich er ihrem Vater weniger, der oft ernst gewesen war. Aber die Haltung war dieselbe, der gerade Rücken, die Sicherheit und das Gefühl der Geborgenheit, das sie in der Nähe des Fremden verspürte.

Sie gingen ein Stück des Weges gemeinsam, Per Johan Malmgren erzählte, dass er bei einem Bauern in Tomta ein Zimmer gemietet habe, er wollte eine Weile bleiben und malen und zeichnen. Vielleicht könnte ihm Johanna, wenn sie Zeit hatte, gelegentlich die Gegend zeigen?

Johanna antwortete, dass das sicher möglich sei, an einem Abend oder an einem Sonntag, wenn sie nicht arbeitete.

Malmgren wollte wissen, wo er nach ihr fragen könne, ohne sie zu belästigen.

Sie sagte, er könne ja immer im Posthaus fragen, denn dort würde sie sich meist aufhalten.

Die Nächte waren mild, die Sterne standen bleich über dem blauschwarzen Wasser. In der Nähe des Meeres ist es ja eigentlich nie still, auch kleine Wellen rauschen, das Meer murmelt und flüstert, wenn es nicht lärmt und furchterregend ist. Jetzt jedoch herrschte eine ungewöhnliche Stille, das Wasser lag glatt da, die Wellen ruhten sich aus, es fehlte etwas, und die Küstenbewohner, die an die ständigen Geräusche gewöhnt waren, fühlten sich nicht ganz wohl.

Eines Abends saß Johanna da und wartete auf Geräusche, die nicht kamen. Es war spät, aber immer noch hell, denn es war die erste Woche im Juli. Sie verließ den Strand, spürte den Duft, der von den Weiden aufstieg, blieb an einem Sanddornstrauch stehen, sah, dass es viele unreife Beeren gab, und dachte, dass die Beeren in diesem Jahr wohl einen kräftigen Geschmack haben würden, da die Sonne so unermüdlich schien. Aber ein trockener Sommer bedeutete auch immer kleine Beeren und wenig Saft. Sie ging weiter, dachte über die Sanddornernte nach, bei der sie ihrer Mutter zu helfen pflegte, ging in Gedanken versunken, merkte nicht, dass ihr jemand folgte.

An einer Weide in der Nähe von Orneviken hatte sie derjenige, der ihr folgte, fast eingeholt. Da hörte sie die

Schritte und drehte sich um. Es war Karl David vom Hof Norrgården, er hob grüßend die Hand.

»Ich habe dich hoffentlich nicht erschreckt?«, sagte er.

»Nein, du erschreckst mich doch nicht, Karl David«, antwortete sie, und das stimmte auch, denn sie hatte noch nie Grund gehabt, ihn als aufdringlich zu empfinden.

»Darf ich dich ein Stück begleiten?«, fragte er.

Sie antwortete, dass er das gerne tun könne. Sie brauchte nicht zu sagen, wohin sie ging, denn er wusste ja, wo sie arbeitete.

Sie gingen eine Weile schweigend nebeneinander her. Als sie sich der Bucht näherten, ging Karl David ganz dicht neben ihr, sie spürte, wie sein Arm den ihren berührte. Und sie bemerkte gleichzeitig einen schwachen Branntweinduft, der von ihm ausging. Sie nahm an, dass er trank, wie viele andere Männer auch. Es war das erste Mal, dass ihr das auffiel.

»Sollen wir uns eine Weile setzen und den schönen Himmel betrachten?«, fragte er.

Sie antwortete nicht, sondern nickte, und sie gingen weiter bis zu dem Gehölz oberhalb der Bucht. Sie wussten, dass dort einige Baumstämme lagen, die einen geeigneten Sitzplatz abgeben konnten.

Sie setzten sich hin, saßen dicht nebeneinander, und Johanna nahm an, dass Karl David jetzt den Arm um ihre Schultern legen würde.

Das tat er jedoch nicht.

Wie lange saßen sie schweigend dort? Die Zeit verging, aber das Schweigen wirkte durchaus nicht peinlich. Karl David war wie ein älterer Bruder, er wollte nichts von ihr. Als sie sich trennten, gaben sie sich die Hand und wünschten einander eine gute Nacht.

Gäste kamen und gingen, Johanna machte die Betten, deckte den Tisch, wusch die Wäsche. Manchmal bekam sie ein Dankeschön, aber meist beachteten die Besucher sie gar nicht. Einige der Gäste ließen Zeitungen liegen, die sie dann an sich nahm und las. *Dagligt Allehanda* und *Stockholms Posten* kannte sie, aber sie fand auch Ausgaben anderer Zeitungen. Als sie vierzehn Jahre alt gewesen war und mit Margaretas Hilfe die wunderbare Welt der Zeitungen entdeckt hatte, hatte sie sich hauptsächlich für die alltäglichen Vorkommnisse in Stockholm interessiert, aber allmählich begann sie sich auch um das zu kümmern, was sich draußen in der großen Welt zutrug. Eines Tages war ihr aufgefallen, dass die Berichte aus Frankreich über Bonaparte und den Krieg fehlten, sie hatte schon länger nichts mehr darüber gelesen. Sie hatte den Postmeister gefragt, der die Stimme gesenkt und erklärt hatte, dass auf Befehl von König Gustav Adolf IV. die Berichterstattung aus Frankreich verboten worden war. Es war jetzt strafbar, französische Zeitungen nach Schweden einzuführen.

Etwas später hörte Johanna, dass man jetzt auch den Namen Bonaparte nicht mehr erwähnen durfte. Wenn man trotzdem gezwungen war, etwas über ihn zu schreiben, sollte er *Monsieur* genannt werden, das bedeutete »Herr« im Französischen. Er hatte sich ja selbst zum Kaiser ernannt, diesen Titel zu gebrauchen weigerte sich der schwedische König jedoch, und alle Schweden hatten sich danach zu richten.

Margareta war nicht mehr im Posthaus. An ihrer Stelle war jetzt August Lindman, ein magerer Lehrer mit schütterem Haar aus Åbo. Er unterrichtete Oscar, den Sohn des Postmeisters, der inzwischen vierzehn Jahre alt war. Die Töchter wohnten für längere Zeit bei einer Tante in Stockholm, um in die richtigen Kreise zu kommen. Wenn die

Mädchen ab und zu auf Besuch im Posthaus waren, gab ihnen Magister Lindman Unterricht im Französischen.

In der zweiten Juliwoche kamen zwei Reisende aus Petersburg, ein älterer grauhaariger Mann und ein etwas jüngerer. Sie schienen müde zu sein, ihre Mäntel waren staubig und schmutzig, die Hemden ungewaschen, man konnte sehen, dass sie in großer Eile gereist waren und sich nicht die Zeit genommen hatten, sich um Körperpflege und Kleidung zu kümmern. Jetzt wollten sie im Posthaus übernachten und früh am nächsten Morgen weiterreisen.

Während die beiden Herren unten im Salon waren, brachte Johanna die Gästezimmer in Ordnung. Sie sah, was auf den Stühlen und Tischen lag, und kam auch nicht umhin zu sehen, was sich in den geöffneten Koffern befand: eine Pistole, ein Kuvert, das an den Obersten Johannes G. Adler adressiert war, ein französisches Buch, ein deutsches Buch, ungewaschene Hemden und Unterhosen, zerrissene Strümpfe. Johanna dachte: Diese Männer sind schwedische Offiziere, die auf eine Dienstreise in fremde Länder geschickt worden waren.

Sie hatte völlig recht. Als sie später am Abend bei Tisch bediente, hörte sie das Gespräch zwischen den Herren und dem Postmeister und seiner Frau. Auch Magister Lindman war anwesend. Die Besucher waren direkt aus Petersburg gekommen, wo sie die schwedische Vertretung besucht hatten. Vorher waren sie in Ostpreußen gewesen und hatten Auskünfte über den letzten großen Zusammenstoß zwischen der Armee Napoleon Bonapartes und den Streitkräften des russischen Zaren eingeholt. Der Ort, an dem die Schlacht stattgefunden hatte, hieß Friedland, und die beiden schwedischen Offiziere waren in der Woche nach dieser Schlacht dort gewesen.

»Der Vormarsch der französischen Streitkräfte kann nicht aufgehalten werden«, sagte der ältere der beiden Herren mit gedämpfter Stimme. »Dafür haben wir allzu überzeugende Beweise gesehen. Den Russen wurde eine empfindliche Schlappe zugefügt. Jetzt ist der Weg nach Osten offen für, hmm, Monsieur Bonaparte.«

»Was hat das für Folgen für Schweden?«, wollte der Postmeister wissen.

»Wir gehen einer schweren Zeit entgegen«, sagte der jüngere Offizier. »Denn Bonapartes Streitmacht ist unerhört. In Friedland sind fünfundzwanzigtausend Mann gefallen, viele davon waren natürlich auch Franzosen, aber Bonaparte scheint ja immer neue Soldaten herbeischaffen zu können.«

»Unsere Sorge sind jetzt die Folgen, die die Niederlage der Russen nach sich zieht«, sagte der ältere Gast.

»Was meinen Sie damit, mein Herr?«, fragte der Postmeister.

»Vielleicht zwingt Bonaparte die Russen hinüber auf seine Seite. Die Russen wollen Finnland, das wissen wir ja alle. Jetzt bleibt nur noch abzuwarten, wie lange es dauern kann, bis der Zar offen redet. Wir nehmen an, dass die Petersburger Vertretung schon beunruhigende Hinweise erhalten hat.«

»Der Wind dreht sich«, murmelte der Postmeister. »Vor kurzem hatten wir noch die Hoffnung, mit den Russen auf freundschaftlichem Fuß stehen zu können, jetzt sind wir in den alten Zustand aus der Zeit König Gustavs zurückgefallen.«

Das Gespräch kam zum Erliegen, der Ton war gedämpft gewesen, und die Redenden hatten ihre Stimmen jedes Mal leiser werden lassen, wenn Bonapartes Name genannt wurde; jemand hatte dann pflichtschuldigst Monsieur hinzugefügt.

Dann versuchte die Hausfrau, ein Gespräch über Weinsorten anzufangen, sie nannte Bordeaux, wechselte jedoch das Thema, als sie merkte, dass sie sich auf gefährlichem Boden befand. Das Schweigen wurde peinlich. Zum Schluss einigte man sich darauf, dass gebratene Eiderente, auf traditionelle schwedische Weise zubereitet und mit Vogelbeergelee serviert, ein unschlagbares Abendessen war.

Wie in einem gläsernen Meer

Johanna meinte, in den Tagen nach dem Besuch der beiden Offiziere eine gewisse Missstimmung im Posthaus zu bemerken, eine zögerliche Vorsicht, die man spüren konnte, als der Postmeister Abschied von seinen beiden Töchtern nahm. Er schien ängstlich und bekümmert zu sein, so als ob die beiden zu einer langen Auslandsreise aufbrechen würden und nicht nur, wie jetzt, zu einer kurzen Fahrt zu Freunden nach Ortala, von wo aus sie am selben Abend zurückkommen würden.

Johanna bildete sich ein, dass es die Stimmung war, die bei dem Abendessen mit den Offizieren aufgekommen war, die immer noch anhielt, das Gespräch über den Krieg, die Bedrohung aus Russland. Der Himmel war immer noch leuchtend blau, die Sonne strahlte, die Tage waren warm. Trotzdem lag eine gedrückte Stimmung über Grisslehamn, in dieser letzten Juliwoche des Jahres 1807.

Eines Tages traf Johanna den Künstler Per Johan Malmgren wieder. Sie kam vom Hafen und trug einen Korb, der zur Hälfte mit Fischen gefüllt war, fünf mittelgroße Dorsche, die sie von einem gerade eingelaufenen Boot geholt hatte. Sie war eben zwischen zwei Schuppen stehen geblieben und hatte den Korb für einen Augenblick abgestellt, als sie aufblickte und Malmgren direkt in die Augen sah. Er stand vor ihr, lächelte über das ganze Gesicht, streckte eine Hand aus.

»Ich möchte Ihnen gerne helfen, mein Fräulein, wenn Sie erlauben«, sagte er und legte die Hand auf den Korbrand.

»Ja, danke«, antwortete Johanna und überließ ihm den Korb.

»Vielleicht könnten sie stattdessen meine Tasche und meine Papiere tragen?«

»Ja, das ist ein guter Tausch, warum nicht.«

Johanna hob die kleine Tasche und die zusammengerollten Papiere auf, die Malmgren abgestellt hatte. Die Tasche erwies sich als eine kleine flache Holzkiste mit einem gebogenen Draht, der als Griff diente. Sie war leicht, Johanna nahm an, dass sie vermutlich Malmgrens Stifte und Pinsel enthielt, vielleicht auch irgendwelche Farben.

Sie gingen die Steigung zum Posthaus hinauf. Johanna konnte Malmgrens Gesicht nicht sehen, da sie nebeneinanderher gingen, aber sie merkte, dass er lächelte. Sie blieb an der Hecke stehen; es war nicht nötig, dass er sie den ganzen Weg begleitete.

»Hier möchte ich mich für die Hilfe bedanken«, sagte sie.

»Wann haben Sie Zeit, mir die Gegend zu zeigen?«, fragte er.

»Heute Abend vielleicht, nach acht Uhr, wenn ich nicht vorher gebeten werde, bei etwas Unvorhergesehenem im Haushalt zu helfen.«

»Lassen Sie uns hoffen, dass so etwas nicht passiert. Ich warte hier gegen acht Uhr.«

Der Nachmittag verging rasch. Johanna säuberte den Fisch, half Laura bei der Vorbereitung des Abendessens, servierte bei Tisch, aß schnell selbst etwas in der Küche, räumte ab, spülte und brachte das Speisezimmer in Ordnung.

Um fünf nach acht ging sie hinaus. Per Johan Malmgren wartete schon. Sie nahmen den Weg um das Posthaus herum, an der Hütte des Postschaffners vorbei, folgten dem Pfad hinunter zum Sandstrand unterhalb des Aussichtsberges. Sie setzten sich auf einen Felsbrocken und blickten über das Meer. Malmgren fragte, ob er Du zu Johanna sagen dürfe. Sie antwortete, das könne er gerne tun. Er bat sie, ihn Per Johan zu nennen.

Dann fragte er, ob er ihr Alter raten dürfe, und als sie antwortete, dass er auch das gerne tun könne, schlug er vierundzwanzig Jahre vor.

»Ich bin am fünfzehnten Januar 1786 geboren«, antwortete Johanna.

»Das macht einundzwanzig Jahre, ich habe mich um ganze drei Jahre geirrt.«

»Ich habe schon oft hören müssen, dass ich alt aussehe.«

»Alt ist nicht der richtige Ausdruck, liebe Johanna, älter vielleicht, aber alt bist du noch lange nicht. Ich bin wahrscheinlich ein alter Mann, obwohl ich mich noch jung fühle.«

Johanna fragte nicht nach Per Johans Alter. Er sah aus, als ob er kurz über vierzig sei. Aber was wollte er von ihr? Dieser Gedanke kam ihr zum ersten Mal. Sie entschied sich für die Annahme, dass er ganz arglos nur eine nette Bekanntschaft machen wollte.

Die Sonne stand im Südwesten, der Strand lag im Schatten der steilen Felswand des Aussichtsberges, die ins Meer hinunterreichte, ein dunkelgrünes Feld direkt am Ufer, ein scharfer Übergang zu dem in der Sonne glitzernden Wasser einige Meter weiter draußen. Der Felsbrocken, auf dem Johanna und Per Johan saßen, lag genau in der Schattenlinie.

»Ich würde dich gerne vor dem Hintergrund des schwarzen Berges zeichnen«, sagte Per Johan. »Wenn du dort sitzen bleiben und den Kopf ein wenig heben würdest.«

Er setzte sich ziemlich dicht neben ihr zurecht, öffnete die kleine Kiste, nahm einen dünnen spitzen Stift heraus und rollte einen Papierbogen auf. Johanna stellte sich auf eine längere Sitzung ein, aber nach einer halben Stunde legte Per Johan den Stift beiseite und reichte ihr die Zeichnung.

Sie sah sich selbst auf dem Blatt Papier und fand, dass es sehr ähnlich war. Es war ein kleines Bild, nicht größer als ein Reichstaler, die Linien waren mit einem schwarzen Stift gezeichnet, außerdem hatte Per Johan noch blasse Farben verwendet. Er hatte viele kleine Details gezeichnet, die hellen Haarsträhnen, die kleinen Falten auf der Oberlippe, die entstanden, wenn sie lächelte, das kleine Muttermal unter dem linken Auge. Es war wirklich erstaunlich, wie gut es ihm gelungen war, ihre Züge einzufangen.

»Das bin ich tatsächlich«, sagte sie.

»Ich kann dich auch in Öl malen, aber das nimmt mehr Zeit in Anspruch.«

»Machst du oft solche kleinen Bilder von Menschen?«

»Ja, meistens fertige ich kleine Portraits an, die man mit auf die Reise nehmen kann, vielleicht steckt ein lieber Freund das Bild auch in ein Medaillon.«

Johanna betrachtete das kleine Portrait noch einmal. Die Augen waren fast lebendig. Per Johan war offenbar ein geschickter Maler.

»Du bekommst das Bild«, sagte er.

»Das ist ein schönes Geschenk, ich danke dir.«

»Hier, wickele ein Papier darum, aber warte noch eine Weile, damit die Farbe richtig trocken werden kann.«

Er reichte ihr einen seiner weißen Papierbögen, und sie faltete ihn in der Mitte, ließ ihn dann jedoch auf dem Stein liegen. Sie legte das kleine Portrait daneben, es war so leicht und zart wie ein Laubblatt. Aber es war ja windstill.

Sie blieben eine Weile nebeneinander sitzen und betrachteten den Horizont im Osten, und in diesem Augenblick fühlte sich Johanna auf eine ganz besondere Art und Weise geschätzt.

Ein Segelschiff lag weit draußen ruhig auf dem Meer. Per Johan sagte etwas über die Schwierigkeiten, die große Schiffe hatten, wenn sie in Landnähe segelten. Man wusste ja nicht immer, wie tief das Wasser war.

»Es ist wohl für die Seeleute genauso wie für uns andere, wenn wir in den Wald gehen«, sagte Johanna. »Man geht dort von Kindheit an, kennt jedes Grasbüschel, und dann findet man sich auch im Dunkeln zurecht.«

»Ich möchte gerne etwas über die Strände und alle Untiefen da draußen erfahren.«

»Ja, dann musst du wohl herumgehen und es dir ansehen oder jemanden fragen, der Bescheid weiß.«

»Kannst du mir helfen?«

»Etwas kann ich sicher erzählen, aber die Fischer und Bootsleute wissen das am besten, du kannst sie wohl fragen.«

»Ich möchte nicht neugierig wirken. Vielleicht kannst du für mich fragen?«

»Bist du an irgendeiner Stelle besonders interessiert?«

»Ja, das bin ich tatsächlich. Wie tief ist das Wasser zwischen Loskäret und der Küste, das möchte ich gerne wissen. Und wie verhält es sich mit den kleinen Inseln vor Skatudden, kann man zwischen ihnen und dem Festland segeln?«

»Darüber weiß ich nichts.«

»Kannst du das für mich in Erfahrung bringen? Aber sag nicht, dass ich es wissen möchte. Das bleibt unter uns.«

»Selbstverständlich, wenn du das so willst.«

»Ja, du weißt ja, die Leute bilden sich oft so viel ein.«

So waren sie sich einig geworden, saßen noch eine Weile schweigend da, begannen dann, über Stockholm zu reden. Diejenige, die fragte, war Johanna. Per Johan verglich die

Hauptstadt mit anderen Großstädten, er war sowohl in Petersburg als auch in Riga gewesen.

Anfang August wurde es etwas kühler; der Wind kam aus Südwesten, trockener Landwind, der den Duft von Äckern und Wiesen mit sich führte. Im Windschutz der Wälder und Felsen lag das Wasser in Strandnähe fast unbewegt da, weiter draußen auf dem Åländischen Meer konnte man sehen, wie die Wellen sich auftürmten und weiße Kronen bekamen. Gegen Abend legte sich der Wind, um dann am nächsten Morgen wieder an Stärke zuzunehmen.

Johanna hatte Per Johan noch ein paar Mal kurz getroffen, er war mit seinen Zeichnungen beschäftigt. Er zeichnete die Strände, den Hafen und die Schären. Johanna bat ihn, ihr etwas zu zeigen, er wirkte recht ablehnend, zeigte ihr aber doch einige Bilder. Sie enthielten viele Einzelheiten. Johanna hatte den Eindruck, er sei oben in der Luft gewesen und habe auf die Erde hinuntergeblickt. Das jedoch war ja unmöglich. Es war wohl nur so, dass es auf dem Papier so wirkte. Das sagte sie ihm.

»Es sieht ja fast wie eine Landkarte aus«, sagte sie. »Oder es ist so, als ob man vom Aussichtsberg herabschauen würde, wenn du verstehst, was ich meine. Man hat das Gefühl, man stehe hoch oben.«

»Ja, vielleicht«, antwortete er. »Es sieht jedoch nur so aus, es sind die alten Felsen und Inseln, nichts anderes. Ich finde sie schön, deshalb zeichne ich sie.«

Dann fragte er, ob Johanna schon nach den Dingen gefragt habe, um die er sie gebeten hatte. Ja, sie hatte einen der Männer gefragt, die mit dem Postboot hinausfuhren. Er hatte gesagt, dass das Wasser zwischen Loskäret und dem

Festland befahrbar sei, sogar zwischen dem Festland und den äußeren Schären gab es eine Fahrrinne, hatte er gesagt.

Per Johan hatte sich für die Hilfe bedankt. Er wollte nicht mehr lange in Grisslehamn bleiben, er hatte die Zeichnungen gemacht, die er brauchte, andere Pflichten riefen ihn jetzt. Er wollte jedoch Johanna gerne noch einmal treffen, vielleicht konnten sie einen Spaziergang machen, ehe er abreiste?

Sie verabredeten sich für denselben Abend.

Sie gingen hinaus bis Skatudden. Er hatte ihre Hand ergriffen, und sie fühlte sich sicher, es kam ihr vor, als ob sie wieder mit ihrem Vater im Dunkeln durch den Wald ging, und er sie an der Hand hielt.

In der darauf folgenden Woche regnete es zum ersten Mal richtig kräftig. Johanna befand sich auf dem Weg nach Hause, zum Hof Nygården, und sie war aufgebrochen, als der Regen eine kurze Pause eingelegt hatte; aber bald begann es wieder zu regnen, und sie war nass, ehe sie zuhause angekommen war.

Sie ging in Gedanken versunken. In letzter Zeit war viel geschehen. Zwei Männer hatten sie treffen wollen, beide waren älter als sie, Karl David würde in wenigen Jahren dreißig, Per Johan war noch älter, aber dagegen hatte sie nichts. Beide hatten sich ihr gegenüber freundlich und aufmerksam verhalten. Plötzlich sah sie sich selbst mit einem eigenen Kind. Aber als sie darüber nachdachte, wünschte sie sich keinen der beiden Männer als Vater für ihr Kind. Beide waren freundlich und zuvorkommend, aber sie wusste, dass sie für keinen von beiden Liebe empfand.

Die Vorstellung von einem Kind wurde beiseite geschoben von dem Gedanken an den drohenden Krieg. Bis jetzt hatte noch niemand deutlich ausgesprochen, Schweden würde in den großen Krieg mit hineingezogen werden, aber man hatte trotzdem inzwischen den Eindruck, dass die Gefahr eines Krieges immer näher rückte.

Ein schwedischer Kurier aus Petersburg war auf dem Weg nach Stockholm vorbeigekommen und hatte auf Pferd und Wagen gewartet. Johanna hatte den müden Mann, der in Gesellschaft des Postmeisters aß, bei Tisch bedient. Sie hatte Teile des Gesprächs gehört. Der Kurier hatte nicht viel erzählt, aber sie begriff trotzdem, dass er schlechte Nachrichten mitbrachte.

Spät am Abend hörte sie, wie der Postmeister und Magister Lindman über den Krieg sprachen. Johanna hatte erfahren, dass sich Frankreich und Russland geeinigt hatten, sie forderten, dass Schweden alle Häfen für englische Schiffe sperren und England den Krieg erklären sollte. Falls König Gustav IV. Adolf sich weigern sollte, würde man Schweden als Feind betrachten.

Lindman hatte gesagt: »Der König will nicht einsehen, was das Beste für das Land ist.« Darauf hatte der Postmeister geantwortet: »Wir dürfen in diesem Haus solche Äußerungen nicht erlauben, lieber Lindman.«

Johanna hatte zugehört und sich die Worte gemerkt, jetzt dachte sie wieder daran, überlegte und fühlte sich beunruhigt, ging im Regen nach Hause und kümmerte sich nicht darum, dass sie nass wurde.

Sie ging nach Hause, um ihre Familie zu besuchen, nicht um über Nacht zu bleiben. Sie übernachtete jetzt nur noch sehr selten dort. Während der ersten Jahre im Posthaus war sie bisweilen mehrere Tage zuhause gewesen, das war mit Laura und der Frau des Postmeisters so vereinbart worden. Als Birgitta jedoch ihre Stelle aufgab, wurden die Anforderungen, die an Johanna gestellt wurden, größer. Sie war nicht durch eine Kleinmagd ersetzt worden, obwohl Laura das so gewollt hatte. Es war jedoch die Frau des Postmeisters, die über das Haushaltsgeld bestimmte.

Als sich Johanna jetzt dem Hof näherte, stürmte eine Flut von Gedanken auf sie ein: Männer, Kinder, Kriegsdrohung, Unruhe, Zukunft, Dinge, die sie in der Zeitung gelesen hatte, und dann der verschwundene Vater, der sich immer noch irgendwo in ihren Gedanken befand. Kurze Erinnerungsbilder, die Kindheit, das Warten, wenn er auf See war, die Sorge der Mutter, das Nachhausekommen, seine warme Hand, das Schlafen in der Kammer der Eltern, seine ruhigen Atemzüge.

Immer war der Vater zugegen, als Erinnerung, als Sehnsucht und nagende Ungewissheit, trotz all der Jahre, die vergangen waren. Noch hatte niemand Johanna von den genaueren Umständen des Schiffbruchs erzählt, und sie ließ niemanden hinein in ihren Traum, in dem der Vater immer noch lebte. Zwischen ihr und dem Vater bildeten die Gedanken eine Brücke in die Vergangenheit, eine Hoffnung, die manchmal durch plötzliche Zweifel und Einsicht aus ihrer Verankerung gerissen wurde.

Dann jedoch drehte sie die Erinnerung zurück, stellte sich wieder dieselben Bilder vor, fand bald zurück auf sicheren Grund. Es war eine gute Angewohnheit, verknüpft mit anderen Gedanken, verwoben mit dem Alltäglichen. Der Vater lebte für immer in Johannas Bewusstsein, unter allem anderen, wie das rieselnde Schmelzwasser im Frühjahr unter der dünnen Eisschicht, die sich des Nachts zwischen den Grasbüscheln vor dem Haus gebildet hatte, *ehe* sie den Fuß darauf gesetzt hatte und durchgestiegen war, *ehe* das leichte, krachende Geräusch kam, einen unbedeutenden Augenblick, den sie verlängerte und an den sie sich zu erinnern suchte, wenn sie alles andere von sich weggeschoben hatte.

Sie ging über den Hofplatz, sah das Haus, die Hopfenranken, die Johannisbeerbüsche, sie war zuhause, und jetzt dachte sie nur noch an das, was sie sah.

Ihre Mutter Maria saß am Küchentisch, vor sich hatte sie Dill und frische Kartoffeln, Felchenfilet und Zwiebeln, sie schnitt und hackte. Johanna setzte sich ihr gegenüber, ergriff ein Messer und begann, eine der gelben Zwiebeln zu schälen.

»Ist Lars zuhause?«, fragte sie.

»Ich wünsche, ich wüsste es«, antwortete Maria.

»Ist er häufig nicht da?«

»Er war den ganzen Sommer über viel zuhause, aber in der letzten Zeit ist wieder irgendetwas vorgefallen.«

»Etwas mit Filip?«

»Ja.«

»Hat Lars erfahren, dass ich kommen wollte?«

»Nein, aber trotzdem weiß er es auf irgendeine seltsame Weise.«

Johanna nahm sich die nächste Zwiebel. Ihre Mutter schichtete Felchenscheiben und Zwiebelringe mit dem Dill und den Kartoffelscheiben in einem Tongefäß übereinander. Johanna hatte gefragt, was sie wissen wollte. Maria hätte fragen können, wie es im Posthaus stand, aber sie tat es nicht.

Lars kam am späten Nachmittag. Er setzte sich an den Tisch, begrüßte Johanna nicht, sah sie an, lächelte vielleicht, ein schwaches, unruhiges Lächeln.

Sie grüßte, fragte, wie es ihm ging, ob er etwas Nettes unternommen habe. Sie erwartete keine Antwort, merkte trotzdem, dass er etwas sagen wollte.

Er trank ein Glas Milch, holte dann die Bibel heraus, schlug sie auf und las darin. Er las recht schnell, wie man der Geschwindigkeit entnehmen konnte, mit der er die Seiten umblätterte.

Johanna setzte sich neben ihn, beugte sich vor, es war die Offenbarung des Johannes. Lars hielt den Zeigefinger unter die Zeile, die er las. Johanna folgte ihm. Es handelte von den sieben Engeln und den sieben Plagen. Und jetzt hörte Johanna, wie Lars leise vor sich hin murmelte, während er las. Sie neigte sich noch näher zu ihm hin und konnte seine Worte hören:

»Und ich sah etwas wie ein gläsernes Meer, gemischt mit Feuer, und die Sieger im Kampf gegen das Tier und sein Bild und gegen die Zahl seines Namens standen auf dem gläsernen Meer und trugen Harfen Gottes. Sie sangen das Lied des Moses, des Knechtes Gottes, und das Lied des Lammes mit den Worten: ›Groß und wunderbar sind deine Werke, Herr, Gott, Allherrscher; gerecht und wahrhaft sind deine Wege, König der Völker.‹ (15,2-3).«

Johanna rutschte ein Stück von ihm weg. Er saß immer noch über die Bibel gebeugt da.

»Ich finde, man soll sich um das kümmern, was Jesus uns lehrt«, sagte sie. »Wer ist dieser Johannes, vielleicht ist er nur ein ganz gewöhnlicher Mensch, er ist nicht Jesus. Wilde Tiere und furchtbare Strafen, über so etwas spricht Jesus nicht.«

Lars sah Johanna an, hörte zu, saß schweigend da wie immer.

Als Johanna aufbrechen wollte, hörte sie, dass die Brüder ihrer Mutter vom Strand zurückgekommen waren. Sie hätte es gerne vermieden, Filip zu treffen, aber jetzt war es wohl besser, noch eine Weile sitzen zu bleiben, sie wollte niemanden verletzen, außerdem hatte Maria die Folgen zu tragen, wenn ihre Brüder wütend wurden. Dem wollte sie ihre Mutter nicht aussetzen.

»Feiner Besuch«, murmelte Filip.

Er ging an den Schrank, goss sich einen Schnaps ein, trank ihn im Stehen aus, goss nach.

»Ich bin gerade dabei zu gehen«, sagte Johanna.

»Ist alles in Ordnung draußen in der großen, weiten Welt?«, fragte Ruben, der jetzt ebenfalls in die Küche gekommen war.

»Ja, es ist alles wie immer«, antwortete Johanna.

»Und du hast Zeit, uns zu besuchen?«, sagte Filip.

Er setzte sich Johanna direkt gegenüber, stellte den Schnapsbecher vor sich auf den Tisch und betrachtete sie. Er lächelte, und sie wusste nicht, ob er nun Spaß machte, oder ob es höhnisch gemeint war. Sein Mundgeruch schlug ihr entgegen. Es hatte einen Augenblick gedauert, ehe der faulige Gestank sie erreicht hatte, doch jetzt wurde sie plötzlich davon getroffen, und sie konnte ihren Ekel nicht unterdrücken.

»Man kommt, wenn es gerade passt«, grinste Filip.

Johanna erhob sich, nickte den Brüdern ihrer Mutter zu, gab ihrer Mutter die Hand und strich Lars über die Wange. Dann ging sie zur Tür und fühlte einen merkwürdigen kalten Zorn in sich aufsteigen. Während einiger Augenblicke erfüllte sie ein grenzenloser Hass auf Filip. Dann ergriff sie die Klinke, und das verheerende Gefühl war verschwunden.

Durch die beschlagene Scheibe

Der September kam mit Abkühlung und Regen. Die Feuchtigkeit kam jedoch für die Wiesen und Wälder viel zu spät, die Blätter an den Bäumen hatten schon begonnen, sich gelb zu färben, die Beeren waren klein und süß von der Sonne, Saft gab es kaum in diesem Jahr.

Johanna war nach dem Besuch auf Nygården, bei dem Lars die Bibel gelesen hatte, nur noch einmal dort gewesen. Dieser Besuch war noch kürzer als der vorherige ausgefallen, und als sie ins Posthaus zurückkam, hatte sie ein schlechtes Gewissen.

Auf ihrer Mutter ruhte die gesamte Arbeitslast, dazu die muffigen Männer und ein Sohn, der ständig verschwand und nicht mithalf. Johanna wusste, dass sie zuhause gebraucht wurde, aber sie konnte sich nicht vorstellen, ihre Arbeit im Posthaus aufzugeben, sie war ihr Leben geworden, all die Menschen, die Verbindungen mit der Welt. Denn das Posthaus in Grisslehamn lag an einer Hauptverkehrsstraße, das hatte Johanna gemerkt. Oft wussten die Leute im Posthaus eher als die Obrigkeit in Stockholm, was sich in fremden Ländern zugetragen hatte.

Byholma war nur eine halbe Wegstunde vom Posthaus entfernt, aber es war auch eine Wanderung aus einer alten in eine neue Zeit. Johanna hatte einen Blick in die Welt geworfen, und sie wollte nicht zurück in die Unwissenheit und das Schweigen. Aber dieser Entschluss kostete sie auch ihre Selbstachtung. Sie hatte ihre Mutter, die sie brauchte, im Stich gelassen.

In diesen Zeiten gab es viele Neuigkeiten, und oft waren sie beunruhigend. Anfang des Monats hatte ein Reisender berichtet, dass englische Schiffe Kopenhagen bombardiert hatten. Jetzt befand sich auch Dänemark auf der Seite Frankreichs im Krieg. Norwegen gehörte ja zu Dänemark, und das bedeutete, dass Schweden jetzt von allen Seiten bedroht war.

Ende September hielt sich wieder ein Kurier für mehrere Stunden im Posthaus auf und wartete auf Weiterbeförderung. Er erzählte, dass die Russen an der finnischen Grenze aufrüsteten.

An einem dieser Tage half Johanna den Kindern des Postmeisters beim Packen; sie sollten nach Stockholm fahren. Da hörte sie, wie die eine Tochter zu ihrer Schwester sagte, dass es sicherer sei, in der Hauptstadt zu leben. An demselben Nachmittag ging Johanna mit einem Essenskorb hinauf zur Telegrafenhütte. Es war Montag, der 28. September 1807. Viel später sollte sie sich gerade an dieses Datum erinnern.

Sie hatte sich wie immer eine Weile in der Telegrafenstation aufgehalten, hatte mit dem Signalisten geredet, hatte gefragt und gebeten, durch das Teleskop schauen zu dürfen. Sie war inzwischen mit dem Signalsystem gut vertraut. Seit dem Tag vor vielen Jahren, als sie von Edelcrantz Unterricht erhalten hatte, hatte sie sich immer wieder bemüht, das Signalsystem besser zu beherrschen. Mit der Zeit war sie eine richtig gute Signalistin geworden. Albert Rask wusste, dass er ihr die Station anvertrauen konnte, wenn er mit seiner Verlobten hin und wieder einen Spaziergang im Wald machte. Das war natürlich streng verboten, aber er verließ sich auf Johanna.

Sie hatte die Vorschriften gelesen, die innen in dem Telegrafenhäuschen angeschlagen waren. Dort stand unter anderem, dass der Telegrafist, der seinen Dienst vernachlässigte, entweder sechzehn Reichstaler Strafe zu zahlen hatte, oder eine Körperstrafe erhielt.

Es wurde als ein sehr ernstes Vergehen angesehen, sich von seinem Wachdienst zu entfernen. Trotzdem tat es Albert, und Johanna merkte, dass er sehr großes Vertrauen in sie setzte. Während seiner Abwesenheit war sie sehr aufmerksam, richtete die ganze Zeit den Blick durch das Teleskop, wagte kaum zu blinzeln. Und sobald sie eine Mitteilung auf der Tafel in Signilskär sah, übertrug und bestätigte sie diese und notierte die Mitteilung auf einem Stück Papier.

An diesem Tag hatte sie eine Botschaft empfangen. Sie besagte, dass ein Kurier mit dem Schiff unterwegs sei und ohne weitere Verzögerung Pferd und Wagen für die Weiterfahrt nach Stockholm benötige.

Johanna wurde unruhig. Würde das Schiff des Kuriers ankommen, ehe Albert zurück war, und wie eilig war die Weiterbeförderung? Sie überlegte, ob sie hinunter ins Posthaus laufen und von dem Kurier berichten und dann schnell wieder in die Telegrafenstation zurückkehren solle. Aber sie begriff, dass sie sich nicht so lange von dem Telegrafen entfernen durfte, da ja neue Mitteilungen eintreffen konnten. Sie verließ das Teleskop und sah durch die Tür nach draußen, konnte jedoch Albert nirgendwo entdecken.

Er kam nach einer halben Stunde und erschrak, als Johanna berichtete, was passiert war. Sie musste versprechen, nichts zu erzählen, und dann eilte sie zurück ins Posthaus mit einer schriftlichen Mitteilung von Albert.

Eine Stunde später traf der Kurier auf einer Postjacht ein, einem Segelboot mit Deck und kleiner Kajüte, bedeutend größer als die kleinen Postboote. An Bord befand sich noch ein Offizier mit seiner Frau und zwei kleinen Kindern; sie alle wollten sofort in die schwedische Hauptstadt weiterreisen.

An diesem Tag fuhren mehrere Wagen aus Grisslehamn ab, auch kamen einige mit Besuchern an, unter ihnen war ein Feldwebel aus Stockholm. Er sollte eine Zeitlang in der Hütte des Postschaffners Nyström wohnen, er hatte einen Auftrag auszuführen für die königliche Telegrafenanstalt, wie die Behörde in Stockholm hieß. Johanna hörte abends von dem Feldwebel, der im Kontor des Postmeisters zu einer Besprechung erwartet wurde.

»Johanna soll ein einfaches Abendessen vorbereiten«, hatte die Frau des Postmeisters ausrichten lassen.

Johanna nahm an, dass Wein und einige kleine Gerichte serviert werden sollten, geräucherter Lachs und Brot und ein paar andere Kleinigkeiten. Sie bereitete alles vor, brachte die Speisen und Getränke hinein; die Herren hatten sich schon im Salon vor dem Kachelofen niedergelassen. Es war kühl, man benötigte ein Feuer.

Der Feldwebel blieb in seinem Lehnstuhl sitzen, verbeugte sich jedoch leicht vor Johanna, etwas, was nie vorzukommen pflegte. Die Gäste beachteten die Mägde nicht, das wurde als unvereinbar mit der Würde des Höherstehenden angesehen, ja sogar als kriecherisch.

Johanna stellte das Essen auf einen Seitentisch, deckte den niedrigen Tisch zwischen den Sesseln, servierte, goss ein, zog sich in die Küche zurück, kam wieder in den Salon, wartete auf Anweisungen.

Sie stand im Dunkeln, der Schein vom Kachelofen erreichte sie gerade eben, die Flammen der beiden Talglichter flackerten unruhig im Zug, der von den undichten Fenstern herrührte. Vielleicht war Johanna wie ein Schatten am Rand der beleuchteten Fläche zu sehen, ein dienender Geist, und das war ja auch ihre Aufgabe. Trotzdem sah der Feldwebel mehrere Male zu ihr hinüber, blickte lange in ihre Richtung, so als ob er sie suchte. Als sie an den Tisch trat, um die Gläser nachzufüllen, sah sie sein Gesicht. Und jetzt trafen sich ihre Blicke.

Später am Abend dachte sie ein paar Mal an ihn. Sie wusste nicht, wie er hieß.

In den darauf folgenden Tagen war Johanna mit der Wäsche und mit Kochen beschäftigt. Eine junge Bootsmanntochter wurde mit dem Essen hinauf zur Telegrafenstation geschickt.

Bei einer Gelegenheit sah Johanna den Feldwebel wieder. Er ging über den Hofplatz, klopfte an die Tür des Posthauses, jemand öffnete. Sie stand drinnen im Waschhaus an der Waschbütte mit kochendem Wasser und nassen Laken, der Dampf hatte die Fensterscheibe beschlagen, aber sie konnte trotzdem eine Bewegung wahrnehmen, eine verschwommene Gestalt hinter dem beschlagenen Fenster. Sie trat an die Scheibe und machte sich mit dem Finger ein Guckloch. Mehrere Male strich sie mit dem Finger über die feuchte Kühle der Scheibe.

Er war groß, hatte einen leicht federnden Gang, wahrscheinlich war er schlank und drahtig. Er trug eine blaue Uniformjacke und weiße Hosen, die oben gelb abgesetzt waren, seine Mütze war blau. Johanna fand, dass er jünger aussah, als sie ihn aus dem dunklen Salon in Erinnerung hatte. Aber da hatte er die ganze Zeit über in sich zusammengesunken dagesessen.

Sie spürte wieder die Gegenwart des Feldwebels.

Er war nicht jemand, der eben nur so vorbeiging, nett anzusehen, ohne besonderen Eindruck zu machen. Sie hatte das Gefühl, dass er auf ungewöhnliche Weise in ihrer Nähe blieb. Aber noch dachte sie nicht an ihn als an jemanden, der sie beunruhigte oder der etwas von ihr forderte. Er war ein unbekannter Besucher, sie sah ihn trotz der beschlagenen Scheibe, er trat deutlich hervor und hatte sich einen Platz in ihrem Bewusstsein geschaffen.

Sie würde das Bild, so wie sie es durch die beschlagene Scheibe gesehen hatte, in ihrem Gedächtnis bewahren. Unter der empfindlichen Haut ihrer Finger würde sie diese Erinnerung versteckt halten, geschützt, unzerstörbar und immer schmerzhaft erreichbar.

In diesem Augenblick aber war es nur ein Anflug von etwas Unbestimmtem. Johanna dachte immer noch an die Wäsche, an die Zubereitung der Mahlzeiten und an ungeputzte Fußböden, ohne sich allzu sehr von den federnden Schritten da draußen aus der Ruhe bringen zu lassen.

Sie hatte den Feldwebel nicht mehr aus dem Posthaus herauskommen sehen. Wahrscheinlich war sie gerade dabei gewesen, Wäsche auf der Rückseite des Waschhauses aufzuhängen.

Sie wusste, dass er sich oben in der Telegrafenstation aufhielt. Jemand in der Küche hatte erzählt, dass er dort gesehen worden war, man stellte Vermutungen darüber an, was er dort wohl zu tun hatte, obwohl es eigentlich klar war, dass es mit dem Telegrafieren zusammenhing. Er war ja deshalb hergeschickt worden, man wollte wohl einige Änderungen vornehmen, vielleicht hatte es etwas mit den unruhigen Zeiten zu tun. Aber es waren in erster Linie nicht die Aufgaben des Feldwebels, die interessierten, sondern es war seine Person. Er war ein flotter, junger Soldat, das reichte schon, dass die Frauen des Posthauses über ihn redeten.

Er verzehrte seine Abendmahlzeiten beim Postschaffner, und dort wohnte er ja auch. Deshalb konnte man ihn am besten oben auf dem Berg treffen, wenn man dort etwas zu tun hatte.

Schließlich wurde Johanna wieder mit einem Essenskorb hinaufgeschickt. Es war an einem Donnerstag. Das Wetter war schön, und man hatte gute Sicht auf das Meer hinaus. Sie überlegte, was sie sagen sollte, wenn sie auf dem Berg angekommen war. Über so etwas dachte sie sonst nicht nach, wenn Albert oder irgendeiner der anderen jungen Männer dort war.

Das Wetter, dachte sie. Mit einem Signalisten kann man immer über das Wetter sprechen. Und über die Schiffe dort draußen, es gab wohl immer irgendwelche Boote, die man beobachten konnte.

Sie hatte sich schon eine Begegnung oben an dem Signalhäuschen vorgestellt, aber plötzlich erblickte sie den Feldwebel auf dem Sandstrand unterhalb des Berges. Er kam ihr entgegen. Sie erkannte ihn schon von weitem und versuchte sich vorzubereiten. Sie ging dicht am Wasser entlang, sah, dass er ebenfalls dort ging, direkt vor dem angespülten Tang.

Ich muss ihm ein wenig ausweichen, dachte sie. Als sie einen Schritt in Richtung Land machte, sah sie, dass auch er auswich, und jetzt waren sie nur noch ein kurzes Stück voneinander entfernt. Er blieb ein paar Meter vor ihr stehen, machte noch einen kleinen Schritt.

»Wir haben sicher dasselbe gedacht«, sagte er.

»Ja, das haben wir wohl«, antwortete sie.

Sie blickten einander an. Er war einen Kopf größer, blond wie sie auch, trug Koteletten, die Wangen waren glatt rasiert, um die Augen hatten sich helle Fältchen gebildet, sonst war er braungebrannt.

Sie wartete darauf, dass er etwas sagen würde, aber das Schweigen war nicht unangenehm. Sie hörte das leise Plätschern der Wellen gegen den Strand, und sie hatte das merkwürdige Gefühl, barfuß zu sein und dass es ihr nichts ausmachen würde, wenn die Wellen ihre Füße überspülten.

»Sind Sie auf dem Weg hinauf zur Telegrafenstation, mein Fräulein?«, fragte er.

»Ich bringe den jungen Männern da oben manchmal Essen.«

»Ich komme gerade daher.«

»Sind sie vielleicht Signalist, mein Herr?«

»An und für sich nicht, aber jetzt bin ich abkommandiert und zur Signalabteilung überstellt worden.«

»Das ist eine bemerkenswerte Erfindung, ich habe die Gelegenheit gehabt zu sehen, wie Mitteilungen über das Meer hinweg ausgetauscht werden.«

»Ach, können Sie etwa die optischen Zeichen lesen, mein Fräulein?«

»Einiges habe ich gelernt.«

Er nickte langsam und sah ein wenig ungläubig aus, zumindest fand Johanna das.

»Geben Sie mir ein Zeichen, dann werde ich versuchen, es zu deuten«, sagte sie.

Er sah sich um, erblickte etwas weiter oben am Strand einen angeschwemmten Baumstamm. Er ging dorthin, Johanna folgte ihm. Als er sich darauf niederließ, setzte sie sich neben ihn. Er brach einen Holzspan aus dem zersplitterten Stammende, glättete den Sand mit seinem Fuß und zeichnete schnell ein Muster aus Vierecken auf, drei gerade Reihen, vier Kästchen in der Mitte, drei in den beiden

Seitenreihen. Johanna sah sofort, dass es der Signaltafel der Telegrafenstation glich.

Dann markierte er einige der Vierecke mit kurzen diagonalen Strichen, danach blickte er auf und begegnete Johannas Augen. Sie hatte den Blick in demselben Moment gehoben, in dem er den letzten Strich gezeichnet hatte, denn sie hatte genauso schnell mitgelesen, wie er geschrieben hatte.

»Das Zeichen für den Buchstaben J«, sagte sie.

»Ausgezeichnet«, erwiderte er und verwischte die Markierungen im Sand, um für eine neue Kombination Platz zu machen.

»Der Buchstabe O«, sagte Johanna genauso schnell wie beim ersten Mal.

Er machte weiter. Sie entzifferte das nächste Zeichen, den Buchstaben H, und das nächste, das A. Dann machte er eine Pause.

»Sie lesen genauso schnell, wie ich schreibe, mein Fräulein«, sagte er. »Das erstaunt mich, wie konnten Sie die Signaltabelle so gut verstehen lernen?«

»Ich habe einmal Unterricht erhalten, und dann habe ich geübt, wenn sich die Gelegenheit dazu ergab.«

»Können Sie, mein Fräulein, vielleicht sogar erraten, welches Wort ich schreiben will?«

»Es ist ein Name.«

»Und welcher Name könnte das sein?«

»Johan, würde ich vermuten.«

»Oder Johanna.«

»Beide Namen sind möglich.«

»Ich habe meinen eigenen Namen noch nicht genannt, ich heiße Kristoffer Lundberg, ich bin Feldwebel und gehöre der Svea Leibgarde in Stockholm an.«

Er stand auf und streckte seine Hand aus. Johanna erhob sich ebenfalls von dem Baumstamm, ergriff die Hand, knickste ein wenig, er verbeugte sich gleichzeitig.

»Ich heiße Johanna Nygren.«

»Sollen wir Du zueinander sagen?«, wollte er wissen.

»Ich habe nichts dagegen.«

»Danke, liebe Johanna, aber ich kannte deinen Namen schon, ich habe neulich Abend gehört, wie man dich gerufen hat.«

Er setzte sich wieder, glättete den Sand und begann erneut zu zeichnen. Sie erkannte die Kombination für das Wort *ist*, und sie nickte. Er radierte es aus und schrieb das Wort *froh*. Als er nicht weiterzeichnete, beugte sie sich vor, glättete die Oberfläche mit der Hand, zeichnete mit dem Zeigefinger und wartete auf seine Antwort.

»*Große Schiffe werden gesichtet*«, sagte er leicht verwundert.

Sie lachte und malte weitere Zeichen.

»*Reise*«, sagte er.

Sie zeichnete weiter, und er antwortete: »*Hand*«.

Sie zeichnete noch eine Kombination auf, doch jetzt wurde er unsicher.

»Ich glaube, du hast etwas geschrieben, was in der Signaltabelle nicht vorhanden ist«, sagte er.

»Genau, aber was könnte diese Kombination denn bedeuten?«

»Alles Mögliche, nehme ich an, da es sie nicht gibt.«

»Es gibt sie noch nicht, aber wir könnten ihr eine Bedeutung verleihen.«

»Was denn?«

»Das weißt du besser als ich, denn du kennst das System.«

Er überlegte, stocherte mit dem Holzstück neben dem Baumstamm im Sand herum, so als ob er nach Worten suchte.

»*Komme zurück*«, sagte er langsam.

»Hier ist noch eine Kombination, die auch nicht besetzt ist«, sagte sie und markierte einige der Vierecke in dem quadratischen System.

»Ich glaube, dass du jetzt etwas doppeldeutig bist«, sagte er. »Diese Kombination könnte spiegelverkehrt für den Ausdruck *du weißt* stehen.«

Sie nickte, wischte aus und schrieb erneut. Er las, überlegte und stellte fest, dass sie wieder ein Signalbild spiegelverkehrt geschrieben hatte. Mit etwas gutem Willen konnte man die Nachricht als *wie du* deuten.

»Du denkst dir neue Ausdrücke aus, aber sie lassen an Deutlichkeit zu wünschen übrig«, sagte er.

»Wenn der Feind heimlich mitliest, kann es von Vorteil sein, eine Geheimsprache zu haben«, antwortete sie.

Er lachte, beugte sich vor und strich mit der Hand über die Sandfläche vor ihnen. Das Rautenmuster wurde verwischt, alles, was sie geschrieben hatten, war verschwunden. Er ließ das kleine Holzstück liegen.

»Um uns herum droht der Feind«, sagte er. »Ich hoffe, wir kommen um einen Krieg herum, aber es sieht durchaus nicht gut aus. Die nächste Zeit wird zeigen, was auf uns zukommt.«

»Kannst du erzählen, was für einen Auftrag du hast?«

»Ich soll gewisse Verbesserungen in dem Signalsystem vorbereiten, nächste Woche fahre ich hinüber nach Åland.«

»Und danach?«

»Ich komme nach Grisslehamn zurück, aber ich muss bald wieder nach Stockholm.«

»Ich selbst muss jetzt sofort das Essen nach oben bringen.«

»Ich glaube, ich habe dort oben etwas vergessen, ich begleite dich dorthin, wenn du nichts dagegen hast.«

Sie wanderten langsam am Strand entlang, das kurze Stück, das noch bis zur Abzweigung nach oben zu gehen war. Kristoffer nahm Johanna den Korb ab. Sie gingen nebeneinanderher. Als sie den Pfad erreichten, wartete er ein wenig und ließ sie vorgehen, hinein zwischen die Kiefern und die windzerzausten Wacholderbüsche.

Dann erreichten sie die Schlucht und den engen Durchgang zwischen den steilen Klippen. Johanna glitt aus, ein kleiner falscher Schritt nur, sie rutschte ein wenig, ein Augenblick nur, in dem sie die Balance verlor. Aber Kristoffer ging direkt hinter ihr und konnte nicht umhin, sie mit seiner freien Hand abzustützen, schnell und aufmerksam, mit der Handfläche und den gespreizten Fingern gegen ihren Rücken, ein kurzer stützender Druck und sie war wieder auf dem Weg. Aber er empfand diese Berührung doch als warm und leicht, und er atmete genau in dem Augenblick ein, als er ihr am nächsten war, und konnte ihren Duft noch spüren, als sie weitergingen.

Sie lieferte den Korb ab, sprach ein wenig mit Harald, der im Augenblick Wachdienst hatte. Kristoffer suchte in der Zwischenzeit einige Unterlagen zusammen, die er in dem Wandregal, in dem die Signaltafel und die Vorschriften aufbewahrt wurden, liegen hatte. Als Johanna Harald auf Wiedersehen sagte, war Kristoffer ebenfalls fertig. Sie gingen zusammen weg, Kristoffer erklärte, er müsse ins Posthaus, um mit dem Postmeister zu sprechen.

Während sie den Berg hinunterstiegen, wurde nichts gesprochen. Jetzt gingen sie nicht mehr so dicht beieinander. Als sie den Strand erreichten und an dem Stamm vorbeikamen, auf dem sie gesessen hatten, blieb Johanna stehen, sah Kristoffer an und lächelte, ohne etwas zu sagen, und ging dann an die Stelle, an der sie im Sand geschrieben hatten. Er folgte ihr und sah, dass sie sich niederkniete und eine Zeichenkombination schrieb. Ihr blauer Rock spannte sich, und er konnte die Form ihrer schmalen Knie erkennen.

Dann richtete sie sich auf, und sie sagte immer noch nichts. Er begriff, dass sie ihm ein Rätsel aufgegeben hatte, es war wieder eine spiegelverkehrte Zeichenkombination, die sie geschrieben hatte.

»Du brauchst jetzt nichts zu sagen«, sagte sie. »Nimm dieses Zeichen mit und überlege.«

Er hatte schon eine mögliche Lösung gefunden, zog es jedoch vor, ihrem Rat zu folgen.

»Ich würde das nicht Zeichen nennen, sondern eher ein Zeichenbild.«

»Du bist Soldat und hast gelernt, wie alles heißen soll, aber ich brauche mich darum nicht zu kümmern, ich kann die ungenutzten Bilder ausfüllen, womit ich möchte, ich kann die Wörter und Zeichen drehen und wenden, ohne um Erlaubnis fragen zu müssen. Das einzig Wichtige ist, dass der, der es lesen soll, es versteht.«

»Natürlich kannst du deiner Phantasie freien Lauf lassen, liebe Johanna, aber es besteht die Gefahr, dass andere deinem Gedankengang nicht folgen können.«

»Kannst du ihm folgen, Kristoffer?«

»Du hast mich gerade auf die Probe gestellt und gebeten, nichts zu sagen.«

»Genau, wir hoffen also, dass wir einander verstehen.«

»Oder wir wissen es schon.«

Sie setzten ihren Weg zum Posthaus fort, und jetzt schwiegen sie wieder. Aber es war nicht unangenehm, und

Johanna dachte, dass merkwürdigerweise zwischen Schweigen und Gespräch kein Unterschied bestand, es war so, als ob zwischen ihr und Kristoffer die ganze Zeit über ein Wort- und Gedankenaustausch vor sich ging. So etwas hatte sie bis jetzt noch nie erlebt.

Jemand wird kommen

Der Oktober begann mild und schön an der Küste Roslagens. Die Mittagswolken zogen über das Meer in Richtung Åland, groß und weiß wie im Hochsommer. Die Vogelschwärme sammelten sich für die Reise nach Süden, und die kleinen Beeren an dem Sanddorngestrüpp wurden dunkelgelb, das Meerwasser behielt noch eine Zeitlang ein wenig Wärme.

Der Krieg schien weit entfernt zu sein, vielleicht lag es an der klaren Luft, die auf unruhige Gemüter beruhigend wirkte, und an den beständigen Winden aus Nordwesten, die die Fahrten der Postboote angenehm und pünktlich machten. Die Briefe kamen rechtzeitig an, und die mitfahrenden Reisenden wurden nicht nass.

In der zweiten Oktoberwoche fuhr Kristoffer Lundberg mit dem Postboot nach Signilskär. Er hatte Grisslehamn früh am Morgen verlassen. Johanna hatte am Abend vorher mit ihm einen Spaziergang gemacht, sie hatten wieder über mögliche Signalzeichen gesprochen, über die nicht genutzten Kombinationen. Sie hatten jedoch neue Inhalte nur angedeutet, waren davon ausgegangen, dass sie einander schon verstehen würden, hatten betont, wie wichtig es war, Nachrichten für Außenstehende unzugänglich zu machen. Sie waren nebeneinanderher gegangen, ihre Arme hatten sich berührt, sie hatten den schwachen Luftzug an Wangen und Haaren gespürt, hatten ihre Bewegungen und Schritte verlangsamt, waren einander so nahe gewesen, wie es der noch unausgefüllte Zwischenraum zuließ, der von aufgeschobener Sehnsucht geladene Raum zwischen Hand und Hand, Wange und Duft.

»Weißt du schon, wann du wieder oben in der Telegrafenstation bist?«, fragte Kristoffer.

»Ich kann versuchen, zu den Zeiten dort zu sein, die wir ausmachen«, antwortete Johanna. »Aber ich bestimme nicht selbst über meinen Arbeitstag.«

»Lass uns sagen, dass ich dir um zwei und um vier etwas sende.«

»Das ist ausgezeichnet, ich werde versuchen, dort zu sein. Aber wie soll ich an den Telegrafen herankommen, wenn die Signalisten dort sind?«

»Ich habe schon mit Albert gesprochen, er weiß, dass ich davon Kenntnis habe, dass du dich dort oft aufhältst, und das ist natürlich ganz gegen die Vorschriften. Aber du hast eine Sonderstellung, und man hat mir erzählt, dass Edelcrantz selbst dich in die Kunst des Signalisierens eingeweiht haben soll.«

»Aha, das hast du also gehört.«

»Ja, und das erklärt wohl, dass du dir dort Dinge erlauben kannst, die kein anderer sonst tun darf, und das ist natürlich für uns von Vorteil, wenn wir einander Mitteilungen schicken wollen.«

»Ich werde Albert also bitten, dass ich zu den vereinbarten Zeiten am Teleskop stehen darf.«

»Genau, liebe Johanna.«

»Und dann bin ich tatsächlich Schwedens einzige Signalistin?«

»Zweifellos bist du das, meine Liebe.«

Sie setzten ihren Spaziergang fort, sie hatten eine Vereinbarung getroffen, es begann dunkel zu werden.

Johanna sah das Postboot am nächsten Morgen ablegen. Sie ging nicht hinunter, sie stand auf dem Hügel vor dem

Posthaus und folgte dem kleinen Boot, das schon Wind in den Segeln hatte, mit den Blicken. Jemand winkte, aber sie konnte nicht erkennen, wer es war.

Die gute Sicht über das Meer hielt weiterhin an. Am Tag nach Kristoffers Abreise hatte Johanna keine Gelegenheit, am Nachmittag die Telegrafenstation aufzusuchen, aber am Tag darauf wurde sie mit einer Nachricht, die gesendet werden sollte, nach oben geschickt. Sie kam gegen halb zwei, Albert hatte Wache, sie wartete eine Weile, als es kurz vor zwei war, bat sie, durch das Teleskop schauen zu dürfen.

Albert fragte, ob sie etwas dagegen hätte, wenn er für einen Moment hinausginge, er würde nicht lange wegbleiben. Sie antwortete, dass er das gerne tun könne.

Die Tafel von Signilskär war als undeutlicher Rahmen zu erkennen, das Bild wies schwache Linien auf, war jedoch klar und flimmerte nicht wie im Sommer, wenn die warme Luft über den aufgeheizten Stränden und Klippen aufstieg und die Sicht trübte. Im Augenblick waren im Rahmen der Tafel keine Zeichen zu sehen, alle zehn Signalklappen befanden sich in waagrechter Stellung. Aus der Nähe würden sie wie gerade Striche wirken, aber aus der Ferne konnte man nichts erkennen, nur die Umrahmung war zu sehen.

Johanna wartete. Die Uhr, die zur Ausrüstung der Station gehörte, lag auf einer kleinen Ablage neben dem Teleskop, eine gewöhnliche Taschenuhr von guter Qualität, sie ging immer richtig. Johanna schielte auf die Uhr, eine Minute fehlte noch bis zur vollen Stunde.

Um zwei Uhr hatte sich immer noch nichts getan. Signilskär hatte sich nicht gemeldet, hatte keine Nachricht gesendet.

Johanna zog den Kopf etwas zurück, sah auf die Uhr, eine Minute nach zwei, dann blickte sie wieder durch das Teleskop.

In dem Augenblick, als sich ihr Auge an das schwache Bild auf der Tafel auf der anderen Seite des Meeres angepasst hatte, passierte etwas. Die Klappen drüben bewegten sich. Sie las, merkte sich das Bild, blieb stehen, die Klappen veränderten ihre Stellung nicht.

Sie ging quer durch den Raum hin zur Tastatur, gab die Zeichen ein, die sie gerade gelesen hatte, und schickte eine Bestätigung. Sie ging zum Teleskop zurück. Nach zehn Sekunden kam die nächste Nachricht. Sie las, bestätigte, wartete wieder am Teleskop.

Es folgte keine weitere Nachricht.

Sie dachte über das, was sie empfangen hatte, nach. Zuerst hatte sie eines der spiegelverkehrten Zeichen erhalten, die sie selbst Kristoffer gegeben hatte, als sie im Sand geschrieben hatten. Damals hatte er gemeint, dass die Zeilen *damals als du* bedeuten konnten.

Sein zweites Zeichen war auch eines ihrer Spiegelbilder: *immer zurück.*

Sie stellte sich an die Tastatur und schrieb, wählte das Bild, das sie ihm zuvor gegeben hatte und über das er nachdenken sollte. Vielleicht hatte er die Lösung des Rätsels gefunden?

Er bestätigte sofort, so als ob er gerade diese Kombination erwartet hatte. Jetzt wartete sie auf weitere Nachrichten.

Eine halbe Minute später kam das Zeichen. Auch Kristoffer hatte eine spiegelverkehrte Kombination gewählt. Sie las, schrieb die Deutung auf ein Stück Papier und bestätigte. Nach einer halben Minute kam das nächste Bild. Sie las, schrieb, bestätigte. Dann sendete er das Zeichen, das bedeutete, dass die Nachricht abgeschlossen sei. Sie bestätigte, dass sie auch das verstanden hatte. Was meinte er? Sie erkannte zwei mögliche Antworten. Die erste spiegelverkehrte Kombination konnte möglicherweise als *Warte* gelesen werden.

Aber das zweite Bild, was meinte er damit? Sie drehte und wendete mehrere Antwortmöglichkeiten hin und her, konnte nichts richtig damit anfangen, glaubte schließlich, dass es wahrscheinlich *unsere Worte* bedeutete.

Sie war sich nicht sicher, was er sagen wollte, glaubte jedoch, dass er Worte senden wollte, die nur ihnen gehörten. Denn so war es ja, niemand außer ihnen konnte diese spiegelverkehrte Art, auf die sie Worte und Gedanken über das Meer schickten, verstehen.

Als Albert nach einer Weile zurückkam, erhielt sie die Bestätigung, dass kein anderer es verstand. »Ich habe die Tafel vom Wald aus gesehen«, sagte er. »Du musst etwas verwechselt haben, es war nicht zu verstehen, du musst die Tabelle das nächste Mal besser lesen.«

»Ich habe nur etwas von der anderen Seite bestätigt«, sagte Johanna.

»Aha, dann war es wohl der da drüben, der falsch buchstabiert hat, irgendein Anfänger wahrscheinlich.«

»Ja, es war auf jeden Fall eine ungewöhnliche Mitteilung.«

Als Johanna zum Posthaus zurückging, dachte sie an Kristoffers Nachricht. Er verstand sie, sie hatte das sichere Gefühl, dass er das tat. Ein paar Worte reichten, er empfing sie. Das Meer bedeutete kein Hindernis, der Abstand spielte keine Rolle. Sie hatten ihre eigene Sprache.

Sie dachte den ganzen Tag über an Kristoffer. Und nachts wachte sie auf und dachte an ihn und seine Worte, die auch ihre Worte waren.

Am Tag nach dieser Unterhaltung über das Meer hinweg besuchte Johanna ihre Mutter. Sie hatte die Gästezimmer im Posthaus geputzt, neue Laken aufgezogen, die schmutzige Wäsche ins Waschhaus gebracht, war mit einem Armvoll Brennholz zurückgekehrt, und die ganze Zeit über war Kristoffer in ihren Gedanken. Aber plötzlich wurde sie von Unruhe ergriffen, als ihr bewusst wurde, dass sie ihre Mutter schon wieder vernachlässigt hatte. Am Nachmittag bat sie um zwei freie Stunden und beeilte sich, um nach Nygården zu kommen.

Maria saß in der Küche, sie war blass und wirkte müde. Johanna fand zum ersten Mal, dass ihre Mutter alt aussah.

»Ist alles in Ordnung?«, fragte sie.

»Ja, es ist nichts Besonderes vorgefallen«, antwortete Maria.

»Du siehst müde aus, Mutter?«

»Ich werde wohl auch manchmal müde wie alle anderen Menschen.«

»Und die anderen?«

»Die Männer sind meist draußen beim Fischfang, oder sie sagen zumindest, dass sie dort sind, aber ich bekomme keinen Fisch zu Gesicht. Sie sind nie nüchtern. Wo Lars sich aufhält, weiß ich nicht; vielleicht ist er auf Skatudden, denn dorthin geht er oft.«

»Was macht er denn auf Skatudden?«

»Wenn ich das wüsste, ich werde nicht klug aus ihm.«

»Was tut er denn den ganzen Tag über?«

»Meist gar nichts, manchmal liest er in der Bibel.«

»Weißt du, was er in der Bibel liest, Mutter?«

»Ich glaube, dass er an einer Stelle in der Offenbarung des Johannes Gefallen gefunden hat. Dort steht etwas über ein seltsames gläsernes Meer, ich habe gesehen, dass er dieses Wort mehrmals auf ein Stück Papier geschrieben hat, außerdem auch draußen auf den Boden.«

»Gläsernes Meer, hat er das geschrieben?«

»Ja, aber frag mich nicht, warum.«

»Glaubst du, dass er bald nach Hause kommt, Mutter?«

»Wenn ich das wüsste.«

Sie sprachen nicht weiter über Lars. Wie immer, wenn Johanna ihre Mutter besuchte, setzte sie sich hin und half ihr bei dem, womit sie gerade beschäftigt war. Im Augenblick schnitt sie einen Riemen aus einem Stück Leder zu; eigentlich war das ja Männerarbeit, und Johanna begriff, dass die beiden Männer Maria die meisten Arbeiten auf dem Hof überließen. Aber Johanna hatte keinerlei Übung im Zuschneiden von Leder, deshalb begnügte sie sich damit, das Leder in Form zu halten, zu strecken und zu ziehen.

Als sie fertig waren, holte sie Wasser und Holz von draußen herein. Maria hatte währenddessen begonnen, Rüben zu zerquetschen. Johanna übernahm diese Arbeit; sie stand über den Trog gebeugt, umfasste den Stampfer mit beiden Händen, drückte mit dem Oberkörper nach, die Rüben waren hart und zäh.

Sie schwiegen eine Weile. Johannas Unruhe war berechtigt gewesen, ihre Mutter war müde und verbraucht von all der Arbeit. Jetzt jedoch, nachdem sie mit ihr gesprochen hatte und alles gesehen hatte, war ihre Unruhe verschwunden.

Maria wusste, dass Johanna nicht lange bleiben würde, sie konnte immer nur auf einen kurzen Besuch vorbeikommen, und als ihre Tochter Anstalten machte, sich vom Tisch zu erheben, ergriff Maria wieder das Wort:

»Karl David hat nach dir gefragt«, sagte sie.

»Ach ja«, antwortete Johanna.

»Er fragt oft, wie es dir geht, und bittet um freundliche Grüße an dich.«

»Ja, grüß ihn ebenfalls.«

»Er ist ein guter Mann, ein wohlhabender Mann ist er.«

»Das ist er sicher.«

Johanna lächelte ihrer Mutter zu, sie gaben einander zum Abschied die Hand, und Johanna merkte, dass ihre Mutter kalte Hände hatte.

Der Hof lag im Schatten, als sie sich auf den Heimweg machte. In der Hoffnung, Lars zu treffen, nahm sie den Pfad in Richtung Skatudden. Auf halbem Weg stießen sie im Wald aufeinander. Johanna grüßte, Lars jedoch blickte sie nur an, ohne etwas zu sagen.

»Komm mit hinaus zum Berg«, sagte Johanna und nahm Lars bei der Hand.

Er befreite sich nicht aus ihrem Griff, und als sie losging, folgte er ihr. Sie setzten ihren Weg schweigend fort, und Johanna erinnerte sich daran, dass sie mit Lars hier schon gegangen war, als er ganz klein war. Oft waren sie auch zusammen mit dem Vater gegangen. Dort, wo der Pfad es erlaubte, waren sie nebeneinander gegangen, ganz dicht, er hatte ihre Hände fest in den seinen gehalten. Damals war es ihr vorgekommen, als ob sie zusammengewachsen waren. Es war der Vater, der die Geschwister verband, seine Sicherheit und seine Fürsorge waren es.

Sie sahen das Meer, stiegen auf den höchsten Punkt, an den Ort, an den alle kamen, die Ausschau hielten und warteten. Sie erblickten den Horizont, die Inseln um Signilskär waren zu sehen, ein Segelschiff auf dem Weg nach Süden, weit draußen, die Strahlen der Südwestsonne ließen die Segel aufblitzen. Es war fünf Uhr, die Sicht war gut, aber es war bald Abend. Johanna hielt immer noch Lars' Hand fest.

»Wie heißt das Meer?«, fragte Johanna.

Lars antwortete nicht. Aber Johanna hatte auch keine Antwort erwartet.

»Das gläserne Meer?«, sagte sie in fragendem Ton.

Jetzt merkte Johanna, dass Lars ihre Hand ein wenig drückte, kaum merklich, aber es schien so, als ob er ihre Frage beantwortete.

»Soll jemand über das gläserne Meer kommen?«, fragte sie.

Jetzt drückte Lars ihre Hand fester, es war eine Art Antwortgriff, eine Zustimmung.

»Wer soll denn kommen?«

Keine Bewegung mit der Hand, vielleicht war die Frage falsch gestellt.

»Soll ein Mädchen zu dir kommen, das dich liebt?«

Keine Antwort. Johanna hörte, wie Lars durch die Nase atmete, er hielt den Mund geschlossen.

»Soll ER kommen, nur ER?«

Ein starker Druck mit der Hand, der wiederholt wurde. Lars hatte ihr zweimal schnell hintereinander geantwortet.

»Meinst du Vater?«

Johanna spürte, wie Lars seine Hand zusammenzog, sie wurde ganz steif, kein Druck, keine Bestätigung erfolgten, und sie merkte, dass er nicht antworten wollte.

Sie gingen durch den Wald zurück. Jetzt ging jeder für sich, Johanna zuerst, Lars ein Stück hinter ihr. Johanna blieb mehrere Male stehen, um auf ihren Bruder zu warten, aber da wurde er langsamer, und sie merkte, dass er diesen Abstand beibehalten wollte.

Ein einziges Mal

Kristoffer war eine Woche unterwegs. Nachdem er seine Aufgaben auf der Signalstation weit draußen im Meer auf Signilskär erledigt hatte, besuchte er die Telegrafenstation in Eckerö, um der Besatzung Anweisungen zu erteilen und um die technische Anlage zu überprüfen. Aber von dort aus konnte er keine privaten Mitteilungen an Johanna schicken, da die Nachrichten über Signilskär liefen und das Personal dort Einwände gegen unverständliche Zeichen haben konnte und sich weigern würde, diese weiterzusenden, ganz den Vorschriften entsprechend.

Johanna und Kristoffer konnten also nur ohne Mittelspersonen miteinander kommunizieren. Das schuf ein starkes Band zwischen ihnen, es gab nur sie beide, und niemand sonst hatte Einblick. Aber Johanna musste auch darüber nachdenken, dass sie wohl über ganz Schweden hinweg miteinander sprechen könnten, wenn ihnen genug Stationen unmittelbar zur Verfügung stünden.

Als sie am Freitagvormittag den Speisezimmertisch polierte, fiel ihr eine Lösung ein. Sie wusste, dass es eine große Anzahl Phrasen mit festgesetzten Zeichen gab. Hier handelte es sich hauptsächlich um militärische Mitteilungen: *Der Feind setzt Truppen an Land, die Flotte zieht sich zurück, unsere Schiffe jagen den Feind.* Aber auch Wetternachrichten hatten festgelegte Zeichenkombinationen: *Es wird Regen erwartet, Sturmwarnung, Windstille, der Schneefall im Osten nimmt an Stärke zu, das Eis ist schwer zu durchbrechen.*

Jetzt dachte sie, dass sie all diesen Nachrichten noch eine weitere Bedeutung geben könnte.

Den Rest des Tages polierte sie Möbel und dachte sich eine heimliche Wortliste aus, in der *Sturm* auch *Hand* bedeutete, *Windstille* wurde zu *Sehnsucht*, *Hagelschauer* zu *Träumen*, *Schneefall* zu *zusammen*, *Regen* zu *Du*, *Sonne* zu *Ich*, *Eis* zu *Wange*.

Sollte sie Kristoffer davon erzählen? Sie war sich nicht sicher und beschloss, noch etwas zu warten.

Er kam an einem Montag zusammen mit einem frischen Nordostwind. Denn jetzt war die milde Witterung von den üblichen spätherbstlichen Winden, die scharf und unfreundlich waren, verdrängt worden. Aber das Postboot hatte die See und den Wind von achtern, die Fahrt über das Meer ging rasch vonstatten.

Am Abend vorher war eine Nachricht von der Station auf Signilskär eingetroffen: *Ein Reisender kommt mit*. Es war jedoch nichts über eine Weiterbeförderung oder Übernachtung gesagt worden, deshalb war anzunehmen, dass man sich um diesen Reisenden nicht kümmern musste. Kristoffer war ja so jemand, der in Grisslehamn wohnte, vorübergehend zwar, aber er hatte ein Zimmer und musste deshalb nicht weiterbefördert werden.

Johanna hörte die Mitteilung, und sie hoffte, fühlte sich nicht recht sicher. Die anderen im Posthaus stellten Vermutungen an, denn es war immer spannend, wenn unbekannte Reisende angekündigt wurden.

Und dann wusste man, wer kommen würde. Auf jeden Fall meinte es Johanna zu wissen. Als jedoch das Boot außerhalb des Hafens in Sicht kam, wurde sie unsicher, unruhig, etwas Altbekanntes übermannte sie: Wenn er nun tot ist, niemals wieder zurückkehren würde, wenn jemand mit der Mütze in der Hand käme, um diese Nachricht zu überbringen.

Sie wurde von einem schwindelerregenden Zeitrausch erfasst, ahnte eine große Trauer, die lange zurücklag und dann eine Ewigkeit von Ungewissheit für die Zukunft, taumelte in kurzer Benommenheit zwischen Licht und Dunkel hin und her, zwischen Vergessen und Einsicht.

Ein kurzer Schwindelanfall, sie griff nach einer Stütze, dann gewann sie wieder Boden unter den Füßen, holte tief Atem, ging langsam in Richtung des kleinen Felsens vor dem Posthaus, sah das Boot in den Hafen gleiten. Und jetzt stand er aufrecht im Boot, beschattete die Augen mit der Hand und hielt Ausschau. Und da wusste sie, dass er wiedergekommen war.

Aber sie ging nicht hinunter zum Hafen.

Spät am Abend war sie noch in der Küche, trocknete Besteck und Porzellan ab, brachte es in den Schrank, ließ sich Zeit. Laura war in die Kammer gegangen, Johanna war allein, im Küchenherd brannte noch Feuer, und sie überlegte, ob sie sich eine Tasse Kaffee kochen sollte. Und die ganze Zeit über dachte sie an Kristoffer. Sie nahm an, dass er in der Hütte des Postschaffners war oder vielleicht auch oben in der Telegrafenstation, aber er war in der Nähe. Sie wusste auch nicht, warum sie sich nicht dazu überwinden konnte, ihn aufzusuchen.

Einmal war sie kurz davor gewesen zu gehen. Aber sie nahm sich noch einmal einen Stoß Teller vor, die völlig sauber waren, man konnte ja noch einmal mit einem trockenen Lappen nachpolieren, um sie so ein wenig glänzender zu bekommen. Sie hielt sich selbst in der Küche zurück, so als ob sie ihre eigene übertrieben strenge Hausherrin wäre.

Es war draußen schon seit langem dunkel, als sie ein leichtes Klopfen an der Scheibe vernahm; sie tat so, als ob sie nicht wusste, wer es war, ging hin, sah genau nach, tat erstaunt, aber verbarg ihre Freude.

Einmal, viel später, würde sie sich daran erinnern und sich über sich selbst wundern. Und sie würde es nicht verstehen.

Jetzt ging sie an die große Tür und öffnete. Er nahm den Hut ab, lächelte sie an und stand einen Augenblick stumm da. Sie reichte ihm die Hand.

»Ich hoffe, es geht dir gut«, sagte er.

»Ja, ausgezeichnet, und ich hoffe, auch dir geht es gut«, antwortete sie.

Als sie ihre eigene Stimme hörte, war alles wieder wie immer. Sie lächelte zurück, hielt seine Hand fest und sah, dass sich sein Haar ein wenig gelockt hatte. Sie nahm an, dass das von der Seereise und der feuchten Luft kam. Sie fragte, ob er in die Küche kommen wolle. Er zweifelte, ob das denn zu dieser späten Stunde passend sei.

Sie war auch der Meinung, dass es vielleicht ein wenig spät sei.

Er wollte wissen, ob sie vielleicht einen kleinen Spaziergang machen wolle.

Sie antwortete, dass sie nur eben ihren Schal hole.

Sie gingen über die Brücke am Sköthusvik-Graben, weiter an dem zugewachsenen Sund zwischen Tomtaland und Byholma entlang, machten innen am Ende der Ornebucht halt.

»Das Telegrafieren ist eine merkwürdige Sache«, sagte Kristoffer. »Es bietet so viele Möglichkeiten, hast du daran gedacht?«

»Ich habe viel darüber nachgedacht«, antwortete Johanna.

»Hast du meine Nachricht verstanden?«

»Ich glaube schon, aber hast du meine Antwort verstanden, Kristoffer?«

»Da bin ich mir ganz sicher.«

»Was du mir geschrieben hast, hat mir gefallen.«

»Danke, Johanna, das freut mich.«

Sie gingen weiter am Wasser entlang, auf dem Pfad, der zu den Hütten an der Bucht führte. Der Wind hatte sich gelegt, aber es war kühl.

Kristoffer nahm Johannas Hand. Sie sagten nichts, kehrten bald um und gingen zurück zum Posthaus. Als sie sich trennten, standen sie eine kurze Weile stumm da und sahen einander an. Johanna hob die Hand und berührte Kristoffers Wange. Er ergriff die Hand, küsste sie ganz leicht, hielt ihre Finger fest, berührte sie mit den Lippen.

Die Tage wurden grau und kurz, die Kälte kam, das Thermometer sank in den Nächten unter Null Grad. Sie machten jeden Abend Spaziergänge, schlugen oft den Weg am Südstrand der Ornebucht ein. Und sie sprachen schon über Dinge, die sie während ihrer kurzen Bekanntschaft zusammen erlebt hatten:

Wie damals, als du das über das Meer gesagt hast.

Ja, oder wie damals, als du gesagt hast, dass du es verstehst.

Als wir damals am Strand gesessen haben.

Wie diese Worte damals.

Meist war es jedoch etwas anderes, so als ob die Zeit nicht ausreichte, als ob man das Unfassbare beschwören musste, damit es nicht verschwand.

Aber sie erzählten einander auch Dinge, die nur einer von ihnen kannte. Kristoffers Vater war auch Soldat gewesen, er war 1789 im Krieg gegen Russland auf See gefallen, als Kristoffer sieben Jahre alt war.

»Meine Mutter wollte nicht, dass ich auch Soldat werde wie mein Vater«, sagte Kristoffer.

»Aber ich habe einen ehrenhaften Beruf und diene meinem Vaterland.«

»Und dein Beruf hat dich nach Grisslehamn geführt«, antwortete Johanna.

»Dafür bin ich dankbar.«

»Das Schicksal hat es so für uns bestimmt.«

»Ja, das möchte ich auch glauben.«

An diesem Abend zeigte Johanna Kristoffer das kleine Portrait und erzählte von Per Johan Malmgren, der Zeichnungen von der Gegend gemacht hatte. Kristoffer gefiel das Bild sehr gut, aber er wurde nachdenklich, als er Malmgrens Namen hörte.

»Ich glaube mich zu erinnern, dass jemand mit diesem Namen mit den Anjala-Leuten zu tun hatte«, sagte Kristoffer.

Johanna fragte, was das für Leute seien, und Kristoffer erzählte, dass es sich um eine Gruppe schwedischer Offiziere handele, die sich gegen König Gustav gestellt und während des Krieges mit den Russen verbündet hatten. Und es gab immer noch eine Menge Offiziere, die König Gustav IV. Adolf nicht die Treue hielten. Sie misstrauten der schwedischen Politik und wollten sich, wie Kristoffer sagte, lieber Bonaparte anschließen.

»Einige dieser Leute sollen derzeit damit beschäftigt sein, die Häfen und Buchten an dieser Küste abzuzeichnen«, sagte Kristoffer. »Ich habe es gehört, und eine Warnung ist ausgesprochen worden. Vielleicht stehen sie im Sold der Russen, ein Angriff auf unsere Küste ist eine Gefahr, mit der wir rechnen müssen.«

»Ist das wirklich wahr, ist Malmgren von den Russen geschickt worden? Er war ein so freundlicher Mann.«

»Ja, ein lächelnder Mann kann doch trotzdem ein Russenfreund sein.«

»Wenn du willst, werde ich das Bild verbrennen.«

»Nein, das hieße ja, ein Bild von dem Schönsten zu zerstören, was ich kenne.«

»Darf ich dir das Bild schenken?«

»Ich nehme es gerne an und werde es gut verwahren, das verspreche ich.«

Johanna reichte Kristoffer das kleine Stück Papier. Er legte es in einen Brief, den er in der Brusttasche seiner Uniformjacke hatte.

»Dieser Brief ist von meiner Mutter«, sagte er. »Sie steht mir so nahe wie du.«

»Ich teile gerne mit deiner Mutter.«

Dann kam der Augenblick, in dem Kristoffer eröffnete, dass er nach Stockholm zurückfahren müsse. Beide hatten es ja gewusst, trotzdem war es schwer, es auszusprechen und zu hören.

»Aber ich komme wieder, und ich schreibe«, sagte er.

»Und ich werde dir eine Antwort schreiben.«

An diesem Abend küsste er sie zum ersten Mal. Sie stand auf Zehenspitzen und ließ die Arme an den Seiten herabhängen. Es war ein leichter Kuss, eine ängstliche Berührung, er war so vorsichtig, als ob sie ein zerbrechliches Kind wäre.

Und es war nicht der Kuss, an den sie sich erinnern würde, sondern seine herzliche Umarmung. Lange stand sie ganz still da, eingeschlossen und sicher, ohne daran zu denken, dass sie sich trennen mussten.

Die Tage hatten sich verändert. Johanna teilte die Zeit ein in kurze und in lange Wartezeiten, die Stunden mit eintöniger Küchenarbeit vergingen mit Gedanken an einzelne Begebenheiten zusammen mit Kristoffer. Leuchtende Erinnerungen verkürzten die trostlose Arbeitszeit, sie begann, alles auseinanderzuziehen, teilte es in kleine Szenen ein: als er ihr am Strand entgegengekommen war, als er im Boot gestanden, am Kachelofen gesessen hatte, über den Hof gegangen war und im Sand gezeichnet hatte.

Sie hielt die Erinnerungsbilder auseinander, sie sparte, ordnete, nahm eines nach dem anderen heraus, vergeudete nichts, denn sie wusste, dass die Zeit, die vor ihr lag, lang werden konnte. Die Bilder wurden so etwas wie die kleinen Apfelstückchen, die man bei einer Wanderung über das Eis in der Tasche trug: jede Stunde ein Stück, auf das man sich freuen konnte, die Süße des Sommers für das Überleben in der Dunkelheit des Winters.

Oft stellte sie Überlegungen an, wie sie diese Bilder behandeln sollte, sie lernte, sich Erinnerungsepisoden zuzuteilen, gelegentlich änderte sie auch hier und da ein bisschen daran. Sie ließ ihre Begegnungen mit Kristoffer an sich vorbeiziehen, Gespräche, Worte, Laute, die Wärme, die von seinen Händen ausging, die Lippen, die Wange.

Die Tage vergingen mit Gedanken, Wiederholungen, Vorstellungen. Wieder und wieder, eine kleine Änderung hier, ein Zusatz dort. Sie verfügte über Worte, sie führte Gespräche, ließ ihn sagen, was *sie* hören wollte. Sie ließ ihn jedoch nie übertreiben, er war vorsichtig mit seinen Händen und Worten, und sie war genau so vorsichtig mit Änderungen und Zusätzen.

Sie wollte es so, und so war es ja auch wirklich gewesen. Die Erinnerung hielt das Gute fest, veränderte ganz behutsam, half der Zeit zu vergehen.

Nach zwei Wochen kam sein erster Brief mit schöner Anschrift: An Mamsell Johanna Nygren, Poststelle in Grisslehamn.

Sie öffnete den Brief nicht sofort. Sie empfing ihn nicht mit einem kleinen Ausruf, einem glücklichen Lachen, noch nicht einmal mit einem Lächeln. Sie drückte den Brief nicht gegen ihre Brust.

Sie hatte den Postillon kommen sehen, er kam jeden zweiten oder dritten Tag. Sie kannte alle Touren, die Post aus Stockholm mitbrachten. An diesem Tag kam der Postmeister selbst mit ihrem Brief in die Küche.

»Für dich, Johanna«, sagte er und lächelte freundlich, als er ihr den Umschlag überreichte.

Er wartete ein wenig, offenbar wollte er ihre Freude über den Brief sehen. Aber er war es, der lächelte, nicht sie. Er wusste, dass Johanna Kristoffer kennen gelernt hatte. Sie hatten nicht versucht, irgendetwas zu verbergen, sie glaubten wohl, dass sie sich wie alle anderen verhielten, sie hatten einige Worte miteinander gewechselt, wenn sich andere Leute in der Nähe befanden, sie waren wie alle anderen spazieren gegangen, es hatte nichts Besonderes auf sich. Das, was sie nicht gemerkt hatten, war der Ton, der zu hören war, und das Licht, das um sie herum leuchtete.

Alle im Posthaus wussten es. Deshalb freute sich der Postmeister, als er den Brief sah, und wollte ihn natürlich selbst überbringen. Aber Johanna knickste nur ein wenig und ließ den Brief auf dem Küchentisch liegen. Der Postmeister lächelte, nickte und verließ die Küche wieder.

Denn wenn sie nicht widerstanden hätte, wäre sie in einen Abgrund von Gefühlen gefallen und wäre vergangen vor Glück. Sie wusste es, und deshalb verhielt sie sich so zurückhaltend, das hatte sie gelernt.

Sie wusch sich die Hände, setzte sich hin und schlitzte langsam den Brief auf, holte das weiße schöne Papier heraus, betrachtete den Text, ohne ihn zu lesen, sah seinen Namen, ohne richtig hinzusehen, spürte den Duft von Papier und befreitem Atem.

Sie hielt den Brief in Händen, schloss die Augen, sah Wörter, die sie nur geahnt hatte, wusste, dass sie sich in der Nähe von etwas Gefährlichem und Vergänglichem befand, von etwas sehr Zerbrechlichem, das verschwinden konnte. In ihrer unterdrückten Freude fand sich auch eine mögliche Sorge.

Dann öffnete sie die Augen, holte Atem und las:

Meine liebste Johanna.

Ich habe eine Zeit voller Arbeit und auch mit einigen kürzeren Reisen in Orte in der Nähe der Hauptstadt verbracht, alles im Dienst. Die Zeiten sind unruhig, es gibt viele schlechte Vorzeichen. Aber ich bin oft in Gedanken bei Dir, und ich erinnere mich mit größter Freude an all unsere kleinen Augenblicke. Dass ich Dich kennen gelernt habe, ist ein großes Glück. Ich schlafe jeden Abend mit dem Gedanken an Dich ein, und ich zähle die Tage bis zu unserem Wiedersehen.

Mit der größten Zärtlichkeit und Liebe
bin ich Dein
Kristoffer.

Johanna las den Brief noch einmal. Sie verweilte bei einigen Wörtern, die ihr besonders gut gefielen, versuchte, sich Kristoffer vorzustellen, wie er schrieb, wie er saß, wie er die Feder hielt.

Es war ein sehr kurzer Brief. Sie hatte auf einen langen Brief gehofft, mit Berichten über seinen Alltag, über die Orte, die er besucht und die Menschen, die er getroffen hatte, sie hätte gerne alles gewusst, jeden Schritt, den er getan hatte.

Er hatte wahrscheinlich wenig Zeit gehabt, oder aber er hatte einfach die Angewohnheit, nur kurze Briefe zu schreiben.

Sein Duft jedoch haftete dem Brief an, etwas von ihm war dort. Und vielleicht bedeutete dieser fast nicht spürbare Duft mehr als Worte. Und die Form der Buchstaben, die kleinen Unebenheiten in den Schleifen und Bögen, die leichten Tintenspritzer dort, wo die Feder gekratzt hatte. Dort sah sie mehr von Kristoffer, als er geschrieben hatte. Es war so, als ob sie ihn sehen konnte, wenn er nicht sprach, wenn er ging und wenn er stand, wenn er ihre Hand hielt, ohne etwas zu sagen.

Am folgenden Tag schrieb sie eine Antwort. Sie schrieb viel, berichtete, was sie gemacht, worüber sie nachgedacht hatte. Es wurden mehrere Seiten. Dann jedoch überlegte sie es sich anders, dachte, dass es vielleicht so aussehen könnte, dass ihr sein kurzer Brief nicht gefiel.

Sie begann noch einmal von vorn und schrieb einen Brief, der genauso lang war wie seiner:

Mein liebster Kristoffer.

Ich danke Dir von ganzem Herzen für den Brief, den Du mir geschrieben hast.

Ich habe mich so darüber gefreut. Ich weiß, dass Du viel Arbeit hast und dass Du viele interessante Dinge erlebst. Hier in Grisslehamn verläuft das Leben viel geruhsamer. Wenn ich meine täglichen Arbeiten verrichte, denke ich oft an Dich und all die wunderbaren Augenblicke, die wir zusammen erlebt haben. Bald ist der Winter da. Weißt Du, ob Dein Dienst Dich wieder hierherführt? Ich hoffe, dass das der Fall sein wird. Du kannst meiner herzlichen Zuneigung gewiss sein.

Deine Johanna.

Sie hielt den Brief einen Augenblick gegen ihre Wange, drückte ihn an ihr Herz und hoffte, dass etwas mehr als Worte zu Kristoffer gelangen würde.

Am folgenden Vormittag klopfte sie an die Tür des Postmeisters. Er war da, saß wie immer hinter dem Schreibtisch. Als sie ihm den Brief überreichte und bat, das Porto bezahlen zu dürfen, hatte er dasselbe Lächeln auf den Lippen wie an dem Tag, an dem er ihr Kristoffers Brief gegeben hatte.

»Ich werde dir das Porto schenken, Johanna«, sagte er. »Ich glaube, das kann mir ein wenig Glück bringen, wenn du verstehst, was ich meine.«

»Ich bin nicht ganz sicher, aber ich glaube, ich kann es erraten«, antwortete Johanna.

»Es ist lange her, aber ich weiß, wie es war.«

Johanna wusste nicht, was sie darauf antworten sollte, sie blieb stehen und wartete ab, ob der Postmeister noch etwas sagen würde.

»Es gibt kein größeres Geschenk«, sagte er.

»Ich will es glauben«, murmelte Johanna.

»Du brauchst nicht zu glauben, liebe Johanna, es ist die Wahrheit, die uns niemand nehmen kann. Aber so etwas geschieht nur einmal, und das begreift man erst viel später.«

»Wenn es so ist, wie der Herr Postmeister sagt, dann glaube ich, dass es mir gerade jetzt zustößt.«

»Danke Gott dafür, mein Kind, es ist ein Segen, nicht weniger.«

»Ich verspreche, daran zu denken.«

»Dein Freund wird den Brief schon übermorgen in Händen halten, spätestens am Tag darauf.«

Schneeflocken

Im Dezember kam die Winterkälte. Der Ornefjord und die Schären westlich von Grisslehamn waren in den ersten richtig kalten Nächten des Monats zugefroren, um Lucia herum war das Eis fest. Die Eisboote wurden herausgeholt, aber sie wurden nur in der ersten Woche benutzt, dann konnte man die Schlitten für die Post und für einzelne Passagiere hinüber nach Åland nehmen.

Denn die Überfahrt ging selten so schnell vonstatten wie mit dem Schlitten. Am besten war es, wenn es geschneit hatte und der Schnee auf dem Eis festgefroren war. Dann brauchte man für die dreißig Kilometer zwischen Grisslehamn und Signilskär bei Rückenwind und verharschtem Schnee nicht mehr als gut drei Stunden, und das Pferd konnte trotzdem seine eigene Geschwindigkeit einhalten. Zu schnell zu fahren brachte keinen Vorteil. Wenn jedoch ein Krankentransport anstand oder eine Notlage vorlag, dann konnte ein gutes Ross vor dem Schlitten die Strecke in zweieinviertel Stunden schaffen. Auf jeden Fall hatte, so hieß es, ein junger Postbauer aus Tomta diesen Rekord aufgestellt.

In den Tagen vor Neujahr lag der verharschte Schnee auf dem Åländischen Meer, bis jetzt hatten Strömung und Sturm noch keine größeren Eisrinnen aufgebrochen; die Zeit der aufgetürmten Eisschollen war noch nicht gekommen, die Umwege und Verspätungen mit sich brachte, genau wie die Herbststürme.

Johanna hatte mehrere Briefe von Kristoffer erhalten, kurze und innige. Sie antwortete in gleicher Weise und stellte sich all das Unausgesprochene zwischen den Zeilen vor. Ihre Briefe waren eine Art Fortsetzung der doppeldeutigen Signalsprache geworden, wo alles mindestens zwei Bedeutungen hatte. Ob Kristoffer es wohl verstand, konnte er ihre nicht ausgesprochenen Worte lesen? Sie hoffte es, wusste es nicht genau, aber hatten sie nicht eine stumme und unsichtbare Sprache?

Manchmal beschlichen sie Zweifel, aber sie rang sich immer wieder zu der Überzeugung durch, dass Kristoffer sie verstand. Alles andere war unmöglich. Sie spürte es einfach.

Das Neue Jahr 1808 wurde in aller Stille begangen, Johanna bediente im Posthaus. Es saßen nur acht Personen um den runden Tisch im Speisezimmer, weniger als sonst an einem Feiertag, soweit sich Johanna erinnern konnte. Zwei Gäste waren diesmal gekommen, Freunde des Postmeisters und seiner Frau, außerdem die drei Kinder und Magister Lindman.

Als die Uhr das neue Jahr einläutete, wurde auf Schweden und die Zukunft angestoßen. Laura und Johanna wünschten einander in der Küche ein gutes neues Jahr und gossen sich die Reste aus den herausgetragenen Flaschen ein. Sie beeilten sich, das Nachtessen wartete. Johanna eilte zurück in das Speisezimmer, räumte ab und brachte einige kleinere Gerichte herein.

Wenn doch Kristoffer hier wäre, dachte sie.

Wenn wir beide zusammen wären, dann könnten wir einander Dinge wünschen, die kein anderer verstehen würde, denn nur wir allein kennen die Worte.

Sie sprach die Worte nicht aus, dachte sie noch nicht einmal, hob sie auf, verbarg sie für später. Aber sie wusste, dass es diese Worte gab – wie Blumen unter dem Schnee, wie Schwalben auf dem Meeresgrund.

Nach Neujahr wurde es richtig kalt. Die Temperatur sank auf minus zwanzig Grad, der Himmel war fahl, um Loskäret zitterte die kalte Luft, der Horizont im Süden ging am späten Nachmittag ins Grünliche über.

Das kalte Wetter hielt sich. Die Nächte waren mondhell und funkelnd, einige Male fuhren die Flammen des Nordlichts über den Himmel, orange, grün und silberblau, flatternde Farbbänder und Lichtbündel. Johanna wurde eines Abends mit einer Nachricht, die am folgenden Morgen gesendet werden sollte, hinauf zur Telegrafenstation geschickt. Sie hielt sich einige Zeit dort auf und beobachtete das unfassbare Schauspiel am Nachthimmel, und es erschreckte sie ein wenig.

An einem Vormittag derselben Woche befand sie sich wieder oben in der Telegrafenstation, diesmal um nachzufragen, ob eine Nachricht, auf die man wartete, eingetroffen war. Sie blieb wieder eine Weile dort und bat, den Feldstecher ausleihen zu dürfen. Sie ging nach draußen, ließ das schmale Rohr langsam von Nord nach Süd gleiten, dann wieder zurück, sah nur die schneebedeckten Eisflächen, einzelne Eisspalten weit draußen, blaue Wasserstreifen zwischen den Eisfeldern. Und dann sah sie einen Vogel, der an einer der Rinnen entlangflog, einen großen Vogel, vielleicht einen Adler auf der Jagd nach Wildenten, die das offene Wasser gesucht hatten.

Nun hatte sie den Horizont zum dritten Male abgesucht, hatte kurz bei den Inseln im Norden verweilt, kehrtgemacht und sich wieder nach Süden gewendet. Da erblickte sie etwas, was sich auf halbem Wege auf dem Eis zwischen Grisslehamn und Signilskär bewegte, ein großes Tier, das über das Eis lief. War es vielleicht ein Elch, oder war es ein Pferd?

Lange folgte sie dem Tier mit dem Feldstecher, und bald erkannte sie, dass es sich um ein Pferd handelte. Es lief im Galopp nach Norden und näherte sich dem langen Riss im Eis.

Jetzt hatte das Pferd die Eisspalte fast erreicht. Johanna wurde ängstlich, sie begriff, dass das Pferd aufgeschreckt war und jetzt nur noch weiterlief, ohne die Gefahr zu erkennen.

Das Pferd scheute vor irgendetwas zurück, nahm einen anderen Weg, änderte die Richtung noch einmal. Und jetzt befand es sich wieder auf dem Weg auf die Eisrinne zu. Ehe es jedoch dort angekommen war, brach das Eis.

Johanna konnte bald nur noch den Kopf des Pferdes sehen. Das Tier schlug mit den Vorderbeinen gegen die Eiskante, das Eis jedoch gab nach, das Pferd schlug aus, das Wasser schäumte. Johanna spürte die Eiseskälte in ihrem eigenen Körper.

Wie lange hatte sie den Kampf des Pferdes im Wasser verfolgt? Eine halbe Stunde vielleicht, sie hatte kein Zeitgefühl mehr, merkte jedoch plötzlich, dass sie fror. Aber sie blieb stehen und sah, wie das Wasser dort, wo das Pferd gekämpft hatte, ruhig dalag. Der Kopf war verschwunden, die Eisfläche war weiß und starr, bald würde die Rinne zufrieren.

Sie ging wieder in die Telegrafenhütte zurück. Drinnen war es kalt. Sven Niklasson hatte Wachdienst, er schlug die Arme um den Leib und sprang auf dem Fußboden auf und ab, um warm zu bleiben. In der Hütte gab es keine Feuerstelle, es musste drinnen genauso kalt sein wie draußen, sonst konnten die Linsen des Teleskops beschlagen. Aber Sven würde bald abgelöst werden.

»Ich habe ein Pferd auf dem Eis gesehen«, sagte Johanna.

»Ein Pferd«, wiederholte Sven verwundert. »Bist du dir da wirklich sicher?«

»Ja, das war ein Pferd da draußen, und ich glaube, es ist ertrunken.«

»Das ist ja schrecklich, bist du dir sicher?«

»Ich hoffe, dass ich mich geirrt habe.«

Aber Johanna wusste, was sie gesehen hatte. Als sie zum Posthaus zurückging, dachte sie an das Pferd, den ganzen Abend über dachte sie daran, wie allein das Pferd da draußen gewesen war.

Sie erhielt keine Erklärung für das, was sie gesehen hatte. In den folgenden Tagen kamen Reisende aus Åland, aber niemand berichtete irgendetwas Ungewöhnliches. Ein verloren gegangenes Pferd wäre ein Gesprächsstoff gewesen. Aber es wurde nicht viel erzählt, es war alles wie sonst auch.

In dem Schweigen jedoch verbargen sich eine Unruhe und eine Unsicherheit, die sonst nicht vorhanden waren.

Das Eis erreichte eine Dicke von einem halben Meter, bedrängte die Schären und Strände, wurde von seinem eigenen Gewicht zerbrochen, zersprang mit Getöse und Krachen, lang gezogene Basstöne schienen aus der Tiefe des Meers zu kommen, die Angst einjagten und die Menschen an Kräfte erinnerten, mit denen sie es nicht aufnehmen konnten.

Jetzt kam die Zeit der großen Eisspalten mit Treibeis, das sich draußen auf dem Meer hoch auftürmte und den Postverkehr sehr behinderte. Am Tage brach sich das Licht wahllos in den übereinandergestapelten Eisschollen, und von weitem funkelten die Eisbarrieren blau, rot, violett, in wechselnden Farbsignalen, trügerisch und unmöglich zu deuten. Denn jeden Augenblick konnte das feste Eis brüchig werden, und es konnten gefährliche Kanten zum offenen Wasser hin entstehen.

Der Januar ging in den Februar über, die Kälte hielt sich. Der Winter verging so langsam, der Rauch stieg senkrecht aus den Schornsteinen von Grisslehamn. Johanna besuchte ihre Mutter und bemerkte, dass sie immer müder aussah. Lars blieb für sich, die Brüder der Mutter tranken ihren selbstgebrannten Schnaps und saßen meist zuhause, doch hielten sie trotzdem einige Eislöcher offen, legten manchmal Eisnetze aus und fingen den ein oder anderen Felchen. Die Küche war jetzt, wo die Kälte das Leben eng und übelriechend machte, der einzige Aufenthaltsort. Als Johanna kam, stand ein nicht ausgeleerter Nachttopf an der Wand; sie hatte ihn mit hinausgenommen, den braungelben Inhalt ein Stück vom Haus entfernt ausgegossen, war wieder hineingegangen und hatte bald schon Lebwohl gesagt.

Es war schwer, die Wärme auf den Höfen zu halten, besonders in dem großen Posthaus. Es kamen selten Gäste, wenn welche kamen, mussten sie in kalten Räumen schlafen.

Am ersten März traf ein Kurier mit dem Schlitten aus Åland ein. Die Telegrafenstation hatte mitgeteilt, dass er unterwegs war, Pferd und Schlitten sollten bereitgestellt werden, der Mann wollte ohne Verzögerung weiterfahren. Es war ein junger Korporal, er war müde, war schon zwei Tage unterwegs gewesen. Die Nachricht, die er mitbrachte, kam von der schwedischen Vertretung in Petersburg, war durch ganz Finnland nach Åland gebracht worden und jetzt auch nach Schweden. Diese Nachricht sollte unverzüglich nach Stockholm weiterbefördert werden.

Der Korporal sagte nicht, für wen diese Nachricht bestimmt war. Er erzählte auch nichts über seine Reiseroute, das erfuhren die Leute im Posthaus von Grisslehamn erst später.

Etwas jedoch passierte vor der Abfahrt, ein Pferdegeschirr war schadhaft und musste ausgebessert werden. Währenddessen konnte sich der Korporal ausruhen. Er setzte sich an den Kachelofen im Salon, Johanna brachte warmen Kaffee und Brot, belegt mit Käse und geräuchertem Fisch.

Der Mann trank den Kaffee, er war wirklich sehr müde. Johanna bot ihm ein Butterbrot an. Der Postmeister und seine Frau saßen ihm gegenüber, sie sahen bekümmert aus, der Korporal war fast noch ein Junge.

»Herrscht jetzt Krieg?«, fragte der Postmeister.

»Ja, jetzt ist Krieg«, antwortete der Korporal. »Die Russen sind mit großer Truppenstärke über die Grenzen Finnlands gedrungen, und sie haben uns ohne Vorwarnung angegriffen.«

Er machte sich auf den Weg. Johanna erzählte es Laura, und bald wussten alle im Posthaus, dass Krieg war. Und ehe der Tag zu Ende war, hatte diese schlimme Nachricht die Hütten und Höfe der Umgebung erreicht. Doch der König in Stockholm wusste noch nicht, dass Russland sein Land angegriffen hatte. Der Korporal war die ganze Nacht unterwegs, er wechselte mehrere Male die Pferde, und am 2. März, frühmorgens, als es noch dunkel war, glitt sein Schlitten vorbei an der Zollstation von Roslagen und hinein in die Hauptstadt.

Johanna schrieb Kristoffer am Donnerstag, dem 3. März, einen Brief. Sie erwähnte, dass der Krieg ausgebrochen war. Sie fürchtete die Zeiten, die kommen würden. Und sie schrieb, dass sie große Sehnsucht nach ihm habe.

Eine Woche später erhielt sie seine Antwort.

Er schrieb:

Meine liebe Johanna.

Bitte sei nicht beunruhigt. Wir werden den übelgesinnten Feind mit Sicherheit zurückschlagen. Das haben wir schon früher getan, und wir werden es mit Gottes Hilfe wieder schaffen. Der König ist entschlossen, das weiß ich. An seiner Seite steht ein starkes Volk, vereint und mutig. In Kürze werde ich die Gelegenheit erhalten, Dich wiederzusehen, meine Liebste, wenn ich im Dienst eine Reise antreten werde.

Mehr hierüber kann ich Dir jetzt nicht sagen.

Dein getreuer Kristoffer.

Johanna empfand wiederum den Duft des Briefes stärker als die geschriebenen Worte. Kristoffers Wärme war in dem Papier bewahrt, hatte sich in dem zugeklebten Umschlag gehalten. Es war der Brief selbst, der Gegenstand, den sie in der Hand hielt, der Kristoffers Gruß überbrachte, der diesen Gruß darstellte. Sie drückte den Brief gegen ihre Brust, atmete den Duft ein, trug ihn an diesem und dem ganzen folgenden Tag unter ihrer Bluse.

Und sie dachte an ihre geheimen Worte, die aufgesparten, unausgesprochenen Worte, die anders waren als gewöhnliche Worte. *Einmal* werden wir sie aussprechen, dachte sie, *irgendwann einmal,* wenn nur wir beide sie hören und verstehen. Irgendwann einmal, *wenn es nur uns beide gibt,* dachte sie.

Eines Abends verließ Kristoffer in aller Eile Stockholm, es hatte sich eine unerwartete Gelegenheit zur Abreise ergeben. Er konnte in einem Wagen mitfahren, der einen Kurier aus ihrem gemeinsamen Regiment nach Grisslehamn bringen sollte. Kristoffer vermutete, dass der Kurier einen Auftrag hatte, der die bedrohte Lage Ålands betraf. Er kannte den

Kurier nicht sehr gut, sie hatten jedoch denselben Rang und waren Regimentskameraden, deshalb ergab es sich so, dass sie sich während der Reise unterhielten, auch über Dinge, die sie in Gesellschaft ziviler Reisender nicht erwähnt hätten.

Sie waren jedoch allein im Wagen, der in voller Fahrt nach Norden rollte, über die Floßbrücke bei Stocksund und bis zur Poststation in Ensta, wo der Kutscher zum ersten Mal die Pferde wechselte. Sie sprachen über die letzte ernste Nachricht, die sie gerade gehört hatten.

»Dänemark hat Bonaparte gewählt«, sagte Kristoffer. »Deshalb muss man sich nicht wundern, dass sie nun Schweden den Krieg erklärt haben.«

»Sicher«, antwortete der Kurier. »Aber ich glaube, dass den Dänen nichts anderes übrig geblieben ist, nachdem die Engländer Kopenhagen zerschossen haben.«

»Wie auch immer es sich mit den Dänen verhält, unsere Lage ist recht prekär, wir sind auf allen Seiten von Feinden umgeben. Ich möchte wissen, wie der König die Truppen einteilen wird.«

»Ich habe gehört, dass er die Grenzen im Süden und im Westen verstärken will, da von dort Angriffe erwartet werden. Die Dänen erhalten vermutlich Unterstützung von den Franzosen.«

»Dann müssten wir ja die Ostküste ungeschützt vor russischen Angriffen lassen, das ist bedenklich.«

»Ja, da stimme ich dir zu.«

»Ich nehme an, dass deine Reise nach Åland hiermit zu tun hat, aber darüber sollten wir vielleicht nicht allzu viel reden.«

»Soviel kann ich dir anvertrauen, Kristoffer, dass unter den Offizieren Unruhe herrscht, was Åland betrifft. Können wir uns dort verteidigen?«

»Und was glaubst du selbst?«

»Uns fehlen im Augenblick dort Truppen.«

»Steht es wirklich so schlecht?«

»Ja, so schlecht steht es. Vielleicht gelingt es mir, etwas herauszufinden, ehe ich weiterreise.«

»Du musst also weiter nach Finnland, ja, das habe ich geahnt, dass du Nachrichten für unsere Truppen dort hast.«

»So ist es, aber ich habe den strengen Befehl, Stillschweigen zu wahren.«

Die Reise ging weiter bis Brottby und Sätuna, wo die Pferde erneut gewechselt wurden, und die beiden Feldwebel hatten Gelegenheit, sich die Beine etwas zu vertreten. In Kragsta und Svanberga fand sich Zeit für einen schnellen Kaffee, ebenso wie in Älmsta, während neue Pferde vor den überdachten Wagen gespannt wurden.

Der Wagen erreichte Grisslehamn am frühen Morgen. Kristoffer wünschte seinem Reisebegleiter viel Glück, sie schüttelten sich die Hände, es war ein ernster Abschied. Beide wussten, dass die bevorstehende Zeit mit größter Wahrscheinlichkeit sehr hart und anstrengend werden würde.

Nach dem schnellen Handschlag salutierten sie. Sie waren Berufssoldaten, beide mit einem Auftrag unterwegs, ihr Land befand sich im Krieg.

Als Johanna aufgestanden und in die Küche gegangen war, hatte Laura berichtet, dass gerade ein Wagen angekommen war. Draußen war es dunkel, und es schneite leicht, große rieselnde Flocken.

»Ein Wagen aus Stockholm?«, wollte Johanna wissen.

»Ein Mann, der weiterfahren und einer, der hierbleiben will.«

»Einer, der hierbleibt?«

»Ja, und etwas sagt mir, dass es jemand Bekanntes sein könnte.«

»Weißt du das sicher?«

»So gut wie sicher.«

Johanna blieb in der Küche und begann, das Frühstück für die Familie vorzubereiten. Sie sagte nichts.

»Wenn du willst, kannst du gehen, ich werde allein hiermit fertig«, sagte Laura.

»Nein, ich bleibe und mache es fertig«, antwortete Johanna.

Sie blieb, ließ die Zeit verstreichen, draußen wurde es hell, sie hatte etwas im Waschhaus zu tun, aber sie schob es auf, ging hinauf in das obere Stockwerk und sah nach den Gästezimmern. Sie waren sauber, Holz war heraufgebracht worden, die Betten waren bezogen, was sie allerdings sowieso schon wusste, denn sie selbst war für die Räume verantwortlich.

Es war zehn Uhr. Jetzt war sie bereit, jetzt wusste sie, dass sie nicht kehrtmachen würde, wenn sie ihn traf.

Der Schneefall hielt trotz der Kälte an. Doch war es jetzt, Mitte März, schon etwas wärmer, an diesem Tag dreizehn Grad unter Null statt der fünfundzwanzig Grad im Januar. Die Schneeflocken waren immer noch groß und fielen ganz sachte. Johanna hob die Hand mit dem gestrickten Handschuh, einige Schneeflocken setzten sich darauf fest, sie betrachtete die kleinen spitzenartigen Sterne und ließ einen davon auf der Zungenspitze zergehen, fühlte, wie er sich zu einem kühlen Tropfen verwandelte, wie ein Wort aus Kristall, das kalt wurde und verschwunden war, ehe sie es hatte einfangen können.

Jede Flocke ist ein Wort, dachte sie. Und als sich dieser Gedanke eingestellt hatte, dachte sie beunruhigt daran, wie es mit ihren eigenen und Kristoffers unausgesprochenen Worten gehen würde. Sie waren die ganze Zeit über da, waren unterwegs, rieselten, und wenn niemand sie aussprach, würden sie unbekannt und einsam bleiben und hinwegschmelzen. Sie öffnete den Mund, ging langsam durch den fallenden Schnee, spürte die eine oder andere Flocke auf ihrer Zunge. Jetzt fing sie kleine Wörter ein, sie würden in ihr schmelzen, vielleicht würde sie sie später wecken, ihnen Buchstaben verleihen, sie niederschreiben, eines nach dem anderen.

Es war ein Spiel. Sie ging langsam auf die Hütte des Postschaffners zu und fing weitere Flocken ein.

An der Tür lagen zwei aufgeschaufelte Schneehaufen. Sie schüttelte den Schnee von ihren Kleidern und klopfte. Anders Nyströms Frau Margit war zuhause, sie öffnete und forderte Johanna auf einzutreten. Sie gab ihr mit dem Finger vor dem Mund zu verstehen, dass jemand nicht gestört werden durfte. Johanna sah die dreijährige Tochter auf dem Küchenfußboden sitzen.

»Er ist in der Kammer«, sagte Margit. »Aber ich glaube, er ruht, er kam ja heute früh, und ich nehme an, er hat die ganze Nacht über nicht geschlafen.«

»Ich kann warten«, sagte Johanna.

»Du kannst in der Küche sitzen bleiben, ich muss in den Kuhstall, ich werde eine Weile dort bleiben, und das Mädchen kommt mit.«

Vielleicht ging Margit hinaus, um Johanna nicht zu stören. Sie hatte Kristoffers Namen nicht genannt, aber es war selbstverständlich, dass Johanna das Haus betreten durfte, da Margit annahm, dass ihr Gast es übel aufnehmen würde, wenn Johanna nicht zum Bleiben aufgefordert wurde.

Margit ging hinaus, Johanna setzte sich an den Herd. Sie versuchte zu lauschen, hörte jedoch keine Geräusche aus der Kammer, in der Kristoffer lag. Sie legte ein paar Holzscheite nach, hörte, wie eine Katze zu schnurren begann und entdeckte sie über einer Garnrolle an der Wand. Die gelbgefleckte Katze hatte dieselbe Farbe wie das Garn.

Dann erhob sich Johanna, ging zur Kammertür, horchte mit dem Ohr an der Tür, stand eine ganze Weile still da, und als sie nichts hörte, öffnete sie vorsichtig die Tür.

Er lag auf der Seite, das Gesicht ihr zugewandt. Er schlief mit geschlossenem Mund, ruhig und still, ohne einen Laut von sich zu geben. Sie schlich sich näher heran, lauschte auf seine Atemzüge und konnte sie jetzt hören. Und sie nahm seinen Geruch wahr, aber es war nicht genau der Duft des Briefes. Es war er, und gleichzeitig etwas anderes, etwas Schwereres und Stärkeres.

Sie beugte sich nieder, küsste ihn ganz leicht auf die Stirn und auf die Wangen, sie streifte kaum seine Haut. Lange küsste sie ihn auf diese leichte Weise. Seine Wangen waren rau und etwas unrasiert, und sie fuhr vorsichtig mit der Spitze des Zeigefingers über die Bartstoppeln, und es war, als ob gerade diese Berührung ein Wort hatte, aber sie wusste nicht, wie dieses Wort lautete.

Sie näherte sich ihm mit der Nase, sog die Luft ein, hielt den Atem an, ließ ihren eigenen Atem mit offenem Mund über seine Wangen gleiten, gegen seine Lippen, machte an seinem Mund halt, atmete ein, wenn er ausatmete, gab ihm ihre eigene Luft zurück. Immer wieder atmete sie, langsam, immer wieder.

Als sie ging, schlief er immer noch. Sie traf Margit draußen vor dem Stall, sagte, dass sie meinte, dass man Kristoffer schlafen lassen sollte.

»Sag ihm, dass ich hier gewesen bin«, sagte sie.

»Du kannst gerne hierbleiben«, sagte Margit.

»Ich gehe jetzt, aber vergiss nicht, ihn zu grüßen.«

»Ich werde sagen, dass du hier gewesen bist und gewartet hast.«

»Sag, dass ich bei ihm war, sag, dass es kein Traum war.«

Nacht und Flammen

Für Kristoffer folgten jetzt geschäftige Tage. Er fuhr im Bezirk umher, soweit es ging mit Pferd und Schlitten, dann weiter zu Fuß durch Gestrüpp und Wald. Mehrmals besuchte er Fogdö und Singö, ging die ganze Zeit über allein los, stieg auf alle Berge und bewaldete Anhöhen. Er prüfte die Sicht. Manchmal bestieg er einen Baum und befestigte oben eine Stange mit flatterndem Wimpel. Dann eilte er weiter auf andere Felsen. Er kletterte hinauf und freute sich, wenn er einen seiner Wimpel aus größerer Entfernung erkennen konnte. Und die ganze Zeit über zeichnete er Orte auf einer Karte ein, schrieb Beobachtungen in ein Notizbuch.

Als er die Gegend nördlich von Grisslehamn gründlich erkundet hatte, reiste er nach Süden in die Dörfer, die an der Küste lagen: Fjäll, Edeby, Hammarby und Senneby. Überall untersuchte er die Anhöhen. Nach einer Woche wusste er Bescheid. Er fuhr selbst mit seinem Bericht nach Stockholm, kehrte nach ein paar Tagen mit einem neuen Auftrag zurück. Und er erklärte Johanna, dass seine Arbeit von großer Wichtigkeit für die Verteidigung der Küste sei.

Sie wollte wissen, ob er ein wenig mehr erzählen durfte, oder ob seine Arbeit militärischer Geheimhaltung unterlag.

»Jetzt werden wir endlich zwischen Stockholm und Gävle ein zusammenhängendes System von Signalstationen bekommen«, sagte Kristoffer.

»Über die ganze lange Strecke?«, fragte Johanna.

»Ja, Edelcrantz wollte das schon lange und hat es sogar vorgeschlagen. Jetzt hat sich der König selbst der Angelegenheit angenommen, und nun wird sie in die Tat umgesetzt.«

»Können wir beide denn dann miteinander reden, wenn du in Stockholm bist und ich hier oben?«

»Das könnte durchaus sein, wenn wir etwas senden, was durch die Kontrollen geht und außerdem nur von dir und mir verstanden werden kann.«

»Wir haben ja schon einige verabredete Zeichenkombinationen, nicht wahr?«

»Ja, in Kürze wird jedoch eine neue Signaltabelle zur Anwendung kommen, und das bedeutet, dass auch wir neue Verabredungen treffen müssen.«

»Oder wir bleiben bei den alten, wir haben ja unsere Wörter.«

»Kommt Zeit, kommt Rat. Jetzt muss ich vor allem neue Anweisungen aus Stockholm abwarten, ich bin der festen Überzeugung, dass bald mit der Arbeit begonnen werden kann.«

»Wird auch hier in Grisslehamn etwas Neues gebaut?«

»Ja, hier wird eine neue Station errichtet, neben der alten, die ja dem Meer zugewandt liegt. Dort kann man, wie du wohl weißt, nur Nachrichten aus Signilskär, also aus Osten, empfangen. Wenn wir jetzt auch eine neue Küstenlinie versorgen sollen, muss die Tafel in nord-südliche Richtung aufgestellt werden.«

»Ich verstehe, was du meinst, Kristoffer. Wirst du auch mit diesen neuen Anlagen zu tun haben?«

»Es ist so gedacht, dass ich das Ganze hier von Grisslehamn aus überwachen soll.«

»Ich bin stolz auf dich, Kristoffer.«

»Danke, liebe Johanna. Aber zuerst muss ich nach Åland hinüberfahren, um die Stationen dort zu inspizieren.«

»Bedeutet das, dass du in den Krieg musst?«

»Ich werde es schon vor den Russen schaffen.«

An diesem Abend saßen sie zusammen in Kristoffers Kammer. Sie hielten einander umarmt, küssten sich vorsichtig und leicht, wie sie es immer taten. Es war so, als ob beide Angst davor hatten, irgendetwas zu beschädigen.

Am Dienstagmorgen fuhr Kristoffer mit einem Postillon im Schlitten über das Eis. Er trug einen Schafspelz über seiner Uniform und war mit Pistole und Säbel bewaffnet.

Es begann gerade hell zu werden, als sie den Hafen verließen. Johanna stand im oberen Stockwerk des Posthauses in einem der Gästezimmer und blickte durch das Fenster. Als der Schlitten im Begriff war, um Loskäret herum zu fahren, stellte sich einer der Männer im Schlitten auf und winkte mit beiden Armen. Johanna war sicher, dass es Kristoffer war. Sie nahm ihre Schürze ab, öffnete das Fenster und wirbelte sie herum. Jetzt hatte Kristoffer ihren Gruß gesehen, denn er nahm sein Halstuch ab und winkte zurück.

Lange nahmen sie so Abschied voneinander. Als der Schlitten hinter Loskäret verschwunden war, machte sie eine Pause, als er jedoch draußen auf dem Eis wieder auftauchte, winkten sie weiter. Lange, lange winkten sie, bis Johanna den Schlitten nur noch als kleinen schwarzen Punkt auf dem großen, funkelnden Meer erkennen konnte.

Der Postillon kehrte an demselben Abend mit dem Schlitten zurück, jedoch ohne seinen Passagier. Am nächsten Morgen, als es hell geworden war, schickte Kristoffer eine Nachricht aus der Telegrafenstation auf Eckerö ab, die über Signilskär nach Grisslehamn weitergeleitet wurde. Er berichtete, dass die Russen den größten Teil von Åland besetzt hatten, sie waren auf dem Weg nach Eckerö. Er sagte nichts über sich selbst, ob er nun bleiben und zu den Waffen greifen oder ob er schnell zurückkommen würde.

Johanna ging mitten am Tag unter einem Vorwand hinauf zur Telegrafenstation und bat Albert, durch das Teleskop sehen zu dürfen, aber die Tafel in Signilskär war abgestellt. Sie stand lange dort und schaute, aber die Tafel bewegte sich nicht. Da fragte sie Albert, ob er während der letzten Stunde irgendeine Frage an Kristoffer gesendet hatte.

»Ich habe dieselbe Frage mehrfach wiederholt«, antwortete Albert. »Ich habe gefragt, wie weit der Feind vorgedrungen ist, aber ich habe keine Antwort erhalten.«

»Können die Russen Eckerö eingenommen haben?«, wollte Johanna wissen.

»Darüber wissen wir nichts, wir können nur hoffen, dass das nicht der Fall ist.«

Im Osten war der Himmel nicht ganz klar, dünne Wolken hingen über Åland, die Sicht war getrübt. Signilskär konnte man jedoch immer noch sehen. Wenn die Sicht sich aber weiterhin verschlechterte, würde es bald unmöglich sein, Mitteilungen zu empfangen.

»Lass mich etwas an Kristoffer senden«, sagte Johanna.

»Warum solltest du Antwort erhalten, wenn wir keinen Erfolg gehabt haben?«, wollte Albert wissen.

»Lass mich nur versuchen, dann werden wir es ja sehen.«

Albert sah skeptisch aus, nickte jedoch. Johanna stellte sich an die Tastatur, gab eine Anzahl Zeichen ein, trat den Hebel herunter, hörte, wie die Klappen auf dem Dach ratterten, und wusste, dass ihre Nachricht über das Meer abgegangen war.

»Was hast du gesendet?«, fragte Albert.

»Nur eine einfache Frage.«

»Was hast du gefragt?«

»Nur, wie es ihm jetzt geht.«

Johanna ging zum Teleskop. Noch hatte sich auf der Tafel in Signilskär nichts verändert. Sie hatte eines der

Bilder verwendet, die nur sie und Kristoffer verstanden, ein verkehrt herum gesetztes Zeichen, das auf mehrere Arten gedeutet werden konnte. Aber er würde die Nachricht verstehen; wenn jemand anderes sie las, würde sie unverständlich sein. Nach einer halben Stunde hatte sich die Tafel in Signilskär immer noch nicht gerührt. Niemand hatte bestätigt.

»Ich lösche deine Mitteilung«, sagte Albert. »Ich werde es selbst noch einmal versuchen.«

»Warte nur noch ein wenig, es kann immer noch eine Antwort kommen.«

»Eine Viertelstunde werde ich noch warten, dann muss ich senden.«

Sie warteten unter Schweigen. Johanna schaute durch das Teleskop, Albert übernahm es dann, die Zeit verging.

»Es tut sich etwas«, sagte Albert.

»Erzähl, was du siehst«, sagte Johanna.

»Eine Mitteilung, aber ich verstehe den Sinn nicht.«

»Lass mich einmal schauen, vielleicht kann ich es lesen.«

Albert überließ Johanna das Teleskop. Sie erkannte die Zeichen nur schwach und undeutlich, über das Meer hatte sich ein leichter Nebel gelegt. Aber sie konnte die Nachricht lesen. Es war eines der seitenverkehrten Zeichen. Sie war etwas unschlüssig, entschied sich für die Deutung: *Immer zurück.* Sie wusste jetzt, dass sich Kristoffer im Stationsgebäude von Signilskär befand, er war in Sicherheit.

»Kannst du etwas erkennen?«, fragte Albert.

»Es geht ihm gut«, antwortete Johanna.

Und in dem Augenblick, in dem sie das sagte, änderten sich die Zeichen drüben. Es erschien ein neues Bild, im Klartext, eine militärische Nachricht. Johanna übergab das Teleskop an Albert, der sofort bestätigte: *Der Feind.* Ein neues

Bild erschien: *hat Eckerö*. Albert bestätigte. Neues Bild: *eingenommen.*

In rascher Folge erschienen neue Wörter; die gesamte Nachricht lautete: *Der Feind hat Eckerö eingenommen und die Telegrafenstation dort zerstört.*

Albert schrieb die Nachricht auf einen Zettel und bat Johanna, damit sofort hinunter ins Posthaus zu laufen.

Sie lief, stolperte, fiel ein paar Mal hin, stand wieder auf, lief weiter. Atemlos klopfte sie an die Türe des Postmeisters, öffnete, ehe sie eine Antwort erhielt, lehnte sich keuchend mit der Hand gegen den Schreibtisch, sah, wie der Postmeister las, die Stirne runzelte und ein besorgtes Gesicht machte.

»Der Feind steht auf der anderen Seite«, sagte er. »In wenigen Stunden können sie über das Eis herübergekommen sein. Jetzt müssen wir auf Gottes Schutz hoffen.«

»Kristoffer ist noch dort drüben«, sagte Johanna.

»Er ist ein tüchtiger Mann, er wird es schon schaffen.«

»Danke, Herr Postmeister.«

»Danke Gott, wenn hier alles gut geht, mein Kind.«

Ehe es dunkel wurde, ging Johanna wieder hinauf zur Telegrafenstation. Es waren keine neuen Nachrichten eingetroffen; Albert stand am Teleskop. Harald war gekommen, um ihn abzulösen, aber Albert wollte dableiben und den Ausgang abwarten. Er nahm die Augen nicht eine Sekunde vom Teleskop, er wusste, dass sich große Dinge ganz in der Nähe der Stelle, die er beobachtete, ereigneten, erschütternde und schreckliche Szenen spielten sich vielleicht direkt außerhalb des begrenzten Gesichtsfeldes des Rohres ab. Er meinte, dass er fast sehen konnte, was geschah, aber in Wirklichkeit wusste er nichts.

»Nicht das geringste Zeichen«, sagte er.

Es wurde dunkel, und immer noch war keine Nachricht eingetroffen. Der Krieg hatte den Strand auf der anderen Seite erreicht. Sie waren Zuschauer, aber die Szene war leer und stumm. Sie wussten, dass die Russen Eckerö erobert hatten, aber hatten sie auch Signilskär schon eingenommen?

Der Abend kam, und das Bild verschwand, löste sich langsam im Nebel auf, wurde grau, dann schwarz. Sie blickten jedoch weiter angestrengt durch das Teleskop, glaubten gelegentlich, etwas zu erkennen, doch es war Wunschdenken und vergebliche Hoffnung. Die Dunkelheit war groß und schwer.

Langsam erschienen die Sterne am Himmel und verbreiteten ein schwaches dunkelblaues Licht über dem Meer. Einzelne Schatten hoben sich vom Eis ab, von den aufgetürmten Eisschollen und steilen Ufern. Aber über Signilskär war alles dunkel.

Johanna blieb, es wurde acht Uhr, neun Uhr. Albert übergab die Station an Harald, der auf Sven wartete. Die ganze Zeit über stand einer von ihnen am Teleskop.

Albert kam kurz vor elf zurück. Seine nächste Schicht begann noch lange nicht, aber er war beunruhigt und wollte wissen, ob der Krieg näher gekommen war. Er übernahm das Teleskop, stand ungefähr eine Viertelstunde dort, ehe er Johanna durchsehen ließ.

Sie sah nur Dunkelheit – wie vorher auch. In den ersten fünf Minuten war alles dunkel. Dann jedoch meinte sie, einen kleinen Lichtpunkt erkennen zu können, einen winzigen roten Fleck, der flatterte und größer wurde.

»Ich glaube, ich sehe etwas«, sagte sie zu Albert.

Er übernahm sofort das Teleskop, stand eine halbe Minute unbeweglich da. Johanna beobachtete sein Gesicht, das undeutlich in dem dunklen Raum zu erkennen war.

»Ich glaube, irgendetwas brennt«, sagte er.

»Kannst du erkennen, was es ist?«

»Nein, nicht richtig, aber die Flammen werden die ganze Zeit über größer.«

»Brennt die Station?«

»Das könnte sein.«

Es herrschte wieder eine Weile Schweigen. Albert atmete mit offenem Mund. Johanna fand, dass er sich atemlos anhörte, obwohl er auf einem Schemel saß.

»Sieh selbst«, sagte er und überließ Johanna seinen Platz. Sie drückte das Auge an das Teleskop und bemerkte sofort die roten Flammen. Sie hatten sich jetzt ausgebreitet, und sie sah, dass sie von unten kamen. Auch die Holzpfeiler des Gerüsts hatten Feuer gefangen. Die ganze Signalstation stand in Flammen. Das Feuer hatte das hohe Holzhaus ergriffen, der Wind half dabei, ein riesiger Feuerball wuchs zum Himmel auf, drüben auf der anderen Seite des Meeres, die Funken sprühten, und glühende Holzscheite flogen hinauf in den Nachthimmel.

Albert wollte das Teleskop zurück haben. Johanna suchte den schmalen Feldstecher hervor, ging hinaus vor die Hütte und betrachtete weiter das schreckliche Schauspiel, das am anderen Strand vor sich ging. Mit dem kleinen Fernrohr hatte sie einen besseren Überblick, denn jetzt nahm das Feuer nicht die gesamte Bildfläche ein. Stattdessen sah Johanna, wie die Flammen das Eis in einem weiten Umkreis um den Brandherd rot färbten, der rotgelbe Schein wurde vergrößert und spiegelte sich in den Eisschollen und hellen Stellen wider. Es sah aus, als ob das ganze Meer brannte. Kaskaden von Funken sprühten zum Himmel hinauf, und auch diese funkelnden Fackeln spiegelten sich unten im Eis.

Johanna richtete den Feldstecher langsam auf die eine Seite, und auch dort erblickte sie den Widerschein des Feuers.

Auf der anderen Seite dasselbe Bild: Feuer, Funken und züngelnde Flammen überall.

Wo war Kristoffer? Einige Stunden zuvor, ehe der Brand ausgebrochen war, hatte er sich auf der Station in Signilskär befunden. Natürlich hatten die Russen das Feuer entfacht, aber wo war Kristoffer zu diesem Zeitpunkt gewesen?

Es gab Häuser auf Signilskär, Fischerhütten und Unterkünfte für die Signalisten. Hatten die Menschen entkommen können? Waren sie alle zusammen mit Kristoffer geflohen?

Wenn Menschen Signilskär verlassen mussten, dann würden sie höchstwahrscheinlich versucht haben, nach Grisslehamn zu gelangen, denn in Richtung Åland stand ja der Feind. In diesem Fall würden die Flüchtlinge bald über das Eis kommen.

Johanna entschloss sich zu warten.

Es war weit nach Mitternacht. Johanna saß in der Küche des Posthauses am Herd. Der Postmeister kam herein und bat Johanna, die Kachelöfen in den Gästezimmern anzuheizen für den Fall, dass Leute übernachten müssten. Die Åländer waren schon in früheren Jahren auf der Flucht vor den Russen hier vorbeigekommen. Jetzt blieb man auf in Grisslehamn, um denen, die kamen, beizustehen und um zu erfahren, was passiert war, und vielleicht auch, um sich selbst auf das Schlimmste vorbereiten zu können. Der eine suchte ein Gewehr hervor, der andere ging zum Strand hinunter, eine Frau stand auf Skatudden wie schon so oft zuvor.

Die ersten kamen in der Morgendämmerung. Es waren drei Erwachsene und zwei Kinder in einem Schlitten. Ein Pferd zog, und zwei andere liefen frei nebenher. Offenbar hatte man seine Pferde gerettet, die Kühe mitzunehmen wäre schwieriger gewesen, eine lange Eiswanderung hätten sie nicht durchgehalten.

Was wussten die Flüchtlinge?

Sie konnten berichten, dass die Russen die Telegrafenstationen niedergebrannt hatten sowie einige weitere Häuser, aber tote Menschen hatten sie nicht gesehen. Die Russen hatten Vieh mitgenommen, als Proviant, vermutete man. Einige Leute im Gefolge der Russen hatten gut Schwedisch gesprochen.

Johanna war unten am Hafen, als die Flüchtlingsfamilie eintraf. Sie fragte, ob sie einen schwedischen Feldwebel gesehen hätten. Sie beschrieb sein Aussehen und seine Uniform.

Nein, aber sie hatten von dem Feldwebel gehört, falls es der war, der sich bei den Telegrafenstationen aufhielt.

Ja, das war der Mann. Wussten sie etwas?

Nein, sie wussten nichts.

Eine Stunde später kamen weitere Åländer, Familien mit Kindern und Pferden, auf einem Schlitten lag ein Ferkel zwischen zwei kleinen Mädchen und einem alten Mann mit gerötetem Gesicht. Auch sie konnten nichts über den schwedischen Feldwebel berichten.

Gegen Mittag trafen zweiunddreißig Menschen ein. Einige konnten in Byholma und Grisslehamn unterkommen, andere fuhren weiter nach Tomta und Älmsta, wo sie Verwandte besaßen. Es handelte sich allerdings nicht um eine große Flüchtlingswelle. Die meisten hatten sich offenbar entschlossen zu bleiben, diejenigen, die gekommen waren, waren Leute, die in der Nähe der Telegrafenstationen gewohnt hatten, die die Russen niedergebrannt hatten.

Johanna redete sich ein, dass sich Kristoffer in Sicherheit befand. Er war vermutlich auf einem Hof aufgenommen worden, hatte zu essen bekommen und Hilfe, um sich zu verstecken. Der Postmeister hatte Recht. Kristoffer war ein tüchtiger Mann und konnte für sich selbst sorgen. Sie wiederholte diese Worte wie eine Beschwörung, und sie wusste, dass sie andere Gedanken, die sich einschlichen, nicht zulassen durfte, Erinnerungen an Skatudden vor langer Zeit, als sie ein kleines Mädchen gewesen war.

Das russische Bild

Am späten Nachmittag ging Johanna zur Telegrafenstation hinauf. Sie war nicht dorthin geschickt worden, sie ging von sich aus, ohne Anweisung. Diejenigen, die sie sahen, wussten Bescheid und sagten nichts.

Wieder traf sie Albert in der Hütte an, bat, durch das Teleskop schauen zu dürfen, und erblickte ein anderes Bild als das, an das sie gewöhnt war. Die Telegrafenstation auf Signilskär war verschwunden. Dann nahm sie den kleinen Feldstecher und konnte jetzt schwache Rauchwolken am Horizont entdecken; sie nahm an, dass es sich dabei um die Brände weit weg auf Eckerö und Åland handelte. Der Krieg war in ihre Nähe gerückt, und sie sah es mit eigenen Augen.

Dann brach die Dämmerung herein, und die Schatten kamen, langsam verblassten die niedrigen Schären auf der anderen Seite. Ehe jedoch das Bild ganz verschwunden war, meinte Johanna, die Reste der niedergebrannten Gebäude auf Signilskär ahnen zu können, einige undeutliche, schiefe Linien. War es das in sich zusammengefallene Gestell, das die Signaltafel getragen hatte?

Sie sah auch Vögel, die dicht über das Eis hinwegflogen, und weit draußen ein kleines vierfüßiges Tier, vielleicht war es ein umherirrender Hund, der seine vertriebenen Besitzer suchte.

Albert hielt weiterhin Ausschau, als Johanna gehen musste. Er versprach, sie zu informieren, wenn irgendwelche Menschen über das Eis kämen. Aber vermutlich hatten alle, die fliehen wollten, die Inseln schon verlassen.

Johanna bat Laura um einen freien Abend. Sie suchte die alten Lederstiefel in der Abstellkammer des Waschhauses hervor, dieselben Stiefel, die sie vor langer Zeit, als sie ein kleines Mädchen gewesen war, hatte ausleihen dürfen. Damals waren die Stiefel zu groß gewesen, jetzt jedoch war sie fast hineingewachsen. Sie zog ein Paar grobe Socken über, lieh sich einen Pelz aus, stieg in die Stiefel und ging nach Hause nach Nygården.

Dort hielt sie sich nicht lange auf. Sie suchte die Pelzmütze heraus, die ihrem Vater gehört hatte, dazu ein Paar Handschuhe aus Seehundsfell und einen Wollschal. Dann holte sie die Dose mit Feuerstahl, Feuerstein und Zunder, steckte sie in die breite Tasche des Pelzes und ging hinaus in den Stall, wo sie einen Arm voll gespaltenen Birkenholzes mitnahm. Dick vermummt ging sie dann durch den Wald nach Skatudden. An dem Birkenholz befand sich noch trockene Birkenrinde. Sie zog sie ab, legte die Stücke auf einen kleinen Haufen, brannte den Zunder an, hielt die Flamme an die Birkenrindenstücke, schaute zu, wie das Feuer angefacht wurde, hielt kleine Holzscheite bereit.

Bald brannte auf dem höchsten Punkt von Skatudden ein ordentliches Feuer. Johanna sammelte trockene Zweige unter den umstehenden Fichten, fachte das Feuer weiter an, holte noch mehr Zweige und Äste und schichtete sie zu einem großen Haufen neben dem Feuer auf; dieser Holzvorrat würde sicherlich für mehrere Stunden reichen.

Die Flammen blendeten sie. Die Dunkelheit um das Feuer herum war dicht und undurchdringlich. Wenn Johanna hinaus auf das Meer blickte, war dort nur schwarze, schwere Finsternis.

Kristoffer hatte eingesehen, dass er abwarten musste, ob sich der Feind zurückziehen würde, er musste die Zeit bis zum Einbruch der Dunkelheit verstreichen lassen. Vielleicht würden sie wegreiten, wenn alle Anwohner vertrieben und alles niedergebrannt war?

Er hatte sie am ersten Tag über das Eis bei Signilskär kommen sehen. Er hatte Warnungen gesendet, war so lange wie möglich dort geblieben, war erst aufgebrochen, als er die trabenden Pferde auf dem Eis gesehen hatte, die uniformierten Reiter, die langen Piken, die sie trugen. Sie hatten ihren Ritt verlangsamt, wahrscheinlich aus Vorsicht, denn sie wussten ja nicht, wie viele Leute sie in der Signalstation vorfinden würden.

Aber dann hatten sie zunächst die anderen Häuser des Dorfes am Hafen ins Visier genommen, der Anführer der Gruppe hatte dorthin gedeutet, die anderen Reiter hatten Halt gemacht und waren dann in ungeordneter Reihe von der Telegrafenstation weggeritten.

Da war er von Signilskär aufgebrochen, hatte sich hinunter auf das Eis geschlichen, hatte sich dicht an der Felskante gehalten, war stehen geblieben, hatte beobachtet, war weiter hinüber an die Vorderseite von Enskär gewandert. Dort hatte er im Schutz einer Felsspalte, die von dickem Wacholdergestrüpp verdeckt war, abgewartet. Er hatte sich noch nicht richtig entschlossen, ob er noch eine Weile bleiben oder losgehen sollte.

Die Wacholderbüsche wurden seine Beschützer, die niedrigen dichten Büsche am Strand. Gerade an dieser Stelle waren die Felsen blank geweht, er konnte sehen, wie der Wind darüber hinwegfegte, und er war sicher, dass seine Spuren im Sand verschwunden waren. Trotzdem bereitete er sich auf den Kampf vor. Er holte die Pistole heraus, versah die Zündung mit Pulver, gab mehr Pulver in das Rohr, fügte eine Kugel hinzu, kontrollierte die in Papier eingeschlagenen Ladungen in der kleinen Patronentasche. Dann zog er den Säbel heraus, wog ihn in der Hand, schob ihn dann wieder zurück in die Scheide.

Die meiste Zeit über saß er in der Hocke, erhob sich mit vorgebeugtem Rücken, um die Beine zu strecken, machte einige Armbewegungen, um die Wärme zu halten. Dann nahm er etwas Schnee in die Hand, leckte daran, nahm noch ein bisschen mehr. Obwohl er seit langem schon nichts mehr gegessen hatte, war er nicht hungrig. Er hatte in seiner Außentasche ein Stück Brot, das er flach drückte und in die innere Uniformtasche steckte, damit es in der Kälte nicht steinhart wurde.

Als die Dunkelheit hereinbrach, fühlte er sich sicherer. Er wollte jedoch noch etwas warten, die Reiter waren schnell, er wollte sie nicht im Rücken haben. So vergingen ein paar Stunden. Da erblickte er den Schein. Zuerst war es nur ein schwach flackerndes Licht über dem schneebedeckten Eis vor der Felsspalte, in der er saß. Dann wurde es stärker, und er vermutete, dass sie irgendetwas Trockenes, das gut brannte, angesteckt hatten.

Der Laut hatte ihn erreicht, das prasselnde Geräusch von brennendem Holz. Da begriff er, dass die Station brannte. Bald ging das Geräusch in ein heulendes Getöse über, das hohe Holzgebäude brannte mit rasender Gewalt, der Wind fachte das Feuer an. Und jetzt hörte er das Krachen der herabfallenden Holzteile, Dach, Wände, Balken und Mauerwerk, alles stürzte ein, zwölf Meter hinunter auf die Felsen, Kaskaden von Funken sprühten. Dort, wo er saß, war er verdeckt, aber er sah die Spiegelungen auf dem Eis, den Widerschein der Flammen, die ganze Umgebung war rotgeflammt.

Er dachte: Wenn ich jetzt aufbreche, sehen sie mich im Schein des Feuers und holen mich mit den Pferden ein.

Er wartete in der Felsspalte, prüfte noch einmal seine Waffen. Der Feuerschein wurde etwas schwächer, aber er verschwand nicht völlig. Dann meinte er, das Klappern von Hufen zu hören, Pferde im Galopp.

Kurz darauf erblickte er sie, eine Schar Berittener, die recht dicht an der Stelle vorbeikamen, an der er sich versteckt hielt. Er zog den Kopf ein, beobachtete sie durch eine kleine Öffnung in den Wacholderzweigen. Es waren sechs berittene Soldaten. Sie hatten es offenbar eilig. Aber er meinte nicht, dass er die Reiter wiedererkannte, die er von der Telegrafenstation aus gesehen hatte. Hielten sich noch mehr Patrouillen in der Nähe auf? Er vermutete, dass er wohl damit rechnen müsse.

Die Soldaten ritten vorbei und verschwanden hinter der nächsten Landzunge. Kristoffer blieb in seiner Felsspalte, die Nacht verging. Er fror, konnte jedoch durch Bewegungen seine Körperwärme halten, befeuchtete die Lippen mehrmals mit Schnee. Jetzt aß er auch die Hälfte des Brotes, das er in der Tasche trug, zwischen Uniformjacke und Hemd zusammen mit seiner Brieftasche, in der er einige Briefe und das kleine Portrait von Johanna aufbewahrte.

Es wurde hell. Er war einige Male eingeschlafen, aber jedes Mal steif und fröstelnd aufgewacht. Er nahm noch einen Bissen von dem Brot.

Der Tag brach an. Kristoffer konnte den Rauch von den Brandstätten in der Umgebung riechen. Und er vernahm wieder die Geräusche von Pferden, von wiehernden Pferden ganz in der Nähe. Er blieb in der Spalte und nahm an, dass er wohl gezwungen sein würde, den ganzen Tag über dort auszuharren. Wenn jedoch die Dunkelheit anbrechen würde, hätte er eine Chance wegzukommen, denn dann würden keine Feuer mehr die Umgebung erhellen, und vielleicht hatte der Feind dann auch Signilskär schon verlassen.

Er wartete, aß das letzte Stück Brot, befeuchtete seine Lippen mit Schnee, versuchte, die Wärme zu halten, indem er sich bewegte und die Arme um den Leib schlug. Dann ging er einige Schritte zur Seite, knöpfte die Hose auf und pinkelte in den Schnee, hörte das bekannte Geräusch, während der schmale, gelbe Schneebrunnen langsam tiefer wurde.

Als er zur Seite trat, war er gleichzeitig einen Schritt weiter nach oben auf die Schneewehe in dem Wacholdergestrüpp gelangt. Er stand aufrecht und konnte jetzt die nähere Umgebung überblicken, die verdeckt gewesen war, als er in geduckter Haltung gesessen hatte. Er stand still und beobachtete. Da hörte er wieder Geräusche von Hufen, diesmal war es nur ein einziges Pferd, das gemächlich trabte. Er begriff, dass das Pferd ganz in der Nähe sein musste, ging wieder in die Felsspalte hinein und versteckte sich hinter den Wacholderbüschen.

Jetzt erblickte er Pferd und Reiter. Sie ritten an der Bergwand entlang, in der die Spalte sich befand, und waren nur noch etwa zehn Meter von seinem Versteck entfernt.

Der Reiter zügelte sein Pferd, beugte sich vor, tätschelte es am Hals und sagte etwas auf Russisch. Kristoffer konnte es sehen und hören, der Reiter stieg ab. Es war ein junger Mann in seinem Alter, ungefähr fünfundzwanzig Jahre alt. Er nahm seine Pelzmütze ab; er hatte blonde Haare, trug keinen Bart, hatte aber helle Haarstoppeln am Kinn und auf den Wangen.

Er entfernte sich einige Schritte von seinem Pferd, das den Kopf senkte und am Schnee leckte. Der Mann trug einen Säbel in einem Gehenk an der Seite. Seine Pistole hatte er in einem Halfter am Sattel.

Der Mann stellte sich mit dem Rücken zu Kristoffer und tat jetzt dasselbe, was Kristoffer vorhin auch getan hatte. Das Geräusch war jedoch anders, da er auf dem harten blank gefegten Eis stand. Ein schwaches Plätschern war zu hören.

Kristoffer richtete sich langsam in der Spalte auf, machte einen vorsichtigen Schritt nach vorne, dann noch einen. Der Mann stand noch dort, vielleicht erlebte er gerade das befreiende Gefühl, das sich einstellt, wenn man endlich nach langer Zeit die Gelegenheit hat, sich zu erleichtern.

Kristoffer machte einen großen Schritt aufs Eis hinaus. Gleichzeitig hob er seine Pistole hoch, trat näher. Jetzt befand er sich nur noch wenige Meter von dem russischen Soldaten entfernt. Er wollte ihm nicht in den Rücken schießen, er wollte diesen Unbekannten, der sicherlich ein Feind war, aber vor allem ein gewöhnlicher junger Mann, der sich genauso benahm wie Kristoffer, möglichst nicht töten müssen.

Ein schneller Gedanke durchfuhr Kristoffer: Ich werde ihn entwaffnen, sein Pferd nehmen und ihn gehen lassen.

Da drehte sich der Russe um. Kristoffer zielte auf seine Brust. Der Russe hob beide Hände und sagte etwas, was Kristoffer nicht verstand. Er sah jedoch freundlich aus und wiederholte, was er gerade gesagt hatte. Vielleicht versuchte er zu sagen, dass sie sich einigen konnten und jeder seines Weges gehen sollte. Dann senkte er die eine Hand auf Hüfthöhe.

In diesem Moment wusste Kristoffer nicht, was er tun sollte. Seine Unsicherheit ging in Angst über. Vielleicht hatte der Russe irgendwo eine versteckte Waffe, die er jetzt versuchte hervorzuholen?

Die Muskeln in Kristoffers rechtem Arm waren hart angespannt, sein Zeigefinger war zu einem überempfindlichen Haken um den Abzug an der Pistole geworden. Der

Russe schob seine Hand weiter an die Hüfte. Da schoss Kristoffer. Es war kein im Voraus bedachter Schuss, sein Finger am Abzug hatte die Entscheidung getroffen, seine allzu angespannten Sehnen und Muskeln. Er sah, wie der Russe zurückzuckte, die eine Hand gegen die Brust drückte, auf die Knie sank, einen kurzen Augenblick in dieser Stellung verharrte, ehe er umfiel. In diesem Moment lief auch das Pferd weg.

Der junge Russe lag auf dem Rücken, und seine Brust färbte sich rot. Kristoffer trat zu dem Gefallenen, stellte sich direkt neben ihn. Der Russe sah zu Kristoffer auf, ihre Blicke trafen sich. Der Mann auf dem Boden streckte Kristoffer seine Hand entgegen, mit nach oben gewandter Handfläche.

Kristoffer ging in die Hocke und stützte sich mit einem Knie gegen das Eis ab. Der Russe wandte den Kopf und sah Kristoffer weiter an. Dann murmelte er etwas, ein paar Worte, er wiederholte einige davon. Es klang wie ein Name, aber Kristoffer verstand nicht, was der Mann sagen wollte.

Dann bewegte er wieder die Hand, langsam und bittend, so als ob er Aufmerksamkeit erregen wollte. Er bewegte die Finger, versuchte, auf seine Brust zu zeigen, auf die Wunde, nein, auf die andere Seite seines Körpers.

Kristoffer war plötzlich besorgt. Hatte einer der Kameraden des Russen den Schuss gehört? In diesem Fall würden sie schnell da sein. Er verließ den verletzten Mann, stieg auf den kleinen Hügel über der Felsspalte, beobachtete, lauschte, konnte jedoch nichts entdecken. Er kehrte sofort zu dem Russen zurück.

Wieder versuchte der am Boden liegende Mann, mit der Hand ein Zeichen zu machen. Und jetzt schien es Kristoffer, als ob er auf seinen eigenen Körper zeigte, auf die Jacke. Kristoffer deutete ebenfalls dorthin und machte ein fragendes Gesicht. Der Russe blinzelte mit den Augen. Kristoffer öffnete den obersten Knopf der Jacke, seine Hände wurden blutig. Der Russe zwinkerte wieder mit den Augen.

Kristoffer glaubte zu verstehen, was der Russe sagen wollte. Er hatte etwas in der Jacke, vielleicht in der Tasche. Kristoffer suchte und fand einen blutbefleckten Umschlag. Er hielt dem Russen den Umschlag hin, und dieser zwinkerte wieder.

Kristoffer öffnete den Umschlag. Er enthielt einen Brief und ein kleines gezeichnetes Portrait ähnlich dem Bild, das auch Kristoffer in seiner Brieftasche trug.

Er hielt das Portrait hoch, zeigte es dem Russen, der wieder zwinkerte; jetzt lag er lange mit geschlossenen Augen da, ehe er sie wieder öffnete. Er nickte schwach, und es hatte den Anschein, dass ihn die Kräfte verließen. Er wurde bleich, und jetzt sickerte ein wenig Blut aus einem seiner Mundwinkel.

Kristoffer hielt das Bild näher vor das Gesicht des Russen, und als der Mann wieder die Augen schloss, drückte er ihm das Bild vorsichtig an die Lippen. Und jetzt lächelte der russische Soldat.

Das Bild färbte sich leicht rot von dem Blut, das aus des Russen Mund sickerte. Kristoffer hielt ihm das Bild trotzdem weiter an den Mund, weil er glaubte, sein sterbender Gegner wolle es so haben.

Lange saß Kristoffer so an der Seite des Russen. Auch als der Mann aufgehört hatte zu atmen, blieb er noch sitzen. Dann zog er den Toten an den Strand hinauf und lehnte ihn mit dem Rücken an einen der Felsbrocken dort. Das Bild hing noch an seinem Mundwinkel, das Bluten hatte aufgehört, das kleine Bild klebte an dem geronnenen Blut auf den Lippen. Kristoffer fand, dass es so aussah, als ob der Mann immer noch lächelte.

Als Kristoffer den toten Soldaten verließ, war es noch hell. Niemand war gekommen, niemand schien den Toten bis jetzt zu vermissen. Vielleicht hatten seine Kameraden Signilskär verlassen, kurz bevor er an Kristoffers Versteck vorbeigeritten war, vielleicht war er der letzte Reiter eines Vorpostens gewesen, der zurückgezogen worden war.

Aber bald würde man ihn vermissen, bald würde sein Trupp wahrscheinlich mit der Suche beginnen.

Kristoffer verließ die Insel mit dem Versteck, ging weiter hinaus auf die kleineren Schären zu, fand eine andere Felsspalte, die nicht so gut wie die erste war, aber bis zum Einbruch der Dunkelheit musste sie genügen.

Als die Dämmerung hereinbrach, machte er sich langsam auf den Weg. Als es richtig dunkel geworden war, hatte er sich schon ein gutes Stück vom Land entfernt. Er ging nach Westen, musste sich auf sein Gefühl verlassen, es war bewölkt, und es waren keine Sterne zu sehen, die als Wegweiser dienen konnten. Dann gelangte er an den Rand einer offenen Eisrinne und war gezwungen, einen weiten Umweg zu machen. Als er wieder festes Eis unter den Füßen hatte, ging er weiter in die Richtung, in der er die schwedische Küste vermutete.

Irgendwann um Mitternacht herum meinte er, einen schwachen Lichtschein vor sich zu sehen. Er wurde stärker, es war ein Feuer, das auf einer Anhöhe, weit von ihm entfernt, brannte. Da wusste er, dass es sich um ein Leitlicht handelte.

Johanna entfernte sich von Zeit zu Zeit vom Feuer, um nicht von den Flammen geblendet zu werden. Sie hielt Ausschau über die Weite des Meeres, ging noch mehr beiseite, um zu horchen, dorthin, wo sie nicht von den prasselnden Flammen gestört wurde.

Sie sah jedoch nur Dunkelheit und hörte nur den Wind. Sie wartete, kehrte zum Feuer zurück, trat wieder ins Dunkel, überlegte, ob sie rufen sollte, tat es jedoch nicht. Die Zeit verging, sie wusste, dass es viele Stunden lang dunkel sein würde, es war mitten im Winter, und die Nacht war lang und schwarz.

Das Erste, was sie hörte, war ein ganz schwaches schlurfendes Geräusch, so als ob jemand auf Skiern fuhr. Sie stand am Waldrand, etwa hundert Meter vom Feuer entfernt, hielt die Hand über die Augen, um besser sehen zu können, aber die Nacht war undurchdringlich. Doch sie vernahm das Geräusch, und es kam näher. Jemand ging dort mit schleppenden Schritten. Sie lief zum Feuer zurück und stellte sich vor die Flammen. Sie wollte, dass er sie sehen konnte, sie wollte dort stehen, wenn er kam. Denn er musste es doch wohl sein? Ganz sicher konnte sie allerdings nicht sein. Es konnte ja auch jemand anderes kommen, ein Flüchtling, irgendjemand. Sie akzeptierte jedoch keine dieser Möglichkeiten, es musste Kristoffer sein.

Die Flammen erhellten den Abhang hinunter bis zum Strand. Sie sah, wie er da unten ging, und jetzt rief sie seinen Namen. Aber sie lief ihm nicht entgegen.

Er ging das letzte Stück langsam, und blieb stehen, ehe er bei dem Feuer angelangt war. Er sah, dass sie auf eine seltsame Art lächelte, und dachte, dass sie vielleicht weinte, es sah so aus. Er wollte nicht, dass sie weinte.

Er ging die letzten Schritte zu ihr hin. Jetzt kam sie ihm entgegen. Sie umarmten einander und brachten kein Wort heraus. Sie standen still da, hielten einander umschlungen, er hatte die Mütze abgenommen und spürte ihr Haar an seiner Wange, hob eine Hand und umfasste ihren Nacken. Er merkte, wie müde er war, und hatte das Gefühl, sie nicht zu verdienen.

Ehe sie gingen, warfen sie Schnee auf die brennenden Zweige, sorgten dafür, dass die Flammen gelöscht wurden. Als sie durch den Wald nach Grisslehamn gingen, spürten sie den Geruch von feuchtem Dunst. Sie hielten einander an den Händen. Johanna fragte, was passiert sei, Kristoffer antwortete ausweichend, wiederholte jedoch mehrmals, dass ihm selbst nichts zugestoßen sei.

Noch erzählte er nichts von dem toten jungen Mann. Er führte sich stattdessen immer wieder das Bild des gefallenen Feindes vor Augen, er hatte geschossen, wie man das im Krieg tat, und hätte er es nicht getan, so hätte der Feind ihn erschossen, denn so ist das in allen Kriegen. Es war das erste Mal, dass Kristoffer in einen Kampf hineingezogen worden war. Er hatte sich oft ein Gefecht vorgestellt, mehrere Jahre lang hatte er das getan, und er hatte sich selbst eingeredet, dass man seine Feinde im Krieg töten müsse.

Aber es war nicht so eingetroffen, wie er es sich vorgestellt hatte. Er war auf ein Gefecht mit großem Getöse und vielen unbekannten, schrecklich aussehenden Soldaten eingestellt gewesen. Stattdessen war er auf einen einsamen, stillen Mann mit einem ganz gewöhnlichen Gesicht getroffen.

Noch hielt er diesen Gedanken von sich fern. Immer wieder wies er den blonden jungen Mann und sein blutbeflecktes kleines Portrait von sich.

»Sie haben die Station niedergebrannt«, sagte er. »Und ich musste mich eine Weile verstecken, aber als ich sicher war, dass sie sich zurückgezogen hatten, war es Zeit zu gehen.«

»Und du hast mein Feuer gesehen«, sagte Johanna.

»Ja, dein Feuer habe ich die ganze Zeit über gesehen.«

Sie gingen weiter und sagten nichts mehr. Johanna folgte Kristoffer in die Hütte des Postschaffners, saß mit ihm am Kamin, während er zu Abend aß. Und als er in seine Kammer ging, kam sie mit. Er hängte seine Jacke auf, und da sah sie das Blut an seinen Händen. Auch die Manschette seines Hemdes wies Blutflecken auf.

»Hast du dich verletzt?«, fragte sie.

»Nein, das ist nichts«, sagte er.

Er zog die Hand zurück und krempelte das blutbespritzte Bündchen ein. Dann öffnete er schnell die Tür, ging in die Küche hinaus und machte die Tür wieder hinter sich zu. Johanna blieb in der Kammer und konnte hören, wie er durch die Außentür hinausging. Nach einigen Minuten kam er zurück.

»Ich habe mich gewaschen«, sagte er.

»Und ist es sicher, dass du nicht verletzt bist?«

»Es war etwas anderes.«

»Das Blut eines anderen Menschen, meinst du?«

»Ich weiß nicht.«

Früh am nächsten Morgen, ehe jemand im Haus wach war, schlich sich Johanna davon. Sie ging langsam das kurze Wegstück bis zum Posthaus hinauf. Dort blieb sie eine Weile in der Küche sitzen, bevor sie das Feuer anfachte. Als Laura aufwachte, hatte Johanna schon Kaffee getrunken.

»Er ist zurück«, sagte sie.

»Und ist alles in Ordnung?«

»Er sagt es auf jeden Fall.«

»Ja, das sagen sie immer, den Rest muss man erraten.«

»Sind denn alle Männer gleich?«

»Ich glaube, die Unterschiede sind nicht so groß. Entweder bleiben sie in irgendeinem Krieg, und diejenigen, die zuhause warten, erfahren nichts und müssen lernen, mit dem Schweigen zu leben. Oder sie kommen aus dem Krieg zurück und sind stumm. Fragt man, so erhält man nur zur

Antwort, dass alles in Ordnung sei und dass es nichts gebe, über das sich das Reden lohne.«

»Hast du selbst so einen Mann gehabt, Laura?«

»Viele Frauen haben ihre Männer im Krieg verloren, und genau so viele haben ihre Männer wiederbekommen, sie jedoch an das Schweigen verloren. Und ich bin wohl eine dieser Frauen.«

»Ich glaube nicht, dass Kristoffer so ist.«

»Du kannst es ja auf jeden Fall hoffen, das tun wir doch alle.«

Der Bote

Es kamen jetzt keine Briefe mehr aus dem Osten, da der Postweg unterbrochen war, die Russen hatten Åland eingenommen, und ihre Armee rückte siegreich in Finnland vor. Die Eltern und Geschwister von August Lindman waren noch in Åbo, und er wusste nicht, ob ihnen etwas zugestoßen war. Er machte sich große Sorgen und sprach davon, nach Finnland zurückzugehen, um dort zu helfen.

Der Postmeister versuchte, ihn zu beruhigen. Johanna hatte jedoch gesehen, dass Lindman seine Reisetasche gepackt hatte. Er sprach sogar mit ihr über die Reiseverpflegung, bat sie jedoch, es dem Postmeister gegenüber nicht zu erwähnen. Johanna wartete etwas ab. Vielleicht hatte Lindman doch noch seine Meinung geändert, denn er kam nicht auf den Proviant zurück. Eines Tages, als Johanna bei Tisch servierte, hörte sie eines der üblichen Gespräche mit an.

»Unser König enttäuscht mich«, sagte Lindman. »Er vernachlässigt ja völlig die Verteidigung der schwedischen Ostküste. Stattdessen scheint er den Krieg gegen die Norweger und Dänen vorzubereiten, die ja unwichtige Feinde sind.«

»Man sollte dem König in dieser schweren Zeit keinen Vorwurf machen«, antwortete der Postmeister. »Ich habe von gut unterrichteter Seite gehört, dass der König eine Landwehr einrichten will, die die Ostküste verteidigen soll.«

»Und was soll diese Landwehr gegen gut ausgebildete russische Soldaten ausrichten können?«, wollte Lindman wissen.

»Gute schwedische Männer aus den Dörfern Upplands können sowohl Dänen als auch Russen schlagen, das wissen wir aus der Geschichte.«

»Ich erlaube mir, Zweifel anzumelden.«

»Es wird demnächst ein Befehl ausgefertigt, das weiß ich von offizieller Seite.«

Und der Postmeister hatte richtig gehört. Am 14. März fasste der König seinen Beschluss, und der Landeshauptmann in Stockholm schickte sofort den Befehl an die Gemeinden im Regierungsbezirk. Er wurde draußen am Posthaus in Grisslehamn sowie an der Kirche angeschlagen. Nach einigen Tagen wussten alle erwachsenen Männer in der Gemeinde Väddö, dass sie sich am 5. April zur Musterung in Grisslehamn einzufinden hatten.

Dann kamen einige Offiziere, um den Beschluss in die Tat umzusetzen. Es waren Oberstleutnant Fock und sein Stab, ein Leutnant und zwei Feldwebel. Die Offiziere erhielten jeder ein Zimmer im Posthaus, die Feldwebel wurden im Hof Södergården in Byholma untergebracht. Am ersten Abend bediente Johanna, als die beiden Offiziere zusammen mit der Familie des Postmeisters zu Abend aßen. Der Oberstleutnant hatte einen Säbel und eine Uniform mit goldenen Schnüren und blanken Borten sowie polierten Knöpfen. Sie erhoben mehrere Male das Glas, auf die Gastgeberin, auf Schweden und auf die Verteidigung des Vaterlandes.

Am 5. April, früh morgens, trafen die ersten Männer in Grisslehamn ein. Sie kamen aus den Dörfern auf Väddö, Singö und Häverö, einem großen Gebiet mit ein paar Tausend Bewohnern. Und es wurde eng in Grisslehamn, auf den Wiesen um das Posthaus herum, zwischen Gehölzen und Gebüschen. Überall standen Männer, junge und etwas ältere, einige mit

Gewehren und Säbeln, andere mit Messern und Sicheln. Die meisten hatte irgendeine Waffe mitgebracht. Es war eine Ansammlung entschlossener Männer, natürlich wollten sie ihre Heimat verteidigen.

Ehe der Tag zu Ende war, hatte Oberstleutnant Fock sechshundertneunundsechzig Mann insgesamt gezählt. Fünfundzwanzig von ihnen kamen aus Tomta, aus Byholma kamen sechzehn Mann mit drei Gewehren.

Mehrere der Männer wurden als zu schwächlich oder zu alt angesehen. Einer der Abgelehnten war Filip vom Hof Nygården in Byholma. Er konnte schlecht laufen, hinkte, vermutlich war er betrunken. Aber Fock und seine Leute konnten einen betrunkenen Mann von einem behinderten unterscheiden, sie waren betrunkene Männer gewohnt, denn alle Soldaten erhielten täglich ihre Schnapszuteilung. Wenn sie diesmal alle Betrunkenen weggeschickt hätten, dann hätten sie keine Verteidigungstruppe zusammen bekommen. Filip wurde trotzdem ausgemustert.

»Kann Er nicht normal gehen?«, fragte einer der Feldwebel, der die Mannschaft musterte.

Filip antwortete nicht, und der Feldwebel fasste dies als Zustimmung auf.

»Er kann wegtreten«, sagte der Feldwebel und zeigte mit der Hand auf Filip und winkte ihn zur Seite.

Es waren mehrere, die ausgemustert wurden, einige sahen enttäuscht aus, aber andere waren erleichtert. Denn unter den Gemusterten gab es einige, die wussten, was Krieg bedeutete, sie hatten ihn schon erlebt.

Am Abend konnten alle auf ihre Höfe zurückkehren. Fock hatte jedoch Listen mit den Namen der Männer, die er im Landwehrbataillon haben wollte, erstellen lassen. Aus dieser Mannschaft wurden zweihundertzweiundvierzig

Mann ausgesucht, die Grisslehamn verteidigen sollten, die übrigen sollten in anderen Dörfern entlang der Küste stationiert werden.

Die Männer wurden mehrere Male zusammengerufen. Sie übten am Gewehr und marschierten im Gleichschritt. Nachdem sie wieder nach Hause geschickt worden waren, machte Fock Meldung an seine Vorgesetzten in Stockholm, dass er eine Truppe aufgestellt habe, die jeden Angriff abwehren konnte.

Die Landwehrmänner aus der Gegend um Grisslehamn herum hatten Glück. Sie hatten es nicht weit nach Hause, sie konnten ihre Verpflegungsbeutel füllen und warme Kleidung holen. Andere Männer aus anderen Dörfern wurden weit von ihren Heimatorten entfernt eingeteilt. Sie mussten hungern und frieren, die versprochene Ausrüstung ließ auf sich warten, als Vorgesetzte wurden meist abgedankte Soldaten eingesetzt, die ungeeignet für die Verteidigung gewesen waren. Am schlechtesten ging es den jungen Männern, die auf den Kanonenbooten der Flotte als Ruderer eingeteilt worden waren. Sie mussten oft ohne Zelte und Decken auf den Schären weit draußen übernachten.

Unter den Landwehrmännern begannen Krankheiten zu grassieren. Zuerst kam die Ruhr mit blutigen, ansteckenden Durchfällen, dann die Feldkrankheit mit Ausschlag, Fieber und Schwindel. Im Frühjahr 1808 hatten diese Krankheiten Grisslehamn jedoch noch nicht erreicht.

Kristoffer hatte aus Stockholm Pläne für die neuen Stationen erhalten. Er begann sofort mit der Planung der Bauten. Aus der Telegrafenanstalt der Hauptstadt, wo Edelcrantz die treibende Kraft war, hatte er einige kundige Mechaniker geschickt bekommen. Sie trafen mit drei vollbeladenen Wagen mit fertigen Teilen für die Telegrafenhütten ein. Jetzt mussten nur noch Arbeiter aus der Umgebung angeworben werden, Zimmerleute und Träger. Albert erhielt Unterstützung von Harald, der die Leute im Bezirk kannte, und innerhalb von zwei Tagen hatten sie eine Schar von Männern zusammenbekommen.

Kristoffer trug die Verantwortung für vier neue Telegrafenstationen, in Grisslehamn, auf Singö, in Edeby und in der Nähe von Senneby, südlich an der Väddöküste gelegen. Er verbrachte all seine Zeit auf den Baustellen, half mit bei der Schwerarbeit und bei der Beurteilung der Technik. Er war derjenige, der sich am besten mit dem Telegrafieren auskannte, und trotz seiner Jugend war er einer der Veteranen. Feldwebel Kristoffer Lundberg war gerade erst sechsundzwanzig Jahre alt geworden, aber alle fragten ihn um Rat.

Mitte April waren die Tage warm, die Sonne schien, das Schmelzwasser tropfte von Dächern und Bäumen. Das Eis lag blauschwarz und gefährlich draußen auf dem Meer; wenn jetzt ein richtiger Wind aufkam, würde es schnell aufbrechen.

In der folgenden Woche wurde die neue Station in Grisslehamn fertig. Sie lag auf einem kleinen Felsen, etwa hundert Meter von der alten Station entfernt. Die neue Hütte hatte zwei wandfeste Teleskope, durch das eine konnte man die neu errichtete Signaltafel auf Singö sehen, das andere war auf Edeby gerichtet. Die drei neuen Stationen waren wichtige Glieder in der langen Kette von Telegrafenstationen, die während des Frühjahrs in rasender Geschwindigkeit zwischen Stockholm und Gävle errichtet wurden.

Johanna wurde mit dem Essen hinaufgeschickt. Sie hatte einige besonders gute Dinge für die Signalisten eingepackt, Scheiben hellen Brots, Butter und Käse, warmen Kaffee in einem Tonkrug, dazu Sahne und Zucker.

Sie saßen draußen vor der neuen Telegrafenhütte. Die Masten waren frisch geteert und rochen nach Schiff, die Signalklappen bewegten sich etwas im Wind, die Leinen waren nicht richtig angezogen.

»Bald senden wir die erste Mitteilung nach Stockholm«, sagte Kristoffer. »Ich würde wünschen, dass es eine gute Nachricht wird.«

»Die Zeiten sind nicht besonders gut«, sagte Johanna. »Man könnte vielleicht etwas über das Wetter senden.«

»Hast du einen Vorschlag?«

»Warum nicht AO30, das würde zum Wetter passen.«

»Stille und veränderliche Winde, ja das kann man sagen. Oder vielleicht lieber AO20«.

»Nichts Neues auf See. Dasselbe alte Eis meinst du. Ja, das wäre an einem solchen Tag wie heute auch eine mögliche Nachricht.«

Sie redeten weiter mit Hilfe des Signalcodes. Einige der Bauarbeiter saßen dabei und hörten zu. Vielleicht verstand es der eine oder andere sogar. Aber dann gingen sie zu den verdrehten und kryptischen Zeichenkombinationen über, die sie erfunden hatten. Sie sprachen schnell, nannten Zahlen, die für Zeichen standen; die wiederum enthielten eine Botschaft, eine Anspielung, eine Unklarheit. Und jetzt konnte kein Außenstehender mehr etwas verstehen. Das hier war ihre eigene Sprache.

Es war ein richtig schöner Tag. Sie saßen auf einer trockenen Lichtung vor dem neuen Signalhaus. Ein schwacher Wind fuhr durch die Kiefernwipfel, in der Luft lag eine Vorahnung von Frühling.

Aber Kristoffer stand auf, ermahnte seine Kameraden, zurück an ihre Arbeit zu gehen. Selbst ging er hinunter zu der alten Telegrafenhütte, um Ausschau über das Meer zu halten. Auch das gehörte zu seinem Auftrag, den Osten im Auge zu behalten. Johanna begleitete ihn, stand neben ihm, als er begann, die Schärfe im Teleskop einzustellen.

Etwa zehn Minuten stand Johanna so da, sie trat von einem Fuß auf den anderen, legte die Hand auf Kristoffers Schulter, spürte, wie er sich etwas versteifte. Sie nahm die Hand weg. So etwas war schon früher passiert, und sie verstand es nicht richtig. Es konnte ganz plötzlich auftreten. Fühlte er sich von ihr bedrängt, machte sie etwas falsch?

Sie würde bald gehen müssen, aber sie wollte ihn ansehen, nicht nur Lebwohl sagen und als Antwort sein Gemurmel hören, während er weiter durch das Teleskop blickte. Deshalb wartete sie noch etwas.

»Ich glaube, da kommt jemand«, sagte er.

»Auf dem Eis?«, fragte sie.

»Ja, da fährt jemand auf Skiern über das Eis, sieh selbst.«

Er trat zur Seite, und sie nahm seinen Platz ein, schaute und wurde ganz kurz von dem in der Sonne glänzenden Eis geblendet. Aber dann erblickte sie eine Gestalt, einen Skiläufer.

»Du hast recht«, sagte sie. »Er kommt hierher, in einer halben Stunde ist er sicher da.«

»Ich werde ihn unten in Empfang nehmen«, sagte Kristoffer.

Sie gingen zusammen, beeilten sich, um zum Hafen zu kommen. Als sie dort eine Weile gestanden hatten, sahen sie den Skiläufer um Loskäret herum kommen. Er lief schnell, schritt gleichmäßig aus, rutschte vorwärts in dem Schneematsch, der auf dem Eis lag. Vielleicht hielten ihn die Skier auf dem brüchigen Eis aufrecht. Es sah gefährlich aus.

Er lief in den Hafen hinein, erblickte die Wartenden, hob grüßend eine Hand, als er noch etwa zehn Meter entfernt war.

»Willkommen«, rief Kristoffer.

Jetzt war der Mann bei ihnen. Er löste die Skibindungen, machte einen Schritt von dem Eismatsch hinauf auf das trockene Land. Es war ein junger Mann, er wirkte nicht besonders müde.

»Ich bin Gustav Sjöberg aus Marby«, sagte er. »Ich habe gute Nachrichten.«

»Darüber freuen wir uns«, sagte Kristoffer.

»Wir haben die Russen in mehreren Dörfern auf Åland überwältigt. Ihre Hauptstreitmacht befindet sich jedoch noch auf Kumlinge, es sollen ungefähr fünfhundert Mann sein, gut bewaffnete Soldaten. Wir haben nicht genug Waffen, um sie schlagen zu können.«

»Das sind gute Neuigkeiten«, sagte Kristoffer. »Ich werde diese Nachricht sofort nach Stockholm weiterleiten, denn wir verfügen jetzt hier über eine telegrafische Verbindung in die Hauptstadt.«

»Sie haben die Telegrafenstationen auf Åland niedergebrannt.«

»Ich weiß, ich bin selbst dort gewesen, als der Feind kam.«

»Ja, dann weißt du es, aber bitte, sende jetzt meine Nachricht schnell weiter. Wir brauchen Waffenhilfe aus Schweden.«

»Das Eis trägt nicht mehr lange, es können keine Truppen zu Fuß hinübergelangen, wir müssen in diesem Fall Schiffe schicken, sobald das Eis aufbricht.«

»Ich nehme es an, aber die schwedischen Herren müssen entscheiden, was am besten ist. Ich habe hiermit die Bitte der Åländer überbracht, jetzt musst du die Nachricht weiterleiten.«

»Ich verspreche, alles in meiner Macht Stehende zu tun. Ich werde mich sofort auf den Weg zur Telegrafenstation machen. Johanna kann sich derweilen um dich kümmern.«

»Ich kann hier keine Zeit verlieren, ich muss nach Hause zurück.«

»Zuerst solltest du etwas essen.«

Kristoffer ergriff den Mann am Arm und zog ihn mit sich, Johanna folgte ihnen. Als sie am Posthaus angekommen waren, blieb Kristoffer stehen, überlegte einen Augenblick.

»Haben sie viele getötet?«, fragte er.

»Wenn du die Russen meinst, so haben sie meist nur gedroht.«

»Es liegen also keine Toten dort herum?«

»Nein, so etwas habe ich nicht gesehen.«

»Oder auf dem Eis?«

»Nein, das habe ich weder gesehen noch habe ich davon gehört.«

»Nun ja.«

Sie trennten sich, Kristoffer gab dem Mann die Hand und eilte von dannen. Johanna sah Kristoffer nach, doch dann nahm sie Gustav Sjöberg mit in die Küche und klärte Laura darüber auf, wer er war.

Laura bat den Gast sich zu setzen, Johanna machte Kaffee warm, bereitete dem Gast ein Butterbrot mit Käse. Jetzt kam auch der Postmeister in die Küche, offenbar hatte er den Boten vom Fenster aus gesehen.

»Bleib sitzen«, sagte der Postmeister, als Sjöberg aufstehen wollte. »Du musst dich eine Weile ausruhen. Aber erzähl doch, was passiert ist.«

»Die Russen verlangen von uns, dass wir Fahrrinnen brechen und ihnen all unsere Boote überlassen sollen. Wenn sich jemand weigerte, so würden ihm Nase und Ohren abgeschnitten und er würde nach Sibirien geschickt werden. Das sagen sie jedenfalls.«

»Das sind sicher nicht nur leere Drohungen.«

»Nein, wir wissen schon, was sie fertigbringen. Aber jetzt hat Erik Arén Leute gesammelt, und wir nehmen den Russen die Waffen ab.«

»Arén, das ist doch der Amtmann in der Gemeinde Finström?«

»Ja, er und Pfarrer Gummérus haben Boten auf die Höfe geschickt, und wir nehmen die Russen an vielen Orten gefangen. Aber die Hauptmacht sitzt immer noch unbehelligt da, und wir können nichts gegen sie ausrichten.«

»Dann können wir unsere Hoffnung nur noch auf Gott richten.«

»Wenn Gott uns hilft, wäre das schön, aber wir kommen selbst auch ganz gut zurecht. Wenn Schweden Soldaten schicken könnte, wäre es noch besser.«

Der Postmeister antwortete nicht. Er sah besorgt aus und runzelte die Stirn, wie er das immer tat, wenn etwas Ernstes vorgefallen war.

»Seht zu, dass unser Freund das Beste bekommt, was wir anzubieten haben«, sagte er, ehe er die Küche verließ.

Gustav Sjöberg aß schweigend von allem, was ihm vorgesetzt wurde. Er nahm sogar einen Schnaps zum Essen, lehnte jedoch ein zweites Glas ab.

Dann bedankte er sich und verließ das Posthaus. Bis zum Anbruch der Dämmerung würde es noch einige Stunden dauern, er müsste bei Einbruch der Dunkelheit zurück in Eckerö sein. Der Abend war hell, es war einer der allerletzten Tage dieses lange anhaltenden Spätwinters.

Kristoffer sendete die erste Mitteilung von Grisslehamn 2, wie die neue Station genannt wurde. Er benutzte einfache Buchstabenzeichen, einige feste Wendungen, insgesamt ungefähr zwanzig Bildzeichen. Jedes Bild wurde von der

Station in Edeby innerhalb von zwanzig Sekunden bestätigt, Kristoffer machte weiter, erhielt die Bestätigung und beendete die Nachricht.

Er hatte gesendet: *Volksaufstand auf Åland 500 Russen noch auf Kumlinge Hilfe angefordert.*

Den Rest des Nachmittags blieb er in der Station und wartete auf Antwort aus Stockholm. Um sechs Uhr traf sie ein: *Nachricht erhalten weitere Befehle abwarten.*

Als die Sicht für weiteres Senden zu schlecht wurde, ging Kristoffer. Er wollte nach Hause in die Hütte des Postschaffners, essen und zeitig zu Bett gehen. Auf dem Weg dorthin entschloss er sich jedoch anders, er wollte Johanna treffen, eine starke Sehnsucht überkam ihn, er wollte mit ihr sprechen, ihr vielleicht von den Ereignissen auf Signilskär erzählen.

Als er fast am Posthaus angekommen war, änderte er seine Absicht noch einmal. Er ging im Schutz der Büsche hinauf, machte einen Umweg um die Gebäude, überquerte die Landstraße und befand sich bald mitten in dem weglosen Wald. Er war vorher dort noch nie gewesen. Der Abend war durchaus nicht dunkel, drinnen unter den Fichten war es jedoch feucht und düster. Kristoffer ging langsam über die moosbewachsenen Steine, zwischen den dicken Baumstämmen umher, er suchte die Dunkelheit, die einhüllenden, schwarzgrünen Höhlen. Er fand eine geschützte Nische zwischen einem kleinen Felsen und herabhängenden mit Flechten bedeckten Ästen. Dort blieb er stehen, lauschte, konnte jedoch nichts hören; das Geräusch des Meeres war verschwunden, das Rauschen des Windes reichte nicht so weit hinein.

Er empfand einen Augenblick der Befreiung, und dann holten ihn die Gedanken wieder ein. Er hatte gehofft, dass Dunkelheit und Stille Schutz bieten würden, aber stattdessen erwachten die Gedanken zum Leben, nahmen Gestalt an, wurden hörbar. Zum ersten Mal seit dem Erlebnis mit dem Russen meinte er, die Worte aus dem Mund des Gefallenen zu vernehmen.

Aber er verstand die Worte nicht, oder vielmehr dieses eine Wort, denn es war offenbar nur ein Wort gewesen, das der blonde Mann versucht hatte zu sagen.

Kristoffer holte tief Atem, aber in seiner Brust wuchs eine tiefe Trauer, sodass es ihm schwer fiel zu atmen. Er verließ den Ort unter den Ästen und kehrte ins Dorf zurück.

Das Wort kam ihm in den nächsten Tagen immer wieder in den Sinn, dieses eine Wort, das er nicht verstanden hatte. Er nahm an, dass es ein Name sein konnte, aber er wollte nicht darüber nachdenken, er versuchte, alles so weit wie möglich von sich zu schieben.

Für kurze Augenblicke gelang es ihm, sich zu befreien, aber das Wort kam immer wieder. Viele Male würde es das tun. Er versuchte, an etwas anderes zu denken, aber immer wieder erschien dieses eine Wort, er konnte dessen nicht Herr werden. Er trug es ständig mit sich herum, es gehörte immer zu dem Bild von dem sterbenden jungen Mann, der ihn so freundlich angesehen hatte.

Und Kristoffer wusste, dass es umgekehrt hätte sein können, der Russe hätte derjenige sein können, der schoss, und er selbst hätte der Sterbende sein können, der den Namen seiner Liebsten murmelte. Denn es war ja offenbar ein Name, den der Russe versucht hatte auszusprechen. Als sich Kristoffer endlich überwand, dies zuzugeben, wurde diese Einsicht schmerzlich und machte ihn stumm. Er konnte Johanna nichts erzählen, und beide quälten sich mit diesem Schweigen.

Als ob es nie geschehen wäre

Eines Abends im April frischte der Wind aus Nordosten auf, nahm gegen Mitternacht hin an Stärke zu, und alle in Grisslehamn wussten, dass das Eis auf dem Wasser über Nacht aufbrechen würde.

Nachdem Johanna aufgestanden war, ging sie hinauf in den oberen Stock des Posthauses und blickte hinaus. Die Eisschollen trieben draußen im Wind, um Loskäret herum tobten die Wellen. Nur innen im Hafenbecken hinderte ein kompaktes Eisstück die Boote an der Ausfahrt.

Am Nachmittag zerbarst das Eis im Hafen in kleinere Stücke. Gegen Abend hatte der Wind auch dieses letzte Andenken an einen ungewöhnlich langen und kalten Winter vertrieben. An Land war der Frühling schon weit fortgeschritten, mit Birkenknospen und trockenen Hängen, doch das eigenwillige Meer hatte sich – wie schon so oft an der Küste Roslagens – auf die Seite des Winters geschlagen.

Der Mai kam mit warmen Winden und Vogelschwärmen aus Süden. In Finnland tobte der Krieg jedoch weiter, und für die schwedischen und finnischen Streitkräfte sah es nicht gut aus. Auf dem eisfreien Meer segelten die Boote wieder, die ersten Reisenden von der anderen Seite kamen mit Nachrichten für Stockholm. Und wie gewohnt hielten sie sich eine Weile in Grisslehamn auf, während sie auf Pferd und Wagen warteten. Sie ruhten sich aus, erhielten etwas zu essen und hatten Gelegenheit, zu erzählen.

Die allerschlechteste Nachricht kam mit einem Kurier aus Sveaborg, Schwedens sicherer Festung in der Finnischen Bucht. Der Oberbefehlshaber Cronstedt hatte kapituliert und das gesamte Geschwader den Russen übergeben, einhundertzehn gute Schiffe waren verloren gegangen sowie zweitausend Kanonen. Die finnischen Soldaten hatten nach Hause gehen dürfen, wenn sie versprachen, nie wieder Krieg gegen Russland führen zu wollen. Aber die schwedischen Männer aus Sveaborg waren von den Russen zu Kriegsgefangenen erklärt worden.

Wie hatte das passieren können? Warum hatte Cronstedt so leicht aufgegeben?

Dem Kurier wurden viele Fragen gestellt, auf die er keine Antwort zu geben wusste, er war ebenso ratlos wie die Postleute in Grisslehamn. Bald begab er sich weiter auf den Weg nach Stockholm, um dem König die erschreckende Nachricht zu überbringen.

Nach der Durchreise des Kuriers herrschte in Grisslehamn mehrere Tage lang eine düstere Stimmung. Alle kannten Sveaborg. Die Bootsleute und Soldaten aus Roslagen hatten dort ihren Kriegsdienst geleistet. Die Festung war wohlbekannt, ihre Kanonen und Schiffe sollten ja nicht nur Finnland, sondern auch die schwedische Küste vor den Einfällen der Russen schützen.

Dann aber kamen wirklich gute Nachrichten mit dem Postboot aus Eckerö. Ganz Åland war befreit. Der Volksaufstand war weitergegangen. Als das Eis aufgebrochen war, waren mehrere schwedische Kriegesschiffe mit Soldaten zur Unterstützung gekommen, und jetzt hatten die Åländer Hilfe bei der Bekämpfung der russischen Hauptmacht auf Kumlinge erhalten.

Eine Schar russischer Kriegsgefangener war schon nach Stockholm geschickt worden, weitere waren unterwegs.

Einige Tage nachdem die Nachricht von dem Sieg auf Åland eingetroffen war, erhielt Kristoffer Anweisungen aus Stockholm. Ein Transport mit Signalausrüstung würde von Stockholm abgehen. Sobald er in Grisslehamn ankäme, sollte Kristoffer das Material nach Åland einschiffen und dort unverzüglich die niedergebrannten Stationen aufbauen.

Die Anweisung kam durch den Telegrafen. Die wachhabende Mannschaft bestätigte, dass sie sie erhalten hatte; Kristoffer selbst war nicht dort, er wurde jedoch von einem Boten geholt, eilte hinauf, um eine persönliche Bestätigung abzusenden.

Das Wort *unverzüglich* hatte eine besondere Zeichenkombination, ebenso wie die Anweisung *soll ausgeführt werden.* Kristoffer schaffte es, mit nur vier Bildern zu bestätigen, die er innerhalb von knapp einer halben Minute sendete. Die Signalisten auf der Strecke nach Stockholm hatten eine unterschiedlich lange Berufserfahrung, trotzdem brauchte die Nachricht nur zweiundvierzig Minuten über fünfzehn Stationen bis in die Hauptstadt. Die letzte Telegrafenstation in dieser Kette lag auf Söder an der Katarina kyrka. Dort wurde Kristoffers Mitteilung zu Papier gebracht, das Blatt wurde einem Korporal in die Hand gedrückt, der schnell hinüber in ein Kontor auf der anderen Seite der Straße eilte, wo ein Leutnant einen Wagen bestellte. Innerhalb von zwanzig Minuten wurde das Telegramm in die königliche Telegrafenanstalt auf Skeppsbron befördert, wo der Kanzleirat Edelcrantz persönlich den Text in Empfang nahm, denn das hatte er so angeordnet. Er wollte wissen, wie schnell die neue Telegrafenanlage funktionierte, und er wollte auch über den Inhalt der Telegramme informiert werden. Die wichtigen Nachrichten schickte er sofort weiter an den Stab des Königs.

Der Monat verging mit Sonne und Regen. Johanna war ein paar Mal zuhause in Nygården gewesen. Alles war wie immer.

Maria wirkte noch müder, die beiden Onkel ließen den Hof verfallen, besonders Filip schien gleichgültig und faul, wenn er nicht betrunken und gewalttätig war. Offenbar hatte es ihn hart getroffen, dass er als Landwehrmann abgelehnt worden war. Denn er war, seitdem er von der Musterung nach Hause geschickt worden war, selten nüchtern gewesen.

Lars war stumm wie immer. Doch er begrüßte Johanna, als sie kam, und darüber freute sie sich sehr. Er lächelte scheu und zog den Arm nicht zurück, als Johanna ihm die Hand auf die Schulter legte. Als sie hinaus auf den Hofplatz ging, kam er mit. Sie machten zusammen einen Spaziergang hinunter zu den Weiden, blieben an einem Sandhügel stehen, Johanna schrieb ein Wort und Lars antwortete: MAN KANN SEHEN.

Johanna schrieb weiter: WER KANN SEHEN?

Lars zögerte ein wenig, dann antwortete er: GROSSEN GESANG GESEHEN.

Johanna fragte weiter: WER?

Lars antwortete, ohne zu überlegen: FÜR MICH.

Sie gingen weiter. Johanna wusste nicht recht, was ihr Bruder damit gemeint hatte, aber wahrscheinlich war es auch nicht so gedacht gewesen, dass sie es verstehen sollte, das hier war etwas anderes.

Sie kehrten auf den Hof zurück. Und als Johanna den Hofplatz verließ, ging er neben ihr. Sie wunderte sich, aber er blieb nicht stehen, sie gingen in Richtung Grisslehamn, und Lars kam immer noch mit. Johanna nahm an, dass irgendetwas Neues und sehr Ungewöhnliches vor sich ging.

Als sie unten am Hafen angekommen waren, blieb Johanna stehen. Sie blickte Lars an, er begegnete ihrem Blick.

»Willst du mit ins Posthaus kommen, wo ich arbeite?«, fragte sie.

Lars nickte leicht und sah ihr immer noch in die Augen. Das war noch nie vorgekommen, nicht seitdem Lars stumm geworden war.

Sie gingen zusammen hinauf ins Posthaus. Johanna öffnete das Tor und ließ Lars vorangehen. Sie gingen in die Küche. Dort war Laura. Johanna stellte ihren Bruder vor. Laura streckte die Hand aus.

Lars erstarrte, aber dann streckte auch er langsam seine Hand aus und erwiderte so Lauras Gruß.

»Ich habe von dir gehört«, sagte Laura.

Lars nickte, gab jedoch keine Antwort. Laura lächelte ihn an; sie hatte Johanna erzählen hören, nicht nur von ihrem Bruder, sondern auch von seinem Schweigen.

»Herzlich willkommen, Lars«, sagte sie.

Dann wandte sie sich wieder ihrer Arbeit zu, Johanna und Lars gingen hinaus, machten einen kurzen Gang um das Haus, schauten ins Waschhaus und in den Stall; sie betrachteten die Wagen im rechten Flügel.

»Willst du jetzt nach Hause gehen?«, fragte Johanna.

Lars nickte. Johanna ging mit ihm zurück, aber sie war sich durchaus nicht sicher, ob das notwendig war. Als sie sich vor Nygården trennten, war es Lars, der seine Hand zuerst ausstreckte.

»Komm wieder und besuch mich«, sagte Johanna. »Jetzt weißt du ja, wo ich den ganzen Tag über arbeite.«

Lars lächelte, und jetzt begriff Johanna, dass irgendetwas mit ihm geschehen war, aber sie konnte sich nicht vorstellen, was es sein konnte.

Kristoffer vermutete, dass der Transport aus Stockholm mindestens zwei Tage brauchen würde, vielleicht auch drei, wenn sie übernachteten. Er begann, die Überfahrt vorzubereiten. In Grisslehamn gab es kein großes Segelschiff, das nächste befand sich auf Singö. Kristoffer wurde von einem der Postboote dorthin gebracht, er sprach mit einem Bauern in Backbyn, der ein Holzlastschiff besaß, sie wurden sich über die Bezahlung einig. Der Bauer, der Jan Holmström hieß, versprach, schon am nächsten Tag mit dem Schiff nach Grisslehamn zu kommen.

Eines Abends spät trafen drei voll beladene Lastwagen mit der kompletten Ausrüstung für zwei Telegrafenstationen aus Stockholm ein: Rahmen, Leistenwerk, Türen, Signalklappen, Teleskope und Tabellen, alles war vorhanden. Das Lastschiff mit Holmström und seinem Steuermann lag schon im Hafenbecken. Früh am nächsten Morgen begann die Befrachtung, um ein Uhr glitt das Lastschiff aus dem Hafen. Der Wind wehte aus Südwesten, besser konnte es für die Überfahrt nicht passen. Kristoffer stand neben dem Steuermann, die Ausrüstung lag festgezurrt an Deck. Als sie sich Loskäret näherten, wandte er sich um und sah, dass Johanna mit ihrer Schürze aus dem Fenster des Posthauses winkte, es war dasselbe Winken wie damals, als er hinausgefahren war, um zu ... hinausgefahren war, um vielleicht zu ... Er brach mitten in seinem Gedankengang ab, versuchte, zu dem zurückzukehren, was sich um ihn herum befand, aber die Erinnerung an Signilskär drängte sich trotzdem auf, die Felsen und der sterbende Russe.

Mit einer Kraftanstrengung sah er wieder auf, Johanna war immer noch dort, und nun hob er beide Arme und winkte ausholend und heftig, er wiegte seinen Körper im Takt mit den langsamen Bewegungen des Schiffes auf den Wellen.

Vier Stunden später fuhr das Lastschiff um eine der Landzungen vor Signilskär herum. Holmström segelte vor dem Wind, die Segel flatterten, das Schiff glitt in eine windgeschützte kleine Bucht und näherte sich einem Felsen inmitten von tiefem Wasser. Der Platz war gut gewählt, Holmström war schon früher hier gewesen. Er wusste, dass er sein Schiff mit der Längsseite an den Felsen anlegen konnte, das war zum Löschen der Ladung notwendig.

Die Hälfte der Ausrüstung wurde an Land geschafft. Dann legten sie wieder ab und segelten weiter nach Eckerö. Auf dem Weg dorthin fuhren sie an Enskär vorbei, nicht besonders nah am Strand, aber die Sicht war gut, und Kristoffer zwang sich, hinüberzublicken. Und er sah die Wacholderbüsche an der Felsspalte, die kahlen Felsplatten, die Wellen, die jetzt dort, wo das Eis gelegen hatte, anschlugen, dort wo er gestanden hatte und der andere gefallen war.

Aber auf dem Strand, auf dem er den anderen zurückgelassen hatte, gab es nur graue Felsen, sonst nichts.

Kristoffer spürte eine große Erleichterung; er dachte: Wenn es nicht geschehen wäre, würde es genauso aussehen.

Er verweilte bei dem Gedanken: Es *könnte* wohl so sein, dass es nicht geschehen war, und dann würde der Felsen genauso aussehen: glatt und sauber abgewaschen. In diesem Fall würde der andere jetzt irgendwo leben, und er wäre niemals hier gewesen.

Das Schiff glitt weiter, bekam Wind in die Segel, wurde schneller, und die nächste Landzunge verdeckte den Strand. Aber Kristoffer hatte sehen können, dass nichts geschehen war.

Sie näherten sich Eckerö. Eine knappe Stunde später glitten sie in den Hafen an der åländischen Poststation. Ein anderes Segelschiff befand sich gerade auf dem Weg hinaus, ein Frachtschiff mit zwei Masten. Hier in der Nähe des Landes war der Wind schwächer, aber jetzt füllte sich das Großsegel des anderen langsam, und das Schiff gewann an

Fahrt. Die beiden Segelschiffe begegneten sich, es trennten sie ungefähr fünfzig Meter voneinander. Der Schiffer auf Kristoffers Schiff hob die Hand zum Gruß, jemand auf dem anderen Schiff antwortete.

Jetzt konnte Kristoffer über die Reling des entgegenkommenden Schiffes blicken. Eine Gruppe Männer saß an Deck, unrasiert, bärtig, einige trugen Uniformjacken, andere wattierte Mäntel. Sie sahen nicht aus wie Åländer. Und neben ihnen standen einige Männer mit Gewehren, sie trugen schwedische Uniformen.

»Weißt du, Holmström, was das für Leute an Bord dieses Schiffes sind?«, fragte Kristoffer.

»Nein, das weiß ich nicht, aber sie sehen recht seltsam aus«, antwortete Holmström.

Jetzt erhob sich einer der fremden Männer. Er blickte zu Holmströms Schiff hinüber, hob eine Hand, stand ganz still da. Er war blond, ziemlich jung, er unterschied sich etwas im Aussehen von den anderen. Da gab ihm einer der uniformierten Männer einen leichten Stoß, vermutlich eine Zurechtweisung. Er setzte sich wieder hin. Das Schiff glitt weiter, der Wind füllte die Segel, und der Abstand zwischen den beiden Schiffen vergrößerte sich schnell.

»Russen«, sagte Holmström. »Ich glaube, dass das Russen gewesen sein könnten, sie sehen wahrscheinlich so aus.«

Kristoffer antwortete nicht. Er hatte auch gedacht, dass die fremden Männer Russen sein könnten. Aber er hatte vor allem den jungen Blonden betrachtet, der sich aufgerichtet hatte. Warum hatte er die Hand zum Gruß gehoben?

War das nicht der Mann auf dem Eis? Er sah ihm ja zum Verwechseln ähnlich. Er *könnte* es auf jeden Fall gewesen sein.

Für kurze Zeit fühlte Kristoffer Hoffnung in sich aufkeimen, eine mögliche Befreiung, dann ein Zögern, Zweifel und die Rückkehr zu dem, was zu tun war: mit den Segeln zu helfen, Vertäuen, Löschen, Weisungen an die Leute, die abladen sollten.

Nachdem alles gelöscht war, setzte sich Kristoffer kurz mit Holmström und zweien der Åländer zusammen, die von der Poststation gekommen waren, um zu helfen. Die beiden stellten sich als Anders Eriksson und Petter Hultman vor, sie waren bei der Befreiung dabei gewesen und hatten viel zu erzählen von schnellen Angriffen, Entschlossenheit, ängstlichen Russen, Kämpfen und sterbenden Feinden.

»Die da auf dem Frachtschiff gesessen haben, was waren das für welche?«, wollte Kristoffer wissen.

»Das waren einige der russischen Gefangenen, die wir gemacht haben«, antwortete Hultman. »Es sind schon mehrere Schiffe mit Kriegsgefangenen nach Stockholm gesegelt, aber diese sind auf Eckerö gelandet, und der nächste Weg von hier geht ja über Grisslehamn. Wir wollen sie hier nicht haben.«

»Und wer waren die Wachen?«

»Das waren schwedische Soldaten, die mit den Schiffen während der letzten Kämpfe hierhergekommen sind.«

»Hast du diese Russen getroffen, die gerade weggefahren sind?«

»Einige von denen habe ich schon gesehen, sie haben sich ja hier über eine Woche aufgehalten.«

»Einer war dabei, der aufgestanden ist und gewinkt hat, er schien jünger als die anderen zu sein, weißt du, ob es mit ihm etwas Besonderes auf sich hat?«

»Ja, an den kann ich mich erinnern. Er redete viel, und es schien so, als ob er etwas erzählen wollte, aber er sprach ja nur russisch, und ich habe nicht verstanden, was er sagen wollte.«

»Kannst du dich an irgendetwas erinnern, was er gesagt hat?«

»Nein, es waren ja nur Merkwürdigkeiten, wer kann so etwas verstehen?«

Eine Stunde später begannen sie mit der Arbeit. Kristoffer erhielt Hilfe von dem Postpersonal und von einigen herbeigeholten Männern. Sie trugen die Ausstattung auf den Berg, auf dem die alte Station gelegen hatte. Ehe es dunkel geworden war, hatten sie die Reste der abgebrannten, eingestürzten Wände entfernt. Die Ecksteine lagen noch dort, sie konnten wiederverwendet werden.

Die Gefangenen

Am späten Nachmittag flaute der Wind ab. Johanna blickte aus dem Fenster im Obergeschoss des Posthauses, nicht weil sie glaubte, der Kutter mit Kristoffer würde bald zurückkommen, sondern weil sie das Gefühl hatte, das Wasser würde den Abstand zwischen ihnen beiden verkürzen. Er war ja drüben am Strand auf der anderen Seite, die Wellen hingen in einer langen Reihe von Kämmen und Tälern zusammen, die immer nur zwei Worte ausdrückten: wir beide, wir beide. Es entstand eine Kette rauschender Wörter, vielleicht dachte er genau so. Sie meinte oft, dass sie, auch wenn sie nicht zusammen waren, ihre Gedanken mit ihm teilte. Sie verstanden einander gut, warum sollten sie nicht ähnlich denken, Worte waren ja Gedanken und Bilder. Sie sah sie vor sich, und vielleicht sah er sie in diesem Moment genauso.

Da erblickte sie den fremden Kutter, der um Loskäret herumglitt, einen Zweimaster mit leichtem Wind in den Segeln. Er bewegte sich nur langsam vorwärts, aber er näherte sich dem Land.

Als Johanna hinunter in die Küche kam, erzählte sie es Laura. Was konnte das für ein Schiff sein? Irgendjemand oben von der Küste, vermutete Laura, oder ein Åländer, aber das würde sich ja bald zeigen.

Eine Stunde später wussten sie es. Sigurd kam vom Hafen herauf und erzählte, was er gesehen hatte. Und sie waren erstaunt und etwas beunruhigt. Russische Kriegsgefangene in Grisslehamn, sie würden wohl nicht bleiben?

Als erster kam ein Leutnant hinauf ins Posthaus und gab Auskunft. Er wurde vom Postmeister empfangen, der sofort eine Mitteilung zur Telegrafenstation schickte. Stockholm musste unverzüglich benachrichtigt werden, außerdem wurde um Anweisung gebeten, wie weiter verfahren werden sollte. Sie warteten auf Antwort. Johanna brachte dem Leutnant und dem Postmeister Kaffee in den Salon. Sie hörte etwas von ihrem Gespräch. Als sie in die Küche zurückkam, erzählte sie:

»Es scheinen acht Russen zu sein«, sagte sie. »Und sie werden von vier schwedischen Soldaten bewacht, mit dem Leutnant zusammen sind es fünf.«

»Hoffentlich gehen sie bald«, sagte Laura.

»Sie warten jetzt auf Anweisungen aus Stockholm.«

Die Zeit verging, es wurde Abend, ehe die Anweisung kam. Man zog den Transport bei Tageslicht vor. Also musste für die Übernachtung gesorgt werden. Früh am folgenden Morgen würden die Gefangenen dann weiterwandern. Pferde für die Wachen konnten von den Höfen in der Umgebung angefordert werden, die die Pflicht hatten, Fuhrwerke zur Verfügung zu stellen.

Und wo sollten sie über Nacht eingeschlossen werden?

Der Postmeister überlegte gemeinsam mit dem Leutnant. Sie kamen zu der Ansicht, dass der beste Ort der rechte Schuppen außerhalb des Posthauses war. Die Tore waren fest. Die Wagen konnten leicht herausgezogen werden. Die Soldaten sollten abwechselnd Wache halten, die freie Mannschaft konnte in der Knechtekammer des Waschhauses schlafen, der Leutnant erhielt eines der Gästezimmer.

Dann wurden die Russen geholt. Alle Bewohner des Posthauses warteten entweder auf dem Hof oder hinter den Fenstern, um die berühmt-berüchtigten fremden Männer zu sehen. Das hier war ja dieselbe Sorte von Räubern, die schon früher die Küste heimgesucht hatten, von denen alle hatten erzählen hören, die schwarzen Männer, die in den Schauergeschichten vorkamen, ihre Söhne wahrscheinlich.

Sie kamen in einer Reihe hintereinander. Zuerst kamen der Leutnant und ein mit einem Gewehr und einem spitzen Bajonett bewaffneter Soldat. Dann kamen die acht Russen. Neben ihnen gingen zwei Soldaten, einer auf jeder Seite, zum Schluss kam noch einer. Die Gefangenen marschierten nicht im Gleichschritt, einige sahen zu Boden, andere begegneten den Blicken der Neugierigen. Einer der Russen war ein wenig jünger als die übrigen. Er war blond, hatte ein offenes, freundliches Gesicht. Als die Schar auf dem Hofplatz vor dem Posthaus angelangt war, kommandierte der Leutnant: »Halt!« Alle blieben stehen.

Zwei der älteren dunkelhaarigen Russen flüsterten einander etwas zu. Der Blonde sah sich um, ein wenig neugierig, betrachtete die Wartenden, den Postmeister, den Hauslehrer, den Postschaffner, den Knecht, Laura, Johanna. Er ließ seine Blicke von einem zum anderen wandern, es schien so, als ob er alle kennen lernen wollte. Dann hob er die Hand und machte eine Bewegung, die offenbar eine Begrüßung darstellen sollte. Er hielt die Hand eine Weile hoch und sagte ein Wort. Niemand antwortete, da keiner verstand, was er sagen wollte. Da wiederholte er das Wort.

Das Schweigen dauerte an, niemand wollte den Feind begrüßen.

Dann begannen einige der Soldaten mit Sigurds Hilfe, die Wagen herauszuziehen. Es waren zwei Wagen mit großen Speichenrädern, die man leicht herausrollen konnte. Bald standen sie nebeneinander auf dem Hofplatz.

Der Leutnant dirigierte, die Soldaten brachten die Gefangenen in den leeren Schuppen und verschlossen die Türen. Ein Soldat hielt davor Wache, die anderen gingen in das gegenüberliegende Gebäude, um nachzusehen, wie es um die Schlafplätze bestellt war.

Sie kamen bald wieder heraus. Ja, sie würden Platz haben. Aber sie benötigten Stroh, um darauf schlafen zu können. Sigurd zeigte ihnen den Stall, wo sie ihre Schlafsäcke mit Stroh füllen konnten. Decken konnten sie ausleihen, es gab genug in der Vorratskammer des Brauhauses.

Dann wurden die Soldaten in die Küche eingeladen, wo sie Abendessen erhielten. Als sie gegessen hatten, wurde der Wachhabende abgelöst, er sollte ja auch etwas bekommen. Der Neuankömmling hielt sich etwas länger dort auf als die anderen. Er hieß Lukas Andersson und stammte aus Torshälla, er gehörte dem Södermanland-Regiment an, ebenso wie die übrigen Soldaten.

Laura fragte, ob die Russen gefährlich wären.

»Wenn man nicht aufpasst, können sie schon gefährlich sein«, antwortete Lukas. »Aber wir wissen, wie man mit Kosaken umgehen muss.«

»Was macht ihr denn mit ihnen?«, wollte Laura wissen.

»Wenn jemand aufsässig wird, erhält er Prügel, aber meist reicht schon die Androhung. Die meisten haben begriffen, dass sie am besten fahren, wenn sie sich ordentlich verhalten.«

»Bekommen sie jetzt Abendbrot?«

»Das entscheidet der Leutnant, aber es reicht sicher, wenn sie Wasser bekommen.«

Die Dämmerung war inzwischen angebrochen. Der letzte Gast bedankte sich und ging; seine Kameraden richteten sich für die Nacht ein, der Leutnant kam von seinem Essen mit dem Postmeister zurück. Er gab Anweisungen für den folgenden Tag, sah nach der Wache und stellte einige Fragen.

Ja, Wasser sollten sie auch bekommen, sowie einen Eimer, um ihre Notdurft verrichten zu können, falls er noch nicht vorhanden war.

Der Leutnant ging hinauf ins Gästezimmer. Johanna holte einen Eimer und einen Becher, aus dem die Gefangenen trinken konnten. Sie ging selbst zum Brunnen und füllte ihn, übergab dem wachhabenden Soldaten den vollen Eimer.

»Sollten sie nicht auch etwas zu essen bekommen?«, fragte sie.

»Der Leutnant hat nichts davon gesagt«, antwortete der Wachhabende.

»Etwas sollten sie aber doch bekommen.«

»Ja, es ist wohl nicht verboten, ihnen etwas zu geben.«

Johanna ging in die Küche und kam mit einem Laib Brot und acht Äpfeln zurück. Der Soldat nahm die Esswaren entgegen. Johanna blickte auf die verschlossene Tür, sie meinte, direkt an der Ritze neben der Türangel ein Auge erkennen zu können. Als der Soldat aufschloss, sah sie, dass es der blonde Russe war, der dort stand. Ihre Blicke trafen sich. Der Russe lächelte sie an und sagte etwas in seiner Sprache. Der Soldat übergab das Essen und schloss wieder ab. Johanna ging zurück in die Küche. Es war noch nicht richtig dunkel, es war ein milder und schöner Abend.

Um halb zehn ging Johanna hinaus, um Holz zu holen. Sie sah zu dem Schuppen hinüber, in dem sich die Gefangenen befanden. Der Wachposten stand draußen, er stützte sich auf sein Gewehr, es sah gefährlich aus, da das spitze Bajonett direkt neben seinem Gesicht aufragte. Johanna ging langsam, nickte dem Wachposten zu, er nickte zurück.

Da hörte sie, wie Gesang aus dem Schuppen herausdrang, schwacher, aber schöner Gesang, mehrstimmig. Sie blieb stehen und lauschte. Die Gefangenen sangen, es klang wie ein Choral, aber es war ein ungewöhnlicher Choral, es klang anders als die schwedischen Lieder.

Dann verstummte der Gesang. Jemand begann, mit eintöniger, leiernder Stimme zu sprechen. Die Stimme machte eine Pause, die anderen wiederholten einige Worte, dann übernahm die einsame leiernde Stimme wieder und trug weiter auf ihre eintönige Weise vor.

Johanna nahm an, dass dort eine Art Gottesdienst abgehalten wurde. Die Russen waren ja Christen, aber auf eine andere Art als die Schweden, das wusste sie. War das hier ihr Abendgebet?

Sie verweilte noch etwas. Jetzt sah sie, dass auch der Soldat zuhörte, er schien weniger schläfrig zu sein als vorher.

Der Gesang wurde wieder aufgenommen, zum dritten und zum vierten Male. Es klang sehr schön, helle Stimmen gemischt mit dunklen.

Dann blickte der Soldat zur Seite, so als ob er gerade etwas entdeckt hätte. Johanna folgte seinem Blick und sah, dass jemand hinten auf dem Hofplatz neben der Hecke stand, eine kleine Person, ein junger Mensch. Sie konnte in der Dämmerung nicht erkennen, wer es war.

Da begann der Unbekannte auf den Schuppen zuzugehen. Er ging langsam, blieb stehen, lauschte, ging weiter. Und jetzt sah Johanna, dass es ihr eigener Bruder Lars war, der vor ihr stand.

Zuerst wunderte sie sich. Aber dann fiel ihr ein, dass Lars ja einmal zusammen mit ihr hier gewesen war. Hatte er tatsächlich begonnen, allein nach Grisslehamn zu kommen, ohne dass sie davon wusste? Vielleicht hatte er die Russen im Hafen gesehen und war mit ihnen hergekommen.

Johanna sagte nichts, sie wollte Lars sehen und hören lassen, ohne ihn zu stören.

Der Gesang ging weiter. Lars stand ganz still da. Als der Gesang endete und auch das Gebetsgemurmel aufgehört hatte, stand er noch eine ganze Weile dort. Da trat Johanna zu ihm hin.

»Lars«, sagte sie.

Er blickte sie an, ohne etwas zu sagen, er sah jedoch durchaus nicht ängstlich aus.

»Sie werden Grisslehamn morgen früh verlassen«, sagte sie.

Er nickte und lächelte. Dann ging er. Johanna blieb stehen und sah, wie er im Dunkeln verschwand.

So schnell, wie der Leutnant gehofft hatte, konnten sie am Morgen nicht aufbrechen. Drei Pferde waren eingetroffen, zwei weitere sollten unterwegs von Tomta sein, aber irgendetwas hatte sie aufgehalten.

Die Gefangenen wurden weiter in dem Schuppen gelassen, aber die Tür wurde für eine Weile angelehnt, wahrscheinlich um zu lüften, es befanden sich ja acht Männer dort drinnen und ein Latrineneimer, der vermutlich voll war.

Dann erhielten sie Frühstück, Wasser, Brot und ein wenig Salz.

Die Pferde waren unterdes eingetroffen, die Gefangenen wurden hinausgeführt. Aber in letzter Minute musste noch etwas an einem Sattel repariert werden, und die Abreise wurde noch einmal verschoben. Johanna hatte gesehen, was vor sich ging, sie war in der Küche und musste mehrere Male draußen etwas erledigen. Jetzt sah sie, dass sich die Gefangenen hingesetzt hatten und auf die Abreise warteten.

Gleichzeitig erblickte sie Lars. Er saß ebenfalls auf der Erde, ein wenig entfernt zwischen zwei Büschen, dicht an der Hecke am Tor. Er war kaum zu sehen.

Johanna ging zu ihm hin und sagte ihm guten Tag. Er blieb sitzen, lächelte sie jedoch an. Als sie ins Haus zurückging und sich umdrehte, sah sie, dass er ihr folgte.

Lars ging langsam auf die Gefangenen zu. Einer der Wachsoldaten bemerkte ihn und sagte etwas, aber Lars ging weiter. Da machte der Soldat einen Schritt auf Lars zu und hob das Gewehr, nicht direkt gegen ihn, mehr um Autorität zu zeigen. Aber Lars kümmerte sich nicht um den Soldaten, er ging zu den Gefangenen hin und setzte sich ungefähr zwei Meter entfernt von dem nächsten Russen auf den Boden. Es war der Blonde. Der Soldat ließ es geschehen.

Der Gefangene lächelte Lars an, dieser lächelte ebenfalls. Sie betrachteten einander eine Weile schweigend und lächelten die ganze Zeit über.

Dann sagte der Russe etwas, einige wenige Wörter nur, er sprach sie langsam und deutlich aus.

Johanna war in einiger Entfernung von der Gruppe stehen geblieben. Sie hörte die Worte des Russen und sah Lars' Gesicht. Er nickte langsam im selben Takt mit den Wörtern des Russen.

Der Russe wiederholte seine Worte, genauso langsam und deutlich wie das erste Mal. Und jetzt sprach Lars die Worte des Russen nach. Das Gesicht des Russen leuchtete auf, und er sprach weiter, langsam und sehr deutlich. Diesmal waren es andere Wörter.

Lars sprach sie wieder nach, genauso langsam wie der Russe und mit ebenfalls deutlicher Stimme. Der Russe sprach weiter, jetzt waren es wieder neue Wörter.

Da sagte Lars etwas ganz anderes. Er sprach ganz unbekannte Wörter, die ein wenig an die erinnerten, die der Russe gebraucht hatte. Mit singender Stimme sprach er die Worte, langsam und deutlich, Silbe für Silbe.

Johanna konnte ihn nicht verstehen. Der Russe jedoch sah nicht ganz verständnislos drein. Er lächelte wieder und antwortete mit denselben Wörtern, die Lars gerade benutzt hatte.

Dieser seltsame Austausch von Wörtern zwischen Lars und dem Blonden ging eine ganze Weile so weiter. Jetzt hatten alle auf dem Hof das Gespräch bemerkt, sie ließen ihre Tätigkeiten ruhen, die Pferdeknechte hielten Halfter und Zaum fest, aber sie sahen zu Lars und dem Russen hinüber. Die bewaffneten Soldaten standen ganz still mit gesenkten Gewehren und horchten erstaunt auf die Wörter, die sie noch nie gehört hatten.

Dann wurde das Gespräch von dem Leutnant unterbrochen. Er rief einen Befehl. Die Soldaten befahlen den Gefangenen aufzustehen, die Pferde wieherten, die Russen wurden in Reih und Glied aufgestellt, die ganze Gruppe begann sich langsam in Richtung Straße in Bewegung zu setzen.

Lars folgte in einem Abstand hinterher. Der Blonde drehte sich ein paar Mal um und blickte ihn an. Als die Schar ein Stück weit auf der Landstraße vorangekommen war, blieb Lars am Wegrand stehen. Johanna war nicht mitgegangen, sie hatte nicht gesehen, welchen Weg ihr Bruder eingeschlagen hatte, als er verschwand, aber sie nahm an, dass er nach Hause gegangen war.

Große Verluste

Kristoffer hielt sich eine Zeitlang auf Åland auf. Er wurde beim Wiederaufbau der Telegrafenstationen gebraucht. Neue Leute mussten angelernt werden, die neue Signaltabelle war gerade in Gebrauch genommen worden, und er war derjenige, der einweisen und dafür Sorge tragen musste, dass alles funktionierte. Denn jetzt war die Verbindung über das Meer für die schwedische Küste wichtiger als je zuvor. Die Kuriere gelangten unter großen Schwierigkeiten von der finnischen Front nach Åland, die Reise durch das vom Krieg verwüstete Land konnte bis zu einer Woche dauern. Wenn sie jedoch erst einmal in Eckerö am Åländischen Meer angekommen waren, konnten die Nachrichten in weniger als einer Stunde nach Stockholm gesendet werden. Und hier waren schnelle Telegrafisten und harte Disziplin erforderlich. Die Dienstvorschriften waren in jeder Telegrafenhütte zwischen Åland und Stock an der Wand angeschlagen:

Der Telegrafist, der 434 sendet, wenn die nächste Telegrafenstation zu sehen ist, wird mit Prügel oder, falls es öfter vorkommt, mit härteren Maßnahmen bestraft.

Jeder Telegrafist wusste, dass die Zeichenkombination 434 nur gesendet werden durfte, wenn die Sicht schlecht war oder irgendein anderes Hindernis auf dem Weg zur nächsten Station auftrat.

434 zu senden, wenn man gute Sicht hatte, bedeutete Prügelstrafe, oder Gefängnis, wenn man den Fehler wiederholte.

Wahrscheinlich waren es diese harten Kriegsvorschriften, die Kristoffer dazu veranlassten, von Mitteilungen an

Johanna abzusehen. Sie wusste es, doch ging sie trotzdem so oft wie möglich zu Grisslehamn 1, der alten Station oben auf dem Berg. Sie hatte Albert angeboten, ihn am Teleskop abzulösen, wenn er irgendetwas zu erledigen hatte. Aber er wagte es nicht, jetzt im Krieg. Außerdem lag ja Grisslehamn 2 nur einen Steinwurf entfernt, und dort waren neue Signalisten, die er nicht so gut kannte. Würde er ihnen trauen können?

Wenn sie beide allein in der Hütte waren, ließ er Johanna jedoch trotzdem durch das Teleskop blicken, manchmal durfte sie auch den kleinen Feldstecher ausleihen.

Sie hielt Ausschau in Richtung Signilskär und hoffte, dass Kristoffer dort sein würde, wenn sie hinüberschaute, vielleicht stand er ebenfalls mit einem Feldstecher dort und beobachtete ihre Küste. In diesem Falle würden sich ihre Blicke treffen, davon war sie fest überzeugt. Denn wenn er am weitesten entfernt war, spürte sie seine Nähe am stärksten.

Sie entschloss sich, einen Brief zu schreiben. Die Postboote verkehrten ja wieder, zweimal die Woche, und es durften auch Passagiere mitfahren. Aber Johanna hatte nicht frei, sie konnte nicht hinüberfahren. Deshalb schrieb sie, benutzte die kurzen alltäglichen Worte, die am meisten aussagten.

Damals, als wir spazieren gingen, schrieb sie.
Und damals, als du meine Hand hieltest.
Wenn wir uns wiedersehen werden.
Es kann eine Zeit vergehen, aber wir wissen es.
Du weißt es.

Der Brief ging mit dem Postboot am Donnerstag ab. Johanna hatte sich ausgerechnet, dass Kristoffer ihn schon am selben Tag erhalten müsste. Das Postboot legte in Signilskär an, ehe es nach Eckerö weiterfuhr, also müsste er den Brief erhalten, einerlei, wo er sich gerade aufhielt.

Johanna beobachtete, wie das Boot früh am Morgen von Grisslehamn ablegte; es wehte ein mäßiger aus Westen kommender Wind, ein guter Wind. Sie hoffte, dass Kristoffer den Brief kurz nach zwölf würde lesen können, spätestens jedoch am Nachmittag.

Mittags ging sie unter einem Vorwand hinauf zur Telegrafenstation, blickte durch den Feldstecher, wollte sehen, ob das vibrierende Licht über den Schären sich etwas verändern würde, heller werden, die Farbe wechseln würde. Lange hielt sie Ausschau, das Auge ermüdete, sie blinzelte, aber sie wusste, dass sie aushalten musste. Und da passierte es. Die Farben wurden schwächer, es entstanden kleine Sternenmuster, die langsam sämtliche Nuancen des Regenbogens annahmen. Es war direkt über der Signalstation da drüben, genau dort, wo sich Kristoffer gerade aufhielt.

Das Auge tränte, sie senkte den Feldstecher und trocknete sich mit einem Zipfel ihres Blusenärmels die Augen, sah wieder hinüber. Jetzt waren die Farben verschwunden, alles sah wieder aus wie vorher. Aber Johanna wusste, was sie gesehen hatte.

Die Wochen vergingen, Kristoffer blieb weiter auf Åland, sie hatten einander schon mehrere Briefe schreiben können. Der Juni kam und mit ihm eine Hitzeperiode, und jetzt erreichten die schlechten Nachrichten vom Krieg in Finnland auch Schweden. Jeden Tag empfing Grisslehamn 1 Mitteilungen, die weitergeleitet wurden. Johanna sprach oft mit Albert, sie erfuhr einen Teil, aber nicht alles. Trotzdem hatte sie begriffen, dass die Sache nicht gut stand. Und als dann ein Kurier mit dem Schiff kam und eine Stunde auf Pferd und Wagen warten musste, erfuhr Johanna mehr. Sie brachte dem jungen Mann etwas zu essen und zu trinken, er berichtete, dass die Soldaten inzwischen Mangel an Kleidung und Proviant litten. Und Krankheiten breiteten sich aus. Die Feldkrankheit forderte genau so viele Menschenleben wie die Kugeln und Bajonette der Feinde.

Nachdem wiederum zwei Wochen vergangen waren, traf ein weiterer Kurier ein, ein junger Fähnrich vom Regiment Björneborg, das bei Nykarleby unter der Führung des Obersten von Döbeln gesiegt hatte. Er berichtete, dass Hilfstruppen aus Schweden, die versucht hatten, bei Lemo und Vasa an Land zu gehen, von den Russen zurückgeschlagen worden waren. Gleichzeitig waren englische Linienschiffe in das Åländische Meer gesegelt. Gemeinsam mit den schwedischen Schiffen hatten sie die Schiffe der russischen Flotte im Hafen von Baltischport an der estländischen Küste in der Nähe des Finnischen Meerbusens eingeschlossen. Es schien so, als ob die Russen ihre Stärke im Krieg zu Lande hatten, sie erhielten ständig Verstärkung, jetzt hatten sie schon vierundzwanzigtausend Soldaten, doppelt so viele wie die schwedischen und finnischen Truppen. Aber Schweden verteidigte sich recht gut auf dem Meer und in den Schären.

Den ganzen Juli über regnete es, die Wärme allerdings dauerte an. Kristoffer befand sich immer noch auf Åland. Er hatte Johanna mitgeteilt, dass die Frist seiner Abkommandierung verlängert worden sei. Er wurde dort gebraucht, und er konnte nichts dagegen tun. Aber er hatte Sehnsucht und Hoffnung. Er schloss alle seine Briefe mit demselben Satz: *Bald werden wir wieder beieinander sein.*

Jetzt war König Gustav IV. Adolf nach Åland gekommen, um von dort aus den Krieg zu überwachen. Als das in Grisslehamn bekannt geworden war, nahm Johanna an, dass Kristoffer vermutlich dort bleiben musste, solange sich der König dort aufhielt. Der Krieg hatte die Befehlsgewalt. Und zum ersten Mal dachte sie, dass es ein Krieg der Männer sei. Die Frauen warteten zuhause, und die Männer führten Krieg. Sie fragte Laura, ob diese glaubte, dass es immer so sein müsse.

»Nein, es *muss* wohl nicht so sein«, antwortete Laura. »Aber es ist so, und wie soll man es ändern?«

»Irgendjemand wird es wohl wissen.«

»Jesus hat ja gesagt, wie es sein soll, er will, dass wir auch die andere Wange hinhalten und nicht zurückschlagen sollen.«

»Aber diejenigen, die Krieg führen, kümmern sich sicher nicht um das, was Jesus gesagt hat.«

»Nein, sie gehen zwar zuerst in die Kirche, aber dann ist ihnen Jesus gleichgültig, und sie ziehen in den Krieg.«

»Wenn sich nun aber jemand weigert?«

»Dann wird er auf der Stelle erschossen, das weißt du wohl.«

»Es gibt also keinen Ausweg?«

»Ich weiß es nicht, es sollte wohl einen geben, man müsste nur darauf kommen.«

»Vielleicht fällt den Frauen ein, wie man den Krieg loswerden könnte.«

»Warum glaubst du das?«

»Ich weiß nicht, warum ich es glaube, ich habe das Gefühl, dass es so ist.«

»Ja, vielleicht hast du Recht.«

Keine von ihnen wusste es jedoch. Johanna dachte weiter darüber nach, und sie kam einige Male wieder darauf zu sprechen. Laura hatte keine Antwort. Trotzdem unterhielten sie sich immer wieder über den Krieg, über die Männer und deren Schweigen und über die Frauen und deren Sehnsucht.

Im August gab es einige gute Nachrichten. General Adlercreutz hatte die Russen bei Alavo zurückgeschlagen, von Döbelns Björneborger hatten bei Kauhajoki gesiegt, die Kanonenboote der Schärenflotte hatten die russischen Schiffe bei Grönvikssund in den Schären vor Åbo zurückgedrängt.

Es waren offenbar die guten Neuigkeiten, die von den Kurieren und Reisenden, die in Grisslehamn Station machten, am liebsten erzählt wurden. Manchmal jedoch berichtete ein müder Bote von erschöpften Offizieren und todkranken Soldaten, die der Truppe nicht mehr folgen konnten und am Straßenrand lagen und starben. Denn jetzt wurden in der finnischen Armee die Nahrungsmittel knapp, es kamen keine Lieferungen aus Schweden, die Soldaten liefen in Lumpen herum, einige humpelten ohne Schuhe weiter.

Im Herbst verschlimmerte sich die Lage der Armee in Finnland, trotzdem versiegten die Berichte über einzelne Siege gegen die überlegenen Russen nicht, von Döbelns Streitkräfte hatten bei Jutas gesiegt, und Oberst Sandels den Feind bei Virta bro zurückgeschlagen. König Gustav IV. Adolf saß in seinem Hauptquartier auf Åland und glaubte immer noch, dass er den Krieg gewinnen würde. Truppen aus Schweden waren unterwegs nach Åland.

Anfang Oktober trafen mehr als tausend Soldaten in Norra Väddö ein. Sie wurden in den Dörfern rund um Grisslehamn einquartiert, in Tomta, Byholma, Trästa, Häverö und Fjäll. Die Soldaten schliefen in Scheunen und in Schuppen, einige in Zelten, andere in Bootshäusern und Waschküchen, überall wo Schlafmöglichkeiten vorhanden waren, lagen Männer. Die Offiziere wohnten in der Kammer auf den Höfen; ein Oberst bezog eines der Gästezimmer im Posthaus, ein Major nahm ein anderes. Zwei Gästezimmer wollte der Postmeister jedoch freihalten, es konnten unerwartet Gäste von hohem Rang kommen, die Zeiten waren jetzt so.

Die Soldaten und Offiziere warteten ungeduldig auf die Schiffe, die sie über das Meer bringen sollten. Aber die Schiffe ließen auf sich warten.

Ein Kurier des Königs traf aus Åland ein. Warum kamen die Truppen nicht?

Eine weitere Woche verstrich. Es kam noch ein Kurier. Er blieb über Nacht, hatte Nachrichten für Stockholm, aber er konnte auch von dem allerletzten Landungsversuch auf dem finnischen Festland bei Helsinge nördlich von Åbo berichten. Er war selbst dabei gewesen.

Johanna hörte ihn seine Geschichte erzählen. Sie bediente gegen acht Uhr bei Tisch, als der Kurier zusammen mit dem Postmeister und den beiden einquartierten Offizieren zu Abend aß. Auch die Frau des Postmeisters und Magister Lindman waren zugegen. Der Kurier war ein sehr junger Fähnrich, höchstens siebzehn Jahre alt. Er gehörte dem Kronobergregiment an. Johanna hatte seinen Namen nicht gehört, vielleicht hatte er ihn gar nicht genannt, er befand sich ja in Gesellschaft von Vorgesetzten, hier galt nur der militärische Rang.

»Wir sprechen nicht gerne über Verluste, aber manchmal sind sie unvermeidbar«, sagte der Oberst.

»Unsere Jungen haben gut gekämpft, aber die Russen waren doppelt so viele«, antwortete der Kurier. »Wir haben ihnen empfindliche Verluste beigebracht, besonders zu Anfang der Kampfhandlungen. Am ersten Tag konnten wir weit vordringen, aber dann sind wir zurückgeschlagen worden.«

»Und was ist mit unseren eigenen Verlusten?«, wollte der Major wissen.

»Insgesamt haben wir in den ersten Tagen ungefähr achthundert Mann verloren«, antwortete der Kurier.

»Vielleicht völlig unnötigerweise«, murmelte der Major. »Es kommt mir so vor, als ob all diese kleinen Landungen hier und da nur dem Feind genützt haben. Wir sollten eine einzige große Landung der Truppen, unterstützt von der Artillerie, durchführen.«

»Leider waren wir gezwungen, unsere Kanonen zurückzulassen«, sagte der Kurier. »Das Feuer, das die Russen eröffnet hatten, als wir zum Strand hin zurückgeschlagen wurden, war vernichtend, und da sind auch viele unserer Kameraden gefallen.«

»Wie hat der König diesen Rückschlag aufgenommen?«, wollte der Major wissen.

»Ich war dabei, als der König nach unserer Rückkehr nach Åland zu den Truppen gesprochen hat«, antwortete der Kurier.

»Und was hat der König gesagt?«

»Er war ungnädig. Er hat Oberst Boije sehr streng und herablassend behandelt.«

»Vor der Truppe?«

»Ja, und er hat ihm den Schwertorden von der Brust gerissen und gesagt, er sei es nicht wert, den Orden zu tragen.«

»Ich kenne Boije sehr gut, er ist ein sehr mutiger Offizier und würde sich nie feige zeigen.«

»Wie haben es die Truppen aufgenommen, als der König Boije verunglimpft hat?«

»Die Soldaten ließen sich nichts anmerken, aber einige der Offiziere hatten Tränen in den Augen.«

»Das kann ich mir denken.«

»Aber die Unzufriedenheit des Königs traf auch die Mannschaften. Er nahm mehreren Regimentern ihre Ehrenfahnen ab und ließ bekannt machen, dass einige der Leibgarden ihre alten Namen nicht länger tragen dürften.«

»So stehen wir jetzt also da mit einem Krieg, der kaum zu gewinnen ist, und einem König, der seine eigenen Soldaten beschimpft, obwohl sie gut gekämpft haben.«

Der Oberst sah müde und enttäuscht aus. Der Major hatte einige Gläser Wein getrunken, und wahrscheinlich war das der Grund, weshalb er einen roten Kopf bekommen hatte. Die Gesellschaft saß eine Weile schweigend da, niemandem schien etwas einzufallen, das das Gespräch wieder hätte beleben können. Das, was gerade gesagt worden war, war etwas Unerhörtes, ein Majestätsverbrechen vielleicht, aber es hatten sich auch Abgründe aufgetan. Wenn der König kein Vertrauen zu seinen Streitkräften hatte, wie sollte da Schweden regiert werden können? Was passierte als nächstes?

Es war der Gastgeber des Abends, der alternde Postmeister, der das Schweigen brach.

»Lasst uns trotzdem auf Schwedens Sieg anstoßen«, sagte er.

Alle erhoben die Gläser und tranken. Der Postmeister lächelte den Gästen zu, einem nach dem anderen.

»Etwas sagt mir, dass die Zukunft Schweres bringen wird, oder dass dramatische Veränderungen notwendig sein werden«, sagte der Oberst.

»Es geht ja das Gerücht um, dass Russland und Dänemark Schweden in der Mitte teilen wollen, und dass sich jeder ein Stück davon nehmen wird«, sagte der Major.

»Vielleicht hat unsere Regierung die Gefahr nicht richtig erkannt«, antwortete der Oberst.

»Und in diesem Fall muss wohl jemand in der Regierung ausgetauscht werden.«

Neues Schweigen bei Tisch. Die Worte des Obersten waren beängstigend. Das Gespräch kam langsam und zögernd wieder in Gang, die Hausfrau brachte die Rede auf Speisen, Weine und auf Anna Maria Lenngren.

Als Johanna gegen Mitternacht nach dem Feuer im Zimmer des Majors sah, hörte sie die beiden Offiziere vom Salon heraufkommen. Sie standen eine Zeitlang vor den Gästezimmern und unterhielten sich; sie bemerkten Johanna nicht, die hinter der halboffenen Tür vor der Klappe des Kachelofens kniete. Sie konnte nur Bruchstücke der Unterhaltung verstehen, einzelne Worte und Sätze.

»Er muss weg.«

»Die Unzufriedenheit breitet sich immer weiter aus.«

»Eine Reihe führender Männer ist bereit.«

»Sobald wie möglich.«

»Es wird gesagt.«

»Solange er sich noch auf Åland befindet.«

Johanna erhob sich und ging durch die Tür auf den Flur hinaus. Die Herren nickten ihr zu, unterhielten sich weiter und kümmerten sich nicht um Johanna. Sie wünschte eine gute Nacht, blieb dann jedoch stehen und wandte sich an die Offiziere.

»Ich habe einen Freund auf Åland«, sagte sie. »Er ist Feldwebel bei der Leibgarde in Stockholm. Er heißt Kristoffer Lundström. Ich habe schon lange nichts mehr von ihm gehört, weiß einer der Herren vielleicht, wie ich ihn erreichen kann?«

»Alle werden hin- und herkommandiert«, antwortete der Oberst. »Und wenn er der Leibgarde angehört, dann ist er wohl beim König in Ungnade gefallen, und in diesem Fall weiß man nicht, wo er gelandet sein kann.«

»Können sie ihn nach Finnland geschickt haben?«

»Wer weiß, liebes Fräulein, wer weiß. Aber fragen sie den jungen Fähnrich, er kommt ja daher.«

Johanna bedankte sich für den Rat und verließ die Offiziere, die ihr Gespräch über etwas, das bald eintreffen würde, fortsetzten.

Am nächsten Morgen war sie vor allen anderen auf den Beinen. Sie wollte sicher sein, dass der Fähnrich nicht abgereist war, ehe sie mit ihm gesprochen hatte.

Als es hell wurde, kam er aus seinem Zimmer herunter; sie setzte ihm sein Frühstück vor, sah, wie jung er noch war, und trotzdem hatte er blutige Erfahrung mit dem Krieg gemacht.

Sie fragte ihn, ob er etwas über Kristoffer wusste. Er antwortete, dass er diesen Namen nicht gehört habe. Sie beschrieb Kristoffers Aussehen.

Er dachte eine Weile nach, suchte in seiner Erinnerung und antwortete, dass ein Mann dieses Aussehens bei der Landung dabei gewesen war. Ja, es war ein Feldwebel in der Uniform der Garde.

Und was war mit dem Mann geschehen?

Er wusste es nicht, es passierte so viel, viele fielen und blieben auf dem Strand liegen.

Nein, er wusste es nicht.

Johanna verließ ihn. Er beendete sein Frühstück und machte sich zur Abreise fertig. Nach einer Weile sah Johanna, wie sein Wagen auf der Landstraße fortfuhr.

Die Ruderer

Es wurde kälter, und im Oktober regnete es viel. Die Pfade und Kieswege in Grisslehamn wurden von Soldaten und Pferden ausgetreten, nie zuvor waren so viele Füße im Bereich des Hafens hin- und hergelaufen, in Erwartung der Schiffe, die nie kamen.

Dann trafen eines Tages zwei Kanonenboote aus Norrtälje ein. Die niedrigen, offenen Schiffe wurden von sechsundzwanzig Männern gerudert, auf jeder Seite befanden sich dreizehn lange Ruder, am Heck und am Bug stand je eine schwere Kanone, außerdem gab es noch vier leichte Haubitzen. Die Schaluppen kamen im Nebel aus Süden, fuhren an der Küste entlang und glitten fast lautlos in den Hafen. Plötzlich waren sie da. Kein Telegramm hatte ihre Ankunft angekündigt. Eine der Schaluppen fand im Hafen Platz. Die andere wurde draußen vor dem steilen Felsen vertäut. Ein Leutnant kletterte an Land, wurde von einem Offizier aus der wartenden Truppe empfangen. Zuschauer hatten sich schon eingefunden, meist waren es Soldaten und Fischer, auch Johanna ging nach einer Weile hinunter.

In dem Augenblick, als sie am Hafen ankam, begannen sich die ersten Ruderer zu strecken. Sie erhoben sich langsam, bewegten sich ungeschickt und vorsichtig, als sie auf der ausgelegten schmalen Laufplanke über die Reling an Land gingen.

Johanna stand direkt neben der Schaluppe, die im Hafen angelegt hatte. Der erste Mann, der an Land kam, war etwa fünfundzwanzig Jahre alt; er trug eine verschlissene Jacke und zerrissene Hosen, um seine Füße hatte er Sackleinen gewickelt. Der nächste Mann war genauso schlecht bekleidet. Seine Hosen sahen noch schlimmer aus. Er hatte sich Zeitungspapier um die Beine gelegt und dies mit einer Schnur umwickelt. Das Papier war zerfetzt und hing in Stücken um seine Waden; durch die Löcher konnte man die nackte rotgefleckte Haut erkennen. Beide Männer hatten sich Lappen um die Köpfe gewunden.

Als sie an Land gekommen waren, breitete sich zunächst um sie herum ein Schweigen aus. Die Soldaten warteten offenbar darauf, dass jemand etwas fragen würde. Dann jedoch setzte ein allgemeines Gemurmel ein, niemand kümmerte sich mehr um die zerlumpten Kerle. Und bald kamen weitere Männer aus der Schaluppe, genauso schäbig gekleidet, einige husteten, andere hinkten oder torkelten sogar.

Johanna stand in der Nähe eines uniformierten Mannes; er sah aus wie ein Offizier aus einer der wartenden Truppen. Sie fragte flüsternd, ob er wüsste, was das hier für armselige Kreaturen wären.

»Es sollen die Ruderer der Landwehr sein«, antwortete der Uniformierte.

»Warum sind sie denn so schäbig angezogen?«, wollte Johanna wissen.

»Sie sind zu Beginn des Sommers einberufen worden, als es warm war, und sie kamen in ihrer eigenen Kleidung, da gesagt worden war, dass sie ihre Ausrüstung vom Staat erhalten würden, aber man kann ja selbst sehen, wie es darum bestellt war.«

Weitere erschöpfte Ruderer kamen an Land. Der eine oder andere hatte noch eine etwas bessere Kleidung, aber die allermeisten gingen in Lumpen und Säcken. Es waren junge Männer, alle sahen schwach, müde und krank aus. Einigen ging es offensichtlich richtig schlecht. Sie wurden von ihren

Kameraden gestützt, und als sie an Land gekommen waren, fielen sie um und blieben liegen.

Innerhalb der nächsten Stunden trafen weitere drei Schaluppen aus Süden ein. Sie sollten als Transportschiffe für die wartenden Soldaten dienen.

An diesem Abend füllte sich der Hang an dem kleinen Hafen mit erschöpften Ruderern. Feuer wurden angezündet, Soldaten und Ortsansässige halfen dabei, Speisen wurden gebracht, Brot, Trockenfisch, Kartoffeln und Rüben. Bald kochte die Suppe in den rußigen Kochgeschirren, die müden Landwehrmänner aßen und schliefen nach einer Weile um die Feuer herum gelagert ein. Sie lagen dicht aneinander gedrängt dort, notdürftig geschützt von denselben zerrissenen Säcken, in die sie sich auf dem Meer eingewickelt hatten – statt der Jacken und Decken, die ihnen versprochen worden waren, die sie jedoch nie erhalten hatten.

Am nächsten Morgen begann die Einschiffung der wartenden Soldaten. Die Schaluppen boten Raum für mindestens sechzig Männer, für achtzig, wenn sie dicht nebeneinander standen. Als die sechsundzwanzig Ruderer Platz genommen hatten, konnten ungefähr fünfzig Mann an Bord jeder Schaluppe gehen.

Die Ruderer bewegten sich langsam, aber die Schaluppen gewannen an Fahrt, und bald befand sich die ganze Reihe schwer beladener Transportschiffe auf dem Weg über das Åländische Meer. Etwas weiter draußen erhielten sie guten Fahrtwind, und die Besatzungen richteten Masten und Segel auf, die in jedem der Schiffe verstaut gewesen waren.

Acht Stunden später waren sie zurück in Grisslehamn. Ehe die wartenden Truppen an Bord gingen, wurden einige Ruderer aus zwei der Schaluppen an Land gebracht. Sie waren krank und konnten nicht mehr weiter. Sie blieben im Hafen sitzen, während Soldaten mit Gewehren an Bord gingen. Die Einschiffung ging weiter, drei Tage später befanden sich keine Soldaten mehr im Hafen unterhalb des Posthauses. Statt dessen jedoch waren neun kranke Landwehrmänner nach Grisslehamn gekommen.

Niemand wusste, was mit den erschöpften Männern geschehen sollte. Es war ja vollkommen klar, dass sie Hilfe benötigten. Niemand von der Truppe war in der Nähe, der sich um sie kümmern konnte.

Wie ansteckend war jedoch ihre Krankheit, konnte man sie in irgendeinem Wohnhaus unterbringen? Zwei der Männer phantasierten und hatten Ausschlag im Gesicht, und vermutlich hatten auch einige Fieber. Sie baten ununterbrochen um Wasser. Einer von ihnen litt an Durchfall, er schleppte sich ein Stück zur Seite, verschwand hinter einem Busch, als er zurück kam, führte er den ekelhaften Geruch einer schweren Magenkrankheit mit sich.

Es war die Aufgabe des Postmeisters, das Problem zu lösen. Er war der höchste Beamte in Grisslehamn, und es ergab sich von selbst, dass er entscheiden sollte. Er bat Johanna, mit hinunter zum Hafen zu gehen, es mussten ja Essen und Getränke beschafft werden.

Die kleine Schar hatte den Ort, an dem sie an Land gesetzt worden war, nicht verlassen. Einige der Männer lagen auf dem Boden, andere saßen im Halbschlaf auf Steinen und Brettern. Aber einer der Männer stand auf, er sah ganz ordentlich aus; der Postmeister stellte sich vor, der Mann sagte, er heiße Anders Ludvigsson und käme aus Lovön im Mälar. Der Postmeister fragte, wie es den am Strand abgesetzten Ruderern ginge.

»Einige haben die Feldkrankheit«, antwortete Anders Ludvigsson. »Die übrigen haben vielleicht etwas anderes, oder sie haben alle dieselbe Krankheit.«

»Grassiert diese Krankheit schon lange unter der Mannschaft auf den Schiffen?«, fragte der Postmeister.

»Sie hat sich erst in letzter Zeit so ausgebreitet, aber inzwischen sieht es so aus, als ob sie jeden Tag Leute dahinrafft.«

»Und wie geht es dir selbst?«

»Mir geht es jetzt besser, aber ich bin zusammengebrochen und konnte nicht mehr aufstehen, deshalb hat mich der Leutnant hier abgesetzt.«

»Wir werden euch etwas zu essen beschaffen, und dann werde ich dafür sorgen, dass ihr ein Dach über den Kopf bekommt.«

»Ich bedanke mich dafür, und ich weiß, dass ich im Namen aller meiner Kameraden spreche.«

»Es wird nicht mehr lange dauern.«

Der Postmeister und Johanna gingen zum Posthaus zurück. Unterwegs gab der Postmeister Anweisungen, es sollte Essen gekocht werden, Decken hervorgesucht, außerdem alte Kleidungsstücke aus der Vorratskammer ausgeteilt werden.

Innerhalb einer Stunde befand sich Sigurd mit dem ersten Arm voll Kleidung auf dem Weg zum Strand, er kehrte ins Posthaus zurück, holte Decken, dann kamen Johanna und Laura mit dem Essen in Körben, sie mussten ein paar Mal gehen.

Die Ruderer befanden sich noch an derselben Stelle. Aber fünf von ihnen begannen sofort, ihre Lumpen gegen die alten Mäntel und Uniformhosen zu tauschen. Sie redeten miteinander, einige lachten sogar. Als das Essen kam, fingen sie sofort an, sich darüber herzumachen. Drei der Männer waren liegen geblieben, kraftlos und desinteressiert.

Dann schloss Sigurd zwei der geräumigsten Schuppen hinten über dem Hafen auf. Er zeigte darauf und erklärte, dass man dort drinnen schlafen könne. Einer der Schuppen hatte einen gemauerten Abzug und einen Ofen, der andere konnte nicht geheizt werden, aber er hatte feste Wände. Und außerdem konnte man ja draußen ein Feuer machen.

Die Ruderer waren eine Woche später immer noch da. Johanna ging zweimal am Tag mit Essen hinunter und erstattete die ganze Zeit über dem Postmeister Bericht. Er hatte ein Telegramm an die Militärverwaltung in Stockholm geschickt und gefragt, was zu tun sei, aber er hatte keine Antwort erhalten. Vielleicht wurde das als etwas Unerhebliches betrachtet, jetzt wo so viele Soldaten und Landwehrmänner krank waren.

Der Postmeister war der Meinung, dass er im Sinne des Vaterlandes handelte, wenn er sich um die Verteidiger des Reiches kümmerte. Er bat Johanna also, ihnen weiterhin Essen zu bringen.

Ihre Berichte von dem Krankenlager beunruhigten ihn jedoch. Inzwischen ging es vier der jungen Männer richtig schlecht, die anderen schienen auf dem Weg der Besserung zu sein. Man hatte die Kranken zusammen in den einen Schuppen gelegt, diejenigen, denen es wieder besser ging, in den anderen. Johanna hatte ihre Decken mehrere Male gewechselt, sie hatten sich aufgerafft, alle litten sie an blutigem Durchfall, sie verrichteten ihre Geschäfte hinter den nächsten Büschen. Bald jedoch waren sie nicht mehr in der Lage aufzustehen, sie lagen in ihrem eigenen Kot, der Gestank war unerträglich.

Johanna versuchte, so lange es ging, sie sauber zu halten. Sie wurde beschmutzt, wechselte die Kleider und wusch sich jedes Mal, wenn sie aus dem Krankenschuppen zurückkam. Sie stand mit heißem Wasser und Seife im Waschhaus, kochte ihre Kleidung und schrubbte sich, bis ihre Haut rot wurde. Am nächsten Tag war es wieder genauso.

Sie bekam Halsschmerzen, hustete und spuckte Schleim. Und sie glaubte, dass sie sich angesteckt hatte. Nach zwei Tagen jedoch war es wieder weg, vielleicht war es etwas anderes gewesen.

Eines Morgens war einer der Männer tot. Als sie seine Hand berührte, war sie steif und kühl. Am Abend war dann noch ein anderer gestorben.

Innerhalb von vier Tagen waren alle vier gestorben. Als Johanna das dem Postmeister erzählte, seufzte er tief und saß lange schweigend da. Trotzdem war es nicht unerwartet gekommen.

Die Toten wurden in einem Wagen in die Kirche nach Väddö gebracht. Noch hatte man Zeit, sich um die Toten zu kümmern und dafür zu sorgen, dass sie ein Grab in geweihter Erde erhielten. Noch wusste man, wer die Toten waren.

In der letzten Novemberwoche hatte der Postmeister eine Anfrage von Carl Bartelgren aus Norrtälje erhalten. Sie kannten einander seit ihrer Jugend, jetzt saß Bartelgren im Magistrat der Stadt Norrtälje. Er war von den Streitkräften aufgefordert worden, sich nach Lieferanten für Lebensmittel umzusehen. Er hatte Briefe an die Leute, die er in den Küstenorten kannte, geschrieben, auch an seinen alten Freund in Grisslehamn. Gab es im Ort Fischer, die Salzhering auf Lager hatten?

Johanna hatte gehört, wie der Postmeister über Bedarf an Heringen gesprochen hatte. Sie hatte es ihrer Mutter gegenüber erwähnt, auf Nygården hatten sie ja genug Salzhering, der Fischfang im Sommer hatte gute Ausbeute gebracht, das wäre jetzt eine Gelegenheit, um an ein bisschen Bargeld zu kommen.

Maria hatte nicht lange darüber nachdenken müssen, sie hatte ihre Brüder gebeten, eine Tonne Salzhering nach Norrtälje zu bringen. Der Preis betrug ganze fünfzehn Reichstaler. Wenn Ruben und Filip zusammenfuhren, würden sie wohl aufeinander aufpassen und nicht das ganze Geld vertrinken.

Das war an einem Dienstag gewesen. Die Fahrt war auf den kommenden Freitag festgesetzt worden. Am Mittwochabend hatte Ruben Fieber bekommen, und er hustete Blut. Es war jedoch ein zu großes Risiko, Filip allein nach Norrtälje zu schicken, es konnte sein, dass er mit dem gesamten Betrag zurückkam, aber genauso konnte es passieren, dass er mit leeren Händen und betrunken wiederkam.

Maria fragte Johanna: Könnte sie sich wohl zwei Tage frei nehmen und mitfahren?

Johanna wollte es nicht, aber ihr schlechtes Gewissen ihrer Mutter gegenüber meldete sich und sie sagte zu, wenn auch sehr zögernd. Sie hätte sagen können, dass sie keinen Urlaub bekommen könnte, sie hätten im Augenblick zu viel zu tun im Posthaus. Sie sagte jedoch zu, ohne vorher zu fragen, ob sie frei bekommen konnte. Sie war gezwungen zu fahren.

Früh am Freitag, als es noch dunkel war, verließ der Wagen Nygården. Sie rechneten damit, gegen Abend in Norrtälje anzukommen, den Hering zu verkaufen und in irgendeiner Herberge am Hafen zu übernachten, um dann am folgenden Tag zurückzufahren.

Filip lenkte, Johanna saß neben ihm auf dem Kutschbock. Als sie sich Tomta näherten, bemerkte Johanna, dass Filip eingeschlafen war. Sie übernahm die Zügel. Nach einer Weile erhob sich Filip und verzog sich auf die Ladefläche, wo er unter einer Decke neben der festgezurrten Tonne weiterschlief.

Johanna hatte sich entschlossen, mit der Fähre bei Fjäll über die Bucht zu fahren. Sie hätte an der Kirche von Väddö vorbeifahren können, aber der Weg durch das Moor in Älmsta war zu dieser Jahreszeit sumpfig und riskant, deshalb machte sie dasselbe wie Fuhrwerke der Krone und die Postkutschen, sie wählte die Fähre, obwohl die Überfahrt mit Pferd und Wagen einen Viertelschilling kostete.

Filip wachte auf, als der Wagen von der Fähre herunterfuhr, aber er schlief schnell wieder ein. Johanna sah, dass er eine Flasche mitgenommen hatte und sie nahm an, dass er schlafen, aufwachen, einen Schluck nehmen und wieder weiterschlafen würde. Und sie hatte nichts dagegen, auf diese Weise würde sie von seinem dummen Gerede verschont bleiben.

In Ortla wurde das Pferd am Bach getränkt. Johanna aß etwas von dem Brot, das sie mitgenommen hatte. Filip war aufgewacht und ausgestiegen, um zu pinkeln. Als sie weiterfuhren, hielt er sich noch eine Weile wach, hatte sogar die Zügel genommen. Johanna hatte sich nach hinten gesetzt, um ihm aus dem Weg zu gehen.

In der Nähe von Söderby hielten sie an, damit sich das Pferd etwas ausruhen konnte. Filips Flasche war noch halbvoll. Er schlief wieder ein. Als sie nach Svanberga kamen, machte Johanna wieder eine Pause wegen des Pferdes. Im Gasthof kaufte sie für einen Viertelschilling ein Heubüschel und ließ das Pferd fressen und saufen. Unterdessen aß sie selbst neben dem Kachelofen im Gasthof eine Fleischsuppe für einen halben Schilling. Als sie fertig war und zu dem Pferd hinausgehen wollte, begegnete sie Filip, der gerade aufgewacht war. Er wollte ebenfalls etwas zu essen haben und meinte, dass Johanna ihn doch hätte wecken können. Sie antwortete, dass sie ihn nicht hatte stören wollen.

Er murmelte etwas über ihr sonderbares Benehmen.

Sie antwortete nicht.

Das Pferd hatte alles Heu gefressen und das Wasser, das Johanna in einem Eimer vor es hingestellt hatte, getrunken. Sie setzte sich hin, um zu warten. Filip ließ sich Zeit, es verging eine halbe Stunde, eine ganze Stunde. Als er herauskam, ging er auf unsicheren Beinen. Johanna merkte, dass er gegessen und getrunken hatte.

Sie fuhren los. Filip saß auf dem Bock, und als Johanna wieder nach hinten gehen wollte, sagte er zu ihr, sie solle sich neben ihn setzen. Sie reagierte nicht, gab vor, nichts gehört zu haben. Er wandte sich um und schrie sie an, sie solle gehorchen. Widerwillig kletterte sie über den Kutschbock nach vorn und setzte sich soweit wie möglich von ihm entfernt auf die Seite.

»Du kommst dir wirklich als etwas Besonderes vor«, sagte er.

»Ich habe nur das gemacht, was du selbst die ganze Fahrt über getan hast, ich hatte vor, mich da hinten etwas auszuruhen.«

»Du redest und redest, glaubst du nicht, dass ich merke, wie fein und vornehm du geworden bist?«

»Ich bin dieselbe, die ich immer gewesen bin.«

»Ja, du bist dir immer als etwas Besseres vorgekommen.«

Sie kamen an der Kirche von Estuna vorbei. Die Uhr schlug zwei, es war kalt und diesig, aber es regnete nicht, die Temperatur lag ein paar Grad über null. Der Weg war lehmig und ausgefahren, es schienen schwere Wagen gewesen zu sein, die hier während der letzten Tage vorbeigekommen waren.

Kurz vor der Abzweigung nach Malsta begegneten sie einer Postkutsche, die sich auf dem Weg nach Norden befand. Filip lenkte ganz an den Wegrand heran. Die Begegnung verlief ohne Unfall, trotzdem fluchte Filip, murmelte und nannte den entgegenkommenden Kutscher einen ungeschickten Tölpel. Johanna sagte nichts. Sie versuchte, die Ohren zu verschließen, aber das war schwierig. Sie näherten sich Norrtälje.

»Hat dich dieser Sergeant jetzt endgültig sitzen gelassen?«, fragte Filip plötzlich.

»Davon weiß ich nichts«, sagte Johanna.

»Aber alle wissen ja, dass du mit einem Sergeanten herumgelaufen bist.«

»Wenn es alle wissen, dann ist es trotzdem noch nicht bis zu mir vorgedrungen.«

»Jetzt bist du aber wirklich eingebildet. Jeder Mensch kennt schließlich diesen Sergeanten, und dass er jetzt weg ist, weiß auch jeder. Wahrscheinlich hat er ganz einfach eine andere gefunden.«

»Jetzt erzählst du irgendein Geschwätz, das du gehört hast, dass das jedoch wahr sein soll, ist wohl völlig abwegig.«

»Ja, du glaubst, dass du alles besser weißt. Aber du solltest nur einmal hören, was die Leute über dich sagen.«

Filip grinste. Johanna kümmerte sich nicht um ihn, sie antwortete nicht und hoffte, er würde aufhören. Gleichzeitig fühlte sie den Zorn in sich aufsteigen, denselben unvernünftigen Zorn, den sie ihm gegenüber schon damals zuhause in der Küche auf Nygården empfunden hatte. Dass Filip ekelhaft war, konnte sie wohl noch übersehen, dass er sich jedoch jetzt über ihre Liebe lustig machte, würde sie ihm niemals verzeihen. Früher hatte sie ihr Hass gegen Filip beunruhigt. Jetzt verharrte sie das erste Mal in ihrem Zorn gegen ihn, und das erschreckte sie nicht.

Sie fuhren nach Norrtälje hinein, sie fragten sich durch. Für Johanna war es das erste Mal, dass sie in der Stadt war, Filip war vor langer Zeit schon einmal da gewesen, aber er kannte sich nicht mehr aus. Am Fluss hatte man die Auswahl zwischen mehreren Wegen und Brücken. Ein kleiner Mann mit einem Holzkarren hatte auf dem Weg angehalten, sie fragten ihn. Er zeigte nach vorn und sagte, dass sie dort durch den Zoll müssten.

Und wo genau lag dieser?

Die Zollbrücke über den Fluss und dann den Weg am Deich entlang bis zu dem Zollhäuschen.

Doch, sie konnten ja sehen, in welche Richtung der Mann zeigte. Über die Brücke dahinten also?

Genau, das war die Brücke.

Sie fuhren über die Brücke und waren bald bei dem Zollhäuschen angelangt. Die Wache fragte, was sie bei sich hätten. Johanna berichtete von der Lieferung für die Streitkräfte. Die Wache hatte den Befehl erhalten, diejenigen durchzulassen, die mit Lebensmitteln für die Streitkräfte kamen.

Und wo befanden sich die Aufkäufer, wusste er das ebenfalls?

Unten im Hafen. Die Stora Tullportgata entlang am Rathaus vorbei und dann weiter auf der Posthusgata und der Tillfällegata.

Johanna nickte und versuchte, sich die Straßennamen zu merken.

Da war aber noch etwas. Der Wachhabende zögerte etwas, er sah bekümmert aus.

Ja, was denn?

Ja, sie sollten sich vor den Kranken vorsehen. In den letzten Tagen war eine Reihe von Leuten mit einer ansteckenden Krankheit in die Stadt gekommen.

Sie würden aufpassen. Johanna bedankte sich. Filip sagte nichts.

Langsam fuhren sie auf der städtischen Straße entlang, vorbei an langen Häuserreihen. Johanna hatte noch nie so viele Häuser auf einmal gesehen, und Läden und Geschäfte und Kneipen.

Als sie hinunter zum Hafen kamen, wurde es langsam dunkel. Sie fuhren an den letzten aneinandergebauten Häusern vorbei, bald gelangten sie zu lehmigen Grundstücken, die zwischen Hütten und Schuppen lagen. Und ganz vorn sahen sie das Wasser und die Masten der dort vertäuten Schiffe.

Hier waren nicht so viele Menschen wie oben in den Hauptstraßen. Zwei Männer zogen einen mit Brettern beladenen Wagen vorbei, eine Frau mit einem Sack auf dem Rücken kam aus einem Hof, zwei Kinder eilten dahin, ein Hund bellte, als sie vorbeifuhren. Vor vielen Häusern jedoch war alles leer und ruhig.

Da erblickte Johanna einige Männer, die an eine Hauswand gelehnt auf dem Boden saßen. Einer hatte die Beine direkt auf den Weg hinausgestreckt, und als der Wagen vorbeirollte, lag nur ein halber Meter zwischen dem Rad und seinen Füßen, die mit Lumpen umwickelt waren.

Johanna musste sofort an die kranken Ruderer in Grisslehamn denken. Diese Männer hier sahen genauso aus.

Am nächsten Haus saßen noch mehr Männer, zwei davon standen an die Wand gelehnt. Niemand von ihnen sagte etwas, aber als der Wagen vorbeifuhr, trat einer der Männer vor und hob die Hand. Filip hielt das Pferd an.

»Kannst du uns helfen?«, murmelte der Mann.

»Womit sollen wir dir helfen?«, fragte Johanna.

»Uns wurde gesagt, dass es hier ein Krankenhaus geben soll, weißt du, wo es liegt?«

»Wir sind fremd hier, wir kennen uns in der Stadt nicht aus, wir sind erst vor kurzem hier angekommen.«

»Ja, dann wisst ihr es nicht.«

»Nein, aber wer seid ihr?«

»Ich und meine Kameraden hier sind Landwehrleute, wir sind heute Morgen auf unserem Schiff hier angekommen, und alle sind krank. Man lässt uns nirgendwo hinein, alle scheinen Angst vor uns zu haben.«

»Es tut mir leid, mein Freund, aber ich kann dir keinen Rat geben, da ich selbst nicht weiß, wohin ich mich jetzt wenden soll.«

»Trotzdem danke für die freundlichen Worte.«

Der Mann zog sich zurück und setzte sich wieder zwischen die anderen zerlumpten Männer an der Hauswand. Filip knallte mit den Zügeln, und das Pferd setzte sich in Bewegung.

Sie fanden ein Lagerhaus unten am Kai, wo sich die Streitkräfte aufhielten. Der Verkauf ging schnell vonstatten, sie erhielten die versprochenen fünfzehn Reichstaler. Filip steckte das Geld in die Tasche.

Wusste der Lagerhausverwalter vielleicht, wo man in der Nähe ordentlich übernachten konnte?

Ja, er zeigte und erklärte. Auf der anderen Seite des Flusses gab es einen Holzhändler, der Übernachtungsgäste in einem Lagerhaus aufnahm, er hatte auch einen Verschlag für das Pferd. Die Streitkräfte brachten oft Soldaten dort unter, aber im Augenblick gab es genug Platz.

Sie wurden in dem Lagerhaus, das einer Scheune glich, einquartiert. Filip blieb nicht lange dort. Er sagte zu Johanna, dass er ausgehen und sich umsehen wolle, und zwar allein, sie würden sich dann am nächsten Morgen vor der Heimfahrt wieder treffen.

Was sollte Johanna dagegen machen? Sie wurde Filip zwar los, aber sie begriff, dass er vermutlich auch das Geld loswerden würde.

Sie sah, wie er wegging und folgte ihm in einiger Entfernung. Er blieb stehen und fragte Leute nach irgendetwas, und sie konnte sich schon denken, wohin er gehen wollte.

Nach einer Weile gesellte sich jemand zu ihm, ein unbekannter Mann. Vielleicht hatte er einen Zechgenossen gefunden, vielleicht hatte er ihn eingeladen. Johanna befürchtete es. Sie gingen zu einigen Häusern am Fluss, vorbei an einem Hof mit einem breiten Tor, blieben an einem Steinhaus mit hohem Schornstein stehen, gingen dann weiter bis zum nächsten Haus und betraten einen Hof.

Johanna ging bis zur Hausecke vor, wartete etwas, bis sie den Männern folgte. Der Hof war auf drei Seiten von Häusern umgeben, an der einen Hauswand stapelten sich Karren, Strohballen und Kisten. Johanna konnte Stimmen hören, sie sah jemanden herauskommen, trat schnell hinter einen der Heuballen und hockte sich hin.

Der Mann ging an ihr vorbei, blieb stehen und pinkelte gegen die Hauswand, dann ging er wieder in das Haus zurück, aus dem er gekommen war. Sie konnte einen Mann mit einem Glas in der Hand erkennen, und sie hörte Lärm und Gelächter, sie nahm an, dass es ein Wirtshaus war.

Johanna dachte: Dort wird er sicherlich in den nächsten Stunden bleiben, vielleicht sogar die ganze Nacht über, ich werde später zurückkommen.

Sie ging zurück in die Herberge, sah nach dem Pferd, das in einem Verschlag zwischen anderen Pferden stand. In dem Stall lag Heu bereit, sie gab dem Pferd ein wenig Nachtfutter.

Johanna hatte einen Schlafplatz ganz hinten in der Scheune an einer Wand erhalten. Das Bett bestand aus einer länglichen mit Stroh gefüllten Kiste hinter einer Trennwand. Die Betten nebenan waren leer, aber etwas weiter weg bewegten sich Menschen. Sie konnte leise Stimmen hören, einen Mann und eine Frau, die miteinander sprachen, auch das Lallen eines Kindes war zu hören. Als sie sich an die Dunkelheit gewöhnt hatte, konnte sie auch Gestalten unterscheiden. Es war jedoch schön ruhig, wie lange auch immer das nun dauern würde. Filip war noch nicht zurückgekommen.

Johanna ging wieder hinaus, sie blieb auf dem Hof vor der Herberge. Der Besitzer wohnte direkt gegenüber, die Fenster waren beleuchtet. Jetzt kam jemand aus der Türe, eine Frau mit einem Eimer in der Hand, wahrscheinlich eine Magd. Johanna grüßte, die Frau beantwortete den Gruß, setzte jedoch ihren Weg zum Brunnen hin fort. Dort blieb sie stehen, und als sie den Eimer voll Wasser nach oben zog, trat Johanna zu ihr hin.

»Heute Abend ist es schön ruhig«, sagte Johanna, so als ob sie wusste, wie es in Norrtälje sonst zuging.

»Das stimmt«, antwortete die Frau, »aber das liegt daran, dass die Leute im Augenblick meist zuhause bleiben.«

»Und warum tun sie das?«

»Sie haben Angst, sich anzustecken.«

»Du meinst die kranken Landwehrmänner?«

»Ja, in den letzten Tagen sind viele nach Norrtälje gekommen, aber niemand will etwas mit ihnen zu tun haben. Einige waren hier und haben gefragt, ob sie hier übernachten dürfen, aber wir lassen sie nicht herein. Das Beste wäre, wenn sie weiterfahren könnten, denn sie wohnen ja nicht in Norrtälje.«

»Trotzdem ist es sehr bedauerlich.«

»Ja, man kann nur hoffen, dass es bald vorbei ist.«

Johanna verließ die Frau am Brunnen. Es war neun Uhr, zu früh, um schon schlafen zu gehen, und Filip war noch im Wirtshaus. Sie ging zum Fluss hinunter, fand eine schmale Brücke und war bald drüben auf der anderen Seite. Einzelne Menschen eilten vorbei, niemand grüßte, alle blickten zu Boden. Die Stadt war dunkel, doch weiter hinten zwischen den Häusern konnte Johanna lodernde Flammen erkennen. Sie ging näher und erkannte bald ein großes Feuer auf einem offenen Platz. Um das Feuer herum saß und lag eine große Schar von Menschen. Als sie nur noch fünfzehn Meter von dem Feuer trennten, blieb Johanna stehen, und sie begriff, dass sich hier all die kranken Männer versammelt hatten, vor denen alle Angst hatten. Ein Geruch schlug ihr entgegen, es war derselbe ekelhafte Gestank, den sie von den sterbenden Ruderern aus Grisslehamn kannte.

Sie versuchte die Männer zu zählen, hörte jedoch auf, als sie bis fünfunddreißig gekommen war.

Dann ging sie weiter. Bald sah sie noch ein Feuer. Hier befanden sich genauso viele Männer wie bei dem ersten Feuer. Sie lagen und saßen auf ausgelegtem Stroh. Der Durchfallgestank, der von den Todkranken ausging, war derselbe wie bei der anderen Schar.

Johanna ging näher, und einer der Männer erblickte sie. Er setzte sich mühsam auf und winkte sie heran.

»Ein Mensch, der sich hierher wagt«, sagte der Mann mit heiserer Stimme. »Ja, hier kannst du sehen, wie wir aussehen, wir sind auch Menschen.«

»Ich weiß, wer ihr seid«, antwortete Johanna. »Ihr seid mutige Männer, die Schweden verteidigt haben, und ihr werdet schlecht belohnt für eure Arbeit.«

»Ich danke dir für diese Worte, aber hier in der Stadt gibt es nicht viele, die wie du denken.« Sie machen Feuer für uns an und geben uns zu essen und zu trinken, aber sie möchten uns loswerden. Sie haben allen, die von hier weiterziehen möchten, Pferd und Wagen angeboten.«

»Hat jemand das Angebot angenommen?«

»Einige sind gefahren, und einige machen sich fertig. Aber noch mehr bleiben liegen und sterben, ohne dass sie eine Betreuung erhalten haben.«

»Und du selbst, was wirst du tun?«

»Wenn ich morgen früh aufstehen kann, dann werde ich mich entscheiden.«

Johanna blieb eine Weile dort stehen. Der Mann hörte auf zu sprechen, er kroch ins Stroh zurück, vielleicht hatte die Unterhaltung seine Kräfte aufgezehrt. Mehrere der Männer lagen ganz still da, und es war unmöglich zu sehen, ob sie schliefen oder ob sie aufgehört hatten zu atmen.

An diesem Abend sah Johanna vier große Feuer, um die sich die kranken Landwehrmänner versammelt hatten. Alle Feuer waren in einem sicheren Abstand von den Wohnhäusern und den Einwohnern der Stadt angezündet worden. Der üble Geruch, der von dem Kot der sterbenden Männer ausging, lag jedoch wie ein schmieriger Nebel über dem Hafen, und als sich der Wind drehte, konnte ganz Norrtälje den Gestank von Verwesung und Tod riechen.

Die Uhr am Rathaus schlug Zwölf. Johanna hatte sich hingelegt, war jedoch wieder aufgewacht, sie sah, dass Filip noch nicht zurückgekommen war. Zuerst überlegte sie, ob sie aufstehen und auf die Suche gehen sollte, aber dann ließ sie es sein. Auch wenn sie ihn finden sollte, würde sie ihm das Geld nicht abnehmen können. Sie sah ein, dass er es war, der das Sagen hatte, da er der Stärkere war. So einfach war das. Er war der Mann, und er verfügte über größere Körperkraft, und deshalb konnte er tun, was er wollte. Als sie darüber nachdachte, wie ungerecht es war, dass die größeren Muskeln darüber entscheiden sollten, wer im Recht sei, konnte sie nicht mehr einschlafen.

Als sie dann endlich doch einschlief, war es zwei Uhr. Um halb sechs stand sie wieder auf, erhielt ein wenig warme Mehlsuppe in der Küche des Gastwirtes und sorgte dafür, dass das Pferd Heu und Wasser bekam. Darauf ging sie in die Stadt, um ihren Onkel Filip zu suchen.

Das Wirtshaus war geschlossen, aber etwas anderes hatte sie auch nicht erwartet. Sie blieb eine Weile davor stehen, Leute gingen vorbei, aber genau wie am Abend vorher wirkten die meisten ängstlich. Sie sahen wohl, dass Johanna fremd war, wichen sie ihr deshalb aus? So als ob auch sie die gefährliche ansteckende Krankheit hatte?

Johanna nahm ihren Mut zusammen und sprach eine ältere Frau an. Wusste sie vielleicht, wo die Männer weitertranken, wenn die Wirtshäuser geschlossen waren?

»Versuch es bei Vaskens«, antwortete die Frau. »Dort ist immer offen für diejenigen, die trinken wollen.«

»Wo liegt das denn?«, fragte Johanna.

»Direkt gegenüber Sjötullen.«

Die Frau zeigte ihr die Richtung und erklärte den Weg. Es war nicht sehr weit bis dahin, die Lilla Brogata bis zum Ende und über die Brücke und dann ein Stück am Flussufer entlang. Dort lagen ein paar Hafenschuppen, da müsste sie dann fragen, wenn sie dort war.

Johanna ging weiter und merkte bald, dass dieser Platz, den sie suchte, in der Gegend lag, in der die Feuer gebrannt hatten. Sie nahm den unangenehmen Geruch wahr und sah auch bald die großen Gluthaufen von den Feuern vom Vortag. Es wurde langsam hell. Um die wärmenden Gluthaufen herum lagen die bedauernswerten Gruppen von kranken, teilnahmslosen Männern.

Und jetzt waren mehrere große Wagen vorgefahren, gefüllt mit Stroh. Es waren jedoch keine Kutscher da, die zur Abfahrt bereit waren. Neben einem der Wagen stand ein Mann und schien mit den kranken Männern zu sprechen.

Johanna ging näher heran und sah, dass einige der Landwehrmänner langsam begannen, in einen der Wagen zu klettern. Mehrere andere erhoben sich und schienen bereit zu sein zu folgen. Die meisten jedoch blieben auf dem Boden liegen.

Jetzt erreichte der Gestank Johanna mit voller Wucht. Vielleicht hatte sich der Wind gerade in ihre Richtung gedreht. Sie verspürte Brechreiz und hielt sich die Hand vor die Nase, während sie näher heranging.

»Vielleicht kommt ihr ins Krankenhaus, wenn ihr nach Stockholm fahrt«, sagte der Mann, der neben dem Wagen stand.

Keiner antwortete ihm. Die Männer, die in den Wagen geklettert waren, hatten sich niedergelegt.

»Unsere kleine Krankenstube ist schon seit langem überfüllt«, sagte der Mann. »Ihr müsst nach Stockholm fahren.«

Zwei der am Boden liegenden Männer erhoben sich mühsam und wankten zum Wagen hin. Der Mann half ihnen hinauf. Ihre Jacken waren zerrissen, sie trugen nichts auf dem Kopf. Als sie über dem Wagenrand hingen, schafften sie es nicht weiter, sondern blieben dort eine kurze Zeit hängen. Johanna sah, wie der Kot über die nackten Beine eines der beiden Männer herablief. Dann versetzte ihm der Helfer einen Stoß, und er fiel zu den anderen ins Stroh, die sich entschlossen hatten, weggebracht zu werden.

Johanna verließ den Wagen und die kraftlose Schar. Sie ging weiter hinunter zu den Schuppen am Strand. Sie bemerkte eine Reihe vertäuter Schaluppen derselben Art, die sie aus Grisslehamn kannte. Waren die kranken Ruderer mit diesen Booten nach Norrtälje gekommen? Sie zählte die Schaluppen und sah, dass es sieben Stück waren.

Vaskens? Wer konnte ihr den Platz zeigen?

Hier war niemand, den sie fragen konnte. Sie suchte zwischen den Schuppen und Buden, öffnete Türen, schlich sich auf Höfe und horchte, ob sie Stimmen hören konnte.

Da vernahm sie ganz in der Nähe Schritte. Ein Mann kam daher, ein ziemlich betrunkener Kerl. Er sah sie, aber er wankte vorbei, ohne etwas zu sagen.

Johanna hatte gesehen, woher er gekommen war, und sie ging in diese Richtung. Bald hatte sie ein graues Haus erreicht, eines der wenigen in der Gegend, das einen Schornstein hatte. Das Haus war in einem rechten Winkel gebaut, auf der rechten Seite befand sich ein freistehendes längliches Gebäude, das wahrscheinlich ein Stall war. Und dort zwischen dem Stall und dem größeren Haus lag ein Mann am Boden. Es war Filip. Entweder schlief er, oder er war sternhagelvoll.

Als Johanna ihn leicht an der Schulter anfasste, reagierte er nicht. Sie schüttelte ihn etwas stärker, aber er rührte sich immer noch nicht. Er schnarchte, Speichel und etwas anderes, das vielleicht die Reste von Erbrochenem war, liefen ihm aus einem Mundwinkel.

Wo hatte er das Geld? Johanna fühlte in seinen Jackentaschen nach, aber dort fand sie kein Geld. Vielleicht in den Hosentaschen? Auf der einen Seite konnte sie an die Tasche kommen, aber sie war auch leer. Es blieb noch eine Tasche übrig, aber auf der Seite lag er.

Sie versuchte, ihn umzudrehen, aber da schwenkte er die Arme und hinderte sie daran. Sie wartete etwas und versuchte es dann noch einmal, diesmal gelang es. Als sie ihn umgedreht hatte, sah sie, dass er in seinem eigenen Kot lag.

Voller Ekel steckte sie die Hand in Filips Hosentasche. Ja, da war Geld, mehrere große Münzen. Als sie sie an sich genommen hatte, zählte sie nach und sah, dass es acht Reichstaler waren. Er hatte also sieben Taler für Schnaps ausgegeben, wahrscheinlich hatte er auch noch andere eingeladen.

Jetzt hatte Johanna auf jeden Fall einen Teil des Geldes gerettet. Sie ließ Filip liegen und begann zurück in die Herberge zu gehen. Sie hatte nicht die Absicht, länger auf ihn zu warten.

Als sie an dem Gluthaufen und den dort wartenden Ruderern vorbeikam, sah sie, dass drei neue Wagen vorgefahren waren. Zwei davon füllten sich allmählich mit kranken Männern. Der dritte Wagen wurde von zwei Männern mit leblosen Körpern beladen.

Einer der Wagen mit noch lebenden Landwehrmännern setzte sich langsam in Bewegung. Ein Bursche ging nebenher und hielt die Zügel in der Hand. Der Wagen näherte sich Johanna.

Das, was sie jetzt tat, hatte sie nicht geplant. Der Gedanke war ihr erst gekommen, als der Wagen direkt vor ihr war. Der Mann mit den Zügeln begegnete einen Moment lang ihrem Blick, und sie trat einen Schritt vor und fragte ihn:

»Hast du Platz für noch einen?«

»Das glaube ich nicht«, antwortete der Mann.

»Du bekommst einen Reichstaler«, sagte Johanna und hielt ihm die Münze hin.

»Wo ist er?«, fragte der Mann.

Johanna ging vor und zeigte ihm den Weg zum Strand hinunter. Der Bursche machte vor dem Haus mit dem Schornstein halt und folgte Johanna zu dem auf dem Boden liegenden Mann. Sie versuchten gemeinsam, Filip zum Wagen hinzuziehen, er lag auf dem Rücken, und jeder von ihnen beiden hatte einen seiner Arme ergriffen. Mit vereinten Kräften warfen sie ihn auf den Wagen.

Johanna gab dem Burschen den versprochenen Reichstaler. Als der Wagen auf die Ausfahrt der Stadt zurollte, ging sie in die Herberge zurück.

Es war immer noch früh am Vormittag.

Spät am Abend war sie zurück in Grisslehamn. Sie machte am Posthaus halt, ging hinein und holte neun Reichstaler, die sie während des Jahres zusammengespart hatte. Dann fuhr sie weiter nach Byholma. Sie weckte ihre Mutter und erklärte ihr, dass Filip verschwunden sei. Das Geld habe sie jedoch sichergestellt. Es war sogar noch ein Reichstaler mehr, aber das machte wohl nichts.

Maria bedankte sich für die Hilfe und sagte, dass Filip wohl zusehen musste, wie er zurückkam. In diesem Punkt stimmte Johanna mit ihrer Mutter völlig überein.

Die Feldkrankheit forderte in den letzten Monaten des Jahres immer mehr Opfer in Roslagen, und am schwersten getroffen wurden die Ruderer der Landwehr. Als die Kälte hereinbrach, hatten sie immer noch keine Winterkleidung und keine Zelte erhalten. Oft übernachteten sie in eisigem Frost auf kahlen Schären. Die geplagten Menschen versuchten, dicht gedrängt an den Lagerfeuern zu schlafen, aber jeden Morgen gab es einige, die erfroren oder an der Krankheit gestorben waren.

Manchmal wankten todkranke Burschen durch Vaxholm und Norrtälje, ganze Besatzungen starben und wurden in Massengräbern in Furusund beerdigt. Kanonenboote mit toten Männern, die auf den Ruderbänken festgefroren waren, wurden im Schärengarten von Stockholm oder an der Küste von Roslagen angetrieben. In Stockholm füllten sich die Krankenhäuser mit zurückkehrenden jungen Landwehrmännern, in öffentlichen Räumen stapelten sich die Sterbenden, am Tage darauf wurden sie mit Wagen in ausgehobene Gräben am Skanstull gebracht.

Und da viele der Toten namenlos begraben wurden, erfuhren die Daheimgebliebenen nie, was geschehen war. Es waren viele Männer, die im Herbst 1808 verschwanden. Einer von ihnen war Filip aus Byholma in der Gemeinde Väddö.

Übers Meer

Es kamen immer noch weitere Truppen nach Grisslehamn. Sie blieben ein paar Tage, ehe sie von Booten abgeholt wurden, die sie über das Meer nach Eckerö brachten. Denn jetzt wollte Schweden versuchen, der russischen Offensive entgegenzutreten, auch wenn es reichlich spät dafür war. In Finnland war die Armee weit nach Norden getrieben worden. Dort verfügten die angreifenden Russen über doppelt soviele Streitkräfte wie die erschöpften und kranken Verteidiger. Aber Åland war noch nicht verloren.

Der König hatte Georg Carl von Döbeln zum Generalmajor und Befehlshaber über die åländischen Truppen ernannt. Er war einer der erfolgreichsten Offiziere, genoss hohes Ansehen unter den Soldaten, vielleicht würde er Åland verteidigen können. Der König selbst war bei Anbruch des Winters nach Stockholm gereist.

Nachdem von Döbeln auf Åland angekommen war, traf ein Telegramm aus Signilskär in Grisslehamn ein. *Der General wird von den Truppen mit Jubel begrüßt.* Am selben Tag hatte Johanna wieder einen Brief an Kristoffer geschrieben. Sie hatte ihn mit dem Postboot nach Eckerö geschickt und hoffte nun, dass jemand ihn an den Ort, an dem sich Kristoffer gerade befand, wo immer das auch sein könnte, weiterleiten würde. Nach zwei Wochen hatte sie immer noch keine Antwort erhalten und begriffen, dass Kristoffer weit weg war, vielleicht irgendwo stationiert auf einer kleinen Insel zwischen Åland und dem finnischen Festland.

Sie hatte Soldaten, die von Åland kamen, gefragt und erfahren, dass kleine Gruppen schwedischer Soldaten weit entfernt von Dörfern und Häusern verlegt worden waren. Sie stellte sich Kristoffer auf einer kleinen Insel vor, vielleicht sah sie aus wie Loskäret oder Högkobben bei Skatudden, einer Klippe mit kleinem Gehölz aus Erlen und Wacholder, einer Felsspalte, in der man Schutz finden konnte, vielleicht mit Platz für ein Zelt, einige wenige Kameraden, ein kleines Lagerfeuer.

Manchmal stellte sie sich vor, wie Kosaken diese kleine Insel überfielen, wilde Kerle, angeführt von einem Riesen mit Bart und roten Augen. Und wenn diese Gedanken überhandnahmen, wurde der hellhaarige russische Gefangene ihre Rettung. Sie ersetzte das hasserfüllte Kosaken-Gesicht durch die Gesichtszüge des freundlichen Mannes, und da schien die Gefahr abgewendet, denn ein junger Mann mit so einem Aussehen konnte wohl nicht gefährlich werden.

Es gab viele Leute vom schwedischen Festland, die sich in früheren Zeiten auf Åland niedergelassen hatten, Gasthofpersonal aus Stockholm, Handelsleute, eingeheiratete Männer und Frauen. Viele von ihnen wollten jetzt, wo die Zeiten so unsicher geworden waren, nach Schweden zurückkehren. Jede Woche kamen Reisende aus Eckerö nach Grisslehamn, auf manche von ihnen warteten Pferd und Wagen, andere blieben über Nacht. Ab und an fuhr auch jemand in die andere Richtung, und in diesem Fall war es fast immer jemand, der einen Verwandten oder Freund, der Hilfe brauchte, aus der Gefahrenzone holen wollte.

Am 20. Dezember war Henrik Sundman nach Grisslehamn gekommen. Er war Fabrikdirektor in Stockholm und ein Vetter der Postmeistersgattin, es hieß, dass er eine Weberei für Fries besaß, die Stoffe für die Streitkräfte lieferte. Sein Bruder war mit einer Åländerin verheiratet und hatte sich als Geschäftsmann in Godby niedergelassen. Jetzt wollte die Familie nach Stockholm ziehen. Sie hatten zwei kleine Töchter. Jedoch waren sowohl der Mann als auch die Frau krank geworden. Der Fabrikant hatte einen Brief mit der Bitte um Hilfe von seinem Bruder erhalten, jetzt befand er sich auf dem Weg dorthin. Er kam abends gegen sieben in Grisslehamn an und wollte am nächsten Morgen über das Meer weiterfahren.

Johanna servierte dem besorgten Mann das Abendessen im Speisesaal. Er aß gemeinsam mit dem Postmeister und dem Magister Lindman. Johanna war mit Tellern und Besteck beschäftigt, trug leere Schüsseln hinaus, kam mit neuen Vorgerichten herein. Sie konnte Teile des Gespräches mithören und kam nicht umhin, die Unruhe des Fabrikanten zu bemerken. Er befürchtete, dass sein Bruder und seine Schwägerin ernsthaft krank waren. Und er machte sich Sorgen um die beiden kleinen Mädchen, wer sollte sich um sie kümmern?

»Ich werde versuchen, irgendeine zuverlässige Frau zu finden, die auf der Rückreise als Kindermädchen mitkommen kann«, sagte er.

»Ich glaube, das ist eine sehr gute Idee«, sagte der Postmeister und blickte seine Frau an.

Ja, stimmte sie zu. Ein Kindermädchen wäre gut. Ein Mann sollte nicht versuchen, sich um Kleinkinder zu kümmern.

»Aber ich weiß nicht, was ich tun soll, um jemanden zu finden«, sagte der Fabrikant. »Dort herrscht jetzt ja so viel Unsicherheit«.

»Vielleicht solltest du versuchen, hier jemanden zu finden«, sagte der Postmeister. »Jemand, der mit dir hinüberfahren und dir auf der Rückfahrt helfen kann.«

»Hast du irgendeinen Vorschlag?«

»Nein, nicht so direkt.«

Johanna hatte das ganze Gespräch mit angehört. Es galt als sehr unpassend, dass das Dienstpersonal sich in ein Tischgespräch einmischte, aber sie tat es trotzdem.

»Entschuldigt mich, mein Herr«, sagte sie. »Ich bin vielleicht die Person, die mit Euch nach Åland kommen könnte. Natürlich nur, wenn die Herrschaft damit einverstanden ist.«

Der Fabrikant betrachtete Johanna und lächelte freundlich, dann sah er den Postmeister und dessen Frau an. Es entstand eine kurze Pause.

»Ja, das könnte ich mir schon vorstellen«, sagte diese zögernd und etwas unschlüssig.

»Du triffst die Entscheidung, meine Liebe«, sagte der Postmeister.

»Ja, das würde gehen«, antwortete die Hausfrau, und jetzt wirkte sie entschlossen.

»Dann ist es abgemacht«, fasste der Postmeister zusammen.

An diesem Abend packte Johanna ihre Sachen in einen Koffer. Sie nahm auch die alte Kapotthaube und die Lederstiefel mit, die sie sich manchmal ausgeliehen hatte, wenn es kalt gewesen war. Dann ging sie nach Hause und erzählte ihrer Mutter, dass sie eine Weile fortbleiben würde.

Am nächsten Vormittag segelten sie und der Fabrikant Sundman mit dem Postboot, das am Abend zuvor mit drei Offizieren und deren Adjutanten angekommen war, nach Eckerö hinüber. Die Überfahrt dauerte vier Stunden, der Wind wehte aus Nordwesten. Auf beiden Seiten lag in der Nähe des Landes eine dünne Eisschicht. Am dreiundzwanzigsten Dezember fror das Meer zu, und in den kommenden Tagen sank die Temperatur bis auf minus zwanzig Grad ab. Es sollte jedoch noch kälter werden.

Sie kamen abends in Godby an. Das Haus, in dem der Bruder des Fabrikanten wohnte, lag direkt neben dem Gasthof. Es war ein schön gelegener Hof in einer abwechslungsreichen Landschaft mit Wiesen und kleinen Wäldchen, um das Haus herum standen hohe Ulmen, die jetzt die Blätter verloren hatten, die Felder waren vom Frost überpudert. Sie kamen in einem Wagen an, mit dem Schlitten konnte man noch nicht fahren.

Der Bruder des Fabrikanten war auf den Beinen und empfing die Gäste. Ihm ging es inzwischen sehr viel besser, aber seine Frau lag immer noch im Bett, schwer krank mit anhaltendem Husten und Fieber. Die Kinder hatten sich bis jetzt nicht angesteckt. Um was für eine Krankheit es sich handelte, wusste der Bruder des Fabrikanten nicht. Es ging ja so vieles um.

Er stellte sich Johanna vor. Er hieß Lars Olof Sundman, er wurde mit Herr angesprochen, das Geschäft hatte sich nicht auf ein Niveau hin entwickelt, das zu feineren Titeln berechtigte.

Johanna lernte die kleinen Mädchen kennen, die vierjährige Alexandra und die siebenjährige Charlotta. Sie teilten sich ein Schlafzimmer, das ältere Mädchen kannte das Alphabet. Ob Johanna wohl mit ihr lesen übe?

Ja, das wollte Johanna gerne tun, sie hatte ja ihrem Bruder schon das Lesen beigebracht. Was besaß Charlotta denn für ein Lesebuch?

Die Bibel, die zehn Gebote Gottes und die Schöpfung, sie hatte gerade mit Eva und dem Apfel angefangen.

Johanna lernte auch die Frau des Hauses kennen. Sie lag im Bett, lächelte Johanna schwach und angestrengt zu, murmelte etwas von ihren geliebten Mädchen, schloss wieder die Augen, war zu schwach, um weiterzusprechen.

An diesem Abend bereitete Johanna das Essen zu, versorgte die Mädchen und holte Holz und Wasser herein. Im Haus war eine Magd gewesen, die verschwunden war, niemand wusste, was mit ihr geschehen war. Johanna jedoch verrichtete die Arbeiten, die sie gewohnt war, das war nichts Besonderes für sie.

Ihre neue Herrschaft erwartete ebenfalls das Herkömmliche. Es war kurz vor Weihnachten, und das bedeutete mehr Hausmannskost, besseres Essen und Trinken, einen Weihnachtsbaum und Geschenke, putzen und alles schmücken. Etwas hatte die verschwundene Magd schon vorbereiten können, aber das meiste war liegen geblieben. Und die Herren hatten soviel anderes zu erledigen, meist saßen sie da und unterhielten sich über die Zukunft. Johanna kam in den ersten Tagen nicht viel zum Schlafen, aber sie schaffte es, das Haus für Weihnachten schön zu machen und das Essen auf den Tisch zu bringen.

Zu Silvester war es ruhig. Johanna servierte, erhielt einen Reichstaler als Geschenk und hörte Herrn Sundman laut aus der Bibel vorlesen. Sie war in eine sehr gläubige Familie gekommen. Doch der Zustand der Hausfrau hatte sich verschlechtert. Das Fieber senkte sich nicht, und jetzt hatte sie auch Blut im Kot.

Am 15. Januar wurde Johanna in das Krankenhaus geschickt, das die Armee in der Nähe eingerichtet hatte. Bei sich hatte sie einen Brief von ihrem neuen Hausherrn. Könnte wohl einer der Ärzte zu seiner kranken Frau auf den Hof nach Godby kommen?

Der Ort, den Johanna aufsuchen sollte, hieß Bärböle, vielleicht war es auch der Name des Hofes, sie hatte es nicht richtig verstanden, fragte sich jedoch durch. Und als sie näher kam, bemerkte sie wieder den schrecklichen Gestank, der von den Magenkranken ausging, und den sie schon mehrere Male erlebt hatte.

Das Krankenhaus war in der großen Scheune des Hofes untergebracht. Johanna blieb draußen stehen, sie fragte einen Mann, der dieselbe Anzahl Streifen auf seinem Uniformkragen hatte wie Kristoffer.

»Der Doktor ist die ganze Zeit unterwegs«, antwortete der Mann in Uniform. »Ihr müsst aufpassen, wenn er vorbeiläuft, Fräulein, sonst müsst ihr nach dem Unterarzt suchen.«

»Wie heißt denn dieser Arzt?«, fragte Johanna.

»Der Arzt heißt Lennartson und der Assistent heißt Östenberg«, antwortete der Soldat.

»Seid ihr möglicherweise Sergeant, mein Herr?«

»Ja, das stimmt. Ich gehöre zum Västgöta Dals-Regiment, ich bin vorübergehend hierher abkommandiert worden, auf einem Krankentransport.«

»Sind es viele, die krank sind?«

»Ja, und ständig werden es mehr. In meinem Verband liegen viele danieder, und jeden Tag sterben Leute. Wir bekommen sie kaum unter die Erde, und jetzt, wo der Boden gefroren ist, ist es schwer, Gräber auszuheben. Aber man kann sie ja auch nicht liegen lassen. Ja, im Augenblick ist es schlimm.«

»Darf ich fragen, wohin Ihr verlegt worden seid, Sergeant?«

»Ich bin gerade von den Inseln draußen vor Vårdö gekommen.«

»Ich kenne die Gegend nicht, ist das weit von hier entfernt?«

»Das ist in Richtung der großen Buchten, man glaubt, dass die Russen von dorther kommen werden.«

»Ich habe einen lieben Freund, der ebenfalls Sergeant ist, er heißt Kristoffer Lundberg und gehört der Svea Garde an. Ihr habt ihn nicht zufällig gesehen?«

»Die Garde, nein, ich weiß nicht. Vielleicht sind einige von ihnen da draußen, ich glaube, dass ich so etwas gehört habe.«

»Ich würde gerne einen Brief hinschicken. Fahrt Ihr bald dorthin zurück?«

»Ich kehre schon morgen zurück. Wenn ich den Brief rechtzeitig erhalte, kann ich ihn mitnehmen. Ob der Empfänger allerdings dort ist, kann ich nicht garantieren.«

Johanna verabredete mit dem Sergeanten, dass sie sich am kommenden Vormittag treffen wollten. Er musste jetzt gehen. Er salutierte, Johanna machte einen Knicks. Dann suchte sie weiter nach dem Arzt Lennartson.

Sie ging bis zur Tür des Krankenhauses und blieb dort stehen. Nach einer Weile wurde die Tür von innen von einem Träger mit einer Bahre aufgestoßen. Johanna trat zur Seite, auf der Bahre lag ein bleicher Mann, der sich nicht bewegte. Der hintere Träger nickte Johanna zu und zeigte dann mit dem Kopf in Richtung Tür. Wahrscheinlich wollte er, dass sie die Türe schließen sollte, da er keine Hand frei hatte. Sie jedoch verstand es falsch und ging hinein, dann machte sie die Tür hinter sich zu.

Draußen war der Gestank schon stark gewesen, aber hier drinnen war er unerträglich. Johanna erkannte Reihen mit Holzpritschen, auf denen Männer lagen, der Fußboden war mit Stroh bedeckt. Das Stroh war jedoch besudelt und verschmutzt von lehmigen Stiefeln und vielleicht auch vom Kot der Kranken. Von den Pritschen her war ein schwaches Jammern zu hören, ein kraftloses Todesgemurmel. Johanna blieb stehen und sah sich um, vielleicht war einer der Ärzte zu finden. Stattdessen kamen die Träger zurück, um noch einen bleichen und steifen Patienten, der die Krankheit nicht überlebt hatte, abzuholen. Johanna hielt den beiden Trägern die Türe auf, wartete einen Augenblick und trat dann mit ihnen hinaus.

»Wisst ihr, wo der Arzt ist?«, fragte sie.

»Er kommt gleich«, antwortete der hintere Träger.

Johanna wartete weiter. Sie konnte immer noch das Jammern der Kranken aus dem Krankensaal hören, jetzt aber war es schwächer. Bald kamen die Träger wieder zurück und trugen nach ein paar Minuten einen weiteren Mann hinaus. Als die Bahre an Johanna vorbeigetragen wurde, bildete sie sich ein, dass der Mann für einen Moment die Hand hob und die Augen öffnete.

Die Träger gingen zu einem Wäldchen hinüber. Johanna musste immer noch an die Hand des Mannes und an seinen Blick denken. Lebte er noch? Sie waren doch nicht dabei, einen noch Lebenden zu begraben?

Sie glaubte, dass sie sie warnen müsse, sie waren vielleicht drauf und dran, einen furchtbaren Irrtum zu begehen. Sie lief ihnen nach, hinein in das Wäldchen, und dort hatten die Männer bei einem langen, frisch ausgehobenen Graben haltgemacht. Sie hatten gerade die Bahre abgestellt und hoben jetzt den daraufliegenden Mann hinunter in den Graben, der offenbar ein Grab für die vielen Toten des Krankenhauses war.

Johanna blieb am Rande des Grabes stehen. Dort unten lagen mehrere Körper, steife Männerkörper. Die am nächsten Liegenden waren noch nicht bedeckt, weiter hinten konnte man sehen, dass kürzlich Erde über die dort liegenden Körper geschaufelt worden war.

»Ich habe gesehen, dass er sich bewegt hat«, sagte sie keuchend nach ihrem Lauf.

»Das glaube ich nicht«, antwortete einer der Träger.

»Aber ich habe ja seine Hand gesehen.«

»Manchmal glaubt man, alles Mögliche zu sehen.«

Die Träger begannen, zum Krankenhaus zurückzugehen. Johanna blieb stehen, sah auf die im Graben liegenden Männer hinunter. Alle lagen still da und hatten die Augen geschlossen.

Sie blieb noch länger dort, wagte nicht, das Grab zu verlassen, falls doch noch irgendetwas zu sehen war, ein Blick oder eine Handbewegung. Sie starrte auf die aufgereihten Körper hinab, und da meinte sie wieder zu sehen, wie sich ein Auge öffnete und schloss. Sehr kurz, aber sicher hatte sie es gesehen.

Sie rannte zurück zum Krankenhaus, bis zur Tür. Ehe sie ganz dort war, wurde von innen geöffnet und ein Mann in Uniform kam heraus, offenbar ein Offizier. Direkt hinter ihm kam ein weiterer Mann, auch er in Uniform.

»Ich glaube, dass einer von den Toten nicht tot ist«, keuchte Johanna.

»Das kann ich nicht glauben«, antwortete der Mann.

»Aber ich habe es gesehen, ich bin mir ganz sicher.«

»Ich habe mir die Patienten selbst angesehen, ein solcher Irrtum ist völlig ausgeschlossen.«

»Seid Ihr Arzt, mein Herr?«

»Ja, ich bin Doktor Lennartson.«

»Ach, gut, ich habe einen Brief für Euch.«

Johanna zog den Brief heraus und übergab ihm dem resoluten Mann, der ihn sofort las.

»Bestellt Eurem Hausherrn, dass im Augenblick niemand kommen kann, wir sind hier voll beschäftigt, wie Ihr, mein Fräulein, wohl sehen könnt.«

Er nickte Johanna zu und ging weiter. Sein Begleiter folgte ihm. Johanna blieb stehen, unschlüssig und verwirrt.

Dann lief sie zurück zu dem Grab im Wäldchen. Die Träger waren auch dort. Sie schaufelten Erde über die Begrabenen. Johanna sah, wie das Gesicht des zuletzt begrabenen Mannes zur Hälfte von Erde bedeckt wurde, sein offener Mund wurde zugeschüttet, füllte sich mit Erde, aber seine Augen und seine Stirn waren noch einen Moment frei, bis die nächste Schaufel kam.

Und in diesem Augenblick, als die schaufelnden Männer einige Sekunden mit dem Rücken zum Grab standen, sah Johanna, wie sich das Auge des Mannes öffnete und wieder schloss.

»Er lebt noch«, schrie sie.

Die Träger ließen die Erde von den Spaten auf das Gesicht im Grab fallen, und jetzt waren auch Stirn und Augen bedeckt. Die nächste Schaufel legte ein weiteres Lager Erde über den Mann in dem Grab. Bald war er ganz bedeckt, ebenso wie die anderen Körper. Aber der ausgehobene Graben war noch nicht in seiner gesamten Länge genutzt.

An diesem Abend schrieb Johanna an Kristoffer. Sie versuchte zu schreiben, ohne ihre Angst durchblicken zu lassen, sie nahm an, dass es nicht nötig war, ihm das zu erzählen, was er selbst wahrscheinlich die ganze Zeit über um sich herum erlebte. Stattdessen wiederholte sie die alten wohlbekannten Worte, von denen sie wusste, dass er sie verstehen würde.

Wie: *Wenn wir uns wiedersehen werden.*

Wie unsere Hände.

Wie wir.

Am folgenden Tag übergab sie den Brief dem Sergeanten vom Västgöta Dals-Regiment. Er war unterwegs zu den kleinen Inseln, er würde sein Bestes tun, um den Adressaten zu finden.

Gottes Wege

Es war kälter geworden, das Meer war gefroren und die Temperatur auf minus zwanzig Grad gesunken. Anfang Februar kamen Tage, wo es sogar bis auf dreißig Grad hinunterging. Der Himmel zitterte blaugrau, die Dämmerung ging in eine lila Färbung über. Die Nächte wurden vom Nordlicht erhellt, das flatternde Vorhänge – smaragdgrün und kobaltblau – über den Himmel zog.

Schwedische und finnische Soldaten, die aus russischer Gefangenschaft geflohen waren, gingen über das Eis hinüber nach Åland. Sie berichteten von russischen Truppenbewegungen, von einem bevorstehenden Angriff, berittenen Kosakenverbänden, Kolonnen von Fußvolk mit Gewehren und Bajonetten.

Was hatten die Schweden auf Åland dem russischen Ansturm entgegenzusetzen? General von Döbeln verfügte über achttausend Mann. Viele jedoch hatten Fieber, und viele waren bereits an der Feldkrankheit gestorben, sechstausend vielleicht waren überhaupt noch einsatzfähig.

Einige der Soldaten, die vor den Russen die Flucht ergriffen hatten, waren über das Eis nach Kumlinge und Vårdö und auf die anderen kleinen Inseln nördlich von Åland gekommen. Dort waren sie zum ersten Mal nach der langen Wanderung auf dem Eis befreundeten Soldaten begegnet, und sie hatten zum ersten Mal seit mehreren Tagen etwas zu essen bekommen.

Einer der erschöpften Männer, war ein junger Fähnrich, er war vor kurzem erst achtzehn Jahre alt geworden. Er hieß Herman Lilja und stammte aus Helsingfors, war schon im

September von den Russen gefangen genommen worden, war dreimal verlegt worden, und er hatte während eines Gefangenentransportes fliehen können.

Er kam spät an einem Nachmittag, er hatte einen schwachen Rauch von einer kleinen Insel mit Namen Gåsskär aufsteigen sehen. Den Namen der Insel hatte er damals noch nicht gekannt, später sollte er eine kleine Insel in der Nähe seines zukünftigen Wohnsitzes im Schärengarten von Östergötland Gåsskär nennen, zur Erinnerung an die Insel, auf der er Freunden begegnet war.

Einer der schwedischen Soldaten auf dem åländischen Gåsskär hatte Wache gestanden und den Mann erblickt, der dort über das Eis ging. Er hatte eine Weile gewartet, bis er den Sergeanten Kristoffer Lundberg, den Anführer des Wachpostens, informierte.

Kristoffer war auf den Bergkamm, auf dem sich der Ausguck befand, gestiegen. Er nahm den Feldstecher und beobachtete den Mann, der sich der Insel näherte, und er konnte erkennen, dass die Person eine verschlissene schwedische Uniformjacke trug. Um den Kopf waren Lappen gebunden.

»Wir gehen hinunter«, sagte Kristoffer zu dem Wachtposten.

Sie gingen los, die Wache hatte ein Gewehr, Kristoffer hatte seinen Säbel. Aber der Mann war unbewaffnet, das hatten sie gesehen. Die Uniformjacke hatte nichts zu bedeuten, die konnte er gefunden haben.

Der Mann hob eine Hand zum Gruß. Kristoffer salutierte. Der Unbekannte blieb stehen.

»Gott möge den Sergeanten segnen«, sagte er in einem finnlandschwedischen Dialekt, den Kristoffer schon einmal gehört hatte.

»Wer seid Ihr?«, fragte Kristoffer.

»Fähnrich Lilja, Nylands Regiment, Borgå Kompanie«, antwortete der Mann.

»Wie lange seid Ihr schon unterwegs?«

»Es ist ungefähr eine Woche her, seit ich den Russen entkommen konnte.«

»Und wie habt Ihr die Kälte überstanden?«

»Es gibt überall freundliche Menschen mit einer vaterländischen Gesinnung, Gott sei Dank.«

»Wir werden zusehen, dass Ihr jetzt etwas Warmes in den Magen bekommt.«

Der Wachposten blieb draußen, und Kristoffer half dem erschöpften jungen Mann zu der Lichtung zwischen den Wacholderbüschen hin, wo sie sich eine Hütte aus Zweigen mit einer Feuerstelle vor dem Eingang gebaut hatten. Das Feuer brannte rund um die Uhr, Holz gab es genug, sie hatten eine trockene Kiefer umgebrochen, an Zweigen mangelte es auf der Insel nicht. Es war der leichte, graue Rauch gewesen, der dem Fähnrich den Weg gezeigt hatte.

Sie kochten Kaffee, holten Brot heraus und brieten Salzhering, und bald bekam der Fähnrich etwas zu essen. Kristoffer wartete mit seinen Fragen, aber nach einer Weile begann der müde Gast von sich aus zu berichten, was er unterwegs gesehen hatte und was andere ihm erzählt hatten.

»Die Russen werden bald da sein«, sagte er. »Sie sammeln Leute in der Gegend um Åbo herum, große Streitkräfte, fürchte ich. Und das Eis ist einen halben Meter dick, es trägt auch Wagen mit schweren Kanonen. Aber ich muss jetzt weiter und der höchsten Leitung hier auf Åland Bericht erstatten über das, was ich weiß. Wer ist im Augenblick der Befehlshaber?«

»General von Döbeln«, antwortete Kristoffer.

»Es gibt keinen besseren, wenn ich meine Meinung äußern darf.«

In dem Punkt waren sie sich einig, kein Soldat hätte Einwendungen gehabt, aber wie überlegen waren eigentlich die Russen?

Nachdem der Fähnrich gegessen hatte, sank ihm der Kopf für einige Sekunden auf die Brust. Er war eingeschlafen, zuckte jedoch zusammen und sah aus, als ob er bei einer unpassenden Handlung ertappt worden war.

»Es wird schon dunkel, ich würde vorschlagen, dass Ihr hier übernachtet und morgen weitergeht «, sagte Kristoffer.

»Das ist wahrscheinlich am besten«, murmelte der Fähnrich.

Und so wurde es gemacht. Fähnrich Lilja schlief im Windschutz auf dem Wacholderbett ein, eingerollt in zwei Decken des Biwaks. Das Feuer knisterte die ganze Zeit direkt vor ihm und hielt so die schlimmste Kälte von ihm fern.

An diesem Abend gab Kristoffer seinen Leuten die Befehle für den nächsten Tag. Er kommandierte einen Mann ab, der mit dem Fähnrich über die Bucht zum Quartier der Armee am Bomarsund gehen sollte. Das war eine Sicherheitsmaßnahme, der Fähnrich hatte wichtige Informationen, ihm durfte nichts zustoßen. Der Weg über das Eis betrug bis dorthin ungefähr zwei Meilen. Der Soldat sollte sofort zurückkehren, er müsste vor Einbruch der Dunkelheit wieder da sein.

Als die ersten Sonnenstrahlen über das Eis des Meeres blitzten, weckte Kristoffer den Fähnrich. Eine halbe Stunde später war der nächtliche Gast mit dem begleitenden Soldaten unterwegs. Es war sehr kalt, sie hatten kein Thermometer, aber im Quartier am Bomarsund machte der

Kapitän Andreas Anckarbielke einen Eintrag in sein Tagebuch: *Dienstag, den 16. Februar 1808 gegen sieben Uhr morgens wurden minus zweiunddreißig Grad gemessen. Zwei Männer waren tot.*

Gegen Abend an diesem Tag kam der Begleiter des Fähnrichs zurück nach Gåsskär.

»Es ist alles gut gegangen«, berichtete er. »Der Fähnrich wurde von einem Major empfangen, und ich habe zu essen bekommen. Außerdem wurde mir ein Brief an den Sergeanten mitgegeben.«

Er reichte Kristoffer den Brief. Das Kuvert war abgegriffen, die Ecken eingeknickt, man konnte sehen, dass er eine Zeitlang unterwegs gewesen war. Kristoffer nahm das Kuvert in Empfang, las seinen eigenen Namen und wusste schon, ehe er auf den Absender geschaut hatte, von wem der Brief kam.

Eine Zeit später, nachdem er den Brief gelesen hatte, war er doch erstaunt. Johanna befand sich ganz in der Nähe, er hatte geglaubt, sie sei in Grisslehamn geblieben. Die neue Adresse auf der Rückseite des Umschlags hatte er gesehen, hatte sie jedoch nicht richtig verstanden. Unter die anfängliche Freude mischte sich Unruhe. Der Krieg kam immer näher, sie sollte jetzt nicht dort sein.

Johanna wartete, ging jede Woche ein paar Mal nach Bärböle, fragte Soldaten, die aus anderen Quartieren gekommen waren, ob sie etwas wussten. Niemand hatte einen Brief für sie gehabt, und niemand hatte den Namen Kristoffer Lundberg gehört.

Da schrieb sie noch einen Brief. Sie fand jedoch niemanden, der ihn mitnehmen konnte, niemanden, der für einen Brief ohne Adresse verantwortlich sein wollte. Wohin sollte der Brief eigentlich gehen?

Auf irgendeine kleine Insel vielleicht. Ja, aber es gab Hunderte von kleinen Inseln, und es gab mehrere tausend Soldaten dort.

Ja, aber Sergeant Kristoffer Lundberg, es gab nur einen solchen Kristoffer aus Stockholm.

Sie versuchte, es ihnen zu erklären. Doch irgendwann sah sie ein, dass es zwecklos war und dass sie Glück gehabt hatte, dass sie den Boten getroffen hatte, der ihren ersten Brief mitgenommen hatte.

Jedes Mal, wenn sie nach Bärböle kam, sah sie die Kranken und Toten, die in das Grab im Wäldchen gebracht wurden. Und sie hoffte, dass Kristoffer sich nicht angesteckt hatte, dass es vielleicht dort draußen, wo er sich aufhielt, besser um die Gesundheit bestellt war.

Auf dem Hof in Godby waren die Räume völlig ausgekühlt, obwohl alle Öfen geheizt wurden. Die beiden kleinen Mädchen lagen zusammen in einem Bett. Johanna zog zu ihnen ins Zimmer, sie zogen die Betten so weit wie möglich an den Ofen heran. Johanna musste des Nachts mehrere Male aufstehen, um Holz nachzulegen. Glücklicherweise war genug Birkenholz vorhanden. Die Ofenluke war glutheiß, aber auf den Fensterscheiben wuchsen Eisblumen, dick und glänzend wie Marmor; das schwache Tageslicht, das durch die Fenster hereinkam, hatte einen blaugrünen Farbton. Im Zimmer konnte man die Atemwolken sehen; alle saßen dick eingepackt vor dem Feuer und dem Talglicht.

Johanna las mit Charlotta die Bibel, das Mädchen war von Eva und dem Apfel ganz eingenommen, der Sündenfall war ihre Lieblingsgeschichte. Warum hatte Gott nicht gewollt, dass die Menschen klug würden? Ihr Vater hatte gesagt, dass er ein kluges Mädchen haben wolle. Hatte er Unrecht gehabt, als er das sagte?

Nein, das hatte er wohl nicht.

Aber warum hatte Gott nicht gewollt, dass Eva klug würde?

Johanna hatte darauf keine richtige Antwort. Sie meinte, dass sie über diese Frage nachdenken müsse. In diesen Augenblicken vermisste sie Laura. Sie hatten sich immer über schwierige Dinge unterhalten können, auf jeden Fall hatten sie einander alles Mögliche fragen können, auch wenn sie die Antworten nicht wussten.

Wie die Männer und das Schweigen, das war so eine Frage.

Und die Männer und der Krieg, darüber hatten sie gesprochen. Die Männer, der Krieg und das Warten der Frauen.

Jetzt war der Krieg wieder nahe herangerückt. Warum ließ Gott das geschehen, wenn er so gut und allmächtig war? All dieser Tod, diese Trauer und Plage. Warum?

Johanna dachte: Ist das etwas, wonach nur Frauen fragen? Ist es so, dass die Männer die Dinge tun und die Frauen fragen, warum sie all das tun? Die kleine Charlotta fragte ja, warum Gott so unverständlich sei. Gott war ein Mann, und Charlotta war eine kleine Frau.

Weiter kam Johanna nicht. Sie vermisste eine Freundin, mit der sie hätte reden können. Die Frau des Hauses war krank, und die Herren sprachen nur untereinander, außerdem würden sie eine Magd nicht ernst nehmen, wenn sie versuchen würde, eine Diskussion anzufangen.

Trotzdem hatte sie es getan.

Jetzt, wo es so kalt war, wurde in der Küche gegessen. Alle saßen um den großen Tisch herum, Johanna servierte, sie aß hinterher, wenn die Herrschaft fertig war. Es hatte Erbsensuppe gegeben, sie waren fast fertig mit dem Essen, Johanna räumte die Teller ab.

»Charlotta und ich haben gerade vom Sündenfall gelesen«, sagte sie. »Und wir haben uns gefragt, warum Gott die Menschen in Unwissenheit halten wollte.«

»Gottes Wege sind unerforschlich«, antwortete der Vater der Mädchen, Hans Olof Sundman.

»Natürlich«, sagte Johanna. »Aber er selbst hat uns ja den Verstand gegeben, und alle Eltern wollen wohl, dass ihre Kinder klug und tüchtig werden.«

»Ja, aber trotzdem sind Gottes Wege nicht unsere Wege«, sagte Sundman.

»Ist das mit dem Krieg genauso?«, fragte Johanna. »Gott könnte den Krieg wohl verhindern, wenn er wollte?«

»Alles kann der Mensch nicht verstehen«, antwortete Sundman.

»Papa, ist Gott ein freundlicher Mann?«, fragte Charlotta plötzlich.

»Natürlich, mein liebes Kind«, antwortete Sundman.

»Wenn er freundlich ist, warum lässt er Mama dann sterben?«

»Mama wird nicht sterben, warum sagst du das?«

»Viele sterben jetzt, und Mama ist ja so krank.«

»Aber Mama wird nicht sterben.«

Damit endete die Unterhaltung. Olof Sundman sah verlegen aus. Er erhob sich vom Tisch. Die anderen hatten fertig gegessen, es war Zeit aufzubrechen, Johanna räumte den Tisch ab.

An diesem Abend lasen sie nicht in der Bibel, sie sprachen über den Sommer und über das, was sie dann tun würden. Charlotta sagte, dass sie schwimmen lernen würde.

Am Vormittag des nächsten Tages starb die Mutter der Kinder.

Kristoffer hatte weder einen Stift noch Papier. Er wollte Johanna eine Antwort schreiben, aber er konnte es nicht. Den ganzen Abend über, nachdem er ihren Brief erhalten hatte, überlegte er, was er tun könne, am nächsten Tag dachte er weiter darüber nach, aber er kam zu keiner Lösung.

Am dritten Tag hatte er eine Idee. Er riss den unbeschriebenen unteren Teil von Johannas Briefpapier ab. Dann spitzte er einen kleinen Zweig mit dem Messer an, vermischte Ruß, Harz und Schmelzwasser miteinander, tauchte die Holzspitze hinein und schrieb ganz leserliche Buchstaben auf das Papier. Er schrieb nur kurz, etwas anderes war nicht möglich:

Meine Liebste.

Du bist jetzt ganz in der Nähe.
Ich bin beunruhigt, denn auch der Krieg ist nahe.
Du musst dich in Sicherheit bringen.
Du bist ständig in meinen Gedanken.

Dein Kristoffer.

Er benutzte Johannas Briefumschlag, strich seinen Namen auf der Vorderseite durch und schrieb ihren Namen zwischen die durchgestrichenen Zeilen. Dann klebte er den aufgerissenen oberen Rand mit Harz zusammen, das er aus der abgeschnittenen Spitze einer kleinen Krüppelkiefer gewonnen hatte.

Wer jedoch sollte die Wanderung über das Eis nach Bomarsund machen? Dorthin musste der Brief, um weiter nach Godby gelangen zu können.

Zwei Tage später fand sich für Kristoffers Problem eine unerwartete Lösung. Es war noch ein weiterer Mann über das Eis gekommen, diesmal ein gemeiner Soldat, ein Finne aus dem Savolax Regiment. Er konnte nur ein paar Worte Schwedisch, er zeichnete jedoch in den Schnee und fuchtelte mit den Armen in der Luft und konnte sich so einigermaßen verständlich machen.

Die Russen waren auf dem Weg, das war seine Botschaft. Viele Russen mit Pferden und Kanonen.

Kristoffer bat einen Mann aus seiner Wachmannschaft, mit dem Soldaten nach Bomarsund zu gehen, außerdem sollte er den Brief mitnehmen und zusehen, dass er jemanden fände, der ihn weiterbefördern würde.

Der Finne setzte seine Eiswanderung am folgenden Tag fort, begleitet von demselben Soldaten, der zwei Wochen zuvor den Fähnrich Lilja über das Eis geführt hatte.

Hans Olof Sundman bereitete seine Abreise aus Godby vor. Er hoffte, dass er im Sommer, wenn der Krieg hoffentlich vorbei sein würde, auf seinen Hof zurückkehren könnte. Seine Frau war zu krank gewesen, um transportiert zu werden; jetzt, nachdem sie gestorben war, gab es nichts mehr, was gegen eine schnelle Abreise sprach. Zuerst jedoch musste die Frau begraben werden.

Das Erdreich war hart und gefroren. Zwei angeheuerte Männer hatten vier Stunden gebraucht, um ein Grab auszuheben, und es war beunruhigend flach geworden. Die Tote bekam keinen Sarg, ihr magerer Körper wurde in ein Leichentuch gehüllt, trotzdem war das Lager gefrorener Erdklumpen, das über sie gebreitet wurde, nur ein paar Zentimeter dick.

Johanna war auf der Beerdigung zugegen. Sie stand zwischen den beiden kleinen Schwestern, hielt beide an der

Hand, deren Vater stand mit seinem Bruder an der anderen Seite des Grabes. In dem schwarzen Erdloch lag die weiß eingehüllte Mutter. Der Pastor hatte sich an das Kopfende des Grabes gestellt. Er sagte etwas von Auferstehung und Vergebung, aus seinem Mund kamen kleine Dampfwolken im selben Takt wie seine Worte. Es war achtundzwanzig Grad kalt.

Sie hielten sich nicht lange am Grab auf. Der Hof der Sundmans lag nur einige Gehminuten von der Kirche entfernt, der Pastor nahm sich die Zeit, mit den Trauernden nach Hause zum Kaffee zu kommen, Johanna servierte, sie hörte den Pastor von den Soldaten erzählen, denen er täglich begegnete. Er hielt Feldgottesdienste überall in der Umgebung, manchmal fuhr er auch auf die Inseln hinaus.

Als der Pastor aufbrechen wollte, fragte Johanna ihn, ob er einen Sergeanten Lundberg kannte.

Nein, den Namen hatte der Pastor noch nicht gehört.

Er muss irgendwo da draußen auf den kleinen Inseln sein.

Aha, es waren gerade Soldaten mit einem Krankentransport angekommen. Vielleicht wussten die etwas.

Johanna bat darum, zwei Stunden frei zu bekommen. Sie eilte zum Krankenhaus, fragte diejenigen, die sie dort antraf, einige erkannten sie wieder, da sie schon mehrere Male dort gewesen war.

Ja, die Kranken waren eingeliefert worden, und deren Begleiter waren gerade wieder aufgebrochen.

Hatten sie vielleicht einen Brief dagelassen?

Eventuell wusste es der Feldwebel, er befand sich im Innenhof.

Johanna klopfte an die Tür des Hinterhauses. Als niemand aufmachte, ging sie einfach hinein. In der Küche saßen zwei Frauen an einem Tisch, auf dem ein großer Haufen Rüben und Kartoffeln lag, sie schälten und hackten. Die Tür zur Kammer stand offen, und drinnen konnte Johanna einige Männer in Uniform erkennen.

Johanna stellte sich vor und fragte nach dem Feldwebel. Eine der Frauen zeigte auf die Kammer. Johanna trat an die offene Tür, wiederholte ihren Namen und trug ihr Anliegen vor.

»Aha, Ihr erwartet Post, mein Fräulein«, sagte der Mann, der offenbar der Feldwebel war.

Er war klein und mager, hatte einen Schnurrbart und ein von Furchen durchzogenes Gesicht, er sah müde und nicht ganz gesund aus. Er betrachtete Johanna mit bekümmerter Miene, so als ob er keine besonders lustigen Erfahrungen mit Briefen gemacht hätte, vielleicht hatte er während seines langen Soldatenlebens allzu viele traurige Nachrichten an die Angehörigen junger Männer überbringen müssen.

»Ich habe hier einige Briefe«, sagte er.

Er betrachtete die Briefe, las murmelnd die darauf geschriebenen Namen, keiner war an Johanna Nygren gerichtet.

»Und dann diesen Brief hier«, sagte der Feldwebel. »Aber man kann ihn nicht gut lesen, er ist ausgelaufen, es sieht wie Ruß aus.

»Darf ich sehen?«, fragte Johanna.

Der müde Mann gab ihr den Brief. Sie erkannte ihn sofort wieder, die durchgestrichenen Zeilen, die schwer zu lesenden verschmierten Wörter, ihren eigenen Namen auf der Rückseite.

»Das hier bin ich«, sagte sie und zeigte auf die Rückseite, auf die sie selbst ihren Namen sowie die Adresse in Godby geschrieben hatte.

»Ja, da steht Johanna Nygren«, bestätigte der Feldwebel. »Dann ist es wohl Euer Brief, Fräulein.«

Johanna lächelte und nahm den Brief entgegen. Und dann zog der alte Soldat seinen rechten Mundwinkel eine Idee nach oben. Johanna lächelte ihn immer noch an, und er nickte leicht und lächelte ebenfalls weiter sein leises, aber gut erkennbares Lächeln.

Johanna blieb in der Küche und las den Brief. Der Text in dem Umschlag war besser zu lesen als die Aufschrift. Sie erkannte Kristoffers Worte und auch seine Handschrift. Ihr wurde froh zu Mute, sie wurde ganz ruhig und glücklich, denn jetzt wusste sie, dass er lebte und sich in der Nähe befand.

Auf dem Rückweg nach Godby wiederholte sie seine Worte. Jetzt allerdings fragte sie sich, was er damit gemeint haben könnte, dass sie weggehen sollte. Wollte er sie hier nicht treffen? Hatte er Angst, dass der Krieg kommen könnte? War es nicht wichtiger, dass sie zusammen sein konnten?

Das war das erste Mal, dass ein Zweifel an Johanna nagte. Liebte sie ihn vielleicht viel mehr als er sie?

Sie versuchte, den Gedanken zu verscheuchen, und nach einer Weile gelang es ihr auch. Aber die Zweifel kamen zurück.

Eine lange Wanderung

Sie hatten auf dem höchsten Punkt der Insel ein Signalfeuer vorbereitet: ein Stoß trockener Holzscheite und Teerstöcke, feines Gras und darunter kleine Zweige als Zündholz. Dieses Signalfeuer war auf Befehl des Majors in Bomarsund angelegt worden. Auf einigen anderen Anhöhen draußen auf den Inseln im äußeren Schärengarten waren ebenfalls Haufen aus Holzscheiten und Ästen errichtet worden, die jederzeit angezündet werden konnten, sobald sich der Feind näherte.

Ein paar Reiter hatte man schon in weiter Entfernung gesichtet. Sie waren jedoch im kalten Dunst verschwunden, und man war sich nicht ganz sicher, ob es sich dabei um Kosaken handelte. Doch warum sollten sich gewöhnliche Leute bei dieser Kälte auf dem Eis aufhalten?

Kristoffer hatte auch in dieser Nacht Wache. Die Wachmannschaft bestand aus insgesamt vier Mann, aus ihm selbst und drei Soldaten, Johan Axelsson, Peder Flink und Hans Forsgren. Das bedeutete für jeden sechs Stunden Wachdienst pro Tag, drei Stunden am Tage und drei in der Nacht. In der Dunkelheit vermochte man nicht zu sehen, ob jemand über das Eis kam; wenn jedoch Leute ganz in der Nähe waren, konnte man sie hören, und deshalb durfte man nicht riskieren, im Schlaf überrascht zu werden.

Es war Johan Axelsson, der die erste alarmierende Beobachtung machte. Das war mitten am Tag und bei guter Sicht. Er hatte durch seinen Feldstecher gesehen, langsam den Horizont abgesucht, hatte bei den Inseln Halt gemacht, suchte dann weiter. Und dort bei einer kleinen Insel entdeckte er drei Reiter. Er holte sofort Kristoffer. Die Reiter bewegten sich schräg auf Gåsskär zu. Als sie nur noch fünfhundert Meter entfernt waren, konnte man ihre Bekleidung gut erkennen: Pelzmützen und zottelige Mäntel, die über die Beine herabhingen. Sie trugen lange Piken. Es handelte sich also um Kosaken, niemand sonst sah so aus.

Dann bogen die Reiter nach rechts ab und entfernten sich wieder von Gåsskär. »Wir warten ab«, sagte Kristoffer zu dem Soldaten Axelsson. »Wenn noch mehr kommen, zünden wir das Signalfeuer an, auch wenn sie angreifen. Aber für drei, die vorbeireiten, ist es nicht nötig, Feuerholz zu verschwenden.«

Für den Rest des Tages sahen sie keine Feinde mehr. Die Nacht brach herein. Kristoffer ging mehrere Male zu dem Beobachtungsposten hinter der Klippe am Signalfeuer. Der Soldat, der dort stand, hatte nichts zu melden.

Der Morgen brach herein. Kristoffer hatte selbst die erste Tageswache übernommen. Er beachtete besonders genau die Stelle, an der die drei Russen am Tag zuvor zuerst aufgetaucht waren. Vielleicht hatten sie dort einen Weg über das Eis entdeckt.

Er schwenkte den Feldstecher langsam über das Eis, lehnte sich an den Felsen, untersuchte sorgfältig eine Insel nach der anderen, glatte Felsplatten, frostüberpuderte Büsche und Gestrüpp, blauschimmerndes Eis, kein sichtbares Lebenszeichen. Eine der Inseln war hundert Meter lang und vielleicht sieben Meter hoch, sie ähnelte einem steinernen Brotlaib mit einer Verzierung aus haarigen Holundersträuchern. Kristoffer betrachtete die Insel, er konnte eine Spiegelung auf dem Eis erahnen, die auf eine Bewegung schließen ließ.

Dann erblickte er plötzlich das erste Pferd, das verdeckt von der Insel dort herangekommen war. Der Mann im Sattel trug die gleiche Kleidung wie die Reiter vom Tag zuvor, und die lange Pike war ebenfalls von derselben Art. Bald kam ein zweites Pferd mit einem Reiter in Sicht und ein paar Sekunden später noch drei weitere Pferde. Alle Reiter trugen diese lange Piken.

Sie ritten in einem langsamen Trab und änderten jetzt ihre Richtung, sie ritten gerade auf Gåsskär zu.

Kristoffer wartete noch eine Weile. Als die Reiter weiter auf Gåsskär zuhielten, verließ er den Beobachtungsposten und lief zur Hütte hinunter. Er berichtete, was er gesehen hatte und gab Befehl, sich zum Gefecht bereitzuhalten. Die gesamte kleine Truppe schlich hinauf auf den Berg, die Soldaten legten sich hinter Steinen und in Felsspalten auf die Lauer. Das waren Stellen, die sie vorher schon für die Abwehr ausgesucht hatten. Alle wussten, dass sie abwarten und erst auf Kristoffers Kommando hin das Feuer eröffnen sollten; auch das hatten sie sorgfältig geübt.

Die fünf Reiter waren inzwischen näher herangekommen. Vielleicht hatten sie etwas gesehen, was sie neugierig machte. Es wurde deutlich, dass Gåsskär ihr Ziel war.

Als sie noch etwa fünfzig Meter vom Strand entfernt waren, verringerten sie ihre Geschwindigkeit, sie fielen vom Trab in den Schritt. Der Anführer hob die Hand, die anderen verteilten sich auf die Seiten, zwei Reiter in jede Richtung.

Jetzt erreichte das Leitpferd den Strand. Kristoffer hatte die ganze Zeit darauf gezielt, jetzt hatte er die Brustpartie des Anführers im Visier, er wartete noch ein wenig.

Der Mann stieg vom Pferd. Zur selben Zeit erreichten seine Begleiter das Land. Jetzt stiegen auch sie ab. Sie hielten die Pferde an den Zügeln und begannen, den abschüssigen Strand hinaufzugehen

Da schrie Kristoffer FEUEEER und feuerte gleichzeitig einen Schuss ab.

Die übrigen Soldaten feuerten ebenfalls ihre Gewehre ab, als sie Kristoffers Ruf und das Krachen seiner Waffe hörten.

Der Anführer der Kosaken fiel. Er ließ die Zügel los, das Pferd lief auf das Eis hinaus. Der Mann blieb liegen.

Die drei anderen Schüsse hatten ebenfalls getroffen, allerdings mit unterschiedlicher Wirkung. Einer der Reiter auf der rechten Seite zuckte zusammen, fasste sich mit der Hand an den Unterarm, drehte sich um und lief mit dem Pferd hinunter auf das Eis, wo es ihm gelang aufzusitzen. Dann ritt er hinaus aufs Eis, hielt an und schien abzuwarten.

Der vordere Reiter auf der linken Seite war gar nicht getroffen worden. Sein Pferd jedoch begann zu zittern, wendete und lief hinkend aufs Eis hinaus. Der Reiter rannte hinterher.

Das zweite Pferd auf der rechten Seite fiel um, es war von einer Gewehrkugel tödlich am Hals getroffen worden. Das Tier schlug aus und wieherte laut und durchdringend, Blut floss aus der Schusswunde und aus dem Maul. Der Reiter ergriff seine Pike und rannte hinaus aufs Eis. Der Kosak, der draußen auf dem Eis gewartet hatte, ritt dem laufenden Mann entgegen, und dieser schwang sich hinter dem Reiter auf den Sattel. Beide ritten weiter hinaus aufs Eis.

Kristoffer und seine Soldaten blieben noch in ihrer geschützten Stellung. Sie luden schnell wieder ihre Gewehre. Es waren jedoch keine Feinde mehr da, auf die man hätte schießen können. Unten auf dem Strand lagen ein sterbender Mann und ein Pferd, das gerade verendete. Draußen auf der zugefrorenen Bucht sah man die überraschten Kosaken wegreiten.

Nach einer Weile ging Kristoffer hinunter zu dem gefallenen Feind. Die drei anderen Schweden folgten. Sie stellten sich um den auf dem Rücken liegenden Kosaken herum. Er war in den Magen getroffen worden, ziemlich weit oben. Er hatte die Hände gegen die Wunde gedrückt. Die ganze Zeit über verlor er Blut. Er lag mit offenen Augen da und sah die vier Männer an, die einen Kreis um ihn gebildet hatten.

Niemand sagte etwas. Der Kosak rührte sich nicht, er war jedoch nicht tot. Die Luft war sehr kalt, aus seinem Gesicht und von seiner Wunde stieg ein warmer Hauch auf.

Die vier schwedischen Soldaten standen da, bis jetzt hatte noch keiner etwas gesagt. Kristoffer wusste nicht, was er sagen sollte, und seine Untergebenen warteten offenbar darauf, dass er als ihr Anführer ihnen befahl, was sie zu tun hätten.

Da drehte sich Kristoffer um und begann, zurück auf den Felsen zu gehen. Einer nach dem anderen folgte ihm. Oben bat Kristoffer den Soldaten Forsgren, die Wache zu übernehmen. Es war immer noch recht früh am Vormittag.

Eine Stunde später ging Kristoffer wieder hinunter an den Strand. Er betrachtete das tote Pferd und erkundete, ob sich dort vielleicht irgendeine Ausrüstung befand, die noch gebraucht werden könnte. Dann näherte er sich dem gefallenen Kosaken. Inzwischen stieg kein Lufthauch und keine Wärme mehr aus seinem Mund und aus der Wunde auf. Er hatte aufgehört zu bluten und lag ganz still da. Er hatte einen sehr friedlichen Gesichtsausdruck, und um seinen Mund und in seinem Bart hatte sich schon eine dünne Frostschicht gebildet.

Kristoffer dachte: Ich werde die anderen bitten, ihn ein wenig später mit Steinen zuzudecken; jetzt noch nicht, es ist besser, noch ein wenig zu warten.

Als er zurückging, kam ihm der junge Russe in den Sinn, den er in die Brust geschossen hatte. Das hier war das zweite Mal, dass er einen Feind getötet hatte. Eine Zeitlang hatte er versucht sich einzureden, dass der junge Russe nicht gestorben war, aber inzwischen wusste er, dass er den Mann getötet hatte, obwohl es nicht nötig gewesen wäre.

Diesmal jedoch war es etwas anderes, das hier war nicht zu vermeiden gewesen. Er war sich ganz sicher, dass es so war. Er überzeugte sich selbst, mehrmals tat er das, als er den Abhang hinaufging und auch später noch, als er mit den Kameraden am Feuer saß.

Am Tag darauf begruben sie den Kosaken unten am Strand. Niemand sagte etwas, als sie Steine sammelten und den steifen Körper damit bedeckten. Kristoffer half mit, obwohl er sich vorgenommen hatte, es zu unterlassen.

Am späten Nachmittag erblickten sie wieder eine Reitertruppe an der langen Felseninsel. Die Reiter hielten an, vielleicht beobachteten sie Gåsskär. Nach einer Weile ritten sie zurück.

Am folgenden Tag kam eine weitere Gruppe. Jetzt waren es mehr. Kristoffer zählte zwölf Pferde. Aber auch diese Gruppe ritt in eine andere Richtung, sie verschwand in Richtung Norra Vårdö. Kristoffer hatte begriffen, dass er Gåsskär bald verlassen musste. Es schien so, als ob die Russen in immer größeren Trupps kamen. Sie waren wohl auf dem Weg auf das Åländische Festland, vielleicht hatten sie dort schon mit einer größeren Offensive begonnen.

An diesem Abend schickte Kristoffer den Soldaten Forsgren nach Bomarsund. Er wollte Auskunft von dem Major haben. Wie lange sollte er noch mit seiner kleinen Truppe bleiben? Forsgren sollte sich im Schutz der Dunkelheit davonschleichen, einige Stunden in Bomarsund schlafen und bei Anbruch der Morgendämmerung zurück sein.

Als der nächste Tag anbrach, war Kristoffer schon wach und wartete. Forsgren kam nicht. Als er bis zum Abend nicht zurückgekommen war, begriff Kristoffer, dass er überhaupt nicht wiederkommen würde.

Als es dunkel wurde, schickte er Peder Flink nach Bomarsund, mit demselben Auftrag und derselben Übereinkunft hinsichtlich der Zeit der Rückkehr.

Auch Flink kam nicht zurück. Da beriet sich Kristoffer mit Johan Axelsson, dem einzigen Soldaten, der noch übrig war. Er wollte einen Rat haben. »Wenn ich die Wache jetzt mitten im Krieg aufgebe, bedeutet das laut Kriegsrecht Erschießung«, sagte Kristoffer. »Vermutlich werde ich direkt erschossen, ohne Untersuchung und Diskussion.«

»Ich kenne die Artikel des Kriegsrechts«, sagte Axelsson.

»Was soll ich also tun, ohne meinen Auftrag zu vernachlässigen?«

»Wenn wir hier bleiben, nutzen wir niemandem«, sagte Axelsson. »Entweder nehmen uns die Russen gefangen, oder wir verhungern, wenn wir nichts mehr zu essen haben.«

»Das ist auch meine Meinung«, sagte Kristoffer.

Sie überlegten eine Weile. Sie kochten Kaffee, aßen das Letzte, was sie noch hatten.

»Wir warten, bis es dunkel wird«, sagte Kristoffer, »dann zünden wir das Signalfeuer an und gehen nach Bomarsund.«

Das taten sie dann auch. Sie nahmen einen brennenden Zweig von ihrem Feuer, entfachten das Signalfeuer und verließen Gåsskär.

Sie gingen los, die Flammen als Wegweiser im Rücken, wandten sich hin und wieder um, zwischen den kleinen Inseln hindurch bis Vårdö, schlichen durch den Wald, blieben bisweilen stehen und lauschten. Spät in der Nacht erreichten sie Bomarsund.

Sie fanden das Quartier leer und verlassen vor. Aus den Spuren im Schnee konnten sie schließen, dass Pferde und Schlitten in Richtung Festland gefahren waren. Die Menge der Fußspuren zeugte davon, dass sich die Soldaten ungeordnet in dieselbe Richtung abgesetzt hatten, vermutlich war der Aufbruch in aller Eile erfolgt.

Nachdem sie sich eine Weile ausgeruht hatten, folgten sie den Spuren. Es war dunkel, der Sternenhimmel leuchtete über ihnen, es war eine der richtig kalten Märznächte.

Godby wurde von Menschenmassen überflutet, die Leute befanden sich auf der Flucht vor den Russen, die inzwischen auf Ost-Åland an Land gegangen waren. Es hatte Gefechte gegeben, Häuser waren angezündet worden, die schwedischen Truppen wurden zurückgedrängt. Viele der Flüchtlinge zogen weiter, andere blieben einen oder zwei Tage im Gasthof oder bei Bekannten.

Es hatte die ganze letzte Woche über geschneit, jetzt konnte man mit dem Schlitten fahren. Am 15. März hatte Johanna den ganzen Abend über geholfen, Koffer auf den Hof hinauszutragen, sie enthielten warme Kleidung und einige Wertsachen, außerdem etwas zu essen. Sie verstauten alles, so gut es ging, auf zwei Schlitten.

Früh am nächsten Morgen machten sie sich auf den Weg. Die Brüder Sundman fuhren vorneweg, Johanna saß mit den beiden Mädchen auf dem zweiten Schlitten. Der Kutscher war ein junger Mann, der Johanna am Abend vor der Abfahrt vorgestellt worden war. Er hieß Martin Elofsson und war mit der verstorbenen Frau Sundman verwandt gewesen. Er sollte mit zum schwedischen Festland kommen.

Auf dem Weg dorthin waren sie nicht allein. Sie drängten sich mit anderen Schlitten und Wagen und mit Menschen, die zu Fuß gingen. Alle Fahrzeuge waren schwer beladen mit Menschen und Koffern. Die Fußgänger trugen kleine Kinder und Säcke, manche hatten Bündel auf dem Rücken.

Als sie eine halbe Stunde gefahren waren, sah Johanna die ersten weinenden Flüchtlinge. Es waren zwei alte Frauen, die am Wegrand saßen, sie sahen müde aus. Johannas Schlitten war gerade langsamer geworden, ein Wagen hatte vor ihnen angehalten. Die beiden Alten am Wegrand blickten bittend zu Johanna auf, sagten etwas, was sie nicht verstand, streckten ihr die Hände entgegen. Dann fuhr der Schlitten weiter.

Immer mehr ermattete Menschengruppen saßen am Wegrand. Sie ruhten sich aus, aßen ihren Proviant, oder aber sie konnten einfach nicht mehr weiter. Und Johanna vernahm wieder Weinen und Jammern. Alle hatten sich auf den Weg nach Eckerö gemacht, soviel hatte Johanna begriffen. Und sie hatten offenbar vor, sich von dort aus auf den Weg über das Eis zum schwedischen Festland zu begeben.

Sie waren inzwischen anderthalb Meilen von Godby entfernt, kamen an Emkarby vorbei und wurden gezwungen anzuhalten, da der Wagen vor ihnen ein Rad verloren hatte. Der Schlitten machte einen kleinen Umweg über einen Acker, Johanna stieg ab und ging mit den Mädchen an dem liegengebliebenen Wagen vorbei.

Da erblickte sie drei zerlumpte Soldaten. Zwei von ihnen stützten den Dritten, der einen blutigen Fuß hatte, und als sie so zusammen gingen, sah es aus, als ob alle drei humpelten. Johanna grüßte die Soldaten und fragte, woher sie kämen.

»Von nirgendwoher, mein Fräulein«, antwortete einer der Soldaten. »Es gibt jetzt nichts mehr, an das man sich halten könnte, alles ist durcheinandergeraten, und alle laufen weg.«

»Und wohin seid ihr dann unterwegs?«

»Wir gehen in Richtung Eckerö, wie alle anderen, der Russe ist hinter uns her, und jetzt gilt es, sich in Sicherheit zu bringen.«

»Steht es so schlecht?«

»Ja, so schlimm ist es, liebes Fräulein.«

Die Soldaten humpelten weiter. Johanna hielt die Mädchen fest bei der Hand. Sie kamen an mehreren Gruppen von Menschen vorbei, die weinten und seufzten, sie wirkten völlig erschöpft. Sobald Johanna und die Mädchen jedoch den Schlitten wieder erreicht hatten, konnten sie die Reise fortsetzen.

Es wurde eine kurze Fahrt. Sie wurden von verzweifelten Menschen behindert, die dort allein oder in Gruppen entlangstolperten. Es waren Eltern mit müden Kleinkindern, kranke Alte und verwundete Soldaten. Einige baten um Hilfe, andere warfen ihnen nur flehende Blicke zu, alle mussten sie weiter, weg von dem Feind, der immer näher kam.

Die Brüder Sundman stiegen von ihrem Schlitten herab und beratschlagten sich mit Martin in dem hinteren Schlitten. Es war vielleicht unklug, die kleinen Mädchen im hinteren Schlitten fahren zu lassen, sie konnten ja unterwegs getrennt werden; es war schwierig, zusammenzubleiben. Außerdem hatte eine der Kufen an dem Schlitten der Brüder einen Schlag erhalten, als sie über das Feld gefahren waren. Sie wollten die Koffer umladen und die Schlitten tauschen.

In aller Eile wurde das Gepäck von einem Schlitten auf den anderen geladen. Als sie weiterfuhren, saßen die Mädchen hinter ihrem Vater und dem Onkel auf dem unbeschädigten Schlitten. Johanna fuhr mit dem größeren Teil des Gepäcks in dem Schlitten, der von Martin Elofsson übernommen worden war.

Es ging langsam. Die verbogene Kufe behinderte sie. Das Pferd riss und kämpfte, aber etwas bremste unter dem Schlitten. Nach einer Viertelmeile hielten sie an und sahen nach. Sie versuchten, die Kufe wieder zurechtzubiegen, aber sie war viel zu dick und verbogen.

»Das Pferd schafft es nicht, uns zu ziehen«, sagte Martin. »Wenn wir weiterfahren, wird es nur schlimmer.«

»Und wenn wir die Sachen herunternehmen?«, schlug Johanna vor.

»Das können wir ja versuchen, aber es würde bedeuten, dass alle Sachen hier liegen bleiben.«

»Ja, aber wenn wir sowieso anhalten müssen, bleiben wir und die Sachen hier.«

»Ja, das stimmt natürlich.«

Sie luden gemeinsam die Koffer ab. Als der Schlitten leer war, fuhren sie weiter. Es ging jetzt etwas besser, aber der Schnee spritzte um die beschädigte Kufe herum, und jedes Mal, wenn sich Johanna hinauslehnte und nachsah, hatte sich die Kufe noch mehr nach der Seite verbogen. Schließlich war das Pferd nicht mehr in der Lage, geradeaus zu laufen. Die schadhafte Fuge löste sich und blieb im Schnee stecken, der Schlitten stellte sich quer.

Sie stiegen wieder ab, es gelang Martin, das Pferd dazu zu bringen, den liegengebliebenen Schlitten ein Stück vom Weg wegzuziehen. Dann spannte er es ab, führte das Pferd zur Seite, hielt es am Halfter und blieb neben dem Weg stehen.

»Wir müssen wohl zu Fuß weiter«, sagte Johanna.

»Ich warte lieber noch eine Weile hier, es kommt sicher jemand mit einem Schlitten, der das Pferd wechseln muss«, antwortete Martin.

»Ich ziehe es vor, zu Fuß weiterzugehen. Vielleicht haben die anderen weiter vorne angehalten und ich treffe sie dort.«

»Dann sehen wir uns vorne auf dem Weg, ich habe dich schnell eingeholt.«

Johanna kannte Martin Elofsson nicht. Sie hatte die Verantwortung für die Mädchen gehabt, aber deren Vater hatte sie übernommen. Mit Martin hatte sie nicht viele Worte gewechselt, er war ein Fremder. Trotzdem verließ sie ihn nur sehr zögernd.

Jetzt ging sie allein weiter. Unmittelbar vor ihr her lief eine kleine Gruppe, wahrscheinlich eine Familie, drei Erwachsene und zwei Kinder. Etwas weiter entfernt gingen einige Soldaten; als sie sich umsah, bemerkte sie, dass auch hinter ihr Soldaten gingen. Es war mitten am Tag, es war kalt, fast zwanzig Grad. Johanna hatte die alten Lederstiefel an und die graue Kapotthaube. In der Tasche hatte sie ein Stück Brot. Alles andere hatte sie zurückgelassen, aber sie war warm angezogen.

An demselben Tag wanderte Kristoffer mit dem gemeinen Soldaten Axelsson von Bomarsund nach Godby. Sie waren in der Dunkelheit schon zwei Meilen über das Eis gegangen, jetzt lagen noch weitere anderthalb Meilen bis Godby vor ihnen. Das erste Wegstück waren sie allein gewesen, doch jetzt holten sie Flüchtlinge ein, Bauern aus der Gemeinde Sund, ganze Familien mit Kindern und Alten. Einige Schlitten fuhren vorbei, alle befanden sich auf der Flucht vor den angreifenden Russen.

Dann kamen sie nach Godby, fanden den Ort so gut wie menschenleer vor. Sie erhielten nach und nach Gesellschaft von anderen Soldaten, die aus Saltvik im Norden und von den kleinen Inseln draußen im Meer kamen. Viele waren in Kämpfe verwickelt gewesen, sie hatten Kameraden und Vorgesetzte verloren, die Russen waren ihnen voll und ganz überlegen.

Doch hier in Godby hörten sie die überraschende Neuigkeit: Der König war in Stockholm von seinen eigenen Offizieren abgesetzt worden.

Ein Leutnant aus dem Västgöta Dals Regiment berichtete es, er befand sich ebenfalls mit einigen Soldaten auf dem Rückzug. Er hatte einen Kapitän sagen hören, dass die Nachricht telegrafisch nach Eckerö gekommen sei, und von dort war sie mit einem Kurier an General von Döbeln geschickt worden. Daraufhin hatte sich die Neuigkeit unter den Offizieren und dann weiter unter der Mannschaft verbreitet.

Kristoffer fragte sich, was der General wohl dazu gesagt hatte. Er war ja königstreu, das wussten alle.

Der General hatte seine Missbilligung ausgedrückt, das hatte der Leutnant gehört. Jetzt jedoch waren neue Befehle von Stockholm gekommen, und der General war gezwungen gewesen, sie zu akzeptieren.

Und was für Befehle waren gekommen?

Es betraf den allgemeinen Rückzug, berichtete der Leutnant. Alle schwedischen Truppen auf Åland sollten sich nach Schweden zurückziehen.

»Sollen wir es zulassen, dass die Russen Åland ohne Kampf übernehmen?«, fragte Kristoffer.

»Ja, es sieht so aus«, antwortete der Leutnant. »Viele von uns sind verbittert, denn so schwach sind wir nicht, und die Russen sind müde nach so vielen harten Tagesmärschen. Jetzt könnten wir ihnen eine Lektion erteilen. Wir haben sie schon früher geschlagen.«

»Ja, das sind wirklich schlechte Nachrichten«, sagte Kristoffer.

»Aber so bleibt uns nichts anderes zu tun, als möglichst schnell nach Eckerö zu kommen«, sagte der Leutnant. »Die

Russen sind uns auf den Fersen, und wir haben keine richtige Aufstellung.«

Alle, die bei dem Gespräch zugehört hatten, stimmten mit dem Leutnant vom Västgöta Dals Regiment überein. Die Pause war vorbei, sie brachen auf und befanden sich bald draußen auf dem Landweg zwischen all den Flüchtlingen.

Kristoffer und der Soldat Axelsson waren müde, außerdem hatten sie schon lange nichts mehr zu essen gehabt. Ihren Durst hatten sie mit Schnee gestillt, aber ihre Mägen waren leer, und ihre Kräfte begannen nachzulassen.

Es war um die Mittagszeit, der Himmel war blaugrau, die Sonne schien durch einen dünnen Schleier hindurch. Sie gingen weiter ohne Halt zu machen, konnten immer noch ein recht gutes Tempo einhalten. Mehrere Male hatten sie Soldaten überholt. Einige davon gingen gestützt auf ihre Kameraden, die meisten trugen Gewehre. Bald passierten sie Emkarby. Auch aus diesem Dorf waren die Leute aufgebrochen.

Auf der anderen Seite des Dorfes sah Kristoffer einige Koffer, die im Schnee neben dem Weg lagen.

Sie gingen weiter in Richtung Eckerö. Sie hatten vielleicht noch drei Meilen vor sich, Kristoffer hatte keine Taschenuhr, aber er nahm an, dass es ungefähr drei Uhr war, es fühlte sich so an, die Sonne stand ein Stück über dem Fichtenwald, es war der 16. März, Ende des Winters und schon recht hell.

»Wir sind vermutlich heute spät abends dort«, sagte er zu seinem Begleiter Johan Axelsson.

Kristoffer trug sein Gewehr in der Hand, an der Seite hing sein Säbel. Axelsson trug ebenfalls ein Gewehr, beide hatten einen Ranzen mit einer Decke und ein paar persönlichen Dingen auf dem Rücken.

»Wir gehen, so lange wir können«, antwortete Axelsson.

Sie fragten nach dem nächsten Dorf und erfuhren, dass es Näfsby hieß. Kristoffer erinnerte sich an den Namen von dem Transport her, der sie vor wenigen Monaten in die entgegengesetzte Richtung gebracht hatte.

Da erblickten sie einen Mann, der auf einem kleinen Seitenweg über ein Feld gelaufen kam. Der Schnee war nicht tief, er kam ohne Schwierigkeiten voran, bald befand er sich auf der großen Landstraße. Er hob eine Hand hoch und winkte Kristoffer und Johan Axelsson zu, es war eine abwehrende Geste, so als ob er sie vor etwas warnen wollte.

»Die Kosaken«, schrie er. »Sie kommen jetzt herunter durch die Gemeinde Finström, sie sind nördlich von Bjärström gesehen worden.«

»Und wo liegt das?«, fragte Kristoffer.

»Das ist noch nicht einmal eine halbe Meile von hier entfernt«, antwortete der Mann.

»Dann sollten wir uns wohl beeilen«, sagte Kristoffer.

Der Mann eilte weiter. Er blieb wieder etwas weiter vorne auf der Straße stehen und warnte diejenigen, die dort gingen.

Kristoffer und Johan Axelsson liefen schon recht schnell. Jetzt versuchten sie, das Tempo zu erhöhen, aber nach kurzer Zeit waren sie wieder in den alten Trott verfallen. Sie waren an das Marschieren gewöhnt, das Tempo war vorgegeben, Ausdauer war gefragt.

Vor ihnen gingen einige grau gekleidete Männer und ein Kind. Weiter vorne auf der Straße wanderte eine Frau alleine. Sie ging mit schnellen Schritten dort entlang und trug einen grauen Militärmantel mit Kapuze. Bald hatten Kristoffer und Johan Axelsson die Männer mit dem Kind überholt. Die Frau ging jedoch unverändert schnell, der Abstand zwischen ihnen verringerte sich nicht. Es waren noch ungefähr hundert Meter bis zu ihr hin.

Da kam Kristoffer an ihrer Art zu gehen etwas bekannt vor, der leichte Schritt, der gerade Rücken. Er folgte ihr mit dem Blick, und jedes Mal, wenn sie einen Schritt machte, fielen die hinteren Falten des Mantels etwas auseinander, und die Lederstiefel wurden sichtbar.

Der graue Mantel, die Lederstiefel, die Art, wie sie ging. Er begann nachzudenken, wollte nicht glauben, dass das möglich sei, zögerte die unglaubliche Schlussfolgerung noch einen Augenblick hinaus. Plötzlich begann er zu laufen.

Johan Axelsson sah, wie Kristoffer davonrannte. Und er sah, wie sein Sergeant die Frau da vorne einholte, mit der Hand ihre Schulter berührte, sie umdrehte und eine ganze Weile still dastand. Dann sah Johan Axelsson, wie die beiden einander umarmten.

Als er herankam, hatten die beiden immer noch die Arme umeinander geschlungen und sagten nichts. Lange standen sie so stumm da, und der Frau liefen die Tränen über die Wangen.

Johan Axelsson stand stramm, das Gewehr an der Seite. Keiner hatte ihm den Befehl dazu gegeben, und selbst war er sich nicht bewusst, dass er eine Habachtstellung einnahm.

Das Medaillon

Sie gingen weiter in Richtung Näfsby, und als die Dunkelheit hereinbrach, waren sie immer noch unterwegs. Es herrschte eine strenge Kälte, und der Dunst direkt über dem Boden funkelte wie Kristall. Dann erstrahlten die Sterne am Himmel, mehr als sie jemals gesehen hatten.

Johan Axelsson ging fünf Meter vor Kristoffer und Johanna her, die sich bei den Händen hielten. Und Axelsson dachte, dass er den Sergeanten und seine wiedergefundene Freundin gut bewachen sollte. Wenn Gefahr aufkäme, so würde er der erste sein, der sie schützte; er wollte das gerne, um des Sergeanten willen, denn er war ein guter Vorgesetzter, vielleicht der beste, den er jemals gehabt hatte. Aber auch noch aus einem anderen Grund, den er nicht in Worte fassen konnte.

Dann erreichten sie Näfsby. Sie hatten eigentlich vorgehabt, ohne Aufenthalt weiter nach Eckerö zu gehen, aber sie mussten sich etwas ausruhen, und als sie einige andere müde Wanderer bemerkten, die auf ein größeres Hofgebäude zugingen, schlossen sie sich an. Als die Türe geöffnet wurde, gingen sie zusammen mit den anderen Neuankömmlingen hinein.

Die große Küche war voll von Menschen, alten und jungen, Soldaten in Uniform und von gewöhnlichen Åländern in abgenutzter Kleidung. Die meisten saßen oder lagen auf dem Boden, einige wimmerten, andere weinten. Viele waren eingeschlafen.

Im Kamin brannte ein Feuer. Es war nicht klar, wer der Eigentümer des Hauses war. Vielleicht hatte sich die Familie auch schon auf den Weg gemacht. Niemand schien es zu wissen, und niemand kümmerte sich auch darum, da alle ja bald weiterwollten.

Johanna und Kristoffer fanden in einer Ecke der Küche einen Platz. Sie drängten sich aneinander, saßen ganz dicht zusammen. Unter friedlicheren Umständen hätten sie wohl nicht so dagesessen, jetzt jedoch herrschte Gedränge und Not, jetzt galten die Regeln von Abstand und Vorsicht nicht.

Noch hatten sie nicht viel miteinander gesprochen. Nur einige Worte gemurmelt: *Dass du das warst, niemals hätte ich das geglaubt, ich hatte immer gehofft, wusste es eigentlich doch.* Viel mehr wurde nicht gesagt, aber das war im Augenblick auch nicht nötig. Sie hielten einander fest, und sie wussten, dass alles Ungesagte noch da war, denn jetzt hatten sie Zeit zusammen und konnten sich diese Worte noch ein wenig aufheben.

Johanna lehnte ihren Kopf an Kristoffers Schulter. Er legte einen Arm um ihren Rücken. Und sie schlief ein, ohne Unruhe zu spüren, sie schlief traumlos.

Er war ebenfalls eingeschlafen. Sie wurden plötzlich durch einen Schrei geweckt, offenbar war es eine alte Frau, die geschrien hatte, sie rief etwas Langgezogenes und Durchdringendes, aber die Worte waren undeutlich und schrill, verzerrt durch ihr Weinen. Dann hörten ihre Klagerufe ebenso unvermittelt auf, wie sie begonnen hatten.

Kristoffer legte seinen Arm fester um Johanna. Sie streckte den Hals aus, drehte den Kopf und erreichte seinen Mund mit ihren Lippen, er legte die andere Hand um ihren Kopf, und so saßen sie lange, küssten sich kaum, vermischten ihren Atem miteinander.

»Wir wollen immer«, murmelte Johanna.

»Ja, immer, meine Liebste«, murmelte Kristoffer.

Sie wiederholten das Wort, murmelnd, undeutlich vor Sehnsucht und Nähe, immer, ja, immer du, du. Und sie schliefen wieder ein, wurden miteinander wach und mit dem Wort, und nichts sollte jemals wieder so werden wie dies hier.

Es war immer noch mitten in der Nacht, als jemand die Tür aufriss und rief, dass die Kosaken im Anmarsch seien. Alle brachen hastig auf, die klagende Frau schrie wieder ihre Verzweiflung hinaus. Bald waren sie draußen auf der Landstraße. Axelsson ging immer noch ein Stück vor Johanna und Kristoffer. Es waren noch gut zwei Meilen bis zu dem Armeestützpunkt in Eckerö.

Jetzt sah man überall Soldaten. Kristoffer erkannte die meisten Uniformen, sie kamen aus verschiedenen Regimentern in Mittelschweden. Die Soldaten trugen ihre Waffen, sie waren geschlagen, und der Rückzug verlief ungeordnet, aber sie würden kämpfen, wenn die Russen sie angriffen, oder wenn irgendein Vorgesetzter den Befehl dazu gab. Alle Hoffnung war noch nicht verloren.

»Wenn wir einander aus den Augen verlieren sollten«, sagte Kristoffer.

»Ja, aber das wird ja nicht geschehen«, sagte Johanna.

»Nein, aber wenn wir uns trotzdem verlieren sollten, dann sollst du wissen, dass ich dich wiederfinden werde.«

»Ja, und du sollst dasselbe wissen. Ich werde dich immer finden.«

»Ich möchte dir etwas schenken.«

Sie gingen weiter. Kristoffer öffnete seine Jacke, knöpfte den obersten Knopf seines Hemdes auf und zog sich eine dünne Kette über den Kopf. An der Kette hing ein kleines Medaillon. Er drückte es Johanna in die Hand und machte schnell sein Hemd und seine Jacke wieder zu, denn es war bitterkalt.

»Soll ich das bekommen«?, fragte Johanna.

»Ja, es ist etwas, das ich dir schon lange hatte geben wollen, jetzt gehört es dir.«

Johanna schob ihre Kapuze zurück, lockerte den Knoten ihres Kopftuchs, zog die Kette über den Kopf, hob die Haare im Nacken ein wenig hoch und steckte die Kette unter den Kragen ihrer Bluse. Sie fühlte eine leichte, zitternde Bewegung auf der Haut, als das Medaillon im Takt mit ihren Schritten nach unten zwischen ihre Brüste glitt.

Der kleine Hafen an der Poststation in Eckerö war gefroren, die Boote lagen auf dem Land, der Rauch von den Höfen stieg steil nach oben. Aber der Ort war durchaus nicht still und ruhig. Mehrere hundert Soldaten hatten sich zwischen den Häusern versammelt, sie hatten große Feuer entzündet, sie saßen oder lagen vor den Feuern mit Kaffeebechern in den Händen. Viele schliefen, eingewickelt in ihre Mäntel oder Decken. Und die ganze Zeit über strömten weitere Gruppen von Soldaten hin zu dem Sammelplatz.

Unter all den Soldaten befanden sich auch Familien und Gruppen von Zivilpersonen aus Åland, einige hatten Koffer dabei, manche sogar Hausrat wie Teppiche oder Bilder, andere dagegen gar kein Gepäck. Und in einiger Entfernung vom Land konnte man auf dem Eis mehrere Schlitten erkennen, die sich schon in Richtung des schwarzen vereisten Meeres in Bewegung gesetzt hatten. Eine Weile würde der Feuerschein aus dem Hafen den Flüchtlingen da draußen noch den Weg zeigen, bald jedoch würden sie von der schwarzen Nacht umschlossen sein. Bis zum Anbruch der Morgendämmerung waren es noch mehrere Stunden.

Johanna und Kristoffer blieben an einem der Feuer stehen. Auf einem Haufen herausgekratzter Glut stand ein großer Kaffeekessel, die direkt danebensitzenden Soldaten füllten ihre Becher, und plötzlich erkannte jemand Kristoffer.

»Der Sergeant«, rief eine Stimme.

Ein Mann mit einem Becher in der Hand stand auf. Es war der Soldat Forsgren aus Gåsskär. Er machte den Versuch, vor seinem Vorgesetzten strammzustehen, den Ansatz zu einer Habachtstellung.

»Forsgren«, sagte Kristoffer. »Ich bin froh, dass Ihr gut durchgekommen seid.«

»Ich habe den Befehl erhalten, mit der Truppe, die Bomarsund verlassen hat, mitzugehen«, antwortete Forsgren. »Ich wollte umkehren, aber der Major hat es anders befohlen.«

»Hauptsache, Ihr habt es geschafft.«

»Aber nehmt doch bitte einen Becher Kaffee, und es gibt auch Brot, wenn Ihr möchtet. Und für das Fräulein natürlich auch.«

Forsgren besorgte zwei Becher, schenkte Kaffee ein und bot ihnen ein Stück grobes Roggenbrot an. Kristoffer und Johanna bedienten sich und setzten sich hin. Am Feuer war es warm, der Kaffee schmeckte gut, und das Brot war die erste Nahrung, die Kristoffer seit dem Abmarsch von Gåsskär zu sich nahm.

Jetzt entstand Unruhe unter den Soldaten. Jemand rief etwas, diejenigen, die saßen, erhoben sich, die Schlafenden wurden wach.

»Kosaken auf dem Eis«, schrie jemand.

Mehrere der Soldaten hoben ihre Gewehre, einige liefen zum Strand hinunter. Es war jedoch noch dunkel, niemand konnte etwas erkennen.

Ein Leutnant gab einen Befehl, mehrere der Soldaten liefen zu einer Stelle zwischen zwei der Feuer hin und stellten sich in Reih und Glied dort auf. Der Leutnant gab neue Befehle. Andere Offiziere schrien, die Soldaten kamen in Bewegung.

Draußen vom dunklen Eis her war ein Schuss zu hören. Dann folgte noch einer. Unter den Soldaten herrschte für einen Augenblick Stille, dann jedoch stieg der Geräuschpegel wieder an, Stimmen, Schritte, Befehle, Trommelwirbel.

»Warum werden die Trommeln geschlagen?«, fragte Johanna.

»Das ist das Signal zur Aufstellung«, antwortete Kristoffer. »Ich muss mich melden, aber ich komme zurück. Wir treffen uns an dem Vorratsgebäude dahinten.«

Er zeigte auf ein Holzgebäude ein Stück weiter hinten. Johanna nickte und hob die Hand. Kristoffer sah, dass sie ihn verstand, und eilte davon.

Johanna stellte sich neben die Tür des Gebäudes. Von hier aus konnte sie den ganzen Hafen überblicken. Es begann hell zu werden, sie erkannte die kleinen Inseln weiter draußen, konnte den Horizont ahnen.

Da näherte sich ein Offizier eilig dem Gebäude. Er nickte Johanna zu, ehe er die schwere Tür öffnete. Dann wandte er sich zu ihr um.

»Fräulein, geht bitte ein wenig zur Seite«, sagte er. »Wir öffnen das Vorratsgebäude jetzt für die Offiziere und Soldaten. Alle können nehmen, was sie wollen. Dann wird das Vorratsgebäude in Brand gesetzt, ehe wir Eckerö verlassen, und das wird bald sein.«

Er trat in das Vorratsgebäude und ließ die Tür weit offen stehen. Nach einer Weile bemerkte Johanna, dass er auch die Fensterläden geöffnet hatte.

Dann kamen die ersten Soldaten. Sie liefen zum Haus hin, eilten hinein, riefen einander dort drinnen im Dunkeln zu. Als sie gefunden hatten, wonach sie suchten, wurde es ruhig.

Neue Soldaten kamen, bald gab es ein großes Gedränge an der Tür. Alle wollten hinein, viele versuchten gleichzeitig, mit den Waren, die sie dort gefunden hatten, Mänteln, Schuhen, Strümpfen, Mützen, Zelten und Decken, wieder hinauszugelangen. Auch Unteroffiziere waren unter der wachsenden Schar von Plünderern.

Die Männer schubsten und beschimpften einander, sie rissen an den Sachen, ließen zu schwere Bündel fallen, ließen die Kleidungsstücke liegen und rafften neue Sachen an sich. Und jetzt kletterten auch viele aus den Fenstern. Einige arbeiteten sich gegenseitig in die Hände, ein Mann stand draußen und nahm die Dinge in Empfang, ein anderer warf Schuhe und Mäntel hinaus.

Johanna entfernte sich ein Stück. Sie wollte den Männern, die wahrscheinlich noch nie so eine erlaubte Plünderei mitgemacht und nur noch Augen für die vielen Vorräte hatten, nicht im Wege stehen.

Dann erblickte Johanna einen Mann, der aus der Türe torkelte. Er hielt eine Kupferflasche in der Hand, und nahm ab und an einen Schluck daraus. Bald kam ein weiterer Mann mit einer Flasche, und nach kurzer Zeit lagen mehrere betrunkene Männer auf dem Boden vor dem Gebäude.

»Die Branntweinfässchen sind offen«, rief jemand.

Und das wurde das Signal für die plündernden Soldaten. Jetzt gab es für alle Schnaps umsonst, noch dazu in unbegrenzter Menge. Die Zapfhähne der Fässchen waren offen, Wasserflaschen wurden gefüllt, einige der Männer tranken direkt aus den Hähnen, andere füllten Flaschen, schluckten, füllten sie erneut.

Immer mehr lagen bewusstlos draußen vor dem Gebäude. Männer, die mehrere Tage nichts zu essen bekommen hatten, schütteten den Branntwein in sich hinein, sie fielen hin, krochen ein Stück weiter und blieben liegen. Einige der Branntweinfässchen waren aus dem Gebäude hinausgerollt worden. Immer mehr Soldaten strömten herbei, immer mehr lagen in der eisigen Kälte sternhagelvoll auf dem Boden.

Da erschien ein junger Fähnrich vor dem Gebäude. Er sah den Branntweinirrsinn, der dort im Gange war, und erstattete seinem Major Bericht darüber. Der Major gab den Befehl, die Fässer zu zerschlagen.

Einige nüchterne Männer erhielten den Auftrag. Sie schlugen allen Branntweinfässern, die sie drinnen in dem Gebäude fanden, den Boden aus. Dann machten sie draußen weiter, denn dorthin hatte man mehrere Fässer gerollt. Auch diese wurden zerschlagen. Der Schnaps floss aus, die betrunkenen Männer, die dort auf dem Boden lagen, wurden richtig durchtränkt, ihre Kleidung sog den Schnaps auf. Weitere Tönnchen wurden zerschlagen, noch mehr Schnaps lief aus, und immer mehr Männer wurden nass.

Dann wurde noch ein Befehl gegeben: Zündet das Gebäude an, alle Mann nach draußen.

Das Feuer wurde drinnen gelegt. Der Korporal, der mit einem brennenden Holzstück ankam, zündete zunächst die trockenen Holzregale und die restlichen Decken an. Als diese Feuer gefangen hatten, lief er hinaus. Alle, die sich noch auf den Beinen hielten, gingen ein Stück zurück. Auch Johanna folgte.

Das Feuer erhielt bald weitere Nahrung durch den schnapsgetränkten Fußboden innen im Gebäude. Schnell sprangen die Flammen auf die Außenwände und auf das Dach über. Innerhalb weniger Minuten loderten die Flammen aus den offenen Fenstern.

Langsam kroch eine Flamme durch die Tür hinaus, die Geschwindigkeit nahm zu, die Flamme flatterte über den mit Schnaps durchtränkten Boden hin zu den zerschlagenen Fässern, sie erreichte die auf dem Boden liegenden Männer. Innerhalb von nur einer halben Minute hatte die Kleidung der Männer Feuer gefangen, die am Boden liegenden Männer waren zu lebenden Fackeln geworden. Jemand versuchte sich zu erheben, fiel jedoch sofort wieder hin. Andere begannen, sich auf dem Boden hin- und herzuwälzen, doch nichts half gegen das rasende Feuer, das von den erhitzten Schnapsgasen genährt wurde.

Durch die Flammen hindurch konnte man die Schreie der brennenden Männer hören. Sie brüllten vor Schmerzen, einige knieten, aber die meisten waren zu betrunken, um sich erheben zu können.

Johanna stand wie gelähmt da und blickte auf das Entsetzliche, das sich da vor ihren Augen abspielte. Doch dann sah sie einen Soldaten, der versuchte zu helfen. Er hatte seinen Mantel abgelegt und schlug damit auf einen brennenden Mann ein, um das Feuer zu ersticken. Johanna tat es ihm nach. Sie zog ebenfalls ihren Mantel aus und begann, damit auf das am nächsten liegende Brandopfer einzuschlagen.

Der Mann schrie und bettelte, Johanna schlug und wedelte, aber das Feuer wollte nicht ausgehen. Jetzt versuchten auch andere Soldaten zu helfen. Plötzlich hörte Johanna Kristoffers Stimme. Er gab Befehle, und er schrie und zeigte, mehrere der Männer folgten seinen Befehlen. Jetzt versuchten viele, die brennenden Soldaten zu retten.

Johanna bekam Augenkontakt mit Kristoffer. Er sah angespannt und wild aus, der Feuerschein flackerte über sein Gesicht.

»Axelsson«, schrie Kristoffer.

Johanna erkannte in einem der brennenden Männer den fürsorglichen Soldaten Axelsson, der sie auf der Wanderung begleitet hatte. Kristoffer versuchte ihn zu retten, aber das Feuer hatte schon sein Gesicht und seine Haare erfasst.

»Meine Kinder«, schrie er. »Kümmert Euch um meine Kinder.«

»Ich verspreche es dir«, antwortete Kristoffer.

Er schlug weiter mit seinem Mantel auf die Flammen ein, sie wurden ein wenig kleiner, aber für Axelsson gab es keine Hoffnung mehr. Er gab keinen Laut mehr von sich und lag bald ganz unbeweglich da. Seine Hosen brannten immer noch etwas, das Gesicht war schwarz und gesprungen.

Sie schlugen weiter mit den Mänteln auf das Feuer ein. Draußen zwischen den auf dem Boden liegenden Männern wurden die Flammen schwächer, aber stattdessen nahm die Hitze zu, die aus dem brennenden Haus herauschlug. Sie waren gezwungen, sich zurückzuziehen. Als sie in einiger Entfernung stehen blieben, sah Johanna, dass ganze Reihen toter Soldaten vor dem Haus lagen. Wie viele drinnen geblieben waren, konnte sie nicht erkennen.

Kristoffers Gesicht war voller Ruß, seine Hände waren schwarz. Er war jedoch nicht verletzt worden. Auch Johanna hatte Ruß auf den Wangen, und als sie sich mit den Fingern die Nase schnäuzte, sah sie, dass der Schleim, der aus der Nase kam, schwarz war.

Dann waren wieder die Trommelwirbel zu hören, die zum Aufbruch mahnten. Johanna ließ ihren rußigen und versengten Mantel liegen. Kristoffer gab ihr einen neuen, den er aus dem Vorratsgebäude gerettet hatte. Dann gingen sie hinunter zum Hafen.

»Musst du nicht zu deinen Soldaten gehen?«, fragte Johanna.

»In meinem Verband sind kaum noch Soldaten vorhanden, wir haben das Recht, uns einzeln auf den Weg zu machen. Das bedeutet, dass du und ich jetzt gemeinsam losgehen.«

Bei Tagesanbruch gingen sie in Richtung Signilskär, auf die kleinen Inseln zu, die eine gute Meile vor Eckerö lagen. Kristoffer war dort häufig gewesen. Er mochte den Ort nicht, an dem er das erste Mal in seinem Soldatenleben einen Menschen getötet hatte. Jetzt jedoch dachte er nicht daran, denn jetzt ging es um sein eigenes und Johannas Leben. Überlegene Feinde auf schnellen Pferden befanden sich ganz in der Nähe, es herrschte strenger Frost, sie hatten das ganze eisbedeckte Meer vor sich, voll von unbekannten Eisspalten und offenem Wasser.

Kristoffer trug in einer Hand sein Gewehr, den Säbel hatte er an der Seite hängen. Mit der anderen Hand hielt er Johannas Hand fest. Das erste Stück des Wegs, das am gefährlichsten und unsichersten war, versuchten sie, so schnell wie möglich hinter sich zu bringen.

Langsam wurde es heller, aber der kalte Nebel hing noch immer über dem Eis und schränkte die Sicht ein, sie konnten nur knapp hundert Meter weit sehen. Und überall bemerkten sie kleine Gruppen von Soldaten, niemand ging allein, einige stützten einander. Mehrere der Männer hatten einen unsicheren Gang, vielleicht waren es diejenigen, die sich an dem Branntwein des Vorratshauses bedient hatten und denen es geglückt war, dem Feuer zu entkommen. Wie lange würden sie es noch schaffen weiterzulaufen? Es herrschte zwanzig Grad Kälte, und sie waren ausgehungert und betrunken, bis Grisslehamn waren es noch vier Meilen.

Mehrere der Soldaten hatten sich schon auf dem Eis hingesetzt. Einige ließ man sitzen, bei anderen blieb ein unschlüssiger Kamerad noch eine Weile stehen; schließlich ging auch dieser weiter, wenn er einsah, dass er den teilnahmslosen Freund nicht zum Weitergehen bewegen konnte. Auf der gesamten Strecke über die Meeresbucht hin lagen sie, eine lange Reihe müder, betrunkener, schlafender und bald toter junger Männer.

Hier begann eine lange Reihe erfrorener schwedischer Soldaten. Vor Eckerö lagen die ersten, zusammengekrümmt, bleich mit weiß überpuderten Gesichtern oder auf dem Eis ausgestreckt, als ob es Sommer wäre, ohne Kopfbedeckung und ohne Handschuhe, Gewehr und Ranzen lagen in Reichweite. Und die Soldaten würden weiter über das Åländische Meer gehen, stolpern, sich hinlegen und sterben, eine lange Reihe, die bis nach Grisslehamn reichen würde.

Johanna und Kristoffer waren bei den ersten, die sie gesehen hatten, stehen geblieben und hatten sie aufgefordert weiterzugehen. Kristoffer hatte versucht, einen Mann vom Eis hochzuziehen, hatte Befehle gebrüllt, ihn beschimpft, aber der Mann hatte nicht weitergehen wollen. Er war wieder in sich zusammengesunken.

Sie waren weitergegangen, hatten nicht mehr mit den Soldaten auf dem Eis geredet. Sie waren vorbeigegangen und hatten gewusst, dass all diese Jungen innerhalb weniger Stunden tot sein würden. Und sie würden nicht ehrenvoll für das Vaterland fallen, sondern sterben, weil wichtige Entscheidungen über eine lange Zeit hinweg von einer selbstgefälligen und unwissenden Obrigkeit gefasst worden waren. An diesem Morgen sind viele an den sterbenden Soldaten vorbeigezogen. Einige fuhren auf Schlitten, die von trabenden Pferden gezogen wurden. Die meisten gehörten der Armee an, aber es waren auch Familien mit Kindern darunter. Johanna hoffte, dass ihre Bekannten aus Godby durchgekommen waren. Sie versuchte zu erkennen, wer auf den Schlitten fuhr, aber alle waren dick eingemummt und saßen zusammengesunken zwischen Bündeln und Koffern. In mehreren der Armeeschlitten lagen Haufen von Kleidung und sonstiger Ausrüstung, offenbar handelte es sich um Sachen, die aus dem Vorratsgebäude stammten. Vielleicht dachte der eine oder andere, etwas an der ungewöhnlichen Kriegsbeute verdienen zu können.

Johanna meinte: Wenn sie all diese Sachen ausladen würden, könnten sie einige von den Soldaten mitnehmen.

Sie sagte es Kristoffer. Er war ebenfalls der Ansicht, doch auf den Schlitten befanden sich Offiziere, und denen konnte er nicht vorschreiben, was sie zu tun hätten.

Um nach Signilskär zu gelangen, brauchten sie zweieinhalb Stunden. Die Sonne hatte den Nebel aufgelöst, der Himmel war klar, und es war nicht ganz so kalt wie in den frühen Morgenstunden. Jetzt hatten sie einen weiten Blick, die schwedische Küste war noch nicht zu erkennen, aber alle Inseln um Signilskär herum glitzerten in dem starken Licht, und draußen auf dem Eis erschienen die Menschen wie kleine schwarze Figuren, einige lagen auf dem Eis, andere befanden sich auf dem Weg nach Westen.

Sie gingen über die Bucht zwischen Signilskär und Enskär. Die Telegrafenscheibe war deutlich zu sehen. Kristoffer fragte sich, ob dort noch Personal war, er glaubte es jedoch nicht. Die Leute waren sicher schon nach Schweden geflohen.

Da hörten sie einen Schuss und kurz darauf Rufe, dann noch einen Schuss. Kristoffer blieb stehen und horchte, er suchte die Inseln mit den Augen ab, wandte sich um, sah jedoch nichts, das die Schüsse und die Stimmen erklärte.

»Komm, wir sehen zu, dass wir Land erreichen«, sagte er und ergriff Johannas Hand.

Sie liefen auf die am nächsten liegende Landzunge zu. Doch ehe sie angelangt waren, erblickte Kristoffer eine Gruppe Reiter, die von der felsigen Landspitze, auf die sie gerade zuliefen, verdeckt gewesen waren. Die Reiter waren von der anderen Seite gekommen. Kristoffer zog Johanna schnell mit sich, und sie erreichten das Land gerade an einer Stelle, an der ein Wacholdergestrüpp bis hinunter an den Eisrand gewachsen war. Sie warfen sich in das Gebüsch, versuchten, den Zweigen auszuweichen, bekamen jedoch Nadeln und alte Spinngewebe ins Gesicht.

Im Gebüsch versteckt beobachteten sie die Reiter, die sie offenbar nicht hatten an Land laufen sehen. Auf jeden Fall gab es keine Anzeichen dafür, dass ihr Versteck von den Männern, die langsam vorbeiritten, entdeckt worden war. Es waren zwölf Reiter, bekleidet mit zotteligen Pelzen. Sie hatten einen Schlitten dabei, auf dem ein Mann in schwedischer Uniform sowie zwei liegende Männer zu sehen waren. Einer der Reiter ritt direkt neben dem Schlittenpferd und hielt mit einer Hand den Zaum fest.

»Kosaken«, flüsterte Kristoffer.

»Was sind denn das für Leute auf dem Schlitten?«, flüsterte Johanna zurück.

»Ich glaube, dass sie einige von den Unseren gefangen genommen haben«, antwortete Kristoffer.

Johanna konnte fühlen, wie angespannt Kristoffer war. Er hatte ihre Hand losgelassen und umfasste mit beiden Händen sein Gewehr.

»Was hast du vor?«, fragte sie.

Er antwortete nicht. Sie hörte, wie er durch die Nase atmete, ruhig und rhythmisch. Es waren kräftige Atemzüge, so als ob er sich vor einer Entscheidung konzentrierte.

Aber er blieb sitzen. Die Reiter trabten vorbei, schwenkten in die Bucht ein, aus der Kristoffer und Johanna gekommen waren.

Genau in diesem Augenblick hielt der vorderste Reiter, vermutlich der Anführer der Kosaken, sein Pferd an. Die anderen machten ebenfalls Halt, der Anführer rief etwas, und die anderen Reiter ritten nach allen Seiten aus. Als sie sich unregelmäßig über das Eis verteilt hatten, machten sie halt. Und da merkten Johanna und Kristoffer, warum die Kosaken dieses Manöver veranstaltet hatten.

Eine Gruppe schwedischer Soldaten war über das Eis herangekommen. Sie waren zu siebt, und alle trugen sie ein Gewehr. Im Gegensatz zu den sonstigen betrunkenen und erschöpften Männern schienen sie schnell und zielbewusst zu marschieren. Jetzt hatten sie die russischen Reiter bemerkt. Die Schweden verteilten sich ebenfalls auf dem Eis, machten halt und knieten sich nieder, mit dem Gewehr im Anschlag.

Ein paar Sekunden später hörte man die ersten Schüsse, kleine Rauchsäulen stiegen aus den Mündungen der schwedischen Gewehre. Die Kosaken beantworteten das Feuer. Niemand fiel jedoch. Einige luden ihre Waffen nach. Johanna merkte, dass Kristoffer wie auf Kohlen saß, sie erwartete, dass er jeden Augenblick aufstehen würde.

Darauf ritten einige der Kosaken langsam weiter nach außen, sie wandten sich wieder den Schweden zu, hatten offenbar die Absicht, die schwedische Gruppe zu umzingeln.

Da erhob sich Kristoffer. Geduckt schlich er aus dem Gebüsch, setzte sich mit seinem Gewehr in eine Felsspalte, zielte und schoss. Das Pferd des Reiters, der auf den Schlitten aufgepasst hatte, scheute, warf den Kopf zurück und galoppierte davon.

Die Kosaken wurden von dem Schuss überrumpelt. Sie hatten Kristoffer nicht gesehen, aber sie glaubten, dass sie von mehreren Seiten aus gleichzeitig beschossen würden. Sie ließen von ihrem Umzingelungsversuch ab, ritten ungeordnet in alle Richtungen davon, ihr Anführer schrie Befehle, denen jedoch offensichtlich niemand folgte.

Jetzt hatte auch Kristoffer sein Gewehr nachgeladen. Er schoss noch einmal, und auch dieses Mal rief er unter den Kosaken Verwirrung hervor. Zur gleichen Zeit fing der Schlitten an, sich in Richtung auf den Felsen zu bewegen, hinter dem Kristoffer saß und Johanna versteckt lag.

Keiner der Kosaken machte Anstalten, den Schlitten zu verfolgen. Bald war er nur noch fünfzig Meter vom Land entfernt. Einer der Schweden auf dem Schlitten hatte die Zügel ergriffen und versuchte nun, den Strand zu erreichen, vielleicht dachte er, dass seine Chance zu entkommen, größer sei, wenn er das Eis verließ.

Während der Schlitten das Land fast erreicht hatte, waren die kämpfenden Männer inzwischen noch weiter aufs Eis hinausgelangt.

Da erhob sich Kristoffer. Er lief zum Schlitten hinunter. Die Männer, die darauf saßen, erkannten seine Uniform. Sie grüßten und wechselten einige Worte. Johanna war ebenfalls aufgestanden. Kristoffer winkte ihr zu, näher zu kommen, sie folgte seiner Aufforderung, ging zum Schlitten hin, betrachtete die Männer, die darauf saßen.

Einer von ihnen trug einen blutigen Verband um eines seiner Beine, der zweite rührte sich nicht, er lag dort, und es war nur ein kleiner Teil seines Gesichtes zu erkennen. Der Mann, der den Schlitten lenkte, salutierte vor Johanna.

»Der Leutnant fährt jetzt nach Grisslehamn«, sagte Kristoffer. »Du kannst mitfahren, ich komme nach, ich muss meinen Kameraden helfen, die Kosaken zurückzudrängen.«

»Ich möchte nicht ohne dich fahren«, antwortete Johanna.

»Das weiß ich, meine Liebste, aber es ist jetzt Krieg, und es ist meine Pflicht zu bleiben.«

»Wir müssen jetzt abfahren«, sagte der Leutnant.

Kristoffer nahm Johannas Hand und hob sie auf den Schlitten, küsste sie schnell auf den Mund, und sie begriff, dass an all dem nichts zu ändern war.

Dann versetzte der Leutnant dem Pferd mit den Zügeln einen Schlag, der Schlitten wurde mit einem Ruck angezogen und glitt auf das Eis hinaus. Der Leutnant lenkte ihn vom Strand weg, auf dem der Kampf stattfand, und bald war der Schlitten hinter der felsigen Insel verschwunden.

Johanna hatte ihr Gesicht Signilskär zugewandt. Sie konnte nicht erkennen, was dort passierte, sie sah nur die grauen Inseln, das glänzende Eis und die Telegrafenscheibe, die sich gegen den Himmel abzeichnete.

Eine Stunde später saß sie immer noch da und blickte auf die Inseln, die sich jetzt mit Eckerö zu einer grauen zusammenhängenden Landmasse verbunden hatten. Das Pferd war in einen ruhigen Trab verfallen, sie kamen gut voran. Und die ganze Zeit über kamen sie an müden Soldaten vorbei, die Waffen, Kleidung und Ranzen abgeworfen hatten. Es waren auch schwerere Teile, die auf Schlitten transportiert worden waren, auf dem Eis abgestellt worden, Kisten, Koffer und Werkzeug, Äxte, Schachteln mit Hufeisen, sogar einige kleinere Kanonen.

Hunderte von Soldaten befanden sich auf dem Weg in dieselbe Richtung. Viele von ihnen hatten aufgegeben und sich aufs Eis gelegt. Es war Nachmittag, es war wieder kälter geworden, die Nacht würde eisig werden. Diejenigen, die auf dem Eis liegen blieben, würden den nächsten Tag nicht erleben.

Der Schlitten hatte offenes Wasser erreicht, eine breite Eisrinne, sie waren gezwungen, einen weiten Umweg zu machen. Als die Dämmerung hereinbrach, erkannten sie Feuer drüben an der schwedischen Küste. Sie nahmen an, dass die Feuer von Soldaten entfacht worden waren, die schon bis nach Grisslehamn gekommen waren.

Das letzte Stück mussten sie in der Dunkelheit hinter sich bringen, und jetzt konnte Johanna vier große Feuer erkennen. Der Schein spiegelte sich auf dem schwarzen Eis wider, ein flackernder rotgelber Schein, es sah aus, als ob ganz Grisslehamn vom Feuer verschluckt sei. Als sie jedoch Loskäret erreichten, sah Johanna, dass die Feuer unten entlang der Hafenbucht angezündet worden waren. Und jetzt erkannte sie auch die Menschen, die um das Feuer herum standen oder saßen, Männer, die sich in der Nähe der wärmenden Flammen aufhielten.

Die Kosaken kommen

Der Leutnant war mit dem Schlitten auf den Strand hinaufgefahren. Dort standen schon mehrere leere Schlitten ohne Pferde. Er stieg aus und ging auf die nächste Gruppe von Soldaten zu. Johanna war bei den Verwundeten im Schlitten geblieben. Sie hatte während der Überfahrt nicht viel mit ihnen gesprochen, da diese fast die ganze Zeit über geschlafen hatten. Jetzt fragte sie sie, wie es ihnen ging, konnten sie allein gehen oder benötigten sie Hilfe?

Der Mann mit der Fußverletzung antwortete, dass er schon allein weiterhumpeln könne. Der andere Soldat dagegen fantasierte und schien zu krank zu sein, um auf eigenen Beinen stehen zu können.

Johanna ließ sie einen Augenblick allein und suchte den Leutnant auf, der mit einem vorgesetzten Offizier sprach. Sie wartete und hörte der Unterhaltung zu.

»Dem Regiment fehlt in den meisten Kompanien weit mehr als die Hälfte der Mannschaft«, sagte der Offizier. »Hat Er Leute von unseren Einheiten auf dem Weg hierher gesehen?«

»Leider muss ich mitteilen, dass wir eine große Anzahl Soldaten verloren haben«, antwortete der Leutnant.

»Vielleicht kommen noch welche während der Nacht.«

»Lasst es uns hoffen. Ich habe zwei Verwundete im Schlitten, gibt es hier irgendeine Krankenversorgung?«

»Wir legen die Verwundeten in die Schuppen da hinten.«

Der Offizier zeigte in Richtung Sockenhusbacken. Der Leutnant versuchte, noch einige Männer ausfindig zu machen, die von seiner eigenen Kompanie übrig geblieben waren. Mit ihrer Hilfe trug er die beiden Verwundeten zu den provisorischen Krankenstuben über dem Hafen. Johanna zeigte den Weg, dankte ihm für die Fahrt und ging zurück zu den Feuern.

Sie suchte nach Kristoffer, auch wenn sie einsah, dass er noch gar nicht da sein konnte. Überall lagen Männer herum, die sich ausruhten. Einige hatten Brennholz herangetragen, Äste und Zweige aus dem Wäldchen in der Nähe, Bretter und Kisten, einen Teil einer Brücke, eine Tür, die jemand aus einem Schuppen herausgebrochen hatte. Die Nacht war sehr kalt, die erschöpften Männer würden ohne Wärme nicht bis zum Morgen überleben können. Die kleinen Gebäude im Hafen mussten einen Teil ihres Bauholzes beisteuern.

Und jetzt kamen wieder mehrere Soldaten vom Eis her. Sie stolperten das letzte Stück heran, ließen sich vor dem ersten Feuer auf den Boden fallen und blieben lange liegen, ehe sie sich aufsetzen konnten.

Johanna wanderte zwischen den Männern umher und fragte, ob sie Kristoffer kannten. Die meisten waren zu müde, um antworten zu können, einige schüttelten nur den Kopf. Der ein oder andere versuchte jedoch nachzudenken.

»Man kann nur warten«, sagte ein Mann.

»Möge Gott Euern Freund beschützen, Fräulein«, sagte ein anderer.

Johanna ging weiter. An dem Feuer in der Nähe der Postmeisterei stand ein Offizier über einen jungen Fähnrich gebeugt, der vergeblich versuchte sich zu erheben.

»Entschuldigung, Herr General«, sagte der Soldat.

»Bleib liegen«, sagte der Offizier. »Bist du aus Dal, mein Freund?«

»Ja, Herr General, ich komme aus Åmål.«

»Wie alt bist du?«

»Ich bin sechzehn Jahre alt.«

»Du und deine Kameraden, ihr habt gut gekämpft, ich bin stolz auf euch.«

»Danke, Herr General.«

»Du kannst mich gerne in meinem Hauptquartier aufsuchen, wenn du wieder auf den Beinen bist.«

»Ja, danke, Herr General.«

Der ältere Offizier setzte seinen Weg fort. Da erkannte Johanna das schwarze Band um seinen Kopf und begriff, dass es General von Döbeln war. Er ging weiter zu den anderen Verwundeten, sprach eine Weile mit ihnen, tröstete sie, hatte für alle ein freundliches Wort. Als Johanna weiter unter den Männern nach Kristoffer suchte, ging sie in dieselbe Richtung wie der General. Er bemerkte Johanna.

»Bist du von hier?«, fragte er.

»Ja, Herr General«, antwortete Johanna. »Im Augenblick jedoch komme ich aus Åland, wie alle anderen hier am Strand.«

»Dann weiß du ja, wie es unserem Volk im Augenblick geht.«

»Ich suche einen Freund, den Sergeanten Kristoffer Lundberg von der Svea Livgarde.«

»Einer unserer guten Kämpfer, ganz sicher. Aber gib nicht auf, liebes Kind, er wird schon wiederkommen.«

»Ich hoffe es, Herr General.«

»Gib niemals auf, mein Mädchen. Denk daran, du darfst niemals aufgeben. Ich wurde zu diesem elenden Rückzug gezwungen, aber das geschah gegen meinen Willen.«

»Ich gebe nicht auf, sicher nicht.«

»Das ist gut, dann verstehen wir einander.«

Er salutierte und setzte seine Wanderung zwischen den geschlagenen und traurigen Soldaten fort. Es war noch eine Stunde bis Mitternacht, am Freitag, dem 17. März 1809.

In der Postmeisterei waren alle wach. Als Johanna die Tür öffnete, kam der Postmeister ihr entgegen. Er machte ein erstauntes und gerührtes Gesicht und umarmte sie, das war vorher noch nie passiert.

»Liebe Johanna, ich habe geglaubt, ich würde dich nie wiedersehen«, sagte er.

»Mir geht es gut«, antwortete Johanna.« Für all die armen jungen Männer, die draußen auf dem Eis geblieben sind, ist es schlimmer ausgegangen.«

Jetzt kamen auch die Hausfrau, Laura und Magister Lindman herbei, und alle wollten Johanna anfassen, wie um sich zu vergewissern, dass sie es auch wirklich war. Und Johanna begriff, dass sie offenbar geglaubt hatten, sie sei bei den Unruhen auf Åland umgekommen. Niemand jedoch fragte nach Kristoffer, und das tat ihr weh.

Johanna war müde, sie hatte die letzten vierundzwanzig Stunden kaum geschlafen. Ihre Augen brannten, und ihr wurde schwindlig, wenn sie still stand. Trotzdem war ihr Kopf klar, sie konnte schnell denken, und es kamen ihr Erinnerungsbilder vor Augen, die ganz scharf waren. Aber die Gedanken schmerzten, jedes Bild blitzte in ihrem Kopf auf, sie waren in weißes blendendes Licht getaucht.

Später, als sie mit Laura in der Küche war, spürte sie, dass sie wieder zuhause war. Sie tranken Kaffee, und Johanna erzählte von ihren Erlebnissen. Laura fragte, und bald sprachen sie auch über Kristoffer.

»Er kommt nach«, sagte Johanna. »Er wurde aufgehalten, aber er kommt heute Nacht oder morgen.«

»Ruh dich erst einmal etwas aus«, sagte Laura. »Schlaf ein paar Stunden, ehe du wieder hinunter zum Hafen gehst.«

Die Uhr im Salon schlug zwölf. Sie legte sich im Mägdezimmer hin, schlief ein, erwachte mit einem Ruck und setzte sich auf. Sie hatte drei Stunden geschlafen.

Dann eilte sie hinunter zum Hafen. Die Feuer brannten immer noch. Neue Soldaten waren gekommen. Johanna ging herum und suchte, sie fand Kristoffer nicht. Sie fragte nach, niemand wusste etwas.

Dann ging sie hinaus aufs Eis, spähte in Richtung Loskäret und glaubte, dort jemanden zu erkennen. Sie wartete, aber es kam niemand. Bis zum Morgen waren es noch einige Stunden hin.

Johanna saß an einem der Feuer, als das erste zitternde Licht im Osten über dem Eis aufging. Sie war eingenickt, aufgewacht, wieder eingeschlafen. Dann hatte sie von einem der Soldaten einen Becher Kaffee bekommen.

Um sechs Uhr war es hell. Eine Gruppe von sieben Soldaten war gerade in einem Schlitten angekommen. Niemand hatte etwas von Kristoffer gehört.

Hatten sie irgendetwas über die Kämpfe bei Signilskär erfahren?

Es war überall gekämpft worden. Die Truppen der Kosaken waren im Anmarsch. Es gab nicht mehr viele schwedische Soldaten, und diejenigen, die nicht entkommen konnten, waren vermutlich inzwischen gefangen genommen worden.

Um acht Uhr kamen drei Soldaten zu Fuß über das Eis. Sie sanken am Strand zusammen, und man half ihnen hinauf zum Feuer.

Johanna war in die Postmeisterei zurückgegangen. Sie hatte eine Stunde geschlafen und war von einem unangenehmen Ruck, der durch ihren Körper ging, aufgewacht, von einem Gefühl der Ohnmacht und Versäumnis. Sie eilte hinunter zum Hafen, aber der, den sie suchte, war nicht da.

Sie blieb den ganzen Vormittag über dort. Gegen zwölf begannen die Soldaten, sich zum Abmarsch bereit zu machen. Sie fragte einen der Offiziere, wohin die Soldaten abkommandiert worden waren, und erhielt die Antwort, dass die Truppen sich Quartier in den Dörfern in Richtung Väddö suchen sollten. Der General würde sein Hauptquartier im Pfarrhof aufschlagen.

»Eine Gruppe von Landwehrmännern bleibt hier«, sagte der Offizier.

Später erfuhr Johanna dann, dass zwanzig Soldaten der Landwehr nach Grisslehamn gekommen waren, während sie auf Åland gewesen war. Sie wurden von einem Fähnrich befehligt, der Edelfelt hieß. Sie waren auf den Höfen in Tomta und Byholma einquartiert worden.

Nachmittags saß Johanna in der Küche der Postmeisterei. Sie fühlte sich nicht müde, die seltsame weiße Hitze im Kopf hielt sie wach. Sie hörte die leisesten Geräusche, sah alles, was sich in ihrem Gesichtsfeld bewegte, mit äußerster Schärfe. Aber in ihr nagte es, und sie hatte das Gefühl, dass ihre Kräfte verbrannt würden.

Sie saß am Tisch, den Blick zum Fenster gewandt, und schälte Kartoffeln. Da kam ein Mann in Offiziersuniform über den Hofplatz. Er klopfte an die Tür und wurde von jemandem hereingelassen; Johanna hatte nicht gesehen, wer geöffnet hatte.

Eine Viertelstunde später verließ er die Postmeisterei wieder. Er ging mit schnellen Schritten und nahm die Abkürzung an der Hecke entlang zum Hafen hinunter. Die Hausfrau kam in die Küche. Sie berichtete, dass sie zwei Gäste zum

Abendessen bekäme, zwei Offiziere, die mit einer fünfzig Mann starken Truppe zurückgekommen seien. Der Befehl war offenbar geändert worden, jetzt war eine Truppe nach Grisslehamn zurückgeschickt worden, die Offiziere sollten in der Postmeisterei wohnen. Johanna sollte sofort die Kachelöfen in zwei der Gästezimmer anheizen.

Als sie das Holz hinaufgebracht und das Feuer in einem der Gästezimmer angezündet hatte, holte sie das Medaillon hervor. Sie hat immer wieder durch den Blusenstoff danach gefasst, sich vergewissert, dass es noch dort hing. Es war das Wissen um seine Existenz, das wichtig war. Sie hatte gar nicht darüber nachgedacht, dass der kleine goldene Behälter vielleicht etwas enthalten könnte. Jetzt setzte sie sich auf eines der Betten, öffnete den obersten Knopf ihrer Bluse und holte das Medaillon hervor. Ehe sie es öffnete, küsste sie es.

Innen befand sich ein kleines Stück Papier. Es war das Portrait, das sie Kristoffer geschenkt hatte. Es war gegen den Rücken des Medaillons gepresst. Sie ließ es dort, machte den Verschluss wieder zu und steckte das Medaillon wieder zurück in ihre Bluse. Dann sah sie nach dem Feuer, ging hinüber in das andere Gästezimmer und machte auch dort alles fertig.

Zum Abendessen gab es gebratenen Lachs. Leutnant von Platen war der Chef der Truppe, Fähnrich Hans Lidström war sein Adjutant. Sie gehörten dem Västgöta Dals Regiment an. Beide waren mit den Truppen von Döbelns auf Åland gewesen.

Man merkte, dass die Offiziere müde waren, aber beide hatten gute Umgangsformen und verbargen ihr Gähnen, machten der Wirtin Komplimente für ihr Essen und tranken auf Schwedens Wohl. Nach dem Hauptgang kam die Rede auf die Ereignisse in Stockholm, als der König abgesetzt worden war, die Gäste hatten großes Interesse daran. Hatten die Wirtsleute etwas gehört? Sie selbst waren ja mit den Truppen auf Åland gewesen.

Der Postmeister wusste nicht viel, er hatte über den Telegrafen ein paar Informationen erhalten, hatte Gerüchte gehört, mehr nicht.

Ja, aber das Geringste war schon wichtig. Könnte er wohl berichten?

»Offenbar waren es die Generäle Adlercreutz und Klingspor, die in dieser Revolte die führende Rolle gespielt haben«, sagte der Postmeister. »Auch Oberstleutnant Adlersparre war dabei, Herzog Karl ist bis auf Weiteres der Reichsverwalter, der König ist gefangen gesetzt worden und hat keinerlei Einfluss mehr.«

»Konnte denn das alles ohne Blutvergießen durchgeführt werden?«, wollte Fähnrich Lidström wissen.

»Ja, so wurde es berichtet«, antwortete der Postmeister.

»Aber es ist noch nicht vorbei«, sagte Leutnant von Platen. »General von Döbeln ist außerordentlich ungehalten über die Aktionen seiner Kollegen, das weiß ich, denn ich habe in den letzten Tagen seinem Stab angehört.«

»Könnte von Döbeln denn mit seinen Truppen dem König zur Hilfe kommen?«, fragte der Postmeister.

»Dann würden schwedische Soldaten gegeneinander aufgestellt werden, und das wäre furchtbar«, antwortete von Platen. »In den nächsten Tagen wird sich jedoch zeigen, was weiter geschehen wird. Über Schwedens Zukunft wird jetzt entschieden werden. Die Russen stehen mit großer Übermacht auf der anderen Seite des Meeres, und das Eis ist dick, sie können jederzeit herüberkommen, es trennt sie nur noch ein Tagesmarsch von uns. Und in dieser bedrohlichen Lage wird das Reich zusätzlich von einer Revolution erschüttert.«

Alle seufzten. Der Leutnant hatte die schwierige Lage beschrieben, niemand hatte etwas hinzuzufügen.

Als das Essen zu Ende war, räumte Johanna ab, dann spülte sie und räumte die Küche auf. Es war neun Uhr, als sie zum Hafen hinunterging. An einem Feuer saßen fünf Soldaten, es war das einzige, das noch brannte. Sie waren gerade erst über das Eis gekommen, wirkten ermattet und teilnahmslos, einer von ihnen war verwundet. Er hatte gegen die Kosaken gekämpft und eine Stichwunde am Arm erhalten.

Johanna fragte, wo der Kampf stattgefunden hatte.

Ganz nahe am Land vor Eckerö. Ein schwedischer Soldat war gefallen, mehrere waren gefangengenommen worden. Der Verwundete selbst war zunächst der einzige in der Gruppe gewesen, der hatte fliehen können. Auf dem Weg über das Eis hatten ihn schließlich ein paar Kameraden eingeholt, die gefangen gewesen waren, aber dann doch fliehen konnten. Zusammen waren sie nach Grisslehamn gekommen.

Hatten sie einen Sergeanten von der Leibgarde gesehen?

Nein, sie selbst gehörten dem Södermanlands Regiment an. Vielleicht war der Sergeant gefangen worden wie viele andere. Für die Gefangenen war es die Hölle, sie wurden sehr schlecht behandelt.

Johanna ging zurück zur Postmeisterei, holte Brot, Käse und einen Krug mit warmer Mehlsuppe heraus, ging mit dem Essen in einem Korb zurück zu den Soldaten und gab es ihnen. Sie aßen schweigend. Johanna wartete. Als sie fertig gegessen hatte, schliefen einige von ihnen am Feuer ein. Der verwundete Mann hatte Schmerzen und konnte nicht schlafen. Er sagte, dass sie sich ein paar Stunden ausruhen und dann weiter in Richtung Väddö gehen würden, wo sich ihre eigenen Truppen befinden sollten.

Die Soldaten blieben die ganze Nacht über an dem Feuer liegen. Als es hell wurde, brachen sie auf und setzten sich in Richtung Tomta in Bewegung.

Am Sonntagmorgen wurde Johanna mit einer Nachricht nach Grisslehamn 2 geschickt, der neuen Station auf dem Aussichtsberg. Sie übergab das Papier mit dem Text dem Telegrafisten, der im Augenblick Dienst hatte, einem dunkelhaarigen jungen Mann, den sie nicht kannte. Er schickte die Nachricht sofort nach Süden ab. Johanna ging hinüber zur Station Grisslehamn 1, weil sie hoffte, Albert dort anzutreffen. Er hatte jedoch keinen Dienst, stattdessen hatte Sven Niklasson die Frühschicht, ihn kannte Johanna schon seit Jahren.

Sven lieh Johanna das kleine Fernrohr. Sie stellte sich auf eine Lichtung vor dem Signalhäuschen und begann, über das Meer zu spähen. Die Sicht wurde von einem leichten Kältenebel direkt über dem Eis etwas behindert. In einigen Stunden, wenn die Sonne höher am Himmel stehen würde, müsste er sich wahrscheinlich auflösen. Bis Loskäret war die Sicht gut, Schlittenspuren und Fußstapfen waren in dem verharschten Schnee gut zu erkennen. Auch etwas weiter draußen konnte Johanna die tieferen Spuren noch erkennen, dahinter verwischte der Nebel jedoch alle Konturen.

Sie entschloss sich zu warten und ging zu Sven hinein, der an dem fest angebrachten Fernrohr stand. Er erklärte, dass es ein wenig anders eingestellt worden sei, man hatte den Gesichtswinkel soweit verbreitert, dass man jetzt die gesamte Inselgruppe dort draußen sehen konnte, außerdem noch ein gutes Stück Eis diesseits von Signilskär. Die Signalstation schien nicht besetzt zu sein, man konnte jedoch das gesamte Gebiet betrachten. Wenn die Russen kommen sollten, würden sie sicher den kürzesten Weg nehmen, und der führte an Signilskär vorbei.

»Der Nebel hebt sich bald«, sagte Sven. »So ist es schon seit langem. Der Morgennebel gibt schlechte Sicht, aber dann wird es plötzlich klar.«

»Ich kann dich eine Weile ablösen, wenn du willst«, sagte Johanna.

»Ob ich das wagen soll?«

»Du kennst mich doch, Sven.«

Er wusste, dass Albert Johanna vertraute, auch wenn er den Grund nie richtig verstanden hatte. Es befanden sich jedoch keine unbekannten Personen in der Nähe, keine Spione, sicher konnte er seine Augen eine Weile ausruhen und Johanna die Wache überlassen.

Sie blickte durch das Glas, konnte jedoch nur den dicken, weißen Nebel sehen, der durch die vergrößernden Linsen des Fernrohrs noch dichter schien. Sie aber blieb stehen, wartete, die Augen an die abgerundeten Ränder des Fernrohrs gepresst. Es war halb acht. In Grisslehamn war es minus sechzehn Grad kalt.

Einige Male lehnte sie sich zurück, blinzelte, schloss die Augen für ein paar Sekunden, blickte wieder durch das Fernrohr.

Zwanzig Minuten später saß sie immer noch dort. Sven war eine Zeitlang draußen gewesen, jetzt kam er wieder herein und setzte sich auf einen Hocker schräg gegenüber von Johanna.

»Soll ich wieder übernehmen?«, fragte er.

»Warte noch ein wenig«, sagte sie.

Der Nebel begann sich aufzulösen. Direkt auf dem Eis lag er noch, aber mit jeder Minute wurde er schwächer.

Weit draußen konnte sie eine Bewegung erahnen, dunkle Schatten oder Flecke, noch konnte man nicht alles genau erkennen.

Es waren Gestalten, jetzt konnte sie es sehen, mehrere schwarze Gestalten und eine kaum erkennbare Bewegung. Bei der starken Vergrößerung bewegten sich die Figuren nicht nach vorne, sie waren nur kleine Punkte, die leicht flimmerten, wie tanzende Mücken in weiter Ferne. Johanna war an dieses Fernrohr gewöhnt. Sie wusste, wie Menschen aussahen, und sie erkannte Pferde und Schlitten. Hier handelte es sich um eine Gruppe, das konnte sie schnell erkennen.

Der Nebel verzog sich, und man hatte jetzt richtig gute Sicht. Die ersten Sonnenstrahlen erhellten das Meer. Und innerhalb einer einzigen Minute erschien ein ganz klares Bild.

»Pferde«, sagte Johanna.

»Sven ergriff sie bei der Schulter, schob sie zur Seite und setzte sich selbst an das Fernrohr.

»Ja, es sind Pferde«, sagte er nach einer Weile.

»Kann du sie zählen?«

»Nein, aber es sind viele, eine große Gruppe von Reitern.«

Er blieb noch einen Augenblick sitzen. Dann wendete er sich vom Fernrohr ab und sah Johanna an, ohne etwas zu sagen. Er machte ein ernstes Gesicht. Er schien Angst zu haben.

»Jetzt kommen die Russen«, brachte er schließlich hervor.

Zwei Minuten später befand sich Johanna mit der beunruhigenden Nachricht auf dem Weg hinunter zur Postmeisterei. Sven lief hinüber in das andere Telegrafenhäuschen. Von dort aus wurde der Alarm nach Süden geschickt: *Russische Reiter nähern sich Grisslehamn auf dem Eis.*

Eine Dreiviertelstunde später erreichte der Alarm Stockholm. Jetzt war die Hauptstadt von russischen Truppen bedroht. Niemand konnte wissen, wie viele über das Eis kommen würden. Auf Åland befanden sich mehr als zehntausend russische Soldaten, vielleicht fünfzehntausend. War das hier jetzt nur eine kleine Vorhut, oder befand sich das Gros schon im Anmarsch auf Stockholm?

Johanna blieb in der Postmeisterei. Ein Soldat wurde zur Ordonnanz bestimmt und musste mit Meldungen zwischen dem Aussichtsberg und der Postmeisterei hin- und herlaufen. Die fünfzig schwedischen Soldaten und die zwanzig Landwehrmänner mussten sich auf beiden Seiten des Hafens aufstellen, ein Posten wurde nach Loskäret geschickt, von Platen informierte den Postmeister darüber, dass er die Postmeisterei als Stabsquartier zu nutzen gedachte.

Der Postmeister hatte keine Einwände. Selbst wenn er welche gehabt hätte, so wäre es ohne Bedeutung gewesen, denn jetzt näherte sich der Krieg Grisslehamn, und das Militär hatte das Sagen.

Um neun Uhr kam die Ordonnanz angelaufen. Er berichtete dem Leutnant von Platen, dass es Kosaken waren, die über das Eis herankamen. Man konnte sie nun deutlich erkennen, und es waren mindestens zweihundert.

Um viertel vor zehn kam die Ordonnanz mit neuen Nachrichten vom Telegrafen. Es waren mehr als dreihundert Kosaken. Sie befanden sich jetzt in unmittelbarer Nähe Grisslehamns.

Da fasste der Postmeister einen Entschluss. Er spannte einen Schlitten an. Die Koffer waren schon gepackt. Er selbst und die Hausfrau verließen die Postmeisterei, die Kinder befanden sich schon in Stockholm. Ehe er abfuhr, sagte er, dass ein zweiter Schlitten bereitstünde. Darauf zog Laura sich schnell an. Magister Lindman begleitete sie, als der Schlitten aus dem Tor glitt. Sigurd Arvidsson, den Knecht der Postmeisterei, hatte man schon längere Zeit nicht mehr gesehen. Vielleicht hatte er Grisslehamn schon verlassen.

Innerhalb der nächsten Stunde verließen fast alle Einwohner Grisslehamns den Ort. Viele fuhren zu Verwandten und Bekannten, die in den Dörfern weiter im Süden lebten, aber dort war schon alles sehr überfüllt, da mehrere Regimenter dorthin verlegt worden waren.

Johanna war allein mit den Offizieren in der Postmeisterei zurückgeblieben. An diesem Sonntagvormittag, dem 19. Mai, kochte sie wie immer Kaffee. Der Fähnrich Lidström kam herein und bekam eine Tasse. Er trank sie im Stehen aus, dankte und ging wieder. Johanna sah, wie er zum Hafen hinunterlief. Sie ging in das Obergeschoss, stellte sich an eines der Fenster und sah auf die Hafenbucht hinab. Zweihundert Meter vor Loskäret sah sie die ersten Reiter herankommen.

Dann machten sie plötzlich Halt. Kurz darauf konnte Johanna einige dumpfe Explosionen hören, sie nahm an, dass es Gewehrschüsse waren.

Die Reiter ritten im Galopp auf die Rückseite von Loskäret zu und verschwanden aus ihrem Gesichtsfeld. Einige kleine Rauchwolken über dem Gestrüpp auf der kleinen Insel zeigten an, dass die schwedischen Schützen weiter feuerten.

Johanna sah, wie eine Gruppe schwedischer Soldaten hinaus auf das Eis lief. Sie kamen aus dem Hafen und befanden sich auf dem Weg in Richtung Loskäret. Vielleicht sollten sie die kleine Truppe da draußen unterstützen. Gleichzeitig erblickte sie mehrere Reiter auf dem Eis. Sie hatten sich in zwei Gruppen aufgeteilt. Eine Gruppe ritt um Loskäret herum, die andere ritt nach Süden am Land entlang. Es sah so aus, als ob die Kosaken vorhatten, von zwei Seiten nach Grisslehamn zu kommen.

Die schwedische Truppe auf dem Eis blieb stehen. Die Soldaten stützten sich mit dem Knie auf dem Eis auf. Sie luden und schossen auf die rechte Reitergruppe. Einer der Reiter fiel vom Pferd. Zwei seiner Kameraden hielten an und halfen ihm wieder aufs Pferd. Er hatte jedoch Schwierigkeiten, sich im Sattel zu halten. Als sie weiterritten, wurde er von den Kameraden, die rechts und links von ihm ritten, gestützt.

Dann war die Gruppe hinter einer Landzunge verschwunden. Jetzt wurde eine noch größere Reitertruppe auf dem Eis sichtbar. Und weiter hinten kamen noch mehr Gruppen heran. Johanna versuchte zu zählen, aber das war schwierig, da die Pferde liefen und sich der Abstand zwischen den Reitern ständig veränderte. Es befanden sich jedoch sicher mehrere hundert Reiter auf dem Eis. Einige von ihnen waren schon die Strände hinaufgekommen.

Die ganze Zeit über wurden Gewehrschüsse abgefeuert, und jetzt vernahm Johanna auch laute Stimmen. Vielleicht waren es Befehle, die gerufen wurden, oder Schreie von Verwundeten, das wusste sie nicht. Es klang jedoch beängstigend, und sie begriff, dass große Gefahr bestand.

Sie bemerkte plötzlich einige Schweden, die auf der anderen Seite der Hafenbucht den Strand verließen. Sie liefen über das Eis auf die Postmeisterei zu. Einer von ihnen fiel hin und blieb liegen. Doch dann erhob er sich langsam und stolperte weiter auf das Land zu, fiel wieder hin, erhob sich und wurde von zwei Kameraden aufgefangen, die ihm dann weiterhalfen.

Die Russen befanden sich in der Übermacht, und draußen auf dem Eis kamen immer mehr, sie drängten von allen Seiten heran. Die Schweden zogen sich in Richtung Postmeisterei zurück. Johanna lief hinunter in die Küche und traf dort auf mehrere Soldaten. Sie trugen einen Verwundeten herein, setzten ihn auf einen Stuhl, er konnte jedoch nicht sitzen, sondern legte sich auf den Fußboden.

»Kannst du ihm helfen?«, fragte einer der Begleiter. Johanna hockte sich neben den Verwundeten, während seine Kameraden wieder nach draußen liefen. Das eine Hosenbein war voller Blut. Er war offensichtlich von einer Gewehrkugel getroffen worden. Sie holte ein Tuch, schnitt es an den Rändern ein und riss es in Streifen. Dann schnitt sie das Hosenbein um die Wunde herum auf und sah, dass er einen Wadendurchschuss hatte, auf beiden Seiten waren Wunden entstanden. Sie begann die Stoffstreifen, die sofort blutdurchtränkt waren, fest um die Waden zu wickeln. Der Blutfluss wurde etwas schwächer, vielleicht konnte sie die Wundränder zusammenziehen. Der Mann stöhnte die ganze Zeit über, aber Johanna wickelte und wickelte, die Wade wurde zu einem richtigen Stoffpaket. Der Verband blieb außen weiß, der Blutfluss war gestoppt.

Der Mann lag noch auf dem Boden. Johanna hatte gehört, dass verwundete Gliedmaßen hochgelagert werden müssten. Sie holte zwei Kissen aus dem Salon, legte sie unter das Bein des Mannes, der sie jetzt anlächelte.

»Danke«, sagte er mit schwacher Stimme.

»Möchtest du Kaffee haben?«, fragte Johanna.

»Ja, gerne.«

Ehe jedoch Johanna den Kaffeekessel aufsetzen konnte, kam Fähnrich Lidström in die Küche.

»Wir ziehen uns bis zum Haus zurück«, rief er.

Johanna konnte die Soldaten durch das Fenster sehen. Sie kamen vom Hafen her und legten sich hinter Steine und in

Spalten auf dem Felsen neben der Postmeisterei, das Gewehr im Anschlag. Einige feuerten schon hinunter in die Bucht.

Die Schießerei dauerte eine Zeitlang an, dann wurde es still. Johanna versuchte zu lauschen, aber sie konnte nicht das geringste Kampfgeräusch vernehmen, auch Rufe waren nicht zu hören. Dann setzte sie das Kaffeewasser auf. Der Soldat lag noch auf dem Fußboden. Johanna fragte ihn, wie es ihm gehe, und er murmelte etwas, was sie nicht verstand.

»Gleich gibt es Kaffee«, sagte sie.

Der Soldat murmelte wieder etwas Unverständliches. Auf dem Herd kochte das Wasser, und sie schüttete Kaffee hinein. Dann lief sie wieder hinauf in das Obergeschoss.

Unten auf dem Eis schien alles ruhig zu sein. Da vernahm sie einige kurze Töne, es klang wie eine kleine Trompetenfanfare. Nach einer halben Minute ertönte die Fanfare erneut. Und dann erschienen von der anderen Seite her zwei Russen auf dem Eis. Der eine hielt eine kleine Fahne in der Hand. Der andere trug eine Trompete. Beide waren sie unbewaffnet.

Der Trompeter blies wieder den kurzen Fanfarenstoß. Mitten in der Hafenbucht draußen blieben die Männer stehen und warteten. Johanna hatte noch nie etwas Ähnliches gesehen, sie nahm jedoch an, dass die Russen im Augenblick irgendetwas anderes vorhatten als zu kämpfen.

Sie blieb stehen und wartete. Da erblickte sie zwei Schweden, die den beiden Russen entgegengingen. Der eine war Fähnrich Lidström, der andere ein Trompeter. Sie gingen bis zu den Russen hin, und es entwickelte sich eine Unterhaltung, das konnte man deutlich erkennen. Die Männer hoben die Hände, wie man es tut, wenn man redet, einer zeigte, schüttelte den Kopf, nickte. Dann trennten sie sich, beide Paare gingen zurück zu ihren Stränden.

Johanna eilte hinunter in die Küche. Der Kaffee war fertig. Sie goss dem Verwundeten eine Tasse ein, hockte sich neben ihn und half ihm beim Trinken.

Da kam Fähnrich Lidström in die Küche. Johanna bot auch ihm eine Tasse Kaffee an, er setzte sich an den Tisch, trank etwas, und atmete schwer.

»Ist alles in Ordnung?«, fragte Johanna.

»Ich habe einen Waffenstillstand mit dem Feind verabredet«, sagte der Fähnrich. »Und ich hoffe bei Gott, dass ich richtig gehandelt habe.«

»Könnt Ihr mir nicht erzählen, was jetzt passieren wird?«, fragte Johanna.

»Ich bin hier jetzt der einzige Offizier«, antwortete Lidström. »Der Leutnant hat sich zum Stab begeben, und ich war gezwungen, eine Entscheidung zu treffen. Die Russen sagen, dass sie uns völlig überlegen sind, und das stimmt ja auch. Sie drohen damit, meine kleine Truppe auszulöschen und Grisslehamn zu plündern, wenn ich mich nicht eine Viertelmeile zurückzöge. Darauf bin ich eingegangen. Der Generalmajor Kulneff ist ihr Befehlshaber, und er hat versprochen, hier niemanden zu verletzen und für seinen Aufenthalt zu bezahlen.

»Kann man den Kosaken denn wirklich trauen?«

»Er hat sein Offiziersehrenwort gegeben.«

»Ja, Fähnrich, Ihr wisst es wohl am besten.«

»Wir ziehen in einer Stunde ab. Ihr könnt mitkommen, Fräulein, das ist im Augenblick wohl das einzig Richtige.«

»Ich glaube, dass ich bleiben werde. Ich warte auf einen Freund, der jeden Augenblick kommen kann.«

»Ihr entscheidet selbst, ob Ihr hier bleiben wollt, Fräulein, ich jedoch würde es nicht raten.«

Fähnrich Lidström trank seinen Kaffee aus. Dann holte er zwei Soldaten, die ihm helfen sollten, den Verwundeten wieder auf die Füße zu stellen. Er humpelte, gestützt auf die beiden anderen, aus der Küche. Johanna trat ans Fenster, und als die drei Soldaten auf den Hinterhof traten, wandte sich der Verwundete um und versuchte, Johanna zuzuwinken. Er konnte jedoch die Hände nicht freimachen, und so lächelte er nur und nickte stattdessen mit dem Kopf.

Johanna drückte ihre Handflächen an die Scheibe, und sie dachte an den Tag, an dem sie Kristoffer zum ersten Mal durch die beschlagene Scheibe des Waschhauses erblickt hatte.

Drei Botschaften

Die Standuhr im Salon musste aufgezogen werden. Johanna hatte gesehen, dass die Gewichte nach unten hingen, aber es war so viel anderes vorgefallen, dass sie keine Zeit dafür gehabt hatte. Jetzt holte sie den Schlüssel heraus und zog langsam die beiden Bleigewichte hoch. In ein paar Minuten würde die Uhr eins schlagen. Sie wartete, das Uhrwerk summte, die kleinen Räder und Schrauben klirrten und tickten hinter dem Zifferblatt, und dann kam der klingende Glockenschlag.

Als Fähnrich Lidström gefragt hatte, ob sie mitkommen wollte, war sie schon entschlossen gewesen zu bleiben, und nachdem dann seine kleine Truppe Grisslehamn verlassen hatte, machte sie Pläne für den Rest des Nachmittags. Zunächst wollte sie hinauf zur Telegrafenstation gehen. Wenn sie dorthin liefe, würde es sieben Minuten dauern, das wusste sie von früher. Sie hoffte, dass jemand von den ihr bekannten Signalisten dort sein würde.

Es befand sich jedoch niemand dort oben. Beide Stationen schienen verlassen. Als sie sich an das an der Wand angebrachte Fernrohr in der Station Grisslehamn 2 setzte und nach Norden sah, bemerkte sie an der Station in Singö eine Mitteilung. Sie las, nahm die Tabelle zur Hilfe und entzifferte die Botschaft: *Der Feind nähert sich auf dem Eis.*

Das hatte sie ja schon lange, bevor Singö die Kosaken gesichtet hatte, gewusst. Hatten die Signalklappen nichts anderes zu melden? Sie blickte durch das zweite Fernrohr nach Süden. Die Station in Edeby zeigte ebenfalls eine Nachricht, eine Frage:

Was gibt es Neues?

Rund um Edeby herum lagen von Döbelns Truppen, sie wollten wissen, was los war. Ja, das konnte sie wohl berichten. Sie gab eine Anzahl Zeichen ein, überlegte, gab einige weitere ein, trat den Hebel runter, hörte das Rasseln und Klappern oben auf dem Dach, als die Klappen in die richtige Lage fielen und die Nachricht gesendet wurde: *All die Unsrigen haben Grisslehamn verlassen.*

Dann blickte sie durch das Fernrohr. Nach zwanzig Sekunden bestätigte Edeby ihre Nachricht und sendete unmittelbar darauf die nächste Frage: *Wo steht der Feind?*

Johanna antwortete genauso schnell: *Der Feind ist hier.*

Von Edeby kam noch eine letzte Antwort: *Bleibt auf Eurem Posten und informiert uns weiter.*

Johanna antwortete: *Verstanden.*

Sie hatte nicht versprochen zu bleiben, nur gesagt, dass sie verstanden hatte, was sie wollten. Für sie konnte das Vergehen einer Befehlsverweigerung ja nicht gelten. Sie war weder beim Militär noch war sie eine vom Staat bezahlte Signalistin. Edeby wusste noch nicht einmal, wer sie war.

Sie lief hinüber zur Station Grisslehamn 1 und holte sich den kleinen Feldstecher, dann eilte sie zurück in die Postmeisterei. Als sie dort anlangte, war es Viertel vor zwei.

Sie ging hinauf in das Obergeschoss und stellte sich an eines der Fenster mit Aussicht über die Hafenbucht. Zuerst wollte sie öffnen, überlegte es sich jedoch anders, man hätte sie sehen können, und das wollte sie nicht. Die Sonnenstrahlen fielen von Süden her ein, der gesamte Hafen war beleuchtet, es gab keinen Schatten, da die Bäume noch kein Laub trugen, nichts wurde verdeckt. Sie konnte durch den Feldstecher alles genau sehen, jedes Detail, die Maserung der

Bretter, die Fußspuren im Schnee, die Abdrücke der Hufe. Und auch die Männer, ihre Pelze und Waffen, alles erschien ganz nahe. Das einzige, was fehlte, waren die Geräusche.

Die Reiter hatten sich ganz hinten in der Bucht an den Feuerstellen versammelt, an denen sich die schwedischen Soldaten auch aufgehalten hatten. Jetzt holten die Kosaken weitere Äste und Zweige aus dem Wald, das Feuer flammte an mehreren Stellen auf, die mit Pelzen bekleideten Männer begannen da unten zu kochen. Sie saßen oder standen herum, hatten Becher in den Händen, einige hatten begonnen, Fleischstücke zu braten, sie lachten und gestikulierten mit den Händen. Es waren zufriedene und frohe Sieger, die Johanna dort sehen konnte.

Fähnrich Lidström hatte ja gesagt, dass der Anführer der Kosaken versprochen habe, die Bewohner von Grisslehamn und deren Eigentum zu schonen. Als Johanna die Männer an den Feuern beobachtete, sah sie, wie wild die Männer mit ihren großen dunklen Bärten aussahen. Sie fragte sich, ob man sich auf ein Versprechen von solchen da verlassen konnte, nach allem, was sie über sie gehört hatte.

Immer mehr Reiter drängten sich um die Feuer. Die Pferde standen in der Nähe und viele von ihnen fraßen Heu. Hatten sie Futter für ihre Pferde dabeigehabt?

Johanna schwenkte den Feldstecher langsam über die Gruppen dort unten. Sie hielt inne, betrachtete einen einzelnen Mann, seine Bewegungen und sein Gesicht. Dann schwenkte sie weiter und versuchte, die Männer zu zählen, es blieb jedoch nur bei einer Schätzung: zehn hier, zehn dort, fünfzig, hundert um die hinteren Feuer herum, hundert in jene Richtung vielleicht.

Es waren mindestens vierhundert Reiter, die sich da in der Hafenbucht versammelt hatten, vermutlich sogar mehr, denn viele wurden verdeckt und andere saßen hinter den Feuern. Vielleicht waren es an die fünfhundert Männer.

Da erblickte Johanna einen Jungen. Er stand ein wenig abseits von den dort versammelten Reitern. Er schien sich für die Pferde zu interessieren, streichelte eines davon, dann trat er zu einem der brennenden Feuer hin. Er wandte sich um, das Licht fiel ihm ins Gesicht.

Johanna sah, wer es war, jetzt konnte sie es ganz deutlich erkennen. Aber obwohl sie das Gesicht kannte, dauerte es eine Weile, bis sie ihre Beobachtung richtig deutete: Es war ihr eigener Bruder Lars, der dort unten bei den Kosaken stand.

Jetzt wandten sich einige der Kosaken zu ihm hin, und sie wirkten durchaus nicht ärgerlich. Sie lachten, sagten etwas, einer von ihnen machte eine freundliche Handbewegung. Lars antwortete, das konnte man ebenfalls sehen. Und die Kosaken lächelten immer noch, einer von ihnen lachte. Und jetzt lachten die anderen ebenfalls. Sogar Lars lachte.

Johanna duckte sich hinter das Fenster. Sie hatte den Feldstecher auf eine kleine Fußbank aufgelegt, die sie auf das Fensterbrett gestellt hatte. Sie konnte das, was da unten vor sich ging, in voller Schärfe erkennen, jede kleine Bewegung, nichts entging ihr. Jetzt waren es allerdings nur Lars und die Gruppe um ihn herum, auf die sie ihre Aufmerksamkeit richtete.

Er, der schweigsame Junge, der Stumme, redete mit den Kosaken. Wie war das möglich? Er konnte ja ihre Sprache nicht, und sie sprachen ja wohl kein Schwedisch? Trotzdem konnte Johanna ganz deutlich erkennen, wie er den Mund bewegte, und wie die Männer um ihn herum mit Interesse zuhörten, sie lächelten, lachten, antworteten, zeigten und betonten das, was sie sagten, mit den Händen. Sie hatten

Spaß miteinander, und Lars stand im Mittelpunkt ihrer Unterhaltung.

Johanna erinnerte sich daran, wie es gewesen war, als Lars die russischen Kriegsgefangenen getroffen hatte. Damals hatte er sie nachgemacht, hatte mit erfundenen Silben gespielt und mit Lauten, die russischen Wörtern ähnelten. Vielleicht versuchte er jetzt auch, sich auf ähnliche Art und Weise verständlich zu machen. Und er schien Erfolg zu haben, denn die Fremden akzeptierten ihn, hörten ihm zu, waren freundlich zu ihm, freuten sich, taten all das, was ihm von den Männern zuhause vorenthalten worden war, als er es am nötigsten gebraucht hatte.

Plötzlich wurden die Kosaken unten am Strand unterbrochen. Jemand hatte einen Befehl gegeben, und alle bewegten sich in Richtung auf das größte Feuer zu, um das sich die meisten Männer schon versammelt hatten. Lars ging mit.

Alle stellten sich in einer Reihe auf, mit dem Gesicht in dieselbe Richtung. Die Reihe war nicht gerade, und die Männer standen nicht richtig ausgerichtet, sie schienen auf etwas zu warten. Lars hatte sich an den Rand der Versammlung gestellt.

Dann trat ein Mann vor. Er hatte ein gesticktes Tuch um den Hals gelegt, und auf dem Kopf trug er einen hohen, schmalen Hut, der sich von den Pelzmützen der übrigen unterschied. Der Mann machte mit einer Hand ein Zeichen in der Luft. Die Versammlung nahm die Mützen ab und fiel auf die Knie.

Johanna nahm an, dass sie gerade Zeuge eines Gottesdienstes wurde. Auch Lars war auf die Knie gefallen. Der Mann mit dem Halstuch redete, vermutlich sprach er ein Gebet. Als er geendet hatte, erhoben sich die knienden Männer. Der Mann mit dem Halstuch sprach wieder, die

Männer antworteten im Chor, und dann begannen sie zu singen.

Fünfhundert Männerstimmen schallten über das Eis. Den Gesang konnte man durch die geschlossenen Fenster bis hinauf zur Postmeisterei hören. Die Männer sangen getragen und würdevoll.

Dann sprachen sie, ehe sie die Mützen wieder aufsetzten, noch ein gemeinsames Gebet. Der Gottesdienst war zu Ende, die Versammlung löste sich auf, die Männer kehrten zu den Feuern zurück.

Johanna dachte: Sie haben offenbar Gott für den Sieg über die Schweden gedankt. Hat Gott im Krieg Stellung bezogen, unterstützt er die Russen?

Sie versuchte, Lars in der Menge zu finden und entdeckte ihn nach einer Weile an dem Feuer, an dem er sich vor dem Gottesdienst aufgehalten hatte. Er sah froh aus. Jemand gab ihm einen Becher, und er trank. Kurz darauf verließ er das Feuer. Johanna verlor ihn aus den Augen, und sie hoffte, dass er wieder zurück nach Hause, nach Byholma gegangen war.

Inzwischen war es drei Uhr geworden. Johanna machte in mehreren Räumen der Postmeisterei die Kachelöfen an; nach einiger Überlegung ließ sie die Gästezimmer ungeheizt und machte auch die Betten nicht. Ob die Kosaken wohl zur Postmeisterei hinaufkommen würden? Es waren einige Stunden vergangen, und bis jetzt hatte noch niemand an die Tür geklopft.

Wenn sie sich überhaupt die Mühe machen, zu klopfen, dachte sie. Sie stiefeln vielleicht nur herein, nehmen sich zu essen, lassen sich volllaufen, machen alles schmutzig und stehlen.

Sie machte sich Sorgen, und jetzt bereute sie es fast, dass sie nicht mit Fähnrich Lidström gegangen war. Nein, jemand musste ja bleiben und auf alles aufpassen.

Im Laufe des Nachmittags wechselte sie mehrere Male die Meinung, sie schwankte zwischen Besorgnis und Überzeugung, Furcht und Entschlossenheit hin und her. Die Stunden vergingen, aber die Kosaken kamen nicht. Mehrere Male war sie in das Obergeschoss hinaufgegangen und hatte durch den Feldstecher geschaut. Die Kosaken befanden sich noch immer im Hafen bei den Feuern. Sie hatten ihre Mahlzeiten zubereitet, die Pferde versorgt und Brennholz geholt. Viele schliefen um die Feuer herum, eingewickelt in ihre Reitermäntel und Pelze. Es war nicht mehr so kalt, nur minus sieben oder acht Grad.

Johanna saß in der Küche. Um halb fünf sah sie, dass jemand an das Hoftor kam. Es war eine Frau, sie ging mit kleinen schnellen Schritten, und als sie halbwegs über den Hofplatz gekommen war, sah Johanna, dass es Margit Nyström war, die Frau des Postillons. Ehe sie noch die Türe erreicht hatte, war Johanna schon hinaus in den Flur gelaufen und hatte ihr aufgemacht.

»Bist du noch da, Margit«, rief Johanna. »Ich habe geglaubt, dass ich die Einzige bin, die in Grisslehamn geblieben ist.«

»Anders und ich sind beide mit der Kleinen hiergeblieben«, antwortete Margit. »Doch jetzt haben wir Besuch bekommen.«

»Besuch, wer kommt denn jetzt hierher?«

»Johanna, ob du es glaubst oder nicht, aber es sind zwei vornehme Herren, die bei uns wohnen wollen.«

Johanna konnte sehen, dass Margit aufgeregt war. Sie sprach schnell, und ihr Mund zitterte ein wenig.

»Komm in die Küche«, sagte Johanna.

Sie schloss die Tür hinter ihrem Gast, sie gingen in die Küche und setzten sich an den Tisch.

»Hast du Zeit für einen Kaffee?«, fragte Johanna.

»Auf eine Tasse Kaffee kann ich wohl bleiben.«

Der Kessel stand schon auf dem Feuer. Johanna schüttete Kaffee hinein, ließ ihn aufkochen und dachte, dass Margit wohl noch ein bisschen mehr erzählen würde.

»Jetzt musst du mir aber erzählen, wen du im Haus hast, Margit«, sagte Johanna.

»Zuerst ist der General der Kosaken gekommen. Ich habe mich furchtbar erschrocken. Er hatte einen Mann dabei, der ein paar Worte Schwedisch konnte, und wir haben begriffen, dass der General in der Kammer schlafen wollte. Wir konnten nichts anderes tun als gehorchen, was hätten wir sonst machen sollen?«

»Nein, da war nichts anderes zu machen.«

»Er war müde, der General. Er hat sich hingelegt und ist eingeschlafen, ehe er noch die Stiefel hatte ausziehen können.«

»Er ist aber wohl nicht wild oder grob gewesen?«

»Nein, er war höflich und freundlich und hat ein wenig mit der Kleinen in seiner Sprache gesprochen, ehe er sich hingelegt hat.«

»Sieh mal an.«

»Ja, und dann ist eine Stunde vergangen. Und dann ist ein schwedischer Oberst gekommen und hat angeklopft. Er hieß Lagerbring, und er war unterwegs nach Åland, um mit dem dortigen russischen Befehlshaber zu verhandeln. Und jetzt wollte er auch etwas mit dem Kosakengeneral besprechen.«

»Hast du den Kosaken geweckt, Margit?«

»Ja, er hat geschnarcht und tief geschlafen, aber ich konnte ihn wecken, und er hat sich in die Küche gesetzt und mit dem schwedischen Oberst gesprochen. Ich habe beiden Kaffee und Butterbrote angeboten.«

»Wie haben sich die beiden Herren denn miteinander verständigt?«

»Sie haben Französisch gesprochen. Als der General einmal aus der Küche gegangen war, um seine Notdurft zu verrichten, da hat der Oberst zu mir gesagt, dass er Gott sei Dank gut Französisch spräche.«

»Weißt du, wie dieser Kosakengeneral heißt, Margit?«

»Ja, der Oberst hat gesagt, er hieße Kulneff.«

»Sieht er denn aus wie ein normaler Mensch?«

»Zuerst habe ich mich richtig erschrocken. Er ist überhaupt nicht so angezogen wie schwedische Offiziere. Er hat einen schäbigen, ärmellosen Pelz. Darunter trägt er eine rote Jacke. Außerdem hat er einen großen, schwarzen Bart und eine dicke, rote Nase mit Schuppen und Narben. Aber er hat gelächelt und war freundlich, das muss ich sagen.«

»Ich frage mich, warum er nicht hierher in die Postmeisterei gekommen ist?«

»Der Oberst hat mir gesagt, dass der General während seines Aufenthaltes hier ganz einfach leben möchte. Er hat wohl ein Gelübde abgelegt. Aber jetzt soll ich fragen, ob ich zwei Flaschen Wein borgen kann, ihr habt hier doch welche auf Lager? Ich muss für die beiden Herren Mittagessen kochen.«

Johanna war den ganzen Abend über in der Küche geblieben, hin und wieder war sie nach oben gegangen und hatte durch den Feldstecher geschaut und gesehen, wie die Dämmerung hereingebrochen war. Die Feuer im Hafen brannten, die Kosaken schliefen, ein paar Mann hielten Wache. Es sah richtig friedlich aus.

Als sie gegen neun Uhr Kaffee trank, holte sie das kleine Medaillon wieder hervor. Sie öffnete den Verschluss, betrachtete das kleine Portrait von sich selbst, und sie wunderte sich wieder, wie ähnlich es doch war. Dann fiel ihr ein, dass sie einmal nachsehen könnte, ob sich auf der Rückseite des Portraits etwas verbarg. Sie zog das Papier heraus, fand jedoch nichts, nur der dünne Boden des blanken Goldgehäuses befand sich dahinter. Sie drehte das Portrait um und sah, dass dort etwas aufgeschrieben oder besser gezeichnet worden war, es waren kleine Punkte und Striche.

Sie begriff nicht sofort, was sie da sah, sie drehte das Papier hin und her, versuchte, die Zeichen zu deuten. Hatten sich diese Punkte vielleicht die ganze Zeit über dort befunden?

Nein, sie war sich sicher, dass die Rückseite des Papiers weiß und unbenutzt gewesen war. Es handelte sich hier um etwas, was hinzugefügt worden war, nachdem Kristoffer das Bild von ihr erhalten hatte.

Er hatte also etwas geschrieben ... Sie hielt inne, war über sich selbst erstaunt, weil sie nicht sofort verstanden hatte, was sie auf der Rückseite des Papiers sah, das war doch so selbstverständlich. Kristoffer hatte natürlich einige ihrer Signalzeichen benutzt.

Sie suchte sich an die Zeichenkombinationen zu erinnern, ging alle Bilder durch, die sie dazu benutzt hatten, um einander Botschaften zu senden, ihre ersten Versuche, das Gespräch am Strand. Dort fand sie die Bilder. Ihre allerersten Zeichen, die spiegelverkehrten Kombinationen, ihre geheime Sprache.

Jetzt erkannte sie, dass Kristoffer drei Botschaften mit Punkten geschrieben hatte, die in der Spiegelschrift den jeweiligen Klappen der Signalscheibe entsprachen. Die erste konnte sie ohne Schwierigkeiten entziffern, da sie jetzt verstanden hatte, wie sie zu lesen war; dort stand: *Wie damals als du.*

Bei der zweiten musste sie eine Weile überlegen, sie nahm an, dass es heißen sollte: *Immer wieder zurück.*

Die dritte Botschaft verstand sie jedoch nicht.

Sie wachte bei Tagesanbruch auf, hörte, wie die Uhr im Salon sechs schlug, stand schnell auf, legte ein paar Birkenstücke in die Glut des Küchenofens, blies und sah, wie die Flammen hervorkrochen; dann lief sie hinauf zum Feldstecher im Obergeschoss. Die Kosaken waren ebenfalls aufgewacht. Sie saßen um die Feuer herum, hatten Becher und Brotkanten in der Hand, im Hintergrund waren die Pferde mit ihren Heubündeln beschäftigt. Es war Montag, der 20. März, und alles war genauso friedlich wie am Tag zuvor.

Als Johanna wieder unten in der Küche war, kochte sie Kaffee, setzte sich mit der Tasse an den Tisch, schaute hinaus und sah, dass der Himmel hell und klar war. Die Uhr im Salon gab die halbe Stunde an.

Sie holte das Medaillon hervor, hielt es an ihre Lippen, schloss die Augen und dachte an Kristoffer, versuchte, ihn zu sehen und sich vorzustellen, was er gerade machte. Sie hoffte, dass ihn ihre Gedanken erreichen würden, wenn sie dasselbe erlebte wie er gerade: Er saß an einem Tisch, er befand sich sicher bei freundlichen Menschen, es ging ihm gut, aber er musste sich noch eine Zeitlang verstecken. Und er dachte gerade an sie. Er drückte etwas an seine Lippen, seine eigene Hand vielleicht, ja, es war seine Hand, dieselbe Hand, mit der er ihre Wange gestreichelt hatte. Und das war es, was sie so stark spüren konnte.

Sie trafen sich in ihren Gedanken, durch das Medaillon, die Berührung mit den Lippen, durch den frühen Morgen.

Sie hatte das Gefühl, dass die frühe Stunde wichtig war, ihre Zeit, die Stille, das Schließen der Augen und das Treffen, das behutsame Licht.

Sie blieb lange am Tisch sitzen.

Es wurde wieder ein recht milder Märztag. Das Thermometer war nicht unter sechs Grad minus gesunken, die Sonne schien, und man konnte schon einen leichten Hauch von Frühling in der Luft spüren. Sie war im Haus geblieben, war mehrere Male hinauf zum Feldstecher gegangen. Die Kosaken befanden sich immer noch bei ihren Feuern: Einmal hatten sich alle versammelt und jemandem zugehört, der Befehle gab, nach einer Weile waren die Männer jedoch wieder an ihre Feuer zurückgekehrt. Man merkte, dass sie auf irgendetwas warteten, auf den Abmarsch vielleicht. In welche Richtung jedoch? Nach Norrtälje, in Richtung Stockholm? Warteten sie auf Verstärkung?

Johanna entschloss sich, hinauf zum Aussichtsberg zu gehen und nachzusehen, ob die Telegrafenstation in Edeby etwas zu berichten hatte. Dieses Mal lief sie nicht, sie ging jedoch ziemlich schnell. Sie brauchte gut zehn Minuten.

Auf der Tafel in Edeby sah sie eine Mitteilung: *Sofort Lagebericht senden.*

Sie überlegte einen Augenblick, dann drückte sie ein paar Tasten herunter, dachte wieder nach, schloss ab und sendete: *Fünfhundert Feinde stehen bereit.*

Mehr Platz hatte sie für die erste Mitteilung nicht. Innerhalb von zwanzig Sekunden erhielt sie von Edeby eine Bestätigung sowie das Zeichen, das bedeutete, dass sie weitermachen sollte, und sie sendete noch: *Kulneff bis jetzt friedlich.*

Sie war unruhig, wollte nicht lange bleiben und sendete eine letzte Mitteilung: *Ich melde mich wieder.*

Als sie zurück in die Postmeisterei kam, schlug die Uhr gerade zwei. Sie lief ins Obergeschoss, sah durch den Feldstecher, lief wieder hinunter, fühlte sich hungrig, nahm sich jedoch keine Zeit zum Essen. Ihre Zeit flog vorbei, blieb in schmerzlicher Erinnerung an Kristoffer stehen, raste weiter, wurde wieder angehalten von Sehnsucht und einem Gefühl der Leere: *Alles passiert gerade jetzt, wenn wir doch nur zusammen wären.*

Zum ersten Mal fühlte sie einen quälenden Schmerz in der Brust. Es war wie eine zurückgehaltene Trauer, die hervorbrach, wieder abklang und im Herzen verborgen blieb als Gefühl einer unterdrückten Sehnsucht und Einsamkeit. Sie brauchte jetzt jemanden, mit dem sie reden konnte. Wenn doch Laura hier wäre, sie hätte ja nicht wegfahren müssen, warum hatte sie es getan? Johanna fühlte sich von Laura und den anderen Haushaltsmitgliedern im Stich gelassen. Es war treulos von ihnen, feige und egoistisch.

Sie stand am Küchentisch, setzte sich hin, schloss die Augen, und ein anderes Bild tauchte auf: das Meer, die Wellen, das kleine Postboot, das nicht zurückgekommen war.

Tränen standen in ihren Augen. Jetzt liefen sie ihr die Wangen herunter. Sie blieb am Tisch sitzen, sie war allein, und die Zeit war stehen geblieben.

Wie lange hatte sie am Tisch gesessen? Eine Minute, eine Viertelstunde?

Als sie sich erhob, schlug die Uhr die halbe Stunde und sie vermutete, dass es halb vier war. Sie hatte das Gefühl, mit jemandem sprechen, ihre Einsamkeit durchbrechen zu müssen. Margit war die einzige in der Nachbarschaft, die noch da war.

Kurz darauf befand sie sich auf dem Weg zur Hütte des Postillons, in der Hand hatte sie eine Tüte mit Kaffee. Aber erst als sie schon angeklopft hatte, kamen ihr die Herren, die bei Margit eingezogen waren, wieder in den Sinn. Waren sie noch da? Würde sie in diesem Fall vielleicht stören?

Sie war schon dabei, wieder umzukehren, als die Türe geöffnet wurde. Es war das kleine Mädchen. Sie betrachtete Johanna, ohne etwas zu sagen, und zog sich rückwärts zurück in die Küche, ließ jedoch die Türe angelehnt. Johanna ging hinterher. Margit stand am Herd.

»Störe ich?«, fragte Johanna.

»Überhaupt nicht«, antwortete Margit. »Die Herren sind nicht mehr da, und Anders ist mit einer Botschaft vom Oberst, der hier gewesen ist, nach Tomta gegangen.«

»Kommt Kulneff zurück?«

»Nein, das glaube ich nicht. Ein anderer bärtiger Russe ist mit einer Nachricht gekommen, und danach haben Kulneff und der schwedische Oberst eine Weile miteinander gesprochen, ehe er dann aufgebrochen ist.«

»Ist der Oberst zusammen mit Kulneff weggegangen?«

»Nein, der Oberst ist noch etwas hiergeblieben und hat erzählt, dass dieser andere Russe, der gekommen war, ein Kurier aus Åland gewesen ist, mit dem Befehl an Kulneff, umzukehren.«

»Was für ein Glück.«

»Ja, und Kulneff hat auch bezahlt. Er hat mir einige schwedische Reichstaler gegeben, und die Kleine hat eine richtige Goldmünze bekommen. Willst du sie sehen?«

Margit ging in die kleinere Kammer hinter der Küche, kam kurz darauf zurück und streckte Johanna ihre geschlossene Faust entgegen.

»Schau«, sagte sie, indem sie ihre Hand öffnete.

Dort lag eine glänzende Goldmünze. Johanna betrachtete sie, sie hatte nur von Goldmünzen gehört, aber noch nie eine gesehen.

»Fass sie nur an«, sagte Margit.

Johanna kam der Aufforderung nach. Sie hielt die Münze vorsichtig zwischen Daumen und Zeigefinger. Sie war schwer, auf einer Seite befand sich das Portrait einer Frau und auf der anderen Seite ein Adler mit Krone und zwei Köpfen. Es stand auch etwas dort, aber das konnte sie nicht lesen, wahrscheinlich war es russisch.

»Ja, das ist richtiges Gold«, sagte sie.

»Er hat mit der Kleinen gescherzt, als er ihr das Geld gegeben hat«, sagte Margit. »Und er hat gelacht und sie unter dem Kinn gekitzelt.«

»Sieh mal an, ein Kosak.«

»Er war natürlich ein General.«

»Aber trotzdem.«

»Ja, das ist schon merkwürdig.«

Sie schüttelten weiter ihre Köpfe und versicherten einander, dass das hier das Seltsamste war, das sie erlebt hatten, und sie befühlten noch einmal die Goldmünze. Dann tranken sie Kaffee, hörten jedoch nicht auf zu wiederholen, dass etwas Merkwürdigeres ihnen noch nicht untergekommen sei.

Als Johanna in die Postmeisterei zurückkehrte, war ihr etwas besser zu Mute.

Sie ging sofort hinauf ins Obergeschoss. Die Kosaken im Hafen befanden sich offenbar im Aufbruch. Eine Gruppe von Reitern war schon draußen auf dem Eis, andere Gruppen folgten. Ein Teil der Feuer war verloschen, aber es stieg noch Rauch aus der Asche. Ein Feuer brannte noch schwach.

Jetzt ritt die erste Reitertruppe etwas schneller. Ein Trompetensignal war zu hören. Eine Truppe nach der anderen begab sich aufs Eis hinaus aus der Hafenbucht. Auf fast allen Pferden saßen in Pelze gehüllte Männer, einige der Pferde waren jedoch Lasttiere, die Bündel, kleinere Kisten, Kochgeschirre und Holz trugen. Bald war nur noch eine kleine Schar von Männern und Pferden am Strand zurückgeblieben.

Johanna stand wie gewöhnlich mit dem Feldstecher in der Hand, gestützt auf den kleinen Hocker auf dem Fensterbrett. Sie konnte sehr gut sehen, meinte sogar, einige der bärtigen Männer wiederzuerkennen. Sie hatte sie ja schon mehrere Stunden lang beobachtet.

Da erblickte sie einen kleinen Reiter, einen Jungen. Er war mit einem Kosakenpelz und einer zotteligen Mütze bekleidet. Und ebenso wie das erste Mal, als sie ihren Bruder bei den Kosaken gesehen hatte, brauchte sie jetzt einige Sekunden um zu begreifen, dass es Lars war, der dort auf dem Pferd saß. Er befand sich auf dem Weg über das Eis zusammen mit der feindlichen Reiterschar, und sie konnte nichts tun, um ihn daran zu hindern

Zuerst hatte sie gedacht, dass er ein Gefangener der Kosaken sei, dass sie ihn zum Mitkommen gezwungen hatten. Sie konnte einfach nichts anderes denken. Als sie ihn jedoch im Feldstecher beobachtete, sah sie, dass er ohne Bewachung ritt, er hätte immer noch zurück ans Land reiten können. Er tat es jedoch nicht, er ritt freiwillig mit.

Johanna versuchte, es zu verstehen, Erinnerungen, Worte, Bilder, die vorbeischwirrten, sich vor ihre Augen schoben, Gedanken, die sich mit dem vermischten, was sie auf dem Eis sah. Warum tat Lars das, wie war es zu erklären? Glaubte er, dass er seinen verschwundenen Vater da hinten im Osten wiederfinden würde? Hasste er alles hier zuhause so sehr, dass er die Gelegenheit zur Flucht ergriff, wenn sie sich ergab? Glaubte er, dass er das mystische Glasmeer der Bibel vor sich hatte?

Johanna konnte es nicht verstehen, sie fühlte sich machtlos und verzweifelt, aber sie musste die Erkenntnis akzeptieren, dass ihr fünfzehnjähriger Bruder mit einer Schar fremdländischer Reiter, die Feinde Schwedens waren, Grisslehamn verließ.

Sie fühlte sich mitschuldig, sie hätte mit ihm sprechen sollen, nachdem sie ihn das erste Mal bei den Kosaken gesehen hatte. Sie hätte schon da verstehen sollen, was passieren würde, als sie bemerkt hatte, wie fröhlich er mit den fremden Männern verkehrte. Und jetzt dachte sie an ihre Mutter, die noch nicht wusste, dass der Sohn dabei war, sie zu verlassen. Johanna erkannte, dass sie allein war mit diesem schrecklichen Wissen.

Während einiger Augenblicke fühlte sie sich allein in der Welt, verlassen und vergessen, unbemerkt und verwirrt. Sie konnte nicht atmen, alles stand still, einige Sekunden lang, eine Minute, sie hatte kein Zeitgefühl mehr.

Als der letzte Reiter draußen bei Loskäret angekommen war, schlug die Uhr im Salon sechsmal. Johanna vernahm die ersten Schläge wie aus weiter Ferne, gedämpft, undeutlich, aber die Schläge kamen näher; nachdem der sechste Schlag verklungen war, konnte sie wieder normal atmen, sie wusste, was geschehen war, lehnte sich an die Wand.

An diesem Abend lag sie lange noch wach und dachte an ihren Bruder. Und sie dachte an Kristoffer. Was würde passieren, wenn er jetzt über das Eis kam und all den Russen begegnete? Er ging zu Fuß, sie hatten Pferde, er war allein.

Nachdem sie angefangen hatte, darüber nachzudenken, war es ihr unmöglich einzuschlafen. Sie ging hinaus, horchte, weit weg hörte sie einen Hund bellen.

Sie legte sich wieder hin. Gegen Mitternacht begann sie zu weinen.

Wieder auf dem Eis

Es dauerte bis zum Dienstagvormittag, ehe die ersten schwedischen Soldaten nach Grisslehamn zurückkamen. Sie marschierten auf dem breiten Weg, etwa fünfzig Mann in doppelter Reihe. Johanna hatte sie aus dem Küchenfenster gesehen. Sie hatte dort gesessen und gewartet, sie wusste ja, dass sie kommen mussten. Trotzdem war sie überrascht und richtig glücklich, als sie sie dann erblickte.

Es war derselbe Verband, der bis zuletzt in Grisslehamn geblieben war, und die Soldaten wurden immer noch von Fähnrich Lidström angeführt. Die Gruppe zog hinunter bis zur Hafenbucht, einige gingen weiter auf die andere Seite der Bucht, die übrigen marschierten über das Eis nach Loskäret. Johanna konnte alles, was sie taten, von den Fenstern im oberen Stockwerk der Postmeisterei beobachten.

Dann kam der Fähnrich auf Besuch. Johanna bot ihm Kaffee an, er fragte, was passiert sei und wunderte sich, als Johanna von den anständigen Kosaken erzählte.

»Das deutet auf irgendeine Abmachung hin«, sagte der Fähnrich. »Wahrscheinlich haben sich die Regierungen zu Verhandlungen entschlossen. Worüber aber können wir verhandeln, wenn es uns in dem Krieg so schlecht ergangen ist?«

»Hauptsache, wir bekommen Frieden«, sagte Johanna.

»Aber wie soll es in Finnland weitergehen, und in Åland?«

»Wenn es Frieden wird, dann können unsere Soldaten nach Hause kommen, und das ist doch das Wichtigste.«

»Ja, so denkt ihr Frauen.«

»Ich warte auf einen lieben Freund.«

»Alle warten auf jemanden, und ich war… ja, ich war…«

Der Fähnrich brach ab und sah traurig drein. Johanna nahm an, dass er wohl weitersprechen würde, wenn sie ein wenig wartete, er jedoch schwieg, nahm die Kaffeetasse auf, seufzte, stellte die Tasse wieder hin, ohne daraus getrunken zu haben. Nach einer Weile schenkte Johanna ihm nach, und dann nahm er einen Schluck.

»War es auch ein lieber Bekannter?«, fragte Johanna.

Fähnrich Lidström blickte müde auf. Er begegnete Johannas Blick, und er sah ihr in die Augen, ohne etwas zu entgegnen. Dann streckte er langsam den Arm über den Tisch und erfasste ihre Hand. Eine ganze Weile saß er völlig still da, dann erhob er sich, ohne ihre Hand loszulassen. Er ging langsam um den Tisch herum, zog Johanna an sich und schloss sie in die Arme.

Lange standen der Fähnrich und Johanna in der Küche und hielten sich umschlungen. Johanna merkte, dass er schwer atmete, vielleicht war es auch ein Schluchzen, was sie da hörte. Er hielt sie sehr vorsichtig umfasst.

Langsam löste er sich aus der Umarmung, ließ sie los und trat einen Schritt zurück. Johanna hob die Hand und berührte seine Wange. Er war unrasiert, die hellen Bartstoppeln waren scharf.

Nachdem er gegangen war, dachte Johanna an die vielen Menschen, die vom Krieg betroffen waren, die jemanden verloren hatten, einen Freund, einen Bruder, einen Vater oder einen Mann. Viele Kinder und Väter hatten jemanden verloren. Sie hatte immer geglaubt, dass es die Frauen seien, die die größte Sehnsucht hatten und das meiste verloren. Jetzt war sie sich nicht mehr so sicher. Die Erkenntnis vom Verlust, den der Fähnrich erlitten hatte, führten ihre Gedanken zu Kristoffer: Er vermisste sie vielleicht auf ähnliche Weise, genauso stark, sie waren beide Soldaten, dachten vermutlich ähnlich.

Bald jedoch wurde sie wieder von ihrer Unruhe übermannt. Und eine Zeitlang schien die Sehnsucht nach Kristoffer unerträglich zu sein.

Nach einer Weile ließ diese Unruhe etwas nach. Sie holte Luft und atmete tief und langsam, und als sie sich mit der Hand über die Wange strich, fühlte sie, dass sie nass war und merkte, dass sie geweint hatte; sie hatte gar nicht gespürt, wie ihr die Tränen herabgelaufen waren.

Es kam noch mehr schwedische Verstärkung nach Grisslehamn. Die Soldaten kamen in kleineren Gruppen zu je fünfzig Mann. Während der nächsten zwei Tage trafen etwa zweihundert Mann ein. Einige wurden in Tomta einquartiert, die meisten jedoch blieben in der Nähe von Grisslehamn und Byholma. Unten bei Väddö befanden sich schon viele Truppen. Auch diese erhielten nun Verstärkung. Die neue Reichsregierung befürchtete, dass jederzeit ein großer russischer Angriff auf Stockholm erfolgen konnte. Inzwischen war es zwar zu Verhandlungen mit den Russen gekommen, aber aus Erfahrung wusste man, dass derjenige, der Friedensgespräche führt, mehr Gewicht am Verhandlungstisch hat, wenn er gleichzeitig seine Stärke auf dem Schlachtfeld zeigt. Deshalb waren die kriegsmüden schwedischen Truppen im März 1809 gezwungen, die höchste Bereitschaftsstufe in Roslagen einzunehmen.

Am Donnerstagvormittag kamen der Postmeister und Magister Lindman zurück. Die Hausfrau war mit den Kindern nach Stockholm gefahren. Am Nachmittag kam dann auch Laura. Sie waren müde, erzählten von verstopften Straßen. Alles befand sich in Bewegung, Soldaten, die

Bewohner von Väddö, die vor den Kosaken nach Süden geflohen waren, Schlitten, Wagen, marschierende Männer, müde Wanderer, ruhelose Rückkehrer, die fürchteten, dass ihre Häuser nicht mehr standen, dass sie geplündert und zerstört worden waren wie das letzte Mal, als die Kosaken die Küste von Roslagen heimgesucht hatten.

Alle waren dann beruhigt und wunderten sich. Die Häuser standen noch, die Tiere standen in ihren Ställen, die Vorräte waren nicht angerührt worden.

An diesem Abend ging Johanna nach Hause, nach Nygården. Sie hatte ihre Mutter noch nicht getroffen, seitdem sie aus Åland zurückgekehrt war. Alles war ja so durcheinander gewesen, sie hatte keine Gelegenheit gehabt wegzukommen. Jetzt machte sie sich Gedanken über das Zusammentreffen mit Maria, die ja noch nichts von Lars wusste. Das letzte Stück bis zum Hof fiel ihr furchtbar schwer, sie wollte im Grunde genommen nicht weitergehen, aber sie konnte doch nicht umdrehen. Sie dachte an alles, was bisher nicht ausgesprochen worden war, was jetzt aber nicht vermieden werden konnte. Es war Lars, der verschwunden war, und auch Filip, der nicht zurückgekommen war. Um ihn jedoch hatte sie sich keine Gedanken gemacht, er war unerwünscht, er war weg und er sollte nicht wiederkommen. Ihn würden sie vergessen. Lars jedoch war ihr kleiner Junge.

Auf dem Hofplatz stand ein fremder Mann. Er befand sich auf dem Weg ins Haus; als er Johannas Schritte hörte, drehte er sich um und wartete. Er trug eine Uniform, es war ein schwedischer Soldat.

»Ich heiße Johanna Nygren und bin die Tochter hier auf dem Hof«, sagte Johanna.

»Ich bin Korporal Anton Martinsson«, sagte der Soldat.

»Was führt Euch nach Byholma, Korporal?«

»Ich bin hier auf dem Hof mit fünf Mann einquartiert.«

»Aha, die Soldaten der Krone wohnen bei uns. Ja, das ist wohl in Ordnung, nehme ich an.«

Johanna ging in die Küche. Maria saß wie immer am Tisch. Sie war jedoch nicht allein. Ihr gegenüber saßen vier Soldaten, ein fünfter saß an der einen Schmalseite, Ruben saß an der anderen. Alle hatten Schalen vor sich, sie aßen offenbar zu Abend. Der Korporal war wohl nur kurz draußen gewesen, seine Schale stand noch auf dem Tisch. Als Johanna eintrat, folgte ihr der Korporal und setzte sich wieder auf seinen Platz gegenüber seinen Kameraden.

»Das ist meine Tochter Johanna«, sagte Maria.

Die Männer verneigten sich, ohne sich zu erheben. Johanna setzte sich an den Tisch.

»Ich habe gerade gegessen«, sagte sie.

Die Soldaten setzten die unterbrochene Mahlzeit fort. Sie aßen Brot und Suppe, die sie schlürfend in sich hineinlöffelten, brachen Stücke ab von dem harten Roggenbrot, weichten es im Mund mit einem Löffel Suppe auf, schmatzten und schluckten, ohne etwas zu sagen. Johanna wartete, ohne Fragen zu stellen. Ruben hustete, unterbrach seine Mahlzeit und zog ein Taschentuch heraus. Johanna konnte sehen, dass das Taschentuch fleckig war, vielleicht war es Blut.

»Die jungen Männer schlafen in der großen Kammer«, sagte Maria, als der Korporal den Löffel hinlegte.

Johanna nahm an, dass Ruben in der kleinen Kammer schlief, wo er niemanden durch sein Husten störte. Ihre Mutter schlief jetzt in der Küche. Das war ja der wärmste Raum im Hause. Die Kammern hatten Öfen, aber in der Küche war es besser, auch Johanna hätte hier schlafen wollen, wenn sie zuhause gewohnt hätte.

»Diese jungen Leute haben versprochen, mir mit den Tieren zu helfen«, sagte Maria und nickte den Soldaten zu.

»Wir werden schon mit dem, was auf dem Hof getan werden muss, fertig werden«, sagte der Korporal.

»Wie lange bleibt Ihr denn?«, fragte Johanna.

»So lange, wie wir keinen Frieden haben«, antwortete der Korporal.

Ruben hustete immer noch. Jetzt war er über seiner Suppenschüssel zusammengesunken, die Hustenanfälle zehrten an seinen Kräften. Johanna erhob sich, ging um die Tischecke herum und ergriff ihn an der Schulter, um ihm aufzuhelfen. Sie konnte durch den Stoff seines Hemdes fühlen, wie mager er geworden war, und sie merkte, wie die Hustenanfälle, die ihn schüttelten, sich bis in die knochigen Schultern fortsetzten.

Sie zog Rubens zusammengesunkenen Körper vom Tisch weg, stützte ihn, und jetzt schnappte er nach Luft und atmete stoßweise in hohen Pfeiftönen.

Alle in der Küche betrachteten Ruben, alle hatten schon einmal lungenkranke, alte Leute gesehen und wussten, was diejenigen, die Blut husteten, erwartete. Niemand jedoch sagte etwas, und niemand verließ den Tisch.

Langsam fing sich Ruben wieder. Er hielt das Taschentuch vor den Mund gepresst, murmelte, spuckte, räusperte sich. Und er versuchte mühsam aufzustehen. Johanna stützte ihn, als er in die kleine Kammer stolperte und aufs Bett fiel. Er sah sie an, seine Augen waren trübe, aber er lächelte, und er murmelte etwas. Johanna beugte sich vor, und jetzt konnte sie ihn verstehen.

»Der See Genezareth«, flüsterte er.

»Ja«, flüsterte auch Johanna.

»Am Strand«, flüsterte Ruben.

Als Johanna in die Küche zurückkam, hatten sich die Soldaten vom Tisch erhoben. Sie zogen sich in die Schlafkammer zurück, einer von ihnen ging hinaus. Johanna war mit ihrer Mutter allein. Sie wusste, dass sie nun gezwungen sein würde, über ihren Bruder zu sprechen.

»Lars«, begann sie.

Maria sah sie an, und Johanna konnte erkennen, dass Maria auf alles andere als gute Nachrichten gefasst war.

»Er ist mit den Kosaken fortgegangen«, sagte Johanna.

»Mein Gott, das habe ich befürchtet«, antwortete Maria. »Er wurde ganz anders, als sie kamen, er ist auf eine merkwürdige Art und Weise aufgeblüht. Ja, du weißt ja, dass er seltsame Gedanken hatte.«

»Er ist mit ihnen weggeritten. Ich habe es gesehen, aber ich habe ihn nicht daran hindern können.«

»Möge Gott ihn wieder gut zurückkommen lassen.«

»Ich habe versucht zu begreifen, warum Lars weggegangen ist, aber ich kann es nicht verstehen.«

»Das Meer nimmt sie uns, das ist unser Schicksal, sommers und winters, es ist das Meer, das sie nimmt.«

Maria schloss die Augen und seufzte. Sie sah sehr alt und müde aus. Die Männer des Hofes hatten sie verlassen, der Mann, der Sohn, der ältere Bruder. Nur der kranke Ruben war noch übrig. Der Hof war verkommen. Das bisschen Hilfe, das sie von den Soldaten erhalten konnte, würde den Verfall vielleicht eine Zeitlang aufhalten können, aber abwenden konnte sie das Elend nicht. Johanna kannte das alles, und Maria wusste, dass sie nichts zu erzählen brauchte, da ihre Tochter ja begriffen hatte, wie schlecht es um den Hof bestellt war.

»Karl David lässt dich grüßen«, sagte Maria nach langem Schweigen.

»Danke, grüß ihn ebenfalls«, antwortete Johanna.

»Er wartet auf dich, mein Mädchen.«

»Ich habe mein Herz anderswo vergeben.«

»Vielleicht, aber denk doch auch an uns andere. Karl David ist ein Mann, den wir hier brauchen könnten, er ist ein tüchtiger Arbeiter, er würde den Hof wieder in Ordnung bringen können.«

»Ja, sicher, aber ich habe mich einem anderen Mann versprochen.«

»Du kannst deine Meinung doch noch ändern, Johanna. Karl David wartet auf dich, aber er wird nicht ewig warten.«

»Ich habe dir alles gesagt, was in dieser Angelegenheit zu sagen ist, Mutter.«

Johanna blieb sitzen und betrachtete ihre Mutter. Früher wäre sie aufgesprungen, jetzt blieb sie sitzen und wartete. Maria hatte dem jedoch nichts hinzuzufügen.

Für Johanna brachen jetzt harte, arbeitsreiche Wochen an. In der Postmeisterei war vorübergehend eine neue Magd angestellt worden, trotzdem kam Johanna selten vor Mitternacht ins Bett. Das Haus war voll von Besuchern und Nachtgästen. Es gab Mittagessen, Abendessen, an einem Tag waren es zehn Personen, die am Tisch saßen, am nächsten zwölf. Viele der Besucher waren Offiziere, sie kamen von den Truppen in der Gegend und vom Stab von Döbelns. In der Postmeisterei wurde viel besprochen, und Johanna konnte Teile der Gespräche verstehen, wenn sie zwischen Küche und Speisesaal hin- und herlief.

Sie hatte gehört, dass von Döbeln eigene Initiativen ergriffen hatte, die von Stockholm nicht gebilligt worden waren. Er hatte eigenmächtig einen Kurier an den russischen Befehlshaber auf Åland geschickt und diesem Friedensverhandlungen angeboten, aber nur unter der Bedingung, dass die Kosaken Grisslehamn verließen. Am Tage darauf hatte Kulneff von seinem Übergeordneten den Befehl erhalten, nach Åland zurückzukehren.

Es war also die geglückte Kriegslist von Döbelns, die Grisslehamn gerettet hatte.

Johanna hatte Gelegenheit gehabt, mehrere der vorbeikommenden Offiziere nach Kristoffer zu fragen. Alle hatten höflich und teilnahmsvoll zugehört, als sie gemerkt hatten, welche Sorgen sich Johanna machte, niemand jedoch hatte irgendetwas gewusst. Ein Kapitän hatte versucht, ein paar tröstende Worte zu sagen, ein Leutnant auf Gott verwiesen, ein Major über die das Vaterland verteidigenden Helden gesprochen, all das war jedoch nicht das, was Johanna am liebsten hatte hören wollen. Sie hatte gehofft, dass jemand etwas wissen würde.

Es kamen immer neue Besucher in die Postmeisterei. Johanna fragte weiter, ohne jedoch eine Antwort zu erhalten.

Anfang April herrschten immer noch Minusgrade, das Eis lag noch, die Tage wurden länger. Aber der lange Winter wollte nicht weichen. Erst gegen Ende des Monats kam milderes Wetter mit sonnigen Tagen, und es begann zu tauen.

In der letzten Aprilwoche kam ein Nordostwind auf. Alle begriffen nun, dass das Eis auf dem Meer aufbrechen würde. Das war an einem Mittwoch gewesen. Freitagmorgen trieben die Eisschollen draußen an Loskäret vorbei. Es waren große Schollen, grobe Eisklumpen, zu Formationen und weißen Haufen zusammengefroren, aufgetürmte Hügel, kleine Eisberge, alles wurde von dem steifen Nordostwind vorangetrieben.

Am Tag darauf drehte der Wind nach Westen, und von da an wurde die Hafenbucht innerhalb weniger Stunden eisfrei.

Während der nächsten Tage beruhigte sich der Wind. Vom Aussichtsberg aus konnte man die dahintreibenden Eismassen sehen. Die Signalisten waren in den Tagen nach dem Rückzug der Kosaken wiedergekommen. Alles, was fehlte, war der kleine Feldstecher, der in die Station Grisslehamn gehörte. Es wurde in Stockholm ein neuer bestellt. Das war trotz allem in diesem Zusammenhang ein geringer Verlust. Die Kosaken hätten ja die gesamte Station niederbrennen können.

An einem der ruhigeren Tage konnte Johanna endlich einmal wieder den Aussichtsberg aufsuchen. Sie hatte den Feldstecher dabei, den sie aus der Station mitgenommen hatte. Sie hielt ihn unter ihrer Jacke verborgen, und als sie oben auf dem Berg anlangte, stellte sie sich hinter ein Fichtengestrüpp und hielt Ausschau über das Meer. Niemand bemerkte sie.

Draußen trieben die Eisschollen langsam vorbei, an einigen Stellen lagen sie fest da, die Strömung war offenbar unterschiedlich stark. Johanna schwenkte den Feldstecher langsam über das Eis und das Wasser. In Landnähe waren die Eisschollen und die aufgetürmten Eishaufen leer und weiß, die Farben wechselten ins Hellgrüne und Blaue, aber es war nur Eis, nichts anderes. Weiter draußen schienen einige große Schollen Gegenstände mitzuführen. Doch war der Abstand zu groß, als dass Johanna hätte erkennen können, was auf den Schollen lag.

Sie stützte sich an einem Ast ab, um Halt zu finden, und betrachtete noch aufmerksamer eine der Schollen, die irgendetwas zu transportieren schien. Das, was auf der Scholle lag, war teilweise in das Eis eingesunken, aber etwas ragte hervor, das aussah wie ein Arm. Johanna schwenkte den Feldstecher hin zu einer anderen Scholle. Auch dort war etwas zu sehen, was einem Arm glich. Es war ein Toter, jetzt erkannte es Johanna. Und als sie begriff, was sie da sah, musste sie weiter die Schollen absuchen, die dunkle Gegenstände trugen.

Auf vielen der Eisschollen lagen tote Menschen. Die meisten lagen ausgestreckt da, es war schwierig, sie zu erkennen, viele waren vereist oder zum Teil eingesackt. Andere jedoch waren herumgeworfen worden, wieder festgefroren, ein Bein oder ein Arm ragte hervor. Mehrere der Schollen mit toten Menschen wurden von der Strömung im Åländischen Meer nach Süden getrieben. Einige lagen still in der Gegenströmung. Es wehte ein schwacher Wind.

Johanna ging zurück in die Postmeisterei, den Feldstecher hatte sie wieder mitgenommen, sie wollte ihn noch eine Weile behalten.

Gegen Abend wurde der Wind wieder stärker, jetzt wehte er aus Osten. Die Eisschollen trieben an der Väddö-Küste vorbei. Einige kamen bis in die Hafenbucht unterhalb der Postmeisterei, andere wurden durch die Klippen von Loskäret und Skatudden aufgehalten. Auf dem Strand vor dem Aussichtsberg hatten sich mehrere große Schollen angesammelt, auf denen tote Menschen lagen, die auf diese Weise zurück in ihr Vaterland fanden, dem sie als Soldaten gedient hatten.

Am Morgen darauf hörte Johanna, wie über die toten, an Land gespülten Männer geredet wurde. Es war Laura, die berichtete, was sie die Soldaten hatte erzählen hören. Sie waren vom Strand gekommen, wo sie geholfen hatten, die Toten zu bergen.

Wusste Laura, ob es viele tote Soldaten waren?

Vielleicht zehn, aber das war nur eine Schätzung.

Und waren es Schweden?

Ja, es waren wohl solche, die auf dem Eis gestorben waren, als die Truppen zurückkamen.

Johanna wollte sie nicht sehen. Sie begriff, dass all diese armen jungen toten Männer etwas Schreckliches waren, aber was konnte sie da noch tun? Nur hinzugehen, um zu gucken, war wohl völlig unnötig.

Eine Zeitlang war sie jedenfalls fest entschlossen, nicht zum Strand zu gehen. Kristoffer konnte ja nicht dabei sein, er war irgendwo in Sicherheit, das war ihre feste Überzeugung.

Da sie nun aber Kristoffer mit den Toten in Zusammenhang gebracht hatte, gab es für sie letztendlich keine Alternative. Sie musste doch zum Strand gehen, um Gewissheit zu erhalten, dass er sich nicht unter ihnen befand.

Sie ging langsam, blieb stehen, als der Strand durch den Kiefernwald sichtbar wurde; sie sah die Soldaten, die die Eisschollen heraufzogen, ahnte die Toten, die auf dem schneefreien Sand lagen. Es war die Stelle, an der sie mit Kristoffer gesessen hatte, damals, als sie sich kennen gelernt hatten.

Als sie näher kam, sah sie die Toten, die man am Strand aufgereiht hatte. Sie lagen nebeneinander. Sie zählte sieben Leichen. Auf einer großen Eisscholle standen zwei Soldaten mit Bootshaken. Sie zogen und stießen damit, versuchten offensichtlich, eine der Schollen auf den Strand zu ziehen. Jetzt sprang einer der beiden Soldaten hinüber auf eine angrenzende große Eisscholle. Er rief etwas und gestikulierte. Johanna sah, auf was er zeigte. Es war ein Körper, zum Teil mit Eis bedeckt. Vielleicht hatte der Tote zunächst auf dem Eis gelegen und war dann, als das Eis zu schmelzen begonnen hatte, eingesunken und, als es wieder kälter geworden war, festgefroren. Dann waren die Wellen darübergeschlagen und wohl auch gefroren, so dass die sichtbaren Teile des Körpers mit Eis überzogen waren. Auf mehreren der auf dem Strand liegenden Toten konnte man Eisscherben erkennen. Einer von ihnen hatte ein zerstörtes Gesicht, Teile der Wangen und Lippen fehlten, vielleicht hatten ihn Vögel nach seinem Tod angefressen. Die wunden Löcher jedoch waren gefroren und blutleer, die Zähne waren entblößt, und der Tote schien mit halboffenem Mund zu grinsen.

Jetzt begannen die Soldaten damit, eine gefrorene Leiche von der nächsten Eisscholle zu lösen. Sie hackten und schlugen mit den Bootshaken, doch das nützte nichts, sie benötigten bessere Werkzeuge. Jemand am Strand warf ihnen eine Axt zu, und ein Soldat begann zu hauen. Bei jedem Hieb splitterten Eisstücke ab, und langsam löste sich die festgefrorene Leiche.

Johanna wartete. Der Mann brauchte recht lange, um den Toten frei zu bekommen. Es handelte sich um einen Soldaten, der eine ähnliche Uniform trug wie die, die Kristoffer getragen hatte. Der Tote lag auf dem Bauch, als man ihn an Land zog. Etwas unter ihm hinterließ kleine Furchen im Sand, vielleicht seine steifen Hände oder seine Nase. Er trug keine Kopfbedeckung. Seine Haare ähnelten Kristoffers Haar. Auch der Nacken wirkte bekannt, er sah aus wie der Nacken, den Johanna mit ihrer Hand berührt hatte.

Sie stand dort, ließ die Arme hängen, und bewegte sich nicht. Sie wies alle Gedanken und Gefühle von sich, sie wartete nur, und alles stand still.

Zwei Soldaten zogen den Toten herauf, hin zu der Reihe der dort liegenden Leichen. Sie machten eine Pause, streckten das Rückgrat, ergriffen wieder die Kleidung des

Toten, drehten ihn um und schleppten ihn weiter hinauf über den festen, gefrorenen Sand.

Johanna sah sein entstelltes Gesicht. Die Nase fehlte völlig, ebenso die Lippen und die Augen. Die Kinnpartie war einigermaßen intakt.

War das Kristoffer?

Johanna stand immer noch da und rührte sich nicht. Sie betrachtete das zerstörte Gesicht, und sie wusste nicht, wen sie da ansah. Es war Kristoffers Kinn, sein Nacken und seine Hände. Ja, sie sah die Hände, und sie glichen den seinen. Aber auch mehrere Finger waren entstellt, abgenagt und gekrümmt. Das rohe Fleisch war gefroren und zerfressen.

Die Soldaten legten den Toten neben die übrigen Leichen in der Reihe. Einer von ihnen sah Johanna an. Er blieb vor ihr stehen, nahm die Mütze ab und verbeugte sich leicht, ehe er hinunter zum Wasser ging, wo noch eine Leiche darauf wartete, an Land gezogen zu werden.

Johanna hockte sich vor den Toten hin. Sie wusste, dass Kristoffer eine Brieftasche oder ein gefaltetes Lederetui in seiner Innentasche hatte. Vorsichtig fasste sie mit der Hand an die Uniformjacke, fühlte an der Stelle nach, an der die Tasche sein musste. Ja, dort befand sich eine Verhärtung, etwas, das eine Brieftasche sein konnte. Sie versuchte gerade, den Jackensaum hochzuheben, als sie unterbrochen wurde.

»Fräulein, Sie dürfen dem Sergeanten nichts wegnehmen«, sagte eine Stimme.

Johanna blickte auf. Vor ihr stand ein Soldat. Sie erhob sich, trat einen Schritt zurück, fühlte sich ertappt und beschämt.

»Ich habe geglaubt, dass ich ihn kenne«, murmelte sie.

»Wir sind für die Toten verantwortlich, und nichts darf ihnen weggenommen werden«, sagte der Soldat.

»Ich verstehe«, murmelte Johanna.

»Erkennen Sie den Mann, Fräulein?«, fragte der Soldat.

»Ich habe es gedacht, aber ich weiß es nicht genau. Mein Freund hatte eine ähnliche Uniform, und er war Sergeant … ja, er *ist* Sergeant.«

»Ja, das hier ist ein Sergeant der Svea Leibgarde.«

»Mein Freund heißt Kristoffer Lundberg, ist er vielleicht bekannt?«

»Nein, das ist niemand, von dem ich habe reden hören. Aber morgen kommt ein Offizier her, der Fragen beantworten kann.«

»Ja, dann danke.«

Der Soldat blieb stehen, und Johanna begriff, dass er sichergehen wollte, dass sie den Toten nicht anfasste. Sie trat ein paar Schritte zurück.

»Ich muss ihn ansehen«, sagte sie.

Der Soldat nickte, sagte jedoch nichts. Johanna trat wieder ein wenig vor, hockte sich hin und blickte weiter auf den Toten. Sie betrachtete das Gesicht genau, versuchte, Details zu finden, die Aufschluss darüber geben konnten, wer er war. Der Backenknochen trat hervor, die Augenbrauen waren stark, der Haaransatz gerade. All das stimmte mit Kristoffers Gesicht überein. Aber am Kinn des Toten befand sich ein Grübchen, und das war natürlich und keine Wunde, ein solches Grübchen hatte Kristoffer nicht. Der Daumen der rechten Hand war ebenfalls gut erhalten, und das war nicht Kristoffers Daumen.

Sie blieb gut zwanzig Minuten in der Hocke sitzen. Die Soldaten schleppten einen weiteren Toten nach oben und legten ihn neben den Sergeanten. Johanna sah auf, und ihre Blicke trafen sich mit denen eines der Soldaten. Er war noch sehr jung und sah müde und traurig aus.

Johanna erhob sich. Sie nickte dem jungen Soldaten zu und ging zurück zur Postmeisterei. Sie glaubte nicht, dass der Tote Kristoffer war. Nein, er konnte es nicht sein. Es bestanden Ähnlichkeiten, aber die waren geringfügig und ohne Bedeutung.

Den ganzen Abend über wiederholte sie den Satz: Das war nicht Kristoffer gewesen, wenn jemand, dann musste sie doch wissen, wie er aussah, und dieser Mann hatte ganz anders ausgesehen.

Diese Überzeugung nahm sie auch mit in ihren Schlaf und in ihre Träume. Sie wusste doch so gut, wie ihr Geliebter aussah, sie trug sein Bild immer in sich, und das Bild des Mannes am Strand war ein völlig anderes Bild.

Auch als sie aufwachte, war sie noch felsenfest dieser Überzeugung. Und sie wiederholte sie immer wieder.

Während des Vormittags machte Johanna die Betten, putzte und hängte Wäsche auf. Und die ganze Zeit über versuchte sie, die Erinnerung an den toten Sergeanten am Strand zu verdrängen. Das Bild trat ihr jedoch immer wieder vor Augen, und jedes Mal kam es ein bisschen näher. Zum Schluss konnte sie sich nicht länger dagegen wehren, es war, als ob das Antlitz des Toten sich ihr aufzwang. Sie schloss fest die Augen, schüttelte den Kopf, biss sich auf die Lippen, um das Bild zu verdrängen, aber nichts half. Und als sie wieder versuchte, es zu leugnen, merkte sie, dass das nicht länger Wirkung zeigte. Sie stand hinter dem Waschhaus neben der Wäscheleine, als sie zu weinen begann. Sie bettelte laut darum, dass alles nicht wahr sein möge. Sie hängte das Laken auf und schrie gegen das nasse Leintuch, dass sie es nicht wissen wolle.

Aber dann hörte sie auf zu schreien, und da wusste sie, dass der an Land geschwemmte Sergeant doch wohl Kristoffer war.

Gegen elf ging sie wieder hinunter zum Strand, um den Toten noch einmal zu sehen. Jetzt ging sie schnell, ohne sich aufzuhalten. Als sie die Felswand und den Strand durch den Kiefernwald hindurch sehen konnte, erhöhte sie ihr Tempo etwas. Das letzte Stück lief sie.

Am Strand stand eine Gruppe von Soldaten, die Toten jedoch waren verschwunden. Johanna fragte einen Offizier, was sie mit den toten Soldaten gemacht hätten.

»Sie sind am Vormittag abgeholt worden«, antwortete der Offizier. »Sie sind jetzt auf dem Weg zu ihren Regimentern, um von dort dann weiter in ihre Heimatgemeinden geschickt zu werden.«

»Ich hatte einen Freund, der hier lag« sagte Johanna.

»Viele haben Freunde und Bekannte verloren«, antwortete der Offizier.

»Er war Sergeant bei der Svea Leibgarde.«

»Dann weiß ich, wer es war, ich habe die Uniform gesehen. Er ist wohl unterwegs nach Stockholm, nehme ich an.«

Johanna blieb noch am Strand. Sie suchte die Stelle auf, an der die Toten gelegen hatten, sah die Schleifspuren im Sand, die die Körper hinterlassen hatten, kleine Abdrücke, geringfügige Vertiefungen dort, wo jemand gelegen hatte. Und an der Stelle, an der der Mann, der vielleicht Kristoffer war, gelegen hatte, erkannte sie den schwachen Abdruck eines Körpers und eines Kopfes. Sie legte ihre Hand auf die Stelle, an der der Kopf geruht hatte, und sie glaubte, eine schwache Wärme in ihrer Hand zu spüren. Und in diesem Augenblick hatte sie das Gefühl, Gewissheit erhalten zu haben.

Sie legte sich hin, drückte ihre Wange in den Sand und schloss die Augen. Die Soldaten, die ein Stück entfernt standen, beobachteten sie, aber niemand hinderte sie oder fragte, warum sie das tat. Alle hatten begriffen, dass sie von jemandem Abschied nahm. Und das Gespräch verstummte, einer von ihnen nahm seine Mütze ab. Das nahmen die übrigen als Zeichen. Alle wandten sich Johanna zu, standen stramm und salutierten.

Die jetzt folgenden Tage waren ruhig. Die Geräusche drangen nicht durch zu Johanna. Sie war eingeschlossen in ein Schweigen, das nur für sie existierte, zum Schutz gegen das Böse in der Welt, ein grauer Schleier zwischen dem Verlust und ihrem eigenen Bewusstsein. Sie verschloss sich nicht vor dem, was geschehen war, aber sie wich den drei endgültigen Worten noch aus: Er ist tot.

Laura verstand sie. Sie fragte vorsichtig, versuchte, ihr zu helfen, und Johanna ließ sie an sich herankommen, nahm ihre Umarmung entgegen und ein Wort des Trostes. Auch der Postmeister hatte es verstanden, und er drückte seine Teilnahme durch stille Freundlichkeit und ein kleines Lächeln aus.

Bis Johanna sich aus ihrem Schweigen zu lösen vermochte, vergingen Wochen. Langsam fing sie wieder an, Gesprächen zuzuhören, vernahm die Geräusche, Schritte, Rufe und sogar Lachen. Denn jetzt gab es überall Soldaten, und selbst wenn sie vom Krieg gezeichnet waren, so lachten sie, wie junge Männer es tun, wenn Mädchen vorbeigehen, oder wenn jemandem der Kameraden ein lustiges Versehen unterlief.

Johannas Trauer war immer noch tief und stark. Sie antwortete jedoch wieder, wenn sie angesprochen wurde, und es kam hin und wieder sogar vor, dass sie lächelte.

Der Sommer begann mit Wärme, und mit ihm erschienen die Zugvögel. Immer noch kamen mehrmals in der Woche Gäste ins Posthaus. Johanna bediente wie sonst auch, und jetzt, wo sie wieder angefangen hatte zuzuhören, merkte sie, dass sich in Schweden viel Neues ereignete.

Im Juni wurde Herzog Karl zum König von Schweden ernannt, jetzt sollte er Karl XIII. heißen. Aber er war alt und gebrechlich und hatte keine Erben, deshalb wurde der dänische Prinz Karl August zum Thronfolger gewählt. Gleichzeitig erhielt Schweden neue Gesetze, die die Macht zwischen dem König und dem Reichstag aufteilten, und die adeligen Herren mussten ihren Anspruch auf wichtige Ämter aufgeben.

Als Johanna das hörte, musste sie an das denken, was die Lehrerin Margareta vor langer Zeit über die neue Zeit, die bevorstand, gesagt hatte. Hatte sie jetzt begonnen? Die Gefahr, die von Russland ausging, bestand jedoch immer noch, und den gesamten Sommer über wurden an den Stränden von Väddö immer wieder Leichen angetrieben. Die Schären und Inseln entlang der Küste zogen Adler und Raben an, die auf der Jagd nach Beute waren. Wenn sie satt waren, umkreisten Schwärme von kreischenden Krähen die gesichtslosen Männer.

Viele Namen in den Regimentslisten hatten den Zusatz *vermisst* erhalten, ehe die Namen durchgestrichen worden waren. Einige der Trauernden gaben jedoch die Hoffnung nie auf.

Bedenkzeit

Unten am Strand kamen und gingen die Soldaten. Johanna konnte sie flüchtig sehen, wenn sie auf der Hauptstraße vorbeimarschierten, aber wenn sie mit irgendeiner Arbeit am Küchenfenster saß, konnte sie sich auch die Zeit nehmen, genauer hinzublicken. Mit der Zeit hatte sie gelernt, die verschiedenen Uniformen zu unterscheiden, meist waren es die Farben blau und weiß, ein Teil roter und gelber Uniformen war jedoch auch darunter. Eines Tages erblickte sie einen Mann, der die gleiche Uniform trug, wie Kristoffer sie getragen hatte. Er wanderte allein die Straße entlang, er war groß und schlank und ging schnellen Schrittes an Nyströms kleinem Haus vorbei. Johanna erhob sich, und für ein paar Sekunden schien es Kristoffer zu sein, der da unten entlangging.

Ihr wurde ganz warm, und die Hände begannen zu zittern. Es dauerte nur einen kurzen Augenblick, der Mann kam näher, und jetzt sah sie, dass er dunkelhaarig und etwas größer als Kristoffer war. Es war das erste Mal, dass so etwas vorgekommen war, und dieses Erlebnis warf sie zurück in Trauer und Verzweiflung.

Die folgenden Tage waren schwarz und schwer. Johanna saß oft lange Zeit da und vermochte nicht, sich zu erheben. Sie glaubte, dass alles sinnlos sei, und sie war überzeugt, dass sie sich nie wieder über irgendetwas würde freuen können. Die Nächte waren noch schlimmer. Sie wälzte sich schlaflos im Bett herum, und wenn es am schlimmsten war, kam ihr der Tod wie eine Befreiung vor. Das dauerte zwei Wochen, dann löste sich dieser schreckliche Zustand langsam. Sie begann wieder zu sehen und zu hören, was um sie herum vorging, sie antwortete, wenn man sie ansprach, hörte zu, wenn sich Leute unterhielten, und lächelte wieder. Sie hatte jedoch begriffen, dass diese lähmende Trauer sie jederzeit wieder überkommen konnte, und deshalb begann sie, auf sich aufzupassen. Sie wollte nicht noch einmal in diesen schwarzen Abgrund fallen, denn sie hatte sich entschlossen weiterzuleben. Aber richtige Freude vermochte sie nicht zu empfinden. Es gelang ihr, im Alltag zu leben, sie nahm an allem teil, so gut sie konnte, war jedoch nicht wirklich anwesend, so fühlte es sich an.

Sie öffnete jeden Tag das Medaillon und nahm das Bild heraus, betrachtete die kleinen Zeichen auf der Rückseite und dachte an all die Augenblicke, in denen Kristoffer und sie sich mit den Zeichen und Botschaften beschäftigt hatten. Sie hatten eine Geheimsprache gehabt, die ihnen gehören würde bis in alle Ewigkeit. Den Beweis dafür hielt sie in ihrer Hand, die kleinen Bildzeichen, die für andere Menschen unverständlich waren, die beiden Botschaften: *als du, immer zurück.*

Und dann die dritte Botschaft, die sie nicht hatte entschlüsseln können.

Der Juli wurde warm, und es herrschte ruhiges Wetter. Die Soldaten saßen, wenn sie frei hatten, an den Straßengräben, rauchten und sonnten sich. Die Mutigsten badeten, wenn sie keinen Wachtdienst hatten an den steinigen Stränden. Ansonsten standen sie den ganzen Tag über mit der Waffe in der Hand dort und spähten über das Meer. Und immer noch erkrankten junge Männer an der Ruhr und an der Feldkrankheit, die die zurückkehrenden Truppen aus Åland mitgebracht hatten. Einige starben, aber die meisten wurden in Krankenhäuser gebracht und durch andere Männer in den gleichen Uniformen ersetzt.

Johanna hatte einen Tag frei bekommen und besuchte ihre Mutter. Die dort einquartierten Soldaten hatten bei den verschiedenen anfallenden Arbeiten geholfen, und man konnte merken, dass der Verfall, der den Hof getroffen hatte, aufgehalten worden war und dass es sich sogar zum Besseren gewendet hatte. Stall und Scheune waren hergerichtet worden, das Gestrüpp an den Hausecken war verschwunden, und das Hofhaus hatte eine Reihe neuer Dachschindeln erhalten.

Die Soldaten waren im Dienst, als Johanna ankam. Ruben ging es besser, und er war mit dem Boot hinausgerudert. Mutter und Tochter befanden sich allein in der Küche.

»Wir haben eine Einladung nach Norrgården erhalten, du und ich«, sagte Maria.

»Aus irgendeinem besonderen Grund?«, fragte Johanna.

»Sie wollen mit uns sprechen.«

Johanna merkte, dass ihre Mutter nicht die ganze Wahrheit erzählte. Karl David wohnte in Norrgården, und es gab mit Sicherheit einen Anlass für die Einladung, denn es war nicht üblich, dass sich Nachbarn ohne besonderen Grund gegenseitig besuchten.

»Weißt du, über was sie sprechen wollen?«, fragte Johanna.

»Ich glaube, dass Karl David dich enger an sich binden möchte.«

»Mutter, glaubst du das, oder weißt du es?«

»Ich glaube, ich weiß es ziemlich sicher.«

»Wann soll das sein?«

»Am kommenden Sonntag.«

»Ich werde versuchen, dass ich dann frei bekomme.«

Maria sah zufrieden aus. Vielleicht hatte sie befürchtet, dass sich ihre Tochter weigern würde.

Als Johanna an diesem Abend zurück in die Postmeisterei ging, dachte sie zum ersten Mal seit langem wieder an die Zukunft. Die Zeit nach dem schrecklichen Tag am Strand war schwer und lähmend gewesen, und sie hatte sich überhaupt keine Zukunft ohne Kristoffer vorstellen können. Inzwischen war sie langsam wieder in ein graues Alltagsleben zurückgeglitten, ein Leben, das wohl eine Zukunft haben musste, doch eine Zukunft anderer Art. Sie hatte ja die Verantwortung für den Hof und für ihre alte Mutter. Es fiel ihr nicht leicht, so zu denken, doch was stand ihr anderes bevor? Sie hatte ja trotz allem ihre Erinnerungen.

Der Sonntag kam. Sie hatte ihre besten Sachen angezogen, einen hellblauen Rock mit einer geblümten Borte, eine weiße Bluse, ein Band im Haar.

Als sie aufbrechen wollte, betrachtete sie sich in dem vergoldeten Spiegel im Salon der Postmeisterei. Vielleicht sah sie allzu gefällig aus?

Sie befand sich schon auf dem Weg zurück in ihre Kammer, um sich umzuziehen, als ihr der Postmeister im Flur begegnete. Er hielt sie an, lächelte, neigte den Kopf und machte eine kleine Bewegung mit den Händen.

»Entzückend«, sagte er.

»Danke«, antwortete Johanna und machte einen Knicks.

»Haben Sie eine wichtige Verabredung, Johanna?«, fragte er.

Sie suchte nach einer passenden Antwort, doch der Postmeister kam ihr zuvor.

»Entschuldigen Sie, liebe Johanna«, sagte er. »Ich bin natürlich nicht befugt, solche Fragen zu stellen. Aber manchmal habe ich das Gefühl, dass Sie meine eigene Tochter seien.«

»Danke«, murmelte Johanna und merkte, dass sie etwas errötete.

»Wen auch immer Sie treffen wollen, Johanna, so wünsche ich Ihnen beiden einen glücklichen Tag«, sagte der Postmeister.

Er ging an Johanna vorbei, wandte sich um, verbeugte sich leicht und lächelte noch einmal.

Johanna änderte ihren Entschluss, sie zog sich nicht um. Warum sollte sie das auch tun?

Auf dem Weg nach Byholma hörte sie eine Lerche, es dauerte eine Weile, bis sie sie hoch am Himmel zu Gesicht bekam. Sie blieb stehen, und da vernahm sie einen Schuss, aber der kleine Vogel blieb dort oben, flatternd und unbeirrt. Der Schütze hatte wohl auf irgendein anderes Tier unten am Boden gezielt, denn wer würde schon auf eine unerreichbare Lerche schießen?

Maria war schon bereit und wartete in der Küche. Johanna erhielt ein anerkennendes Lächeln von ihrer Mutter, als sie hereinkam. Sie lächelte zurück, doch sie merkte, dass ihr eigenes Lächeln etwas angestrengt wirkte. Als sie auf den Hofplatz hinaustraten, begegneten sie zwei der einquartierten Soldaten. Beide grüßten. Sie blickten lange hinter Johanna her, und sie dachte wieder, dass sie wohl doch falsch angezogen sei, sie hätte den dunkelgrauen Rock nehmen und ein Kopftuch umbinden sollen.

Norrgården war bedeutend größer als Nygården. Das Hauptgebäude hatte ein Speisezimmer, außerdem die Küche und zwei geräumige Kammern. Jetzt hatte man im Speisezimmer gedeckt. Johanna wusste, dass dieses nur zu den großen Festtagen und vielleicht zu dem ein oder anderen Geburtstag benutzt wurde. Das Speisezimmer war ähnlich wie der Salon der Postmeisterei, nur weniger genutzt.

Karl Davids Mutter Sara empfing die Gäste an der Türe. Der Vater war kränklich und lag im Bett. Karl Davids vier Brüder befanden sich irgendwo anders. Karl David selbst wartete im Speisezimmer. Alles wirkte ernst und feierlich. Sara lächelte nicht, als sie ihnen die Hand gab. Johanna knickste und blickte zu Boden. Dann betraten sie das Speisezimmer, wo Karl David wartete. Er stand dort mit dem Rücken zum Fenster. Als sie eingetreten waren, blieb er einige Sekunden so stehen, ehe er ihnen entgegenging.

Er streckte die Hand aus, verbeugte sich, als er Maria begrüßte, verbeugte sich etwas weniger tief, als er Johannas Hand ergriff, aber zum Ausgleich dazu hielt er sie ein wenig länger fest.

»Seid herzlich willkommen in Norrgården«, sagte er langsam und eintönig, so als ob er den Satz auswendig gelernt hätte.

»Danke«, murmelte Johanna.

»Setzt euch bitte zu Tisch«, sagte Sara.

Sie traten zu dem runden Mahagonitisch hin, auf dem Tassen und Kuchenteller aufgedeckt waren. Auch der Kaffeekessel stand schon dort. Johanna hatte den Eindruck, dass die Gastgeber den Kaffee auf dem Herd stehen gehabt und den Kessel schnell auf den Tisch gestellt hatten, als sie die Gäste hatten auf den Hof kommen sehen. Und während eines Moments blitzte ein Bild durch ihren Kopf: Ein gehetzter Karl David, der von der Küche her mit dem Kaffeekessel herbeistürzte, fast gestolpert wäre, seine Mutter hatte aufgeschrien, und er schaffte es in letzter Sekunde, brachte seine Kleidung und seine Gesichtszüge wieder in Ordnung.

Johanna lächelte, es war ein lustiger Gedanke. Der Umschwung von Verwirrung zu strengem Ernst gab Karl David einen Anstrich der Unbeständigkeit, der gar nicht zu ihm passte. Er sah ihr Lächeln, ohne die Ursache verstanden zu haben, lächelte jedoch zurück. Die steife Atmosphäre lockerte sich etwas. Sara schenkte Kaffee ein, bot Kuchen an, fragte, wie es mit den einquartierten Soldaten liefe. Sie selbst hatten acht Schlafgäste, die alle in der kleinen Hütte und im Waschhaus untergebracht werden konnten, und es war ja nur gut, dass sie so viel Platz hatten. Essen mussten die Soldaten natürlich auch, und das taten sie in der Küche, allerdings für sich.

Sara redete schnell, nachdem das Eis erst gebrochen war. Johanna hatte den Eindruck, dass sie die Gelegenheit ergriff, um mitzuteilen, dass Norrgården der größte Hof im Dorf war. Das jedoch wussten alle in Byholma von alters her.

Ihnen wurde nachgeschenkt und mehrere Sorten Kuchen wurden angeboten. Trotz der schlechten Zeiten gab es eine große Auswahl. Vielleicht hatten sie ein wenig für die wirklich wichtigen Gelegenheiten zurückgelegt. Karl David hielt Johanna mehrere Male den Teller hin, und sie probierte ein Stück von jeder Sorte, Haferkekse und Weizenkuchen, Zimtbrot und Nussecken. Das fünfte Mal lehnte sie dankend ab.

»Ich würde Maria gerne etwas zeigen«, sagte Sara nach einer Weile. »Die jungen Leute können ja sitzen bleiben.«

Die älteren Frauen erhoben sich und gingen aus dem Speisezimmer, während sie sich unterhielten. Johanna konnte noch verstehen, dass Sara über Stoffe redete, über irgendetwas, das sie gekauft hatte. Karl David wollte ihr noch einmal Kaffee nachschenken, aber Johanna schüttelte den Kopf.

»Du hast also genug«, sagte er.

»Ja, das kann ich wohl sagen«, antwortete sie.

Er lachte auf, so als ob sie etwas Lustiges gesagt hätte, und sie fand wieder, dass sie einen Zug an ihm bemerkte, den sie nicht kannte.

»Es gibt Wichtigeres als Kuchen«, sagte er.

»Was denn?«, fragte sie.

»Tja, die Art und Weise, etwas auszudrücken.«

»Findest du, dass ich Dinge auf eine komische Art und Weise sage?«

»Nein, das habe ich ganz und gar nicht so gemeint. Aber du hast offenbar die Gabe, die Dinge von ihrer lustigen Seite her zu betrachten.«

»Das ist mir selbst nicht bewusst.«

Er lächelte und saß eine Weile schweigend da. Sie nahm an, dass er nicht viel von ihr wusste.

»Sollen wir ein bisschen hinausgehen?«, fragte er.

Sie erhoben sich, er ging vor und machte die Türen auf, führte sie hinaus auf den Hofplatz. Sie gingen den Pfad hinunter bis zu den eingefriedeten Wiesen, es roch nach frisch gemähtem Sommergras. Er ging ganz dicht neben ihr, und als er sich zu ihr umwandte, merkte sie, dass er nach Alkohol roch.

»Ich möchte dich etwas fragen«, sagte er.

Sie antwortete nicht darauf, da das nicht nötig war. Er sprach jedoch nicht weiter, und sie gingen eine lange Zeit schweigend nebeneinander her. Sie merkte, dass er sich sammelte.

»Ich möchte dich um deine Hand bitten«, sagte er.

Sie gingen immer noch nebeneinander her. Jetzt jedoch rührte er mit der Hand an ihren Arm.

»Du möchtest die Angelegenheit sicher überdenken«, sagte er.

»Ja, das möchte ich gerne.«

»Du lehnst aber zumindest nicht ab.«

»Ich möchte darüber nachdenken, was das für mich bedeuten würde.«

»Das bedeutet, dass ich dich gern habe und dass ich möchte, dass du meine Frau wirst.«

»Das habe ich verstanden, aber ich muss darüber nachdenken, was das eigentlich mit sich bringt. Das ist soviel, verstehst du.«

»Man sagt, dass du einen anderen gehabt hast, aber du musst wissen, dass mir das nichts ausmacht.«

Sie antwortete nicht.

Sie gingen schweigend weiter, überquerten die vor ihnen liegende Weide, blieben kurz an den drei großen Birken stehen, ehe sie zurück nach Norrgården gingen. Und sie hatte das Gefühl, dass er sich wohl zurückhalten und sie nicht berühren werde.

»Du musst ja nicht sofort antworten«, sagte er, als sie zurück über den Hofplatz gingen. Sie antwortete auch dieses Mal nicht, und als sie vor der Tür angelangt waren, wiederholte er noch einmal, was er gerade gesagt hatte. Er sprach mit leiser Stimme, und jetzt schwang in seinem Tonfall etwas Bittendes mit.

»Du musst ja nicht«, murmelte er ein drittes Mal, während er die Tür öffnete.Die Mütter saßen im Speisezimmer. Sie tranken wieder Kaffee und fragten, ob die jungen Leute auch welchen haben wollten. Karl David lehnte ab, Johanna ebenfalls, und sie merkte, dass die beiden älteren Frauen über das, was Karl David gefragt hatte, gesprochen hatten.

Als sie aufbrachen, brachte er sie hinaus. Er schüttelte Johanna noch einmal die Hand und hielt diese wieder einen Moment zu lange fest. Nachdem sie den Hofplatz überquert hatte, wandte sie sich um und sah, dass er noch vor dem Haus stand, aber sie winkte ihm nicht zu.

Sie waren schon an der Einzäunung von Nygården angelangt, als Maria Johanna fragte, ob sie einen angenehmen Spaziergang mit Karl David gemacht habe.

»Er hat um meine Hand angehalten«, antwortete sie.

»Und was hast du darauf geantwortet?«

»Ich habe um Bedenkzeit gebeten.«

»Das ist recht und billig, aber denk nicht zu lange nach.«

»Er wird eine Antwort erhalten, das verspreche ich, und ich werde dir berichten, wie meine Antwort ausfällt, Mutter, sobald ich mich entschieden habe.«

Sie sprachen nun nicht mehr darüber. Als Johanna ihre Mutter das nächste Mal besuchte, waren zwei Wochen vergangen, und Johanna merkte, dass Maria etwas erfahren wollte, aber es war noch zu früh. Sie schüttelte den Kopf, ehe Maria hatte fragen können. Worte waren nicht nötig. Und so sollte es auch noch eine Zeitlang bleiben. Johanna sah ihre Mutter jedes Mal an, wenn sie zu ihr in die Küche kam, und Maria wusste Bescheid, ohne gefragt zu haben.

Im August wurde in Grisslehamn der Dorsch eingepökelt. Der Fischfang war ertragreich gewesen, und jetzt wurden die Lager mit gepökeltem Fisch gefüllt. Aber die Soldaten in der Umgebung mussten verpflegt werden, und so blieb auf den Höfen auf Väddö nichts übrig. Und so langsam begannen die Ortsansässigen die Soldaten leid zu werden. Es waren zu viele, und sie verzehrten alle Vorräte.

In der dritten Augustwoche kamen durch den Telegrafen schlechte Nachrichten aus dem Norden. Starke russische Truppenverbände hatten sich bei Umeå gesammelt, und für die schwedischen Streitkräfte war es nicht gut gelaufen, als sie versucht hatten, die Feinde zurückzuschlagen. Die Russen standen also wieder als Sieger direkt in Schweden. Für die schwedischen Verbände auf Väddö bedeutete dies Alarmbereitschaft. Würden die Russen wieder auf Stockholm vorrücken?

Johanna hörte diese Nachrichten gegen Abend, und sie war zunächst unruhig und dann traurig. Sie war wieder an den Aufbruch von Åland erinnert worden, an die Trennung auf dem Eis und an die schreckliche Zeit, die dann folgte. Und als sie an das dachte, was sie durchgemacht hatte, waren Trauer und Sehnsucht wieder spürbar.

Einige schwierige Tage folgten. Dieses Mal versank sie jedoch nicht in der schwarzen Hoffnungslosigkeit. Sie befand sich weiter in ihrer alltäglichen Umgebung, sie weinte und trauerte, doch das Leben ging weiter.

Vier Tage später ging sie hinauf zum Aussichtsberg. Auf dem Weg dorthin war sie gezwungen, an dem Sandstrand vorbeizugehen. Seit sie dort die toten Soldaten gesehen hatte, war sie nicht mehr dort gewesen. Jetzt ging sie an der Stelle vorbei, an der sie gelegen hatten, sie betrachtete den Sand, der je nach Jahreszeit seine Farbe und sein Aussehen änderte, versuchte nicht, zu vergessen oder an etwas anderes zu denken. Sie wusste, dass der Mann, den sie liebte, dort gelegen hatte.

Es war nicht leicht, aber sie schaffte es, sie ging vorbei, stieg weiter den Pfad hinauf zu den Signalstationen. Sie hielt sich ungefähr zwanzig Minuten dort auf. Sie kannte keinen von den diensthabenden Signalisten. Aber sie war ja nicht dorthin gegangen, um sich zu unterhalten. Sie hatte nur wiederkommen wollen, um sich zu erinnern. Sie wusste, dass das jetzt der richtige Zeitpunkt war. Auf dem Rückweg blieb sie kurz an der Stelle stehen, an der sie Kristoffer zurückgelassen hatte.

Die Wochen verstrichen, ohne dass sie Karl David eine Antwort gab. Es handelte sich um einen Entschluss, der ihr ganzes zukünftiges Leben betraf, und sie wollte sich sicher sein, ehe sie antwortete. Sie war überzeugt, dass die Entscheidung bald fallen würde.

Nachdem gut drei Wochen vom September vergangen waren, veränderte sich das Leben in Grisslehamn noch einmal. Ein schwedischer Kurier war mit dem Schiff von Åland gekommen. Die Postboote hatten seit dem Frühjahr im Hafen gelegen, ab und zu hatte ein kleiner åländischer Segler angelegt, jetzt jedoch war eine Segeljacht mit gehisster Flagge eingetroffen. Der Kurier war ein junger Fähnrich, und er war direkt aus Fredrikshamn am Finnischen Meerbusen gekommen, wo die Verhandlungen zwischen Schweden und Russland geführt wurden. Die Reise war über Land und durch die Schären gegangen. Der Bote wollte sofort nach Stockholm weiterfahren, aber die Pferde der Postmeisterei waren unterwegs, und deshalb mussten ausgeruhte Pferde aus Byholma geholt werden. Der junge Mann musste eine Weile in der Postmeisterei warten. Wie immer, wenn sich wichtige Reisende ausruhten, wurde Johanna beauftragt, im Salon eine leichte Mahlzeit zu servieren.

Der Postmeister leistete dem Fähnrich Gesellschaft. Ob er wohl etwas von den Verhandlungen berichten könne? Ja, etwas konnte er schon sagen, es waren jedoch meist schlechte Nachrichten, die er mitbrachte. Seine Augen waren nur noch schmale Schlitze, vielleicht hatte er sich solange wach gehalten, dass der Schlaf seine Macht über ihn verloren hatte.

»Es ist ein Friedensvertrag unterzeichnet worden«, sagte er. »Aber die Bedingungen sind nicht günstig. Schweden hat Finnland und Åland verloren. Die Grenze verläuft von jetzt an mitten durch das Åländische Meer.«

»Das ist ein teuer erkaufter Frieden«, murmelte der Postmeister.

»Ja, wir verlieren den östlichen Teil des Reiches, wo unsere tapferen finnischen Brüder so treu gekämpft haben.«

»Wie ist diese Nachricht denn in Finnland und auf Åland aufgenommen worden?«

»Mit Trauer und Bestürzung.«

»Dann werden unsere åländischen Nachbarn jetzt russische Untertanen sein.«

»Ja, das scheint so zu sein.«

Johanna befand sich auf dem Weg in die Küche. Sie hatte das Gespräch mit angehört und erzählte Laura nun, was sie gehört hatte.

»Denke, es wird jetzt Frieden werden«, sagte sie.

»Ist das wirklich wahr?«, fragte Laura.

»Ich habe gehört, was der Fähnrich gesagt hat; er soll dem König in Stockholm die Nachrichten überbringen.«

»Das ist ja unglaublich, nach all den schrecklichen Jahren dürfen wir vielleicht bald an etwas anderes denken als an all die armen Burschen, die dort draußen haben sterben müssen.

Laura merkte sofort, was sie soeben gesagt hatte, und sie trat schnell zu Johanna hin und umarmte sie.

»Entschuldige«, murmelte sie.

»Du brauchst mich nicht um Entschuldigung zu bitten«, flüsterte Johanna.

Sie standen eine Weile so da und hielten sich umarmt. Johanna drückte ihre Wange an Lauras Schulter, und beide weinten. Es waren Tränen der Trauer, aber auch der Erleichterung.

Schon Ende September wurde damit begonnen, die Truppen aus Roslagen abzuziehen. Viele Höfe standen mit leeren Vorratshäusern da, Krankheiten und Krieg hatten große Lücken in die Bevölkerung gerissen. Es war stiller geworden, die Zeit der lauten, marschierenden Soldaten war vorbei, und der ständig aufgewirbelte Straßenstaub hatte sich gelegt. Auf Väddö waren jedoch einige Truppenteile geblieben. Grisslehamn war Grenzort geworden, bald kam der Postverkehr auch wieder in Gang, obwohl nur wenige Reisende kamen.

Früher war ein Strom schwedischer Beamter und Offiziere über das schwedische Binnenmeer gereist. Diese Zeiten waren nun vorbei.

Ganz in Weiß

Am Montag, dem 23. Oktober hatten Johanna und Laura große Wäsche: weiße Hemden, Blusen, Laken, Kopfkissenbezüge, Handtücher. Haufen von schmutziger Wäsche waren eingeweicht worden und sollten jetzt gekocht werden. Der Waschkessel des Waschhauses war nicht groß genug, sie standen unten am Strand mit einem Riesenkessel auf vier Beinen, unter dem sie Feuer angefacht hatten. Zwei Frauen aus Tomta waren zum Helfen eingestellt worden. Laura und Johanna hatten ja auch noch andere Dinge zu tun, das Essen sollte wie gewohnt auf dem Tisch stehen. Es befanden sich zwar keine Gäste im Haus, aber die ganze Familie war wieder versammelt, die Hausfrau und die Kinder waren aus Stockholm zurückgekehrt, als der Frieden verkündet worden war, und Magister Lindman hatte seinen Unterricht im Hause wieder aufgenommen.

Sie begannen mit der Wäsche am Vormittag, machten eine Pause über Mittag und wuschen weiter, sobald sie in der Küche fertig waren. Das Wetter war klar und kühl, der Himmel hoch, ein schönes Herbstwetter. Johanna stand auf einer Steinbrücke etwas weiter draußen im Wasser, spülte, platschte und spritzte und bekam nasse Füße. Die nasse Wäsche war schwer, und sie und Laura gingen abwechselnd mit einem tropfenden Spankorb zwischen dem Strand und den Wäscheleinen hinter dem Waschhaus hin und her. Sie hängten zusammen die Wäsche auf, und als sie wieder hinuntergingen, sagte Laura, dass sie allmählich ihren Rücken spüre.

»Gut, dass wir zu zweit sind«, sagte sie.

»Ja, wir helfen einander ja immer«, antwortete Johanna.

»Es ist inzwischen schon zehn Jahre her, dass du hergekommen bist, kannst du dich noch daran erinnern?«

»Natürlich erinnere ich mich, ich hatte großen Respekt vor dir, und es hat lange gedauert, dass ich mich getraut habe, Du zu dir zu sagen.«

»Es ist schon seltsam mit der Zeit, wie sie alles verändert.«

Sie befanden sich wieder unten am Strand und nahmen ihre Tätigkeit wieder auf, aber Johanna dachte weiter über das nach, was Laura über die Zeit gesagt hatte. Die zehn zurückliegenden Jahre fühlten sich wie gestern an, aber die vor ihr liegenden zehn Jahre schienen wie eine Ewigkeit. Sie dachte weiter an die Zeit, und es kam ihr in den Sinn, dass ihr eigenes Leben eigentlich nicht besonders lang war.

Und vielleicht war es an diesem Nachmittag, dass sie sich entschloss. Es handelte sich nicht um einen entscheidenden Entschluss zu einer bestimmten Uhrzeit, aber gegen Abend wusste sie trotzdem, was sie wollte.

Am Tag darauf ging sie hinauf auf den Aussichtsberg. Albert Rask war dort, er stand draußen vor Grisslehamn 1. Zunächst hatte Johanna angenommen, dass einer der anderen Signalisten drinnen in der Hütte Dienst hatte, aber Albert war allein.

»Es passiert nicht viel«, sagte er. »Und die Strecke soll bald eingestellt werden, jetzt, wo der Krieg zu Ende ist. Man glaubt, dass der Frieden Bestand haben wird, und da braucht man uns nicht länger.«

»Soll die Station geschlossen werden?«, fragte Johanna, sie hatte nicht richtig verstanden, was Albert gesagt hatte.

»Ja, du hast richtig gehört, und ich meine auch, dass das schwer zu verstehen ist. Aber in Kürze wird in Stockholm diese Entscheidung getroffen, das hat einer der dafür verantwortlichen Offiziere mir gesagt.«

»Bleibt denn die Anlage bestehen?«

»Einige Linien werden abgebaut, aber die Stationen um Grisslehamn bleiben, da sie als besonders wichtig angesehen werden.«

»Und du, Albert, was wirst du machen?«

»Ich habe eine andere Arbeit beim Militär erhalten, ich werde nach Vaxholm ziehen und dort bei den Befestigungen mitarbeiten.«

»Werden wir uns denn einmal wiedersehen?«

»Wir müssen wohl die Augen offen halten. Wir Signalisten wissen doch, wie man selbst einen entfernten Empfänger findet.«

Johanna hielt sich nicht lange dort oben auf. Sie bat, noch einmal durch den Feldstecher sehen zu dürfen, durch den neuen, der denjenigen ersetzt hatte, der bei der Besetzung durch die Kosaken verschwunden war. Nach einer Weile sagte sie auf Wiedersehen. Sie gaben einander die Hand und lächelten sich an, Johanna wusste, dass sie Albert vermissen würde, er war immer so freundlich und hilfsbereit gewesen, ein richtig guter Kamerad.

»Es gibt immer irgendein Zeichen, auf das man irgendwo warten kann«, sagte er, als sie ging.

»Ich weiß«, sagte sie.

Johanna ließ zwei Tage verstreichen, ehe sie nach Hause zu ihrer Mutter ging. Auch dieses Mal verstand Maria, ohne gefragt zu haben.

»Du hast eine Entscheidung getroffen«, sagte sie.

»Ja, jetzt habe ich mich entschieden«, antwortete Johanna.

»Willst du ihn jetzt sofort aufsuchen?«

»Ich will bis Sonntag warten.«

»Dann werde ich Karl David und seine Mutter hierher einladen.«

In dieser Nacht träumte Johanna vom Meer. Sie stand am Strand und wartete auf jemanden, Boote fuhren vorbei, keines jedoch legte an. Alles war sehr still, und die Wasseroberfläche war glatt ohne die geringste Kräuselung. Es kam ihr vor, als ob etwas geschehen würde, aber alles hüllte sich in Nebel, und der Traum war zu Ende.

Der Sonntag kam und Johanna kleidete sich an, diesmal jedoch wählte sie den dunkelblauen Rock und band sich ein Kopftuch um. Sie traf gegen drei Uhr nachmittags in Nygården ein, die Gäste wurden für vier Uhr erwartet.

»Du brauchst nicht ängstlich zu sein, mein Mädchen«, sagte Maria.

»Ich bin nicht ängstlich«, antwortete Johanna. »Ich habe über die Angelegenheit nachgedacht, und ich habe alles genau überlegt.«

»Und er, der andere, ist er vergessen?«

»Nein, er wird nie vergessen sein, aber ich will jetzt meine Verantwortung für den Hof übernehmen.«

»Wir müssen alle mit etwas leben, was wir im Herzen verborgen halten müssen, ohne darüber sprechen zu können.«

»Dass das Leben so ist, habe ich jetzt verstanden.«

»Es wird schon alles gut gehen, mein liebes Mädchen.«

Karl David und seine Mutter Sara erschienen, wie verabredet, pünktlich um vier Uhr. Sie hatten sich herausgeputzt, er trug einen schwarzen Anzug mit einem Halstuch und sie einen langen weißen Rock, eine Rüschenbluse und eine schwarze Jacke. Sie sah aus wie eine Dame von Stand, er wie ein junger

Geistlicher. Aber er lächelte, und sie konnte wieder diesen Zug an ihm erkennen, aus dem sie nicht klug wurde.

Sie tranken ihren Kaffee in der Küche. Alles war einfacher als in Norrgården, und sie konnten nur Haferkuchen und Weißbrot anbieten, die Sahne jedoch war dicker als die von Sara, falls die Gäste das überhaupt merkten.

Die älteren Frauen unterhielten sich über die Herbstsaat, über das Wetter und die Kartoffelfäule. Johanna und David saßen meist stumm da. Nach einer Weile fragte Maria, ob die jungen Leute nicht einen Spaziergang machen wollten, sie hätten vielleicht etwas zu besprechen, außerdem wollte sie Sara etwas zeigen.

Karl David meinte, dass es vielleicht an der Zeit sei, sich die Beine etwas zu vertreten, wenn Johanna spazieren gehen wolle.

Draußen war es kühl. Johanna legte sich einen Schal um. Karl David ging ohne Jacke, sie wollten nicht allzu lange draußen bleiben, nur ein paar Dinge besprechen. Es war ja alles vorbereitet. Jetzt war die Zeit gekommen, wo sie ihm eine Antwort geben musste. Zuerst sollte er wohl fragen, seine Frage vom letzten Spaziergang wiederholen. Oder war sie es, die anfangen sollte?

»Ich weiß nicht ...«, begann sie, brach jedoch ab, als sie hörte, dass er gleichzeitig angefangen hatte zu sprechen.

»Ich wollte ...«, brachte er heraus, redete jedoch nicht weiter.

Sie sahen einander an und warteten, aber keiner von ihnen sprach weiter. Sie blieben stehen, wandten sich einander zu, fühlten eine große Ernsthaftigkeit aufkommen. Beide wussten sie, dass das, was jetzt gesagt werden würde, unwiderruflich sei. Für Karl David war es eine feierliche Wahl, für Johanna die Wahl eines sicheren Alltags. Und sie dachte wieder das, was sie schon mehrere Male gedacht hatte: *Er weiß nichts von mir, und ich werde es niemals erzählen.*

»Ich habe mich entschieden«, sagte sie.

»Das habe ich verstanden«, antwortete er.

»Und ich möchte gerne deine Frau werden, Karl David.«

»Du machst mich sehr froh, Johanna.«

Sie gingen weiter nebeneinander her. Sie wunderte sich, dass er nicht ihre Hand nahm.

»Man kann wohl sagen, dass wir jetzt verlobt sind«, sagte er.

»Das kann man sagen.«

Jetzt ergriff er ihre Hand. Sie gingen weiter den Pfad entlang. Er drückte die Hand fest.

»Wir müssen nach Hause gehen und es den Alten erzählen«, sagte er.

Sie gingen zurück. Er hielt Johannas Hand immer noch fest in der seinen. Sie dachte, dass er sie vielleicht küssen würde, ehe sie ankamen, aber das tat er nicht. Stattdessen ging er schneller, und sie merkte, dass es wichtig für ihn war, seiner Mutter erzählen zu können, dass sie eine wichtige Entscheidung getroffen hatten.

Die Mütter verstanden sofort, man konnte sehen, dass sie sich einig geworden waren, es zeigte sich besonders in Karl Davids Gesicht.

»Johanna hat mir ihr Einverständnis gegeben«, sagte er.

Dass Einverständnis die Ehe bedeutete, war selbstverständlich, das musste nicht gesagt werden.

Nachdem die Gäste gegangen waren, blieb Johanna noch bei ihrer Mutter. Sie hatten viel miteinander zu besprechen. Es lag Maria viel daran, so bald wie möglich mit allen Vorbereitungen beginnen zu können.

»Es eilt wohl nicht so«, sagte Johanna.

»Wir müssen Männer auf den Hof bekommen«, erklärte Maria.

»Wir können doch genau so gut in Norrgården wohnen.«

»Ihr müsst hier wohnen, das weißt du, Johanna. Der Hof liegt brach, auch wenn die Soldaten hier und da ein wenig in Ordnung gebracht haben. Es ist so viel, was getan werden muss, und es kann nicht bis zum Sommer warten. Ich habe gedacht, wir wären uns einig gewesen, dass Nygården euer Zuhause werden würde.«

»Ich habe ja nichts dagegen, wenn auch Karl David es so wünscht.«

»Ich weiß, dass er hierher ziehen will, und sein jüngerer Bruder könnte sich ebenfalls vorstellen, in unsere Familie zu kommen. Wir brauchen Männer.«

»Mutter, hast du dir ihre Hilfe schon gesichert?«

»Sara hat mir zu verstehen gegeben, dass nichts dagegen spricht.«

»Mutter, du sagst, dass einiges an Arbeit vor dem Sommer erledigt werden muss. Bedeutet das, dass Karl David sofort herziehen müsste?«

»Ja, das meine ich.«

»Aber selbst, wenn er jetzt herkommt, könnten wir doch auch später heiraten?«

»Wenn er hier bei uns wohnt, sieht es nicht gut aus, wenn ihr nicht verheiratet seid. Die Leute würden dich der Liederlichkeit bezichtigen, und das wirst du doch nicht wollen?«

Johanna antwortete nicht, weil sie einsah, dass ihre Mutter Recht hatte. Später sollte sie erkennen, dass sie an diesem Tag viel vom Einfluss auf ihre eigenen Entscheidungen verloren hatte. Niemand hatte ihr Karl David aufgezwungen. Aber als sie dann ja gesagt hatte, hatte es sich um viel mehr als um ihre eigene Wahl eines Ehemannes gehandelt. Jetzt ging es um das Wohl und Wehe zweier Höfe, es ging um Ackerland und Fischgründe, um Einfluss und Zukunft.

Und es eilte. Die Zeiten waren schlecht, Nygården stand im Begriff zu zerfallen, wertvolles Eigentum war bedroht. Deshalb schickte Sara, als die Arbeitswoche begann, ihren Sohn in das Pfarramt von Väddö, und am Sonntag, dem 5. November wurde zum ersten Mal das Aufgebot für Karl David Larsson und Johanna Nygren verkündet.

Der Krieg war vorbei, aber Väddö war verarmt. Alle hatte sich in den Zeiten der Knappheit auf eine einfache Hochzeit eingestellt: keine großartigen Vorbereitungen, kein Aufwand, keine große Feier mit Verwandten und Nachbarn.

Johanna hatte es Laura erzählt und sonst niemandem. Laura hatte sich jedoch nicht drüber gefreut, und als sie Johanna umarmte, kam es ihr vor wie ein trauriger Abschied. Nachdem das Aufgebot das erste Mal verlesen worden war, hatten alle von der bevorstehenden Hochzeit erfahren. Und viele waren erstaunt, sie hatten ja nichts geahnt, wie hatte Johanna alles so geheim halten können?

Sie antwortete, dass sie Karl David schon ihr ganzes Leben lang kenne.

Ja, ja, Jugendfreunde, das kommt ja recht oft vor, warum also nicht.

Johanna blieb noch eine Zeitlang im Posthaus. Sie putzte und kochte wie immer und wohnte zusammen mit Laura in der Mägdekammer, wie sie es all die Jahre über getan hatte. Und sie begann, Abschied zu nehmen von dem Haus, das wie ihr eigenes Zuhause gewesen war. Und wenn sie Holz holte, betrachtete sie den Hackklotz und den Sägebock mit ein wenig Wehmut. Oben im Obergeschoss sah sie wehmütig aus dem Fenster, und es wurde ihr bewusst, dass sie bald das Meer zum letzten Male von hier aus gesehen hatte. Und als sie zum ersten Mal begann so zu denken, betrachtete sie alles um sich herum mit neuen Augen.

Eines Tages ging sie hinauf zum Aussichtsberg. Sie hatte den kleinen Feldstecher mitgenommen. Die Stationshütten standen leer, niemand war zu sehen. Sie rief laut und wartete eine Weile, aber niemand kam, und da wusste sie, dass das, was Albert erzählt hatte, traurige Gewissheit geworden war. Der Telegraf war nicht mehr besetzt.

Sie betrat die kleine Station Grisslehamn 2. Das Wandfernrohr war verschwunden. Es war wertvoll gewesen, das Personal hatte es wohl mitgenommen. Johanna benutzte stattdessen den kleinen Feldstecher. Die Anzeigetafel auf Singö war stillgelegt. Dann sah sie in Richtung Edeby. Auf der Tafel war eine Nachricht angezeigt, und sie erkannte das Bild: *Bitte warten.*

Der Letzte, der die Station verlassen hatte, hatte dort wohl einen hoffnungsvollen Abschiedsgruß eingestellt. Sie gab dasselbe Signal ein und bestätigte, dass sie verstanden habe. Aber auf der Anzeigetafel in Edeby änderte sich nichts, denn niemand befand sich dort.

Ehe sie die Station verließ, spähte sie über das Meer. Weit draußen segelte ein großes Schiff nach Süden. Der Wind kam aus nordwestlicher Richtung.

In der Woche darauf war sie wieder auf dem Aussichtsberg. Sie blickte wieder durch den Feldstecher in Richtung Edeby. Dort stand immer noch dieselbe Mitteilung.

Ehe sie ging, schlug sie einige Tasten auf dem Signalbrett an, sie überlegte, wusste nicht richtig, was sie schreiben sollte, wählte eine der spiegelverkehrten Nachrichten, die nur sie und Kristoffer verstanden: *Immer zurück.* Sie trat den Bügel nieder und hörte, wie die Klappen rasselten. Dann ließ sie die Nachricht stehen und verließ das Stationsgebäude.

In diesem Jahr wurde es erst spät kalt. Ende November lag noch kein Schnee, und es war mild. In den frühen Morgenstunden lag der Nebel dicht über dem Meer. Schwärme von Wildenten schwammen ruhig dahin wie verschwommene Flecke in einem grauen Dunst ohne Horizont. Gegen zehn lichtete sich dann meist der Nebel.

Sonntag, der 27. November war so ein milder Tag mit Morgendunst. Die Hochzeitsgesellschaft fuhr in zwei Wagen vom Hof Norrgården aus Byholma ab. Nur einige wenige waren eingeladen, es waren jedoch mehr Leute in der Kirche als erwartet. Ein paar Soldaten saßen dort, wahrscheinlich abkommandiert von einem Kompaniechef, der Gottesfurcht zeigen wollte.

Johanna war ganz in Weiß gekommen und Karl David ganz in Schwarz. Sie erhielt einen Ring und wurde somit eine kirchlich verheiratete Ehefrau.

Auf dem Rückweg wurde es kühl. Johanna legte sich eine Decke um die Schultern und dachte an den Mantel, den sie getragen hatte, als sie mit dem Schlitten über das Meer gefahren war, den Mantel, den Kristoffer ihr gegeben hatte, nachdem ihr eigener durch das Feuer beschädigt worden war. Sie konnte nicht aufhören, an den Mantel zu denken.

Das Mittagessen war auf Norrgården vorbereitet worden. Sie saßen zu zwölft am Tisch. Von Johannas Familie waren ihre Mutter und Ruben gekommen, andere Verwandte gab es nicht mehr. Die Verwandten auf Singö waren tot oder zu alt. Von Karl Davids Seite waren mehr anwesend, trotzdem war es keine Zusammenkunft von großen Familien geworden. Karl

Davids Mutter und seine vier Brüder waren da, außerdem zwei Cousinen aus Byholma. Auch sein alter kranker Vater Efraim saß mit am Tisch, mager und gelb im Gesicht, mit eingesunkenen Wangen und blauen Schläfen. Er hustete die ganze Zeit über und spuckte in eine Schale, die hinter seinem Stuhl auf dem Boden stand. Einige Male traf er die Schale, aber meist landete die Spucke daneben.

Sie aßen ein saftiges Steak mit Bratkartoffeln und Vogelbeergelee, und es wurde selbstgebrautes Bier getrunken, dazu gab es Schnaps für die Männer. Einige kurze Ansprachen wurden gehalten, Glückwünsche, Gratulationen. Dann bat Ruben darum, etwas sagen zu dürfen. Er räusperte sich lange, auch er hatte Schwierigkeiten mit der Kehle und dem Hals, obwohl er nicht so oft spucken musste wie der alte Hausvater.

»Wir haben in der Bibel gelesen«, begann er und nickte Johanna zu. »Wir haben gelesen, du und ich, und du hast sofort die Buchstaben und Wörter gelernt, denn das ist dir leicht gefallen. Und dann hast du erfahren, dass der See von Genezareth wohl nicht so groß wie unser eigenes Meer hier draußen ist.«

Hier legte Rubens eine Pause ein, um zu husten. Das zehrte an seinen Kräften, und es dauerte etwas, bis er weiter sprechen konnte.

»Das Meer«, sagte er.

Er atmete schwer, und jetzt stützte er sich mit der Hand auf die Tischkante.

»Das Meer hat uns im Griff«, ächzte er, »wir werden niemals frei davon sein.«

Hier wurde er wieder von einem Hustenanfall unterbrochen, und jetzt vermochte er nicht mehr weiterzusprechen. Er schnappte nach Luft, jemand gab ihm ein Glas Schnaps, und er trank es in kleinen Schlucken; es schien zu helfen, denn er hustete nicht mehr. Seine Ansprache an die Braut jedoch war beendet.

Zum Nachtisch gab es Obstkompott mit Schlagsahne, und jetzt wurde auch Portwein in kleinen Gläsern gereicht. Als das Essen seinem Ende zuging, wollte auch der alte Efraim etwas sagen. Er musste husten und spucken, um anfangen zu können. Zunächst saß er jedoch eine gute Weile da und sammelte sich, atmete tief und pfeifend durch die Nase.

»Eine junge Frau auf den Hof zu bekommen, ist so, als ob man Sarons Lilien blühen sieht«, zischte er.

Er war nicht aufgestanden, jetzt sank sein Kopf auf die Tischplatte, und für einen Moment war nicht klar, ob er zusammensinken oder weitersprechen würde.

»Eine junge Frau auf dem Hof«, murmelte er. Er machte eine lange Pause. Alle warteten auf die Fortsetzung, aber Efraim blieb mit gesenktem Kopf sitzen, und es sah aus, als ob er eingeschlafen war.

»Danke, lieber Vater«, sagte Karl David.

Er prostete dem alten Mann zu, der immer noch mit der Nase im Teller dasaß. Aber die Familienmitglieder waren offensichtlich an die Kraftlosigkeit des Alten gewöhnt, denn niemand wirkte auch nur im Geringsten beunruhigt. Nach ein paar Minuten war die Unterhaltung wieder im Gang, alle hatten Bier und Schnaps getrunken, und die Zungen lösten sich.

Johanna jedoch fragte sich, ob Efraim wusste, dass sie und Karl David auf Nygården wohnen würden.

Der Abend kam, die Alten zogen sich zurück, die Jungen tranken weiter, die Burschen vergnügten sich mit Fingerziehen, gingen dann hinaus in die Büsche, um zu pinkeln. Auch Karl David war hinausgegangen, hatte Anspielungen auf die Hochzeitsnacht zu hören bekommen, hatte jedoch nicht geantwortet.

Er war betrunken, obwohl er einige Schnäpse vertragen konnte, er war kräftig und daran gewöhnt. Aber natürlich sehnte er sich nach dem Bett. Er hatte sich lange danach gesehnt, Tage und Jahre.

Die erste Nacht sollte in Norrgården zugebracht werden. Das war so abgemacht. Eine Kammer war dafür vorbereitet worden, man hatte ein breites Bett mit den besten Laken bezogen, Blumen waren in eine Vase gestellt worden, Ringelblumen, die Sara für diese Gelegenheit getrocknet hatte. Mehrere Jahre lang hatte sie die Blumen immer wieder ausgetauscht, neue zum Trocknen aufgehängt, denn sie wusste ja, dass Karl David sich irgendwann einmal mit Johanna verheiraten würde, das war gewissermaßen vorbestimmt. Es waren rote und gelbe Blumen, die rote Farbe wirkte ein wenig verblasst.

Gegen elf Uhr gingen sie zu Bett. Karl David schloss die Tür und setzte sich auf die Bettkante. Johanna war mitten im Zimmer stehen geblieben. Er betrachtete sie und sah froh und schläfrig aus. Er lächelte, und sie lächelte zurück. Dann begann er, sich auszuziehen, ohne dabei aufzustehen. Sie ging zur Seite, öffnete eine Schranktür und wurde dadurch verdeckt. Das Nachthemd hatte sie schon auf einem Hocker zurechtgelegt, den sie ohne hervorzukommen mit der Hand erreichen konnte. Sie zog ihn zu sich heran, entledigte sich des Rocks und der Bluse, der Strümpfe und der Unterhose. Dann zog sie das weiße Nachthemd über. Sie zögerte ein wenig, ehe sie das Medaillon unter die Kleidung auf dem Schemel schob.

Er hatte sich ins Bett gelegt und betrachtete sie, als sie barfuß über den Fußboden ging, und als sie sich neben ihn legte, sah er sie immer noch an.

Eine ganze Weile lagen sie völlig still nebeneinander, keiner von ihnen sagte etwas. Dann streckte er die Hand aus und streichelte ihre Wange, dann ihren Hals und die eine Brust. Die Hand befand sich immer noch außen auf dem Nachthemd.

Dann zog er sie fester an sich. Jetzt benutzte er beide Hände. Und dann schwang er das eine Bein über sie, zog das Nachthemd hoch, und jetzt war seine Hand eifrig und nicht mehr so zärtlich. Sie ließ ihn gewähren, und als er ihre Beine auseinanderdrückte und sich auf sie legte, leistete sie keinen Widerstand. Er drang gewaltsam in sie ein und tat ihr weh, aber sie sagte nichts und ließ ihn bestimmen.

Dann erstarrte er, stöhnte und blieb steif auf ihr liegen. Kurz darauf rollte er hinüber auf seine Seite des Bettes. Als sie hörte, dass er tief und langsam atmete, merkte sie, dass er eingeschlafen war, und sie brachte ihr Nachthemd wieder in Ordnung.

Sie fühlte mit der Hand nach, und sie war klebrig; sie nahm an, dass das so sein musste.

Immer wieder zurück

Sie waren in Nygården eingezogen und hatten die größere der beiden Kammern gewählt. Karl David hatte sein breites Bett mitgebracht. Sein jüngster Bruder Ludvig musste in der Küche schlafen.

In den Nächten nach der Hochzeit wiederholte Karl David seine Prozedur. Er betrachtete Johanna und lächelte, wartete im Bett auf sie, streichelte schnell ihre Wange und ihre Brust, zog das Nachthemd hoch, drang mit Gewalt in sie ein, beendete das, was er begonnen hatte, fast unmittelbar danach mit einem Stöhnen und war zwei Minuten später eingeschlafen.

Beim vierten Mal hatte sie versucht mitzumachen. Sie hatte ihn angefasst, sein Glied berührt. Er jedoch hatte sie zurückgestoßen, ohne etwas zu sagen, hatte ihre Hand weggenommen und seine schnelle Einmannvorstellung durchgezogen. Er hatte ihr gezeigt, wie er es haben wollte, und sie hatte keine Veranlassung, daran zu zweifeln, dass die Ehe so aussah.

Als sie am fünften Tag das Bett machte, dachte sie an Laura, die ja Erfahrung mit Männern hatte. Was wusste sie darüber?

An einem der Tage der ersten Dezemberwoche machte sie einen Besuch in der Postmeisterei. Man hatte ihr gesagt, sie könne kommen, wann sie wolle, denn möglicherweise benötigte die Familie einmal zusätzliche Hilfe, und deshalb sei es gut, wenn man in Verbindung bliebe.

Sie traf Laura kurz auf eine Tasse Kaffee, Laura hatte nicht viel Zeit, denn die neue Magd, die Johanna ersetzen sollte, kannte sich im Haus noch nicht aus. Fünf Minuten konnte

Laura schon erübrigen. Es wurde eine Viertelstunde daraus. Sie hatten einander so viel zu erzählen, aber meist war es Laura, die fragte, nach der Hochzeit, nach der Kirche, nach dem Kleid und nach der Nacht, die sie jedoch nur beiläufig erwähnte, sodass Johanna nicht zu antworten brauchte, wenn sie nicht wollte. Stattdessen jedoch verstummte Johanna, so als ob sie etwas fragen wollte und nicht wusste, wie sie sich ausdrücken sollte.

»Das erste Mal kann es schon schwierig sein«, sagte Laura.

»Und das vierte und das fünfte Mal?«

»Man gewöhnt sich daran.«

»Ja, das muss man wohl.«

»Und wenn man sich daran gewöhnt hat, kann es richtig schön sein.«

»Wirklich, glaubst du das?«

»Aber die Männer sind verschieden, es gibt solche, die vorsichtig sind, und andere, die sich rücksichtslos verhalten.«

»Aha, hast du mehrere gehabt?«

»Mehr als einen auf jeden Fall.«

»Vorsichtig, wie meinst du das?«

»Es gibt welche, die nur an sich selbst denken, aber das sind wahrscheinlich nicht sehr viele.«

»Für mich ist das alles ganz neu.«

»Du hast etwas zum Nachdenken bekommen, aber denk lieber nicht so viel, das regelt sich mit der Zeit von selbst, glaub mir.«

»Das wird es wohl.«

»Aber ich hoffe doch, dass er nett zu dir ist.«

»Ja, das ist er schon.«

Die Kaffeepause war zu Ende, sie trennten sich. Laura hoffte, dass Johanna bald wiederkommen würde. Sie hatten ja so viel miteinander zu besprechen.

Es war für die Jahreszeit recht mild, es lag noch kein Schnee, aber die Kälte würde sicher zu Weihnachten kommen, wenn nicht schon früher. Man konnte draußen gut laufen, der Boden war hart, die Pfade trocken. Zuhause wartete einiges an Arbeit auf Johanna, aber sie hatte Zeit, einen Spaziergang zu machen, sie wollte den Strand wiedersehen und vielleicht auf den Aussichtsberg steigen. Sie hatte den Feldstecher mitgenommen, den sie inzwischen als ihren eigenen betrachtete.

Dort, wo die Soldaten gelegen hatten, hatte der Wind trockenes Laub und Strandgras vom Wiesenrand oberhalb des Wassers zusammengeweht. Es hatte sich ein kleiner Hügel verwelkten Grases über der kleinen Grube, in der Kristoffer gelegen hatte, gebildet, dunkelgelbe, braune Stängel, ein Knäuel verstummten Sommers, wie ein Grabhügel.

Johanna hockte sich nieder, strich mit der Hand über die spröden Pflanzenteile, nahm ein Blatt zwischen Daumen und Zeigefinger auf. Das Blatt war jedoch so brüchig, dass es zerbröselte, als sie versuchte, es mitzunehmen. An ihren Fingern war ein braunes zermahlenes Fragment hängen geblieben. Sie roch daran, vermeinte, etwas Bekanntes zu spüren, kam jedoch nicht darauf, was es sein könnte.

Es wehte ein schwacher Wind. Als sie den Pfad weiter hinaufging, wandte sie sich um und sah, dass sich kleine unbedeutende Wellen auf dem Meer kräuselten. Weit draußen segelte ein Schiff, aber auf die Entfernung sah es aus, als ob es still läge.

Als Johanna sich Grisslehamn 2 näherte, sah sie, dass sich die Klappen in derselben Stellung befanden, in die sie sie gebracht hatte, als sie das letzte Mal oben gewesen war. Sie ging in die Hütte und legte den Feldstecher in das Loch in der Wand, in dem das Stationsfernrohr angebracht gewesen war, stellte ihn in Richtung Singöstation ein, aber dort war keine neue

Nachricht zu sehen. Dann setzte sie sich auf den Schemel an dem Loch, das nach Süden ausgerichtet war.

Die Tafel in Edeby befand sich nicht länger in Nullstellung. Jemand hatte eine Bestätigung ihrer Mitteilung hingeschrieben.

Zuerst dachte sie, dass das ein Zufall sei. Jemand, wer auch immer, hatte wohl ihre Nachricht gesehen und sie wiederholt. Jemand, der das Tastensystem beherrschte und gewusst hatte, wie man schrieb und sendete. Es gab viele in der Gegend, die eine Ausbildung im Signalisieren erhalten hatten.

Sie saß lange mit ihrem Feldstecher da und betrachtete die Bestätigung ihrer eigenen Nachricht, die sie vor einigen Wochen gesendet hatte: *Immer wieder zurück.*

Ehe sie das Signalhäuschen verließ, drückte sie eine Anzahl Tasten, presste Bügel hinunter und hörte das bekannte Rasseln, als die Klappen ihre Frage zeigten: *Wer sendet?*

Sie blieb noch eine Viertelstunde dort, sah hin und wieder durch den Feldstecher, aber es änderte sich nichts auf der Tafel eine Meile weiter südlich auf dem Hügel in Edeby. Niemand befand sich in der Station, zumindest im Augenblick nicht.

Sie wartete noch etwas länger, aber als sich nichts rührte, schloss sie die Tür und ging. Auf dem Nachhauseweg wiederholte sie ein paar Mal: Jeder kann es getan haben, wirklich jeder.

Dann fiel ihr ein, dass das Fernrohr der Edeby-Station natürlich ebenfalls abgebaut worden war, genau wie die teuren Fernrohre auf allen unbesetzten Stationen. Derjenige, der ihre Nachricht bestätigt hatte, musste also seinen eigenen Feldstecher mitgehabt haben.

Sie waren jetzt zu fünft in Nygården, aber es war Platz für mehr Leute. Karl David hatte schon gesagt, dass er der

Meinung sei, dass man noch einen Knecht einstellen solle; er kannte jemanden, der passen würde. Jetzt befanden sich jedenfalls zwei junge Männer auf dem Hof, zwei tüchtige Arbeiter. Ruben, der dreiundfünfzig Jahre alt war, half mit, wenn er konnte, er war jedoch kränklich und schwach und oft gezwungen, sich auszuruhen. Alle wussten, dass es um seine Lunge schlecht bestellt war. Er musste häufig Blut spucken. Wenn Johanna das sah, dachte sie, dass die Männer Blut, Schleim und Urin vor anderen Menschen absonderten, während die Frauen ihre Flüssigkeit zurückhielten und sie erst herausrinnen ließen, wenn sie allein waren.

In der zweiten Dezemberwoche war ein wenig Schnee gefallen, eine dünne Schicht feuchten Schnees, die am darauf folgenden Tag, als es kälter geworden war, gefroren war. Jetzt konnte man Rubens blutigen Auswurf deutlicher erkennen. Er blieb bisweilen stehen, kraftlos und keuchend, hustete lange und spuckte immer wieder aus, und die roten Tropfen spritzten über den verharschten Schnee.

Einmal hatte Ruben aus der Bibel vorgelesen. Sie hatten gegessen, alle saßen noch am Tisch, und Ruben hatte sie gebeten zuzuhören. Er hatte aus dem Lukasevangelium vorgelesen, langsam und oft durch Räuspern unterbrochen las er die Geschichte vom verlorenen Sohn. Alle kannten sie natürlich schon, aber niemand konnte unterbrechen, wenn jemand aus der Bibel vortrug.

Nachdem Ruben geendet hatte, saß er eine Weile stumm da, und die anderen warteten darauf, dass er etwas sagen würde.

»Jesus erklärt es, aber ich verstehe es trotzdem nicht«, sagte er. »Und es spielt auch keine Rolle, ich bin zu alt und werde die Rückkehr ja doch nicht mehr erleben.«

Ruben schwieg, Johanna überlegte, ob er vielleicht glaubte, dass Lars der verlorene Sohn sei und dass er erst zurückkommen würde, wenn Ruben tot war.

Sie erhoben sich und gingen wieder an die Arbeit. Johanna hatte begonnen, den Schweinestall in Ordnung zu bringen, das einzige noch vorhandene Schwein sollte jetzt, wo es draußen zu frieren begonnen hatte, hereingenommen werden. Es gab jedoch kaum Schweinefutter, vielleicht sollte sie versuchen, ein wenig Laub und kleine Zweige unter den Eichen zusammenzusuchen, das war jetzt, wo durch den Frost alles spröde und leicht zu fassen war, eine einfache Tätigkeit.

Johanna dachte immer noch an Lars. Warum hatte niemand etwas über ihn gesagt? Karl David hatte nicht gefragt, obwohl er eigentlich nach Rubens Anspielung hätte neugierig werden sollen. Auch Maria hatte nichts gesagt. Lars war jetzt schon ein halbes Jahr verschwunden, aber er war nicht vergessen. Warum schwiegen alle? Betrachteten sie Lars als einen Abtrünnigen, schämten sie sich?

Es war ein wenig kälter geworden, das Meer jedoch war noch offen, und nicht einmal das Wasser von Orneviken wollte zufrieren. Die richtige Winterkälte ließ auf sich warten.

Es war an einem Mittwoch. Der Himmel sah an diesem Tag seltsam aus, zuerst erschienen leichte gestreifte Wolken im Osten, dann Reihen von kleinen Wolkenbällen im Süden, die sich zu Federn und Bäumen verdichteten. Die Farben hatten sich ebenfalls verändert, von einem wolligen Weiß zu einem Rosa und Blaulila. Es wirkte wie ein Sonnenuntergang mitten im Sommer, dann konnten die Farben am Abendhimmel im Westen spielen und sprühen. Dies jedoch geschah mitten an einem Tag im Dezember. Johanna würde diese Wolken nie vergessen können.

Sie hatte schon am Tag zuvor die Absicht gehabt, zum Aussichtsberg zu gehen, war jedoch dann verhindert gewesen. Jetzt brach sie auf, den Feldstecher versteckt unter ihrem großen Wollschal. Die Männer waren unten am Wasser, sie hatte ihrer Mutter gesagt, dass sie einen Besuch in der Postmeisterei machen wolle, war jedoch direkt hinunter zum Sandstrand gegangen. Der kleine Haufen vertrockneter Blätter war weggeweht worden, der ganze Strand mit Eis und verharschtem Schnee bedeckt.

Als sie an der Waldlichtung angelangt war, von der aus sie immer die Signaltafeln hatte sehen können, traf sie auf einen stacheligen Schirm, der sich dadurch gebildet hatte, dass der feuchte Schnee gefroren war und die Zweige der niedrigen Fichten miteinander verbunden hatte. Sie drängte sich durch ein Gebüsch, bekam Schnee ins Gesicht, als ein Zweig zurückschnellte, aber jetzt konnte sie Grisslehamn 2 erkennen und die Signaltafel, auf der noch ihre Nachricht stand: *Wer sendet?*

Obwohl die Hütte nicht geheizt war, war es drinnen weniger kalt als draußen. Johanna holte ihren Feldstecher heraus, legte ihn in das Loch in der Wand, stellte ihn ein und blickte in Richtung Edeby-Station. Der alte Text war verschwunden, an seiner Stelle stand etwas Neues, eine Zeichenkombination, die Johanna wiederzuerkennen glaubte, die sie jedoch trotzdem nicht verstand. Es waren keine Buchstaben, keine Zahlen, nichts von den gängigen Ausdrücken oder Fragen. Es war etwas anderes, etwas ...

Sie sperrte sich noch einige Augenblicke dagegen, obwohl sie es im Grunde genommen wusste. Sie vermochte das noch nicht in sich aufzunehmen. Sie konnte völlig klar sehen, die nebeneinander ausgerichteten Klappen waren deutlich zu erkennen, die Sicht war ausgezeichnet.

Und dann fiel ihr Widerstand in sich zusammen: Es war Kristoffers drittes Zeichenbild, die noch nicht gedeutete Nachricht, die sie in ihrem Medaillon trug. Niemand außer Kristoffer kannte diese Zeichenkombination. Wie kam sie auf die Tafel in Edeby?

Sie schob die einzig mögliche Erklärung noch einen Moment von sich. Ihr Körper hatte verstanden, noch bevor ihr Kopf den Widerstand aufgegeben hatte. Die Tränen stiegen ihr in die Augen, sie begann zu zittern, es lief ihr heiß und kalt den Rücken hinunter, sie trocknete die Tränen mit ihrem Blusenärmel und blickte weiter hinüber, hatte jedoch Mühe, scharf zu sehen. Dann stürzte sie quer durch den Raum hin zu dem Signalbrett, schlug ein paar Tasten an und schickte eine Frage: *Bist du es?*

Schnell war sie wieder zurück am Feldstecher, betrachtete gespannt die Tafel in Edeby, die sich noch nicht verändert hatte, Kristoffers Nachricht stand noch dort, diejenige, die sie nicht hatte deuten können.

Sie wartete am Feldstecher, die Minuten verstrichen, nichts rührte sich. Das rätselhafte Zeichenbild stand immer noch dort. Aber sie wusste ja, dass niemand außer Kristoffer es kannte. Niemand sonst konnte wohl rein zufällig gerade diese Zeichen benutzt haben?

Nein, das war unmöglich. Sie wartete weiter. Nach einer Weile war sie gezwungen, ihre Augen etwas auszuruhen. Sie lehnte sich zurück, schloss die Augen und nahm an, dass er diese letzte Nachricht vielleicht früher am Tage geschrieben hatte oder am Tag zuvor, sie hatte stehen lassen und weggegangen war. Und in diesem Fall würde er sich natürlich nicht länger dort aufhalten.

War er dorthin gekommen, hatte sie gesucht und war wieder gegangen?

Sie bekam es mit der Angst zu tun, ging zum Feldstecher zurück, starrte weiter hindurch, aber nichts veränderte sich.

Eine Stunde später stand immer noch dieselbe Botschaft auf der Anzeigetafel in Edeby. Es fiel ihr plötzlich ein, dass sie seine Nachricht ja nicht bestätigt, sondern stattdessen mit einer Frage geantwortet hatte, ganz gegen alle Signalroutine. Aber was spielte das jetzt noch für eine Rolle? Sie gab noch eine Nachricht ein: *Ich erwarte dich.*

Und jetzt geschah ein Wunder. Nach zwanzig Sekunden bestätigte Edeby ihren Text. Und nach einer weiteren halben Minute kam die nächste Mitteilung: *Warte, ich komme.*

Sie bestätigte den Text und sendete: *Ich warte immer.*

Es war mitten am Tage, es war hell, und es herrschten einige Minusgrade. Die seltsamen Wolken befanden sich immer noch am Himmel. Die nächsten Stunden standen still und rasten gleichzeitig vorbei. Niemals würde es Johanna wieder so schwer fallen, sich an eine Zeit zu erinnern wie an diese Mittagsstunden. Und sie hatte immer noch nicht begriffen, wie es möglich sein konnte, dass sich Kristoffer auf dem Weg zu ihr befand.

Wenn er es denn war. Sie wurde zwischen Zweifel und Glück hin- und hergerissen, versuchte, einen Mittelweg gemäßigter Freude zu finden, aber das währte nur einige Augenblicke. Dann kam das überwältigende Glück zurück und nach kurzer Zeit die Zweifel: Es ist jemand anderes, das ist reiner Zufall, ich habe vielleicht falsch gelesen.

Sie wollte die Trauer nicht noch einmal erleben, und sie versuchte, sich darauf einzustellen, dass derjenige, der vielleicht auf dem Weg zu ihr war, nicht derjenige war, den sie erwartete.

Eine Stunde war vergangen. Wie kam er von Edeby nach Grisslehamn?

Noch eine Stunde. Der Himmel war immer noch hell und leicht. Es würde noch einige Zeit dauern, bis die Dämmerung hereinbrach.

Dann hörte sie in der Ferne ein Pferd wiehern. Das Geräusch kam aus dem Wald. Dort gab es einen Pfad, der von den Tomta-Leuten benutzt wurde, wenn sie hinunter zu den Meeresbuchten südlich vom Aussichtsberg wollten. Derjenige, der sich in der Gegend auskannte und von Edeby her kam, würde diesen Pfad wählen, wenn er am Aussichtsberg etwas zu tun hatte. Johanna wusste das, und sie nahm an, dass auch Kristoffer ihn kannte. Wenn er nun derjenige war, der dort kam.

Als sie das Pferd wiehern hörte, hatte sie sich geweigert, ihrer Freude Ausdruck zu geben. Denn sie wusste, dass sie die Enttäuschung und die Trauer nicht noch einmal würde überleben können.

Das Pferd wieherte wieder, und jetzt kam es näher. Johanna verließ die Signalhütte und begann, in den Wald hineinzugehen. Die Signalisten hatten einen schmalen Pfad zwischen den Kiefern bis hin zu dem größeren Waldweg auf der anderen Seite des Berges ausgetreten.

Dann hörte sie das Pferd zum dritten Male wiehern, und jetzt befand es sich ganz in der Nähe. Sie blieb stehen, ein schwacher Wind fuhr durch die Baumkronen. Sie horchte und wartete, sah auf den Pfad unterhalb des Abhanges, an dem sie stehen geblieben war.

Es war ein helles Pferd mit einer zottigen Mähne. Der Reiter war abgestiegen und ging auf der anderen Seite des Pferdes. Er war verdeckt. Johanna sah den Hut hervorragen und dachte zunächst, dass es sich um einen kleinen Mann handele. Doch dann begriff sie, dass der Boden abschüssig war.

Pferd und Reiter verschwanden hinter einem Fichtengestrüpp. Es dauerte, und Johanna dachte an nichts, sie wartete nur.

Dann kam der Mann ohne das Pferd wieder heraus, er hatte es an dem Gestrüpp festgebunden, da der kleine und steinige Pfad an dieser Stelle sehr steil wurde. Das letzte Stück der Böschung ging er zu Fuß hinauf, und er machte die ersten Schritte mit gesenktem Haupt.

Johanna sah ihn da unten kommen.

Es trennten sie noch etwa dreißig Meter. Der Mann hatte den Rand seines dunklen Hutes etwas heruntergezogen, er verdeckte sein Gesicht. Sie wusste noch nicht, wer es war.

Dann blickte er auf, und nach einem kurzen Augenblick nahm er den Hut ab. Jetzt konnten sie einander sehen.

Johanna blieb immer noch stehen. Sie konnte sich nicht bewegen, und sie konnte nicht rufen. Sie stand ganz still da, und sie wusste, dass es Kristoffer war, der dort den Pfad heraufkam. Sie zweifelte nicht länger, aber sie wartete immer noch. Zehn Meter waren es noch, zehn Schritte, vielleicht ein paar mehr, da der Pfad anstieg und die Schritte kürzer wurden.

Er blieb zwei Meter vor ihr stehen. Sein Gesicht war unverletzt und schön, das helle Haar lockig, er trug einen grauen Mantel über der Uniform.

»Du bist zurückgekommen«, sagte sie.

»Und du …«, begann er, aber jetzt war sie einen Schritt auf ihn zugetreten, und er brach ab.

Sie stand jetzt ganz dicht vor ihm und berührte seine Wange mit der Hand, so als ob sie sich vergewissern wollte, dass er wirklich dort war. Sie ließ ihre Finger an seiner Wange ruhen, und jetzt streckte er beide Arme aus und zog sie an sich.

Sie standen immer noch auf dem Pfad und umarmten sich lange, ohne ein Wort zu sagen, und sie wussten, dass eine schwere Zeit vorbei war, dass aber auch eine schwere Zeit noch bevorstand.

Jetzt gingen sie weiter den Pfad hinauf, hatten immer noch die Arme umeinander geschlungen, und hatten bis jetzt nur die wenigen Worte gesagt, die eigentlich nicht hätten gesagt werden müssen. Als sie sich der Signalhütte näherten, blieben sie stehen. Nach einer langen Weile ließen sie einander los, um zu lächeln und sich gegenseitig die Tränen zu trocknen.

»Wie bist du zurückgekommen?«, fragte Johanna.

»Ich war nach dem Kampf auf dem Eis gezwungen, ins Innere von Åland zu fliehen, und dann bin ich krank geworden und bin von freundlichen Menschen gepflegt worden, aber ich musste mich mehrere Monate verstecken, ehe ich ein Schiff fand, dass mich nach Stockholm mitnehmen konnte.«

»Ich habe geglaubt, dass du ... ja, es wurden tote Soldaten hier angeschwemmt, und ich habe geglaubt, dass du einer von ihnen warst.«

»In jener Zeit herrschte ein großes Durcheinander.«

»Lieber Kristoffer, ich bin so froh.«

Johanna begann wieder zu weinen. Sie lehnte sich an Kristoffer, und er hielt sie fest in seinen Armen. Beide wussten sie, dass es noch etwas gab, was gesagt werden musste.

»Ich weiß, dass sich für dich einiges geändert hat«, sagte er.

»Ich habe geglaubt, dass du nie mehr wiederkommen würdest«, schluchzte sie.

»Du hast es ja nicht anders wissen können.«

»Was sollen wir jetzt tun, Kristoffer?«

»Ich weiß es nicht.«

Sie versuchten, einander zu trösten. Sie schluchzte und weinte, auch er hatte Tränen in den Augen. Sie trockneten einander die Wangen, flüsterten, murmelten, hielten sich fest umschlungen und wollten sich niemals mehr trennen, wussten jedoch, dass sie das bald würden tun müssen.

Er stieß einen tiefen Seufzer aus und schob sie ein wenig von sich, betrachtete sie und lächelte. Sie standen ganz in der Nähe der Signalhütte, von der aus Johanna ihre letzten Nachrichten gesendet hatte. Er zog sie mit sich zur Tür hin.

»Unser Haus«, sagte er.

Sie gingen hinein und machten die Tür zu. Dort drinnen kroch sie wieder in seine Arme, und jetzt küsste er sie. Sie schloss die Augen, und während eines kurzen Moments befand sie sich wieder auf jenem Bauernhof auf Åland unter all den flüchtenden Menschen.

Sie öffnete wieder die Augen und war zurück in der Wirklichkeit. Er murmelte ihren Namen, und sie murmelte den seinen. Dann breitete er seinen Mantel auf dem Boden nahe an der Wand aus. Es war ein weiter und dicker Reitermantel, gemacht für die Kälte und für die Verhältnisse im Feld. Sie setzten sich darauf, er wickelte den Mantel um sie und zog auch ein Stück davon über seinen eigenen Rücken.

»Wie damals auf Åland«, sagte er.

»Seltsam, ich habe dasselbe gedacht«, sagte sie.

»Wir denken immer dasselbe.«

Sie seufzte wieder und wusste, dass er Recht hatte. Dann holte er tief Luft.

»Ich weiß, dass du verheiratet bist«, sagte er.

»Ja, das bin ich. Aber wie hast du es erfahren?«

»Soldaten und Offiziere pflegen in die Kirche auf Väddö zu gehen, einer von ihnen hatte vom Aufgebot gehört, und diese Nachricht hat mich erreicht.«

»Wenn ich doch nur gewusst hätte, dass du noch lebst.«

»Ja, aber jetzt ist es nun einmal so, wie es ist, und keiner von uns kann etwas an einer Ehe ändern, die geschlossen worden ist.«

»Aber du bist doch gekommen.«

»In der letzten Zeit habe ich öfters hier in der Gegend zu tun gehabt. Ich habe deine Nachrichten gesehen und geantwortet. Ich bin jedoch nicht rechtzeitig zurückgekommen.«

Sie vermochte ihm nicht zu antworten, sie wusste, dass er Recht hatte. Jetzt war es zu spät.

Sie saßen da, eingehüllt in den Reitermantel. Sie hielt seine Hand gegen ihre Wange gedrückt, und er fühlte ihre Tränen. Jetzt war alles gesagt worden. Nun saßen sie nur noch schweigend da, aber sie konnten einander nicht verlassen. Langsam sanken sie auf den Boden. Der Mantel lag unter ihnen und um sie herum. Kristoffer hielt das eine Ende des Mantels fest in der Hand. Sie waren eingehüllt in die Wärme und in ihre Liebe zueinander und in ihre Verzweiflung. Johanna hatte beide Hände frei, und sie begann, langsam unter der Jacke ihre Bluse aufzuknöpfen. Dann zog sie die Jacke bis unter das Kinn hinauf und öffnete die Bluse. Darauf machte sie Kristoffers Knöpfe auf, einen nach dem anderen. Das nahm Zeit in Anspruch, aber sie hatten Zeit, da alles jetzt geschehen musste. Auch seine Hosen knöpfte sie auf, und sie zog ihren Rock herunter, ebenso wie den Unterrock.

Zum ersten Mal waren sie einander richtig nahe. Er hatte einen Arm um ihren Rücken gelegt, sie hielt die Hände gegen seine Brust, ließ sie hinabgleiten und streichelte alle

Stellen, an denen sie seine nackte und erwartungsvolle Haut erreichen konnte.

Und sie schlug ein Bein um ihn, und er glitt langsam und vorsichtig in sie hinein, rührte sich kaum, nicht gleich und auch nicht nach einer Weile, denn alles sollte von Dauer sein und Ruhe ausströmen, denn das hier würde nicht noch einmal geschehen.

Und jetzt begann die Zeit stillzustehen. Sie waren sehr lange beieinander, und allmählich wurden ihre Bewegungen größer und weicher, und als sie sich heiß und glühend vereinigten, gab es weder Zeit noch Abstand zwischen ihnen.

An diesem Nachmittag kam Johanna mit einem kleinen Fichtenzweig zurück nach Nygården. Niemand fragte sie, wo sie gewesen war oder warum sie den Zweig mitgebracht hatte.

Während der darauf folgenden Tage saß Johanna am Webstuhl des Hofes. Sie schaffte eine Menge, und der Wollstoff erhielt ein ungewöhnliches rotgelbes Muster. Als ihre Mutter sie fragte, was das bedeuten solle, antwortete Johanna, dass sie an die Sonne und reife Walderdbeeren gedacht habe, als sie die Farben ausgesucht hatte.

»Du scheinst dich zurechtgefunden zu haben, mein Mädchen«, sagte Maria.

»Alles hat seine Zeit«, antwortete Johanna.

»Jetzt kann alles nur noch besser werden«, sagte Maria.

Als Karl David an einem der Abende zu ihr kommen wollte, sagte sie, dass sie unpässlich sei. Er gab sich damit zufrieden und ließ sie in Ruhe. Kurz danach war er eingeschlafen. Sie lag noch wach und begann, in Gedanken einen Brief zu formulieren. Sie würde Kristoffer schreiben, nicht sofort, aber vielleicht nach Neujahr.

In einer anderen Welt

Johanna schob es immer wieder hinaus, den Brief zu schreiben. Sie dachte ständig darüber nach, was sie Kristoffer wohl sagen wollte, all das Ungesagte, was sie sich für ihn aufgehoben hatte. Die Worte jedoch überwältigten sie, es gelang ihr nicht, sich richtig auszudrücken, sie begann immer wieder aufs Neue, drehte Silben und Sätze um, und so vergingen die Tage.

Neujahr kam, und es wurde kalt. Die Nächte waren windstill, das Eis hatte sich über die Buchten und das Meer gelegt. Die Natur zeigte sich in gewohnter Weise, aber alles andere schien nicht wie früher zu sein.

Johanna schob weiterhin Unwohlsein und unregelmäßige Monatsblutungen vor, wenn Karl David etwas von ihr wollte. Er gab sich mit ihren Antworten zufrieden. Ihr war jedoch klar, dass sie ihn nicht unbegrenzt von sich fernhalten konnte.

Dann kam ein Abend, an dem sie nachgegeben hatte. Wie früher war er ungeduldig und schnell fertig gewesen, sie hatte das Gesicht zur Seit gewandt, ohne dass es ihn gekümmert hatte. Hinterher jedoch hatte sie das Gefühl gehabt, dass sie Kristoffer betrogen hatte, obwohl sie ja wusste, dass sie Karl David gegenüber eheliche Pflichten hatte.

Mitte Januar machte sie einen Besuch im Posthaus, und wie üblich saß sie mit Laura eine Weile bei einer Tasse Kaffee in der Küche. Und Laura hatte offensichtlich verstanden, dass etwas Ungewöhnliches vorgefallen war, denn sie fragte nicht nach Karl David. Stattdessen erzählte sie, dass ein neuer Postmeister nach Grisslehamn kommen würde. Laura fand, dass es schade sei, dass der alte Postmeister wegging, er war überall beliebt gewesen. Johanna nickte zustimmend, er war wirklich freundlich und verständnisvoll gewesen. Laura verstummte, schenkte Kaffee nach und lächelte Johanna an, so als ob sie auf irgendetwas wartete.

»Weißt du …«, begann Johanna und zögerte dann etwas. »Ja, es ist etwas passiert.«

»Das habe ich mir fast gedacht.«

»Es ist etwas Unglaubliches.«

»Ja?«

»Er lebt.«

Johanna begann zu weinen. Laura ergriff ihre Hand und drückte sie wortlos. Johanna weinte weiter, still und leise weinte sie, die Tränen rannen ihr die Wangen hinunter, ihr Mund jedoch war ruhig, und in ihrem Gesicht war keine Trauer zu erkennen.

»Wie ist das möglich?«, fragte Laura.

»Er ist auf Åland gewesen, es war jemand anderes, den ich auf dem Strand habe liegen sehen.«

»Hast du ihn getroffen?«

Johanna erzählte, sie ging nicht auf Einzelheiten ein, aber Laura verstand trotzdem, dass sie sich wiedergefunden hatten, dass sie sich aber jetzt, da Johanna verheiratet war, nicht weiter würden treffen können.

»Ich werde ihm schreiben«, sagte Johanna. »Und ich werde ihn bitten, seine Antwort hierher an die Postmeisterei zu adressieren.«

»Wenn der Brief kommt, werde ich ihn in Empfang nehmen und zusehen, dass ihn niemand anderes zu Gesicht bekommt.«

»Danke, liebe Laura.«

Sie hielten einander bei den Händen, und sie seufzten und weinten gemeinsam, still und ohne aufzuhören zu lächeln.

Als die neue Magd in die Küche kam, bemerkte sie die Tränen, kümmerte sich jedoch nicht weiter darum, denn es waren lächelnde Frauen, die da weinten. Sie nahm an, dass gerade irgendeine frohe Nachricht überbracht worden war, und sie wurde neugierig, meinte jedoch, dass sie nicht fragen durfte.

Einige Tage später schrieb Johanna den Brief. Nach all dem Zögern und allen Änderungen hatte sie den Text im Kopf formuliert und wusste nun, welche Worte sie gebrauchen würde.

Mein geliebter Kristoffer.

Alles hat sich verändert. Du lebst, und unsere Liebe lebt. Nichts kann größer sein. Ich danke dir und dem Leben dafür, dass es dich gibt, und dafür, dass wir beide zur selben Zeit hier auf der Erde sind. Wir gehören einander, du und ich.

In unseren Gedanken werden wir für ewig zusammen sein, auch wenn wir an verschiedenen Orten leben und arbeiten müssen.

Mein Herz wird niemals einem anderen gehören. Das darfst du niemals vergessen.

Auf ewig dein, Johanna.

P.S.

Liebster.
Wenn du mir schreibst, und ich hoffe, du tust es bald, dann schicke deinen Brief an Laura Persdotter, Postmeisterei in Grisslehamn. Laura wird den Brief ungeöffnet für mich aufheben. Sie ist meine zuverlässige Freundin.

An diesem Abend widersetzte sie sich Karl Davids Annäherungsversuchen nicht. Sie gab sich ihm ohne Widerstand hin, sogar ohne Widerwillen. Es war, als ob sie ihm etwas schuldig sei und jetzt wiedergutmachte, da sie ihm das, was ihm zustand, verweigert hatte. Und sie verbannte Kristoffer aus ihren Gedanken. Das hier war Karl Davids Bett, in dem sie gezwungen war zu schlafen, denn das forderten das Gesetz und die Notwendigkeit. Kristoffer traf sie in einer anderen Welt, und alle Gedanken, die dorthin gehörten, mussten auch dort bleiben. Die erste Grenze, die sie sich selbst und Kristoffer setzte, lag vor dem Schlafzimmer. Später würden weitere Grenzen hinzukommen und verschiedene Grade der Unverletzlichkeit haben.

Es war das erste Mal, dass Johanna in dieser Weise dachte. Sie würde es wieder tun, wann immer es von ihr verlangt würde. Auf diese Weise konnte sie ihre Liebe schützen.

Nach neun Tagen traf Kristoffers Brief ein. Er hatte mit der Antwort gewartet, vielleicht hatte auch er sich mit den Formulierungen schwer getan. Johanna war inzwischen schon mehrmals in der Postmeisterei gewesen. Sie brauchte Laura nicht erst zu fragen, sie sah ihr schon am Gesicht an, dass kein Brief gekommen war: schnell geschlossene Augendeckel, ein Kopfschütteln, das so schwach war, dass nur Johanna es verstand.

Johanna beantwortete es mit einem kleinen Lächeln, mit einem antwortenden Lächeln, das für den Uneingeweihten alles Mögliche bedeuten konnte.

Sie verstanden einander, sie waren zusammengewachsen, der Altersunterschied war nicht von Bedeutung. Laura war die strenge Küchenchefin gewesen, damals, als Johanna als

Dreizehnjährige in die Postmeisterei gekommen war, jetzt jedoch war sie wie eine Schwester.

Aber dann, eines Tages, als Johanna kam, wurde sie mit einem anderen Signal empfangen. Laura lächelte und nickte, der Brief war eingetroffen.

Johanna setzte sich in die Mägdekammer. Sie schlitzte den Umschlag vorsichtig auf, atmete den freigesetzten Duft von Papier und Kristoffers Hand, Atem, Nähe ein. Sie schloss die Augen, während sie den zusammengefalteten Bogen herauszog und führte ihn an ihre Lippen. Dann sah sie ihn an, betrachtete die Buchstaben und Kristoffers wohlbekannte Handschrift, ehe sie seine Worte las.

Meine geliebte Johanna,

Dein lieber Brief hat mich sehr glücklich gemacht. Du füllst deine Worte mit so viel Liebe. Ich kann das, was ich fühle, nicht genauso leicht schreiben. Aber du kannst sicher sein, dass mein Herz dir gehört. Unsere Begegnung hat mir das größte Glück beschert, das ich jemals in meinem Leben erfahren habe. In Gedanken werden wir einander immer nahe sein. Vielleicht werden wir uns auch einmal wiedersehen.

Dein Kristoffer.

Johanna las den Brief ein paar Mal. Ehe sie die Postmeisterei verließ, trank sie noch einen Kaffee mit Laura, die bedauerte, dass sie nicht mehr anbieten konnte. Es gab kein Weißbrot mehr, die Vorräte des Hauses waren fast aufgebraucht. Aber ein bisschen Kaffee war noch da und ein Rest Zucker.

Johanna fühlte sich froh und nachdenklich. Der Brief war erfreulich, aber zugleich wusste sie jetzt, dass das wahrscheinlich ihre und Kristoffers einzige Zukunft war, sie hatte in seiner Wortwahl eine gewisse Resignation gespürt.

»Ich hoffe, du hast gute Nachrichten erhalten«, sagte Laura.

»Er lebt, und das ist das Wichtigste«, antwortete Johanna. »Kommt Zeit, kommt Rat.«

»Damit muss ich mich wohl trösten.«

»Gib nicht auf, alles kann sich ändern, eure Zeit kommt vielleicht noch.«

Johanna hätte es gerne geglaubt, sie hatte jedoch Schwierigkeiten zu verstehen, wie das zugehen sollte. Als sie nach Nygården zurückging, war die Freude, die sie zunächst über den Brief empfunden hatte, schon einem düsteren Unbehagen gewichen. Und als sie den Hofplatz betrat, war das, was sie dort vor sich sah, nicht ihr altes Zuhause, sondern ein Gefängnis.

Ehe sie an diesem Abend zu Bett ging, öffnete sie das Medaillon und betrachtete die kleinen Zeichen, die Kristoffer gezeichnet hatte. Sie hatte immer noch nicht das Rätsel des dritten Zeichens gelöst, und sie hatte vergessen, Kristoffer danach zu fragen, da die Begegnung mit ihm solche Fragen überflüssig gemacht hatte. Jetzt jedoch hätte sie es gerne gewusst.

Dann nahm sie das Medaillon ab und versteckte es zwischen ihrer Wäsche. Karl David hatte es noch nicht gesehen, da sie es immer ablegte, ehe sie zu Bett ging. Wenn er fragen würde, dann würde sie sagen, dass es ein Schmuckstück aus ihrer Kindheit sei.

In dieser Nacht ließ er sie in Ruhe. Er hatte zusammen mit seinem Bruder und Ruben einiges getrunken und schlief schon, als sie sich hinlegte. Der Schnapsgestank, der von ihm ausging, erinnerte sie an Filip und an den Geruch, den er immer verbreitet hatte, wenn er ihr gegenüber am Tisch gesessen hatte. Sie wurde von einem starken Unbehagen ergriffen, und sie wandte Karl David den Rücken zu und rutschte soweit wie möglich an die Bettkante.

Der Februar war mit strengem Frost und weniger Postreisenden über das Eis als früher gekommen. In diesem Winter merkten alle in Grisslehamn, dass der Verkehr über das Åländische Meer abgenommen hatte. Im Hafen hörte man selten fremde Sprachen, und in der Postmeisterei standen die Zimmer über lange Zeiträume hinweg leer. Laura vermisste die Besucher, es war immer spannend gewesen, als erste die Nachrichten aus der großen Welt zu erfahren, und die Fremden waren oft ungewöhnliche und unterhaltsame Leute gewesen, die den Mädchen manchmal ein Trinkgeld gegeben hatten. Wenn Reisende aus Stockholm auf dem Weg nach Osten vorbeigekommen waren, war es vorgekommen, dass sie Zeitungen hatten liegen lassen. Alle in der Postmeisterei waren wohlunterrichtet gewesen.

Jetzt saß die Familie allein oder mit einem gelegentlichen Gast am Tisch; meist war es ein Offizier oder ein Zollbeamter. Denn jetzt, seitdem Grisslehamn Grenzort geworden war, war ja eine Zollstation nötig gewesen, auch wenn der Verkehr ins Ausland oder von dorther bislang eher bescheiden war. Die Zollbeamten, die aus Stockholm gekommen waren, hatten die Bestimmungen und die Verfahrensweise besprochen und dann den Postmeister bis auf weiteres als lokalen Zollvorsteher walten lassen. Zum Sommer hin könnten vielleicht auch einige ausländische Schiffe kommen.

Englische Schiffe jedoch durften nicht länger in Grisslehamn anlegen. Napoleon herrschte in Europa, und Schweden gehörte vorerst zu den Verlierern. In Paris hatten die Schweden mit Frankreich Frieden geschlossen, waren jedoch gezwungen gewesen, alle Häfen für die Engländer zu schließen und die Verbindung zu ihnen abzubrechen. Es war schon schlimm genug, dass die Russen den Schweden Finnland und Åland abgenommen hatten, es hätte aber auch mit dem Untergang des Reiches enden können. Als am lautesten geunkt wurde, hatten viele geglaubt, dass Napoleon es zulassen würde, dass seine Bundesgenossen Russland und Dänemark ganz Schweden unter sich aufteilten.

Johanna war voll mit ihren eigenen Dingen beschäftigt. Sie arbeitete zuhause auf dem Hof, fütterte die Tiere und sorgte für Holz und Wasser. Ende Februar schrieb sie noch einmal einen Brief an Kristoffer. Nach zwei Wochen erhielt sie Antwort. Er wiederholte im Großen und Ganzen das, was er im ersten Brief geschrieben hatte. Sie nahm an, dass ihm das Schreiben nicht so leicht fiel, trotzdem fühlte sie, dass er wohl versuchte, das Beste aus dem Leben zu machen, das zu führen jetzt beide gezwungen waren. Sie selbst war es ja, die nicht frei war, nicht er. Und wenn er ihr alles Erdenkliche zwischen Himmel und Erde angeboten hätte, hätte sie es trotzdem nicht annehmen können. In dieser Zeit begann sie wieder, die Tage zu zählen, so wie sie es früher getan hatte, als sie sich nach Kristoffer gesehnt hatte. Jetzt jedoch waren nicht er es oder seine Briefe, auf die sie wartete, es war etwas anderes, zunächst Unbestimmtes.

In den ersten Märztagen merkte sie, dass sie ein Kind erwartete. Es hatte schon früher Anzeichen dafür gegeben, aber sie hatte es nicht wahrhaben wollen. Jetzt konnte sie nicht länger die Augen vor dem Unvermeidlichen verschließen. Sie nahm sich jedoch vor, noch etwas zu warten, bis sie es Karl David sagen würde.

Im April brach das Eis auf. Ein kleiner åländischer Segler war das erste ausländische Schiff, das nach Grisslehamn kam. Die Besatzung bestand aus jungen Männern aus Eckerö und Hammarland, der Schiffsführer stammte aus Mariehamn, sie sprachen Schwedisch, was ja ihre Muttersprache war. Vor einem Jahr waren sie noch die schwedischen Nachbarn der Einwohner von Grisslehamn gewesen, einer von ihnen hatte Verwandte auf Vädderö, jetzt waren sie plötzlich Ausländer, und ihr Schiff musste seine Ladung verzollen. Das war ungewohnt und kränkend, sowohl für die jungen Männer auf dem Schiff als auch für den Postmeister, der mit der Kontrolle beauftragt war.

Das waren eben die neuen Zeiten, und gegen die Obrigkeit und die Gesetze konnte man nichts tun.

Der neue Postmeister war mit seiner Familie eingetroffen. Er stammte aus Helsingfors und hieß Unonius. Sie sprachen Schwedisch, die Familie war vor langer Zeit aus Schweden nach Finnland ausgewandert. Jetzt, nachdem die Russen Finnland eingenommen hatten, hatten sie sich zur Rückkehr entschlossen, genau wie viele andere Familien; dieses Recht hatten sie nach dem Friedensabkommen zwischen Schweden und Russland erhalten. Sie hatten nicht zu fliehen brauchen, sie waren als gewöhnliche Reisende gekommen.

Johanna hatte keine Gelegenheit gehabt, sich von dem alten Postmeister zu verabschieden. Obwohl die Abreise seit langem geplant gewesen war, hatte sie nicht Abschied genommen, hatte es vergessen oder hatte es nicht geschafft, hatte zu viel anderes zu tun gehabt. Sie wusste selbst nicht, warum sie dem alten Mann, den sie so gerne gehabt hatte, aus dem Weg gegangen war. Hinterher, als es zu spät gewesen war, war sie traurig, hatte ein schlechtes Gewissen, und es tat ihr außerordentlich leid.

Laura hatte jedoch einen schriftlichen Gruß an sie vom Postmeister, eine Karte mit ein paar Zeilen. Er schrieb, dass er hoffe, sie einmal wiederzusehen, und er wünschte ihr viel Glück für ihr Leben.

Sie freute sich, schämte sich wieder für ihre Unentschlossenheit oder vielmehr Unsicherheit, sie wusste nicht, was sie davon abgehalten hatte, an jenem Tag in die Postmeisterei zu gehen. Aber es war nicht das erste und auch nicht das letzte Mal, dass sie eine unerklärliche Angst vor einem Abschied empfunden hatte.

Im Juni konnte man Johanna die Schwangerschaft ansehen. Alle wussten, dass sie ein Kind erwartete, man sah es ja, und sie hatte im Dezember geheiratet, also konnte man es erwarten, man brauchte nur die Monate von der Hochzeit an zu zählen. Karl David freute sich, er sprach schon von dem zu erwartenden Sohn. Johanna warf ein, dass es ja auch eine Tochter werden könne, er jedoch wiederholte, dass es ein Junge würde, das könne er fühlen. Und er hatte auch schon einen Namen ausgesucht. Der Junge sollte Markus heißen.

»Und wenn es Zwillinge werden?«, fragte Johanna.

»Zwei Jungen«, antwortete Karl David. »In diesem Fall werden sie Markus und Johannes heißen.«

Johanna hatte ihm klargemacht, dass sie ihn nicht länger im Bett empfangen könne. Ihr Bauch war zu empfindlich. Er war einverstanden. Das Wohl des Jungen musste vorgehen.

Auf diese Weise bekam Johanna Ruhe und konnte ungestört schlafen. Trotzdem wich sie gelegentlich auf die Bettkante aus, wenn Karl David nach Alkohol roch, und das tat er immer öfter.

Eines Tages ging Johanna in die Postmeisterei, um Laura zu besuchen. Sie hatten sich schon länger nicht mehr gesehen, und in letzter Zeit hatte Johanna den Kaffee vermisst; in Nygården gab es schon lange keinen mehr. Es konnte auch das Gespräch mit Laura sein, das sie vermisste, denn der Kaffee und die nette Unterhaltung in der Küche der Postmeisterei gehörten zusammen. Und dieses Mal hatte Laura auch Nachrichten aus Stockholm. Ein Offizier war auf Besuch gewesen, und Laura hatte während des Servierens ein wenig mitgehört.

»Sie haben über diesen Dänen gesprochen, den man in Schweden zum Kronprinzen machen wollte«, sagte sie. »Er ist vom Pferd gefallen und gestorben, und jetzt glaubt man, er sei vergiftet worden.«

»Dann haben wir also niemanden, der die Nachfolge des Königs antreten kann, denn der alte König ist ja kinderlos.«

»Ja, so ist es, aber du hast das Schlimmste ja noch nicht gehört. Man glaubt, dass der Däne von jemandem, der Fersen heißt, vergiftet worden ist, und den haben die Leute in Stockholm auf der Straße erschlagen.«

»Wie schrecklich.«

»Ja, der das erzählt hat, hatte einen ganz roten Kopf, er hat gesagt, der Pöbel könne frei schalten und walten. Es sei wie bei der Französischen Revolution, hat er gesagt.«

»Werden denn niemals Ruhe und Frieden einkehren?«

»Aber hier bei uns hat sich ja alles beruhigt.«

»Ja, das ist wahr.«

Dann sprachen sie weiter über Dinge, die in Grisslehamn passiert waren, und Laura erkundigte sich nach Johannas Befinden. War alles, wie es sein sollte?

Ja, das war es wohl. Da es für Johanna das erste Mal war, wusste sie es nicht genau, aber sie fühlte sich wohl.

Eine Frage hing in der Luft, aber die stellte Laura nicht. Beide wussten, dass Johanna in derselben Woche mit zwei Männern zusammen gewesen war. Laura wusste wohl nicht alles, aber sie konnte es erraten.

»Freut sich Karl David?«, fragte sie.

»Ja, er freut sich«, antwortete Johanna.

»Schreibst du immer noch nach Stockholm?«

»Einen wichtigen Brief muss ich noch schreiben.«

»Soll er es erfahren?«

»Ja, er muss es erfahren.«

»Weißt du es selbst?«

Johanna antwortete nicht, aber sie lächelte, und Laura deutete ihr Lächeln dahingehend, dass sie es wusste.

Die Aufsicht über die Schnapskessel war für die Männer in Nygården genauso wie für die Männer in Byholma eine sich immer wiederholende Beschäftigung. Und jetzt waren Getreide und Kartoffeln wieder knapp geworden, deshalb galt es hauszuhalten. Aber das, was von der Ernte für die Scheune und die Speisekammer veranschlagt wurde, musste wie gewohnt zurückstehen, auch in diesem Jahr hatte die Maische Vorrang vor dem Brot. Johanna und Maria hatten gehofft, dass die Trinkerei auf dem Hof zurückgehen würde, nachdem Filip verschwunden war. Aber die neuen Knechte hatten dieselben Angewohnheiten, und Ruben trank wie immer.

Johanna hatte eine neue Seite an Karl David entdeckt. Er verlor seine Würde, wenn er betrunken war. Er wurde nicht bösartig wie Filip, aber er sprach undeutlich und beschmutzte sich, redete Unsinn und lallte. Am darauf folgenden Tag konnte er sich an nichts mehr erinnern und machte sich auch nicht die Mühe, die Dinge wieder in Ordnung zu bringen.

Und jetzt kam er immer öfter direkt aus dem Stall, wo er mit Ruben und seinem Bruder Ludvig trank, ins Schlafzimmer. Er änderte seine Ausdrucksweise nicht, legte sich mit den Stiefeln aufs Bett, redete mit Johanna, als ob sie einer seiner Saufkumpane wäre.

»Die verdammte Arschhure«, grinste er und wedelte mit der Hand gegen die Wand hin. »Die verdammte ...«

Er verschluckte sich an seinem eigenen Gelächter, begann immer wieder von neuem, ohne weiterzukommen. »Eine Scheißsache ist in der Mache«, murmelte er auch und grinste über seinen eigenen Reim, wiederholte ihn, grinste, wiederholte noch einmal. Dann schlief er ein, und der Gestank war durchdringend, der von ihm ausging, nach Schnaps und nach etwas anderem, nach Magensäure oder schlechten Zähnen. Johanna hatte ihm nicht geantwortet. Sie ließ ihn in seinen Kleidern schlafen und verschwand früh aus dem Bett, ehe er aufgewacht war. Wenn sie sich dann beim Frühstück oder Mittagessen wiedersahen, schien er sich an nichts mehr zu erinnern. Wenn sie ihm in die Augen blickte, konnte sie nicht das geringste Anzeichen von Scham erkennen.

Sie ließ alles so laufen, fühlte sogar eine gewisse Erleichterung, denn jetzt standen die Dinge gleich zwischen ihnen. Ihre Versündigung wurde durch die seine aufgehoben.

Im August regnete es, aber die Tage waren warm. Dampf stieg vom Boden auf, und der Abendhimmel leuchtete in ungewöhnlichen Farben.

Der wichtige Brief an Kristoffer war immer noch nicht geschrieben worden. Johanna hatte sich vorgenommen, ihn wissen zu lassen, dass sie ein Kind erwarte. Jetzt jedoch meinte sie, dass sie zuerst gebären und dann schreiben sollte. Sonst könnte er vielleicht beunruhigt sein und glauben, dass sie etwas von ihm erwarte. Wenn das Kind erst auf der Welt war, konnte man nichts mehr ändern, das Kind würde ehelich sein und einen Vater haben. Sie hatte sich schon die Worte für ihren Brief zurechtgelegt, sie würde schreiben, dass sie und Karl David ein Kind bekommen hatten.

Sie wusste jedoch, wessen Kind es war, sie wusste es, da sie es gefühlt hatte, als sie das neue Leben empfangen hatte. Niemand sonst sollte es je erfahren.

Ihr Bauch war jetzt groß und rund. Karl David konnte sich nichts anderes vorstellen, als dass es ein Junge war, der soviel Platz brauchte. Ein richtig großer und starker Junge war es.

Eines Tages erhielt Johanna Besuch von Laura. Es war ungewöhnlich, dass sie kam, aber sie wollte sichergehen, dass mit Johanna vor der Niederkunft alles in Ordnung war. Laura hatte eine Handvoll fein gemahlener Kaffeebohnen in einer kleinen Tüte mitgebracht, jetzt wollten sie jeder eine Tasse trinken. Für Maria reichte es auch noch.

»Das gehört dazu«, sagte Laura. »Man kann sich besser unterhalten, wenn man Kaffee trinkt.«

Sie kochten den Kaffee, und der Duft war herrlich. Die Männer befanden sich draußen bei der Arbeit, aber auch wenn sie zuhause gewesen wären, hätten sie wahrscheinlich nicht probieren dürfen.

»Ist in der großen Welt irgendetwas passiert?«, wollte Johanna wissen.

»Man hat einen französischen General zum schwedischen Kronprinzen gewählt«, sagte Laura.

»Einen französischen General? Gott bewahre!«

»Sicher ist das merkwürdig. Ich habe geglaubt, Schweden sei gegen Napoleon und seine Soldaten.«

»Ja, aber lieber ein Franzose als ein Russe.«

»Der neue Postmeister hat das erzählt. Er hat auch gesagt, wie dieser General heißt, ich habe es mir jedoch nicht gemerkt, auf jeden Fall war es etwas Ungewöhnliches.«

Sie sprachen nicht weiter über den General mit dem merkwürdigen Namen und unterhielten sich stattdessen über die Beerenernte. Es sah so aus, als ob es viele Blaubeeren geben würde, und auch die Beeren an den Sanddornsträuchern wurden schon gelb, obwohl es noch lange dauern würde, bis sie reif sein würden.

»Wir müssen unser Essen mit Blaubeeren und Preiselbeeren strecken, wenn wir nicht genug Brot haben«, sagte Laura.

»Ja, aus Blaubeeren können sie keinen Schnaps brennen«, antwortete Johanna.

»Nein, auf jeden Fall noch nicht.«

Sie tranken eine zweite Tasse Kaffee, dann war der Kessel leer. Es war das letzte Mal, dass sie sich trafen, bevor Johanna ihr Kind auf die Welt brachte.

Maria hatte eine Frau vom Matshof gebeten, Johanna bei der Geburt beizustehen. Natürlich war auch Maria bei mehreren Entbindungen dabei gewesen, bei ihren eigenen und bei denen anderer Frauen, aber das war inzwischen lange her, und sie wollte auf Nummer sicher gehen.

Am Dienstag, dem 25. September, setzten bei Johanna gegen elf Uhr vormittags die Wehen ein. Um neun Uhr abends kam das Kind, ein großer Junge. Alles war gut verlaufen, die Erstgebärende wurde von den beiden älteren Frauen gebührend gelobt.

Als Karl David den Jungen zu Gesicht bekam, meinte er, dass er einem kleinen Bären ähnele. Das war als Lob gemeint, der Junge sah kräftig und gesund aus. Aber Johanna gefiel der Vergleich nicht. Sie betrachtete ihren kleinen Sohn als engelsgleiches Wesen, als eine Märchenrose, einen lebendigen Tautropfen. Der Name jedoch stand schon fest. Der Junge hieß Markus, der zweite Vorname war Karlsson nach dem Vornamen des Vaters.

Auf Johannas Wunsch hin zog Karl David jetzt in die Küche um. Sie wollte mit dem Kind eine Zeit lang allein im Schlafzimmer sein. Als Karl David zögerte, erhielt Johanna Unterstützung von Maria und sogar von Karl Davids Mutter Sara. Er war gezwungen nachzugeben. Und jetzt folgte eine kurze Zeit, in der Johanna sich nur ihrem Kind widmen durfte. Sie beteiligte sich an den Arbeiten auf dem Hof, nahm den Kleinen mit, wenn sie hinausging, hatte ihn neben sich, wenn sie schlief. Das war eine glückliche Zeit in Johannas Leben.

Laura war wieder auf Besuch gekommen. Und endlich hatte Johanna den Brief an Kristoffer geschrieben. Sie bat Laura, ihn mitzunehmen und mit der Postkutsche nach Stockholm zu schicken.

Zehn Tage später war die Antwort gekommen. Laura hatte jedoch nicht sofort aus der Postmeisterei fortkommen können, und so hatte Johanna einige Tage warten müssen. Als sie dann den Brief erhielt, las sie ihn nicht vor dem Abend. Aufgeregt schlitzte sie den Umschlag auf und las Kristoffers Worte.

Meine liebe Johanna.

Das Leben geht weiter. Auch ich habe mich entschlossen, die Ehe einzugehen. Ich habe eine Frau kennen gelernt, mit der ich ganz sicher leben kann. Sie soll auch die Mutter meiner Kinder werden, denn ich möchte eine Familie gründen, ehe ich zu alt bin. Was du und ich erlebt haben, kann uns niemand nehmen. Über die Zukunft wissen wir nichts.

Dein Freund Kristoffer.

Johanna las den Brief ein paar Mal. Nachdem sie ihn zusammengefaltet und zurück in den Umschlag gesteckt hatte, konnte sie den kurzen Text auswendig. Sie war auf das Schlimmste gefasst gewesen. Jetzt wusste sie nicht, wie sie sich Kristoffers Worten gegenüber verhalten sollte, sie hatte ja begriffen, dass das sein letzter Brief gewesen war.

Nach einer Weile spürte sie Erleichterung. Er war nicht allein, er hatte jemanden kennen gelernt, der ihm Kinder schenken konnte. Und er hatte am Schluss die Zukunft erwähnt.

Lange sollte Johanna über diese Schlussworte im Brief nachdenken, aber sie konnte sich nicht entscheiden, wie sie zu verstehen waren.

In demselben Herbst, in dem Markus geboren wurde, kam der Franzose, der zum schwedischen Thronfolger bestimmt worden war, nach Stockholm. Er erhielt den Namen Karl Johan, den alle Schweden aussprechen konnten.

In Europa herrschte Napoleon über Land und Leute. Im Jahre 1812 griff er Russland mit gut sechshunderttausend Soldaten an. Aber der russische Winter war zu hart für die große Armee Napoleons. Die Soldaten verhungerten und erfroren in Massen, und das war der Anfang vom Ende des napoleonischen Reichs.

In Grisslehamn waren auf dem Sockenhaushügel eine Militärkaserne und nicht weit davon entfernt ein Zollhaus gebaut worden. Der Verkehr hinüber nach Åland hatte wieder eingesetzt. Die Zahl der Reisenden hatte zugenommen, und ein Händler aus Norrtälje hatte die Genehmigung erhalten, neben der Postmeisterei ein Gasthaus zu eröffnen. Johannas Onkel Ruben hatte den Beginn der Bauarbeiten noch erlebt, aber als das Gasthaus eröffnet wurde, war er tot.

Im Jahre 1813 wurde Schweden wieder in den großen europäischen Krieg mit hineingezogen. Karl Johan wurde Befehlshaber über eine große Armee aus mehreren Ländern, der auch schwedische Soldaten angehörten, und als Napoleon schließlich geschlagen wurde, befand sich Schweden auf der Seite der Sieger. Norwegen verband sich mit Schweden zu einer Union.

Johanna hatte von dem neuen Krieg gehört, und sie wusste nicht, ob Kristoffer noch einmal ins Feld geschickt worden war. Sie machte sich große Sorgen und dachte jeden Tag an ihn. Als der Krieg dann schon lange vorbei war, hörte Laura, wie einige Offiziere in Grisslehamn über die Svea Leibgarde sprachen. Sie fragte, ob sie den Sergeanten Kristoffer Lundberg kannten, und das taten sie. Durch Laura erfuhr Johanna dann, dass Kristoffer lebte.

Im Februar 1818 starb Karl XIII., und sein Nachfolger wurde der gewählte Thronfolger, der jetzt Karl XIV. Johan genannt wurde. Als eine Zeitung mit dieser Nachricht Grisslehamn erreichte, war Markus sieben Jahre alt. Johanna hatte ihm die Buchstaben mit Hilfe ihrer alten Zeitungen, *Stock-*

holms Posten und *Dagligt Allehanda,* die sie aufgehoben hatte, beigebracht. Aber sie hatten auch Texte aus einer alten Postille gelesen, die Maria von einem älteren Verwandten aus Singö geerbt hatte. Früher war die Bibel das einzige Buch auf Nygården gewesen, jetzt standen zwei Bücher auf dem Brett neben der kleinen Truhe, die Papier und Schreibgerät enthielt.

III. EIN DONNERSTAG IM OKTOBER

Als Markus weglief

Nygården hatte ein kleineres Boot nahe bei der Ornebucht liegen, einen Spitzkahn mit breitem Bord, leicht zu rudern und zum Fischen geeignet. In Marviken, draußen am Meer, lag das größere Boot, das gesegelt werden konnte und das für längere Fahrten draußen auf offener See genutzt wurde.

An diesem Morgen saß Markus am Ruder des kleinen Spitzkahns. Er würde bald acht Jahre alt werden, er war klein und schmächtig, jedoch ziemlich kräftig, und er ruderte gut, verspritzte nicht das geringste bisschen Wasser. Es wehte ein schwacher Westwind, sie hatten Gegenwind, als sie auf die kleinen Inseln am Nordstrand zusteuerten, wo sie am Tag vorher das Renkennetz ausgelegt hatten.

Markus' Vater Karl David saß im Heck des Bootes. Wenn er der Meinung war, dass der Sohn vom Kurs abkam, nickte er zur Seite in die richtige Richtung, fuhr das Boot wieder geradeaus, nickte er nach vorne. Markus strengte sich an, er wollte ordentlich Fahrt bekommen, und er wollte zeigen, dass er es schaffte. Er stemmte sich mit einem Fuß gegen die vordere Ruderbank, und seine Mundwinkel waren vor Anstrengung herabgezogen.

Jetzt nickte der Vater wieder, zuerst in die eine Richtung, dann in die andere. Markus verstand ihn nicht richtig und machte weiter wie vorher. Er versuchte, noch mehr Kraft in die Ruderschläge zu legen. Und vermutlich hatte diese Anstrengung dazu beigetragen, das Boot zum Schlingern zu bringen, denn jetzt sah der Vater ärgerlich aus und blickte den Sohn an, während er noch einmal nach beiden Seiten nickte. Es war eine pendelnde Bewegung, die der Sohn immer noch nicht deuten konnte. Deshalb drehte er sich schnell um, sah die Inseln in der Ferne, und jetzt wusste er, wie er rudern musste, um dorthin zu gelangen. Er verlangsamte den Ruderschlag auf der rechten Seite etwas und brachte so das Boot bald wieder auf den richtigen Kurs. Sein Vater sah unzufrieden aus, sagte jedoch nichts.

Das Netz lag im Grundwasser zwischen zwei der kleinen Inseln. Der Kork schwappte leicht auf und nieder, hier war es fast windstill. Markus ließ das Boot zu dem einen Ende des Netzes treiben, sein Vater saß immer noch im Boot, er gedachte, den Sohn das meiste machen zu lassen, da er annahm, dass der Junge das wollte und da er es lernen sollte.

Erst in diesem Sommer hatte er mit den Arbeiten begonnen, die der Vater verrichtete, während andere Jungen das weit früher schafften.

Jetzt zog Markus vorsichtig das Netz heran, warf den Kork über die Reling, begann einzuholen, hob die ersten Maschen herein und nach einer Weile das Bodengewicht, dann noch mehr vom Netz. Und dann kam der erste Fisch, eine recht große glänzende Renke, die ordentlich zappelte. Markus versuchte, sie aus den Maschen des Netzes zu befreien, aber es gelang ihm nicht. Das Garn hatte sich in den Kiemen des Fisches verfangen. Er wollte den Fisch nicht beschädigen, zog vorsichtig an den Fäden, aber die große Renke schlug heftig mit dem Schwanz aus und verhedderte sich noch mehr.

Da erhob sich der Vater und ergriff den Fisch, riss ihn los und warf ihn auf den Boden des Bootes. Als er zappelte und dabei war, über die Reling zu rutschen, ergriff er ihn wieder und schlug den Fischkopf gegen die mittlere Ruderbank. Der Fisch hörte auf zu zappeln, und der Vater ließ ihn fallen.

Dann bedeutete er dem Sohn mit einem Nicken, das Netz weiter einzuholen. Der Junge gehorchte, eine weitere Renke wurde an Bord gezogen, dasselbe Wirrwarr mit dem Garn des Netzes, derselbe Widerstand. Aber diesmal gelang es Markus nach einer Weile, den Fisch loszubekommen.

»Schlag ihn«, sagte sein Vater.

Markus hob die Renke hoch, sah die traurigen Augen, schloss seine eigenen Augen und schlug den Fischkopf gegen die Ruderbank. Dann beschäftigte er sich weiter mit dem Netz, machte insgesamt acht Renken los. Drei davon lagen still auf dem Boden des Bootes, als er sie losließ, und er brauchte ihre Köpfe nicht gegen die Ruderbank zu schlagen.

Der Vater setzte sich wieder ins Heck, und Markus begann in die Bucht zurückzurudern, wo das Boot seinen Liegeplatz hatte. Er brauchte eine halbe Stunde, um dorthin zu kommen; er ruderte nicht mehr so schnell, aber da sie Rückenwind hatten, bekamen sie trotzdem gute Fahrt. Markus betrachtet die Fische, die vor ihm lagen. Einige von ihnen schnappten nach Luft, und er dachte, dass sie dort lagen und langsam starben.

Markus ruderte die gesamte Strecke nach Hause. Als sie ankamen, zogen sie das Boot an Land. Dann legten sie die Fische in einen Korb, der Vater nahm den Korb und setzte sich in Bewegung, ohne etwas zu sagen. Markus ging hinterher und beeilte sich, um seinen Vater einzuholen.

»Wir haben einen schönen Fang gemacht«, sagte er.

»Ja, ziemlich.«

»Vater, fandest du, dass ich gut gerudert bin?«

»Na ja.«

»Wie alt warst du, Vater, als du rudern gelernt hast?«

»Daran kann ich mich nicht erinnern. Fünf vielleicht.«

Mehr wurde auf dem Heimweg nicht geredet. Es war ein schöner Septembertag im Jahre 1818, einer dieser frühen Herbsttage, wenn es noch mild ist, und das Meer die Sommerwärme noch hält. Der kalte Nordwestwind hatte noch nicht eingesetzt, es war die schönste Jahreszeit an der Küste Roslagens.

An diesem Abend aßen sie gebratene Renkenfilets und gekochte Kartoffeln. Karl David und sein Bruder Ludvig tranken mehrere Schnäpse zum Fisch. Sie waren der Ansicht, dass Schnaps zu Fisch am besten schmecke, oder vielleicht war es auch umgekehrt, dass der Fisch durch den Alkohol erst einen besseren Geschmack bekomme.

»Schnaps zum Fisch ist gut bei Tisch«, sagte Karl David und lachte.

Er machte gerne Reime, wenn er trank, das war ihm zur Gewohnheit geworden, und wenn er viel getrunken hatte, wurden die Verse immer gröber, bis sie schließlich keine Verse mehr waren, sondern nur noch vulgär. Aber jetzt, nach dem dritten Schnaps, schaffte er gerade noch die letzten Silben der Wörter.

»Schnapsfisch macht einen frisch«, sagte er und lachte lange. Auch sein Bruder lachte. Johanna, Maria und Markus, die Wasser tranken, lachten nicht. Johanna versuchte zu lächeln, um die Stimmung nicht zu verderben.

Sie blieben recht lange am Tisch sitzen. Die Männer tranken weiter, die anderen blieben sitzen, denn wenn sie aufgestanden wären, wäre Karl David wahrscheinlich ärgerlich geworden. Das war schon einige Male vorgekommen, und Johanna wollte nicht, dass es wieder passierte, denn das konnte den Jungen treffen.

»Wie lange bleibt die Renke in diesem Jahr in der Ornebucht?«, fragte sie, um das Gespräch in Gang zu halten.

»Wer weiß, wer weiß«, murmelte Karl David.

»Sind die Netze ausgelegt?«, wollte sie wissen.

Karl David füllte erneut sein eigenes Glas und das seines Bruders und hielt es nicht für nötig zu antworten. Er hielt die Flasche mit beiden Händen fest, um nichts zu verschütten, und trotzdem fielen ein paar Tropfen auf den Tisch. Er versuchte, den verschütteten Schnaps mit den Fingern aufzunehmen, leckte und schlürfte eine Weile, ehe er aufgab.

»Können die Fische wirklich im Wasser atmen?«, fragte Markus plötzlich. Man konnte hören, dass er darüber nachgedacht hatte, er hatte seine Frage mit großem Ernst und Einfühlungsvermögen gestellt.

Johanna sah Karl David an, sie wollte ihn antworten lassen, er wusste mehr über Fischfang als sie. Er jedoch machte sich nicht die Mühe zu antworten, oder vielleicht hatte er auch nicht zugehört. Als sie merkte, dass Markus vermutlich seine Frage wiederholen würde, entschloss sie sich, selbst zu antworten.

»Ich glaube, dass sie irgendwie mit den Kiemen atmen«, sagte sie.

»Wenn sie auf dem Strand liegen, schnappen sie die ganze Zeit nach Luft«, sagte Markus weiter, vielleicht ersticken sie dann.«

»Ich weiß es nicht«, sagte Johanna.

»Ich glaube, sie wollen zurück ins Wasser.«

»Aber wir müssen sie trotzdem herausholen, denn sonst können wir sie nicht essen.«

»Aber trotzdem tun mir die Fische leid.«

»Es ist Gottes Wille, dass wir die Fische des Meeres essen sollen. Die Jünger Jesu waren Fischer, und wir, die wir am Meer wohnen, müssen Fische fangen, das ist unser Lebensunterhalt.«

»Ja, so ist es wohl.«

Markus fragte, ob er vom Tisch aufstehen dürfe. Johanna sah Karl David an, damit er bestimmte, und als dieser nicht antwortete, nickte sie und lächelte dem Jungen zu, der sich erhoben hatte.

»Danke fürs Essen, Vater«, sagte er und machte eine Verbeugung vor Karl David, ehe er den Tisch verließ.

Karl David hatte noch ein weiteres Glas geschafft. Er sah langsam schläfrig aus, und Johanna merkte, dass sie bald aufstehen konnte, ohne dass er sich darum kümmern würde. Eine Viertelstunde später war er dann eingenickt. Sie erhob sich, Maria tat dasselbe. Auch Ludvig verließ den Tisch, wahrscheinlich musste er hinaus, um zu pinkeln.

Als Johanna den Tisch abräumte, blickte Karl David auf. Er ergriff ihre Hand und zog ihren Arm zu sich heran, aber sie befreite sich und stellte weiter Geschirr und Besteck zusammen.

»Er wird wie dein Bruder«, sagte Karl David.

»Was weißt du über meinen Bruder?«, antwortete Johanna.

»Alle wissen, wie er war, und mein Sohn soll nicht genauso werden.«

»Lars war ein guter und lieber Junge, und ich habe nichts dagegen, dass Markus so wird.«

»Dein Bruder war ein Verrückter.«

Johanna antwortete nicht. Sie trug die Teller, die sie in der Hand hatte, weg und hoffte, dass Karl David zu Bett gehen würde.

»Dumm, kein Mumm«, murmelte er.

Dann begann er, über seinen Reim zu lachen, wiederholte ihn immer wieder und lachte die ganze Zeit, zuerst glucksend und gedämpft, dann immer prustender, je öfter er seine eigene Stimme hörte. Und dann kam Ludvig zurück in die Küche und stimmte in das Lachen ein.

Johanna kümmerte sich nicht um die Männer. Sie wusste, dass sie sich bald hinlegen würden. Markus war hinausgegangen, er verschwand meistens, wenn sein Vater betrunken war. Jetzt wartete Johanna auf ihren Sohn. Sie wollte mit ihm reden und vielleicht ein bisschen lesen.

Als er kam, war es schon lange dunkel. Johanna fragte nicht, wo er gewesen war, und er erzählte nicht, dass er draußen gestanden und gewartet, durchs Fenster gesehen und das glucksende Lachen seines Vaters und des Onkels gehört hatte.

Sie lasen eine Weile in Doktor Tollessons Postille, die Markus der Bibel vorzog, weil die Buchstaben größer und deutlicher waren. Am liebsten las er in den alten Zeitungen, die Johanna aufgehoben hatte, aber es waren nur wenige, und sie waren dünn, und Markus kannte sie fast auswendig. Die Postille war dick und schwer. Jetzt schlug er einen Text auf, den ihn Johanna noch nicht hatte vorlesen hören.

»Unsere Lebenszeit ist klein und kurz«, las Markus. »Heute werden wir von einem jungen Mann hören, dem einzigen Sohn seiner Mutter, mitten in seinen besten Jahren, er wird dem Stachel des Todes erbärmlich zum Opfer fallen.«

Markus las schnell ohne zu stottern, Johanna nahm an, dass er diesen Text schon gelesen hatte. Als er eine Pause machte, unterbrach sie ihn.

»Das ist aber eine traurige Geschichte«, sagte sie.

»Warum müssen wir sterben?«, fragte Markus.

»Das liegt in unserer Natur. Wenn wir nicht in den Himmel kommen und das ewige Leben erhalten.«

»Kommen alle Meeresfische dorthin?«

»Das weiß ich nicht, Markus.«

»Was ist eigentlich mit Lars passiert? Er war doch mein Onkel?«

»Ja, er war dein Onkel. Er ist von hier weggegangen.«

»War er ein Verrückter?«

»Nein, er war ein sehr guter Mensch, und ich vermisse ihn sehr.«

Markus las weiter aus der Postille vor. Die Geschichte wurde nicht erbaulicher, der Tod war ständig gegenwärtig. Johanna fand, dass ihr Sohn eine andere Art von Lektüre bekommen musste, und sie entschloss sich, Laura aufzusuchen und sie zu fragen, ob sie eine neuere Zeitung hatte, die Markus lesen konnte.

Es war spät geworden. Markus legte sich in sein Bett in der Küche und war kurz danach eingeschlafen. Maria schlief schon auf dem Schlafsofa hinter dem Kamin. Johanna blieb noch eine Weile sitzen. Sie holte das Medaillon hervor; sie tat das jetzt jeden Tag, wenn sie einen Augenblick Zeit für sich selbst hatte. Sie betrachtete Kristoffers drei Botschaften, die kleinen Markierungen auf der Rückseite des Papiers. Auch jetzt war es wie immer die zweite Botschaft, die sie lange ansah: *Immer zurück.*

Zurückzukehren zu ihrem ersten Treffen, ihrem besten Augenblick. Hatte er es so gemeint? Die Geburtsstunde der Liebe, war es das, wohin sie zurückkehren sollten? Zusammen mit der ersten Botschaft bekam es einen Sinn: *Damals als du, immer zurück.*

Wie das erste Mal, als sie es selbst verstanden hatte und es ihn hatte verstehen lassen. Ja, sie wollte so gerne glauben, dass er es so gemeint hatte. Was jedoch sollte die dritte Botschaft bedeuten? Hatte sie etwas mit der Zeit zu tun? Die gezeichnete Figur auf dem Papier könnte als das spiegelverkehrte Zeichen für Zeit gedeutet werden, oder für Zeitpunkt, vielleicht auch für Stunde.

Sie verschloss das Medaillon wieder und ging zu den noch anstehenden Arbeiten des Tages über. Sie sah nach den Tieren, schloss alle Türen und nahm einen Arm voll Brennholz mit hinein in die Küche.

Es hatte etwas gedauert, bis Johanna sich auf den Weg zur Postmeisterei hatte machen können, aber in der ersten Oktoberwoche war es endlich möglich. Sie ging allein, Markus war bei Maria geblieben, die Männer befanden sich in Marviken und waren mit dem großen Boot beschäftigt. Vormittags hatte es etwas geregnet, aber gegen Mittag klarte es dann auf.

Johanna wusste nicht, ob Laura Zeit für sie hatte, da sie unangemeldet kam. Sie wusste noch nicht einmal, ob Laura noch in der Postmeisterei war. Sie hatten sich das letzte Mal im Juni getroffen, und da hatte Laura gesagt, dass sie sich müde fühle, sie hatte ja noch ihren Familienhof in Tomta, auf den sie sich zurückziehen konnte. Sie war jetzt bald fünfzig Jahre alt. Johannas Mutter Maria war nur fünf Jahre älter, aber bei einem Vergleich wirkte Maria wie eine alte Frau, während Laura Johannas Freundin war.

Im Januar, als Johanna zweiunddreißig Jahre alt geworden war, hatte Laura gesagt, dass das die besten Jahre für einen Menschen seien. Man schafft alles, hatte sie gesagt. Johanna hatte im Stillen gedacht, dass ihre beste Zeit schon vorbei sei. Ihr Sohn war acht Jahre alt. Sie wollte keine weiteren Kinder, nicht mit Karl David. Es war jedoch schwierig, ihn fernzuhalten. Er hatte seine Rechte, sie waren ja verheiratet.

Sie ging den Weg entlang, der durch Byholma führte, und hatte Nygården hinter sich gelassen. Der Gedanke, niemals zurückzukehren, kam ihr, während eines kurzen Augenblicks spürte sie eine große Erleichterung. Dann schüttelte sie sie diesen Gedanken ab und zwang sich, an das zu denken, was vor ihr lag.

Ehe sie unten am Wasser in Grisslehamn ankam, fiel ihr Blick auf die neue Kaserne, die am Sockenhaushügel gebaut worden war. Das große gelbe Haus war durch die Bäume zu sehen. Die Postmeisterei war lange Zeit das einzige richtig große Haus in Grisslehamn gewesen, aber jetzt gab es noch eines. Einige Soldaten standen vor der Kaserne. Sie betrachteten Johanna, und sie hatte das Gefühl, dass sie ihr mit den Blicken folgten, als sie vorbei in Richtung Postmeisterei ging.

Laura befand sich in der Küche. Als Johanna hereinkam, war alles wie früher. Sie umarmten einander herzlich wie Schwestern und setzten sich jede mit einer Tasse Kaffee an den Tisch. Sie hatten sich tausend Dinge zu erzählen. Es war so, als ob sie vor kurzem erst ein Gespräch abgebrochen hatten und es jetzt wieder aufnahmen, obwohl ja Monate seit ihrem letzten Treffen vergangen waren.

Laura erzählte, dass sie einen Brief von Margareta, der ersten Lehrerin der alten Postmeisterfamilie, erhalten hatte. Sie würde in der Gegend sein und wollte auf Besuch kommen. Und sie würde so gerne mit Johanna sprechen, hatte sie geschrieben.

»Wenn du ihr schreibst, sag, dass ich mich sehr freuen würde, sie wiederzusehen«, sagte Johanna.

»Ich werde es bestimmt ausrichten«, sagte Laura.

»Die Zeit vergeht, es ist lange her, dass Margareta hier gewesen ist.«

»Ja, es hat sich viel verändert. Jetzt sind das ganze Jahr über wieder viele Leute in Grisslehamn.«

»Wie geht es denn mit all den Soldaten, sie sind jetzt ja eure Nachbarn?«

»Man merkt nicht allzu viel davon. Dort herrschen Ordnung und Disziplin. Sie haben ihre Anweisungen, und diejenigen, die sich nicht danach richten, werden bestraft. Mit den Besuchern des Wirtshauses geht es nicht so gut. Viele trinken dort, und manchmal, wenn sie hier draußen vorbeigehen, gibt es Schlägereien.«

»Die Männer trinken, das scheint ihr größtes Vergnügen im Leben zu sein. Ich glaube, dass mein Mann auch schon im Wirtshaus gewesen ist.«

»Ich habe ihn hier draußen gesehen, aber viele Männer kommen und gehen, es ist ein Treffpunkt für viele geworden, sowohl von außerhalb als auch aus unserer Gemeinde.«

Sie seufzten in stummer Übereinstimmung und tranken noch eine Tasse Kaffee. Johanna senkte ihre Stimme und fragte, wie es mit dem neuen Postmeister und seiner Familie lief.

»Ja, sehr gut«, flüsterte Laura.

»Und die Kinder?«

»Ich unterhalte mich meist mit Gustaf, der acht Jahre alt ist. Er ist ein wissbegieriger Junge, und er kommt manchmal her und fragt mich Dinge, über die ich nichts weiß. Im Augenblick redet er viel über Amerika.«

»Mein Markus ist ja auch acht Jahre alt.«

»Die Jungen würden vielleicht gut miteinander auskommen, wenn sie sich kennen lernten, meine ich.«

»Passt das denn?«

»Bring doch Markus einmal mit her, dann können wir ja sehen, wie es läuft.«

Da erinnerte sich Johanna an die Zeitung, um die sie hatte bitten wollen, sie hatte es fast vergessen, obwohl das ja der eigentliche Anlass für ihren Besuch gewesen war. Glaubte Laura vielleicht, dass sie ...

Selbstverständlich, Laura wusste, wo ein Haufen Zeitungen lag, sie konnte sicher ein oder zwei nehmen, ohne dass es auffiel. Sie ging hinaus in den Flur und kam mit zwei Ausgaben der Zeitung *Dagligt Allehanda* zurück.

Ende Oktober wurde das Schwein geschlachtet. Es war das letzte, was sie hatten, eine alte Sau. Aber sie wollten sich neue Ferkel anschaffen, und es war bestimmt worden, dass sich Markus darum kümmern sollte. Johanna wollte es ihm zeigen. Als Kind hatte sie sich ja um die Schweine auf dem Hof gekümmert, es war eine passende Beschäftigung für den Jungen, nicht zu schwer.

Mit dem Schlachten jedoch war es anders. Johanna konnte sich sehr gut daran erinnern, wie schwer es für Lars gewesen war, beim Schlachten zu helfen. Er hatte ja alles verabscheut, was mit dem Töten von Tieren zu tun hatte. Und jetzt vermutete Johanna, dass es für Markus nicht viel anders war. Sie sorgte deshalb dafür, dass er etwas anderes zu tun bekam, als das Schwein geschlachtet werden sollte. Allerdings kam Karl David nur wenige Tage nach dem Schlachten auf die Sache zu sprechen.

»Der Junge drückt sich«, sagte er.

»Das tut er nicht«, antwortete Johanna.

»Du darfst ihn nicht immer in Schutz nehmen. Ich merke wohl, dass er sich verzieht, sobald eine Arbeit ansteht. Von jetzt an werde ich das nicht mehr hinnehmen, nur dass du es weißt.«

Er redete mit Johanna, so als ob sie mitschuldig sei. Sie hätte ihm weiter widersprechen können, tat es jedoch nicht, denn sie nahm an, dass es dann den Jungen treffen würde. Sie konnte jedoch nicht umhin, weiter über die Ähnlichkeit zwischen Lars und Markus nachzudenken. War das eine Familienähnlichkeit, oder wie sollte man es erklären? Andere Jungen halfen den erwachsenen Männern gerne, wann immer sie dazu aufgefordert wurden. Es wurde als Auszeichnung betrachtet, wenn man bei der Jagd oder beim Schlachten dabei sein durfte, denn das war richtige Männerarbeit, und die Jungen wurden so in die Welt der Männer hineingelotst, wo Jagdwaffen und Schlachtmesser verbrüderten und vereinten. Aber Lars und Markus hatten sich geweigert. Warum?

Johanna hatte darauf keine Antwort. Sie wusste jedoch, dass sie ihren Sohn, wenn notwendig, verteidigen würde.

In den Wochen nach der Schlachtung beobachtete Johanna Markus und Karl David. Der Junge war unruhig, er wollte alles richtig machen und antwortete höflich und schnell auf alle Fragen, erledigte umgehend die Arbeiten, die ihm aufgetragen wurden und kam oft der Aufforderung des Vaters zuvor. Und gerade das ärgerte Karl David. Er empfand den Sohn als sowohl einschmeichelnd als auch ausweichend.

Johanna litt unter der gedrückten Stimmung, die zwischen Vater und Sohn herrschte. Sie fürchtete, dass bald irgendetwas Unangenehmes passieren könnte. Sobald sie vermutete, dass eine Bestrafung bevorstand, versuchte sie, dazwischenzugehen, das Thema zu wechseln, mit unerwarteten Vorschlägen zu kommen, aber Karl David durchschaute sie, und sie merkte, dass Markus dem Zorn des Vaters ausgesetzt sein würde, was immer sie auch unternahm.

Maria war die ganze Zeit über dabei, aber es schien so, als ob sie es vorzog, nichts von dem, was auf dem Hof passierte, zu sehen oder zu hören, und Johanna sprach mit ihrer Mutter nur über alltägliche Dinge, die mit dem Haushalt zu tun hatten. Vielleicht wehrte sich Maria gegen die auftretenden Schwierigkeiten, da sie es ja gewesen war, die ihre Tochter zu der Heirat getrieben hatte.

Die Wochen vergingen, ohne dass Karl David einen richtigen Zornesausbruch hatte. Johanna begann zu hoffen, dass sie sich geirrt habe, ihre Befürchtungen übertrieben gewesen seien, vielleicht würde sich doch noch alles einrenken.

Anfang November bekamen sie die neuen Ferkel. Die Tiere waren es gewohnt, sich selbst zu versorgen, und sie wurden draußen in dem eingefriedeten Espenhain gelassen, wo sich die Schweine immer aufgehalten und gewühlt hatten. Noch würde es dauern, bis Frost und gefrorener Schnee kamen, es gab genug Laub und verwelktes Wiesenkraut, von dem sie leben konnten.

Und Markus durfte vom ersten Tag an dabei sein. Er war mitgegangen, um die Schweine in Norrgården abzuholen. Der Weg war nicht besonders weit, so dass sie selber laufen konnten. Markus trieb sie mit einer kleinen Gerte an, passte auf, dass sie nicht stehen blieben oder in die Äcker hineinliefen. Es handelte sich um fünf Jungschweine, und Markus war der Antreiber. Er und Ludvig hatten diesen Auftrag erhalten, aber Markus war derjenige, der den ganzen Weg nach Hause über aufpasste.

Als die Schweine untergebracht waren, blieb Markus noch eine Weile bei ihnen, während Ludvig hinüber nach Nygården ging. Wahrscheinlich wollte er etwas trinken. In der Küche traf er auf Karl David, der fragte, wie es gelaufen sei.

»Die Schweine sind im Pferch«, sagte Ludvig. »Und der Junge hat alles richtig gut gemacht. Er konnte alles alleine. Ich hätte gar nicht mitgehen müssen.«

Karl David nickte, ohne etwas zu sagen, er sah jedoch recht zufrieden aus. Dann holte Ludvig die Schnapsflasche aus dem Schrank und goss zwei Gläser voll. Sie tranken aus, schenkten nach und tranken wieder. Nach einer Weile erhob sich Karl David.

»Ich gehe einmal hinunter zum Pferch«, sagte er.

Johanna war im Stall bei den Kühen, als Karl David vorbeiging. Sie war gerade mit dem Melken fertig geworden und wollte mit der Kanne ins Haus gehen. Sie stand in der Tür, als sie Karl David erblickte, machte sich jedoch nicht die Mühe, etwas zu sagen, da er mit bestimmtem Schritt vorbeiging und sie nicht gesehen hatte. Der Boden fiel leicht ab in die Richtung, die Karl David eingeschlagen hatte. Johanna hatte den Pfad im Blickfeld, der sich hinunter zum Pferch schlängelte. Und da bemerkte sie Markus, der gerade unten zwischen den Bäumen hervorkam. Karl David hatte ihn offenbar noch nicht gesehen, aber der Junge hatte scheinbar seinen Vater erblickt.

Plötzlich nämlich blieb Markus stehen. Er stand ganz still mit leicht erhobenen Händen, so als ob er mitten im Schritt angehalten hätte. Ein paar Sekunden blieb er so stehen, dann drehte er sich um und lief weg.

In eben diesem Augenblick hatte Karl David den Jungen bemerkt. Auf jeden Fall schien es Johanna so. Sie sah, wie der Mann eine Hand hob und das Kinn vorstreckte, so als ob er rufen wollte. Aber er ließ die Hand sofort sinken und ging weiter. Nach ein paar Schritten blieb er stehen. Er stand kurze Zeit nur so da, dann drehte er sich um und begann, zurück zum Hof zu gehen. Jetzt ging er langsam. Johanna zog sich in den Stall zurück, sie wollte nicht, dass er sie sah. Nachdem sie ein paar Minuten gewartet hatte, folgte sie ihm. Als sie mit der Milchkanne die Küche betrat, saß er am Tisch. Ludvig saß ihm gegenüber. Maria lag in ihrem Bett hinter dem Herd. Vielleicht schlief sie schon, oder sie lag nur still da und hörte zu, ohne etwas zu sagen.

»Ist Markus schon zurück?«, fragte Johanna.

Karl David gab keine Antwort. Sie stellte die Kanne ab und sah, dass beide Männer Gläser vor sich auf dem Tisch stehen hatten.

»Vielleicht ist er noch im Pferch«, sagte sie.

Da erhob sich Karl David. Er hielt das leere Glas in der Hand, und als Johanna seinem Blick begegnete, glaubte sie, dass er das Glas zerbrechen oder von sich werfen würde. Er stellte es jedoch wieder hin und verließ die Küche. Als er die Tür öffnete und hinausging, stand auch Ludvig auf und folgte seinem Bruder. Johanna stand am Fenster und sah, wie die Männer über den Hofplatz hinaus auf die Dorfstraße gingen.

Eine Viertelstunde später kam Markus in die Küche. Er blickte sich vorsichtig um und begrüßte seine Mutter mit gedämpfter Stimme. »Bist du im Pferch gewesen?«, fragte Johanna.

»Ja, ich bin dort bei den Schweinen gewesen.«

»Hast du gesehen, dass Vater gekommen ist?«

Markus wich dem Blick seiner Mutter aus, und sie merkte, dass er nicht antworten wollte.

»Ich habe gesehen, wie du dich umgedreht hast und weggelaufen bist.«

Er antwortete immer noch nicht, blickte jedoch auf, und sie vermutete, dass er gleich anfangen würde zu weinen.

»Warum bist du weggelaufen?«, fragte sie und versuchte, einen freundlichen und verständnisvollen Ton anzuschlagen.

»Ich weiß es nicht.«

»Das musst du auch nicht wissen, Markus.«

Er sah immer noch betrübt aus, aber Johanna glaubte, Erleichterung in seinem Blick erkennen zu können.

»Wir Menschen tun viele Dinge, die wir selbst nicht verstehen«, sagte sie. »Du brauchst nicht zu verstehen, warum du dich umgedreht hast und weggelaufen bist, als du Vater auf dem Pfad gesehen hast, aber es ist wichtig, dass du dir nicht selbst etwas vormachst und so tust, als ob es nie passiert sei.«

»Ich bin weggelaufen«, murmelte er.

»Das weiß ich«, antwortete sie. »Ich weiß es, lieber Markus.«

Sie nahm ihn in den Arm und drückte ihn fest an sich, und sie wusste nur zu gut, warum er weggelaufen war.

An diesem Nachmittag gingen Karl David und Ludvig ins Wirtshaus. Sie blieben bis zum späten Abend und trafen dort zwei Männer, die sie von früher her kannten. Der eine stammte aus Tomta und hatte eine kleine Fischbude am Hafen, der andere war ein Åländer und befand sich auf Besuch in Grisslehamn. Nachdem sie das Wirtshaus verlassen hatten, gingen sie zu dem Fischschuppen, wo der Mann aus Tomta zwei Flaschen Schnaps liegen hatte. Alle vier schliefen sie erst spät ein. Nachdem sie wieder wach waren, holte der Åländer weiteren Schnaps von dem Schiff, mit dem er gekommen war.

Am Abend des dritten Tages trotteten Karl David und Ludvig zurück nach Nygården. Ehe sie zu Bett gingen, aßen sie eine Kleinigkeit. Über ihr Fortbleiben wurde kein Wort verloren. Es war das erste Mal, dass Karl David von zuhause weggeblieben war, um tagelang mit den Männern im Hafen zu trinken. Es sollte wieder vorkommen.

Neue Wege

Anfang Dezember las Markus die beiden Zeitungen, langsam, Wort für Wort, Seite für Seite. Er fragte seine Mutter viel, manchmal erhielt er Antwort, häufig jedoch war Johanna gezwungen zu sagen, dass sie es nicht wisse. Als Markus aus den Anzeigen über verlorene Dinge vorlas, kannte sie sich aus. Solche kleinen Geschichten hatte sie selbst in der Zeitung gelesen, als sie als Kleinmagd in der Postmeisterei angefangen hatte.

»Auf dem Weg von der Skeppsbro über die neue Brücke, über den Gustaf Adolfs Torg zum Packartorg wurde am 30. August eine silberne französische Taschenuhr verloren«, las Markus.

»Ein richtig teures Stück, nehme ich an«, antwortete Johanna.

»Der Name J. Ward London ist auf dem Zifferblatt eingraviert«, las Markus weiter. »Und derjenige, der die Uhr findet, soll eine anständige Belohnung erhalten, steht hier.«

»Sie gehört sicher einem vornehmen Herrn.«

»Glaubst du, dass es schwierig ist, diese Uhr zu finden?«

»Jemand hat vielleicht Glück und sieht sie zufällig.«

Markus las weiter in der Rubrik »*Verlorene Dinge*« über Schnupfdosen, Halstücher, Geldscheine, Goldringe und Armbänder. Er beschrieb die Plätze und Wege, auf denen die Dinge nach den Zeitungsberichten, wahrscheinlich auf einem Spaziergang, verloren gegangen waren. Es könnte wohl nicht so schwer sein, denselben Weg zu gehen und zu suchen, zu finden, Geld zu bekommen?

»Als ich jung war und die Zeitung gelesen habe, habe ich genauso gedacht«, sagte Johanna.

»Bist du nach Stockholm gefahren und hast gesucht, Mutter?«

»Nein, daraus ist nie etwas geworden.«

»Ich würde gerne einmal nach Stockholm fahren.«

»Wenn du groß bist, kannst du das sicher machen.«

»Mutter, kennst du jemanden in Stockholm?«

»Ja, jemanden kenne ich dort vielleicht.«

»Wenn es jemand ist, den du besuchen möchtest, kann ich mitkommen, und dann brauche ich nicht zu warten, bis ich groß bin.«

»Lieber Markus ...«

Johanna sprach nicht weiter. Sie war nahe daran gewesen, etwas zu sagen, was sie besser nicht sagen sollte. Markus merkte, dass sie zögerte und sah seine Mutter gespannt an. Vielleicht fühlte er, dass sie etwas verbarg, und er wartete lange, bis er weiterredete.

»Es stehen so viele spannende Dinge über Stockholm in der Zeitung«, sagte er. »Und es gibt dort Schiffe, die Passagiere in fremde Länder mitnehmen. Ich habe auch etwas über Amerika gelesen.«

An diesem Abend dachte Johanna über Kristoffer und Markus nach. Irgendwann würde sie ihrem Sohn alles erzählen, irgendwann, wenn der richtige Zeitpunkt gekommen wäre.

Um Lucia herum wurde es kalt. Die Buchten froren zu, aber das Meer war noch eine Zeitlang offen. Die kleineren Postboote wurden inzwischen meist nur noch benutzt, wenn das Eis begann fest zu werden, oder im Frühjahr, wenn sich das Meer mit Treibeisschollen füllte. In solchem Wasser kam ein kleines Ruderboot leichter voran als ein größeres Segelboot. Aber eine Zeitlang wurden Post und Passagiere noch mit der Postjacht nach Åland gebracht.

Markus hatte öfters im Hafen zugesehen, wenn die Jacht ablegte. Einmal war er hinaus nach Skatudden gegangen und hatte beobachtet, wie das schlanke Segelboot durch die Wellen glitt. Am Horizont waren zwei große Schiffe zu erkennen gewesen. Markus hatte daran gedacht, sich an Bord eines dieser Schiffe zu befinden, er stellte sich vor, dass er im höchsten Mast im Ausguck säße und als erster den Strand auf der anderen Seite des Meeres erkennen konnte. Und er hätte gewinkt und hinunter zum Kapitän gerufen, der sich gefreut und zurückgewinkt und Markus dafür gedankt hätte, dass er so gut Ausschau hielte.

Einige Tage später durfte er seine Mutter in die Postmeisterei begleiten. Bisher hatte er das Haus nur von außen gesehen, aber Johanna hatte davon erzählt, und Markus hatte sich eine Vorstellung von den vielen großen Räumen machen können. Als er nun hineinkam, wirkte das Haus nicht ganz so groß, wie er es sich gedacht hatte.

Sie setzten sich in die Küche. Johanna und Laura tranken Kaffee, Markus hatte einen Haferkringel bekommen. Er saß still da und betrachtete seine Umgebung, während die Frauen über Dinge sprachen, die er wohl verstand, die ihn jedoch nicht sonderlich interessierten.

»Gustaf ist auf seinem Zimmer«, sagte Laura nach einer Weile. »Ich werde hingehen und ihm sagen, dass du da bist, Markus.«

Nach ein paar Minuten kam sie zurück und erklärte, dass Gustaf Markus gerne auf seinem Zimmer empfangen würde.

»Geh den Flur entlang, dann ist es die letzte Tür auf der linken Seite«, sagte Laura und wies in die Richtung.

Markus ging und zählte die Türen, klopfte an, wo Laura es ihm gezeigt hatte.

»Willkommen, ich heiße Gustaf«, sagte der Junge, der etwas größer als Markus war, jedoch genauso schmal.

Markus nannte seinen Namen und betrat das Zimmer. In einer Ecke stand ein Kachelofen, und eines der Fenster ging hinaus aufs Wasser. An der einen Wand standen ein Bett, ein Stuhl und ein kleiner Schreibtisch. An der Wand neben dem Kachelofen befand sich ein Regal mit einer ganzen Reihe von Büchern. Markus hatte noch nie so viele Bücher auf einmal gesehen.

»Hast du all die Bücher gelesen?«, fragte er.

»Nein, nur einige davon«, antwortete Gustaf. »Das ist eine Sammlung von Schulbüchern, und einige davon soll ich erst lesen, wenn ich ein wenig älter bin.«

»Was liest du denn am liebsten?«

»Ich lese alles, was mein Lehrer mir empfiehlt, aber am liebsten lese ich über fremde Länder. Und am allerliebsten möchte ich etwas über Amerika lesen.«

»Ich habe kürzlich in einer Zeitung über Amerika gelesen.«

»Ah ja, und was hast du da gelesen?«

»Dort stand etwas über ein Buch, das von den Siedlern in Amerika handelt, aber ich kann mich nicht richtig an den Namen des Buches erinnern.«

»Das interessiert mich sehr. Kannst du diese Zeitung besorgen und sie mir zeigen?«

»Sicher kann ich das, die Zeitung liegt bei uns zuhause.«

Dann zeigte Gustaf Markus seine Sachen. Er besaß ein Taschenmesser und einen kleinen Hammer sowie mehrere Miniatursoldaten aus Holz mit richtigen Uniformen. Das Beste jedoch war das kleine Schiff mit Masten und Segeln.

Es war das Modell eines schwedischen Handelsschiffes, das nach China segelte.

»Ich werde Offizier«, erzählte Gustaf. »In einigen Jahren komme ich als Schüler in die Kriegsakademie in Karlsberg.«

Markus wusste nicht, was die Kriegsakademie war, aber er wollte auch nicht fragen.

»Wenn ich dreizehn Jahre alt bin, werde ich Kadett«, sagte Gustaf. »Jetzt habe ich erst einmal zuhause Unterricht. Mein Vater meint, das ist das Beste. Wo hast du Unterricht?«

Markus dachte nach, er hatte begriffen, dass Gustaf und er selbst ganz unterschiedliche Arten von Leben führten, aber er wollte nicht dumm oder allzu anders erscheinen.

»Zuhause«, sagte er.

»Ja, so ist das wohl bei den meisten«, sagte Gustaf.

Sie unterhielten sich dann über Schiffe, ein Thema, über das Markus genauso gut Bescheid wusste wie Gustaf. Ehe sie sich trennten, versprach Markus, mit den Angaben über das Amerikabuch zurückzukommen.

»Bitte, komm, sobald du kannst«, bat Gustaf.

»Ich kann schon morgen kommen«, sagte Markus.

Er hielt sein Versprechen. Gustaf hatte gerade Unterricht bei seinem Magister, als er kam, und deshalb musste er in der Küche sitzen und warten. Laura gab ihm ein Stück Kuchen. Er hatte das, was über das Buch in der Zeitung stand, auf einen kleinen Zettel geschrieben: *Siedler in Nordamerika, ihre Schicksale und Aussichten, eine Zeichnung nach der Natur, von einem Engländer, sowie englische Beurteilungen und Betrachtungen, die daraus entstanden sind. 16 Schillinge.*

Endlich kam Gustaf. Er hatte eine Pause zwischen zwei Unterrichtsstunden. Er nahm den Zettel, las den Text und sagte, dass er sich das Buch von seinem Vater zum Geburtstag wünschen wolle.

»Du kannst das Buch dann ausleihen, wenn ich es gelesen habe«, sagte er.

»Ja, gerne«, antwortete Markus.

Nachdem er nach Hause zurückgekommen war, las er den Text in der Zeitung *Dagligt Allehanda* noch einmal durch. Dort stand, dass das Buch von den meisten Buchhändlern in Stockholm verkauft würde. Markus versuchte sich vorzustellen, wie es in so einer Buchhandlung aussehen könnte. Er dachte an das Regal in Gustafs Zimmer und vervielfältigte die Reihen von Büchern. Sah es so dort aus?

Nach Neujahr kamen Wochen mit strenger Winterkälte, kurzen Tagen, heulenden Wölfen auf dem Eis, Abenden, an denen man in der Küche saß, während die Männer Fischnetze knüpften und die Frauen häkelten. Wenn Karl David getrunken hatte, ging er früher als die anderen zu Bett, und dann kam es vor, dass Maria von den alten Zeiten berichtete, als die Kosaken auf Singö gewütet hatten.

Doch als sie vor kurzem in Grisslehamn gewesen waren, da hatten sie sich anständig benommen. Wie war das zu erklären?

»Ja, sieh mal. Nichts ist so wie früher, die Kosaken sind freundlich geworden, und ein Franzose ist König von Schweden.«

»Und die Åländer scheinen durch ihre neuen Herren keinerlei Schwierigkeiten zu haben«, sagte Johanna.

»Nein, wir haben Åland und Finnland verloren, haben dafür aber Norwegen bekommen, und so ist der Krieg für uns ja recht gut ausgegangen«, meinte Ludvig.

»Hauptsache, der Frieden hält an«, sagte Johanna.

Niemand widersprach ihr. Die langen Kriege hatten den Menschen und ihren Vorräten schwer zu schaffen gemacht, alle hatten sie jemanden verloren oder kannten zumindest jemanden, der betroffen war.

»Gustaf aus der Postmeisterei will Offizier werden«, sagte Markus, der bis jetzt still dabeigesessen und zugehört hatte.

»Es sind feine Leute, und die denken nicht so wie wir«, antwortete Ludvig.

»Und wie denken sie dann?«

»Sie wollen ihre Söhne dazu erziehen, über andere Leute zu bestimmen, und da passt es ja, dass sie Offizier werden.«

»Aber Gustaf ist nett.«

»Das ist ja schön und gut, aber er ist und bleibt trotzdem eine Standesperson. Und du, Markus, bist ein gewöhnlicher, einfacher Junge.«

Markus hatte dazu nichts zu sagen, dachte aber lange über den Unterschied zwischen sich selbst und Gustaf Unonius nach. Sie waren gleich alt, Gustaf hatte schon eine Offizierslaufbahn vor sich, er selbst wusste nichts anderes, als dass er den Hof übernehmen würde. Wenn er jedoch selbst bestimmen dürfte, dann würde er lieber in die Welt hinausfahren. Und warum sollte er nicht über sich selbst bestimmen dürfen, wenn er groß war? Siedler in Amerika, das klang verlockend.

Es wurde Februar, ehe Margareta in einem Brief an Laura schrieb, dass sie am Montag, dem 21. nach Grisslehamn kommen würde. Laura benachrichtigte Johanna sofort, sie wusste jedoch nicht genau, wie sich Margareta das Treffen gedacht hatte. Sollten der Postmeister und seine Gattin dabei sein, oder wollte Margareta nur die alten Mägde besuchen? Sicherheitshalber erwähnte Laura den Besuch Frau Unonius gegenüber, als diese in der Küche war, um die Mahlzeiten der Woche zu besprechen. Diese schaute jedoch verständnislos drein, und Laura zog den Schluss, dass sie nichts von dem zu erwartenden Besuch wusste, sie hatte ja auch keine Ahnung, wer Margareta war.

»Die alte Lehrerin«, sagte Laura. »Wir haben uns angefreundet, sie und ich und Johanna.«

»Wie nett«, hatte Frau Unonius gesagt und dann weiter über das Essen gesprochen.

Laura nahm also an, dass sie Margareta im alten Kreis der Freundinnen in der Küche empfangen sollten. Das war am besten, dann konnten sich alle frei und ungezwungen fühlen.

Der 21. Februar war ein klarer, kalter Tag. Johanna hatte sich ihr wollenes Tuch doppelt um die Schultern gelegt, als sie gegen zehn Uhr von zuhause wegging. Das Treffen war für elf Uhr angesetzt worden. Sie ging schnell, es knirschte unter ihren Füßen, als sie den Dorfweg entlangstiefelte, auf dem der Schnee von Pferdehufen und Kufen zusammengedrückt worden war.

Margareta war schon mit der frühen Postkutsche aus Norrtälje angekommen. Sie erhob sich sofort, als Johanna die Küche betrat, ging ihr entgegen und umarmte sie, hielt sie eine Weile fest.

»Wie schön, dich wiederzusehen, liebe Johanna«, sagte sie.

Johanna brachte es zuerst nicht über sich zu antworten, so überrascht war sie von Margaretas Herzlichkeit. Waren sie denn wirklich so enge Freundinnen gewesen?

»Ich finde es auch schön, Sie wiederzusehen, Margareta«, brachte sie heraus.

»Liebe Johanna«, wiederholte Margareta.

Dann setzten sie sich an den Küchentisch. Laura hatte Kaffee gekocht und Kuchen und Brot hingestellt.

»Wie früher«, lächelte Margareta, als sie an dem Kaffee nippte.

Sie aßen etwas von dem Kuchen, wiederholten, dass es lange her war und kamen dann auf das zu sprechen, was in der Zwischenzeit passiert war, in ihrer engeren Umgebung und draußen in der Welt. Johanna berichtete kurz von Kristoffer und Karl David, ohne allerdings auf die näheren Umstände einzugehen. Stattdessen erzählte sie umso mehr von ihrem Sohn.

Margareta hatte keine Kinder. Sie sprach jedoch ungern über sich selbst – lieber dann doch über die Weltgeschehnisse.

»Wir sind viele gewesen, die gehofft hatten, dass eine neue Zeit anbrechen würde«, sagte sie. »Wir haben an die Freiheit und Gleichheit geglaubt. Ich habe mit dir darüber gesprochen, Johanna, kannst du dich daran erinnern?«

»Ja, daran erinnere ich mich«, antwortete Johanna. »Und ich habe mich gefreut, dass Sie so ehrlich gewesen sind, Margareta.«

»Ja, das bin ich gewesen, weil ich an all das Neue geglaubt habe. Jetzt jedoch ist es anders. Die Winde der Freiheit wehen nicht länger, uns steht eine andere Zeit bevor. Bonaparte ist besiegt, und in Europa herrschen wieder die alten schwarzen Mächte.«

»Steht es so schlecht?«

»Ja, so schlecht ist es um uns bestellt. Der russische Zar hat etwas erfunden, was er die heilige Allianz nennt. Das ist ein Verband von Herrschern, die die Uhr zurückdrehen wollen, sie wollen die Völker mit Hilfe von Aberglauben und Unwissenheit lenken.«

»Ist Schweden Teil dieser Allianz?«

»Nein, noch nicht, aber wer weiß, wie alles wird.«

»Das klingt wirklich bedrohlich.«

Margareta nickte; sie sah müde aus. Ihr Haar war von grauen Strähnen durchzogen, und ihre Wangen waren runzlig. Zunächst, als sie gelacht und Johanna umarmt hatte, war ihr Alter nicht so aufgefallen, jetzt jedoch merkte man es ihr an.

»Ich denke an ein Gedicht«, sagte sie.

Johanna nickte und wartete darauf, dass Margareta weitersprechen würde, diese schien jedoch zu zögern.

»Ein Gedicht von Esaias Tegnér«, sagte sie. Er hat es Silvester 1816 geschrieben, und er spricht aus, was viele von uns denken. Ich kann es abschreiben und dir schicken, Johanna.«

»Ja, danke«, antwortete Johanna. »Ich weiß jedoch nicht, wer derjenige ist, der das Gedicht geschrieben hat.«

»Tegnér, einer unserer neuen Dichter, einer der wichtigsten.«

»Ich werde versuchen, mir den Namen zu merken.«

Plötzlich lächelte Margareta und sah sofort jünger aus. Johanna lächelte zurück, und da begann Margareta über andere Dinge als die schlechten Zeiten zu plaudern. Die Stimmung in der Küche wurde wieder richtig munter, und Laura lachte und schenkte Johanna, Margareta und sich selbst Kaffee nach.

»Die Welt ist seltsam«, sagte sie. »Wir sind mit heiler Haut davongekommen, als es am schlimmsten war, und wir schaffen es auch in Zukunft.«

»Es sind so Leute wie ihr beide, die die Welt zusammenhalten«, sagte Margareta.

Ehe sie sich trennten, wiederholte Margareta, dass sie Tegnérs Gedicht schicken würde. Und sie würde auch gerne wissen wollen, was Johanna davon hielt, könnte sie ihr wohl ihre Meinung schreiben?

Johanna versprach es.

Die Männer hatten Netze im Eis ausgelegt. Der Hering kam schon jetzt Ende Februar vom Meer herein, keine größeren Schwärme, aber doch in solcher Menge, dass es sich lohnte, die Netze auszulegen. Sie brachten die Fische in einem Spankorb nach Hause. Maria und Johanna nahmen sie aus, salzten einen Teil davon ein, brieten den Rest zu den Mahlzeiten. Und wieder wurde zum Fisch Schnaps getrunken, und es wurden Reime aufgesagt, die alle schon oft gehört hatten.

Eines Abends, als Karl David Johanna haben wollte, stieß sie ihn von sich. Er hatte viel getrunken, und sie hatte geglaubt, dass er eingeschlafen sei, aber dann hatte er sie gepackt und wollte sie festhalten. Sie hatte sich seinem Griff entwunden und die Schlafkammer verlassen, war in der Küche geblieben und hatte auf der Wandbank geschlafen, wo sie schon in ihrer Kindheit gelegen hatte.

Am nächsten Morgen verlor er kein Wort über das, was vorgefallen war. Sie hoffte, dass er es vergessen hatte, denn das pflegte so zu sein, wenn er betrunken gewesen war und etwas Unüberlegtes getan hatte. Dieses Mal jedoch hatte er es nicht vergessen. Er wartete, und sie ahnte es.

Nach dem Mittagessen gingen Karl David und Ludvig zum Holzplatz vor der Scheune. Markus ging mit, sein Vater wollte seine Hilfe. Die Holzscheite für den Herd mussten vom trockenen Stapel aus der Scheune aufgefüllt werden, diese waren jedoch zu dick für den Küchenherd und mussten gespalten werden. Das bedeutete einige Stunden Arbeit mit der Axt.

Nachdem die Männer hinausgegangen waren, nahm sich Johanna vor, auch zum Holzplatz zu gehen und nachzusehen, wie es für Markus dort liefe, nach einer Stunde vielleicht; sie würde nur so vorbeigehen. Aber sie blieb dann doch in der Küche, ihre Vorbereitungen für das Abendessen waren schnell erledigt, und sie begann zu weben, wurde von der Auswahl der Farben und Muster ganz in Anspruch genommen, sodass die Zeit schnell verging. Als Karl David und Ludvig in die Küche kamen, merkte sie, dass mehrere Stunden vergangen waren. Die Männer wollten etwas Warmes trinken.

Und der Junge, war er nicht bei ihnen?

Er war noch draußen, er war mit dem, was er angefangen hatte, noch nicht fertig.

Aber sollte er keine Pause machen?

Nein.

Johanna hatte begriffen, dass etwas vorgefallen sein musste. Sie setzte Kaffeewasser auf und ging hinaus, sah Markus mit der Axt in der Hand bei den Birkenklötzen. Er schlug und hieb und merkte nicht, dass sie kam.

»Wie läuft es denn?«, fragte sie.

Er schüttelte nur den Kopf und gab keine Antwort.

»Willst du nicht in die Küche kommen und dich etwas ausruhen?«

Er schüttelte weiter den Kopf. Die Axt hatte sich in einem zähen und mit Ästen bewachsenen Ast festgeklemmt. Markus versuchte, den Schaft herauszuziehen, aber die Axt rührte sich nicht.

»Ich möchte, dass du jetzt mit mir kommst«, sagte Johanna.

»Vater hat gesagt, dass ich zuerst diese Stücke hier spalten muss«, antwortete Markus.

Er wies mit dem Kopf auf einen Haufen ungespaltener Klötze. Es waren mindestens zehn grobe Stücke, dicke untere Teile von Stämmen, zäh und schwer zu spalten.

»Das ist ja noch eine Arbeit von mehreren Stunden«, sagte Johanna.

»Vater hat gesagt, ich darf nicht aufhören, bevor ich nicht diese Stücke da gespalten habe.«

»Das hier ist ja schwerste Männerarbeit, das ist nichts für dich.«

»Vater hat gesagt, wie er es haben will.«

Johanna ging zurück in die Küche. Das Kaffeewasser kochte, Karl David und Ludvig saßen am Tisch und warteten. Johanna füllte Kaffee ein und holte drei Tassen heraus.

»Du hast dem Jungen die schwerste Arbeit gegeben?«, sagte sie.

»Er muss diese Art von Arbeit lernen«, antwortete Karl David.

»Aber er braucht eine Pause, genau wie du und dein Bruder.«

»Misch dich nicht ein, ich weiß, was am besten ist.«

Johanna goss Kaffee in zwei Tassen, stellte die dritte zurück in den Schrank, dann ging sie zurück zum Holzplatz. Markus hatte die Axt inzwischen losbekommen, er setzte seine fruchtlosen Versuche, das knorrige Birkenstück zu spalten, fort. Johanna ergriff die Axt, zog sie Markus weg und hieb weiter.

»Ruh dich etwas aus«, sagte sie zu dem Jungen.

»Aber wenn Vater kommt?«

»Ich bin ja hier.«

Sie hieb weiter, ohne das Holzstück auseinanderzubekommen. Markus begann, das schon gespaltene Brennholz zu sortieren, und sie begriff, dass er nicht wagte dazustehen, ohne etwas zu tun. Endlich brach der widerspenstige Klotz auseinander. Johanna griff sich den nächsten.

Als sie die Axt heben wollte, merkte sie, wie jemand den Schaft umfasste. Sie drehte sich um und sah, dass Karl David direkt hinter ihr stand. Er nahm ihr die Axt ab, sie konnte sie nicht festhalten und spürte wieder dieselbe Kraft wie in der vergangenen Nacht.

Dann reichte er Markus die Axt hin. Aber der Junge stand wie gelähmt mit herabhängenden Armen da. Da ließ Karl David die Axt fallen und hob die Hand.

»Schlag mich lieber«, schrie Johanna und stellte sich zwischen den Mann und den Jungen.

Er senkte die Hand und starrte Johanna wortlos an. Sie blieb stehen, sie wartete, niemand sagte etwas. Nach einer halben Minute wandte er sich um, machte ein paar Schritte, hob die Axt auf und begann, einen der Klötze zu bearbeiten.

Johanna nahm Markus an die Hand und zog ihn mit sich hinüber zum Haus. Als sie in die Küche kamen, hieß sie ihn sich an den Tisch setzen und setzte sich ihm gegenüber.

»Ich werde Vater um Entschuldigung bitten, wenn er hereinkommt«, sagte sie. »Du brauchst nichts zu sagen, es war nicht deine Schuld.«

Als Karl David hereinkam, war es schon dunkel. Johanna hatte das Essen fertig. Sie aßen schweigend. Sie entschuldigte sich jedoch nicht, wie sie gesagt hatte.

Als es Zeit wurde, zu Bett zu gehen und Karl David in die Kammer ging, blieb Johanna in der Küche. Sie schlief auf der Bank, in dieser Nacht und in den darauf folgenden Nächten. Karl David fragte sie nicht, warum sie sich von seinem Bett fernhielt.

Der Brief von Margareta war in der Postmeisterei angekommen und hatte dort einige Tage gelegen, ehe Johanna ihn abholen konnte. Sie las das Gedicht in der Küche bei Laura, und sie las es leise auf dem Heimweg. Am nächsten Tag las sie es noch einmal, und bald konnte sie Teile davon auswendig. Sie verstand nicht alles, was der Dichter sagen wollte, aber sie begriff, dass er darüber schrieb, wie schlecht es um die Welt bestellt sei. Jetzt waren es Dunkelheit, Lügen, Dummheit und Eitelkeit, die alles beherrschten.

Die ersten Zeilen hatten sich Johanna eingeprägt: *Wer reitet so spät auf seinem schwarzen Pferd? In dieser Nacht tropft Blut.*

Sie stellte sich den gefährlichen Reiter auf dem schwarzen Pferd vor, es war wie ein Traumbild, eine schlimme Drohung, die sie selbst und ihre Nächsten treffen konnte. Wie das Schreckensbild ihrer Kindheit von den Kosaken, wie der Krieg, wie die toten Soldaten auf dem Eis, wie ihr Liebster, der tot auf dem Strand lag. Und während eines lähmenden Augenblicks fühlte sie sich zurückversetzt in die Zeit, als sie glaubte, dass der tote Soldat Kristoffer war.

Das Gedicht berührte sie stark, die Worte waren geladen mit Kraft und Wärme. So wollte sie auch schreiben können, aber nicht über das Böse, sondern über die Liebe.

Sie dachte an die Briefe, die sie Kristoffer geschrieben hatte, und an seine Antworten, an ihre Worte, ihre Botschaften, die sie mit dem Telegrafen gesendet hatten. Das waren ja fast Gedichte gewesen.

Sie sehnte sich nach Worten, danach, sie aufschreiben zu können, denn erst wenn sie sichtbar waren, wurden sie jedes Mal neu geboren. Jetzt hatte sie es verstanden, und es war das Gedicht, das sie dazu gebracht hatte, die Worte auf diese Weise zu betrachten.

Du weißt es doch

Zwei Russen waren mit einem Schlitten über das Eis nach Grisslehamn gekommen. Sie hatten einen Åländer als Fuhrknecht. Einer der Russen sprach etwas Deutsch und Schwedisch. Der Schlitten war mit Waren beladen, sodass er dem Zollverwalter vorgeführt werden musste, der in dem neugebauten Kontor auf dem Felsen neben der Postmeisterei saß.

Sie kamen an einem Vormittag und hielten sich zwei Tage in dem Wirtshaus auf. Johanna hatte etwas in der Postmeisterei zu erledigen und von den Russen gehört. Laura hatte sie gesehen, und sie hatte ihr Aussehen beschrieben: Der eine war klein, kräftig und schwarzhaarig, der andere schlank und blond. Es war der Blonde, der ein wenig Schwedisch verstand.

»Ich glaube, sie wollen die Sachen, die sie mitgebracht haben, verkaufen«, meinte Laura.

»Dann sind es wohl zwei Händler«, nahm Johanna an.

»Vermutlich ist das so. Sie haben Pelze und gemalte Bilder mitgebracht, man kann die Sachen ansehen, wenn man möchte.«

Laura machte den Vorschlag, zum Wirtshaus zu gehen. Johanna zögerte ein wenig; es war ja der Ort, an dem ihr Mann sich zu betrinken pflegte. Sie wollte nicht, dass die Gäste hinter ihrem Rücken grinsten. Trotzdem ging sie mit Laura hin. Sie wollte die Sachen der Russen sehen.

Die Männer saßen an einem Tisch im Wirtshaus, sie aßen Suppe und tranken Bier, und sie betrachteten interessiert die beiden Frauen, die zur Türe hereinkamen. Vielleicht hielten sie sie für potentielle Kundinnen. Als eine Kellnerin sich näherte, zeigte Laura auf die Russen, worauf sich einer von ihnen erhob, es war der Blonde.

»Willkommen, meine Damen«, sagte er.

Neben dem Tisch stand eine Kiste. Der Mann öffnete den Deckel und begann, Gegenstände herauszunehmen, die er dann auf den nächsten freien Tisch legte. Es waren bestickte Stoffe, seidene Tücher, einige Pelzmützen, viereckige Stücke weichen, dunklen Pelzes sowie eine Reihe gemalter Bilder.

»Kaufen, billisch«, sagte der Mann.

Johanna erriet, was der Mann meinte, auch wenn er nicht richtig Schwedisch konnte und die Wörter merkwürdig aussprach. Sie befühlte die Stoffe, Laura machte es ebenso. Dann betrachtete Johanna die kleinen Bilder. Es waren Zeichnungen von Menschen und Kirchen, Grabkreuzen, Wolken, Geistern, vermischt mit gewöhnlichen Häusern und Dörfern. Sie erinnerten an Erzählungen sowohl aus der Bibel als auch aus dem Alltag. Die Farben waren kräftig, mehrere Nuancen von Rot und Gold. Auf einem der Bilder erkannte Johanna etwas, was der Telegrafenstation in Grisslehamn ähnelte, ein Gestell mit zehn Holzklappen. Es war nur ein kleines Detail auf dem Bild, aber sie konnte nicht umhin, sich zu wundern. Und auf einem der anderen Bilder, mitten in einem Wirrwarr von schwebenden Menschen, befand sich eine zugefrorene Meeresbucht mit einer Insel, die an Loskäret erinnerte.

»Schwedischer Mann«, sagte der blonde Russe und machte kleine Bewegungen mit der Hand, so als ob er malte.

»Ein Schwede hat das gemalt?«, wollte Johanna wissen.

»Ja, ein schwedischer Mann in Russland.«

»Wie heißt dieser Mann?«, fragte Johanna.

Der Russe sah fragend aus, er verstand sie nicht.

»Sein Name, der Name des Mannes.«

»Aha, Name, weiß nicht.«

»Was kosten die Bilder, wie viele Schillinge?«

»Ein Taler«, antwortete der Russe und hielt einen Finger hoch.

»Er will einen Reichstaler für ein Bild haben«, sagte Johanna zu Laura. »Ich habe gespartes Geld zuhause, kannst du mir etwas leihen?«

Laura hatte ihre Geldbörse mitgenommen. Sie hatte einen Reichstaler und ein paar Schillinge. Natürlich konnte sie Johanna etwas leihen.

Der Kauf wurde getätigt. Johanna wählte das Blatt mit der kleinen Zeichnung, die an die Signaltafel des Telegrafen erinnerte. Derjenige, der es gemalt hatte, musste einen Telegrafen gesehen haben. Vielleicht gab es welche in Russland. Oder der Maler war in Grisslehamn gewesen. Johanna erzählte Laura nicht, was sie dachte, auch niemandem zuhause in Nygården. Aber es war das erste Mal, dass sie die Spur von jemandem entdeckt hatte, der ihr verschwundener Bruder Lars sein konnte.

Sie stellte das Bild auf das Küchenregal neben die beiden Bücher und den Behälter mit dem Tintenfass und der Feder. In den nächsten Tagen, immer wenn das Tageslicht am stärksten war, betrachtete sie das Bild genau. Der Maler hatte einen sehr feinen Pinsel verwendet, es war ihm gelungen, die allerkleinsten Vögel, die man sich vorstellen konnte, zu malen, mit Köpfen wie Sandkörner, aber trotzdem deutlich; und schimmernde Steine, klein wie die Punkte auf Marienkäfern, mit Zeichen versehen. Man konnte jedoch nicht lesen, um was für eine Art von Zeichen es sich auf diesen runden Steinen handelte.

Johanna hatte den Brief an Margareta mehrere Male angefangen, brach jedoch jedes Mal wieder ab und begann aufs

Neue, es war so viel, was sie berichten wollte. An einem der letzten Märztage wurde er dann endlich fertig. Der Brief begann mit einem Bericht über die Zeichnung, und jetzt schrieb Johanna über Lars, und dass vielleicht er es gewesen war, der das Bild gemalt hatte. Sie wollte es so gerne glauben, dass es ein Gruß von ihm war und durchaus kein Zufall, dass gerade sie das Bild entdeckt hatte. Der blonde Russe hatte außerdem dem Kriegsgefangenen ähnlich gesehen, mit dem Lars geredet hatte, obwohl er ja kein Russisch gekonnt hatte. Trotzdem hatten sie einander verstanden.

All das schrieb Johanna in dem Brief an Margareta, und sie empfand es als eine Erleichterung, die Worte niederschreiben zu können, all das, was sie für sich behalten hatte. Der Brief war lang geworden, der längste Brief, den sie jemals geschrieben hatte. Erst gegen Ende kam sie auf das Gedicht zu sprechen. Und sie schrieb, dass es einen starken Eindruck auf sie gemacht habe, dass sie aber auch Gedichte über Liebe und Sehnsucht lesen wolle. Kannte Margareta einen Dichter, der Dinge schrieb, die von so etwas handelten? In diesem Fall hätte Johanna gerne den Namen dieser Person gewusst.

Als sie den Brief in der Postmeisterei abgeliefert und das Porto bezahlt hatte, kamen ihr Bedenken. Zuhause angekommen bereute sie den Brief. Sie hätte nicht alles über Lars und das Bild erzählen sollen. Es hätte ein Geheimnis bleiben müssen, dass vielleicht er der Maler war, denn wenn das Bild ein heimliches Zeichen von ihm war, dann hatte sie das Geheimnis gelüftet, und in diesem Fall würde sie ihn vielleicht niemals wiedersehen.

Nach einer Stunde änderte sie ihre Meinung dann noch einmal: Sie hatte ja erst dadurch, dass sie die Geschichte von Lars aufgeschrieben hatte, verstanden, wieviel er ihr immer noch bedeutete. Deshalb war es richtig gewesen, diesen Brief zu schreiben.

Sie schlief noch immer auf der Küchenbank. Dort schliefen auch Markus, Maria und Ludvig, es war jedoch Platz für viel mehr Leute. Früher war es vorgekommen, dass sieben oder acht Personen während der kältesten Monate in der warmen Küche geschlafen hatten.

Karl David hatte immer noch nicht gefragt, warum Johanna das Bett in der Kammer verlassen hatte. Er hatte sie jedoch, wenn sie allein waren, ein paar Mal angefasst, nicht fest, aber auch nicht zärtlich oder bittend. Sie fand, dass er sie genauso anpackte wie ein kleines Haustier, das man zu sich heranziehen wollte, ein praktischer Handgriff, eine Anweisung über die Richtung: Geh jetzt dorthin.

Sie hatte ihm jedoch nicht gehorcht, war nicht mit ins Schlafzimmer gegangen. Und er hatte nicht darauf bestanden. Er trank jetzt noch mehr, und vielleicht tat er sich selbst leid. Denn wenn er betrunken war und Reime verfasste oder grölte, merkte man seine Bitterkeit: Nie darf man bekommen, immer wird es genommen, immer, immer. Und dann kam das übliche Lachen, das früher selbstgefällig und ausgelassen gewesen war und jetzt betrübt und weinerlich klang.

Johanna stand inzwischen vom Tisch auf und ließ ihn mit seinem Bruder sitzen. Ihr taten Maria und Markus leid, die sich all die Dummheiten und Ausdrücke anhören mussten. Wäre es Sommer gewesen, hätte der Junge hinausgehen können, jetzt jedoch war er gezwungen zu bleiben und zuzuhören. Wenn so etwas abends vorkam, dann hatte Johanna gesehen, dass er die Decke über den Kopf zog und sich wahrscheinlich die Ohren zuhielt.

Einmal hatte Karl David versucht, Johanna umzustimmen. Er hatte freundlich und leise gesprochen, hatte wissen wollen, was er ihr getan habe und warum sie ihn immer abwies.

»Nichts«, hatte sie geantwortet. »Du brauchst dir keine Vorwürfe zu machen, du hast nichts getan, aber ich kann nicht.«

Sie hatte sich abgewandt, er war stehen geblieben, und sie hatte gemerkt, dass sie ihn verletzt hatte, aber sie wusste auch, dass sie nicht anders konnte.

Immer häufiger besuchte Karl David nun das Wirtshaus, und immer kam er betrunken nach Hause. Meist begleitete Ludvig ihn. Das Geld, das der Hof mit dem Verkauf von gepökeltem Fisch und Heu verdiente, ging drauf. Johanna hatte ein wenig gespartes Geld versteckt, aber Karl David wusste davon und suchte danach. Da bat Johanna Laura, die Spargroschen für sie aufzubewahren.

Eines Abends Ende April kam Karl David nicht nach Hause. Johanna kümmerte sich nicht darum, sie hatte das Gefühl, dass er vielleicht mehrere Tage wegbleiben würde, es gab Anzeichen, die sie zu deuten gelernt hatte: Er wurde stiller als sonst, wachte früh auf, schien ruhelos, schwitzte.

Er hatte an einem Dienstagnachmittag das Haus verlassen. Ludvig war mit ihm ins Wirtshaus gegangen. Zunächst hatten sie nichts gegessen, hatten Bier bestellt, dann Schnaps getrunken, hatten etwas Brot und gesalzenen Hering zu den Schnäpsen gegessen, ein Glas nach dem anderen getrunken. Gegen Abend waren Leute aus Tomta gekommen, die sie kannten, und sie tranken gemeinsam weiter.

Als das Wirtshaus schloss, waren sie mit den Männern aus Tomta in eine Fischerbude am Hafen gegangen, wo

Schnaps aufbewahrt wurde. Gegen Morgen waren sie eingeschlafen, waren wieder aufgewacht und hatten das, was übrig geblieben war, ausgetrunken. Dann war einer der Tomtabauern hinausgewankt und hatte bei einem Åländer, der in einer Strandhütte auf der anderen Seite des Hafens lebte, weiteren Schnaps besorgt.

An diesem Abend waren sie vor Mitternacht eingeschlafen, jedoch nach zwei Stunden wieder aufgewacht, als ein unbekannter Mann, der sich ihnen im Laufe des Abends angeschlossen hatte, umfiel und eine leere Flasche mit sich gerissen hatte, die kaputt gegangen war. Darauf war derjenige, der hingefallen war, wütend geworden und hatte wie wild um sich geschlagen.

Niemand wusste mehr, was für ein Tag es war. Es wurde hell und wieder dunkel, aber es gab immer noch Schnaps. In dem kleinen Strandschuppen stank es inzwischen, da mehrere der Männer dort, wo sie gerade saßen oder lagen, hingepinkelt hatten. Einer hatte außerdem noch draußen und drinnen verwechselt und sich auf einen Holzhocker gesetzt in dem Glauben, es sei der Abort.

Es war dunkel, als Karl David den Schuppen verließ. Er fühlte einen Druck auf der Brust und brauchte Luft. Als er hinauskam, sah er den Strand und das mit Eis bedeckte Hafenbecken. Er machte ein paar Schritte hinaus aufs Eis, fand, dass es ihn trug, und jetzt bekam er Luft in die Lungen und fühlte sich sofort besser. Er machte einige tiefe Atemzüge und ging weiter auf die andere Seite der Bucht zu.

Über dem Eis, das um diese Jahreszeit weich und etwas glitschig war, lag eine dünne Schicht Wasser. Bei Loskäret war das Wasser offen, aber in die Richtung sah Karl David nicht. Er hielt den Blick auf den gegenüberliegenden Strand gerichtet, und bis dorthin war es nicht mehr sehr weit.

Als das Eis brach, war er nicht erstaunt. Er merkte nur, dass er langsam hindurchsank und dass er mit den Händen eine Eisscholle, die losgebrochen war, ergriffen hatte. Dort blieb er liegen, und das Wasser war nicht besonders kalt, noch nicht, da er dick angezogen war und die Kälte noch nicht hatte durchdringen können. Dann versuchte er, sich hochzuziehen, aber die Eisscholle zerbrach. Er machte einen weiteren Versuch, aber das Eis jetzt im Frühjahr war schwach und weich und gab unter seinem Gewicht nach. Und jetzt ermüdete er, seine Kräfte verließen ihn rasch nach all diesen anstrengenden Tagen und Nächten in dem Strandschuppen.

Er versuchte noch ein paar Mal, sich herauszuziehen, aber bei jedem Versuch sank er schneller und tiefer hinab.

Er rief nicht um Hilfe. Er wurde müde und schwach, und das Letzte, was er sah, war ein grauflimmerndes Licht, das langsam ins Schwarze überging.

Es war einer der Knechte aus Tomta, der ihn fand. Der junge Mann war früh auf gewesen, um einen Fischkasten am Strand zu leeren. Er hatte das geborstene Eis gesehen und etwas, das aussah wie ein Arm. Er hatte Hilfe in der Zollstation geholt, und gemeinsam hatten dann ein paar Männer Holzleitern auf dem tückischen Eis ausgelegt. Sie hatten den Toten in der Wake erreicht, ihn herausgezogen und in Erwartung der Angehörigen auf dem Strand liegen lassen.

Ludvig war der Erste gewesen, der den Ertrunkenen erkannt hatte. Er war aus dem Schuppen gekommen, verkatert und noch halb betrunken, wurde jedoch nüchtern, als er die Männer erblickte, die um die Leiche herum standen. Und er war starr vor Unbehagen und Schuldgefühlen geworden, als er gesehen hatte, wer der Tote war.

Johanna befand sich gerade in der Küche, als Ludvig hereinkam. Er war an der Tür stehen geblieben, und Johanna sah an seinem Gesicht, dass etwas geschehen sein musste. Sie blickte zu ihm hin und wartete, er sagte jedoch nichts.

»Was ist los?«, fragte sie.

»Es ist Karl David«, sagte er.

Sie hatte verstanden, was er sagen wollte, die wenigen Worte und sein Gesichtsausdruck hatten genügt.

Und zum ersten Mal hatte sie die Flasche aus dem Schrank geholt und Ludvig ein Glas eingeschenkt. Er ging zum Tisch, nahm das Glas in Empfang und stürzte den Schnaps in einem Zug hinunter.

»Er ist ins Hafenbecken gefallen«, sagte er.

»Und wo ist er jetzt?«

»Er liegt da unten, wir haben ihn in den Schuppen gebracht.«

»Dann werden wir ihn jetzt holen, du und ich.«

»Ja, das müssen wir.«

»Spann das Pferd an, dann komme ich.«

Ludvig ging, und Johanna holte ein schwarzes Umschlagtuch heraus. Als sie es um ihre Schultern legte und ihr Kopftuch umband, merkte sie, dass Markus hinter ihr stand. Sie wandte sich um und sah, dass der Junge gehört hatte, was Ludvig gesagt hatte.

»Vater ist auf dem Eis eingebrochen«, sagte sie.

Markus nickte schweigend. Vielleicht erwartete er, dass seine Mutter noch etwas sagen würde.

»Wir holen ihn jetzt, du musst hierbleiben«, sagte sie.

Als sie auf den Hofplatz hinauskam, fand sie, dass sie etwas mehr zu dem Jungen hätte sagen sollen, doch sie hatte keine

Worte finden können, da sie nicht wusste, was sie eigentlich fühlte.

Sie fuhren mit dem Schlitten hinunter nach Grisslehamn. Karl David sah ruhig und friedlich aus. Johanna hatte etwas anderes befürchtet, ein schreckerfülltes Gesicht vielleicht, Angst vor dem Tod.

Auf der Rückfahrt lag er im Schlitten. Sie trugen ihn ins Haus, legten ihn in die Kammer. Es war Johannas Aufgabe, ihn in Ordnung zu bringen, die Kleider zu wechseln, das Haar zu kämmen.

Als sie fertig war, durfte Markus ihn sehen. Der Junge betrachtete ihn, verbeugte sich und ging hinaus. Es sah höflich und artig aus, wenn aber ein Fremder den Abschied gesehen hätte, hätte er vielleicht gefragt: Hat dieser Junge den Toten überhaupt gekannt?

Als die beiden Wagen mit den schwarz gekleideten Bewohnern von Byholma Grisslehamn verließen, suchten die ersten Lachmöwen ihr Futter am Strand. Im vorderen Wagen fuhren Johanna, Markus, Maria und der Sarg mit dem Toten. Im nächsten Wagen kamen Karl Davids Brüder und seine alte Mutter, die ihr Augenlicht verloren hatte und sehr schlecht hörte. Der Vater war im Jahr nach der Hochzeit seines Sohnes mit Johanna gestorben.

Es war ein schöner Frühlingstag, aber kühl wie immer im Mai am kalten Meer. Das Eis war vor kurzem aufgebrochen, immer noch trieben große Eisklumpen mit der nördlichen Strömung draußen vor Loskäret vorbei.

Als sie an Norrfjäll vorbeikamen, nahm am Straßenrand ein unbekannter Mann die Mütze ab und verneigte sich. Auch bei Edeby nahmen ein paar Männer ihre Mützen ab, um den Toten zu ehren.

Die Kirche war fast leer. In der letzten Bankreihe saßen zwei Frauen, die niemand aus der Familie kannte. Der Pfarrer sprach über das Meer und die getreuen Fischer, die ihrer Berufung auf dieselbe Weise folgten, wie es die Jünger getan hatten, denn am Meer sind das Wort und die Einsicht.

Johanna dachte an das Meer ihrer Kindheit, und die alte Unruhe überfiel sie wieder, die Unruhe der Wartenden, die so oft in Trauer und Verzweiflung umgeschlagen war. Denn das Meer hatte ihr ja die genommen, die sie am meisten geliebt hatte.

Als der Sarg in das Grab gesenkt wurde und sich die kleine Gruppe aus Byholma für die Rückfahrt bereit machte, war Johanna die erste der Trauernden, der der Pfarrer die Hand gab, und als er dem tränenreichen Blick der jungen Witwe begegnete, drückte er ihr die Hand aus Mitgefühl und zum Trost. Es war jedoch nicht ihr toter Mann, um den Johanna trauerte, es waren ihr verschwundener Vater, der Bruder, und es war die verlorene Liebe.

Der Sommer wurde zu einer Zeit des Schweigens. In Nygården nahm man die Mahlzeiten ein, ohne dass etwas anderes gesprochen wurde als das unbedingt Nötige. Ein weiterer Bruder aus Norrgården war zum Helfen gekommen, er ging mit Ludvig zum Fischen, schlachtete, grub um und schleppte, verrichtete die notwendigen Arbeiten. Über Karl David sprach man selten, und Johanna dachte in der ersten Zeit nicht viel darüber nach, später jedoch kam ihr zu Bewusstsein, dass Karl David jetzt wirklich tot und fort war, da niemand über irgendwelche Erinnerungen an ihn berichtete. Und niemand fragte, nicht einmal Markus. War das die Rache des Jungen?

Sie dachte immer häufiger an Kristoffer. In der ersten Zeit nach der Beerdigung hatte sie versucht, dagegen anzugehen, aus Anstand oder aus einem Schuldgefühl heraus, sie wusste es nicht genau. Schließlich aber gab sie nach, und als der Sommer fortschritt, wurden ihre Gedanken zu Worten, sie sah sie vor sich auf dem Papier, zuerst einzelne Worte, fließend und undeutlich, veränderlich. Sie sehnte sich danach, mit Kristoffer schlafen zu können, in seinen Armen einzuschlafen, in seinen Armen aufzuwachen, und sie suchte nach Worten, die dieses sichere, vertraute Schlafen beschreiben konnten.

Im Laufe des Sommers wuchs der Brief langsam heran. Im August jedoch sah Johanna ein, dass sie nicht alles schreiben konnte, was sie sich im Laufe des Sommers ausgedacht hatte. Sie würde es später einmal sagen, wenn es denn je eine solche Gelegenheit geben würde. Denn Kristoffer war ja verheiratet; in seinem Leben gab es eine andere Frau. Vielleicht hatten sie auch Kinder miteinander. Johanna konnte nicht verlangen, dass er auf ihre Sehnsucht einging. Deshalb hob sie sich ihre Worte auf und ließ den Brief kurz und formell werden.

Byholma, Mittwoch, den 11. August im Jahre 1819

Mein lieber Kristoffer,

ich schreibe diesen Brief, um dir mitzuteilen, dass ich Witwe geworden bin. Mein Ehemann ist im vergangenen Frühjahr durch Ertrinken ums Leben gekommen. Er liegt auf dem Friedhof von Väddö begraben. Ich und mein Sohn Markus leben noch in Nygården. Ich habe jetzt das Alter von dreiunddreißig Jahren erreicht und fühle mich zwar noch nicht alt, aber es ist so, dass der Lebensweg manchmal mühselig gewesen ist. Vielleicht empfindest du dein Leben ebenso?

Es kommt vor, dass ich am Strand entlangwandere und auch hinauf auf den Hügel gehe, wo die Telegrafenstation liegt, und dann kommt es vor, dass mir eine der Botschaften in den Sinn kommt, die früher über das Meer gesendet worden sind. Diese Zeit liegt so weit zurück, aber die Erinnerung daran ist geblieben.

Vielleicht kreuzen sich unsere Wege irgendwann in der Zukunft noch einmal. Ich bleibe dir in Freundschaft verbunden, aber das weißt du ja.

Johanna.

Sie hatte den Brief an Kristoffers Regiment in Stockholm adressiert. Er müsste ihn innerhalb einiger Tage erreicht haben. Eine Antwort konnte sie nicht erwarten, das wusste sie, trotzdem empfand sie die Tage wieder wie früher in der Zeit, als Kristoffer und sie getrennt gewesen waren und sich Briefe geschrieben hatten.

Nach zwei Wochen zwang sich Johanna, zum Alltag und zur Vernunft zurückzukehren. Der Brief war notwendig gewesen; um ihrer selbst willen hatte sie Kristoffer mitteilen müssen, was geschehen war. Jetzt war es getan, die Träume hatten ihre Zeit gehabt, die Arbeit hatte die ihrige. Und Markus brauchte eine Mutter, die sich richtiger Arbeit widmete; der Hof forderte ihre Anwesenheit. Die Männer hatten das Grünfutter eingebracht; sie hatte ihren Teil an der Arbeit vernachlässigt.

Am folgenden Tag war sie als Erste draußen. Und bald stand Markus neben ihr mit einer Harke in der Hand.

Die ganze Woche über und auch die nächste waren sie draußen auf den Wiesen. Das Wetter war gut, es war wieder die beste Jahreszeit. Und sie hatten gutes Herbstgrün von bester Qualität, jetzt konnten sie sich vielleicht eine Kuh anschaffen. Sie hatten schon so viel Sommerheu eingebracht, dass es reichen müsste.

An einem der letzten Tage der Heuernte befand sich Johanna draußen auf einer der kleinen Wiesen; sie lag ein Stück weiter hinten im Wald, eine kleine sumpfige und schattige Wiese mit Gras, das nach der Mittsommermahd wieder gewachsen war. Johanna hatte das Gras am Rand der Wiese zusammengeharkt, dort wo es trocken war, und jetzt verteilte sie es auf kleine Haufen. Sie hörte jemanden durch den Wald herankommen und dachte zunächst, dass es Markus sei. Dann jedoch vernahm sie ihren Namen und erkannte Lauras Stimme. Sie freute sich, denn sie hatten einander eine Weile nicht gesehen, und sie legte die Harke beiseite. Laura kam schnell zwischen den Bäumen hervor, und sie lächelte. Das tat sie immer, wenn sie sich trafen, aber jetzt lächelte sie die ganze Zeit über, während sie die Wiese überquerte. Und Johanna schloss daraus, dass sie mit etwas Erfreulichem kam.

»Ich habe einen Brief für dich«, sagte sie. »Und ich wollte ihn nicht liegen lassen, denn ich nahm an, dass er wichtig sein könnte.«

Johanna nahm den Brief in Empfang, und sie erkannte sofort die Handschrift. Sie hielt den Umschlag in der Hand und las die Adresse darauf, ihre Hand zitterte nicht, aber für einen ganz kurzen Augenblick kam es ihr so vor, als ob die Zeile mit ihrem eigenen Namen vor ihren Augen verschwamm.

»Danke«, flüsterte sie.

»Ich will nicht bleiben«, sagte Laura.

»Danke«, wiederholte Johanna, und ihre Stimme klang immer noch so leise, als ob sie abwesend sei und nicht richtig hörte, wenn sie angesprochen wurde.

»Wenn ich dir nicht bei irgendetwas behilflich sein kann, natürlich«, sagte Laura.

Johanna blickte auf, und Laura meinte, Verwunderung in ihren Augen entdecken zu können, ehe sie dann zwinkerte und ihren normalen Blick wiedererlangte.

»Danke, liebe Laura«, sagte Johanna jetzt mit fester Stimme. »Du kannst wohl eine Weile hierbleiben, du musst wohl nicht sofort wieder gehen.«

Sie setzten sich auf einen umgestürzten Baumstamm zwischen zwei Fichten. Johanna hatte immer noch den Brief in der Hand, und sie drehte ihn um und las den Namen des Absenders. Dort war auch die Adresse angegeben; es war das Regiment, wohin sie ihren Brief ja gerichtet hatte.

»Ja, er ist von Kristoffer«, sagte sie.

»Das habe ich auch schon gesehen«, antwortete Laura.

»Ich werde den Brief lesen, wenn ich allein bin.«

Sie saßen noch eine Weile in der Waldlichtung, hielten einander an den Händen, und als sie sich trennten, küssten sie einander auf die Wangen wie Schwestern.

Johanna blieb mit dem Brief in der Hand sitzen. Sie versuchte, zur Besinnung zu kommen, und sie dachte, dass Kristoffer vielleicht irgendetwas geschrieben hatte, was sie gar nicht wissen wollte; er drückte vielleicht sein Beileid aus, ein paar formelle Zeilen und einen Dank für ihren Brief, nicht mehr.

Deshalb öffnete sie den Brief schnell, kümmerte sich nicht um den Duft, suchte nicht nach Spuren von Kristoffers Gegenwart. Sie öffnete, faltete den Bogen auseinander und begann zu lesen:

Stockholm, den 14. September 1819

Meine liebe Johanna.

Ich habe mich sehr gefreut, als ich deinen Brief erhalten habe. Die Jahre sind vergangen, und wir haben beide Prüfungen und schwierige Zeiten durchgemacht. Eine kleine Tochter ist mir durch Krankheit genommen worden. Ich habe jedoch einen Sohn, der jetzt fünf Jahre alt ist, und er ist ein tüchtiger Bursche. Meine Frau erfreut sich ebenfalls guter Gesundheit.

Ich denke genau wie du oft an die alte Zeit und auch an die Botschaften, die wir verschickt haben. Neue Zeiten sind angebrochen, und die Telegrafenstation hat nicht mehr dieselbe Bedeutung für das Reich wie während des Krieges. Für mich ist alles jedoch immer noch von großer Wichtigkeit.

Ich werde dienstlich nach Norrtälje kommen, in der Woche nach dem 14. Oktober. Ich werde dann in einem Wirtshaus in der Stora Hantverkaregata im Norden der Stadt wohnen.

Ich weiß, dass sich an unserer Freundschaft nichts verändert hat, und ich schließe aus deinem Brief, dass auch du das weißt.

Kristoffer.

Als Johanna an diesem Nachmittag durch den Wald nach Hause ging, wusste sie, dass Kristoffers Brief ihrem eigenen glich. Sie hatte ihm geschrieben, dass sich zwischen ihnen eigentlich nichts verändert habe, und er hatte dasselbe gesagt. Aber er war verheiratet und hatte Kinder, sie war gerade Witwe geworden. Sie konnten einander nicht wie früher treffen, das war unmöglich, es war ein Verbrechen gegenüber Gott und den Gesetzen der Menschen.

Und Johanna versuchte, sich Vernunft einzureden. Sie konnten einander einmal im Jahr schreiben, einander auf dem Laufenden halten, was die Gesundheit und größere Veränderungen anging, aber treffen durften sie sich nicht. Es war nicht verboten, Sehnsucht zu empfinden, aber das konnte auch erdrückend werden. Das wusste Johanna. Unerwiderte Sehnsucht konnte leicht in Trauer umschlagen. Sie hatte Erfahrung, sie hatte ihr ganzes Leben lang Sehnsucht gehabt und getrauert; und sie wollte keine verbitterte alte Frau werden. Sie ließ die Stimme der Vernunft zu sich sprechen, und sie hörte darauf und nahm sich zusammen.

Des Nachts jedoch wachte sie aus einem Traum auf und weinte und wusste nicht, wie sie überleben sollte.

Am Tage redete sie sich wieder Vernunft ein, und sie arbeitete hart, wurde müde und ging früh zu Bett.

Die Nacht kam und mit ihr die Einsamkeit und Verzweiflung.

Die ganze Woche wurde sie hin- und hergerissen zwischen Zusammenreißen und Sehnsucht.

In der zweiten Woche wurde es besser. Die kluge Johanna gewann die Oberhand, die sehnsüchtige trat in den Hintergrund.

In der dritten Woche wandte die fleißige Hausfrau Johanna ihrem eigenen, labilen Gefühlsleben den Rücken zu. Sie fand, dass ihre alte Stärke und ihre Sicherheit zurückgekehrt waren und ihr Ruhe und Frieden gaben.

Postkutschen und Wagen fuhren mehrere Male in der Woche von Grisslehamn ab. Am Donnerstag, dem 14. Oktober, verließ eine geschlossene Kutsche die Postmeisterei um zehn Uhr vormittags; sie sollte zwischen fünf und sechs Uhr nachmittags in Norrtälje ankommen. Es befanden sich drei Fahrgäste im Wagen. Johanna saß auf der hinteren Bank, mit dem Gesicht in Fahrtrichtung. Ihr gegenüber saßen zwei Herren, der eine ein Händler, der andere ein Zöllner. Es waren meist die Herren, die redeten, aber Johanna antwortete auf einige Fragen.

Ja, sie war auf dem Weg nach Norrtälje, um Einkäufe zu erledigen, außerdem wollte sie eine Verwandte besuchen.

War es möglicherweise jemand, den der Händler kannte? Er kannte eine Menge Leute in Norrtälje.

Vermutlich nicht, es war eine sehr zurückgezogen lebende, ältere Dame, die nie ausging.

Der Händler gab sich mit dieser Antwort zufrieden. Er wandte sich wieder dem Zollbediensteten zu.

Bei Svanberga legte der Kutscher einen kurzen Halt ein. Johanna stieg aus; sie erkannte alles wieder von der Fahrt her, die sie vor langer Zeit zusammen mit Filip nach Norrtälje unternommen hatte. Daran wollte sie jedoch jetzt nicht denken; es schien so, als ob das in einem anderen Leben gewesen sei, das nicht ihr eigenes war.

Um halb sechs erreichten sie die Postmeisterei in Norrtälje. Johanna stieg aus, sie hatte eine kleine Tasche mitgenommen, die sie in der Hand trug. Jetzt würde sie die Stora Hantverkaregata suchen. Sie fragte ein Mädchen, das ihr den Weg erklärte, es war nicht weit.

Johanna ging auf einer Brücke über den Fluss. Sie fand sich noch zurecht, aber jetzt waren mehr Leute unterwegs. Damals hatte Krieg geherrscht, die armen kranken Landwehrmänner hatten sterbend auf den Straßen gelegen, alle hatten Angst gehabt.

Bald hatte sie die Straße erreicht, die sie suchte. Sie fragte einen Soldaten nach dem Wirtshaus, er zeigte die Straße hinunter: Da hinten, das gelbe Haus, können Sie es sehen?

Ja, sie hatte es gesehen und ging weiter in die Richtung. Irgendwo schlug eine Uhr sechs Schläge, und sie vermutete, dass es die Rathausuhr war, die sie da hörte.

Sie blieb vor dem gelben Haus stehen, und jetzt überfielen sie Zweifel. Er war vielleicht nicht allein, seine Frau konnte ja bei ihm sein, oder vielleicht saß er mit seinen Kameraden zusammen und wollte nicht kommen; es gehörte sich vielleicht gar nicht, dass sie so unangemeldet auftauchte.

Aber sie machte nicht kehrt. Sie blieb kurz vor der Türe stehen, ehe sie öffnete. Der Flur, in den sie kam, war eng, rechts führte eine Treppe nach oben und geradeaus ein Gang nach hinten; sie roch Zigarrenrauch und hörte Männerstimmen, jemand lachte, sie nahm an, dass sich am anderen Ende des Ganges eine Wirtsstube befand.

Jemand kam die Treppe herunter, eine Frau mit einer Schürze, sicher eine der Angestellten. Sie blickte Johanna an, sah fragend aus, Johanna kam ihr zuvor.

»Ich suche einen Sergeanten Lundberg aus Stockholm«, sagte sie.

»Ja, er ist einer unserer Gäste«, antwortete die Frau.

»Ist er vielleicht nicht im Haus?«, wollte Johanna wissen.

»Ich glaube, er ist gerade hinaus in den Garten gegangen«, sagte die Frau und zeigte zur Seite. »Ja, gleich nebenan«, fügte sie hinzu.

»Dann werde ich dort nachsehen«, sagte Johanna.

Als sie durch die Türe hinaustrat, überfielen sie wieder Zweifel, und jetzt waren sie stärker als vorher. Sie merkte, dass sie etwas schwankte, und sie stützte sich auf ein hölzernes Geländer, blieb dort einen kurzen Augenblick stehen, atmete tief durch, betrachtete den geharkten Weg, der durch eine Öffnung in der Hecke führte, und sie nahm an, dass der Garten auf der anderen Seite lag. Vielleicht befand sich Kristoffer jetzt nur einige wenige Meter von ihr entfernt?

Als sie diesen Gedanken dachte, wurde ihr schwindlig, sie spürte ein leichtes Angstgefühl, und sie war nahe daran aufzugeben. Aber sie blieb stehen, nahm sich zusammen, und als sie weiterging, schien sie nicht selbst darüber zu bestimmen. Plötzlich hatte sie einfach das Geländer losgelassen und ihre Beine hatten das Kommando übernommen.

Vier Schritte bis hin zu der Öffnung in der Hecke, ein weiterer Schritt und sie befand sich auf der anderen Seite.

Kristoffer stand mit dem Rücken zu ihr weiter hinten im Garten. Sie sah seinen Nacken, das Haar, die Körperhaltung, und sie wusste, dass er es war.

Er betrachtete etwas, stand in Gedanken versunken da, vielleicht wartete er auf etwas. Sie blieb stehen und beobachtete ihn, sagte nichts, sah ihn nur an, und jetzt hatten ihre Hände aufgehört zu zittern.

Da wandte er sich um. Vielleicht hatte er gefühlt, dass sie ihn betrachtete. Und er schien durchaus nicht erstaunt zu sein, es war, als ob es völlig selbstverständlich sei, dass es Johanna sein musste, die dort stand, da ja niemand sonst gerade jetzt etwas dort zu suchen hatte.

Langsam ging er auf sie zu. Zwei Meter von ihr entfernt blieb er stehen; sie stand ganz still da, sie sahen einander an.

Nach einer Weile brach er das Schweigen, vielleicht war es auch nach einer sehr langen Zeit. Niemand von ihnen hatte in diesem Augenblick ein Gefühl für die Zeit, dafür, wie schnell sie verging oder wie viele Tage und Jahre vergangen waren, seit sie einander das letzte Mal gesehen hatten. Keiner von ihnen wurde länger von den tausenden von Stunden der Sehnsucht berührt, die sie verletzt und geplagt hatten, sie wussten nicht, ob das hier der Anfang von etwas Neuem war, oder ob es das Ende bedeutete, nichts, was die Zeit betraf, war von Bedeutung.

»Du bist gekommen«, sagte er.

»Ja«, antwortete sie.

Er ging nun weiter auf sie zu, und jetzt lächelte er zum ersten Mal.

Herbst der Vergeltung (Kriminalroman)
Broschur, 413 Seiten, 14 €
ISBN 978-3-938568-88-0

Ein Selbstmord auf dem Dachboden. Ein Ertrunkener im See. Ein Unfall in der U-Bahn-Station. Zumindest sieht es auf den ersten Blick so aus ... Oder haben die Opfer etwas gemeinsam? Ex-Kommissar Verner Lindgren, wegen maßloser Gewalt im Dienst von selbigem suspendiert, ermittelt auf eigene Faust zusammen mit einer ehemaligen Kollegin, der Kriminalinspektorin Margret Mattson, in einem Vorort Stockholms. Verner Lindgren ahnt den Zusammenhang, und seine eigene Vergangenheit ist ihm Muster zur Aufklärung der Todesfälle.

»Es bleibt auf ein Wiedersehen mit dem Duo Margret Mattsson / Verner Lindgren zu hoffen.« *krimicouch.de*

Bleierne Schatten (Kriminalroman)
Broschur, 376 Seiten, 14 €
ISBN 978-3-941895-10-2

Der zweite Fall für das ungleiche Stockholmer Ermittlerpaar Margret Mattson und Verner Lindgren: Als Lasse Bergmann, einst investigativer Fernsehjournalist, heute heruntergekommener Säufer, in seiner Stockholmer Wohnung tot aufgefunden wird, entdecken Margret und Verner bei ihren Ermittlungen, dass aus Lasses Archiv brisante Unterlagen über die sogenannte Bordellaffäre, die Schweden vor Jahren erschütterte, verschwunden sind. Führt diese Spur bis in die Gegenwart? Margret und Verner tauchen immer tiefer ein in eine Welt, in der die einen Männer junge Mädchen kaufen und die anderen gut daran verdienen, bis schließlich Margret selbst sich auf einen tödlichen Handel einlässt.